A VILA DOS TECIDOS

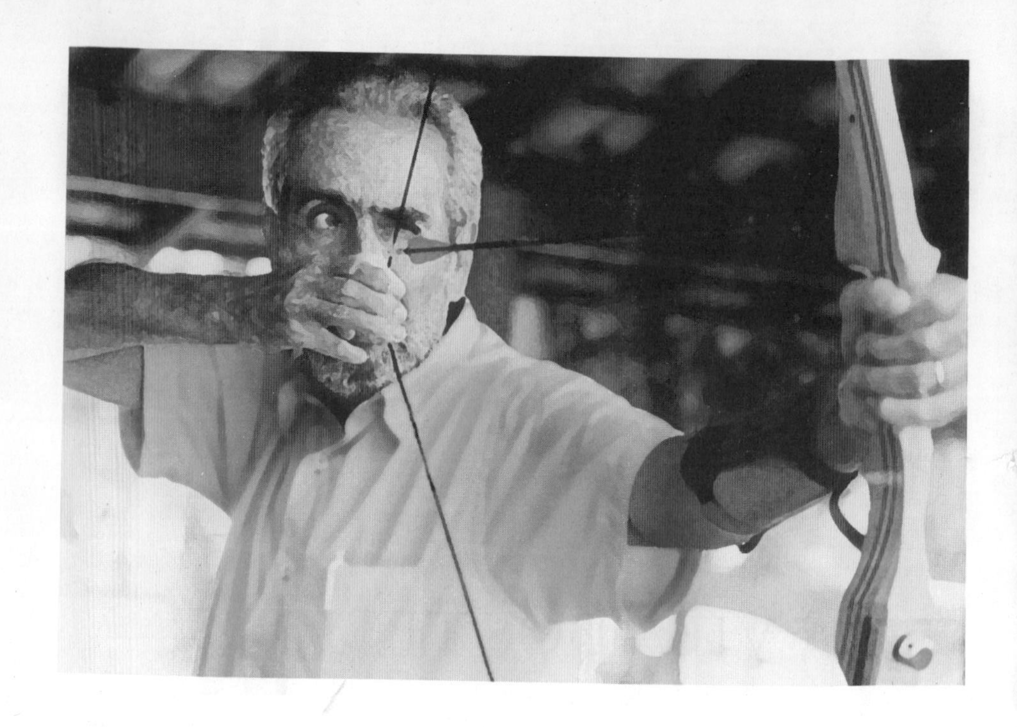

O Arqueiro

Geraldo Jordão Pereira (1938-2008) começou sua carreira aos 17 anos, quando foi trabalhar com seu pai, o célebre editor José Olympio, publicando obras marcantes como *O menino do dedo verde*, de Maurice Druon, e *Minha vida*, de Charles Chaplin.

Em 1976, fundou a Editora Salamandra com o propósito de formar uma nova geração de leitores e acabou criando um dos catálogos infantis mais premiados do Brasil. Em 1992, fugindo de sua linha editorial, lançou *Muitas vidas, muitos mestres*, de Brian Weiss, livro que deu origem à Editora Sextante.

Fã de histórias de suspense, Geraldo descobriu *O Código Da Vinci* antes mesmo de ele ser lançado nos Estados Unidos. A aposta em ficção, que não era o foco da Sextante, foi certeira: o título se transformou em um dos maiores fenômenos editoriais de todos os tempos.

Mas não foi só aos livros que se dedicou. Com seu desejo de ajudar o próximo, Geraldo desenvolveu diversos projetos sociais que se tornaram sua grande paixão.

Com a missão de publicar histórias empolgantes, tornar os livros cada vez mais acessíveis e despertar o amor pela leitura, a Editora Arqueiro é uma homenagem a esta figura extraordinária, capaz de enxergar mais além, mirar nas coisas verdadeiramente importantes e não perder o idealismo e a esperança diante dos desafios e contratempos da vida.

ANNE JACOBS
A VILA DOS TECIDOS
LIVRO 1
ARQUEIRO

Título original: *Die Tuchvilla*

Blanvalet Verlag é uma divisão da Penguin Random House Verlagsgruppe GmbH, Munique, Alemanha. Direitos negociados com a agência literária Ute Körner.

tradução: Gabriel Perez
preparo de originais: Dafne Skarbek
revisão: Ana Grillo e Suelen Lopes
diagramação: Ana Paula Daudt Brandão
capa: Johannes Frick
imagens de capa: Arcangel Images | Susan Fox e Yolande de Kort
adaptação de capa: DuatDesign
impressão e acabamento: Lis Gráfica e Editora Ltda.

CIP-BRASIL. CATALOGAÇÃO NA PUBLICAÇÃO
SINDICATO NACIONAL DOS EDITORES DE LIVROS, RJ

J18v
Jacobs, Anne, 1941-
A vila dos tecidos / Anne Jacobs ; [tradução Gabriel Perez]. - 1. ed. - São Paulo : Arqueiro, 2023.
512 p. ; 23 cm.

Tradução de: Die tuchvilla
ISBN 978-65-5565-504-9

1. Ficção alemã. I. Perez, Gabriel. II. Título.

CDD: 833
23-83520 CDU: 82-3(430)

Gabriela Faray Ferreira Lopes - Bibliotecária - CRB-7/6643

Editora Arqueiro Ltda.
Rua Artur de Azevedo, 1.767 – Conj. 177 – Pinheiros
05404-014 – São Paulo – SP
Tel.: (11) 2894-4987
E-mail: atendimento@editoraarqueiro.com.br
www.editoraarqueiro.com.br

Parte I

Augsburgo, outono de 1913

I

Após ter passado pelo Portão de Jakob e deixado para trás a cidade de Augsburgo, os passos dela ficaram cada vez mais lentos e um outro mundo surgiu ao leste. Um mundo que não era pacato e restrito como as vielas da cidade baixa, mas ruidoso e brutal. Tal como fortalezas medievais, as instalações da fábrica se distribuíam sobre o gramado e entre os riachos, cada uma delas rodeada por um muro, de maneira a impedir o acesso de pessoas não autorizadas e manter os funcionários sob vigilância. Dentro dessas fortalezas, a vibração e o barulho não paravam, as chaminés soltavam fumaça negra no céu e se ouvia o estalar das máquinas dia e noite nos pavilhões. Marie já sabia por experiência própria: quem trabalhava ali se transformava em pedra. Surdo pelo retumbar das máquinas, cego pela poeira que se erguia e mudo pelo vazio na mente.

É sua última chance!

Marie se deteve e, tentando proteger os olhos do sol, fitou a fábrica de tecido dos Melzer. Algumas janelas piscavam sob a luz da manhã, como se do lado de dentro ardesse uma chama. Os muros, no entanto, eram cinza e em suas sombras os átrios pareciam quase pretos. Já a mansão no lado oposto resplandecia com seus tijolos vermelhos, um verdadeiro castelo da Bela Adormecida em meio a um parque colorido pelo outono.

É sua última chance! Por que a Srta. Pappert havia repetido aquilo três vezes na noite anterior? Como se Marie estivesse entre a cadeia e a morte caso fosse dispensada de novo. Ela examinou a bela construção com mais atenção, mas ela ficou desfocada diante de seus olhos, sumindo no gramado e nas árvores do parque. O que não era de se admirar, devido à fraqueza após a hemorragia que sofrera três semanas antes e à ansiedade que a impedira de comer naquela manhã.

Pois muito bem, pensou ela. *Pelo menos a casa é bonita e vou fazer outras coisas em vez de costurar. E se me mandarem para a fábrica, vou procurar outro trabalho. Nunca mais vou ficar me esfalfando doze horas por dia em uma máquina de costura lambuzada de óleo com aquela linha que não para de arrebentar.*

Ela ajeitou a trouxa sobre o ombro e se dirigiu lentamente à entrada do parque. O portão antigo, adornado com flores de ferro entrelaçadas, estava aberto de maneira convidativa. A estradinha para veículos atravessava o parque e terminava em uma pequena praça de paralelepípedos com um canteiro de flores no meio. Não havia ninguém à vista. Olhando de perto, a mansão parecia ainda mais intimidadora, sobretudo o pórtico, que se elevava até o segundo andar. As colunas sustentavam uma varanda com balaustrada de pedra – provavelmente onde o dono da fábrica fazia discursos na noite de ano-novo, junto com a esposa envolta em casacos de pele, sendo admirado pelos funcionários lá de baixo. Talvez eles ganhassem algum destilado ou cerveja nos feriados. Dificilmente espumante, pois devia ser reservado ao dono da fábrica e sua família.

Ah, na verdade ela não queria trabalhar ali. Quando olhava para as nuvens em movimento no céu, parecia que o grande edifício de tijolos se movia em sua direção para esmagá-la. Mas era sua última chance. Ela provavelmente não tinha escolha. Marie examinou a fachada da mansão. Na lateral direita do pórtico havia uma porta para os funcionários e, na lateral esquerda, outra para entregas.

Enquanto pensava qual das duas portas deveria usar, escutou atrás de si o ruído de um automóvel. Uma limusine escura passou rente a ela. Ao dar um salto para o lado, assustada, Marie conseguiu enxergar o rosto do jovem chofer, que usava um quepe azul com uma insígnia dourada.

Arrá, pensou ela. *Agora ele vai buscar o dono da fábrica e levá-lo ao seu escritório. E olha que a fábrica está a apenas alguns passos de distância. No máximo dez minutos de caminhada. Mas um senhor tão rico nunca anda a pé, para evitar sujar os sapatos caros e o belo sobretudo.*

Curiosa e com um pouco de inveja, ela fitou o portal que agora se abria sob as colunas do pórtico. Uma empregada surgiu, com um vestido escuro, um avental claro e um pequeno capuz branco sobre os cabelos perfeitamente penteados para trás. Em seguida, mais duas mulheres trajando longos sobretudos com gola de pele, um vermelho-escuro e o outro verde-claro. Seus chapéus, com flores e tules, pareciam saídos de um sonho, e, quando elas embarcaram na limusine, revelaram suas botinas de couro marrom.

Um cavalheiro seguiu as duas – não, não podia ser o diretor da fábrica, era muito jovem para isso. Seria o marido de uma das senhoras? Ou o filho dos donos da casa? Ele usava um sobretudo curto marrom e carregava uma maleta que, com um leve impulso, colocou sobre o teto do carro antes de entrar no veículo. E como era ridículo o chofer ter que sair em um pinote para abrir a porta do carro e oferecer a mão às senhoras, como se elas não alcançassem os assentos acolchoados sem sua ajuda… É, com certeza essas mulheres deviam ser feitas de açúcar. Uma chuvinha e elas se desmanchariam e seriam levadas pela água. Pena que não choveu.

Quando os patrões já se encontravam acomodados no carro, o chofer contornou o canteiro no qual floresciam ásteres vermelhas, dálias rosadas e urzes lilás. Após a lenta manobra, o automóvel saiu estalando em direção ao portão, passando tão rente a Marie que o estribo tocou sua saia que balançava com o vento. Olhos cinzentos a fitaram com curiosidade descarada. O jovem cavalheiro havia tirado o chapéu, revelando seu cabelo ondulado displicentemente penteado que, junto com o bigode loiro, lhe dava o aspecto de um estudante despreocupado. Ele sorriu para Marie, depois curvou-se e disse algo à mulher de vermelho, levando todos às gargalhadas. Será que estavam debochando da menina malvestida com a trouxa apoiada no ombro? Marie sentiu uma dor no peito. Precisou lutar novamente contra o impulso de dar meia-volta e retornar ao orfanato. Mas não tinha escolha.

A densa fumaça fedendo a gasolina e borracha quente que o automóvel expeliu a fez tossir. Decidida, ela deu a volta no canteiro de flores, dirigiu-se à entrada lateral da esquerda e bateu com a aldraba preta de ferro. Nenhuma resposta – talvez todos estivessem trabalhando; já era por volta das dez. Quando ela bateu sem êxito pela segunda vez e estava prestes a simplesmente abrir a porta, finalmente ouviu passos.

– Jesus, Maria, José! É a menina nova. Por que ninguém foi abrir a porta para ela? A moça não vai ter coragem de entrar sozinha…

A voz era jovem e clara. Marie reconheceu a empregada que havia aberto o portal para as duas senhoras. Era uma criatura rosada, loira e parruda, com um sorriso inofensivo estampando seu rosto largo. Ela devia vir de algum dos vilarejos ao redor. Da cidade não era de jeito nenhum.

– Entre. Não precisa ficar com vergonha. Você é a Marie, não é? Eu sou a Auguste. A segunda camareira. Já tem mais de um ano.

Ela parecia orgulhosa de sua posição. Que casa era aquela? Eles tinham duas camareiras! Onde Marie trabalhava antes, ela tinha que fazer todo o serviço sozinha, inclusive cozinhar e lavar.

– Olá, Auguste. Obrigada por me receber.

Marie desceu os três degraus que levavam ao corredor. Que estranho. A mansão de tijolos vermelhos tinha inúmeras janelas, altas e baixas, mas a ala dos criados era tão lúgubre que mal dava para saber onde se pisava. Ou talvez ela se sentisse desorientada por causa da claridade do sol da manhã.

– Aqui é a cozinha. A cozinheira com certeza vai te dar café com um pãozinho. Você parece estar morrendo de fome…

E era verdade. Em comparação com a robusta Auguste, que exalava saúde, Marie devia se assemelhar a um fantasma. Ela sempre havia sido magra, mas, após a doença, seu rosto ganhara verdadeiras covas e os ossos dos ombros se destacavam, pontudos. Já os olhos pareciam duas vezes maiores do que antes e os cabelos castanho-claros eram rebeldes como as cerdas de uma vassoura. Pelo menos foi o que a Srta. Pappert afirmara na noite anterior. A Srta. Pappert era a diretora do Orfanato das Sete Mártires e ela, de fato, tinha a aparência de quem sofrera cada um dos martírios. Tudo em vão, pois a Srta. Pappert era mais maldosa que uma bruxa e certamente acabaria ardendo no inferno. Marie tinha um ódio mortal por ela.

A cozinha era um refúgio. Quente, clara e repleta de aromas deliciosos. Um lugar que contava histórias de presuntos suculentos, pães e bolos fresquinhos e patês, canjas e caldos de carne saborosos. Que cheirava a tomilho, alecrim e sálvia, a endro, coentro, cravo e noz-moscada. Marie parou junto à porta e fitou a mesa comprida, na qual a cozinheira realizava toda sorte de preparos. Só agora ela percebia o quanto estava frio do lado de fora, e começou a tremer. Que maravilha a perspectiva de sentar-se ao lado do forno com uma xícara de café com leite, de sentir o calor e inalar o cheiro da fartura, sorvendo o café em goles demorados.

Um grito estridente a fez estremecer. Uma mulher elegante, que parecia mais velha, acabara de adentrar a cozinha pelo outro lado e ficara horrorizada ao ver Marie.

– Nossa Senhora! – exclamou, pressionando as duas mãos contra o peito. – É ela! Deus me ajude. Igualzinha ao sonho. Meu Senhor Jesus Cristo, livrai-nos de todo o mal…

A mulher se escorou na parede, esbarrando em uma panela de cobre, que se desprendeu do gancho e caiu estrondosamente no chão da cozinha. Marie ficou paralisada de medo.

– Endoidou de vez, Jordan? – berrou a cozinheira, furiosa. – Derrubou minha melhor caçarola. Que Deus te proteja se eu encontrar um amassadinho ou furo nela.

A elegante mulher que acabara de ser chamada de "Jordan" mal percebeu a cozinheira gritando. Ofegante, ela se afastou da parede e agarrou os cabelos adornados com um laço preto. Também eram pretas sua blusa e sua saia, e ela usava um broche pequeno com uma gema emoldurada em prata e o desenho de uma delicada cabeça feminina.

– Não... não foi nada – sussurrou ela.

A mulher colocou as mãos nas têmporas, como se estivesse com a cabeça doendo. Enxaqueca era reservada apenas à "senhora", uma funcionária ficava só com dor de cabeça mesmo, causada por embriaguez ou por ócio.

– Teve outro sonho, é? – resmungou a cozinheira, recolhendo a panela de baixo da mesa. – Você ainda vai ficar famosa com esses sonhos. Aí o imperador vai mandar chamar você para prever o futuro.

Ela riu alto. Sua gargalhada soava como o balir de uma cabra. Irônica, mas não maliciosa.

– Ah, pare com essas piadas estúpidas – disse Jordan.

– Mas se você só sonha com desgraça – prosseguiu a cozinheira, decidida –, o imperador não vai querer saber de você.

Marie estava encostada na porta. Seu coração batia rápido e subitamente ela se sentiu mal. Nenhuma das mulheres percebeu. Em vez disso, Jordan agora dizia que a senhorita queria chá com biscoitos. A cozinheira devia apressar-se.

– A senhorita que tenha paciência, eu tenho que colocar a água para ferver primeiro.

– É sempre a mesma coisa. Vocês ficam só enrolando na cozinha e depois eu que levo bronca da senhorita.

Marie achou estranho que as vozes, apesar de exaltadas, parecessem ficar cada vez mais baixas. Talvez fosse por causa do apito que encobria todos os outros ruídos. Mas se a cozinheira havia acabado de dizer que ainda tinha que colocar a água no fogo, por que a chaleira já estava apitando?

– Enrolando? – Ela escutou a voz da cozinheira. – Eu tenho que fazer o almoço e depois um bolo. E hoje à noite um jantar para doze pessoas. E isso tudo sem ajuda, porque Gertie, aquela idiota, já se mandou. Se não é a Auguste aqui… Ó, céus!

– Nossa Senhora! Agora danou-se!

Marie quis sentar-se depressa, mas era tarde demais. A cerâmica em tons de cinza e marrom-claro do piso da cozinha se aproximou em velocidade máxima e tudo ficou preto. Silencioso e agradável. Um estado de suspensão na escuridão tranquila. Apenas seu coração batia e martelava, agitando seu corpo e fazendo com que ela tremesse. Era incontrolável. Seus dentes rangiam, as mãos se contraíam.

– Era só o que nos faltava. Uma epilética! Preferia a Gertie contando histórias de homem…

Marie não ousou abrir os olhos. Devia ter desmaiado. Isso não lhe acontecia desde a hemorragia. Será que ela voltara a cuspir sangue? Meu Deus, por favor, isso não! Ela morreu de medo daquela vez. Sangue claro escorrendo de sua boca. Escorrendo demais. Tanto sangue que depois não conseguiu ficar de pé.

– Cale sua boca idiota! – resmungou a cozinheira. – A menina está morta de fome, não me admira que ela desmaie. Aqui, segure a xícara.

As mãos ásperas a tomaram por baixo dos ombros, erguendo um pouco seu tronco. Nos lábios, ela sentiu a borda quente de um recipiente que cheirava a café.

– Beba, menina. Isso vai colocá-la de pé. Ande, tome um golinho.

Marie piscou. Ela viu bem de perto o rosto vermelho da cozinheira, descuidado e coberto de suor, porém bondoso. Atrás da mulher, ela reconheceu a figura magra de Jordan. O broche de prata brilhava sobre sua blusa preta e em seu rosto se refletia uma espécie de aversão.

– Por que tanto cuidado? Se ela estiver doente, a Srta. Schmalzler vai dispensá-la na hora. Melhor assim. Bem melhor. Ela vai trazer desgraça se ficar. Um grande infortúnio que vai trazer para essa casa, eu sei…

– Faça o chá, por favor. A água já está fervendo.

– Isso não é trabalho meu!

Marie decidiu finalmente tomar alguns goles do café. Ainda que para isso tivesse que revelar que continuava entre os vivos, o que preferia ter ocultado. Não podia deixar a simpática cozinheira esperando. E por sorte parecia não haver nenhuma gota de sangue.

– E então? – murmurou a cozinheira, satisfeita. – Está melhor?

Marie ficou enjoada com a bebida forte e amarga. Ela ergueu a cabeça e sorriu com esforço.

– Estou melhorando... Obrigada pelo café...

– Continue deitada um pouquinho mais. Quando melhorar, vou lhe dar algo substancioso para comer.

Marie acenou com a cabeça, agradecida, apesar de a ideia de um pão com manteiga ou de uma canja lhe revirar o estômago. As mulheres a haviam colocado deitada em um dos bancos de madeira usados pelos funcionários nas refeições. Marie estava envergonhadíssima pelo desmaio estúpido. Foram necessárias duas pessoas para levantá-la e sentá-la no banco. E, para completar, houvera a falação de Jordan, que não devia ser boa da cabeça, afirmando que Marie era epilética e que traria infortúnio para a mansão. O contrário, sim, era verdade. A mansão era a morada da desgraça, isso ela já estava testemunhando no primeiro dia, e a faria refletir. Fosse sua última chance ou não, ela não ficaria ali de jeito algum. Nem por dinheiro, nem por boas promessas. E muito menos pela conversa fiada da Srta. Pappert.

– O que você está fazendo? – gritou a cozinheira. – Não se enche o bule até a borda. Que Deus tenha misericórdia! Agora vai transbordar tudo e a senhorita vai dizer que é culpa minha!

– Se você tivesse feito seu trabalho como manda o figurino, isso não teria acontecido. Fazer chá não está entre as minhas atribuições. Eu sou camareira e não uma baratinha de cozinha!

– Baratinha de cozinha? Você é mesmo um poço de presunção! De presunção e de burrice.

– O que é que está acontecendo aqui embaixo? – Era a voz aguda de Auguste. – A senhorita já perguntou três vezes pelo chá e está ficando furiosa. E ela quer que a Jordan suba imediatamente...

Marie viu o rosto já sem cor da camareira ficar mais pálido ainda. Ela finalmente conseguiu levantar a cabeça. O enjoo havia passado.

– Pior é que eu já esperava isso – murmurou Jordan, sorumbática.

Marie percebeu como a mulher a encarou ao sair apressada da cozinha, a saia esvoaçando. Jordan a olhava como se ela fosse um inseto perigoso.

2

Eleonore Schmalzler era uma mulher imponente. Os 47 anos a serviço da família até haviam lhe dado alguns cabelos brancos, mas os ombros e as costas continuavam como nos melhores dias de sua juventude. Na Pomerânia ela havia sido camareira da Srta. Alicia von Maydorn e, após o casamento da patroa, Eleonore a acompanhou à sua nova mansão em Augsburgo. Um casamento controverso, na verdade, pois Johann Melzer se dedicava à indústria e era filho de um professor da província. Um emergente que havia conseguido algo na vida. Já os Maydorns eram uma nobre família falida, com dois filhos oficiais que só davam despesas e uma propriedade na Pomerânia atolada em dívidas. Além disso, Alicia, beirando os 30 anos, já não era tão moça na ocasião do noivado. Ela tinha um tornozelo rígido desde a infância, resultado de uma queda na escada, o que prejudicava ainda mais seu valor no mercado matrimonial.

Eleonore Schmalzler ocupou o cargo de governanta inicialmente em caráter temporário. Alicia Melzer desconfiava das pessoas da cidade, que, a seu ver, só queriam tirar vantagem e não se importavam com o bom funcionamento da casa. Ela já havia dispensado dois mordomos e uma governanta. Eleonore Schmalzler, por sua vez, chamou a atenção desde o primeiro dia. Ela unia o apreço pela patroa a um talento natural para a liderança. Quem trabalhava na Vila dos Tecidos tinha que encarar o serviço como privilégio, obtido através de virtudes como honestidade, empenho, discrição e lealdade.

Já eram por volta das onze, e a Sra. Alicia e a Srta. Katharina estavam prestes a chegar. O jovem cavalheiro, que estudava Direito havia alguns anos na Universidade de Munique, fora levado até a estação de trem. Em seguida, a senhora e sua filha foram a uma consulta médica, dessas que duram no máximo meia hora. Eleonore Schmalzler tinha suas dúvidas, mas a senhora depositava muita esperança no doutor. A jovem Katharina Melzer, de 18 anos, sofria de insônia, nervosismo e terríveis dores de cabeça.

– Auguste!

A governanta reconhecera os passos da camareira no corredor. Auguste empurrou a porta cuidadosamente, equilibrando na mão direita uma bandeja de prata com uma xícara de chá meio vazia, um bule pequeno com creme e um açucareiro.

– Pois não, Srta. Schmalzler?

– Ela já está melhor? Então mande-a entrar.

– Perfeitamente, Srta. Schmalzler. Ela já está acordada. Uma menina baixinha e simpática, mas horrivelmente magra. Além do mais, não tem...

– Estou esperando, Auguste.

– Com licença, Srta. Schmalzler.

Cada um recebia o tratamento que merecia. Auguste tinha boa vontade, mas sua inteligência não ia muito longe. Além disso, era chegada à tagarelice. O fato de ter subido à função de camareira se devia à recomendação de Eleonore. Auguste era honesta e se provou leal à família. Havia meninas que, atraídas pela ideia de trabalhar na fábrica, fugiam do serviço poucos meses depois. Auguste não faria isso – ela era fiel à casa e à sua função, da qual tinha muito orgulho.

A porta rangeu quando a novata a abriu lentamente. A governanta fitou a criatura magra e pálida de olhos enormes. A cabeleira estava presa em uma trança da qual se soltavam finas madeixas. Era Marie Hofgartner, de 18 anos. Uma órfã. Provavelmente bastarda, criada com a mãe até os 2 anos e, após sua morte, enviada ao orfanato das Sete Mártires. Aos 13 anos começou a trabalhar em uma casa na parte baixa de Augsburgo, de onde fugiu quatro semanas depois. Outras duas tentativas como empregada doméstica fracassaram igualmente; aguentou um ano como costureira em um ateliê, depois mais seis meses na fábrica têxtil Steyermann. E havia três semanas ela sofrera uma hemorragia...

– Bem-vinda, Marie – disse ela, forçando alguma simpatia para com a pobre moça. – Como vai?

Os olhos castanhos piscavam com intensidade anormal e a camareira se sentiu incomodada com o olhar perscrutador. A menina era muito ingênua ou o exato oposto.

– Obrigada. Estou bem, Srta. Schmalzler.

A jovem sabia manter a compostura e não era do tipo que ficava reclamando. Mal havia caído inconsciente no chão da cozinha – conforme o relato de Jordan – e já estava ali, de pé, como se nada tivesse acontecido. Epilética, afirmara Jordan. Mas a mulher sempre fazia fofocas descabidas. Eleonore Schmalzler nunca confiava na opinião dos funcionários. Ela inclusive se permitia – apenas em segredo – colocar em dúvida a opinião de seus patrões, checando tudo de acordo com seus próprios e afiados critérios.

– Que bom – disse ela. – Precisamos de uma menina para o serviço na cozinha e você nos foi recomendada pela Srta. Pappert. Já trabalhou na cozinha?

A pergunta era dispensável, pois ela já havia examinado a carteira de trabalho e os boletins escolares da jovem, entregues no dia anterior por um mensageiro.

Os olhos de Marie percorriam o pequeno conjunto de cadeiras entalhadas e a estante repleta de livros e documentos. Por um momento, ela se deteve nas exuberantes e frondosas cortinas verdes. O cômodo no qual a governanta residia era fartamente equipado e pareceu impressionar a menina. Pouco depois, no entanto, uma ligeira contração de pálpebras deixou claro que ela reconheceu seus documentos na escrivaninha. *Por que a governanta está perguntando isso?* Seu olhar era questionador. *Ela já leu tudo.*

– Eu já trabalhei em três casas de família e tinha que cozinhar, lavar, servir a comida e cuidar das crianças. Além disso, no orfanato nós precisávamos sempre lavar os legumes, buscar água e lavar a louça.

Não era ingenuidade, mas esperteza em excesso. Eleonore Schmalzler não gostava quando os empregados eram inteligentes demais. Gente desse tipo só pensava em si mesma e não no bom funcionamento da casa, e ainda era capaz de dar golpes ardilosos. A governanta se lembrava com desprazer do criado que por anos roubara os vinhos tintos dos patrões para vendê-los. Ela ainda se culpava por ter deixado o bandido enganá-los por tanto tempo.

– Então você vai aprender o serviço bem rápido, Marie. Como assistente de cozinha, é subordinada à Sra. Brunnenmayer, nossa cozinheira. Mas todos os outros funcionários também podem lhe dar instruções e você deve obedecer caso eles lhe atribuam alguma tarefa. Estou lhe dizendo isso porque, pelo que estou vendo, você nunca trabalhou em uma casa tão grande.

A governanta ficou em silêncio e fitou a menina com curiosidade. Será que ela estava prestando atenção? Marie observava um desenho a carvão emoldurado, pendurado acima da escrivaninha. Um agrado da Srta. Katharina, que no Natal anterior havia presenteado todos os empregados com gravuras feitas por ela. O desenho mostrava os galpões da fábrica com os telhados em formato triangular e envidraçados na face norte.

– Gostou? – perguntou ela, incisiva.

– Muito. Com poucos traços já se reconhece o que é. Queria muito saber fazer isso também.

Empolgação e nostalgia brilharam nos olhos castanhos da menina. Um sorriso discreto se insinuava em seu rosto. A governanta se colocou na defensiva. A sensibilidade perante anseios não realizados era um incômodo do qual seus sessenta anos de vida não conseguiram libertá-la. Nada era mais prejudicial para a paz interior necessária a seu trabalho do que esses sentimentalismos.

– Deixemos os desenhos para a jovem patroa. Você, Marie, terá muito o que aprender nesta casa. Principalmente na cozinha, onde preparamos pratos requintados. Mas em outras áreas também. Como lidar com os patrões, por exemplo. Estamos em uma casa muito grande, e com frequência damos jantares e realizamos reuniões de grande porte. Além disso, uma vez por ano organizamos um baile também. Existem regras rígidas para todos esses eventos sociais.

Finalmente algum interesse se esboçou no rosto de Marie. Apesar da esperteza, ela parecia inocente e distraída. Talvez lesse muitos romances baratos e acreditasse que o mundo fosse repleto de paixões avassaladoras.

– A senhora quer dizer um baile de verdade? Com música, dança e todos aqueles vestidos maravilhosos?

– Isso mesmo, Marie. Mas você vai ver pouca coisa, pois seu lugar é lá embaixo na cozinha.

– Mas... quando a gente serve a comida...

– Nos eventos maiores, só os funcionários homens servem. Essa é mais uma coisa que você tem que aprender. Vamos passar para a parte prática. Estamos contratando você em princípio por três meses e com um salário de 25 marcos, que pagaremos em duas parcelas. Dez marcos no final de um mês e o resto dois meses depois. Isso, obviamente, se você fizer seu serviço direito.

A mulher fez uma pequena pausa para verificar o impacto de suas palavras. Marie parecia indiferente. Ambiciosa, pelo jeito, a menina não era. Ótimo. Como assistente de cozinha, ela não podia esperar muito mais.

– Você vai receber também dois vestidos simples e três aventais. Essas peças devem ser mantidas limpas e usadas todos os dias. O cabelo precisa estar preso e coberto com um pano, e as mãos devem estar sempre limpas. Meias e calçados, você usa os seus. E como está de roupas de baixo? Deixe-me ver.

A menina abriu sua trouxa e Eleonore constatou que a situação era crítica. Para onde ia o dinheiro que coletavam para o orfanato nas datas festivas? A menina tinha duas camisolas surradas, uma única calcinha sobressalente, uma anágua de lã furada e vários pares de meias remendadas. E nenhum sapato para trocar.

– Vamos ver. Se você se comportar direito... logo chega o Natal.

Nas datas festivas, havia presentes para os funcionários. Em geral, tecidos para roupas, couro para sapatos ou meias de algodão. Os funcionários de alto escalão recebiam também lembrancinhas da família, como relógios, quadros ou itens parecidos. No caso de Marie – contanto que ela se comportasse –, seria necessário gastar um pouco mais, pois a menina também precisava de um sobretudo de lã e algo quente para a cabeça. A ira da governanta contra o orfanato voltou a florescer. Nem mesmo um cachecol grosso deram à garota, deixaram tudo na conta dos novos empregadores.

– Você vai dormir lá em cima no terceiro andar, onde ficam os quartos dos empregados. Dormem sempre duas mulheres por quarto, e você vai dividir o seu com Maria Jordan.

Marie começara a amarrar sua trouxa quando se deteve, assustada.

– Com Maria Jordan? A camareira? A que usa um broche com o perfil de uma mulher?

Eleonore Schmalzler estava ciente de que Jordan não era uma companheira de quarto agradável. Mas nesse ponto aquela coisinha recém-chegada não tinha direito a opinião.

– Você já a conheceu. Maria Jordan é uma pessoa muito respeitada nesta casa. Você ainda aprenderá que uma camareira tem a confiança especial da patroa, e é por isso que, de todos os empregados, o cargo dela é tão elevado.

De fato, até ela às vezes ficava com inveja de Jordan, que não só era camareira da senhora como também servia às duas senhoritas. A própria Eleonore Schmalzler já fora camareira no passado e sabia sobre a intimidade envolvida nessa função.

A figura esguia se enrijeceu diante da governanta e, ao erguer os ombros, se tornou até um pouquinho maior.

– Desculpe, mas eu não quero compartilhar o quarto com Maria Jordan de jeito nenhum. Prefiro dormir em algum lugar no sótão junto com os ratos. Ou na cozinha. Pode ser até no mezanino.

Eleonore Schmalzler teve que se esforçar para assimilar tamanha insolência. A criaturinha desengonçada e morta de fome chegara do orfanato com nada mais que meia dúzia de boletins escolares ruins a seu favor e se achava no direito de fazer exigências. A governanta, que inicialmente até sentira pena da garota, estava revoltada com tanto atrevimento. Mas, claro, isso constava em quase todos os boletins. Atrevida, insolente, preguiçosa, desobediente... Pelo jeito, só não era dissimulada. Mas o resto já era suficiente. Eleonore Schmalzler teria adorado mandar a garota de volta ao orfanato. Infelizmente, havia um pequeno problema. Por alguma razão, a senhora queria que ela fosse contratada.

– Depois a gente vê isso – retrucou Eleonore friamente. – E tem outra coisa, Marie. Como você já percebeu, o primeiro nome da Srta. Jordan é Maria. Portanto, vamos ter que chamá-la por outro nome, do contrário pode haver confusão.

Marie apertou o segundo nó de sua trouxa com tanta força que as juntas dos dedos ficaram brancas.

– Vamos chamá-la de Rosa – decidiu a governanta.

Em outras circunstâncias, teria sugerido à moça dois ou três nomes para que ela escolhesse. Mas ela não estava merecendo tal gentileza.

– Por enquanto é só isso mesmo, Rosa. Vá para a cozinha, pois já estão precisando de você lá. Mais tarde, Else vai lhe mostrar o quarto e lhe entregar os vestidos e os aventais.

A governanta se virou, dirigindo-se à janela para abrir um pouco a cortina. Os donos da casa já estavam lá. Robert ajudava a senhorita a descer do carro enquanto a senhora já estava nos degraus do pórtico. O tempo parecia um pouco mais quente, e a senhorita havia inclusive tirado o sobretudo, entregando-o a Robert para que ele o carregasse, tarefa que ele fazia com grande diligência. Eleonore suspirou. Ela precisava trocar algumas palavras com o rapaz. Ele era um jovem cuidadoso e poderia chegar longe, inclusive ao cargo de mordomo, desde que os boatos que circulavam entre os empregados não fossem verdade.

– Else? Diga à cozinheira que os patrões estão de volta. Peça-lhe para preparar café e o lanchinho de sempre.

– Sim, Srta. Schmalzler.

– Espere. Depois disso, vá buscar na lavanderia as coisas da nova ajudante de cozinha e leve-as lá para cima. Ela vai dormir no quarto com Maria Jordan.

– Sim, Srta. Schmalzler.

A governanta dava suas instruções no corredor. Na cozinha, imperava o costumeiro corre-corre antes de um jantar festivo. A cozinheira emanava uma energia ótima, mas era melhor não mexer com ela quando estava ocupada. O pedido de Else, por exemplo, recebera uma resposta grosseira, pois a governanta deveria saber que o café e o lanche estariam prontos pontualmente. Eleonore voltou ao seu quarto, fechou a porta e, para sua grande surpresa, encontrou Marie. Ou melhor, Rosa, como a menina deveria ser chamada a partir de então.

– O que está fazendo aqui?

A garota colocara sua trouxa de volta no ombro, e seus olhos tinham uma expressão estranha. Dolorosa e dura.

– Sinto muito, Srta. Schmalzler.

A governanta a fitou desconcertada. Aquela menina era um verdadeiro enigma.

– Sente muito pelo quê, Rosa?

A moça inspirou com força, como se fosse levantar algo pesado. Ela ergueu um pouco a cabeça e semicerrou os olhos.

– Eu gostaria de ser chamada pelo meu nome verdadeiro. Eu me chamo Marie e não Maria, como a Srta. Jordan. Além disso, trabalho na cozinha e não creio que a senhora algum dia venha a me chamar. Ela solicita os serviços da camareira, mas com certeza não os da ajudante de cozinha. Seria impossível alguém nos confundir.

Ela apresentou sua justificativa em voz baixa, acenando o tempo todo com a cabeça. Apesar de falar em tom suave, ela o fazia com fluidez e convicção. Internamente, a governanta chegou a reconhecer que a menina tinha certa razão, mas jamais admitiria diante de tamanho atrevimento.

– Não cabe a você decidir isso!

Que absurdo. A criatura não queria trabalhar e estava buscando apenas um pretexto para ser devolvida ao orfanato em vez de ganhar seu próprio sustento.

– A senhorita não entende? – prosseguiu a menina, nervosa. – Meus pais escolheram esse nome para mim. Eles pensaram com muito carinho e chegaram exatamente a esse nome. Marie. Foi isso que eles me deixaram de herança e, portanto, não vou usar outro nome.

Aquilo parecia uma determinação quase desesperada, e Eleonore Schmalzler tinha conhecimento suficiente do comportamento humano para inferir que não se tratava de aversão ao trabalho e tampouco de petulância. A mulher estava até um pouco comovida, apesar de ainda achar que Marie estava no mundo da lua. Seus pais! A garota era bastarda e provavelmente nunca nem tinha visto a cara do pai.

A criaturinha teimosa ia ser difícil de domar, disso a governanta sabia. Como ela gostaria de dispensá-la... Mas havia o desejo dos patrões...

– Pois bem – disse ela, forçando um sorriso. – Podemos tentar usar seu nome verdadeiro.

– Por favor, Srta. Schmalzler.

Havia sido uma vitória? Não, ela parecia apenas imensamente aliviada.

Após alguns segundos, a garota acrescentou:

– Muito obrigada.

Marie esboçou uma tentativa de reverência, deu meia-volta e finalmente foi para a cozinha. A governanta deixou escapar um suspiro que não pôde conter.

Vamos ter que dobrar a altivez dessa moça, pensou ela. *A senhora com certeza estará de acordo.*

3

— Elisabeth, por favor. Estou morta de cansaço e com dor de cabeça.

Katharina estava deitada na cama, ainda com seu conjunto verde-claro. Ela só havia tirado as botinas e soltado os cabelos. Elisabeth estava ciente da condição da irmã havia anos, mas em sua opinião ela era uma farsante que só queria atrair a atenção de todos à sua volta.

– Dor de cabeça? – perguntou ela em tom seco. – Então melhor tomar seus sais, Kitty.

– Eles me dão cólica.

Elisabeth deu de ombros friamente e sentou-se na pequena poltrona azul-clara diante do espelho. Na penteadeira de sua irmã reinava a mais absoluta desordem, com frasquinhos de vidro, presilhas, pentes de tartaruga e almofadinhas de pó de arroz espalhados por toda parte. Não importava o quanto Auguste arrumasse, Katharina sempre voltava a bagunçar tudo. Assim era ela, sua irmãzinha caótica.

– Eu só queria te contar o que Dorothea me disse agora há pouco. Ela encontrou com você e Paul anteontem à noite, na ópera, lembra?

Elisabeth curvou-se na frente do espelho como se quisesse ajeitar uma mecha do cabelo loiro. Na verdade, ela estava observando atentamente a reação da irmã, que infelizmente não parecia muito reveladora. Katharina tinha as mãos postas sobre a testa e os olhos fechados. Não parecia muito disposta a responder.

– Deve ter sido uma apresentação belíssima…

Finalmente a mais nova se moveu e tirou a mão da testa para enxergar a irmã. Tais bobagens, como a música e a pintura, sempre faziam com que ela se esquecesse da dor de cabeça.

– Foi uma apresentação realmente incrível. A moça que fez o papel de Leonore era maravilhosa. *Fidelio* é uma história tão impressionante. A música, então…

Elisabeth atiçou um pouco a empolgação da irmã para atingir seu objetivo com mais facilidade.

– Poxa, que pena eu não ter ido.

– Não sei como você pôde perder essa obra-prima, Lisa. Ainda mais tendo um camarote no teatro. Como é que você consegue ser tão avessa a concertos e ópera?

Elisabeth sorriu, satisfeita. Katharina já estava sentada na cama, sem qualquer sinal de dor de cabeça e divagando sobre figurinos e cenografia. A irmã até havia feito alguns desenhos.

– Parece que vocês tiveram visita no camarote durante o intervalo. Dorothea que contou.

Katharina franziu a testa como se precisasse refrescar a memória, o que Elisabeth interpretou como puro fingimento. Kitty sabia exatamente quem havia procurado por ela.

– Ah, verdade! O tenente Von Hagemann foi nos cumprimentar. Parece que ele ficou sabendo que Paul estava passando o fim de semana em Augsburgo. Pediu espumante e tudo. Achei muito simpático da parte dele.

Ela conseguiu a informação que queria. Repentinamente, Elisabeth se viu refletida no espelho; seu rosto ficava feio quando estava nervosa. As bochechas se contraíam, seus lábios pareciam finos.

– O tenente Von Hagemann foi cumprimentar Paul? Mas que simpático.

Ela mesma percebeu o quanto sua declaração soou falsa. Mas estava muito irritada para fingir.

– Escute aqui, Lisa – disse Kitty, jogando-se de novo sobre as almofadas. – Os dois são colegas de escola.

Isso podia até ser verdade, mas como Paul era dois anos mais velho que Klaus von Hagemann, os dois com certeza nunca haviam sentado lado a lado na sala de aula. Eles apenas frequentaram a mesma escola. E havia mais: Paul já passara bastante tempo com os amigos naquele fim de semana, e Klaus von Hagemann não era parte desse círculo social.

– Dorothea também disse que você conversou horrores com o tenente, Kitty. É verdade que ele assistiu ao segundo ato no nosso camarote e se sentou ao seu lado?

Katharina tirou a mão da testa e levantou a cabeça para encarar Elisabeth, indignada. Arrá! Ela finalmente havia entendido.

– Se está insinuando que Klaus von Hagemann e eu...

– É exatamente o que estou fazendo!

– Isso é ridículo!

Os olhos de Katharina expressavam seu descontentamento. Ela franziu a testa e cerrou os lábios. Com raiva, Elisabeth percebeu que mesmo agora Katharina era bonita. Seus olhos ligeiramente inclinados para cima, o nariz pequeno e a boquinha redonda de boneca conferiam ao seu rosto triangular um forte atrativo. Além disso, a menina contava com fartos cabelos castanho-claros que adquiriam reflexos em tom de cobre quando expostos à luz. Ela, por sua vez, era loira, apenas loira e sem graça. Um loiro meio acinzentado, meio opaco, meio palha... Um tédio!

– Ridículo? – gritou Elisabeth, furiosa. – A cidade inteira não fala de outra coisa. A encantadora Katharina, a delicada fadinha de cachos castanhos, a rainha da próxima temporada... e até o tenente Von Hagemann foi enfeitiçado, aquele moço inteligente e ajuizado que passou o ano todo cortejando sua irmã...

– Pare, Lisa, por favor! O que está dizendo é mentira!

– Mentira? Então não é verdade que Klaus von Hagemann estava prestes a pedir minha mão?

– Mas não foi isso que eu disse. Ah, minha cabeça!

Katharina pressionou as têmporas, mas Elisabeth estava muito magoada para ter qualquer tipo de consideração. E alguém por acaso perguntava como ela estava? Talvez também tivesse noites de insônia e dor de cabeça, mas isso não interessava a ninguém naquela casa.

– Eu nunca vou perdoar você, Kitty! Nunca!

– Mas... eu não fiz nada, Lisa. Ele se sentou entre mim e Paul, foi só isso. E depois falamos sobre música; ele entende tanto de música, Lisa... Eu só fiquei ouvindo. Não fiz mais nada, juro.

– Sua falsa! Dorothea viu você rindo e flertando com ele.

– Que infâmia!

– O teatro inteiro viu e agora você vem insinuar que eu estou mentindo?

– Ah, Lisa. Nós só conversamos normalmente. E não se esqueça de que Paul estava presente o tempo todo!

Elisabeth percebeu o quanto havia passado dos limites. Dorothea devia ter exagerado, aquela maledicente. Que estupidez acreditar naquela fofoca. Arrependida, Elisabeth se olhava no espelho triplo da penteadeira, observando seu rosto tomado pelo ódio. Ah, Deus! Como ela parecia repulsiva e feia. Por que a vida era tão injusta? Como sua irmã conseguia manter o rosto angelical e sedutor até quando tinha dor de cabeça ou estava nervosa?

– É mentira, Lisa – insistiu Kitty, desesperada e impotente. – Dorothea é uma linguaruda. Como você pode acreditar nela? Todo mundo sabe que ela...

Um golpe na porta a interrompeu, e a mãe das jovens adentrou o quarto. Katharina se recompôs imediatamente, mas a mãe ouvira sua voz agitada do corredor.

– Kitty! O que aconteceu? O Dr. Schleicher não lhe disse para não se exaltar?

– Não foi nada, mamãe. Veja como estou calma.

Alicia Melzer conhecia suas filhas. Seu olhar dirigiu-se a Elisabeth, que rapidamente agarrou uma almofadinha de pó de arroz e começou a aplicá-lo.

– Você sabe que não deve provocar sua irmã, Lisa. Kitty mal conseguiu dormir ontem à noite.

– Sinto muito – disse Elisabeth com voz suave. – Eu só vim atrás dela para alegrá-la um pouco. Só isso.

Katharina confirmou a versão. Ela não era dedo-duro, disso ninguém poderia acusá-la. De fato, ela nunca havia denunciado a irmã mais velha. Alicia Melzer suspirou.

– Por que vocês ainda não trocaram de roupa? – repreendeu ela. – O almoço já vai ser servido.

A mãe usava um longo vestido de seda azul-escura e um colar de pérolas com um nó na altura do busto. Ainda que já tivesse passado dos cinquenta, ela continuava sendo uma figura graciosa. Apenas o andar um tanto oscilante, causado pela rigidez no tornozelo, denunciava sua idade. Elisabeth teria dado tudo para ser magra como a mãe, mas o destino quis que ela puxasse à família paterna, mais robusta e com quadris largos. Mesmo quando a moça usava seu largo robe matinal com excesso de renda flutuante, lhe faltava algo. Kitty, aquela monstra, dissera certa vez que Elisabeth parecia uma capa de bule ambulante com aquele *négligé*. Pelo menos agora sua irmã também seria censurada. Por ter ficado deitada, ela amassara o traje verde inteiro: a saia justa e o longo casaco com pregas na cintura feitos do brocado de seda brilhante que o pai trouxera da Índia. Que lástima!

– Almoço? – resmungou Katharina. – Não teremos um jantar de gala hoje? Como conseguiremos comer mais tarde se vamos almoçar agora?

– Temos que descer, Kitty. Não podemos deixar o irmão do papai e a mulher dele comendo sozinhos. Seria muita falta de educação. E eles já disseram que depois do almoço vão seguir viagem.

– Ainda bem – deixou escapar Elisabeth.

A mãe a encarou com olhar recriminador, mas Elisabeth sabia que estava tão feliz quanto ela com a partida do casal. O pai tinha três irmãos e quatro irmãs, sem mencionar as respectivas famílias e filhos. Contudo, nenhum deles havia construído um patrimônio digno de nota. Portanto, sempre que vinham visitá-los, traziam algum pedido de dinheiro ou favor. Às vezes ambos. Johann Melzer era uma figura respeitada em Augsburgo. Empresários, banqueiros, artistas e autoridades da cidade frequentavam sua casa; sua mulher, nascida em berço de ouro, garantia que todos se sentissem à vontade e acolhidos. Ela mesma se encarregava das damas que visitavam a casa, enquanto no chamado "cômodo dos cavalheiros" os homens consumiam vinho tinto, da Madeira e conhaque francês, empesteando o ar com fumaça de charuto enquanto conversavam sobre todo tipo de assunto, particulares e profissionais. Esse era o tipo de jantar que aconteceria esta noite e decerto seria mais que constrangedor ter à mesa o contador Gabriel Melzer e a esposa macilenta e grisalha. Nem que fosse só pela roupa inapropriada para a ocasião.

– Vão se trocar, meninas. Não usem nada muito chamativo. Vocês sabem que a tia Helena só tem um vestido.

– Certo. – Elisabeth riu. – Mas toda manhã ela prende uma gola diferente nele, achando que a gente não percebe.

No semblante de Alicia Melzer esboçou-se um sorriso que ela prontamente disfarçou. As observações de Elisabeth muitas vezes eram desrespeitosas, a jovem precisava aprender a conter-se.

– Pois é... Eles estão com a filha doente, o que gera muita despesa.

Elisabeth inclinou a cabeça, dessa vez guardando sua opinião para si. Naquele dia era uma filha doente, meses atrás havia sido um amigo inadimplente de quem o tio fora fiador, depois um incêndio na cozinha que causara um estrago tremendo. Os parentes do pai viviam encontrando novos motivos para meter a mão na carteira do rico Johann Melzer. A propósito, a família da mãe não era muito diferente, só tinha boas maneiras. Pelo menos quando estavam sóbrios. E precisavam de quantias maiores, pois levavam uma vida de luxo e tinham dívidas proporcionalmente mais altas.

De maneira geral, os parentes eram vergonhosos, e Elisabeth não conhecia um sequer que não preferisse manter bem longe.

– Tenho mesmo que descer para o almoço, mamãe? – resmungou Katharina. – Estou esgotada e gostaria de cochilar um pouco. Você sabe que o Dr. Schleicher me deu aqueles comprimidos para dormir.

Alicia já estava na porta. Ela hesitou um momento, incerta se o bem-estar da filha doente valia mais que a boa educação e a gentileza, sobretudo em se tratando dos parentes pobres de seu marido. Mas a criação pautada pelas boas maneiras e disciplina triunfou sobre a compaixão materna. Katharina tinha que aprender a se comportar. Principalmente ela.

– Não vamos nos alongar muito no almoço, Kitty. Depois você pode se deitar. Vou chamar a Maria para ajudar você a trocar de roupa mais rápido. Elisabeth, ponha o vestido marrom com manga bufante. E você, Kitty, quero vê-la com o vestido verde-claro, você sabe qual, aquele com o bolerinho e botões de madrepérola.

– Está bem, mamãe!

Elisabeth levantou-se da poltrona contra sua vontade e dirigiu-se ao seu quarto. Claro que Maria ajudaria sua irmã a trocar de roupa enquanto ela teria que se vestir sozinha. Maria no máximo daria uma passada rápida no seu quarto para prender seu cabelo. Estava mais do que óbvio que uma camareira para três mulheres não era o suficiente. Além do mais, a boa Jordan já tinha passado dos 40 e sua visão de moda era tão antiquada quanto a de sua mãe. Mas o que a animava era a esperança de ter a própria camareira quando se casasse.

O vestido marrom já tinha três anos, a mãe o encomendara quando Elisabeth tinha 17 anos. Ela dizia na época que a cor marrom harmonizava bem com o cabelo loiro da filha. A moça não concordava. Achava marrom chato, tão sem graça como um monte de terra. Já as mangas antiquadas e exageradas não melhoravam muito a situação. Mas para o contador Gabriel Melzer e sua esposa insossa, aquele traje estava mais que bom.

Maria já havia buscado o vestido e pendurado em seu quarto. Só precisava tirar o *négligé* e vestir aquela monstruosidade. Mais um motivo para se aborrecer: o vestido marrom estava apertado, e ela teve que fazer força para se enfiar nele. Na verdade, poderia ter afrouxado os cordões, mas sem Maria era impossível. E mais tarde, no jantar, ela ainda teria que entrar no vestido verde-escuro de veludo, com um espartilho tão justo que Elisabeth já estava passando mal só de pensar.

– Senhorita, posso ajeitar seu cabelo rapidinho? Nossa, que linda está nesse vestido!

Maria Jordan lhe sorriu. Ela era a camareira perfeita, sempre educada, reservada e até as bajulações mais absurdas soavam verídicas em sua boca. Bastava se olhar no espelho para Elisabeth reconhecer que parecia uma linguiça prensada naquele casulo de pano. Mesmo assim, lhe fez bem ouvir o elogio, sentada no pufe da penteadeira, posando como uma musa enquanto as mãos talentosas de Maria se encarregavam do penteado.

– Faça só um coque. Mas para hoje à noite vou precisar de você por volta das cinco.

– Perfeitamente, senhorita. Vai querer o laço de veludo marrom?

– Não, nada de laço. Assim já está bom. Obrigada, Maria.

– Como quiser, senhorita.

Não era um absurdo que justo ela tivesse tendência a engordar? A mãe nunca fora gorda, ainda exibia a silhueta de uma jovem. Uma vez ela lhes mostrara, para espanto das filhas, um vestido de sua juventude. Era terrivelmente antiquado, feito com tecido fustão vermelho-escuro e com uma saia bufante e babado. Ela o guardara como recordação do dia em que conhecera o marido. Elisabeth achava o vestido abominável, mas ele ainda cabia na mãe como antigamente. Sua silhueta pouco havia mudado apesar dos três filhos.

Do corredor, ela viu Kitty descendo a escada, quase flutuando, como se estivesse caminhando sobre nuvens. Aquela criaturinha curiosa parecia estar quase sempre sonhando acordada. Mas pelo menos era magra, fabulosamente esguia – uma silhueta que parecia retirada de uma revista de moda. O pior era que Kitty pouco se importava com o que vestia ou como lhe penteavam os cabelos. Uma vez a menina inclusive manifestara seu desejo de estudar pintura em Paris. Com o cavalete no meio da rua, como os artistas faziam por lá. A mãe guardara para si suas palavras, mas o pai ficara furioso e a chamara de "burra e ingrata".

Elisabeth seguiu a irmã até o primeiro andar. Seus passos foram engolidos pelos grossos tapetes do corredor e da escada, e Katharina não a ouviu. Devia estar ocupada com seus pensamentos. Elisabeth lembrou-se de que sua bela irmã também estaria sentada à mesa no jantar. Os Von Hagemanns, pessoas próximas de sua mãe, haviam sido convidados, bem como empresários amigos do pai. Ela sentiu o coração acelerado, o que poderia ser causado pelo vestido bastante apertado no busto. Mas também poderia se dever ao fato de que o tenente Klaus von Hagemann, acompanhando os pais naquela noite, finalmente ia se declarar a ela.

Else lhe abriu a porta da sala de jantar – provavelmente também serviria o almoço. Não valia a pena importunar Robert por causa da parentada pobre. Naquela noite, ele precisaria trabalhar de uniforme e luvas brancas. Elisabeth cumprimentou os convidados por mera educação e se desculpou pelo atraso, pois percebeu que era a última a chegar e que só então as pessoas se sentaram à mesa. Else apareceu com a sopa: caldo de carne com ovos *royale*. Elisabeth dirigiu um olhar malicioso a Katharina. Ela sabia que a irmã odiava caldos e, ainda por cima, quase nunca comia carne.

– Kitty, minha querida, como vai? – perguntou tia Helene. – Você parece cansada.

Katharina revolvia sua sopa, absorta em pensamentos. Elisabeth notou que as pálpebras quase se fechavam.

– Kitty?

Sobressaltada, ela abriu os olhos.

– Desculpe, tia. O que você perguntou?

A mãe franziu a testa e seu olhar de censura fez com que Katharina se aprumasse. Ela sorriu, constrangida.

– Estava dizendo que você parecia cansada, minha menina – repetiu tia Helene pacientemente.

– Queira me desculpar, tia. Eu não estava prestando atenção. Hoje estou mais cansada que o normal.

– Foi o que eu disse – insistiu tia Helene, intrigada.

Elisabeth teve que conter um ataque de riso. A mãe apressou-se em explicar que a pobre Katharina mal havia dormido na noite anterior. Tia Helene se fez de compreensiva e discorreu sobre sua própria insônia, consequência das preocupações que tinha com a família. Com isso, ela conseguiu voltar à história da filha doente e dos remédios caros. E aqueles médicos, já não sabia o que pensar deles. Prescreviam todo tipo de tintura e pílulas, mas só Deus sabia se surtiriam algum efeito.

– É preciso aceitar a vontade de Deus – confirmou Alicia, compassiva.

Elisabeth sabia que sua mãe estava falando de coração. A família era católica e ia todos os domingos à missa na abadia de Santo Ulrico e Santa Afra.

– É mesmo uma pena Johann não ter tempo para comer conosco – disse tia Helene com um pesar cortês. – Não deve fazer bem isso de ele ficar o dia inteiro no escritório sem um tempinho nem para almoçar.

Elisabeth sabia muito bem que a mãe também se incomodava com a ausência do pai. Era bem de seu feitio enfurnar-se no trabalho e deixar a esposa e as filhas fazendo sala para os parentes insuportáveis. Mas obviamente Alicia Melzer não deixou transparecer sua irritação e, dando um suspiro fingido, concordou com tia Helene, lamentando a devoção do marido ao trabalho. Era como se ele estivesse casado com a fábrica, explicou. Todos os dias Johann ia bem cedo para lá e, não raro, só voltava à noite para casa. Ele detinha uma grande responsabilidade, e cada decisão era cuidadosamente analisada, pois qualquer erro que ocorresse na fábrica poderia acarretar o cancelamento de um contrato importante.

– Pois é. A prosperidade só vem com trabalho incansável – comentou ela com um sorriso eloquente, piscando para tio Gabriel.

Ele ficou vermelho, pois era sábado e ele deveria estar no escritório. Provavelmente dera alguma desculpa ao chefe. O pai dissera uma vez que tio Gabriel não era um funcionário confiável.

Elisabeth viu tudo bem na hora em que aconteceu. A colher da sopa caiu da mão de Katharina, bateu no caldo de carne e o cabo adornado pelo monograma da família derrubou e quebrou a taça cheia de vinho, derramando a bebida na toalha de mesa. Tio Gabriel fez um movimento ágil na tentativa de segurar a taça, mas a abotoadura da camisa enganchou em um prato de sopa, que acabou caindo no colo de sua mulher. Poucas vezes se havia visto tamanha sucessão de acontecimentos desastrosos.

– Else! Traga toalhas limpas. Auguste, suba com Helene para o quarto de hóspedes. Ela precisa se trocar.

Elisabeth estava boquiaberta. Era divertido ver tia Helene desesperada, sacudindo a saia, e Katharina lhe pedindo mil desculpas.

– Eu… não sei como me desculpar, tia Helene. Eu sou terrivelmente desastrada. Vou lhe dar um dos meus vestidos.

Quando Auguste abriu a porta da sala de jantar para a desventurada tia, todos escutaram a voz da cozinheira no piso inferior. Fanny Brunnenmayer estava tão furiosa que era possível entender cada palavra.

– Você é a coisa mais burra que já cruzou o meu caminho. Não presta para nada. Virgem Santa, como alguém pode ser tão estúpida desse jeito?

Alicia Melzer sinalizou para que Auguste voltasse a fechar a porta o mais rápido possível.

– É a nova ajudante da cozinha – explicou ela, pedindo desculpas a Gabriel Melzer. – Ela ainda está aprendendo o serviço.

4

Parecia feitiçaria. Na cozinha reinava uma verdadeira desordem de panelas e travessas, um caos de lombo de carne de caça, de pombos depenados e estripados, de toucinhos, filés rosados e galinhas recheadas. No meio disso, toda sorte de legumes: acelga, cebola, chalota, cenoura, aipo e também maçãs, maços de salsinha, endro, coentro...

– Você já está de novo no caminho! Vai pro fogão! Abana o fogo! Não tão rápido! Não está me escutando? Sai daí do meu fogão, você estraga tudo.

Marie corria para cá e para lá. Pegava uma panela, depois outra, buscava pratos e colheres, trazia lenha para o fogão, lavava tigelas e facas. Independentemente do que ela tocasse, nunca estava certo.

– O bule com creme não, sua estúpida. A panela com o caldo, ali do lado. Acorde! Ande, o molho já está passando do ponto.

Ela era lenta demais. Sempre que ia buscar algo, errava várias vezes, e quando por fim entregava à cozinheira o objeto que lhe havia sido pedido, a mulher já tinha dado seu jeito. Para Marie, a cozinha parecia um mar enfurecido, e a mesa – sobre a qual repousavam panelas e travessas –, um navio que chacoalhava com a tempestade.

– Tenha cuidado com os pombos. Vá bem devagar para não arrancar nenhuma asinha. E coloque as penas em uma sacola, senão elas vão voar por toda parte. Virgem Santa, o que foi que eu disse?

Alguém abrira uma janela e peninhas brancas e cinzentas alçaram voo. Como flocos de neve, elas bailavam em uma espécie de valsa acima da mesa e, enquanto Marie saltava de um lado para outro tentando agarrar pelo menos as maiores, as plumas mais leves caíam dentro das panelas e dos pratos. Marie as retirou do lombo de veado recheado, do creme de framboesa, dos filés de peixe e, principalmente, da mousse de chocolate, sobre a qual se depositavam aos montes.

– E aí? Como está se saindo nossa pequena Marie? – Ela escutou o tom sarcástico de Jordan.

– Não venha meter seu narigão onde não é chamada. – A cozinheira bufou. – Saia da cozinha, senão sua batata vai assar!

Era impossível agradar a cozinheira. Até porque a mulher era incapaz de explicar com precisão o que precisava. Para ser uma boa ajudante de cozinha, era preciso conhecer o plano que a cozinheira tinha em mente, porém de maneira quase intuitiva. Tudo o que ela fazia seguia um esquema e Marie percebia que ele era perfeito. Para cada etapa de trabalho havia um tempo preciso, e a partir da bagunça de panelas e louças, de comidas quase prontas, cruas e já cozidas surgia um conjunto maravilhoso: o banquete com oito pratos que precisava ser servido pontualmente às seis horas.

Creme de alho-poró, peixe, pomba ao mel, aipo ao molho madeira, lombo de veado com frutas vermelhas, *sorbet*, torta de frutas com suspiro, queijos. E depois café e chá. Biscoitos de amêndoas. Licores.

Ao lado da sala de jantar havia um elevador monta-pratos, que ia do corredor da cozinha até o corredor do primeiro andar. Marie viu Robert de relance quando ele passou para dar uma olhada na cozinha e fazer perguntas sobre o vinho, que foram grosseiramente respondidas ou ficaram sem resposta. O rapaz logo se foi, mas Marie pôde admirar seu uniforme listrado azul e preto, com botões dourados, e as luvas imaculadamente brancas.

Que casa era aquela! Como ela cogitara desistir de tudo logo no primeiro dia? Teria sido a coisa mais idiota que poderia ter feito. Céus! Nunca na vida vira tamanha riqueza e variedade de comida. Os moradores daquela mansão eram podres de ricos. Nada ali parecia ser caro demais e tudo era do bom e do melhor. Pombas. Molho madeira. Três tipos de peixe assado. Vinte, trinta ovos não significavam nada. As claras eram batidas em ponto de neve e misturadas com açúcar e delicadamente secas no forno. A base de biscoito recebia recheio de creme, frutas e, por fim, a espuma de claras. Marie às vezes ficava apenas parada contemplando tudo, como se ela pudesse assimilar aquelas delícias apenas com o olhar e colocar as muitas receitas em sua cabeça sem esquecê-las. Mas também havia receitas que Fanny Brunnenmayer mantinha em segredo. Foi quando ela pediu que Marie saísse para buscar lenha. Quando a jovem voltou, a comida já estava pronta.

Uma iguaria após a outra foi para o elevador e uma sineta indicou a Robert que no andar inferior tudo já estava preparado. O criado puxou a corda e os pratos e travessas protegidos pelas coberturas metálicas em forma de abóbada revelaram-se, imponentes. Lá embaixo, os funcionários se apressavam em preparar o próximo item do menu. Por vezes, os intervalos entre um prato e outro eram bastante curtos. Em outros casos, os patrões começavam a tagarelar, para apreensão da cozinheira, preocupada com a carne, os delicados legumes e o *sorbet*, que já havia sido servido e àquela altura começava a derreter. Só quando a tábua de queijos com *bretzel* e frutas concluíram seu trajeto até a mesa, encerrando assim o banquete, a cozinheira teve sossego. Fanny Brunnenmayer sentou-se em um banco, retirou um lenço do bolso do avental e enxugou o rosto suado.

– Menina, me traz aquela caneca ali? A grande, isso. Essa mesma.

A mulher tomou a cerveja em goles demorados e prazerosos, continuando a enxugar a testa com o lenço. Suas feições então se abriram em um sorriso.

– Até que você não foi tão mal assim, menina.

5

Elisabeth olhou com pesar os apetitosos restos da torta de suspiro enquanto Robert a retirava da mesa para substituí-la pelas cestinhas de frutas, montadas com perfeição. Uvas roxas brilhavam à luz das velas, assim como laranjas e maçãs fatiadas. Para arrematar, havia damasco seco e amêndoas doces. Ela se permitiu beliscar pelo menos um pedacinho de maçã, já que tinha resistido heroicamente ao queijo e à torta de suspiro.

– Mais uma vez, estava tudo uma delícia, querida Sra. Melzer – disse um dos comensais.

Ainda em sua cadeira, Klaus von Hagemann inclinou levemente a cabeça em direção à anfitriã, que sorriu em resposta.

– Creio que mamãe já está pensando em como surrupiar sua excelente cozinheira – brincou o rapaz, voltando-se para Elisabeth.

Elisabeth mastigava sua fatia de maçã. Ela sentia prazer em fazê-lo esperar por sua resposta, observando a impaciência de seus olhos azuis e a insegurança a respeito do êxito de sua piada. Finalmente, ela sorriu e respondeu que a Sra. Brunnenmayer já estava na casa havia muitos anos.

– Ela é um diamante a ser lapidado, a nossa Fanny. Por fora, áspera e bruta, mas por dentro é a lealdade em pessoa – comentou com alegria. – Ela jamais deixaria os Melzers, nem por dinheiro, nem por belas palavras.

Ele agarrou o copo e, enquanto tomava um gole de vinho tinto, seus olhos se dirigiram por um momento a Katharina, envolvida em sua conversa com Alfons Bräuer. O parrudo filho de banqueiro, de ombros largos, normalmente era um rapaz de poucas palavras, mas naquele momento ria que nem uma gralha de qualquer assunto que Katharina abordava. Não dava para saber se o vinho ou a farta refeição era responsável pelo rubor em seu rosto, mas Elisabeth supunha que fosse a provocante proximidade de Katharina que bombeava o sangue ao rosto e as bobagens ao cérebro do rapaz.

– Bom… então vocês podem se considerar pessoas de sorte – opinou Klaus von Hagemann ao lado de Elisabeth. – Fidelidade é uma das qualidades que hoje em dia não se encontram facilmente. E é uma das maiores virtudes do ser humano, não acha?

Ela se apressou em concordar. Certamente a lealdade era uma elevada virtude; o Sr. Melzer sempre enfatizava o quanto era importante que seus funcionários fossem leais à fábrica de tecidos da família.

Com um movimento lento, Klaus von Hagemann colocou sua taça na mesa e pegou a cesta de frutas para oferecê-la. Elisabeth, por educação, aceitou uma pequena fatia de laranja – Jordan apertara tanto o espartilho que ela mal conseguia respirar.

– Eu estava me referindo à lealdade em um sentido mais humano – disse ele, pensativo ao olhar as chamas das cinco velas do candelabro de prata. – A lealdade para com um amigo, por exemplo. Ou a lealdade que os pais têm com os filhos. E, sobretudo, a lealdade em um matrimônio.

Elisabeth sentiu seu coração martelar contra a estrutura do espartilho. Aquele era o momento. Ele iria arriscar. Sem dúvida, seus olhos a fitavam com uma seriedade intensa. A declaração vinha agora.

– Um casamento, minha senhorita, deve consistir de dois componentes. De fogo e gelo. De um lado, a chama ardente do amor. Do outro, a doce estabilidade, a lealdade entre os cônjuges até o fim da vida.

Elisabeth sentiu um agradável calafrio, principalmente quando ele, com algum embaraço, desviou rapidamente o olhar para seu decote. Seus seios fartos eram o único atributo físico que gozava de vantagem em comparação a Katharina. Ah, como ela iria atiçar o tal fogo que ele acabara de mencionar. Só bastava ele chegar ao ponto.

– Eu confio tanto em você, Elisabeth – ela o ouviu dizer em voz baixa. – Acho que chegou o momento de lhe fazer uma confissão do fundo do meu coração…

Ela não esperava que aquela noite terminasse de maneira tão feliz. Com certeza grande parte da felicidade se devia a sua mãe, que estabelecera os lugares à mesa. Alicia Melzer era uma mulher decidida a tomar as rédeas do destino dos filhos, e Elisabeth já notara havia muito tempo que os planos da mãe coincidiam com os seus. Ao longo daquele inverno, Katharina ainda iria conquistar corações e despedaçar muitos outros. Não importava. Elisabeth sentia que seus sonhos estavam se concretizando. Que idiotice ter acreditado nas intrigas de Dorothea. Durante toda a noite, Klaus von Hagemann só tivera olhos para ela. Os dois se entregaram a conversas e risadinhas e, inclusive, trocaram comentários espirituosos e até maliciosos. O rapaz ousara por duas vezes tocar levemente em sua mão. E o momento estava prestes a chegar. Se ao menos eles pudessem ter um pouco mais de privacidade... Ali na mesa, em meio à falação dos convidados, tais confissões soavam muito menos românticas do que uma jovem esperava. Gertrude Bräuer, aquela inconveniente, estava descrevendo o soluço que no dia anterior a afligira por mais de uma hora. Logo se percebia que a esposa do Sr. Bräuer, o banqueiro, vinha de família burguesa e não sabia como se comportar na alta sociedade.

– Há momentos na vida, é o que se diz, em que o mundo parece parar, querida Srta. Elisabeth. Eu senti isso recentemente – prosseguiu o tenente sem hesitar.

Justo naquele momento, o criado Robert lhe ofereceu um prato de queijo guarnecido com uvas, abacaxi e frutas cristalizadas.

– Pegue um pouco de roquefort, senhorita – sussurrou o rapaz em tom confidente. – Deve estar uma delícia.

Com um gesto, ela recusou a oferta. O criado ofereceu então o farto prato ao tenente, que não se fez de rogado, escolheu cuidadosamente seus tipos favoritos e se serviu ainda de dois pequenos pedaços de abacaxi e um *bretzel* recém-saído do forno.

Todo o encanto se acabara. Klaus von Hagemann ocupou-se do seu prato em silêncio, enquanto o criado lhe servia mais vinho.

– Parece que foi interrompido, tenente.

– Verdade – lembrou a si mesmo, distraído. – Sobre o que estávamos falando?

– Você estava contando sobre um momento importante em sua vida...

– De fato. Acredito que não seja o momento oportuno, senhorita. Queira me perdoar.

Que decepção! Aquele covarde estava batendo em retirada. Era tudo culpa de Robert e seu estúpido prato de queijos. Ah, ela teve vontade de matá-lo.

A animação junto à mesa começou a arrefecer, pois o banquete fartamente servido já dava lugar ao torpor dos convidados. Com esforço, Alicia tentou dar continuidade a uma conversa sobre a nova cantora de ópera – "divina", segundo a Sra. Von Hagemann e a Sra. Bräuer. Tilly Bräuer, a atrevida moça de 17 anos em seu vestido bordô com decote demasiadamente revelador, se entupia de roquefort e uvas. Apenas Katharina, que provavelmente mal havia comido, não fora contagiada pelo cansaço onipresente. Elisabeth a escutava explicar ao rapaz ao seu lado as técnicas chinesas de ilustração em nanquim. Para Elisabeth era um mistério como Alfons Bräuer conseguia escutar a irmã mais nova sem desviar a atenção dela um só minuto; agia como se a menina estivesse pregando o evangelho. Só podia ser pela maneira como ela falava, pelos olhos reluzentes, o movimento dos lábios carnudos e os gestos amplos e graciosos. Elisabeth poderia jurar que Alfons Bräuer dedicaria igual atenção aos lábios da irmã se ela lhe estivesse lendo a lista de endereços da cidade de Augsburgo.

– Pois muito bem, cavalheiros – disse a mãe, desenvolta. – Estou vendo que o tabaco os chama. Não façam cerimônia, as senhoras aqui também querem se divertir um pouco sem vocês.

– Já não era sem tempo! – exclamou Bräuer, ansioso para escapar da tagarelice incessante de sua metade da laranja. – Seu desejo é uma ordem! – prosseguiu o banqueiro.

Os cavalheiros se levantaram, e Johann Melzer, o dono da casa, tomou a frente. Os senhores puderam contar ainda com a companhia do monsenhor Leutwien, uma esmirrada figura de cabelo ralo e óculos. Elisabeth não era exatamente afeita ao pároco, ainda que não pudesse explicar por que, mas provavelmente era por causa dos óculos com lentes grossas que deixavam os olhos minúsculos e o semblante com um ar de impotência. Quando ele uma vez os tirou para limpá-los com um lenço, Elisabeth constatou que seus olhos eram cinza e de tamanho normal. A partir de então, ela passara a vê-lo não como impotente, mas como alguém que sabia muito bem o que queria.

– Então creio que também vou me entregar aos prazeres do tabaco – disse o tenente Von Hagemann, levantando-se da cadeira. – Acho que meu velho pai ficaria horrorizado se eu permanecesse aqui como o bendito fruto entre as mulheres.

Obviamente não havia chance de detê-lo. Eles trocaram as cortesias de sempre e ela acreditou ter notado uma sincera frustração em seu olhar quando o tenente deixou a sala.

O ritual prosseguiu. Robert aproximou-se de Alicia Melzer para avisar à senhora que a outra sala já estava pronta. As damas se dirigiriam ao salão vermelho, o cômodo que sua mãe mandara decorar de acordo com o próprio projeto. Só o papel de parede em seda com motivos chineses havia custado uma verdadeira fortuna. O mobiliário em estilo Luís XV fora produzido na França e, obviamente, era folheado a ouro. Quando estivessem acomodadas, seria servido às senhoras café ao estilo italiano junto com bombons e biscoitos finos.

Contudo, as senhoras pareciam pouco inclinadas a interromper a conversa inflamada sobre o caso de amor que uma conhecida dama da sociedade estava tendo com o chofer. Sobretudo a espevitada esposa do banqueiro, que trazia os detalhes mais picantes da história, alheia aos olhares horrorizados de sua pobre filha, Tilly. Alicia tentava abrandar os rumos da conversa com a ajuda de Riccarda von Hagemann. A mãe do tenente era a convidada perfeita, tinha um tato que fazia falta à esposa do banqueiro. Além de tudo, era uma mulher que mantivera sua beleza no auge de seus 50 anos.

Uma ideia surgiu na cabeça de Elisabeth. Uma possibilidade apenas, porém promissora. Ela se levantou, sorriu para a mãe e saiu da sala de jantar. Ninguém acharia estranho ela já estar se dirigindo ao salão vermelho. Muito pelo contrário, estaria apenas tomando a iniciativa, e as demais damas a seguiriam. Mas não imediatamente. Haveria um pequeno espaço de tempo para ir ao cômodo dos cavalheiros, escolher um livro e solicitar a Klaus von Hagemann o obséquio de levá-lo ao salão vermelho. Ninguém suspeitaria de nada, pois se esperava que as damas se encontrassem no cômodo, tomando café italiano. Se tudo transcorresse como seu astuto plano previa, ela conseguiria se encontrar rapidamente com o tenente Von Hagemann no salão vermelho. Se ele fracassasse nessa última oportunidade, então não haveria mais nada que ela pudesse fazer.

Elisabeth precipitou-se no longo corredor, satisfeita, pois as cerdas do grosso tapete abafavam seus passos. O cômodo dos cavalheiros ficava na outra ponta do corredor, então ela precisava se apressar e, ao mesmo tempo, ter fôlego suficiente com o espartilho apertado. Qual livro ela escolheria? Qualquer um que fosse fácil de achar, de preferência um romance, talvez *Robinson*, inofensivo e à vista, bem na prateleira do meio da estante de livr…

– Nunca falei tão sério em toda a minha vida, minha querida senhorita…

Era a voz do tenente. Ou ela estaria imaginando? Elisabeth deteve-se na metade do corredor, tomou ar e não conseguia escutar nada além das batidas de seu coração acelerado.

– Você está rindo de mim, Katharina? Como pode ser tão cruel? Eu abro meu coração, entrego minha vida nas suas mãos e a senhorita ri...

O peito de Elisabeth foi tomado por um ar gelado. Era, sem dúvida, a voz do tenente e vinha do salão vermelho. Como não havia percebido que Katharina deixara a sala de jantar? Elisabeth tremia, escorada em uma cômoda entalhada em madeira, ansiosa por escutar as frases que se seguiriam. Frases que selariam sua desgraça e cravariam a adaga mortal em seu coração.

– É uma tempestade de fogo que arde dentro de mim, Katharina. Foi um relâmpago que me atingiu em dia de céu claro. Eu preciso lhe dizer que preferiria morrer...

O tenente disse as três palavras que ela aguardava fazia tempo, repetindo-as várias vezes como se sua interlocutora fosse incapaz de ouvi-las.

– Eu amo você. Eu idolatro você, Katharina.

A irmã deu alguma resposta? Riu? Ou o rejeitou? Será que ela se permitiria fazer uma confissão tão atrevida? Elisabeth não escutou nada nesse sentido. Em vez disso, pôde ouvir a voz rouca e decidida do tenente invadindo seu ouvido.

– Seja minha mulher!

Elisabeth sentiu o rosto ser tomado por um calor intenso, o que era curioso, pois o corpo estava frio e rijo. Entretanto, seus olhos vertiam lágrimas quentes que escorriam sobre o pó facial em suas bochechas e maculavam suas feições, manchando, por fim, o vestido.

– Não é necessário responder agora, Katharina. Eu posso esperar você se acalmar e discutir minha proposta com seus pais. Mas eu lhe suplico: não esqueça que eu lhe tenho o mais profundo e fiel amor.

Ela não pôde suportar mais. Elisabeth Melzer não era do tipo que batia em retirada diante de tamanha agressão. Ela enxugou as lágrimas com o dorso das mãos, empinou o nariz e ajeitou o cabelo; em seguida, irrompeu no salão vermelho. Que cena mais ridícula! Kitty estava sentada na pomposa poltrona enquanto o tenente se declarava ajoelhado no tapete.

– Ah, você está aqui, Kitty! – exclamou. – Eu estava procurando você na casa inteira.

Von Hagemann levantou-se sobressaltado, esboçou uma reverência, constrangido, e deixou o salão. Elisabeth não lhe deu qualquer atenção.

6

— Apague o lampião! Vá se deitar. Você não consegue trocar de roupa no escuro?

Marie estava esgotada. Após duas tentativas frustradas, ela finalmente encontrara seu quarto. Primeiro, havia batido na acomodação de Auguste e Else, depois tinha entrado no depósito, onde caixas e baús se amontoavam entre a mobília. Mas finalmente encontrara o cômodo certo. Apesar do gorro, era fácil reconhecer Jordan pelo nariz característico.

– Você é surda? Apague o lampião agora mesmo!

Marie parecia não se importar. Com toda a calma, ela acendeu a luz do pequeno quarto, fitou as duas cômodas, o armário que as duas dividiam e a cama na qual iria dormir. Eram móveis simples, mas de boa qualidade, feitos para uso da criadagem. O chão era de tábua corrida, e diante de cada uma das camas jazia um tapete colorido de retalhos. Que maravilha! Era a primeira vez que ela gozava de tal luxo. Para completar, em cima da cama havia lençóis, camisolas, roupas de baixo, meias e até meias-calças de lã. Tudo imaculadamente branco. Também havia um par de sapatos de couro de segunda mão, mas ainda bons, e mais três vestidos, um de algodão, outro de flanela e o terceiro de lã para os dias frios. Além disso, notou os aventais, mas infelizmente sem a bela barra de renda que as criadas usavam. Os dela eram retangulares e feitos em tecido grosso, próprio para o trabalho pesado na cozinha.

– Você não pode vasculhar suas coisas amanhã? – bufou Jordan, levantando um pouco a cabeça.

Além do nariz característico, seu queixo também era pontudo. O quarto era maravilhoso, a única coisa que incomodava era aquela companhia tóxica. Que pena que na vida não se podia ter tudo. Sempre havia um lado negativo.

– Só as estou colocando sobre minha cômoda, vou arrumá-las amanhã. Tem algum banheiro aqui?

Jordan revirou os olhos.

– No final do corredor – resmungou. – E quando voltar, apague o lampião. Às cinco e meia da manhã já começa nosso dia.

– Assim que eu me deitar na cama, apago a luz.

O que aquela mulher queria? Que ela andasse tateando pelo quarto na escuridão? Só para não incomodar a princesa em seu sono da beleza? Estava muito enganada. Se por acaso estivesse achando que também poderia dar ordens a Marie ali em cima, daria com os burros n'água. Muitos já haviam tentado, mas ninguém conseguira. Pelo menos não nos últimos tempos; antigamente, sim. Antigamente ela tivera que suportar coisas desagradáveis, mas não mais. Ela queria ter o que lhe cabia. Nem mais, nem menos.

Fazia frio. Ela se enrolou em uma manta e andou até o fim do corredor. O ranger das tábuas do piso era horrível, soava como se um pelotão inteiro estivesse a caminho do reservado. A porta emperrou e Marie chegou a pensar que estava ocupado. Arriscou então um empurrão e quase bateu o lampião na parede. A latrina era de louça de boa qualidade e ao lado havia um vaso de lata com água para a descarga. Apenas o assento de madeira parecia um pouco desgastado, necessitando de uma pintura nova. Ela sorriu ao imaginar Jordan sentando-se na tábua com tinta fresca.

A descarga produziu um barulho forte. Quem quer que dormisse no quarto ao lado do reservado precisava ter um sono pesado. Marie deixou a porta entreaberta, pois qualquer tentativa de fechá-la seria mais estrondosa que um terremoto. No caminho apressado de volta, ouviu um rangido. Assustada, ela se deteve e levantou o lampião. Alguém devia ter aberto uma porta.

– Vá para o diabo que te carregue! – murmurou uma voz enfurecida. – Primeiro você quer todas as noites, e do nada quer se livrar de mim.

Marie viu uma silhueta de camisola. Seria Auguste? Ela não havia ido se deitar?

– Sinto muito…

Só podia ser Robert. Marie tinha experiência suficiente para saber o que estava acontecendo ali. Houvera algo entre os dois, mas agora devia ser o fim. Pelo menos para Robert. Pobre Auguste…

– Sente muito? – vociferou Auguste na direção da porta. – Não precisa sentir muito, Robert Scherer. Você é que é digno de pena. Acha que nós não percebemos o que está acontecendo? Desde que a senhorita voltou do internato, você anda com esse olhar de peixe morto. Seu babão! Seu maluco patético!

– Pare! Suma daqui!

– Você vai terminar debaixo da ponte! Na cadeia! Por mim, podem te enforcar e eu não vou mexer um dedo para te ajudar.

Estava claro que Marie precisava desaparecer o mais rápido possível, antes de a furiosa Auguste perceber quem estava no corredor com o lampião. Onde era mesmo a porta de seu quarto? A quarta ou a quinta à direita. Na ponta dos pés, ela deslizou pelo corredor e empurrou uma maçaneta. Ofegante, reconheceu o nariz pontudo e a touca de Jordan e fechou a porta depressa.

– Use o penico da próxima vez! – repreendeu Jordan. – Não tem cabimento você acordar metade da casa para isso!

Marie estava muito cansada para dar uma resposta. Na verdade, ela teria preferido se trocar no escuro, pois era desagradável ser bisbilhotada pela mulher. Mas fez questão de deixar o lampião aceso até se enfiar embaixo das cobertas. Meu Deus! Um travesseiro de penas de verdade sob sua cabeça. E o colchão era grosso e macio, ela percebeu enquanto se ajeitava. Além disso, havia uma manta de lã e até mesmo um edredom pesado como chumbo. Apesar do peso das cobertas, ela nunca tivera um leito tão confortável.

– Apague essa luz! – bradou Jordan.

Marie estava tão entusiasmada com tamanho conforto que apagou o lampião sem hesitar. Pena que teria que acordar tão cedo, pois ela poderia ficar deitada por dias naquela cama. Dormindo e sonhando. Espreguiçando-se, ajeitando o macio travesseiro, lendo um romance. Em paz, sem precisar se esconder embaixo das cobertas como no orfanato. Comendo um pãozinho e tomando café com leite. Ou simplesmente se refestelando, sentindo o calor que a envolvia e olhando para o teto enquanto pensava em algo bom…

Como na época em que ainda estava com Dodo, sua melhor amiga no orfanato. Jamais voltaria a ter alguém como Dodo. Todas as noites, ela passava tão silenciosamente para sua cama que ninguém percebia. O que não era de admirar, pois era magra como um fiapo, apesar de apenas um ano mais nova do que Marie. Com a tosse feia que tinha, a menina nunca engordaria. O corpo de Dodo era gélido, e quando ela se aconchegava junto a Marie, demorava um pouco até que o calor da amiga a aquecesse. Os pés de Dodo teimavam em não ficar quentes. As meninas contavam histórias, sussurrando uma para a outra, para não incomodar ninguém no dormitório. Eram histórias inventadas, engraçadas e tristes, assustadoras e bobas, que cresciam como brotos mágicos em suas cabeças. Quando as duas tremiam de medo ou riam entretidas, elas se abraçavam com força, e naqueles momentos Marie tinha a sensação de não ser tão sozinha no mundo. Às vezes também choravam juntas, mas até isso era bom, e elas flutuavam em um mar morno de lágrimas até o reino dos sonhos. Quando Dodo tinha 13 anos, foi transferida para um hospital e, de lá, encaminhada a um abrigo nas montanhas, onde, segundo diziam, a tosse melhoraria. Por inúmeras vezes, Marie perguntou por ela, mas ninguém tinha notícias. Ela chegou a escrever cartas a Dodo, e pedia à Srta. Pappert que as levasse aos correios. Jamais recebeu resposta. Já fazia quatro anos. Talvez a Srta. Pappert nunca tivesse enviado suas cartas.

O que Dodo teria dito se pudesse ver aquela cama macia maravilhosa? Marie se deitou de lado e imaginou a amiga ali. Ela pôde inclusive escutar a voz doce de Dodo sussurrando em seu ouvido. Mas quando os sussurros deram lugar a um chiado baixo e, em seguida, a um ronco, ela percebeu que Jordan iniciara seu concerto noturno na cama ao lado. Dodo lhe escapou novamente, voltando a afundar no mundo de ilusões de suas memórias. Marie se pôs a escutar os barulhos vindos da cama vizinha. Quem passou as noites no dormitório de um orfanato não é muito sensível a roncos. Contudo, ela achava interessante que duas pessoas nunca roncassem do mesmo jeito. Uns arfavam, outros ronronavam e chiavam, muitos pigarreavam de maneira rítmica, o que dava a impressão sinistra de que a pessoa estava se afogando. Havia os que pareciam mastigar e outros chegavam a falar, uns se coçavam, metiam o dedo no nariz ou chupavam a ponta do cobertor.

Jordan se encaixava na categoria dos ronronadores e chiadores, que eram incômodos, porém suportáveis. Mas quando Marie estava prestes a adormecer, algo incomum aconteceu. O que se escutou parecia o ruído de uma rolha sendo sacada de uma garrafa, seguido por uma respiração profunda de alívio e por uma demorada tosse. Então, Jordan se revirou um pouco na cama até que o chiado e o ronronar começaram novamente.

Veja só, pensou Marie. *Não me admiraria se ela estivesse tendo pesadelos.* De algum modo, a garganta parecia se fechar durante o sono, fazendo com que ela quase se afogasse. Apesar dessa constatação, Marie não conseguiu ter compaixão pela camareira. Muito pelo contrário, ela achava que Maria Jordan merecia esse tormento noturno. A jovem se espreguiçou e suspirou, satisfeita. Ali no terceiro andar só dormiam os funcionários: Auguste e Else, Srta. Schmalzler, a cozinheira Fanny Brunnenmayer e o criado Robert, que parecia ter um quarto só para ele. Será que a cozinheira também gozava de tal luxo? Era bem provável, pois dificilmente a Srta. Schmalzler dividiria seus aposentos com alguém.

Por que diabos ela não conseguia adormecer? Seguramente era a única acordada naquela mansão gigante, o que muito provavelmente se devia ao excesso de novidades que recebera de uma vez só. Mas de onde estaria vindo aquela sensação esquisita? O estalar das paredes e o rangido do armário? Marie sempre tivera os ouvidos apurados, quase sempre conseguira escutar de longe os passos da Srta. Pappert vindo inspecionar o dormitório – inclusive quando ainda eram inaudíveis. Marie podia senti-los, prevê-los.

Talvez... houvesse ratos na casa?

Ela se pôs a imaginar o Sr. Melzer, o dono da fábrica, dormindo ao lado de sua mulher enquanto ratinhos precipitavam-se para lá e para cá sob a cama do casal. Ela sorriu no escuro ao fantasiar um dos camundongos saltando sobre a cama e tocando com o focinho o pé da senhora. Aquela mulher que a encarara de dentro do carro e caíra na gargalhada. Não era estranho que todo o térreo e o primeiro andar da grande mansão ficassem completamente vazios durante a madrugada? Na cidade baixa, todos se acotovelavam o tempo inteiro, várias pessoas dormiam na mesma cama. No orfanato, algumas internas tinham que passar a noite fora do dormitório. Mas ali, a grande cozinha ficava vazia; a sala da governanta, desocupada; e todos os cômodos pomposos do primeiro andar, que ela nem chegara a conhecer, estavam desertos. Bem cedinho na manhã seguinte – Auguste lhe havia adiantado –, elas iriam juntas acender todos os aquecedores da casa. Então, ainda que brevemente, Marie poderia enfim ver os belos quartos, a biblioteca, os salões, a sala de jantar e todo o resto.

Mas que sorte os Melzers tinham! Eram ricos, donos de uma fábrica gigante e de uma mansão. Com certeza tinham um salão de banho com água corrente, quente e fria, uma banheira dourada e um toalete de porcelana branca com borda em ouro. Não precisavam se preocupar se o dinheiro seria suficiente para o almoço do dia seguinte ou se tinham sobretudos ou botas quentes para o inverno. Para coroar toda essa opulência, Deus havia lhes dado duas filhas belas e bem-educadas e um filho inteligente – o rapaz que Marie vira de manhã no automóvel. Durante o dia, ela ficara sabendo que ele se chamava Paul e estudava em Munique. Paul era bonito e muito diferente dos janotas que ela conhecera na cidade. Que pena ele ser um fanfarrão de nariz empinado.

Os Melzers tinham a felicidade ao seu lado. Como era possível que riqueza, inteligência, beleza e sucesso andassem de mãos dadas? Era como se Deus só concedesse essas graças todas juntas.

Naquele momento, ela sentiu um leve tremor. Algo caíra no segundo andar. Marie ouviu um barulho que lembrava a miadela de um gato. Miados e sons de rosnados, um ruído agudo que fez vibrar os vidros das janelas.

Eram vozes. Vozes femininas. Ah, ela conhecia aquela gritaria nervosa, aquela fúria aguda e impotente. No orfanato, volta e meia aconteciam brigas feias entre as meninas, então não havia quem não escutasse tamanha emoção e desespero. Roupas eram puxadas e rasgadas, tufos de cabelo arrancados, e dentes e unhas causavam feridas feias.

Marie conteve a respiração para escutar. Não, não era Auguste e tampouco Else. Aquilo vinha dos andares de baixo, onde ficavam os aposentos das senhoritas. Elas estavam brigando, as damas bem-educadas. Estavam se agredindo e berrando, de maneira não muito diferente das meninas do orfanato.

– Minha Nossa Senhora – murmurou Jordan, acordada pelo barulho. – Tomara que a senhorita não venha me tirar da cama.

Mas nada aconteceu. O barulho arrefeceu pouco depois e os já familiares roncos de Jordan preencheram o quarto. Marie sorriu e caiu no sono.

7

— Tome cuidado, sua trapalhona! – repreendeu Auguste, furiosa.

– Desculpe!

Marie havia golpeado com o balde de lata o batente da porta, produzindo um ruidoso tilintar e deixando um risco feio e escuro na madeira branca.

– É capaz de sobrar para mim – bufou Auguste. – Tudo porque você é desastrada! Parece mesmo mais imbecil que todas as outras.

Marie escutava aquilo com frequência. Se era verdade, ela não podia ter certeza, mas todos repetiam a queixa, então talvez fosse. Ela havia aguardado, ansiosa, a ronda matinal pela bela casa. Mas não contava com a escuridão dos cômodos. Apenas quando Auguste deslizou as cortinas das janelas, a moça conseguiu distinguir a mobília. E nem estava muito claro, pois ainda eram cinco e meia da manhã.

– Veja se toma cuidado para as brasas não caírem!

Marie se esforçava ao máximo. Acender o fogo era uma tarefa simples que qualquer um com uma pá cheia de carvão em brasa e um pouco de jornal amassado conseguiria realizar. Os aquecedores da mansão eram modernos e fáceis de serem operados, as portas das estufas não travavam, não havia fissuras pelas quais as cinzas e a fuligem pudessem sair voando. Alguns quartos tinham imponentes aquecedores em azulejo, elegantes como donzelas em espartilho. Era preciso inclusive ter cuidado para não tocá-los, pois quando os dedos sujos de carvão marcavam a cerâmica, as criadas tinham que limpar a mancha imediatamente. Já as peças em ferro fundido adornadas por afrescos eram mais simples. Ainda assim, tudo devia ter custado uma fortuna, impossível comparar com as estufas estilo bujãozinho que ela conhecia. Mas pelo menos os dedos sujos não deixavam vestígios sobre o ferro fundido, o que era uma vantagem.

– Você parece que está dormindo! Meu Deus, nós já podíamos ter terminado há muito tempo!

– É a primeira vez que estou fazendo isso. Ainda estou aprendendo, Auguste.

No dia anterior, Auguste fora tão amistosa e empática... Mas naquela manhã não havia nem sinal de sua amabilidade. Auguste se transformara em uma pessoa malvada, fria e que aparentemente se divertia humilhando Marie. Será que ela a reconhecera à noite, no corredor? Devia ter sido isso.

– Abra esses olhos, moleca idiota! Você acha que o aquecedor está onde? Na frente da janela, por acaso? Olha ali no cantinho, à direita. Você é cega? Meu Deus, Else vai ficar horrorizada quando vir onde eu ainda estou...

As duas camareiras precisavam arrumar rapidamente os dois banheiros no segundo andar antes do café da manhã. O senhor tinha o hábito de usar o banheiro durante a noite; a Srta. Katharina também fazia isso com frequência. Normalmente eles deixavam as toalhas pelo chão, o sabonete fora do lugar e nunca jogavam a água para a descarga no toalete. Contudo, a senhora gostava que os banheiros estivessem em perfeitas condições de manhã cedo.

Quando Auguste por fim praticamente a arrastou para o térreo pela escada de serviço, Marie teve a decepcionante sensação de não ter visto nada dos belos quartos. Ela se lembrava vagamente do papel de parede vermelho do salão, da mesa comprida de madeira escura da sala de jantar, dos sóbrios armários talhados e dos muitos cinzeiros no cômodo dos cavalheiros. Marie nem sequer teve permissão de adentrar a biblioteca, que ela queria tanto conhecer, pois não havia aquecedor no cômodo, apenas uma lareira com chaminé. Mas o fogo nunca era aceso de manhã. Lá embaixo, os outros já deviam estar sentados à mesa da cozinha para tomar o café da manhã, e Auguste se queixava e se perguntava quando a menina iria terminar sua tarefa. Na sua concepção, a moça era muito idiota para acender os aquecedores.

– Já era de se esperar – concordou Jordan.

A camareira tomava seu café com leite em uma xícara azul-clara com borda dourada, que ela tratava como um tesouro tão precioso a ponto de não deixar que Marie a lavasse.

– É uma estabanada mesmo. Riscou a porta da sala de jantar quando bateu com o balde nela. Só estou falando para deixar claro que não fui eu. Diga a todos, Marie, que foi você quem fez aquilo. Ande. Diga logo.

Marie ainda estava ocupada colocando o balde de lata ao lado do forno da cozinha. Auguste já se encontrava sentada à mesa do café da manhã.

– Nem tudo o que Auguste está dizendo é verdade – desabafou Marie.

– Mas o risco na parede fui eu que fiz. É que estava muito escuro e a porta estava fechando sozinha...

– Vejam se não é o cúmulo – berrou Auguste, furiosa. – Vocês ouviram? Ela está insinuando que estou mentindo. Essa novata ousa me acusar de mentirosa. Ah, nem tudo o que estou dizendo é verdade...

Todas as cabeças se voltaram para Marie. Inclusive Robert, que estava sentado ao lado de Jordan, a encarava com um sorriso irônico. A cozinheira, que na noite anterior fora tão amável, passou a cochichar que já era hora de a novata aprender boas maneiras. E até mesmo Else, que raramente dizia uma palavra, exclamava que aquilo era um atrevimento descabido.

– Eu exijo que ela seja punida! – grunhiu Auguste. – Ela não passa de uma destrambelhada que ousa me ofender.

A Srta. Schmalzler viu o momento de intervir. Com um baque, ela colocou sua caneca de café na mesa.

– Silêncio! Façam silêncio agora mesmo. Auguste! Pare de gritar como uma histérica.

A autoridade da Srta. Schmalzler era impressionante. De imediato, todos os funcionários ficaram em silêncio.

– Caso vocês tenham se esquecido, nós estamos em uma casa respeitável e espero de todos os funcionários o comportamento correspondente. Inclusive aqui embaixo na cozinha!

Seu olhar encontrou Auguste, que já tinha o rosto e o pescoço vermelhos de ira. Ela contraiu os lábios, mas não ousou começar a chorar.

– Todo mundo aqui sabe que muita coisa que você diz não se escreve.

A observação fez com que os olhos já marejados de Auguste se enchessem de lágrimas; seu queixo tremia e um soluço tomou seu peito.

– Mas... – prosseguiu a Srta. Schmalzler, elevando a voz.

Ela se virou para Marie, que continuava ao lado do forno acompanhando a conversa à mesa, petrificada.

– Mas você, Marie, é a última pessoa que teria o direito de criticar Auguste por isso. Principalmente diante de todos. Venha cá!

Marie obedeceu e foi caminhando devagar. Sua expressão era impassível. Fazia muito tempo que ela aprendera a não demonstrar seus sentimentos. Tal frieza era algo que a tola Auguste jamais conseguiria emular.

– Você vai pedir desculpas a Auguste.

Lá estava Marie de novo, naquela situação revoltante que já havia vivenciado tantas vezes. Principalmente no orfanato, mas também em muitas ocasiões depois. Ter que se humilhar para que a deixassem em paz. Ou reagir com orgulho e acabar sendo punida. Nesse caso, ela poderia ser dispensada, o que não queria de jeito algum. Menos ainda por causa da Auguste.

– Eu não quis ofender você, Auguste.

– Mas ofendeu. – A moça soluçou.

– Sinto muito. Você disse a verdade. Eu que fiz aquele risco na porta. Direi mais uma vez para que todos escutem. Fui eu. Não é culpa de Auguste eu ser tão estabanada.

Marie sentiu o olhar penetrante da governanta. O que mais ela queria? Já não admitira ser a culpada? Mas havia espertamente contornado a real acusação.

– E aprenda a não ficar contradizendo os outros. Você tem que obedecer e ficar calada. É para isso que servem as ajudantes de cozinha.

– Sim, Srta. Schmalzler.

– Lembre-se bem disso!

– Sim, Srta. Schmalzler.

– E agora sente-se e vá tomar seu café da manhã.

Marie sentou-se na ponta da mesa. A Srta. Schmalzler ocupava a cabeceira na extremidade oposta, junto ao forno, com a cozinheira de um lado e o criado Robert do outro. Jordan estava sentada ao lado de Robert, enquanto Else e Auguste ocupavam as cadeiras em frente a ela. Durante a semana, o jardineiro Bliefert e seu neto Gustav comiam na casa também. O jardineiro já passara dos 60 anos; era magro mas forte, com mãos largas e calejadas que não deixavam dúvidas sobre seu trabalho na terra. Seu neto, mais de um palmo maior que o avô, era um rapaz musculoso, dócil e atrapalhado. Ao longo do café da manhã, ele encarou Marie, sorrindo de vez em quando sem motivo aparente.

Finalmente, ele disse ao avô:

– Ela parece uma donzela. Veja como se senta, com toda a postura de uma rainha.

– Acho que você está perdendo o juízo, rapaz!

– Não estou, vovô. É sério. Uma verdadeira donzela.

Sua observação fez com que a pobre Marie se tornasse motivo de piada. Uma donzela delicada. A donzela dos baldes de lata. A princesa dos sacos de batata. A rainha dos penicos.

A Srta. Schmalzler encerrou o café da manhã dos criados batendo palmas discretamente, e seguiram-se as instruções para o dia: de tarde a Srta. Elisabeth teria a visita de três amigas – deviam ser preparados café, bolo e biscoitos. Já a Sra. Melzer tinha horário marcado com o cabeleireiro às duas; Schmalzler olhou para Robert, que imediatamente acenou com a cabeça. A senhora esperava estar de volta à mansão a tempo para o encontro com o clube beneficente. As damas do clube se encontrariam por volta das seis da tarde e, portanto, era necessário equipar a biblioteca com cadeiras e um púlpito, além de acender a lareira e pendurar cortinas limpas. A senhora havia solicitado a presença de um palestrante, um funcionário de uma instituição religiosa que trabalhara por um ano na África e que queria relatar às damas sua experiência com os gentios.

– Chá e café. Vinho branco, de preferência Mosel. Sanduíches e outros aperitivos. Parece que da última vez os sanduíches de pepino, moda na Inglaterra, foram um sucesso na casa da diretora Wiesler.

– Essas baixarias inglesas aqui, não – resmungou a cozinheira. – Nesta casa se come língua de boi, salmão defumado e ovos cozidos com caviar. Caviar russo autêntico, não essas porcarias baratas das lojas de artigos das colônias.

A Srta. Schmalzler ignorou a intervenção da cozinheira. Por sua posição, a Srta. Brunnenmayer gozava de uma liberdade que a governanta não concedia aos outros funcionários. Marie percebeu que as demais criadas e até as camareiras podiam ser facilmente substituídas, mas não se encontrava uma boa cozinheira com tanta rapidez.

– Então vamos trabalhar com empenho, alegria e a bênção de Deus!

Todos murmuraram algo, sinalizando concordância, terminaram rapidamente suas bebidas e se levantaram. Marie escutou ordens vindo de três direções diferentes.

– Marie! Limpe a mesa, lave a louça e vá buscar lenha para o forno.

Era a cozinheira.

– Marie! Preciso da sua ajuda para retirar as cortinas da biblioteca e levá-las à lavandeira.

Era Else.

– Marie! Vá pegar um balde, uma pá e uma escova. Ande!

Auguste também gostava de dar ordens. Para organizar o completo caos que reinava no quarto da Srta. Katharina, Marie teria que recolher os cacos de vidro e limpar o chão.

A jovem estava decidida a evitar novos problemas. Mas não era fácil. Aparentemente, todos estavam conspirando contra ela e não importava se a menina se mostrava esperta ou lerda, sempre era vista como incompetente e atrapalhada. Else e Auguste subiram com as bandejas de prata com o café da manhã dos patrões, pois Marie não pôde sequer tocá-las. Quando a vassoura caía, era porque ela não prestara atenção. Se uma tigela escorregasse da mão da cozinheira, era culpa de Marie por havê-la deixado nervosa. Já o bule com creme só virou na bandeja enquanto Else subia com a louça porque a menina o enchera demais.

Eles precisam de um bode expiatório para tudo que dá errado, pensou Marie, furiosa. *E como eu sou apenas a ajudante de cozinha, me culpam de tudo*. Era assim que acontecia naquela distinta casa com seus vários empregados. Eram todos pérfidos e mesquinhos, puxavam o tapete uns dos outros e os mais fracos não tinham vez.

8

Alicia Melzer olhou com desaprovação as cadeiras vazias na mesa do café. As duas filhas ainda não haviam descido à sala de jantar e, segundo tudo indicava, esperariam até que o pai fosse para a fábrica. Contudo, tal preocupação era completamente inútil, pois Alicia estava decidida a não discutir os acontecimentos da noite anterior. Pelo menos não enquanto Johann estivesse presente.

Johann Melzer desejara à esposa uma "manhã abençoada", concluindo sua saudação matinal com um beijo na testa, para, em seguida, afundar-se no *Diário de Augsburgo*. Durante a leitura, ele mastigava seu pão coberto com mel e manteiga que Alicia colocara em seu prato. Desde o início do casamento, Alicia fazia isso, pois Johann inevitavelmente sujaria de mel o jornal, a toalha e as mangas do casaco, caso tentasse desempenhar tal tarefa.

– Cadê as meninas? – perguntou ele, olhando por cima do jornal para beber um gole de café.

– Também queria saber.

Alicia tocou a sineta e ordenou que Auguste fosse buscar as senhoritas. Tanto Alicia quanto Johann Melzer, que crescera na casa de um alto funcionário do governo, davam suma importância ao cumprimento dos horários das refeições. Por vezes, o magnata da indústria saía de manhã com tanta pressa que não dava tempo de ver Elisabeth e Katharina durante o desjejum. Mas justo naquele dia ele parecia ter tempo.

– Não estou entendendo sua tolerância – retrucou, ajeitando o jornal. – Você é indulgente demais, sobretudo com relação a Katharina. Se a menina não consegue dormir de noite, então deveria fazer alguma atividade durante o dia que a mantivesse acordada. Com certeza teria sono à noite.

Alicia levantou as sobrancelhas com apatia. Ela estava pouco disposta a brigar com Johann novamente por causa daquele assunto. A insônia de Katharina era de natureza nervosa, foi o que o Dr. Schleicher lhe confirmara.

Além disso, a jovem sofria de terríveis dores de cabeça que a afligiam de maneira repentina e que também se deviam a seus nervos fracos. Infelizmente, Johann fazia pouco-caso do diagnóstico do médico.

– Ela parecia bem acordada ontem à noite – prosseguiu ele. – Fez sala para o jovem Bräuer com toda a simpatia. Uma verdadeira diabinha, minha Kitty!

Alicia não gostava daquela expressão, porém mais uma vez procurou evitar uma briga. Já que milagrosamente Johann estava com tempo durante o desjejum, havia outro assunto do qual ela queria tratar o mais rápido possível.

– Na minha opinião, ela exagera um pouco – disse Alicia, conciliadora. – Eu entendo, pois ela está voltando do internato pela primeira vez este verão e deve estar surpresa com a reação dos cavalheiros. Mas acredito que já deva ter aprendido a não fazer mau uso de seu poder.

Auguste apareceu na porta, avisando que as duas jovens desceriam em breve. Alicia acenou com a cabeça, satisfeita, enquanto Johann ocupava-se com seu jornal.

– Não me parece direito que gente jovem não tenha nada sério para fazer – observou ele, irritado. – Isso não faz mais do que estimular o ócio e corromper o caráter.

– Com certeza – concordou Alicia. – Quer mais um pãozinho?

Sua pergunta solícita o arrancou dos pensamentos, o que era a intenção da esposa.

– O quê? Ah, sim. Claro, obrigado, Alicia…

– Com respeito às meninas, não posso concordar totalmente com você, Johann – opinou, segurando a faca de prata com manteiga. – Sem dúvida alguma, logo elas vão se casar e terão que cuidar da própria família.

Ele terminou sua bebida e tirou o relógio de ouro do bolso do colete. Já eram quase oito horas.

– Certo… você e seus planos de casamento – disse, sorrindo. – Como vão? O tenente finalmente fisgou a isca?

Sempre aquelas ironias, aquelas piadas desnecessárias. Como ele podia zombar do fato de que ela queria encaminhar o futuro das filhas da melhor maneira? Por acaso o tenente Von Hagemann, cria de uma família estabelecida de Augsburgo, não era um bom partido para Elisabeth? Mas ela já sabia o que tanto incomodava Johann. A preposição "von" diante de "Hagemann", tão característica dos sobrenomes da nobreza. Johann tinha a opinião de que os cavalheiros aristocratas não passavam de perdulários e mulherengos. Bem, no caso dos irmãos de Alicia isso não era exatamente uma mentira. Mas o tenente Von Hagemann não pertencia àquela categoria.

– Não sei, Johann. Elisabeth, pelo menos, não comentou nada a respeito.

– Elisabeth! – disse, balançando a cabeça. – Na minha época, o aspirante a noivo procurava os pais de sua pretendente para pedir-lhes sua mão. Mas hoje em dia já chegamos ao ponto em que os jovens se resolvem entre si.

Alicia concordou com sua crítica sobre os novos costumes, mas lhe assegurou, contudo, de que nesse aspecto Elisabeth e Katharina tinham sido educadas, graças a Deus, "à moda antiga". E também Paul, filho do casal, não faria qualquer movimento por conta própria, disso ela tinha certeza.

Johann já havia jogado o guardanapo engomado sobre a mesa para finalmente dirigir-se à fábrica. Entretanto, com a menção ao tema "filho", ele teve que expressar, por fim, o descontentamento que vinha guardando durante todo o fim de semana.

– Não faria nada por conta própria? – questionou ele. – Não me faça rir. Em vez de prosseguir com os estudos, o marmanjo do meu filho fica em casa como um imprestável o fim de semana inteiro, sai para cavalgar com os amigos, vai à ópera com a irmã, passa a noite fora sabe-se lá onde. E todas essas mordomias são pagas com meu dinheiro. É óbvio que um rapaz novo como ele deve estar, como se diz hoje em dia, ciscando por aí...

– Johann! *Pas devant les domestiques!*

Ele se deteve, mas já vinha remoendo tudo aquilo e precisava desabafar. Paul estava se tornando um dândi que vivia para seus prazeres, gastando o dinheiro do pai e negligenciando os estudos.

– Se você está insatisfeito com seu filho, Johann, permita-me lembrá-lo do que você acabou de dizer.

Era a vitória de Alicia, pois ele mesmo trouxera à tona aquele tema tão importante para ela.

– O que foi que eu acabei de dizer? – berrou ele.

– Você disse que não era direito que os jovens não tivessem nada sério para fazer.

Johann intuiu aonde ela queria chegar, pois não era a primeira vez que os dois falavam daquele assunto. Impaciente, ele se levantou da cadeira, limpando as migalhas do paletó marrom-escuro.

– A faculdade de Direito já é séria o suficiente e deveria mais que ocupá-lo...

Auguste abriu a porta da sala de jantar para que Elisabeth e Katharina entrassem. As meninas estavam pálidas e pareciam exaustas. Katharina tinha marcas vermelhas de arranhões no dorso das mãos e os antebraços de Elisabeth apresentavam hematomas. O "bom dia" saiu como um murmúrio e elas logo constataram, para alegria de ambas, que o pai estava ocupado maldizendo Paul e, sabiam por experiência própria, se alongaria um pouco naquele assunto.

– Você deve ter se esquecido, querido Johann, que já na manhã de sexta-feira Paul perguntou se poderia lhe ser útil na fábrica. Mas infelizmente você nada respondeu. Como quer preparar seu filho para as atribuições do futuro se sempre o exclui de qualquer chance de participar? Como Paul pode aprender algo sobre fabricação têxtil, contabilidade e vendas se você não lhe dá a mínima oportunidade?

Johann Melzer estava ansioso, tentado a interromper o discurso da esposa. Contudo, não ousaria fazer isso. Alicia era muito sensível com tudo que dizia respeito à boa educação, e ele já fora lembrado mais do que o suficiente de sua origem pequeno-burguesa.

– Deus sabe que tentei – disse ele, aproveitando-se de que a mulher tomava ar entre uma frase e outra. – Mas se o mocinho acha que já pode bancar o diretor, mal tendo saído das fraldas, está muito enganado. Quem chega na minha empresa precisa antes de tudo se adaptar, ficar quieto e aprender. É assim com todos os colaboradores novos e é assim que deve ser com meu filho.

– Você o repreendeu na frente de todos os funcionários da contabilidade, como se ele fosse um mero aprendiz! – exclamou Alicia em um rompante de sentimentos maternos.

Não, aquilo não era certo. Nas propriedades dos pais dela, na Pomerânia, um cavalheiro era sempre um cavalheiro, visto como uma pessoa de respeito pelos funcionários. Mesmo se caísse de seu cavalo, bêbado como um gambá, e tivesse que ser carregado para dentro de casa.

– Mas ele mereceu, Alicia – defendeu-se Johann. – Na minha fábrica, dou valor ao trabalho, não ao berço!

Alicia contraiu os lábios e calou-se. Em seu íntimo, ela se culpava por ter introduzido o assunto de maneira errada. Naquele momento a conversa não tinha mais salvação e eles estavam de novo naquele ponto em que já haviam empacado inúmeras vezes. E, ainda por cima, brigados, o que doía aos dois profundamente.

– Bom dia, donzelas – cumprimentou Johann Melzer, voltando-se para as filhas.

As duas haviam se sentado à mesa de maneira discreta e perceberam claramente a ironia.

– Um bom e maravilhoso dia, papai! – respondeu Katharina, usando seu charme.

Não deu certo. O pai, que normalmente embarcava nas brincadeiras dela, se mostrou implacável.

– Espero que as senhoritas tenham descansado – disse jocosamente. – Caso as fidalgas fiquem entediadas ao longo do dia, temos várias máquinas de escrever no setor administrativo da fábrica. Não seria de todo mal se praticassem um pouco de datilografia como muitas moças hoje em dia fazem para garantir o sustento de maneira séria e honesta!

Ele queria atingir Alicia e conseguira. Com algum remorso, Johann desejou um "agradável dia" à família e deixou a sala de jantar.

Por um momento, não se disse uma palavra. Elisabeth mastigava seu pão de passas com manteiga, Katharina se servia de sua segunda xícara de café. Alicia pegara o jornal e fingia ler a coluna social. Mas, na verdade, ela tentava apenas controlar suas emoções.

– Vocês têm algo para me contar? – perguntou finalmente, olhando-as por cima do jornal.

– Nós... nós tivemos um desentendimento – começou Katharina.

– Infelizmente... – adicionou Elisabeth. – Bem, infelizmente perdemos um pouco a compostura.

Alicia encarou as filhas, que, cientes da própria culpa, fitavam o prato. Foi como se o tempo houvesse parado. Será que ela não se esforçara o suficiente para fazer de suas filhas duas senhoritas? Ela não as mandara estudar em um internato caro na Suíça? Mas naquela noite elas haviam se esbofeteado como faziam quando eram crianças.

– E por quê?

Elisabeth lançou à irmã um olhar repleto de ódio. Kitty esboçou um bico e empinou o queixo.

– Foi por causa do quebra-nozes. Aquele boneco de madeira que compramos uma vez em um mercado de Natal. Lembra, mamãe?

Alicia franziu a testa. Era mais uma das maluquices de Katharina. Um quebra-nozes! Um boneco de madeira em uniforme vermelho e preto com ares britânicos. O artefato em cuja boca se colocava uma noz e que movia o maxilar quando se acionava uma alavanca. Dez anos atrás, a pequena Elisabeth vira a figura de madeira no mercado e insistira que comprassem de qualquer maneira.

– Eu o peguei do quarto de Elisabeth. Por isso ela ficou furiosa.

9

O barulho na fábrica era tão intenso que era preciso gritar para ser ouvido. Johann Melzer percebeu que os três senhores da delegação americana franziam o rosto. O que eles esperavam? Os dois grandes braços da máquina de fiar conhecida por *selfactor* se separavam para trançar as linhas e, então, o carro se movia de volta, enrolando as linhas já prontas nos carretéis. Tudo aquilo produzia um matraquear ruidoso, somado ao zumbido dos fios e de toda sorte de sons mecânicos. Não era para os ouvidos mais sensíveis, mas os operários estavam acostumados. No mais, os equipamentos podiam até não ser novos, mas funcionavam de maneira exemplar. Cinco operários monitoravam cada máquina. O fiandeiro ficava no motor principal regulando a tensão da linha. O primeiro e o segundo atadores se moviam com o carro para prender as linhas que arrebentavam e substituir carretéis cheios por vazios. Os dois auxiliares de máquina limpavam o equipamento em operação, que se enchia de cotões o tempo inteiro. O fiandeiro era o principal responsável pela qualidade do trabalho, e, consequentemente, pela remuneração dos operários, pagos de acordo com a quantidade de carretéis cheios.

– Muito impressionante! – berrou em seu ouvido o Sr. Peters, diretor da delegação. – Bela máquina. Ótimos operários!

Curiosamente, o Sr. Peters tirou o chapéu enquanto falava, acreditando talvez que, assim, sua voz soaria mais forte. Tinha um alemão aceitável, pois era filho de uma família de imigrantes da Frísia Oriental. Naquela época, eles ainda se chamavam Petersen e ganhavam a vida a duras penas como pescadores costeiros. Os outros dois senhores falavam apenas inglês, mas pareciam entender do assunto. Aproximavam-se das máquinas sem timidez alguma, bisbilhotavam os componentes mecânicos, alimentavam carretéis vazios e queriam saber se as máquinas eram de tração hidráulica.

– Antigamente sim, hoje só parcialmente. Nós temos duas máquinas a vapor, uma para fazer os fios e outra para tecer.

Eles pareciam impressionados, o que surpreendeu Melzer. Todas as fábricas do polo industrial da região tinham máquinas a vapor e aquilo não lhe trazia qualquer orgulho especial. Quando ele percebeu que o Sr. Peters tentava conversar com uma funcionária, intrometeu-se.

– Por favor, não distraia meu pessoal.

O Sr. Peters ergueu as sobrancelhas, contrariado, mas assentiu. Ao chegar nos fundos do galpão, onde se encontravam as máquinas de fiação por anéis, ele voltou a se entusiasmar. Aquela tecnologia era nova, já usada em muitas fábricas, porém ainda não totalmente desenvolvida. A máquina de Melzer, contudo, funcionava impecavelmente e tinha como vantagem o fato de que a linha, através do movimento circular, era trançada e enrolada sem interrupções. Melzer agradecia pela perfeição tecnológica a um antigo sócio que já não estava entre os vivos.

– Isso é magnífico, Sr. Melzer! *Great. Wonderful.*

O Sr. Peters e seus dois acompanhantes estavam incontroláveis. Eles se acotovelaram em volta da máquina com os anéis, apontavam ali e acolá e trocavam, aos berros, frases em inglês. Pelos olhares inquisidores das funcionárias, Melzer notou que elas também estavam intrigadas. Huntzinger, o supervisor, olhava com desconfiança os três homens vestidos de preto, esfregando o bigode repetidas vezes com a mão aberta – o que, no seu caso, sempre sinalizava descontentamento.

Melzer lhe acenou com a cabeça para tranquilizá-lo. Esses senhores haviam entrado em contato por telegrama fazia semanas em nome da Delegation from Cotton Textiles Ltd., de Nova York, solicitando uma visita. Tratava-se de uma relação comercial promissora, pois estavam interessados no cetim de algodão e no damasco e ofereciam em troca algodão cru a preços módicos. Ele fez um sinal para que Huntzinger afastasse os senhores da máquina, de maneira que não atrapalhassem as funcionárias enquanto elas trocavam os carretéis. Com um gesto amistoso, Melzer agarrou o braço do Sr. Peters, levando o homem dali.

– Vamos ver os outros galpões onde trançamos os tecidos.

– Ah, sim. Muito bem.

Chegando ao pátio, o silêncio assentou-se em seus ouvidos como dois tampões, causando-lhes uma sensação de surdez. Ultimamente, Melzer vinha escutando um silvo agudo de apito que só passava depois de algum tempo. Naquele dia, porém, não havia como poupar seus maltratados tímpanos, pois os senhores prontamente entraram em um dos galpões no qual ficavam os teares e logo mergulharam de novo em um nível de ruído atordoante. Os característicos telhados triangulares, que de longe pareciam dentes de um serrote, eram envidraçados na face norte. Desse modo, havia iluminação natural suficiente sem que a luz do sol penetrasse diretamente no galpão.

O diretor Melzer era saudado com subserviência por onde passasse. De fato, aos olhos da delegação estrangeira, chamava atenção a rapidez com que os funcionários tiravam o chapéu para desejar bom-dia ao diretor. Também os acenos com a cabeça e os sorrisos das mulheres tinham um quê de submissão. Não que ele se incomodasse que os funcionários lhe mostrassem respeito. Muito pelo contrário. Isso era algo óbvio e quem não seguisse tal etiqueta era mandado para o olho da rua. Mas havia uma diferença entre respeito e bajulação, e essa última ele não podia tolerar.

Com grande atenção, a delegação contemplava os tecidos produzidos. Os teares também pareciam interessantes. Os homens deslizaram os dedos com indiferença pelo fustão – mas tudo bem, aquele tecido tinha cada vez menos demanda. Já o brilhoso cetim de algodão, a última novidade na fabricação de roupas de cama, causou grande impacto. Era um produto de altíssima qualidade, com o qual nenhum outro fabricante em Augsburgo poderia concorrer. O tecido praticamente escorria pelas mãos dos senhores, que se puseram a contemplar, boquiabertos, os teares onde eram tecidas complicadas estampas a partir de cartões perfurados. Ali fabricava-se damasco usado em toalhas de mesa. Antigamente, tais toalhas cobriam apenas as mesas da aristocracia, mas graças aos novos processos industriais, as famílias burguesas também podiam se dar ao luxo de ter toalhas de mesa em damasco de algodão.

– Isso aqui é melhor que na Inglaterra – disse o Sr. Peters ao pé do ouvido. – Essa máquina é tão *easy*, sem complicações. Trabalha perfeitamente.

– Exato – respondeu Melzer, lacônico.

Eles perguntaram por que as mesmas máquinas, que nas outras fábricas com frequência entravam em pane e causavam problemas, funcionavam de maneira impecável havia anos na empresa de Johann Melzer. Ele se sentiu lisonjeado, mas não pôde dar qualquer explicação. *Sorry.* A perfeição se devia a refinados detalhes técnicos que configuravam segredo industrial.

Enquanto os senhores atravessavam o pátio, ele chamou a atenção de seus convidados para a frota da fábrica, composta por várias carroças tracionadas por cavalos que levavam os tecidos já prontos até a estação ferroviária própria do parque industrial. Além disso, havia três automóveis, mas para uso particular. Melzer era alucinado por aquelas maravilhas tecnológicas que ficavam cada vez mais rápidas e perfeitas. Se fosse possível esquecer sua educação austera, ele com certeza já teria vários carros de corrida. Em sua juventude, entretanto, haviam lhe ensinado que ninguém tinha o direito de desperdiçar dinheiro com luxos superficiais. Ele podia justificar as três limusines, pois eram usadas por toda a família. Principalmente por sua mulher, que, devido ao andar oscilante, não podia caminhar por muito tempo. Apenas quando ele estava sozinho com seu filho, Paul, é que essas fantasias reprimidas da juventude afloravam. Paul sonhava alto: a Benz construíra um carro de corrida impressionante, mas a Opel estava produzindo um também. Talvez fosse melhor esperar.

– Permitam-me oferecer-lhes um pequeno lanche com bebidas após a visita.

– Muito gentil, Sr. Melzer. Com prazer.

– Será uma honra para mim. Não é todo dia que temos visitantes de além-mar na bela Augsburgo.

A mesa contava com linguiça branca e *bretzel* salgado, mostarda, ovos, picles de pepino e pão com queijo. Tudo acompanhado de vinho branco, refrigerante e cerveja de Augsburgo. Os convidados se serviram com fartura, mas Melzer só comeu algumas linguiças e bebeu um pouco de refrigerante. Na noite anterior, bebera demasiado conhaque e pela manhã seu estômago se rebelara. Portanto, preferiu manter a maior distância possível do álcool.

Os cavalheiros trocaram todo tipo de cortesia e o Sr. Peters lhe contou o quanto estavam impressionados com a fábrica. Ela podia não ser tão grande como outras na região (a delegação já havia visto muitas em Augsburgo), mas era eficiente. Com belos tecidos e máquinas boas. Tudo organizado de maneira muito inteligente e com funcionários dedicados. Por fim, perguntaram se Melzer havia construído casas para os operários.

Parecia que a delegação ainda não queria se comprometer; talvez houvesse outras fábricas que quisessem conhecer. Melzer se irritou, lamentando internamente o tempo que estava gastando com conversa fiada, pois, enquanto no setor de estamparia as primeiras amostras de padrões estavam sendo impressas, ele tinha que estar ali explicando que – assim como a maioria dos donos de fábricas – ele também havia disponibilizado aos funcionários certa quantidade de habitações. Sempre duas famílias por construção, que contava com um pequeno jardim no qual podiam plantar frutas e legumes. Alguns criavam coelhos ou cabras. Obviamente era preciso examinar com cuidado quem ocupava aquelas casas, pois Melzer não suportava funcionários que bebessem ou se tornassem violentos. Tampouco tolerava quem estivesse em sindicatos ou outro tipo de associação de trabalhadores. Seu pessoal não precisava daquele tipo de gente, pois ele já cuidava de todos e havia, inclusive, mandado construir um jardim de infância e uma piscina para seus funcionários.

Finalmente, após muita conversa inútil, os convidados chegaram ao assunto que interessava e se comprometeram a comprar grandes quantidades de cetim de algodão e damasco. Aproveitando a oportunidade, quiseram comprar também uma máquina de fiação de anel, o que Melzer, para grande decepção dos senhores, recusou. Os cavalheiros menearam a cabeça, lamentaram profundamente e aludiram à concorrência, que com certeza saberia apreciar tal oferta. Melzer foi educado, porém inflexível. Ele precisava de suas máquinas e nenhuma deixaria a fábrica. Mas claro que continuava interessado na negociação do cetim e do damasco, só era preciso acordar um preço.

– Entraremos em contato…

A despedida foi fria e apressada. A experiência de Melzer lhe dizia que aquela relação comercial, à primeira vista tão atraente, não resultaria em nada. Talvez fosse melhor assim, pois aqueles senhores não lhe pareceram exatamente íntegros.

– Pode retirar! – grunhiu ele para sua secretária, fazendo um gesto em direção aos pratos e copos.

– Imediatamente, senhor.

Duas secretárias eram encarregadas das correspondências importantes, que ele mesmo supervisionava. As mulheres já não eram jovens, usavam óculos e vestiam cintas apertadíssimas por baixo das blusas. A Srta. Hoffmann tinha um sorriso bobo, mas escrevia com tanta precisão que, em quinze anos de trabalho, Melzer só encontrara dois erros em seus textos. A outra, Srta. Lüders, era uma pessoa prudente e reservada, que trabalhava com afinco e em geral se mostrava avessa a piadas. No começo, Melzer havia contratado dois rapazes, mas logo constatara que se dava melhor com secretárias mulheres. Elas eram rápidas, resignadas, custavam menos e ainda podiam ser aproveitadas para todo tipo de trabalho mais prático, como fazer café, acender o aquecedor, cuidar das plantas ou preparar lanches.

Ele já estava apressando-se para ir ao novo setor de estamparia quando ouviu a Srta. Lüders chamá-lo. Ela sempre falava em voz baixa e comedida, porém seus avisos costumavam ser importantes. A Srta. Lüders tinha uma boa intuição sobre quais pessoas ela devia anunciar e quais dispensar.

– A diretora do orfanato das Sete Mártires aguarda na antessala.

Melzer deteve-se em sua pressa, e seu humor, já sorumbático, ficou ainda pior. Era a Srta. Pappert; provavelmente queria mendigar algo, aquela gananciosa. Mas daquela vez ela sairia de mãos vazias. Ele já havia sido feito de tolo por tempo demais, e se ela continuasse importunando-o com sua presença desagradável, ele ia pedir uma auditoria dos livros de contas.

– Mande-a entrar. Estou com pouco tempo.

– Vou avisá-la, senhor.

Ertmute Pappert vestia um conjunto cinza bastante amassado, aparentemente feito para alguém mais encorpado, pois a peça dançava em seu corpo. Já o chapéu, preso em seu cabelo amarelado, era minúsculo e parecia um barquinho perdido sobre as ondas do mar. Seu sorriso não havia mudado em anos e irradiava temperança e compaixão. Ertmute Pappert dedicara a vida às crianças sem pais. O orfanato que ela administrava recebia o apoio da igreja, sendo o próprio imóvel, localizado na cidade baixa, de propriedade da Igreja Católica. Ao longo dos anos, ela conseguira alguns doadores caridosos para seu trabalho beneficente. Entre eles, o diretor Melzer.

– Que Deus o abençoe, meu querido amigo! – exclamou ao vê-lo. – Não se preocupe, não vim distraí-lo de suas incumbências. Só preciso de um minuto e nada mais.

Melzer engoliu em seco. Ele não achava apropriado ser chamado de "querido amigo" por aquela pessoa. Não desde que ele vira o orfanato por dentro. Principalmente a menina, subnutrida e doente. Uns dias a mais e a pequena certamente teria morrido.

– Espero que não se trate de mais doações, Srta. Pappert. A empresa está passando por um momento financeiro difícil, de maneira que nós infelizmente…

– Deus me livre, querido amigo – disse ela, fingindo espanto.

Que bela atriz. Sua expressão era de uma pessoa que houvesse sido acusada de um crime, mas Melzer tinha certeza de que ela o procurara por dinheiro.

– Venho apenas saber como está a pequena Marie. Como ela passou o primeiro dia em sua casa? Só espero que... ah, me perdoe, preciso me sentar. A anemia, você há de entender. Do nada eu fico tonta.

A encenação foi astuta. Naquele momento, ela se sentava em uma das poltronas de couro dispostas para os visitantes e ele se perguntava como se livraria daquela pessoa inoportuna.

– Quer um copo d'água? – perguntou, solícito.

– Seria muito gentil, querido amigo.

– Srta. Hoffmann!

A Srta. Pappert tomou um gole de água e colocou o copo na mesa de ébano sem fazer ruído. Melzer continuava em pé; ele não tinha a intenção de estender a conversa por um segundo além do necessário.

– A senhora está melhor?

Até ele percebeu que a pergunta soou mais ameaçadora que empática, mas a Srta. Pappert era obstinada. Ela lhe deu um discreto sorriso e lhe agradeceu. Sim, graças aos seus cuidados, ela estava melhor.

– No que diz respeito a sua pergunta sobre Marie... – prosseguiu ele, apressado. – Até onde eu estou sabendo, ela tem trabalhado com dedicação na cozinha e se mostrou muito habilidosa.

– Deus seja louvado! – clamou ela, unindo as mãos como em oração. – A menina aprende rápido mesmo...

– O que nos causou admiração – interrompeu ele – foi a miséria na qual ela chegou. Minha governanta teve que dar a Marie, além dos vestidos e aventais de sempre, sapatos, meias e até roupa de baixo. Como é possível?

Ertmute Pappert ergueu a mão e garantiu que Marie havia deixado o orfanato munida de roupas, meias e calcinhas. Ela mesma havia se encarregado de que a menina levasse uma trouxa bem equipada.

– E, na sua opinião, onde ficaram todas essas coisas?

Isso só Deus sabia. Mas Marie era do tipo que só pensava em seu próprio benefício. Além do mais, a cidade baixa estava cheia de mascates. Não que ela estivesse insinuando algo, por Deus, ela não estava sabendo de nada.

Melzer não acreditou em uma só palavra, mas não podia contradizê-la. Havia cerca de três semanas ele soubera que a pequena sofrera uma hemorragia. Fosse lá por qual motivo, ele ficou muito assustado e quis vê-la no orfanato, mas a menina não se encontrava lá, estava em uma clínica. Como ele já estava no prédio, pediu que lhe mostrassem os quartos, as escuras e malcuidadas áreas comuns, a cozinha imunda e o dormitório, que fedia a caldo de peixe. Ele também observou as meninas com atenção, seus vestidos que mais pareciam trapos, os sapatos esburacados, os rostos pálidos. Com o que a Srta. Pappert gastava todo o dinheiro? Com as internas é que não era. Será que o bispo não suspeitava de nada?

– Infelizmente, Marie Hofgartner tem personalidade forte – disse a Srta. Pappert, cautelosa e sorrindo amavelmente. – Ela não se adapta muito fácil. Nisso ela é bem parecida com a mãe...

Melzer sentiu uma pontada no peito. Os pequenos olhos azul-claros da Srta. Pappert o analisavam, a boca ainda exibindo o sorriso bondoso.

– A mãe dela? Do que a senhora está falando?

– Bem... toda criança tem mãe, não é verdade? – comentou Ertmute Pappert, como se estivesse revelando uma grande novidade.

Constava que Marie era muito pequena quando perdeu a mãe, a pobre moça. E mesmo assim, observou a Srta. Pappert, ela tinha o direito de saber algo sobre a mãe biológica.

– O bom padre Leutwien e minha humilde pessoa tentamos descobrir quem era a mãe de Marie para pelo menos poder dizer à pobre criança onde ela estava enterrada. Para o padre não foi difícil lembrar-se de Louise Hofgartner. Então ele procurou no livro da igreja e adivinhe só o que ele encontrou.

Melzer empalideceu, e agora era ele quem precisava de um bom gole de água. Ou melhor, conhaque. Uísque irlandês. Aguardente de pera do Tirol.

– Não estou com humor para charadas, Srta. Pappert!

Ela se fez de assustada e, em tom penitente, afirmou saber que o tempo de Melzer era muito valioso, de modo que não o distrairia com coisas pouco importantes. Ele sentiu um ímpeto de mandar aquela mulher pérfida escada abaixo com um chute bem dado.

– Fale logo!

– O monsenhor Leutwien descobriu no livro da igreja o impressionante fato de que Louise Hofgartner casou-se na igreja. Seu marido...

– Cale-se! Essas coisas não interessam a ninguém. Marie sabe algo a respeito?

A Srta. Pappert parecia a mansidão e a bondade em pessoa, mas quem olhasse com atenção poderia enxergar o ar de triunfo em seus olhos.

– Não, não. Não quisemos incomodar a menina com essas coisas. Pelo menos não enquanto ela for menor de idade. A única coisa que ela sabe é que sua mãe está em uma vala comum no cemitério Herman, sem lápide.

– E quem mais?

– Quem mais o quê?

– Quem além da senhora e do monsenhor Leutwien sabe disso? – prosseguiu ele, impaciente.

– Ninguém. Deus me livre, não sou linguaruda, querido amigo. Talvez mais alguns velhos, os vizinhos que moravam lá na época e viram como ela sofreu...

Melzer teve a impressão de que uma parede escura fosse esmagá-lo. Uma sensação que às vezes o atormentava tarde da noite e que era bastante desagradável, pois era como perder o controle sobre si mesmo. Mas dava para apaziguá-la com álcool. Com álcool e nervos de aço.

– Vou pensar a respeito das doações para o orfanato, Srta. Pappert. É possível que encontremos uma solução.

– Com a graça de Deus – regozijou-se ela, batendo palmas de alegria. – Eu sabia que o senhor não deixaria minhas crianças inocentes na mão. Então posso contar que o senhor continuará...

Ela era uma chantagista astuta e desalmada. Como ninguém ainda descobrira as artimanhas daquela mulher? Que inferno. Aquela cobra ambiciosa com certeza tinha uma poupança recheada em algum lugar.

– Sim, pode contar com isso.

Ele iria conversar em breve com o padre, mas o monsenhor Leutwien era uma pessoa íntegra e não usaria o que sabia para fins desonestos. Contudo, não deixava de ser padre e talvez ele balbuciasse algo sobre confissão e alívio da consciência. E então o sacerdote lhe estenderia a mão.

Quando a Srta. Pappert, entre inúmeras e exageradas demonstrações de gratidão, por fim desocupou a poltrona e deixou seu escritório, o jovem Alfons Dinter, supervisor do setor de estamparia, já o esperava na antessala.

– E então? Como ficou? Satisfeito?

Pela expressão preocupada do rapaz, ele percebeu de imediato que algo não havia dado certo.

– Não, senhor diretor. Não há como ficar satisfeito. O *rapport* ficou um milímetro mais curto. Um pedacinho de nada, mas dá para ver no ponto em que o rolo aplica a nova estampa. Já estou ficando desesperado!

Ele escutou com calma. Três meses de trabalho para nada. Teriam que começar tudo de novo. Inferno, algo assim não teria acontecido antes.

10

Marie fazia seu trabalho com boa vontade, mas sem pressa. Para cada tarefa tomava o tempo necessário, executando-a com minúcia e precisão, de maneira que ninguém mais podia acusá-la de ser estúpida ou sem jeito.

– Dá para ser um pouco mais rápida? Assim, você vai terminar isso só amanhã. Leve a lenha para lá. Sente ali e descasque as maçãs.

– Já faço. Só preciso subir para ajudar Else com as cortinas.

– Para o inferno com as cortinas!

– Depois tenho que levar o balde, a pá e a vassoura para Auguste.

– Se não se sentar aqui em cinco minutos e começar a descascar as maçãs, eu mesma vou lá buscar você pelos cabelos. E aquelas lá vão aprender a não ficarem me desfalcando na cozinha.

– Já volto.

Marie subiu a escada de serviço até o primeiro andar e atravessou o corredor pisando no tapete verde. Onde a biblioteca ficava mesmo? Ela permaneceu parada, escutando. À esquerda era a sala de jantar, onde a senhora estava tomando o café da manhã com as duas filhas. Nenhuma voz masculina era ouvida em meio à conversa – ou o senhor estava muito calado ou já partira para a fábrica. Logo ao lado ficava o salão vermelho. No outro, o cômodo dos cavalheiros e o escritório do patrão. A biblioteca devia estar à esquerda, colada ao salão vermelho. Com cautela, ela tentou escutar através da porta pintada de branco e ouviu um ruído metálico. Else estava puxando as cortinas do varão de ferro e o ruído era causado pelos anéis que fixavam os tecidos. Era ali.

– Olha só quem está aqui!

Marie se virou, assustada. Atrás dela estava uma das senhoritas, que acabara de sair da sala de jantar.

– Eu... eu só queria...

– Escutar atrás da porta, não é?

– Não, eu queria saber se a biblioteca era aqui.

A senhorita começou a rir. Uma risada estridente, curta e irônica.

– Você queria escutar o folhear dos livros ou o quê? Essa é a desculpa mais esquisita que eu já ouvi.

A moça era loira e trajava um vestido próprio para as manhãs, rosa--claro e adornado com várias pontas. Por baixo dele, ela devia ser relativamente rechonchuda, como revelava sua papada.

– Não, senhorita. Eu só queria saber onde Else está tirando as cortinas. Por isso fiquei escutando à porta, para não entrar por engano no quarto errado e incomodar alguém.

Sua explicação prolixa fez a senhorita balançar a cabeça, sinalizando incompreensão.

– Você é a nova ajudante de cozinha, não é?

– Sim, senhorita. Eu me chamo Marie.

Ela fez uma reverência, feliz por estar com o belo vestido de flanela que havia ganhado. Ele causava uma impressão muito melhor do que a saia rasgada que trouxera do orfanato.

– Escute bem, Marie – disse a senhorita com frieza. – Se eu pegar você mais uma vez bisbilhotando atrás da porta, vou fazer com que seja demitida. Estamos entendidas?

– Sim, senhorita.

A jovem pegou uma das pontas de seu vaporoso vestido e deu meia--volta com elegância. O tecido leve parecia flutuar como uma nuvem rosa e pontuda.

– E agora, ao trabalho – vociferou ela, olhando para trás. – Vamos, vamos, seu bicho-preguiça!

Ela não chegou a ver a reverência subserviente da criada. Mas Marie conseguiu notar a panturrilha da senhorita, que seu vestido esvoaçante revelara por um momento. A moça era gorda e branca como uma larva.

Ela não é nada bonita, pensou enquanto descia para a lavanderia pela escada de serviço com uma cesta cheia de cortinas empoeiradas. *Mas mesmo assim vai acabar encontrando um noivo rico. Porque é filha do Sr. Melzer, o dono da fábrica.*

Marie teve que fazer o caminho até a lavanderia três vezes, carregando a cesta com as cortinas, tendo o máximo cuidado para não tocar as paredes caiadas da escada estreita. Quando ela estava prestes a subir pela quarta vez, Auguste a encontrou.

– O que está fazendo plantada aqui? Ande, vá tirar a vassoura e o balde do quarto. E a pá também. Rápido. Está dormindo?

Ela devia subir até o segundo andar, onde Auguste estava arrumando os aposentos dos patrões. Esse era um trabalho que normalmente fazia com Else, mas ela estava retirando as cortinas e só poderia ajudar mais tarde.

– Aquilo lá estava uma verdadeira imundice! – sussurrou Auguste.

Devia ser o quarto onde se inflamou a tal briga na noite passada. Por precaução, Marie se deteve na soleira da porta, observando Auguste ir até a janela. Ela levantava os pés como uma cegonha, para não esbarrar nos objetos jogados no chão. Com as cortinas e janelas abertas, dava para ver roupas de baixo delicadas misturadas com todo tipo de cacos que jaziam no piso. Havia também papéis picados, pincéis, tubos de tinta e lápis.

– O que está fazendo aí? Está vendo se cria raízes no chão? Vamos, coloque os cacos no balde. Aqui vai tudo para o lixo. Uma pena, essas peças custaram tanto dinheiro...

Auguste esquecera completamente que estava furiosa com Marie. Ela precisava de alguém que a escutasse, do contrário surtaria com toda aquela bagunça. Virgem Maria, os bonequinhos brancos que a senhorita tinha mandado vir da Itália. Só indecência! Homens e mulheres nus em tudo que era posição. Não entendia como os pais dela permitiram aquilo quando ela ainda era uma garotinha. Agora só restavam cacos. Talvez fosse melhor assim.

Marie não concordava. Com pesar, ela recolheu os cacos. Algumas peças de fato não dava para salvar, mas outras seria possível colar com um pouco de gesso.

– A Srta. Elisabeth deve ter tido um acesso de raiva – cochichou Auguste. – Não me admira. Else disse que viu o tenente ajoelhado diante da Srta. Katharina. Parece que eles estavam no salão vermelho. E sozinhos...

Auguste sacudiu os lençóis, sobre os quais também havia todo tipo de papel picado e vários lápis de carvão. Suspirando, ela percebeu que os lápis mancharam a roupa de cama e decidiu trocá-la.

– Recolha todos os lápis, eles ainda podem ser aproveitados. Coloque-os sobre a mesinha ao lado do cavalete.

Marie estava imersa em um desenho rasgado. Um jardim rodeado por uma cerca ricamente adornada, por trás da qual se insinuavam arbustos, árvores e um gramado. O portão do jardim e a parte direita do desenho tinham sido rasgados. Que pena.

Ela largou a folha e seguiu as instruções de Auguste. Desenhar. Que arte maravilhosa. Ah, quem lhe dera possuir tantos papéis e lápis. E, ainda por cima, ter o dia inteiro para desenhar. A Srta. Katharina era mesmo invejável.

11

Por volta das onze horas um homem desceu de seu cavalo na entrada da mansão. O Sr. Bliefert, o velho jardineiro que acabara de podar uma roseira, largou a tesoura para segurar o cavalo do visitante. O rapaz era tenente e, se seus olhos não o enganavam, ele já havia estado várias vezes na mansão.

– Pode amarrá-lo em qualquer lugar, não vou ficar muito tempo!

– Pois bem, cavalheiro.

O jardineiro se curvou com algum exagero, tal como aprendera em sua juventude na propriedade da patroa. Ele também viera fazia tempo da Pomerânia para Augsburgo, junto com Alicia von Maydorn. Lá os empregados aprendiam a respeitar de verdade os patrões. Ali no interior até havia senhores à moda antiga que mereciam respeito, mas aquele fedelho nem sequer havia lhe dirigido o olhar. Só lhe entregara as rédeas do cavalo e partira em direção à mansão. Parecia ter pressa, pois saiu correndo como se fosse tirar o pai da forca.

Auguste se esforçou para fazer uma reverência graciosa ao abrir a porta. O garboso tenente havia lhe agradado desde o começo, tão esbelto e atlético, com o rosto corado e olhos brilhantes. Para completar, havia o uniforme, que caía nele como uma luva.

– Klaus von Hagemann. Vim sem avisar, sei disso. Gostaria de pedir à Sra. Melzer o obséquio de uma breve conversa.

Como o rapaz estava pálido! Sem nenhum sinal da face rosada! Ele dava a impressão de não ter dormido a noite inteira.

– Queira sentar-se um momento...

Auguste o conduziu até o átrio onde ficava a escada para os aposentos dos patrões. O espaço era equipado com móveis em estilo colonial e vários vasos de plantas completavam o cenário. Ela se precipitou escada acima com o coração batendo forte, pois estava ansiosa pelo jovem tenente. Onde estava a senhora? A mesa da sala de jantar tinha sido retirada havia tempos.

Será que estaria na biblioteca supervisionando a arrumação das cadeiras para a noite? Não! A voz dela vinha do salão vermelho. Apesar da pressa, Auguste escutou por um momento atrás da porta, por precaução. Apenas para não interromper nenhuma conversa familiar íntima, é claro.

– Eu espero mais autocontrole de você, Elisabeth. Você é a mais velha e precisa dominar seus impulsos. Principalmente porque sabe que Katharina tem nervos fracos.

– Sim, mamãe.

– O que aconteceu ontem à noite no quarto de Katharina foi um absurdo. Vocês deveriam ter vergonha. Os empregados tiveram que limpar o campo de batalha de vocês.

– Sim, mamãe.

– Caso esse papelão volte a ocorrer, uma única vez que seja, terei que pensar muito seriamente em separar vocês duas. Alguns meses na propriedade de seus avós na Pomerânia lhe fariam bem, Elisabeth.

Era possível perceber o absoluto pavor na voz da senhorita. A Pomerânia devia ser uma chatice sem fim e, além do mais, ficava no fim do mundo.

– O quê? Agora que a temporada está começando? Você não faria isso, mamãe…

– Não, contanto que minhas filhas aprendam a conviver de maneira amistosa.

– E por que justo eu? Por que não manda Katharina à Pomerânia?

Ah, coitada… Com aquele tom ela não ia conseguir nada. A senhora ficou ainda mais furiosa e Elisabeth é quem sairia perdendo.

– Porque Katharina vai debutar este ano, e você já circula pela sociedade desde o ano retrasado. Agora não quero ouvir mais nem uma palavra!

Auguste decidiu que era chegado o momento de abrir cuidadosamente a porta para anunciar o tenente. A senhora a olhou ligeiramente intrigada e a jovem senhorita ficou alvoroçada.

– Tenente Von Hagemann? – perguntou a senhora, alterando o tom de voz. Um sorriso se desenhou em seu rosto. – Peça-lhe para entrar.

Auguste fechou a porta e correu para as escadas. Ela chegou a ouvir a senhora dizendo, satisfeita:

– Mas que surpresa agradável. Há algo que você tenha esquecido de me dizer, Lisa?

– Mamãe… não é… não é o que você está…

Auguste não conseguiu escutar a resposta da Sra. Melzer à filha. No átrio, o tenente andava de um lado para o outro entre as plantas, como um tigre enjaulado.

– A Sra. Melzer o aguarda.

Ele subiu as escadas de dois em dois degraus. A camareira lhe fez mais uma reverência na porta do salão e lhe deu um sorriso graciosíssimo, que ele nem sequer percebeu. Apesar disso, ela lhe desejou sorte.

Alicia havia se dirigido à sala de jantar e deixou o rapaz esperando alguns minutos – por um lado, para aumentar a emoção e, por outro, porque ele chegara sem avisar e não poderia ficar com a impressão de que ela não tinha o que fazer. O rapaz estava sentado no braço da poltrona e levantou-se quando ela entrou no cômodo. A senhora examinou suas feições e pôde constatar que ele estava pálido e parecia não ter dormido.

– Queira perdoar esta invasão, senhora.

Ele se arriscou a beijar sua mão, e ela sentiu o quanto os dedos dele estavam frios.

– Estou de fato surpresa, tenente Von Hagemann. Mas como eu também queria lhe perguntar algumas coisas, sua visita me parece bastante conveniente. Por favor, sente-se. Café? Chá?

Von Hagemann recusou toda a gentileza e, para o assombro da senhora, começou a dar voltas pela sala, ofegante e balançando os braços. Ele finalmente se deteve diante de Alicia e a fitou com uma expressão tão suplicante que ela chegou a se comover.

– Mil perdões. A senhora deve pensar que estou louco, e confesso que desde ontem à noite eu não me reconheço mais.

– Pelo amor de Deus. Acalme-se.

– Me ajude. Eu lhe imploro. Se a senhora não me ajudar, não sei o que farei...

Quando jovem, Alicia presenciara alguns dramas como aquele. Seus frívolos irmãos, em particular, eram afeitos a tais encenações, sobretudo quando precisavam de dinheiro. Por isso, seu bom senso se sobrepôs a qualquer compaixão, e ela pediu energicamente que o rapaz se recompusesse. Caso contrário, ela teria que ordenar que ele saísse da casa.

Sua advertência teve efeito imediato, e o tenente recobrou a sensatez. Ele respirou fundo e falou com voz baixa, porém decidida:

– Ontem à noite eu me permiti a audácia de seguir sua filha até esta sala.

Estivemos sozinhos por poucos minutos e eu juro que não me aproveitei da situação e tampouco tinha más intenções. Muito pelo contrário...

– Estou horrorizada, senhor tenente. O senhor traiu minha confiança e a do meu marido e, ainda por cima, abusou de nossa hospitalidade!

– Senhora – interrompeu ele, aflito –, eu pedi a mão de sua filha. E não creio que a união de nossas famílias se oponha aos seus interesses. Mas é certo que antes eu queria me declarar pessoalmente à mulher que escolhi. Para escutar de sua própria boca se ela quer ser minha esposa.

Alicia olhou o agitado rapaz com desconfiança. Elisabeth não lhe contara nada sobre aquilo.

– E então? O que minha filha respondeu?

Ele respirou fundo e fez um gesto, impotente.

– Essa é a situação, senhora. Ela não me respondeu nada. Nem uma palavra ou aceno com a cabeça, nada. E logo fomos interrompidos.

– Claro – retrucou ela. – Suponho que deva ter sido a governanta.

– Não, foi sua filha Elisabeth – confessou ele, arrependido. – Uma situação horrivelmente constrangedora, como a senhora pode imaginar.

Alicia encarou o rapaz com perplexidade. Que loucura era aquela? Será que ele havia bebido?

– Elisabeth? Não estou entendendo, tenente Von Hagemann. Não acabou de dizer que pediu a mão de minha filha Elisabeth?

Ele balançou a cabeça e fez um gesto desesperado com os braços.

– Não, não, senhora. Eu me referia a sua filha mais nova, Katharina.

Foi como se uma venda caísse dos seus olhos. A briga da noite anterior. O ódio que Elisabeth sentia pela irmã, a reação esquisita pouco antes. Ó céus! Que situação! Mas para Alicia o pior de tudo foi o fato de que Elisabeth não lhe confessara nada.

– Senhora, eu lhe peço que me ajude – suplicou o tenente.

Em meio à agitação, o rapaz perdera qualquer tato para com os sentimentos de sua interlocutora. E então prosseguiu:

– Fale com Katharina. Estou preparado para aceitar a decisão, seja ela qual for. Mas não posso mais suportar essa incerteza. Em poucos dias terei que voltar ao regimento...

– Entendo...

– Não haveria a menor possibilidade de falar por um momento com a senhorita sua filha?

– Sinto muito.

Resignado, ele abaixou os braços. *Mas que rapaz exaltado*, pensou Alicia. O jovem mal saíra das fraldas e já estava cheio de fogo. Era assim que seu pai teria descrito aqueles jovenzinhos que, com tanta frequência, visitavam sua propriedade na Pomerânia, mas que jamais haviam pedido a mão dela, Alicia von Maydorn. Infelizmente.

– Meu querido jovem amigo... – disse ela em tom suave. – Permita-me, na qualidade de mãe de um filho e duas filhas, dar-lhe um conselho materno. Sua iniciativa, apesar de honrada, me parece muito precipitada. Katharina mal fez 18 anos, ela vai debutar neste inverno e...

– É exatamente isso que me preocupa, senhora – interrompeu ele, nervoso. – Quando Katharina for coroada rainha da temporada e todos os cavalheiros estiverem a seus pés, será que ela poderá distinguir quem tem intenções sérias? Ela poderia deixar-se levar por insinuações errôneas, fazer promessas imprudentes...

Alicia conseguira se acalmar. Por mais duro que aquilo fosse para Elisabeth, era preciso pensar no bem da família.

– Nesse ponto pode confiar plenamente em mim, tenente Von Hagemann. Vou dizer sem mais cerimônias: também considero uma união entre nossas famílias muito bem-vinda. Além disso, creio que minha filha encontraria no senhor um marido compreensivo e cuidadoso.

O jovem ficou radiante.

– Senhora... não sei o que dizer. Se Katharina ao menos me desse um sinal. Uma piscadela. Um sorriso. Algumas linhas escritas em um papel...

Alicia se pôs a refletir. Talvez fosse possível arrancar algumas linhas de Kitty. Decerto, nada definitivo. Apenas algumas cordialidades.

– Dê tempo à minha filha, tenente. E a si mesmo também. Eu cuidarei para que Katharina lhe dê um sinal, mas isso não vai acontecer de imediato. Entenda que minha filha primeiro tem que superar sua timidez de menina antes de poder escrever confissões e confiá-las aos correios.

– A senhora é tão bondosa! Eu prometo esperar pacientemente por essa carta. Mas lembre-se de que cada segundo que passa é como se uma flecha em chamas queimasse meu coração.

– Tentarei levar isso em consideração, rapaz.

E assim terminou a conversa. Ele não poderia pedir mais concessões da parte dela. De todo modo, Alicia já prometera mais do que possivelmente pudesse cumprir. Se pelo menos Kitty não fosse tão sonhadora... Ela bem que se beneficiaria de um pouco da objetividade de Elisabeth. Alicia despediu-se de Klaus von Hagemann estendendo-lhe a mão, que ele prontamente beijou, como era de seu elegante feitio. Seu gesto foi mais protocolar do que genuinamente afetivo, pois Alicia, claro, não era Kitty.

Robert entrou com a bandeja na sala de jantar ao lado. O criado tinha a tarefa de buscar as xícaras de chá e café dos armários e levá-las à biblioteca para a reunião da noite. Ao avistar a Srta. Elisabeth na porta que conectava o cômodo ao salão vermelho, o homem pigarreou para sinalizar sua presença.

– Você não pode bater? – perguntou ela.

Elisabeth sentiu-se envergonhada por Robert tê-la surpreendido escutando atrás da porta. Por outro lado, por que não Robert? Na verdade, ele chegara no momento certo.

– Perdão, senhorita.

Ela esperou até que ele colocasse a bandeja na mesa e, então, dirigiu-se ao outro lado do móvel, de maneira a ficar frente a frente com o criado. Elisabeth apoiou a mão na mesa e seu decote ofereceu uma visão generosa.

– Você não quer saber o que está sendo negociado na sala ao lado?

Por um segundo, ele arregalou os olhos. Obviamente, os seios o atraíam. Porém, ele se obrigou a desviar o olhar e respondeu:

– Isso não me diz respeito, senhorita.

Ela se curvou um pouco mais e sorriu com malícia. Ele era louco por sua irmã, como todos os homens. Ainda assim, não parava de encarar seu busto. *Então, fique à vontade!*

– Pois vou lhe dizer de todo jeito. Minha mãe acaba de arranjar o casamento entre o tenente Von Hagemann e minha irmã. O que você me diz?

O homem empalideceu e seus lábios ficaram quase brancos. Pobre rapaz, não conseguiu sequer disfarçar. Todos na mansão já perceberam que o criado era perdidamente apaixonado por Kitty. Robert não tinha a menor chance, mas, mesmo assim, sofria como um cão. Ela até conseguia sentir empatia pelo sofrimento dele, mas, ao contrário do rapaz, Elisabeth dispunha dos meios necessários para lutar pelos seus desejos.

– Isso... isso não é da minha conta, senhorita.

– Discordo plenamente – disse ela, convincente. – O destino de minha pobre irmã é da conta de todos nós. Da sua e da minha. Temos que evitar que a casem com um homem com o qual não poderia ser feliz.

Ele se calou e a encarou. Seu corpo balançou um pouco, mas ele não expressou mais nada.

– Você vai me ajudar? – perguntou ela.

– Eu não saberia como…

Ele ficou em silêncio por um momento, pois escutou a porta bater na outra sala. A conversa do tenente com Alicia havia acabado e o rapaz deixou a mansão.

– É muito simples – murmurou Elisabeth.

Robert não conseguiu dizer nada. Seu queixo parecia tremer. Fosse lá o que ela sugerisse, ele estaria arriscando seu emprego caso consentisse. Seu emprego e seu futuro.

– É você quem leva as cartas para os correios, não é?

– Sim, senhorita.

Ela sorriu de maneira triunfal e duas covinhas se formaram em suas bochechas.

– Você só precisa trocar uma carta por outra. Só isso.

12

Quem visse aquela cena poderia jurar que as damas do clube beneficente estavam jejuando há semanas!

Os canapés e demais iguarias foram mais do que bem recebidos. Quando o palestrante terminou seu discurso – conforme o relato de Else –, as mulheres literalmente se acotovelaram pela comida. Durante a palestra, café, chá e vinho foram servidos para manter a atenção das interessadas senhoras. Da mesma forma, as quantidades generosas de bebida foram consumidas sem pena.

– Mas agora já chega – observou a cozinheira enfaticamente quando o último prato finamente decorado deixou a cozinha. – Acabou a língua de boi, os ovos de galinha já foram todos e acho uma pena gastar nosso bom caviar. A partir de agora só tem canapé de presunto com picles.

– Tanto faz o que você servir. A maioria delas já está tão bêbada de vinho que devoraria até pão seco.

– Auguste! – censurou Else, colocando dois bules de café no elevador. – Só não deixe a Sra. Schmalzler escutar isso!

– Ah, mas é verdade – grunhiu Auguste. – Já derrubaram duas taças e é óbvio que tem vinho não só no tapete, mas também no sofá. A diretora Gutwald deixou cair seu prato com três canapés de caviar e a Dra. Lüderitz, que enxerga muito mal, pisou em cima. O tapete vermelho está manchado de caviar preto...

– E pensar que a razão dessas reuniões é ajudar as crianças famintas na África.

Marie, que lavava a louça e preparava chá e café sem descanso, sentou-se ofegante em um banquinho ao lado do forno. Era verdade que Auguste tagarelava muito, mas o que ela estava dizendo de fato fazia sentido. Marie conhecia aquelas reuniões desde o orfanato. Não raras vezes, a Srta. Pappert convidava seus benfeitores e investidores para "tardes alegres".

Naqueles eventos, a cozinha produzia as mais incríveis delícias, havia café com bolo, muita troca de falsidades e, por fim – aquilo era a pior parte –, algumas das internas eram obrigadas a fazer pequenas apresentações, recitar poesias ou cantar músicas. Ah, como eram encantadoras as órfãzinhas, tão inocentes com seus belos vestidos. Desnecessário dizer que tais roupas apareciam como em um passe de mágica só para aquelas tardes e sumiam assim que caía a noite. Mas todos os envolvidos no evento – menos as órfãs – comiam, bebiam e se divertiam muito.

– O que você tem, Marie? – inquiriu a cozinheira. – Deixe para descansar depois. Vamos, continue lavando a louça. E cuidado com esses pratos caros de porcelana.

Marie aprendeu rápido. Uma xícara de boa qualidade custava 20 marcos, um prato chegava a 25. O bule de café, uma fortuna. Se ela o quebrasse, teria que trabalhar para os Melzers até o final dos seus dias sem receber nada. Marie bocejou – já eram por volta das nove horas e ela estava morta de cansaço.

– Tome isso aqui para você não se entediar. Lave na água com sabão e pendure na corda.

Jordan aproveitava a ausência da senhora e das senhoritas para inspecionar seus guarda-roupas. Sempre havia algo para remendar, uma costura arrebentada ali, uma blusa que precisava passar acolá. Ou então descobria uma mancha que ninguém notara. Sem contar as roupas de baixo, que eram trocadas diariamente. As peças maiores, como toalhas de mesa ou roupa de cama, eram mandadas para a lavanderia. Já as roupas mais finas eram lavadas uma vez por semana por duas moças de fora. Porém, volta e meia havia as emergências, quando as peças precisavam estar prontas praticamente de um dia para o outro. Era o caso daquela delicada blusa de cambraia que pertencia à senhora. Ela fora usada várias vezes e já estava um pouco encardida; para completar, uma mancha marrom-clara maculava o punho da manga. Provavelmente café. Ou talvez chá. Nesse caso, seria preciso tentar removê-la com limão.

Marie estava certa de que Jordan poderia, ela mesma, lavar a blusa. A mulher se sentara com os outros à mesa da cozinha, reclamando do tanto que tinha a fazer. A temporada estava prestes a chegar e a Srta. Elisabeth não cabia mais em nenhum dos seus vestidos. Em outros tempos, a senhora certamente mandaria fazer um ou dois trajes de festa para a filha, mas naquele ano era a Srta. Katharina quem teria o guarda-roupa renovado. Como se via, até mesmo um magnata da indústria precisava pensar em seus gastos.

– Acho que dá para ajeitar o vestido rosa velho com a ajuda da costureira.

– E o que vão fazer com os outros? – perguntou Auguste, com um olhar nostálgico. – Aquele verde de cetim. O cor de creme com as pontinhas delicadas. Ah, ele é tão bonito que parece um vestido de noiva!

Maria Jordan sabia exatamente o que Auguste pretendia. Não raro, a senhora presenteava os empregados com roupas que já não eram usadas. Contudo, se bem conhecia a Srta. Elisabeth, ela certamente faria de tudo para que seus vestidos de baile não fossem usados pela criada.

– Você está querendo casar, Auguste? – desconversou ela. – Por acaso já tem noivo? Quem sabe o Robert...

Todos riram de sua piada. Auguste ficou vermelha de raiva, chamou Jordan de "imbecil" e completou dizendo que ela deveria cuidar da própria vida.

Marie torcia para que as duas se esbofeteassem, mas se frustrou, pois a governanta apareceu na porta da cozinha, batendo palmas. Várias das senhoras já haviam se despedido e seus carros estavam a caminho.

Auguste e Else saíram apressadas para entregar os sobretudos e perneiras aos convidados. No átrio da casa, Robert abrira um guarda-chuva que poderia abrigar uma família de quatro pessoas. Marie secou as mãos no avental e correu atrás de Auguste e Else. Obviamente não até o átrio, que não era lugar para ela, e sim até a porta entreaberta. De lá, a ajudante de cozinha pôde pelo menos bisbilhotar as animadas senhoras envolvendo-se em grossos casacos e sobretudos e prendendo os chapéus com longos alfinetes. Mas como elas gesticulavam! Como se abraçavam e se beijavam! O padre, que discursara na reunião, era parabenizado por todas e duas das senhoras mais velhas ousaram, inclusive, dar-lhe um abraço. Um beijo já teria sido demais.

Será que aquele senhor de barba escura e sobrancelhas grossas era o diretor Melzer? Até aquele dia, ela não vira seu rosto, mas devia ser ele. O homem se despediu de uma das senhoritas mais jovens. Parecia tentar convencê-la de algo, enquanto sorria com embaraço e acenava o tempo inteiro com a cabeça. Que estranho que uma pessoa tão rica e poderosa pudesse aparentar tanta insegurança. Bem... pelo menos em sua fábrica ele provavelmente se comportava de maneira diferente.

– O que você está bisbilhotando aqui? Vá cuidar de seu trabalho!

Justo Jordan a havia flagrado. A mulher tinha olhos de lince, com ela era preciso ter toda a cautela.

Por volta das dez horas a cozinheira, Else e Auguste foram dormir. Jordan teve serviço até mais tarde, pois precisou ajudar a senhora e as duas filhas com seus vestidos de festa. A Srta. Schmalzler saiu por volta das dez e meia dos aposentos da senhora, onde ambas discutiram até aquela hora a programação para o dia seguinte. Ela inspecionou a cozinha, onde Marie ainda lavava a louça, e comentou sua preocupação com Robert. O tolo rapaz saíra para um passeio noturno, uma loucura com o tempo que estava fazendo! Marie deu de ombros.

– Boa noite, Marie. Coloque a louça limpa na mesa. Amanhã Robert guardará tudo nos armários. E antes de ir dormir, verifique se todas as janelas aqui embaixo estão fechadas.

– Certo, Srta. Schmalzler. Boa noite.

Ela já estava quase terminando, só faltava secar dois pratos e algumas xícaras, ariar as colheres de prata e os talheres de servir. Se não tivesse que lavar aquela maldita blusa, em meia hora já poderia estar na cama. Ela se abaixou para pegar um pano de prato limpo no armário, o desdobrou e ia começar com a prataria.

– Boa noite.

Marie quase desmaiou de susto, pois na porta da cozinha estava a senhorita.

– Desculpe, eu não quis assustá-la – disse Katharina. – Sei bem que, na verdade, não tenho nada o que fazer aqui.

Marie engoliu em seco, pressionando o pano de prato limpo contra a barriga. De fato, a cozinha era área dos empregados, e os patrões frequentavam o cômodo com a menor frequência possível.

A senhorita usava um roupão branco e, por baixo, provavelmente uma camisola. O roupão era de um delicado chiffon, com acabamento em várias camadas. A modelagem era simples, sem babados ou pontas, mas mesmo assim a senhorita estava bonita como uma rainha.

– Você é a Marie, não é? A nova ajudante de cozinha.

Marie sentiu um nó na garganta e não pôde emitir um som sequer. Em vez disso, acenou várias vezes com a cabeça enquanto cravava os dedos no pano de prato.

A senhorita deu alguns passos para dentro da cozinha. Ela se deslocava com insegurança, colocando um pé diante do outro como se não soubesse exatamente aonde queria ir. Dizia-se na casa que a moça não conseguia dormir à noite. E se ela fosse sonâmbula, no final das contas? Que cabelo fabuloso ela tinha. Castanhos com reflexos ligeiramente acobreados, com cachos e ondulações que se formavam com delicadeza e caíam com opulência sobre as costas. E os olhos. Azuis como um lago. Como o céu em um dia quente de verão, quando parecia ser possível enxergar até os confins do universo.

– Eu reconheci você, Marie. Lembra que nos vimos uma vez? Eu estava dentro do carro e você parada do lado de fora, no gramado.

Marie assentiu. Obviamente ela se lembrava.

– Eu estava usando um conjunto verde e um chapéu com véu de tule.

Marie pigarreou, alegre por voltar a escutar a própria voz. Ela já temia ter ficado muda pelo susto.

– Ah, sim. Eu me lembro, senhorita.

– Viu só?

A senhorita sorriu. Um sorriso que clareou a cozinha escura e confortou o coração ansioso de Marie. Nunca ninguém no mundo lhe sorrira daquela maneira. Por que ninguém lhe contara que a Srta. Katharina era uma fada? Pois com certeza era. Com timidez, Marie sorriu de volta.

– Eu queria lhe perguntar algo, Marie.

– Claro...

Seu coração batia como um tambor. Será que ela precisava de uma camareira? Ou de uma criada?

– Eu queria desenhar você...

Marie devia ter feito uma expressão tola, pois a senhorita imediatamente deu uma gargalhada vibrante e alegre.

– Não me leve a mal, não estou rindo de você. Eu sei que meu pedido é incomum, mas você tem exatamente o rosto que eu estou procurando. Um rosto que combina com essas salas cinzentas e essas construções sombrias, entende?

Não, Marie não entendia. Ela tampouco queria entender, pois a ideia não lhe agradou. Decerto a senhorita não devia querer ofendê-la, mas se outra pessoa tivesse lhe dito aquilo, Marie teria se enfurecido.

– Seus olhos, Marie – disse a senhorita em tom suave e bajulador. – Você tem olhos lindos. Sua alma está toda dentro deles. Tanta dor e desejo. Uma sede de felicidade. Tanto cansaço e, ao mesmo tempo, tanta força.

Que loucura era aquela que a senhorita estava dizendo? Bem que diziam que a menina era meio esquisita.

– Se a senhorita faz tanta questão, pode me desenhar.

– Você não tem nada contra? – indagou, satisfeita. – Então ótimo! A partir de amanhã você virá ao meu quarto todos os dias por duas horas.

Marie se assustou.

– Não... não vai ser possível, senhorita.

– Como não?

Ela balançou a cabeça, afirmando que era tudo muito simples.

– Eu tenho que fazer meu trabalho, senhorita.

– Mas você vai estar trabalhando. Você é minha modelo. Na verdade, eu deveria pagar a você por isso, mas infelizmente não tenho meu próprio dinheiro...

Ela sorriu com certo pesar, e Marie sorriu de volta. Impressionante como as duas irmãs eram diferentes: a mais velha, uma megera de nariz em pé; já a mais nova, uma sonhadora amorosa e avoada. Marie se sentiu cativada por aquela jovem, mas ao mesmo tempo seu bom senso lhe dizia para ter cuidado com aquelas irmãs.

– Se a Srta. Schmalzler estiver de acordo, será um prazer ser sua modelo.

– Perfeito. Começaremos amanhã mesmo, Marie. Estou ansiosa!

A senhorita se dirigiu a Marie, apertou suas mãos com firmeza e logo as soltou. O pano de prato caiu no chão, e quando Marie se abaixou para pegá-lo e voltou a levantar-se, a senhorita já não estava lá.

Por um momento, ela fitou a porta entreaberta que levava ao átrio e, então, pôs-se a ariar mecanicamente as colheres e os talheres de servir. Ao deitar-se em sua cama depois de concluir o trabalho, Marie estava quase convencida de que aquele encontro não passara de um sonho.

Parte II

Dezembro de 1913

13

Paul teve um mau pressentimento ao subir a estreita escada da edícula do prédio em Munique. Duas mulheres maltrapilhas, uma apenas com pantufas esfarrapadas, vieram em sua direção. Elas levavam uma criancinha pelas mãos e não pensaram em desviar o caminho. Relutante, ele teve que se espremer contra a parede pintada de verde-oliva para deixar as três pessoas passarem. O quarto de estudante onde morava Edgar ficava no último andar.

– Edgar? Sou eu, Paul!

Ele bateu à porta um pouco hesitante de início, depois com mais força. Nada aconteceu. Droga. Será que Edgar estava fora? Talvez tivessem se desencontrado e, inclusive, cruzado caminhos, e agora Edgar estaria na Mariengasse, batendo à sua porta. Não, isso era mais que improvável. Edgar lhe prometera que passaria em sua casa com o dinheiro no mais tardar até as dez horas. Mas já passavam das duas da tarde.

– Edgar! Abra esta porta!

O rapaz só quis sacudir um pouco a porta e, para tal, agarrou a maçaneta desgastada. Para sua surpresa, a porta abriu sozinha com um rangido, e um cheiro desagradável de cerveja choca, ar estagnado e urina de gato o recebeu. Um bichano cinza e esquelético esgueirou-se pela fresta da porta, roçou em sua calça e desapareceu pela escada, silencioso como uma sombra.

Paul forçou a vista para enxergar na penumbra da pequena morada estudantil. Ele só estivera lá uma única vez, quando teve que carregar Edgar pelas escadas acima junto com alguns colegas após uma noitada, mas mal havia reparado no imóvel.

– Edgar? Você está aqui?

Ele percebeu uma movimentação atrás da porta. Um copo espatifou-se no chão e alguém xingou baixinho.

– Pode entrar, Paul – disse seu amigo, com voz rouca. – E feche a porta, pois já estou até aqui com a vizinha. Ela passou a noite inteira reclamando, aquela imbecil.

O quarto mostrava claros vestígios de bebedeira: garrafas de cerveja vazias por toda parte, copos, dois canecos de madeira e, sob a mesa, uma garrafa de licor de genciana, esvaziada por gargantas sedentas. Paul reconheceu ainda um pedaço de pão seco já mordido e um livro que parecia ser alguma obra sobre anatomia humana. Edgar era estudante de medicina.

– Mas que honra sua visita! – disse Edgar, sorrindo com embaraço e afastando o cabelo da testa. – Sente-se, Paul. Naquela cadeira ali. É só colocar os copos em cima da mesa. Espere um pouco, ainda deve ter uma garrafa de aguardente de zimbro.

Paul não se sentiu à vontade para seguir as instruções do amigo, até porque na tal cadeira de madeira havia uma mancha grudenta de cerveja. Enquanto o colega se levantava com esforço e cambaleava pelo quarto, Paul dirigiu-se à janela para abri-la. O ar fresco e gélido penetrou o cômodo cheirando a mofo e uma pequena estaca de gelo se desprendeu do telhado, caindo como uma flecha no chão.

– Você está maluco? Feche essa janela agora mesmo. Quer que eu congele?

– Melhor congelar um pouco do que morrer sufocado neste ar pestilento.

Tropeçando, Edgar correu até a janela, voltou a fechá-la e aproveitou para comentar que, naquele dia, Paul não estava exatamente simpático.

– E isso o surpreende? Você disse que iria lá em casa às dez horas. Ou por acaso se esqueceu?

O rosto do colega expressou o mais absoluto espanto.

– Às dez? Na sua casa? Você deve estar brincando, amigo. Não falei nada disso.

Havia tanta sinceridade em seu olhar que Paul chegou a duvidar. Será que entendera errado? Não. Esse havia sido o combinado dois dias atrás no Viktualienmarkt, o mercado em frente à mulher que vendia aves. Foi lá que ele avistara Edgar por acaso e aproveitara para lembrar-lhe que o tempo estava acabando.

– Escute bem, Edgar. Eu penhorei meu relógio de ouro para lhe emprestar os trezentos marcos. O relógio vale dez vezes esse valor e nós dois sabemos disso. Mas se eu não for resgatá-lo hoje, ele passa a ser propriedade da casa de penhores. Você está me entendendo?

– Tudo bem, tudo bem – resmungou Edgar, fazendo um gesto conciliador. – Não se irrite, amigo. Só precisa pagar uma pequena quantia ao penhorista para resolver isso por ora. E depois do Natal você recebe seu dinheiro. Nunca estive tão endividado.

– Eu preciso do dinheiro agora, Edgar. Imediatamente, como combinamos ontem! O que meus pais vão dizer se eu chegar em casa sem o relógio?

Edgar colocou os copos vazios sobre a mesa e enxugou o assento da cadeira com um trapo que parecia ter sido uma camisa.

– Sente-se, meu querido, e tome um gole. Quero explicar tudo direitinho. Você me conhece, Paul. Se eu tivesse dinheiro, eu lhe daria.

Era isso. Paul finalmente escutou o que tanto temia, mas, ainda esperançoso, não queria acreditar.

– Você não tem o dinheiro? – vociferou, exaltado. – Como não? Você me disse que seu tio de Stuttgart lhe enviaria. Chegou a jurar, não se lembra?

Como ele pudera ser tão estúpido? Era só olhar aquela pocilga decadente para entender que o tal tio de Stuttgart não existia. Edgar havia mentido, fingindo ser um bom camarada, sempre bem-humorado, prestativo, disposto a brincadeiras descontraídas. Mas, no final, quem ia pagar caro era ele, Paul.

– Você não entende, amigo? – disse Edgar, com voz embargada. – Recebi a notícia ontem à noite pelos correios e ainda estou bastante abalado. Minha pobre mãe, que sempre se sacrificou pelos filhos, está doente, à beira da morte, e os negócios de meu pai estão indo de mal a pior. Tive que ajudá-los enviando o dinheiro. Sei que você é um cavalheiro honrado e que, além disso, tem um coração bondoso…

Semanas antes, Edgar lhe contara que, por caridade, havia sido fiador de um amigo que estava falido e agora era ele, Edgar, quem teria que arranjar rápido os trezentos marcos. Do contrário, uma desgraça poderia acontecer, pois seu amigo era emocionalmente instável e já falava em tirar a própria vida. Que belo ator! Ele poderia tentar carreira nos palcos. Enojado, Paul escutou por mais alguns minutos a verborragia comovente, sentindo imensa vergonha por ter se deixado enganar por aquele vigarista. Ah, céus! Como ele iria explicar em casa o sumiço do relógio? Era uma herança familiar, deixada por seu avô materno. Sua mãe mandara restaurar o relógio por completo antes de lhe dar como presente em seu aniversário de 21 anos.

Ela inclusive pagara para acrescentarem os rubis e os brilhantes que adornavam a tampa do relógio, que haviam caído com o tempo e se perdido.

– Já chega – falou, interrompendo as invenções lacrimosas de Edgar, exasperado. – Poupe-me de suas mentiras. A única coisa em que eu acredito nisso tudo é que você não tem o dinheiro. Porque já torrou tudo há muito tempo.

Ele não obteve resposta, Edgar precisou primeiramente assimilar que toda a sua grandiosa encenação fora em vão.

– Vigaristas como você vão parar no tribunal!

O amigo esboçou uma expressão maléfica e ardilosa.

– Pois você que tente! – retrucou ele com raiva. – Você tem algo por escrito? Testemunhas? Não tem nada!

Infelizmente, Edgar tinha razão. Paul quis se esbofetear por não ter atentado à mais simples das regras de quando se empresta dinheiro. Tudo fora baseado na boa-fé. Selado com um aperto de mão entre amigos. Sem contrato, sem recibo. Não havia ninguém que soubesse de tal transação, pois ele prometera a Edgar manter sigilo.

– Não pense que você vai sair dessa ileso – ameaçou ele. – Vou fazer de tudo para que receba o que merece.

– Por que tanta raiva? – revidou Edgar. – Seu velho pai tem dinheiro aos montes. Que diferença fazem trezentos marcos? Você não disse que seu relógio valia dez vezes mais? Quanto deve custar um vestido de baile da sua irmãzinha? E as pérolas que a senhora sua mãe usa no pescoço?

Paul sentiu um desejo impetuoso de arrebentar a cara daquele moleque sem-vergonha. Mas, se fizesse isso, haveria confusão e gritaria, os vizinhos apareceriam e, quem sabe, poderiam até chamar a polícia. Um escândalo era a última coisa que ele queria naquele momento. A velha e frágil porta chacoalhou quando Paul, com um movimento colérico, a fechou e se foi. Na escada estreita, ele pôde perceber vultos escondendo-se – com certeza sua conversa contara com ouvidos curiosos. Paul sentiu alívio por não ter perdido o controle e recorrido à violência.

Já na rua, em frente ao edifício, ele respirou o ar puro e frio de inverno. Pequenos flocos de neve caíam rodopiando e, em algum lugar por entre os prédios, um realejo tocava "O du fröhliche". Pouco depois, uma bola de neve voou bem diante de seu nariz. Ele se abaixou rapidamente, produziu sua munição e conseguiu acertar as costas do engraçadinho que fugia correndo. A reação despertou risadas, e as crianças pareciam felizes porque o rapaz, em vez de reclamar, participou todo contente da brincadeira.

Paul seguiu a passos rápidos em direção ao centro da cidade, com as mãos enfiadas bem fundo nos bolsos de seu grosso sobretudo. Só havia uma chance de salvar o relógio: ele teria que negociar com o penhorista, pagar um valor menor e prorrogar o prazo.

O pai jamais poderia ficar sabendo. Ele o atormentaria por causa daquilo até o final dos tempos. E com razão, Deus sabia, com razão. Ah, mas que asno ele fora! E se confiasse seu segredo à mãe? Também era complicado... No máximo ele se abriria com Kitty, mas sua irmã mais nova era a última pessoa que poderia ajudá-lo.

Na Frauenstraße as pessoas ávidas por compras se acotovelavam diante das vitrines iluminadas. A neve começou a cair mais forte. As boinas das mulheres adornadas com flores, os chapéus escuros mais rígidos, os capuzes com acabamento em pele, todos estavam pulverizados com pequenos flocos brancos. E tampouco casacos, sobretudos, peles volumosas e o xale de lã xadrez da vendedora de castanhas eram poupados pelo turbilhão de floquinhos. Na calçada diante das lojas já se viam os primeiros garotos removendo a neve em troca de alguns centavos.

Paul ajeitou o chapéu na cabeça e abriu caminho por entre a multidão. Ele poderia aproveitar para comprar alguns presentes para seus pais e as irmãs antes de partir, mas nem sequer cogitou isso. Antes de chegar ao Portão Isar, virou em uma viela transversal onde residia o penhorista. Era preciso esperar um pouco, pois uma senhora de mais idade estava penhorando uma joia de granada e tentava negociar insistentemente cada marco. Enquanto isso, ele observava a vitrine visivelmente constrangido: relógios, colares, anéis, candelabros e utensílios de prata, sinetes de carta de aço cravejados com pedras preciosas, talheres com monogramas de família. Nenhum dos objetos fora resgatado por seus donos e as peças já estariam disponíveis no próximo leilão. O penhorista, um senhor mais velho, calvo e de bigode com fios ruivos, não estava presente naquele dia. A esposa trabalhava em seu lugar – ou seria uma funcionária? Era uma pessoa esquelética, de cabelos grisalhos, rosto pálido e olhos pequenos e vibrantes que transmitiam intransigência.

– Por favor, cavalheiro. É claro que podemos negociar. Não vamos nos desfazer desta linda peça sem mais nem menos.

E por que fariam isso?, pensou ele, irritado. *Primeiro arrancam um pedaço do meu couro para depois tentarem me esfolar inteiro*. Ele precisaria pagar cinquenta marcos. Paul protestou:

– Mas é muito dinheiro…

A penhorista permaneceu inabalada. Ela obviamente entendia seu ofício tão bem quanto o homem careca de bigode ruivo.

– Vou lhe fazer uma sugestão. Por que não me dá vinte e deixa seu sobretudo aqui? Uma bela peça, boa qualidade, tecido inglês e por dentro… abra os botões, por favor… exato, forrado com pele. Parece raposa, estou certa?

Ele teria que penhorar, além do relógio, o bom sobretudo de inverno que sua mãe mandara fazer no ano anterior. Naquela época, ele riu da mãe por causa da pele de raposa. Será que ela pensara que Paul já era um velho? No final das contas, ele aprendeu a estimar o sobretudo com forro em pele em seus passeios de inverno ao longo do rio Isar.

Por um momento, Paul foi tomado por uma ira contra seu pai. Nada daquilo teria sido necessário se a mesada que o pai dava fosse um pouco maior. Aluguel, livros, comida, as eventuais idas ao bar – para tudo isso ele precisava de dinheiro. Naquele aspecto, seu pai era inflexível e aproveitava sempre para contar que em sua juventude passara semanas vivendo à base de um pedaço de queijo e de pão, pois ganhava muito pouco como aprendiz na fábrica de máquinas. Apesar de tudo, a verdade é que ele não tinha o direito de ficar irritado com o pai. A cilada na qual se metera era, pura e simplesmente, culpa de sua própria burrice.

– Como quiser… Depois do Natal eu passo para resgatar os itens.

– Mas é claro.

A maneira como ela respondeu soou como "Não acredito em uma palavra".

Ele tirou o sobretudo, esvaziando todos os bolsos. Nunca em sua vida se sentira tão humilhado. Ainda mais porque, naquele instante, duas moças entraram na loja e assistiram à cena com curiosidade.

– Caramba, mulher! Aqui eles rancam teu couro mesmo – disse uma delas, no linguajar típico da região. E completou: – O moço vai virar pinguim com aquele frio lá fora!

– Não se preocupem, senhoritas. Eu sou quente o suficiente para fazer a neve derreter.

Apesar de não ter achado sua piada excepcional, Paul pôde pelo menos manter a compostura. Já do lado de fora, ele levantou a gola de seu casaco e correu em direção à Mariengasse na maior velocidade que as ruas lotadas permitiram. De fato, ele não sentia frio, pois a raiva de todo aquele infortúnio o mantinha aquecido. Apenas ao chegar à casa onde alugava um quarto, abrir a porta e entrar no pátio foi que se deu conta do frio. Ele sacudiu a neve do casaco e passou os dedos pelos cabelos úmidos.

– Ah, o Sr. Melzer. – Ele escutou a voz esganiçada da senhora. – Está indo ver a família, lá em Augsburgo?

A velha alugava cômodos para homens solteiros e estudantes. Evidentemente sua vida se resumia a vigiar os inquilinos e eventuais hóspedes, pois ela ficava o dia inteiro refestelada em sua poltrona junto à janela.

– Olá, Sra. Huber. Isso, vou hoje ainda para Augsburgo. Boas festas para a senhora!

– Obrigada, meu jovem. Mas boas festas mesmo eu tinha quando era moça. Agora nesta idade...

No final das contas, pensou Paul enquanto subia a escada, *consegui me safar*. O relógio não iria a leilão e ele ainda tinha seu sobretudo de outono para voltar para casa. Não esquentava tanto como o outro, mas também era de tecido inglês. Àquela altura, não lhe restava outra saída além de se desfazer de sua sela. Alguns de seus amigos já estavam de olho nela, restava saber se valeria os trezentos marcos. Talvez fosse aconselhável pedir que sua mãe cobrisse a diferença. Entretanto, Paul sabia que teria que pagar de volta cada centavo.

No último lance da escada, ele se deteve, assustado. Havia uma pessoa agachada diante de sua porta. Seria Edgar? Não. Ao aproximar-se, Paul constatou que era uma moça. Raios! Mizzi. Era só o que faltava.

– Oi, Paul. Nossa, estou vendo que você ficou surpreso com minha visita.

– Fiquei mesmo.

Ele viu que a moça tremia de frio e se apressou em abrir a porta do quarto. Paul deixara o cômodo bastante aquecido naquela manhã e era possível que um pouco de calor ainda persistisse lá dentro. Ela entrou apressada, parou no meio do quarto e virou-se para ele.

– Quer que eu dê uma arrumada aqui?

– Não, Mizzi. Mas você pode me ajudar com as malas. Vou para casa hoje.

A decepção estampou o rosto da garota. Ela não era bonita, mas quando ria, se tornava bastante atraente. Uma moça que, por uma refeição quente ou algumas moedas, se deitava com os estudantes e ainda arrumava o quarto e cozinhava. Ela entendia de amor, e muitos rapazes aprenderam muito com ela. Mas ninguém lhe tinha gratidão. Mandavam Mizzi buscar cerveja e *bretzel*, comprar cigarros, levar um recado a algum colega... E ela não levava nada a mal, fazendo o que lhe pediam e indo embora quando a dispensavam.

– Eu já imaginava que você também iria para casa – disse ela, sorrindo. – Quase todo mundo está indo passar o Natal com a família. É assim que deve ser, né? Quer que eu coloque suas coisas na mala?

Ela sabia onde ele guardava a mala de couro e a buscou. A moça foi dobrando cuidadosamente as roupas que ele lhe entregava. O que era desnecessário, pois as roupas teriam que ser lavadas de qualquer forma.

– E você, Mizzi? Vai ficar com sua família no Natal também?

Ela deu de ombros.

– Vamos ver. Talvez eu passe na casa da minha mãe. Mas ela está com um namorado novo e não gosto dele porque é um intrometido...

Ela riu e perguntou se poderia ficar mais uma meia horinha.

– Não precisa pagar nada. Só porque eu gosto muito de você e o Natal está chegando.

– Não, Mizzi. Meu trem já vai sair. Tenho que ir...

Paul sentiu pena da moça. Por que ele nunca pensara nela antes? Mizzi desde o começo foi parte da vida universitária, tal como as aulas, as noites no clube estudantil "Teutonia" ou os duelos de esgrima aos quais ele assistia vez ou outra. Naquele momento, Paul chegou a se perguntar se ela teria onde ficar e o que comer.

– Aqui, tome. É meu presente de Natal para você.

Ele tirou dez marcos da carteira. Mais que aquilo lhe faria falta, pois ainda precisaria pagar pelo bilhete de trem. Os presentes ele compraria em Augsburgo; devia haver algum dinheiro guardado em sua escrivaninha. Ou então pensaria em algo genial. Para Kitty era tudo mais simples; ela presenteava com seus quadros. Talvez ele pudesse dar poemas?

– Obrigada, Paul. Você é um amor. Que você tenha um...

Ele se sentiu aliviado enquanto descia a escada com a moça. Pelo menos fizera uma boa ação naquele dia e quase sentiu um pouco de orgulho de si mesmo. Mas quando o rapaz viu Mizzi desaparecer ao entrar em um bar, suas preocupações voltaram.

Não importa, pensou ele. Em casa, o grande pinheiro já estaria no átrio, adornado pelas mulheres com fitas vermelhas e todo tipo de biscoitos natalinos. O cheiro dos espinhos da árvore misturado ao de pão de mel o recepcionaria na entrada, como em todos os anos.

Ao se acomodar no trem, Paul estava entusiasmado pela festa. E o melhor era que ele só teria que voltar a Munique em duas semanas.

14

Prezado senhor tenente,

Venho escrever-lhe esta carta, esperando do fundo do coração que não me entenda mal. A vida reserva a cada um de nós provações e equívocos, e ninguém, nem mesmo o mais inteligente dos homens, está imune a isso. Nem o senhor, meu querido tenente...

Elisabeth interrompeu a escrita e passou os olhos pelo texto. Insatisfeita, riscou as palavras "do fundo do coração", substituindo-as por "muito". Do mesmo modo, ela descartou a última frase. Era desnecessário lembrá-lo mais uma vez de seu erro; em vez disso, seria importante fortalecer sua autoestima. O pobre rapaz devia ter ficado bastante desesperado quando recebeu a outra missiva escrita por ela. Elisabeth jogara na lareira a carta original, escrita por Kitty, substituindo os argumentos fúteis por uma fria e incontestável resposta negativa:

Infelizmente não posso corresponder às suas expectativas e lhe peço, portanto, que me poupe de outros pedidos de casamento.

Depois daquilo, nunca mais se viu ou se ouviu falar dele. Mas se agora Elisabeth não o fisgasse, tudo teria sido em vão.

Ela rosqueou a tampa de sua caneta-tinteiro e olhou pensativa pela janela. Do lado de fora, os flocos de neve caíam do céu cinzento como tufos de algodão. Era possível ver o parque coberto de branco e a trilha – de onde o jardineiro já retirara a neve – que serpenteava cinza por entre as árvores. Um casal vestido com roupas escuras passeava pelo complexo. Sua mãe usava um chapéu de aba larga e o casaco escuro de visom, o pai trajava o sobretudo de inverno e botas. Não era hábito dele usufruir de uma hora inteira de lazer nas tardes de sábado. Elisabeth teve que forçar a vista para reconhecer as expressões faciais dos dois, mas eles estavam muito longe. Pelo que ela pôde deduzir a partir de toda a gesticulação, os dois conversavam animados – isso se não estivessem brigando. Elisabeth suspirou e voltou a ocupar-se da carta.

... vivi momentos muito difíceis nas últimas semanas e refleti muito sobre os caminhos de Deus. Mas agora sei que a escuridão não pode vencer a luz e que Deus perdoa nossos erros se estivermos dispostos a seguir o caminho certo...

Ela afastou um pouco o papel e fez algumas correções. "Passei por" em vez de "vivi" lhe pareceu mais assertivo. Em seguida, ela substituiu "o caminho certo" por "um novo caminho". Elisabeth precisava evitar a qualquer custo que suas linhas tivessem tom de pregação religiosa. Klaus deveria ficar sabendo que ela ainda lhe tinha carinho, mas, ao mesmo tempo, não podia parecer suplicante e tampouco entregar o jogo. Àquela altura, seu papel já estava bastante rasurado; ela teria que passar tudo a limpo depois.

Lá fora a neve persistia. As árvores exóticas pareciam estranhas cobertas com telas de proteção. Os pequenos ciprestes se curvavam sob o peso como anciões esqueléticos. Bem ao longe ela avistou os pais sob uma daquelas estruturas. A mãe parecia tentar insistentemente convencer o marido de algo, enquanto ele apenas escutava calado com as mãos nos bolsos do sobretudo e o chapéu coberto de neve afundado na cabeça. Que difícil devia ser manter um casamento, pensou ela, aflita. Os pais tinham um afeto verdadeiro um pelo outro e, mesmo assim, toda hora havia brigas. Muitas vezes, ela chegou a ter a impressão de que a mãe era a pessoa que amava e o pai a que se deixava amar. O grande amor de seu pai era – assim dissera mamãe várias vezes, suspirando com ironia – não a esposa, mas a fábrica.

Ela espantou os pensamentos inquietantes. Quando se casasse, não haveria brigas. Isso ela mesma iria garantir. Com olhar crítico, Elisabeth leu mais uma vez seu texto, acrescentando a conclusão.

Essa reflexão me deu coragem, meu querido tenente, para enviar-lhe esta carta. Ao longo de um ano tive a sorte de ser testemunha da retidão de seu caráter e sei, portanto, que não me desprezará quando eu lhe revelar com toda a sinceridade minhas intenções. Tenho certeza que mamãe já lhe enviou o convite para nosso baile em janeiro. Ficaria muito feliz em vê-lo nessa ocasião.

Afetuosamente,
Elisabeth Melzer

Será que a expressão "muito feliz" não era um pouco exagerada? Não era sua intenção se jogar em cima dele. "Feliz" seria suficiente. Ou só "alegre"? "Contente"? Talvez fosse melhor escrever...

– Lisa?

Era Kitty batendo à porta. Elisabeth irritou-se com o incômodo e empurrou o rascunho para dentro da pasta de cartas.

– O que você quer? Estou ocupada.

– Preciso de sua ajuda, Lisa. Por favor!

Ela não esperou autorização e logo abriu a porta, correndo em direção a Elisabeth, que, apressada, escondeu a pasta na gaveta da escrivaninha.

– Ah! – exclamou Kitty, curiosa. – Segredos?

– O Natal está chegando, irmãzinha.

Kitty pareceu convencida com a justificativa. Elisabeth, entretanto, não estava segura se aquilo havia sido uma boa ideia. No passado, as irmãs tinham o costume de procurar sorrateiramente presentes de Natal escondidos pela mansão, sem deixar de vasculhar o quarto uma da outra. Mas isso já tinha muito tempo...

– Imagine só, aquele Alfons Bräuer acabou de chegar e quer nos cumprimentar.

– Ele por acaso avisou que viria?

Kitty lamentou em voz baixa. Sim, o jovem Bräuer havia anunciado sua visita na semana anterior. Sua mãe havia sentenciado Kitty com o tormento de receber o "simpático rapaz" e tomar chá com ele. Obviamente que com ela junto, mas a mãe ainda não voltara de seu passeio no parque.

– É impossível eu recebê-lo sozinha, Lisa.

– Por quê? – perguntou Elisabeth com malícia. – Um rapaz tão bonito, com músculos de Hércules que quase arrebentam as mangas do casaco. E aquelas coxas...

– Não estou achando graça, Lisa. Venha agora, por favor. Se você não me ajudar, vou falar com a mamãe.

Com certeza sua irmãzinha faria aquilo. Desde que ela passara a frequentar alguns bailes e eventos noturnos, os rapazes a procuravam. Alguns convidavam Kitty para passear de coche ou automóvel, outros para andar a cavalo. Os convites recebidos para reuniões sociais noturnas eram examinados cuidadosamente pela mãe, que selecionava alguns poucos. Para todos eles, Elisabeth, a irmã mais velha, também estava convidada. Como dama de companhia, decerto. Ah, como ela odiava aquilo!

– Eu não estou vestida apropriadamente – grunhiu ela.

Elisabeth trajava um vestido verde-escuro que estivera na moda três anos atrás e que Jordan alargara na cintura, escondendo habilmente a costura com um galão de renda.

– Você está linda, Lisa. Sério, esse verde fica ótimo em você. Vamos lá. Não podemos deixá-lo esperando tanto tempo.

– Deixe-o tomando seu chá em paz. Vai lhe fazer bem com esse frio.

A contragosto, Elisabeth se levantou, lançou um olhar no espelho, suspirou brevemente e correu atrás da irmã. Desde que Kitty nascera, tudo girava em torno dela. Ainda criança, ela encantava a todos com seus grandes olhos azuis, enquanto Elisabeth não passava de sua babá. "Lisa, tenha cuidado para que Kitty não role das escadas", "Lisa, não empurre sua irmã", "Por que a coitadinha da Kitty está chorando?", "Você a beliscou, Lisa? Pare de ser malvada", "Vá para o seu quarto, não queremos mais ver você aqui embaixo". É claro que ela tinha dado um beliscão bem dado naquele monstrinho. Mas Kitty também havia mordido seu dedo e isso parecia não interessar a ninguém.

Enquanto as duas desciam a escada para ir ao salão vermelho, a autocomiseração de Elisabeth crescia a cada passo. Ela já podia ter passado a carta a limpo e, inclusive, postado nos correios. Porém, se tivesse que bancar a dama de companhia por uma hora inteira, não conseguiria terminar a tempo e a carta só seria enviada na manhã seguinte. Nesse caso, ela chegaria só depois do Natal e era importante que Klaus a recebesse o mais cedo possível, antes de assumir outros compromissos no dia do baile.

Auguste estava parada na entrada do salão para abrir a porta. Por alguma razão, a criada tinha um aspecto ligeiramente pálido naquele dia. Provavelmente os funcionários estavam muito atarefados com os preparativos da festa.

Alfons Bräuer levantou-se da poltrona quando elas entraram. O homem era tão alto que teve que tomar cuidado para não bater com a cabeça nos pingentes do lustre de cristal. Contudo, ele não parecia ver sua altura como vantagem, e parecia sempre constrangido.

– Senhorita, estou encantado. Espero não ter chegado em momento inoportuno.

– Imagine… que bobagem! – exclamou Kitty, sorrindo. Ela aceitou um beijo do rapaz em sua mão. – Estamos imensamente felizes com sua visita. Infelizmente, mamãe ainda não voltou. Veja só… ela foi fazer um passeio no parque com papai.

Elisabeth também recebeu um beijo na mão e os cumprimentos de Bräuer. Os três se sentaram e Kitty se pôs a falar como se houvessem lhe dado corda. Era certo que o pobre Alfons só tinha olhos para sua princesa, e ele reagia, expressivo, a todos os gestos, piscadelas e sorrisos da moça. Elisabeth, por sua vez, limitava-se a servir o chá.

– Um ou dois cubos de açúcar, Sr. Bräuer?

– Perdão, o que disse?

Ela teve que repetir a pergunta e então soube que ele não consumia açúcar. O homem parecia fazer pouco caso do chá, apenas segurando a xícara sem sorver a bebida. Kitty tagarelava como um passarinho, discorria sobre pintores franceses do século XIX e explicava que Renoir, Cézanne ou Monet já eram coisa do passado. Alfons já ouvira falar de Georges Braque ou Pablo Picasso? Três anos atrás houve ainda aqueles dois incríveis artistas de Munique que expuseram alguns de seus quadros na galeria Thannhauser. Por acaso ele fora ver? Não? Bem, ela tampouco, pois naquela época Kitty tinha apenas 15 anos e sua paixão por arte ainda estava engatinhando. E será que ele sabia que os maiores e mais talentosos pintores estavam vivendo na França?

Elisabeth tomava seu chá com dois cubos de açúcar e pegou dois biscoitos de Natal antes de oferecer a travessa. Havia bolachas de amêndoas com especiarias, bolinhas de marzipã, pães de mel, rosquinhas de baunilha – a Sra. Brunnenmayer era perfeita tanto no forno como no fogão. Elisabeth ficava feliz só de pensar na torta natalina que ela servia no primeiro dia das festas: torta de creme com sabor de pão de mel, recheada com nozes e amêndoas caramelizadas, tudo coberto com uma fina camada de chocolate. Infelizmente ela só poderia comer uma fatia e nada mais, do contrário seria difícil entrar em seu novo vestido de baile. Era importante que estivesse bonita quando Klaus von Hagemann chegasse à mansão. Isso se ele viesse...

– Infelizmente não consigo desenhar nem mesmo uma linha reta. – Elisabeth escutou o jovem Bräuer dizer. – Entretanto, sou um grande admirador das belas-artes. Quando ouço como a senhorita fala entusiasmada a respeito, é como se acendesse em mim uma faísca.

– O que eu queria era atear fogo dentro de você – disse Kitty às gargalhadas. – E fazer arder a chama eterna no altar das artes...

Meu Deus do céu, pensou Elisabeth. Kitty costumava falar disparates, mas naquele dia estava se superando. Altar das artes. Imagine se o monsenhor Leutwien a escutasse. E de onde vinha aquela empolgação com os pintores franceses? Será que tinha a ver com aquele rapaz francês? Aquele... qual era o nome dele? Gérard Du... Dutrou. Não, Dufour. Não, também não. Gérard Duchamps, isso. O filho de um colega de trabalho de seu pai, vindo de Lyon, a cidade da seda. Ele tinha olhos escuros, porém com luminosos reflexos dourados, e fartos cabelos pretos. Seu nariz era um pouco fino demais, mas não chegava a estragar o conjunto. O jovem Duchamps arrebatara o coração de todas as mulheres, independentemente da idade. Na ocasião do baile do dia de São Nicolau na mansão Riedinger, ele conhecera Katharina Melzer, a rainha da temporada. Ela o impressionara muitíssimo, e os dois dançaram juntos várias vezes.

– Parece que em janeiro haverá diversas exposições muito interessantes em Munique – disse Alfons Bräuer.

– Não tenho dúvidas. Ah, em Augsburgo nós somos tão conservadores. Que horror! Nenhuma novidade chega aqui. Em Munique as pessoas são mais cosmopolitas. Mas o melhor mesmo é Paris, lá que é o verdadeiro berço das artes, com todos os pintores, escritores, músicos...

Bräuer colocou finalmente sua xícara sobre a mesinha talhada. O pobre rapaz devia estar nervosíssimo, pois as orelhas pareciam em brasa, e Elisabeth sentiu o forte cheiro que ele exalava. O jovem suava por baixo de seu grosso sobretudo de lã e Else, para completar, havia aquecido o salão generosamente.

– Se sua mãe e a senhorita sua irmã me permitirem, gostaria de convidar as três para uma viagem a Munique depois das festas. Lá, nós poderíamos...

Um forte grito no corredor fez com que ele interrompesse o convite.

– Auguste! Pelo amor de Deus! Auguste!

Era a voz de Paul. Elisabeth largou seu pão de mel já mordido e Katharina pulou da poltrona.

– Parece que nosso irmão chegou!

– Mas o que ele quer com Auguste?

Katharina abriu a porta e se deparou com uma cena assustadora. A pobre Auguste jazia sobre o tapete do corredor e Paul, que se ajoelhara ao lado da criada, segurava sua mão esquerda para tomar o pulso.

– Ela está viva – disse ele, olhando Kitty com olhos vítreos. – Pensei que estivesse morta.

– Deus amado! A coitada está pálida que nem um defunto. Veja como o rosto dela está frio!

Kitty ajoelhou-se ao lado da mulher inconsciente e acariciou sua testa. Alfons Bräuer permanecia inerte e com ar de impotência junto à porta.

– Ela desmaiou – constatou Elisabeth. – Essas coisas acontecem.

Ela foi a única que conseguiu permanecer calma e aproveitou para acionar a campainha dos empregados. Else logo apareceu na escada, uniu as palmas das mãos com horror e desapareceu imediatamente escada abaixo para alertar a cozinheira e o criado Robert.

– Vamos entrar no salão, Paul – disse Elisabeth com desdém. – Não precisam mais de você como bom samaritano. Ó, céus. Por que tanto alarde? A Srta. Schmalzler saberá o que fazer. E mamãe voltará a qualquer momento.

De fato, o criado não tardou em chegar, seguido por Else, Maria Jordan e a cozinheira.

– Eu já esperava – sussurrou a cozinheira. – Pobrezinha... Tomara que não seja nada sério!

Auguste voltava a si. Ao tentar se erguer, piscando sem parar, ela ficou atônita, encarando as pessoas ao seu redor.

– O que aconteceu? O que estou fazendo aqui no chão?

– Fique calma – disse a cozinheira. – Aqui, tome um gole d'água. Não vá engasgar...

– Pois bem... – observou Paul, aliviado. – Mas que susto você nos deu, Auguste!

A pequena reunião se desfez. Robert ajudou Auguste a ficar de pé, Jordan recolheu os guardanapos recém-passados que Auguste levaria à sala de jantar e a cozinheira desceu a escada apressada e logo se pôs a resmungar algo relacionado ao assado de porco. Os jovens patrões voltaram ao salão vermelho, deixando a criada aos cuidados dos demais funcionários.

– Bem do feitio do nosso Paul – ironizou Kitty. – É só você chegar em casa que as mulheres se jogam no chão.

Ela abraçou o irmão e o beijou com carinho. O rapaz não se fez de rogado e aceitou a recepção aos risos. Para Elisabeth, tal acolhida na presença de um convidado era um pouco exagerada, mas Kitty era assim. Diante daquela troca de afetos fraternais, Bräuer mantinha os olhos pregados em suas botas recém-engraxadas; provavelmente o que ele queria era estar no lugar de Paul. Por fim, o irmão afastou Kitty com ternura, abraçou a irmã Elisabeth e apertou a mão de Alfons Bräuer.

– Quanto tempo, meu velho amigo! – exclamou, sorrindo. – Você não ia me visitar em Munique?

O jeito simples e amistoso de Paul aliviou o desconforto do jovem Bräuer. Sim, eles haviam combinado de se ver em Munique, mas havia tanto o que fazer no banco que tal visita se provou inconciliável.

– Você já virou patrãozinho lá ou o quê? – perguntou Paul com uma ponta de inveja. – Mais alguns anos e vai estar mandando no banco sozinho.

Com um gesto convidativo, Paul acenou para as cadeiras e todos se sentaram. As conversas se seguiram de maneira descontraída e Alfons Bräuer conseguiu, inclusive, fazer piadas bem-sucedidas em alguns momentos.

– Acho que você não conhece muito bem meu velho pai – disse ele com um sorriso amarelo. – Ninguém consegue tirá-lo do banco. E acho que mesmo no dia em que ele estiver lá em cima com os anjinhos, vai estar todo dia de manhã examinando cuidadosamente a cotação da bolsa.

Àquela altura, até mesmo Elisabeth começou a se divertir. Quando o jovem Bräuer se comportava como uma pessoa normal e não como um tolo apaixonado, ele conseguia ser bastante engraçado.

– Se este frio continuar, muito em breve vamos poder colocar nossos patins de gelo – atiçou Paul, que não dispensava esporte algum.

Kitty demonstrou entusiasmo, enquanto Alfons Bräuer, reservas. Já Elisabeth deu de ombros. Patinação no gelo não lhe despertava interesse.

– Acho que eu preferiria um passeio em trenó, nós quatro! – sugeriu Bräuer.

– Excelente! – exclamou Kitty, batendo palmas.

– Ou sair a cavalo, para aproveitar a neve fresca da manhã – opinou

Paul. – Ah, agora me lembrei: você não queria comprar minha sela? Estou prestes a adquirir uma nova e pensei em vender a que tenho. Você sabe... Ela foi feita sob medida, mas deve caber na sua égua.

– Sua sela? Com certeza! Tenho interesse, sim.

Alfons Bräuer montava razoavelmente bem. Na verdade, aquele era o único esporte no qual ele era capaz de competir com alguma chance de vitória.

– Perfeito – comentou Paul com alegria. – Sabe... a sela já tem muito valor sentimental para mim. Não a venderia a qualquer um, só a um bom amigo.

O rosto de Alfons enrubesceu. Até aquele momento, ele não se considerava um dos melhores amigos de Paul e tampouco fazia questão disso. Para ele, os prazeres frívolos daquele tipo de jovem não lhe chamavam a atenção. Mas após Katharina ter passado uma impressão tão marcante, Alfons quase sentia orgulho por ser chamado de "um bom amigo".

– Tive uma ideia maravilhosa!

Paul estava radiante, seus olhos brilhavam de alegria e Elisabeth, por sua vez, perguntava-se o que havia por trás daquilo.

– Vamos aproveitar esse clima delicioso de inverno para fazer um passeio amanhã de manhã. As senhoritas em trenó e nós dois montados a cavalo. Assim, você pode experimentar a sela logo.

Kitty e Elisabeth não pareceram muito atraídas por aquela ideia, pois ambas tinham outros planos. O jovem Bräuer também hesitou, uma vez que não era afeito a decisões tão espontâneas. Mas viu que, por outro lado, era uma oportunidade de passar algumas horas ao lado de sua amada.

– Antes do meio-dia eu não poderia por causa do banco – respondeu ele vagarosamente. – Mas creio que no início da tarde consigo escapar por algumas horas.

– Por volta das duas? – decidiu Paul. – Vou esperar você ali atrás, perto dos estábulos.

15

Um cheiro pungente de amoníaco, limão e vinagre com um quê metálico tomava a cozinha. A mesa comprida estava coberta com várias camadas de jornal velho e sobre ela repousava parte da prataria dos Melzers em meio a uma infinidade de trapos e garrafinhas. Havia ainda chaleiras arredondadas, frascos para creme, cestinhas vazadas com fino acabamento nas quais se serviam frutas ou pães, pratos, saleiros, açucareiros e também muitas travessas e vários candelabros que pertenceram aos Maydorns. Todos aqueles recipientes deviam estar brilhando antes do Natal, assim como as colheres de servir e os talheres, a faca para o assado e a tesoura para destrinchar aves delicadamente cinzelada, uma peça bastante peculiar que nunca fora posta em uso, mas que, por outro lado, tinha imenso valor decorativo.

Apenas Maria Jordan e Auguste dedicavam-se à tarefa, trabalhando sentadas ao lado do grande forno que já estava aceso para manter as costas das mulheres aquecidas. Um bule azul-claro esmaltado fora posto sobre o fogão, bem como uma chaleira com água, pois a senhora costumava pedir chá à noite.

– Onde está todo mundo? – bradou Jordan. – Querem que a gente faça todo o trabalho sozinhas? Já estou ficando enjoada com este fedor.

Auguste fechou a cara enquanto esfregava energicamente com um pano de algodão macio o açucareiro que já ganhara aspecto de novo. Normalmente ela não era muito sensível a odores, mas àquela altura seu estômago já revirava só de sentir o cheiro da panela com leite sobre o fogão.

– É porque estamos usando esse amoníaco horrível – disse ela com expressão de nojo. – Aquele outro produto branquinho que vem da Inglaterra é muito melhor.

– E mais caro também. A senhora só mandou trazer três frascos, então é preciso nos virarmos com o que temos.

A Srta. Schmalzler as instruíra a colocar apenas um pouco do caro produto de limpeza no pano e trabalhar com ele o máximo possível, até que seu efeito cessasse. Só então elas poderiam voltar a aplicar a poção mágica de tom esbranquiçado.

– Onde está a Sra. Brunnenmayer? Já foi dormir? – quis saber Maria Jordan.

– Está lá na despensa, fazendo a lista de compras.

– Ah, Deus! As atividades sagradas que antecedem o Natal...

Maria Jordan segurou um pequeno saleiro contra a luz e a peça brilhou, tamanha a força com a qual a mulher o havia polido. Entretanto, a vigorosa limpeza fez com que arranhões no metal saltassem à vista.

– Veja só isso, Auguste. Alguém riscou de propósito com um garfo. Aqui e aqui. E embaixo também.

Havia convidados que não tinham respeito por nada. E muitas vezes eram senhoras e cavalheiros de renome. Auguste contou ter visto um senhor de sobrenome Von Wittenstein – ou algo parecido – que certa vez fez bolinhas com as migalhas do pão e as jogou para trás. Anos atrás, um diplomata russo havia feito o mesmo com seu copo, provavelmente impelido pelo ódio por ter encontrado água, e não álcool, dentro dele. E havia também aquela dama da sociedade – Maria Jordan não quis citar seu nome, pois a mulher ainda transitava pela casa – que com frequência pregava peças nos funcionários, fazendo com que tropeçassem em sua bengala enquanto serviam sopa quente.

– Aquela lá é uma bruxa mesmo. Se eu fosse Robert, teria enfiado a colher de sopa na fuça dela – opinou Maria Jordan. – Aliás, onde está ele? Deve estar polindo os talheres.

Às risadinhas, Auguste bebia seu café com leite.

– Está lá atrás na cocheira. Os rapazes vão fazer um passeio amanhã à tarde com o trenó de cavalos, então ele tem que dar uma arrumada no veículo.

– Ah, Senhor! O trenó está parado há quase um ano naquela cocheira. As lâminas devem estar todas enferrujadas.

Auguste assentiu e acrescentou que ainda seria preciso engraxar os assentos de couro. Havia três pessoas engajadas na tarefa: o velho jardineiro Bliefert, seu neto Gustav e Robert.

– Deve ser um horror ficar lá na cocheira neste frio.

Jordan pegou outro saleiro. Os Melzers possuíam vinte e dois daqueles graciosos recipientes e o mesmo número de colherinhas de sal que pareciam conchas de sopa em miniatura. Sobre a mesa posta, havia um daqueles potinhos de sal do lado esquerdo de cada lugar, para que os convidados pudessem temperar sua comida ao próprio gosto e com discrição.

– A parentada pobre vai chegar logo no primeiro dia de festa – lembrou Auguste, atrevida. – Como sempre, com a turba toda. A senhora certamente vai adorar.

Maria Jordan deu um suspiro. Nenhum dos funcionários tinha apreço pelos irmãos e irmãs do senhor que, por espírito natalino e laços familiares, eram sempre convidados para o banquete de Natal. Tinham a inveja e a ganância estampadas no rosto, não sabiam se comportar à mesa, não suportavam vinho e gostavam de dar ordens aos criados como se fossem os donos da mansão. Por outro lado, não se poupavam elogios aos convidados que vinham à mansão no segundo dia de festa, o dia de Santo Estevão. A família da senhora era aristocrata e sabia como tratar os funcionários. Eles jamais teriam a ideia de exigir de uma camareira, por exemplo, que ela acendesse o aquecedor do quarto de hóspedes.

– Eles nos deixaram sozinhas mesmo – resmungou Auguste, olhando os dedos pretos.

Na verdade, limpar a prataria era uma de suas atividades favoritas, pois os empregados se reuniam na cozinha, conversavam e riam enquanto o café era passado no fogão.

– Pelo menos Else poderia ajudar!

Else estava no quarto de passar roupas. Nas semanas anteriores, muitas peças foram lavadas e a montanha de tecidos amassados ainda se acumulava. Todos os anos pouco antes do Natal, a senhora fazia questão que tudo fosse lavado e colocado nos armários. Pois, assim se dizia, quem lavasse roupa entre a noite do dia 24 de dezembro e o 1º de janeiro atrairia má sorte para o ano que se iniciaria.

– Onde Marie está eu não preciso nem perguntar – rosnou Jordan.

– Não mesmo – respondeu Auguste, afiada.

Por um momento fez-se silêncio na cozinha com as duas mulheres absortas em seus pensamentos. Então, Maria Jordan se levantou com a intenção de servir um pouco mais de café a Auguste.

– Eu já previa isso – disse ela, mal-humorada. Pegou um pano de prato, pois a alça do bule azul-claro estava quente. – Eu até sonhei com isso antes mesmo de ela chegar.

Auguste colocou o açucareiro recém-polido sobre a mesa e admirou com satisfação o reflexo do recipiente prateado. Que pena que o brilho só durasse algumas semanas; a peça logo ficaria escura, cobrindo-se de manchas cinza, até que, finalmente, adquirisse a cor preta.

– Você e seus sonhos!

– Não deboche. Eles nunca me deixam na mão.

– Isso é tudo besteira!

Furiosa, Jordan derramou por acidente um pouco do caríssimo limpa-prata inglês sobre a mesa, correndo para absorvê-lo com um pano.

– Eu não acertei quando disse que Gertie não ficaria muito tempo trabalhando aqui? E foi o que aconteceu!

Auguste bufou desdenhosamente e comentou que qualquer um poderia ter previsto aquilo sem recorrer ao misticismo.

– Você não disse a Else ano passado que o grande amor a estava esperando? Foi o que você leu na borra de café. E aí? Onde está o grande amor dela? Até agora, nada.

– Espere só! – defendeu-se Jordan. – Mas se Else não faz nada a respeito, também não acontecerá nada. E em todo caso, quem espera sempre alcança.

– Ah, assim até eu consigo prever o futuro! – Auguste riu com sarcasmo. – Deus ajuda quem cedo madruga. Água mole em pedra dura tanto bate até que fura. Ora, não me faça rir!

Contrariada, Jordan calou-se e aplicou o limpa-prata em um candelabro. Bem, até que Auguste tinha certa razão. Ela, de fato, poderia ter evitado a história da borra de café. Jordan só o fizera porque Else lhe oferecera dois marcos por uma sessão e ela precisava do dinheiro. Para o que ou para quem não era da conta de ninguém. Mas com seus sonhos era diferente, e ela os levava muito a sério.

– Eu sei muito bem que Marie vai nos trazer desgraça – teimou ela. – Eu a vi em um sonho andando pelo parque com um cachorro preto na coleira. Isso é mau presságio.

Auguste deu de ombros. Apesar de não haver mais nenhuma animosidade perceptível entre ela e Marie, as duas estavam muito longe de ser amigas. Else, por sua vez, demonstrava mais apreço por Marie, mas talvez fosse por algum interesse oculto da insossa criada. Já Brunnenmayer tinha Marie como sua queridinha, enquanto Robert preferia manter-se distante daquilo que considerava "fofoca de mulher" e a Srta. Schmalzler apenas ficava calada.

– Isso não existe – bradou Jordan. – Nunca vi uma ajudante de cozinha que tivesse permissão de ficar no quarto da senhorita tomando chá com ela.

O comentário foi lenha para a fogueira de Auguste. Ela já contara aquela história centenas de vezes e se irritara a respeito, mas era sempre bom descarregar a raiva um pouco mais. Todo dia, Marie subia para o quarto e ficava lá uma hora inteira, inclusive aos domingos. E não raras vezes, ela era solicitada durante a noite. Não para servir a senhorita, o que de qualquer maneira não seria sua atribuição como ajudante de cozinha. Pelo contrário, pareciam fazer uma espécie de baile de máscaras. Marie vestia diversas roupas compradas pela senhorita, colocava turbantes na cabeça, soltava os cabelos. Usavam uns farrapos cinza horríveis com tamancos, depois tecidos coloridos e echarpes brilhosos. Às vezes ela parecia uma mendiga; outras vezes, uma cigana.

– Você por acaso andou espionando pelo buraco da fechadura? – perguntou Jordan com um sorrisinho malicioso.

– É só você olhar os desenhos. A senhorita faz retratos de Marie, às vezes com carvão, às vezes a lápis, às vezes com tinta...

De fato. Maria Jordan também já vira os desenhos, apesar de na maioria das vezes a senhorita guardá-los em uma pasta e cobrir o cavalete com um pano.

– Outro dia Marie usou inclusive um vestido da senhorita. Uma baratinha de cozinha usando as roupas de seda da senhorita e sendo penteada por ela. Daqui a pouco vão me fazer servir também a digníssima princesa Marie das Santas Mártires.

– Princesa Marie do quê? – admirou-se Auguste.

– É assim que se chama o orfanato de onde ela veio.

– Ela não tem pais? Será que é filha bastarda?

– Com certeza!

– E como você sabe disso? – perguntou Auguste, começando a duvidar.

Jordan ergueu os ombros e fez uma expressão de mistério. Parecia até que aqueles detalhes lhe foram revelados por mágica. Mas poderia ser que ela tivesse andado bisbilhotando o quarto da Srta. Schmalzler, onde ficavam guardados em prateleiras as pastas, papéis e cadernetas dos funcionários.

– Por que estamos discutindo isso? – indagou Auguste. – Nós conhecemos bem a Srta. Katharina. Hoje fogo, amanhã cinzas. Agora ela encontrou um brinquedinho novo, mas amanhã ele perde a graça e adeus Marie. Na verdade, eu fico até com pena, por ela não saber que a senhorita é tão instável.

Maria Jordan limpava zelosamente o pé cinzelado de um candelabro de prata. Aqueles enfeites eram bastante difíceis de limpar, era necessário usar um palito, às vezes uma agulha, e proceder com cuidado, muito cuidado pelas reentrâncias da peça. E mesmo assim, quase sempre restava alguma manchinha preta sobre os desenhos.

– Pois eu não sinto pena alguma – disse ela a Auguste. – Quanto mais se sobe, mais feia é a queda. É assim que funciona. Poderiam, inclusive, mandá-la fazer suas trouxas agora mesmo. Quem é que faz o trabalho dela, enquanto ela fica lá em cima com a senhorita tomando chá e posando de modelo? Somos nós! Estou mentindo?

– É, nisso você tem razão.

Elas foram interrompidas pela cozinheira, que entrara arfando na cozinha e inspecionava as gavetas dos armários. Ao que parecia, a Sra. Brunnenmayer estava conferindo os condimentos.

– Um fardo inteiro de cebolas apodreceu no porão – lastimou-se. – Pegou umidade e ninguém percebeu. E encontrei cocô de rato na despensa de cereais; esses monstrinhos cinzentos estão comendo nossa farinha. Precisamos de um gato, uma noite só na despensa e nunca mais veremos roedores por aqui.

– Duvido que isso aconteça – opinou Jordan. – A senhora tem horror a gatos, ela morre de medo.

A cozinheira anotava algumas palavras em uma folha de papel. Ela escrevia com o lápis lenta e laboriosamente, movendo a língua pelos lábios.

– Co...en...tro. Noz... mos...ca...da... E cra...vo-da-ín...dia...

– Precisamos de ajuda para limpar as pratas! – exclamou Auguste.

– Isso não é assunto meu – grunhiu a Sra. Brunnenmayer. – Chamem a Marie. Coentro, cravo-da-índia, noz-moscada, canela... cominho! Quase ia esquecendo!

Ela escreveu o nome do tempero na lista e piscou três vezes, olhando para o teto. Era nítido que seus pensamentos vagavam por coisas mais importantes, como cominho, açafrão e bicarbonato de amônia.

– Chame Marie... – debochou Jordan, enquanto a cozinheira subia pelas escadas. – Isso, bata à porta da senhorita e diga-lhe que precisamos de Marie para limpar as pratas.

Ela deu uma risada sarcástica e fitou Auguste, que largara o trapo e estava indo abrir a janela.

– Está enjoada de novo?

A moça apoiou-se com as duas mãos sobre a mesa e respirou fundo. Alguns flocos de neve foram trazidos pelo vento para dentro da cozinha aquecida, onde se tornaram imediatamente transparentes, transformando--se em gotículas de água.

– Você está grávida, não é?

Auguste não respondeu. Fazia duas semanas que aqueles terríveis enjoos vinham torturando-a, inicialmente apenas de manhã e, mais recentemente, ao longo do dia. Às vezes eram tão intensos que ela perdia o equilíbrio e tudo ficava preto. Sim, as regras estavam atrasadas havia meses.

– Pode admitir. O pessoal já reparou faz tempo.

Auguste sentiu como o ar fresco lhe fez bem. Ela fechou a janela e atravessou a cozinha em direção ao fogão para aquecer as costas.

– A Srta. Schmalzler comentou algo? – inquiriu ela.

Jordan balançou a cabeça. Não, a governanta era discreta em tais situações e nunca falava com ninguém sobre os funcionários. Mas tinha olhos atentos. Mais cedo ou mais tarde, ela acabaria chamando Auguste em sua sala, pois gravidez era motivo para demissão.

– Dependendo do que seja conversado, pode ser que ela deixe você entregá-lo aos seus pais. Afinal, você já está há muito tempo aqui na mansão e todos estão satisfeitos com seu serviço.

Auguste esfregava as mãos frias acima da boca do fogão.

– Aos meus pais? – murmurou ela. – Eles vão me matar se eu chegar lá com um filho.

Jordan largou o candelabro de prata e ficou em silêncio por um momento, pensando se seria melhor seguir calada. E então prosseguiu:

– Tem um remédio bom. Eu mesma posso providenciar. Você tem que tomar de noite e, pela manhã, vai estar livre de seu problema.

– Obrigada – disse Auguste. – Mas acho melhor não.

Jordan se irritou, pois ela já pensava em cobrar vinte marcos pela transação; e com certeza os conseguiria. Em tais assuntos os homens eram generosos, mas ela teria que agir rápido.

– E você quer o quê? Perder o emprego e sair por aí com um filho bastardo?

Auguste voltou a se sentar e tomou um gole de café. A bebida já estava fria e amarga, mas ela não se incomodou.

– Eu quero me casar.

Jordan deixou escapar uma risada estridente.

– Casar? Com Robert? Ele é o pai, não é?

– Óbvio. Não precisa debochar.

– Ora, veja só. Casar. Com Robert. Uma família de verdade…

– Pode rir. – Auguste se irritou. – Você vai ver só.

– E você acha que ele é burro a ponto de se casar com você?

Auguste teve que morder a língua, pois, tomada pela ira, ela quase deixara escapulir seu segredo. Robert não teria outra escolha. Ela sabia de algo que poderia custar o emprego do criado.

16

O céu da manhã estava limpo como nos dias de verão, só mais escuro e com um brilho mais intenso. Os raios de sol inclinados refletiam sobre a neve acumulada nas árvores e gramados, e era preciso fechar os olhos para não ter a vista ofuscada pelo clarão. De noite, a temperatura caía para abaixo de zero e, naquele momento, apesar de toda a luminosidade solar, o frio continuava intenso. Aquele branco esplendoroso perduraria por toda a semana de festas – motivo para alegria na mansão.

– Vá, vá logo – resmungou a cozinheira para Marie. – O resto você descasca quando voltar.

Marie jogou a batata já descascada na panela e levantou para lavar as mãos. Ela sempre sentia remorso quando subia para o quarto da senhorita, pois os outros funcionários tinham que fazer o trabalho dela. Por outro lado, o tempo que passava no andar de cima era algo precioso, uma verdadeira janela para um mundo que até então ela desconhecia. Um mundo com o qual ela só poderia sonhar, pois era impossível que algo tão bonito existisse na realidade.

Na escada de serviço, ela se deparou com Jordan trazendo uma roupa da senhorita pendurada no braço, provavelmente para remover alguma mancha. Para tais fins a camareira dispunha de todo um arsenal de frasquinhos e tinturas, cujo modo de uso ela mantinha em segredo absoluto.

– Olha ela, Vossa Majestade Marie das Sete Mártires! – exclamou Jordan com sarcasmo. – Como a pintarão hoje? Como duquesa? Ou como menina de rua? Ou talvez nua? Você sabe como são os pintores…

Marie não se dignou a lhe dar resposta alguma. Era claro que tinham inveja, sobretudo Jordan. Aquela ali não a suportava. Tinha sido um rebuliço quando a senhorita expressou seu desejo aos pais. Principalmente o senhor – segundo Robert –, que se indignou e quis, sem cerimônias, proibir aqueles encontros. Da mesma maneira, a senhora tampouco achou conveniente a ideia bizarra da filha, que iria desalinhar todo o funcionamento da casa. Mas, no final das contas, a preocupação pelos nervos frágeis de Katharina se sobrepôs a todas as reservas iniciais. Marie foi convocada ao salão vermelho, onde teve que ouvir um verdadeiro sermão da senhora. Que aquela tarefa não lhe devia subir à cabeça. Que o serviço do qual ela se furtaria durante o dia deveria ser realizado durante a noite na medida do possível. Que ela não receberia pelas sessões. E que tudo que se passasse no quarto da senhorita deveria ser mantido no mais absoluto sigilo.

– Entre!

Marie batera discretamente à porta, mas a Srta. Katharina tinha a audição aguçada. O cavalete já estava armado e as cortinas abertas. Com frequência, a senhorita queixava-se daqueles "cacarecos de pano" que impediam a claridade de entrar nos quartos.

– Sente-se junto à janela, Marie. E coloque a faixa na cabeça. Mas solte o cabelo e deixe alguns fios caindo sobre o rosto. Isso. Agora um pouco mais para a esquerda. Pare. Está bom. Eu preciso pintar isso em cores. No sol, seu cabelo emana essa luz amarela, vermelha, às vezes até meio verde.

A princípio, a Srta. Katharina lhe parecera muito esquisita, e Marie chegou inclusive a se perguntar se a moça não era meio doida. Mas por fim ela entendeu que a senhorita apenas enxergava o mundo de outro modo. Como aquelas pessoas que, vistas do lado direito, eram belas e imponentes, mas que, ao darem meia-volta e mostrarem o lado esquerdo, às vezes revelavam uma cicatriz no rosto, um olho caído ou o ombro curvado.

Olhando com atenção, Katharina estava sempre certa. Ela não desenhava nada puramente inventado; tinha apenas outra perspectiva. Assim era com a tal luz amarela, vermelha e verde que seus cabelos refletiam no sol. Marie estava de fato convencida de que eram reais.

– Pode pegar o bloco de desenho e o lápis. Experimente só o que eu lhe mostrei ontem.

– Obrigada, senhorita.

– Você não precisa me chamar de senhorita toda hora. Poderia ter falado apenas "obrigada".

Marie se levantara rapidamente para pegar o bloco e os lápis, voltando logo à sua posição. Se as sessões se limitassem a posar, ela certamente se entediaria. Mas havia as conversas tão sinceras que as duas travavam e que alimentavam Marie com ideias totalmente novas. E os desenhos que a senhorita lhe permitia fazer. Em papel próprio, com carvão, lápis sanguínea e nanquim. Aquilo tudo era um sonho antigo que se tornava realidade, mesmo que por pouco tempo, e Marie pressentia que aquela felicidade não duraria muito. Mas enquanto perdurasse, a moça se agarraria a ela com todas as suas forças.

– Você tem talento, Marie! Se continuar treinando assim, talvez se torne uma artista de verdade. E essas sombras que você colocou, onde aprendeu?

– É apenas o que vejo.

É certo que já havia percebido que a Srta. Katharina tendia ao exagero e que ela, Marie Hofgartner, jamais poderia tornar-se uma artista. E talvez fosse melhor assim, por mais que a senhorita não poupasse os mais elevados elogios aos artistas. Aquele Michelangelo, por exemplo – ela mostrara a Marie suas obras em um livro grande e pesado –, era para a Srta. Katharina a personificação de Deus. O que na verdade era uma blasfêmia, sobretudo porque o artista só pintara pessoas nuas. Mas, de fato, as imagens eram impressionantes. Maiores e mais belas que tudo que Marie havia visto até então.

Não raras vezes, a senhorita a inundava com perguntas. Sobre o orfanato, o trabalho como costureira, sobre a época em que foi criada em outra casa. Naquelas conversas, a senhorita expressava opiniões bastante curiosas. Dizia que era uma sorte ser sozinha e que as pessoas se tornavam mais fortes quando precisavam batalhar por seu lugar no mundo. Que era muito melhor viver do próprio trabalho do que morar naquela mansão rodeada por luxos.

– Acho vergonhoso viver do dinheiro dos outros – disse ela. – Estou no mundo para quê? Para ser bonita e me comportar como uma aristocrata. Além disso, as pessoas esperam que eu me case com um homem digno de nossa posição social e que beneficie os negócios de papai.

Ela afirmava que apenas a arte tornava sua vida suportável. Marie sentiu vontade de rir da senhorita, o que, obviamente, teria sido inadequado. Aquela moça vivia em uma casa magnífica e tinha um quarto com móveis fabulosos só para ela. Para completar, vestidos lindos, a casa sempre aquecida no inverno e comida suficiente. Apesar disso, ela se queixava. Qual era o problema de se casar com um homem que se adequasse a sua família? Que pudesse lhe dar uma vida de fartura e segurança? Tamanha sorte não passava de um sonho para Marie.

– Eu a tenho observado, muitas vezes com admiração. O modo como se impõe. Como posso dizer? Apesar de ser só a ajudante de cozinha, você mantém sua dignidade. E não permite que os outros a rebaixem.

– Não há outra maneira, senhorita. Ou se aprende a cuidar de si, ou se afunda. Quem se perde de si mesmo, quem se diminui, quem se arrasta diante dos outros e se curva, essas pessoas um dia caem...

Naquele instante, Marie expressara reflexões que ela até então apenas sentia, mas nunca havia verbalizado.

– Como você é esperta, Marie.

A filha do dono da fábrica era muito inocente. Considerava o orfanato um local no qual as pessoas eram protegidas e preparadas para a vida. O que não era de se estranhar, pois a menina vivera por dois anos em um internato para moças, no qual aprendera etiqueta, línguas, economia doméstica, entre outros assuntos relevantes para uma dama.

– Você não tem ideia de como eram rígidos conosco. Inclusive nos obrigavam a bordar nas tardes de domingo. E qualquer uma que cometesse o mínimo erro era punida.

– Punida?

– Nos faziam escrever redações imensas e às vezes íamos dormir sem jantar.

– Ah...

Marie hesitou. Era justo destruir a ilusão da senhorita? Será que ela deveria falar das surras aplicadas aos desobedientes? Mostrar as cicatrizes que ela ainda tinha nos braços? E se ela contasse sobre os dias em jejum? Sobre as longas horas no porão gélido onde as crianças rebeldes eram trancadas? Entretanto, pior que as punições da Srta. Pappert e seus funcionários era o que as meninas faziam umas com as outras.

– Para as menores era pior – murmurou Marie. – Ninguém as protegia das maldades das mais velhas.

– Elas as... beliscavam?

– Elas faziam muitas coisas ruins com elas. De noite, no dormitório. No começo fizeram comigo também, mas eu logo aprendi a me defender e elas tiveram que me deixar em paz.

– Mas... o que elas faziam? Puxavam o cobertor das outras?

– Quer mesmo saber?

A senhorita a encarou com olhos arregalados e cheios de horror. O que estaria pensando naquele momento? Por um instante, Marie se convenceu de que havia passado dos limites. Ela se empolgara e não voltaria a ser chamada para posar e pintar naquele lindo quarto com Katharina.

Contudo, a senhorita recuperou a compostura mais rápido do que Marie imaginara.

– Que repugnante – disse ela. – Mas esses horrores fazem parte de nossa vida.

Pois é, pensou Marie. Para quem não sentiu na própria pele era fácil não se abalar. Finalmente, ela entendeu que apesar de a senhorita a ter escutado, ela não poderia entender a situação de fato. Por mais fidedignos que fossem seus relatos sobre como era duro trabalhar como criada, sobre o pouco que dormia e quão esgotada ficava de noite, sobre quando se arrastava para o pequeno mezanino da cozinha, que ficava aquecido graças ao calor do fogão –, o romantismo com o qual Katharina enxergava a vida dura e simples permanecia inalterado.

– Me considero muito sortuda por tê-la conhecido, Marie. Ninguém jamais poderia ter me descrito o mundo de maneira tão viva como você. Porque você conhece a vida. A outra vida, quero dizer. A vida de verdade. Além disso, é uma artista tão talentosa. Só eu sei o quanto me custou dominar perspectiva e você... você apenas desenha e sai tudo perfeito. Ah, Marie, como eu queria que você pudesse ser minha amiga...

De fato, a Srta. Katharina tinha poucas amigas. Já sua irmã com frequência convidava uma ou várias moças para o chá. Talvez fosse porque a tagarelice sobre moda, homens e outras mulheres entediassem Katharina ao extremo. Ela preferia falar sobre a vida e a arte. Além disso, Marie imaginava que as ideias incomuns da senhorita faziam dela uma incompreendida.

– Marie?

A senhorita segurava o pincel, mas não parecia estar envolvida com sua pintura sobre o cavalete.

– Sim, Srta. Katharina?

Marie estava absorta em seu próprio desenho e olhou fascinada o conjunto de pontos e manchas coloridos na tela da senhorita. Eram como fogos de artifício.

– Você já se apaixonou alguma vez?

Desconcertada, Marie se calou. Mas que pergunta!

– Já – respondeu ela, tensa. – Mas não valeu de nada.

A senhorita colocou o pincel em um dos copos de água e limpou seu dedo com um trapo. O ar da moça era de descontentamento.

– Por que você diz isso?

– Porque o amor só traz sofrimento.

A senhorita balançou a cabeça e comentou que Marie estava enganada.

– Obviamente o que você sentiu não foi amor, Marie. Talvez uma paixonite, nada mais. Um verdadeiro e grande amor é um sentimento intenso de felicidade. Não há nada mais bonito neste mundo do que amar alguém com todo o coração.

Ai, ai, ai... pensou Marie. Do jeito que a senhorita falava, parecia que ela havia sido fisgada por aquele francês. O tal rapaz bonito que Auguste mencionara. A criada da casa dos Riedingers era uma conhecida dela que andara espalhando todo tipo de boatos descabidos.

– Que seja... – opinou Marie, hesitante. – Mas eu, pelo menos, nunca senti isso.

A senhorita sorriu compadecida. Marie ainda era muito jovem, um dia o amor lhe bateria à porta e a faria feliz.

– É como passear pelo céu. Não importa onde você esteja, a pessoa amada a acompanha, pois ela vive nos seus pensamentos. Não importa o que você faça, ela está ao seu lado, sussurrando palavras doces no seu ouvido, repetindo tudo o que ela já disse um dia e acrescentando coisas novas, mais belas e lisonjeiras.

– Então, isso é que é o amor – disse Marie, insegura. – Como a senhorita fala, me parece algo inquietante, como se ao amar alguém a pessoa se perdesse.

– É exatamente essa a essência do amor! – exclamou a senhorita. – Você se doa, mas recebe em troca algo muito valioso: o coração da pessoa amada, sua alma, toda a sua existência.

Marie se sentiu aliviada ao ouvir as batidas na porta, pois ela poderia ter dito umas boas coisas para contradizer o discurso um tanto ou quanto fantasioso que não teriam agradado a senhorita. E então a porta se abriu e era... o filho dos patrões.

– Então é aqui que você está, irmãzinha! Pensei que a encontraria no átrio. As moças já estão decorando a árvore de Natal.

– Ah! – exclamou a senhorita, assustada. – Esqueci completamente. Venha, Marie. Precisamos descer rápido para ajudar. Imagine só se eu perdesse essa reunião. Já é tradição por aqui que todas as mulheres da mansão participem.

Com movimentos ligeiros, ela desabotoou o jaleco que protegia seu vestido das manchas de tinta.

– Não precisa se apressar tanto. – O irmão riu. – Robert e Gustav acabaram de trazer o pinheiro. Por que você não me apresenta a sua linda modelo?

Marie estava paralisada, sentada em sua cadeira; apenas o bloco de desenho que a moça tinha sobre o colo tremia um pouco. Ela já sabia, claro, que o rapaz havia chegado de Munique, mas quando ele adentrou o quarto de repente, foi como se uma bruxa a tivesse tocado e a transformado em pedra.

– Esta é Marie – disse a senhorita, jogando o jaleco no chão. – Ela não é uma modelo encantadora? Eu a encontrei na cozinha.

Marie ergueu o olhar em direção ao rapaz. Obviamente, ele esquecera que já haviam se esbarrado antes. E, de qualquer forma, por que ele deveria se lembrar daquele breve encontro? Ela tentava organizar seus pensamentos e sentiu, com desgosto, que o sangue enrubescia sua face. De sobressalto, ela se levantou da cadeira, pois era inapropriado ficar sentada diante do filho dos patrões.

– Na cozinha? – perguntou ele, olhando Marie de cima a baixo com um sorriso. – Mas não aqui na mansão, certo?

– Eu sou a ajudante de cozinha, senhor – respondeu ela, satisfeita por ter esboçado aquelas palavras. – Estou trabalhando aqui desde outubro.

De repente, a moça percebeu que estava de cabelos soltos diante dele. Ela agarrou depressa um lenço para prender a cabeleira escura e rebelde. Para seu desconcerto, ele acompanhou cada um de seus movimentos com uma expressão que oscilava entre o assombro e o fascínio.

– Você até que é bastante bonita para uma ajudante de cozinha, Marie – observou ele, alterando o tom de voz.

Aquela frase não era novidade, pois seu antigo patrão já lhe dissera algo semelhante. Ele também tentara dar à voz um tom sedutor – o que ela achava ridículo. Mas a voz doce e insinuante do jovem patrão era perigosa, pois conseguiu fazer Marie estremecer.

– O senhor está enganado. Não sou nada bonita.

Ele riu e examinou com curiosidade a tela sobre o cavalete. Ao que tudo indicava, a obra lhe parecia incompreensível. Ele franziu os olhos e em sua testa se esboçaram duas linhas. Marie achou graça, pois ele não era nenhum galã, como os outros cavalheiros que besuntavam o cabelo com pomada e andavam pela casa com protetor de bigode. Ele era do tipo que não dava muita atenção à aparência, e era justamente aquilo que lhe conferia carisma.

– Você sabe o que esses fogos de artifício significam, Marie? Espere, não saia correndo! Ainda estou falando com você.

Seu tom de voz se mostrou mais enérgico, quase autoritário. A moça se deteve obedientemente junto à porta pela qual estivera prestes a escapar.

– Perdão, senhor. Mas a senhorita me mandou segui-la.

Ela se virou, atrevendo-se a olhá-lo diretamente nos olhos. De fato, a expressão de reprovação que ela lhe dirigiu deixou o rapaz um pouco inseguro. Ele estendeu os braços ao lado do corpo e comentou, com ironia, que obviamente a vontade da senhorita tinha prioridade em relação à dele.

– Ao seu dispor, senhor.

Ela fez uma discreta reverência, percebendo de imediato que tal gesto parecera mais coquete que servil. Enquanto descia a escada de serviço, Marie esforçava-se para acalmar seu coração agitado.

Isso não quis dizer nada, disse a si mesma. *Nada mesmo. Eu não sou digna dele.*

17

Um alegre burburinho vinha do átrio. Ao lado esquerdo da grande escadaria havia um pinheiro com cerca de 3 metros de altura e, até onde Marie podia ver, Else estava atarefada escondendo o suporte de madeira da árvore com folhagens do pinheiro. Já Robert, seguindo instruções da senhora, equilibrava-se no alto de uma escada fixando as últimas velas vermelhas, enquanto Auguste, Jordan e a cozinheira traziam caixas de papelão, provavelmente contendo enfeites natalinos.

– Acho que está bom assim, Robert. E não se esqueça de colocar um balde d'água em cada canto do átrio. Uma vez lá na Pomerânia, uma fazenda inteira pegou fogo...

– Ah, mamãe... – disse a Srta. Elisabeth. – Todo ano você conta isso.

– Nunca é demais, Lisa.

Marie havia saído da cozinha e aberto a porta do átrio para admirar o esplendoroso pinheiro. A árvore exalava um odor intenso de resina que lhe lembrou das missas na basílica de Santo Ulrico e Santa Afra e da época em que os órfãos usavam suas melhores roupas e caminhavam em formação pelas vielas escuras até a igreja. Em tais ocasiões, as meninas marchavam em duplas, de mãos dadas. Algumas vezes ela pôde ficar junto de sua amiga Dodo, mas isso já tinha muito tempo.

– Não, Kitty. Não vou deixar você subir na escada. Deixe isso para Robert. Mas você pode ir passando as bolas de Natal para ele.

Coitado do Robert. Quando a senhorita lhe entregou uma esfera vermelha, ele a segurou como se fosse uma bola de fogo incandescente. O amor não era alegria, era só dor. Não dava para bobear com ele em hipótese alguma.

– Marie! O que está fazendo aí parada?

Era a voz da governanta, Srta. Schmalzler. Ela agarrou Marie pelos ombros e a guiou em direção às caixas de papelão. Elas já estavam abertas e irradiavam o brilho das bolas vermelhas e douradas, das estrelas de papel metálico e dos festões prateados parcialmente envoltos em papel de jornal.

– Pegue uma bola e a pendure na árvore – ordenou a Srta. Schmalzler. – E depois vá à cozinha fazer seu trabalho.

– Sim, Srta. Schmalzler.

Ela retirou cuidadosamente uma das bolas douradas da caixa e sorriu discretamente para a senhora. Alicia Melzer pareceu desfrutar daquele momento. Estava frenética, dando ordens sobre onde cada adorno deveria ser pendurado, enquanto contemplava a árvore de vários ângulos distintos e ordenava que Robert arrastasse a escada ora um pouco mais para lá, ora um pouco mais para cá. Era ele quem fazia a maior parte do trabalho, pois as mulheres só podiam alcançar as partes mais baixas do pinheiro. Os pães de mel, já assados por Alicia e pela cozinheira, só seriam pendurados na noite seguinte, dia 24 de dezembro. Nunca antes disso, pois, por experiência própria, a senhora sabia que tais iguarias costumavam desaparecer de forma misteriosa, sobrando apenas um ou outro biscoitinho em forma de cavalinho ou coração no primeiro dia das festas.

– E não se esqueça de que depois você ainda tem que distribuir os presentes aos necessitados, Robert – observou a senhora, examinando criteriosamente o pinheiro.

– Perdão, senhora. Mas me incumbiram de levar as duas senhoritas para passear de trenó. O Sr. Paul e o Sr. Alfons nos acompanharão a cavalo.

– Ah – retrucou Alicia Melzer, contrariada. – Por que ninguém me avisou?

– Foi mais uma das grandiosas ideias de Paul, mamãe – informou a Srta. Elisabeth. – Kitty e eu nem fomos consultadas. Não é verdade, Kitty?

A Srta. Katharina estava sentada em um banco, pendurando pequenos tufos de festão prateado na folhagem do pinheiro. Ela estava tão envolvida em sua tarefa que se limitou a acenar com a cabeça.

– Foi Paul que organizou isso? – perguntou a senhora, aliviada. – Bem, me parece um programa maravilhoso, sobretudo neste clima lindo de Natal. Srta. Schmalzler, acho que Gustav pode distribuir alguns dos embrulhos, não? E se ele não der conta sozinho, verifique quem mais está disponível.

– Perfeitamente, senhora.

Marie já intuía quem seria a pessoa. Mas primeiro ela tinha que descascar as batatas para o jantar, lavar os legumes e picar as cebolas para o assado. Depois, remover as manchas da assadeira e, por fim, varrer e lavar o chão do átrio depois que a árvore de Natal já estivesse armada em todo o seu esplendor.

Terminadas todas as tarefas, Marie contemplou a cerâmica do piso brilhando – muito em breve a senhorita e o Sr. Paul voltariam de seu passeio de inverno e passariam tranquilamente pelo átrio com suas botas molhadas.

– Marie! Venha aqui! A senhora pediu para você distribuir os presentes! – exclamou a Sra. Brunnenmayer da cozinha.

Elas haviam preparado os embrulhos na noite anterior e todos continham a mesma coisa: dez biscoitos natalinos (contados com precisão), dentro de uma bolsinha de papel com estampa colorida. Uma linguiça de fígado e uma salsicha branca, ambas envolvidas em papel-manteiga. Uma garrafinha de um vinho que Robert preferia chamar de "vinagre disfarçado". E, finalmente, um pedaço de tecido de algodão estampado que, na opinião de Jordan, não era suficiente para um vestido, mas dava para uma blusa. Eram retalhos da fábrica com falhas de impressão e que, na verdade, seriam jogados no lixo, mas que daquela maneira encontravam um novo uso.

– Veja, esses três pacotes têm que ser entregues na cidade baixa. Você conhece aquela região, não conhece?

A cozinheira já havia reunido as lembranças de Natal em uma cesta, com os endereços escritos em um pequeno papel. Após decifrar os nomes das ruas, Marie constatou que elas ficavam nas partes mais miseráveis da cidade.

– E cuidado para não ser assaltada – advertiu a cozinheira. – As ruas ficam cheias de gentalha nessa época de festas.

– Vou ficar atenta.

Ela vestiu meias grossas e envolveu os ombros com o xale de lã que ganhara na mansão. O frio, que ela tantas vezes sentira em sua vida, não a preocupou. Já a ideia de eventualmente vir a esbarrar com seu antigo patrão não lhe agradava.

Ao sair pela entrada de serviço e chegar no pátio, Marie viu pequenos flocos de neve dançando no ar. Escutou também um badalar rítmico de sinos vindo do parque e, depois, vozes alegres e relinchos. Um rapaz montado a cavalo assomou na trilha e fez uma curva para entrar pelo portão da mansão. Atrás dele veio o reluzente trenó vermelho, puxado por dois cavalos, seguido por mais um homem montado na retaguarda. O grupo contornou o canteiro coberto de neve diante da mansão de maneira quase cerimoniosa antes de seguir para os bosques da região.

– Ei, Marie! – ressoou a voz da Srta. Katharina. – Suba, tem lugar no trenó!

Marie nunca vira um trenó tão fabuloso. O veículo se assemelhava a uma carruagem aberta. Robert ia na parte da frente, sentado no banco do cocheiro, e as duas senhoritas estavam atrás, acomodadas uma em frente à outra e bem aquecidas por suas mantas e casacos de pele.

– Ora, por favor, Kitty – repreendeu Elisabeth. – A ajudante de cozinha certamente tem mais o que fazer do que passear com a gente.

Paul acenou sorridente para uma janela no primeiro andar, de onde provavelmente a senhora observava o comboio. Ao seguir viagem, os patins do trenó rangeram com o atrito na pista de pedriscos, pois o jardineiro removera a neve ainda de manhã. Com os olhos não mais que entreabertos por causa da neve soprada pelo vento, Marie já não conseguia ver o segundo homem montado a cavalo. Ela cobriu o cabelo com seu xale e o segurou bem apertado diante do busto.

– E cuidado para não congelar! – gritou Jordan maliciosamente antes da partida do grupo.

Todos os outros se sentiam aliviados por estarem aquecidos nas instalações da mansão naquele frio.

Com passos firmes, Marie seguiu seu caminho. Àquela altura, a moça já sabia que o portão de ferro fundido da entrada do parque não fora encomendado pelo Sr. Melzer. No século anterior, todo o terreno do parque no qual a mansão estava localizada havia sido um jardim que um abastado comerciante de Augsburgo mandara construir. Melzer havia instalado sua fábrica de tecidos não muito longe daquele belo jardim e, passados alguns anos, conseguiu adquirir aquela preciosidade dos herdeiros do comerciante.

Que estranho, pensou Marie, enquanto caminhava pela rua em direção às instalações da fábrica. Toda a mansão de tijolinhos vermelhos e o parque com aquelas árvores exóticas foram comprados com o dinheiro ganho naqueles galpões. Como era possível que o dinheiro sujo pudesse se transformar em coisas tão bonitas?

Do outro lado do Portão de Jakob, que dava para o centro de Augsburgo, as ruas ficavam mais estreitas, os edifícios ganhavam aspecto decadente e os buracos começavam a ser vistos nas ruas de paralelepípedos. Ali não havia remoção de neve e era o pisotear das pessoas que abria trilhas de acesso nas entradas das casas. Carros e charretes evitavam aquelas vielas por receio de danos em suas rodas e eixos. Havia crianças correndo por toda parte, umas fazendo guerra de bolas de neve, outras cochichando pelos cantos enquanto congelavam. Alguns jovens conseguiram um cigarro e o compartilhavam, dando tragos apressados. Quando Marie passou, eles se cutucaram e um se atreveu a falar com ela.

– Ei, você! Mostre o que tem nessa cestinha.

Ouviram-se gargalhadas. Ela conhecia aquele tipo de gente e já tivera que se defender várias vezes. Faziam barulho, mas não representavam perigo.

– Nem barba tem e já parece uma chaminé fumando! – exclamou ela. – Some daqui ou vai ver só.

O primeiro endereço foi fácil de achar. Uma mulher gorda e mal-ajambrada abriu a porta e arrancou-lhe o presente das mãos.

– Ai, finalmente!

Tais palavras vieram embrulhadas em um cheiro de álcool que rodeou Marie.

– Agradeça à senhora do diretor. E feliz Natal!

– Feliz Natal para a senhora também.

Um homem aproximou-se por trás da mulher, exigindo sobressaltado que ela lhe entregasse o pacote.

– Isso é meu! Tire suas mãos imundas, seu mulherengo bêbado!

Marie não quis continuar assistindo àquela cena e se apressou na entrega do próximo pacote. A procura lhe custou um pouco mais de tempo, pois um edifício havia sido demolido e a numeração da rua foi alterada. Ela subiu enfim por uma escada bamba e, após passar pelo banheiro fétido, bateu à porta.

Duas crianças abriram, um menino loiro e uma menina de cabelo castanho com um grande gato preto e branco no colo.

– Mamãe não está em casa.

– Eu só vim entregar um presente. De Natal. Coloque-o na mesa da cozinha, mas não o abra até sua mãe voltar, certo?

Os dois arregalaram os olhos e prometeram agir conforme o instruído. Com certa dúvida, Marie olhou mais uma vez para a porta da casa, na qual não constava o nome dos moradores, mas acabou concluindo que o embrulho deveria ter chegado no lugar certo.

Ela retomou o fôlego e desceu as escadas de volta. Só mais um presente e pronto. Ah, como sentia falta do fogão quente da cozinha. De uma xícara de café com leite. E talvez até de um pão de mel também...

Enquanto caminhava pelas ruelas, Marie quase deu de encontro com um homem que empurrava um carrinho transportando algumas barricas amontoadas.

– Cuidado aí – esbravejou ele.

Por um momento, ela o seguiu na esperança de encontrar o último endereço. O homem parou em frente a uma taberna e Marie percebeu que havia chegado no lugar certo. Grüner Baum era o que se lia logo na entrada, em um letreiro já desgastado pelo tempo.

– A Sra. Deubel mora aqui? – indagou ela à taberneira maltrapilha, que examinava com ar de desconfiança o barril que lhe estava sendo entregue.

– Andar de cima.

Ao subir os degraus, Marie ouviu a voz mal-humorada da taberneira, queixando-se da aguardente que recebera. Fazia frio e o vento da rua gelava toda a escada. Quando finalmente chegou à porta da casa e leu a pequena placa com a inscrição "Deubel", Marie se sentiu tentada a deixar o embrulho ali mesmo e sair correndo. Porém, no momento em que ela ia cedendo a tal ideia, a porta se abriu rangendo, revelando o nariz adunco e o queixo protuberante de uma anciã. A Sra. Deubel usava uma faixa de lã em volta da cabeça que quase lhe cobria a testa inteira. Os pequenos e expressivos olhos davam a entender que, apesar de sua aparência, a mulher não era senil e estava bastante alerta.

– Você está vindo a mando da esposa do diretor? Para trazer o presente de Natal? Então entre, menina. Deve estar congelando.

Marie achou a velha um tanto sinistra, o que provavelmente se devia ao contraste entre seu corpo frágil e os olhos vivos e brilhantes.

– Obrigada, Sra. Deubel. Mas só vim para entregar o presente, tenho que voltar logo.

Aparentemente, a velha enxergava melhor do que escutava, pois ignorou a objeção e entrou. Vacilante, Marie a seguiu para dentro do pequeno cômodo. A decoração da Sra. Deubel era bastante insólita, mas pelo menos havia fogo no fogão a lenha e a casa estava deliciosamente aquecida.

– Pode colocar em cima da cômoda – ordenou a anciã, sentando-se em uma poltrona. – Eu já sei o que tem dentro. Todo ano é a mesma coisa. As salsichas são boas, já o vinho eu dou para o meu genro. Minha filha nem quer saber... ela entende de cerveja e vinho, sabe? É ela quem cuida da taberna aqui embaixo... Pode sentar no banquinho, menina. Eu sei que você tem uns minutinhos para uma velha senhora...

– Na verdade, eu já tenho que voltar.

Mas no fim, ela se sentou no banco e escutou a falação da velha enquanto o calor do fogão penetrava em suas mãos e seus pés. Que coisas esquisitas a anciã tinha expostas! Blocos de madeira com pessoas e animais esculpidos, porém inacabados. Era como se aquelas pobres criaturas tentassem desesperadamente escapar da madeira que prendia seus corpos. Sobre a cômoda estava o busto de uma jovem talhado em pedra, porém essa obra também só estava parcialmente terminada; o rosto parecia pronto, mas os cabelos apenas esboçados grosseiramente. Marie fitou o busto de pedra e teve a estranha sensação de já tê-lo visto. Devia ser a tagarelice da velha e o calor do fogão. Ela sempre se sentia confusa e ficava com tonturas quando saía do frio para um ambiente aquecido de maneira repentina.

– Agora que estou olhando você, menina, tenho quase certeza de que já a conheço. Você é de Augsburgo?

– Sim, claro... Bem, eu... eu já trabalhei aqui. Talvez a senhora já tenha me visto na rua. Eu fazia as compras e tinha que levar as crianças comigo.

– Não, não. Há anos eu não desço mais na rua. Eu só fico aqui em cima sentada perto do fogão, esperando minha filha me trazer comida. Diga-me, você é da família Hofgartner?

O coração de Marie parou por um momento. A senhora sabia seu sobrenome. Como aquilo era possível?

– É meu nome. Marie Hofgartner.

– Marie – repetiu a velha, assentindo satisfeita. – Claro, esse era o nome da pequena. Marie. Pobre coitada. Ninguém quis ficar com ela, aí a deixaram no orfanato.

– D-de quem a senhora está falando? – gaguejou Marie.

A velha senhora a fitou com seus olhos brilhantes. Após examiná-la com seu ar atento de anciã, ela continuou acenando e prosseguiu:

– Eu logo vi. Porque você tem os olhos de sua mãe. Ela era metade francesa, por isso tinha esses olhos... Como seda negra. Dava até para ver o próprio reflexo neles.

– A senhora conheceu minha mãe? – sussurrou Marie.

O que sempre contaram a Marie era que sua mãe estava morta. Ela sucumbira à tuberculose e fora enterrada no cemitério Herman. Diziam-lhe ainda que ela era pobre e não lhe deixara nada. Nem mesmo a identidade do pai. Mais do que isso, ela nunca soube, e tinha que inventar ou supor todo o resto.

– Se você é Marie Hofgartner, então conheci sua mãe, sim. Ela morava aqui naquela época. No começo, tinha aqueles dois quartos ali do lado, mas depois ela só pôde pagar este aqui. E mesmo assim, às vezes ficava nos devendo. Porque ela gastava todo o dinheiro com tinta, papéis e lápis.

Era como se aquilo fosse um sonho. A velha grotesca, o cômodo peculiar no qual sua mãe supostamente morara. Não podia ser verdade. Ela certamente estava falando de outra Hofgartner. Não era um sobrenome incomum. E tampouco o nome Marie. Podia ser um mal-entendido. Ou invenção da velha. Afinal, do que diabos ela estava falando?

A senhora lhe contou ainda que Louise Hofgartner ganhava a vida como pintora. Inicialmente, ela circulava em casas abastadas, pintava as crianças e recebia dinheiro em troca. Depois, quando ficou doente, ela passou a encontrar cada vez menos trabalho, pois, como tossia muito, ninguém a deixava entrar.

– Ela sempre levava você quando ia pintar. Era uma boa mãe. Ficou desesperada quando soube que ia morrer e não teria com quem deixar a filha.

Marie ficou sabendo também que Louise era uma mulher teimosa e altiva. Quando não gostava de alguém, não pintava para a pessoa, por maior que fosse o valor pago. Ela preferia endividar-se, atrasar as contas…

– E um dia os homens vieram e tomaram tudo dela. Os móveis, que ainda eram de seu…

Com um forte rangido, a porta se abriu subitamente e a velha se deteve. Na soleira, Marie viu a taberneira que encontrara na rua. Ela segurava uma bandeja com um prato com pão e queijo e uma caneca fumegante.

– O que você tanto fala com essa moça? – resmungou a mulher, afastando o embrulho que estava sobre a cômoda para liberar espaço para a bandeja.

– Não está vendo, Mathilde? Essa é a menina da Louise Hofgartner. Marie. Ela cresceu, a bichinha. E está bonita, igualzinha a mãe…

A taberneira demorou um pouco para compreender toda a situação. Ela fitou Marie, depois sua mãe e, novamente Marie, que continuava sentada imóvel no banquinho.

– Você é Marie Hofgartner?

– Eu… eu me chamo Marie Hofgartner. Mas não sei se…

A taberneira não lhe deu ouvidos e franziu a testa, encarando-a como se ela fosse uma ladra perigosa.

– Ah, sim, Marie Hofgartner. E é você quem está trazendo os presentes? Por acaso está a serviço do diretor Melzer?

Marie fez que sim e explicou que trabalhava na cozinha da casa.

– Veja só – murmurou a taberneira. – Na cozinha. E por que não?

– Lembra, Mathilde? – disse a velha com voz rouca. – Quando os homens vieram para buscar as coisas? Os móveis, as roupas e até mesmo as cobertas. E as coisas que ela usava para pintar. Louise não esboçou qualquer reação, apenas abraçou firme sua filha e deixou tudo acontecer. Não foi certo o que o…

– Cale a boca! – interrompeu a taberneira, apressada. – Isso não é da nossa conta. Não vimos e não sabemos de nada.

Contrariada, a velha senhora ergueu o olhar para a filha enquanto movia a mandíbula, como se ruminasse. Naquele momento se via que ela mal tinha dentes na boca.

– Não foi certo mesmo – insistiu ela, zangada. – Foi um pecado aquilo, mas o Senhor Deus deve ter visto tudo.

Marie abriu a boca para perguntar quem ordenara a remoção dos móveis. Mas antes que pudesse verbalizar qualquer coisa, a taberneira agarrou seu braço.

– Levante daí e vá embora agora – esbravejou. – E não volte nunca mais, entendeu? Não quero vê-la aqui de novo, Marie Hofgartner.

O aperto da mulher era forte e provavelmente criaria um hematoma. Porém, pior ainda foi a expressão em seu rosto. Marie logo entendeu que a mulher falava mais do que sério.

– Eu não estou entendendo…

– E não precisa entender. Agora vá!

Marie dirigiu um olhar de questionamento à velha, que estava distraída molhando o pão no café quente para poder mastigá-lo mais facilmente. Marie sentiu a fúria subindo-lhe à cabeça. Primeiro lhe contavam uma história daquelas e depois simplesmente a expulsavam…

– Obrigada pelo acolhimento tão simpático – agradeceu ela, sarcástica. – E feliz Natal.

Ela pegou a cesta vazia e bateu a porta ao sair. Na escada, ouviu a taberneira ralhando com a velha senhora.

– Você está caduca? Estava quase dando com a língua nos dentes!

– A verdade tem que prevalecer. E o que me importa se Melzer ficar furioso? Um dia Deus vai castigá-lo pelos seus pecados. Eu já sou velha e em breve morrerei...

– E não pensa que pode me causar problemas? Ou está achando que eu quero bater as botas logo também? Morra você, sua velha!

Marie estava parada na escada. Ela ouvira bem? A anciã dissera "Melzer"? Ela parecia se referir ao senhor diretor Melzer. Teria ele arrancado todos os móveis da pobre mulher? Será que Louise tinha dívidas com ele?

No andar inferior, a taberna estava com a porta aberta. Vários homens gritavam, pediam cerveja e chamavam a taberneira aos berros... Marie desceu os degraus depressa para deixar logo o edifício.

Ao sair, um frio inclemente a envolveu. Ela colocou o xale sobre a cabeça para proteger as orelhas e sentiu na hora um ar gélido subir-lhe pelas pernas. Não importava; mais meia hora caminhando com passos firmes e ela poderia se aquecer no calor do fogão. E sobre a história confusa que a velha lhe contara era melhor não pensar muito. Com certeza era tudo invenção. Sua mãe jamais vivera na pobreza, ela era rica e feliz e amava muito seu pai. Os três moravam em uma bela casa na cidade alta até que os pais morreram. Foi o que aconteceu, ela sabia muito bem. Aquilo tinha que ser verdade, pois foi assim que ela sempre fantasiou.

Por outro lado, se a velha senhora tivesse mentido, não haveria razão para aquela taberneira horrorosa enfurecer-se tanto. "A verdade tem que prevalecer", dissera a velha. O diretor Melzer esvaziara a casa de uma tal Louise Hofgartner, porque a mulher tinha dívidas com ele.

– Vejam só, finalmente ela voltou! – Marie ouviu uma voz masculina exclamar com alegria.

Ela estava tão mergulhada em seus pensamentos que não ouviu o badalar dos sinos do trenó. Virou-se e viu os cavalos que se aproximavam soltando fumaça pelas ventas no ar frio de inverno. A parte dianteira do casaco de Robert e sua boina estavam cobertos de neve.

– Marie! Meu Deus, a pobrezinha está quase congelando!

Era a voz da Srta. Katharina. Ela se inclinou para a frente e puxou Robert pelo casaco.

– Pare! Pare os cavalos, Robert. Deixe-a subir.

Robert obedeceu imediatamente, já os cavalos marrons acataram a ordem com menos prontidão, pois estavam apressados em chegar ao estábulo para devorar seu feno.

– Por Deus, Kitty – lamentou a Srta. Elisabeth, que parecia uma galinha bordô com penas eriçadas por causa do casaco de pele. – Esse pedacinho até a mansão com certeza ela consegue seguir a pé.

De fato, Marie tinha a mesma opinião, mas ninguém lhe perguntou a respeito. Paul desceu de seu cavalo malhado e instruiu a Robert que permanecesse montado. Com gestos ágeis, o rapaz abriu a porta lateral do trenó e sacou a pequena escada.

– Por favor, senhorita – disse ele, provocador. Chegou até a lhe oferecer o braço. – Por baixo das mantas está bem quentinho e, se mesmo assim continuar com frio, temos aqui uma garrafinha de vinho quente e meia lata de biscoitos natalinos.

Não lhe restou outra saída a não ser subir no trenó, pois recusar seria muito grosseiro. Contudo, ela ignorou o braço do rapaz e embarcou sem auxílio. Marie permitiu, entretanto, que Paul pegasse sua cesta vazia e a entregasse a Robert, que a colocou no assento do cocheiro ao seu lado.

– Sente-se aqui comigo, Marie. Mas você está um gelo! Só tem esse xale fino para se proteger deste frio? Como pode? Vou falar amanhã mesmo com mamãe. Cubra-se bem. Aqui, pode pegar um pedaço da minha manta de lã. E esta pele também. E aí? Está aconchegante? As bolsas de água quente que a cozinheira nos deu infelizmente já esfriaram. Ah, Marie, adorei que você vai poder nos acompanhar por um pedacinho do caminho. Sr. Bräuer, o senhor não acha que Marie combina muito comigo?

– Claro, claro, Srta. Melzer.

A voz de Alfons Bräuer saiu com um pouco de dificuldade. Provavelmente ele não estava acostumado a longas caminhadas no frio intenso do inverno. O trenó deu um pequeno solavanco quando os cavalos voltaram a marchar e o veículo começou a deslizar graciosamente, com os sininhos badalando junto às portas esquerda e direita. O suave arrastar dos patins sobre a neve produzia um ruído quase imperceptível.

– É como se estivéssemos voando – observou a Srta. Katharina. – Ah, que pena que você não estava quando passamos pelo bosque. Por baixo dos galhos das árvores curvados pelo peso da neve, com o córrego congelado ao nosso lado. O silêncio da natureza à nossa volta...

Marie voltava a sentir as pernas, seus pés congelados doíam naquele calor súbito. Mas o mais desagradável era o olhar penetrante com o qual a Srta. Elisabeth a ameaçava.

– O silêncio da natureza… Só dava para ouvir os sininhos do trenó mesmo – observou a jovem, e a Srta. Katharina deu uma risada vibrante.

– Tem razão, Marie. Mas imagine só, nós vimos uma corça! Totalmente imóvel sobre a pradaria e observando nossa aproximação. Só quando chegamos bem perto é que ela fugiu para dentro do bosque, dando saltos amplos e elegantes. Ah, nós deveríamos aproveitar mais a natureza! Aquela vida artificial da cidade, as paredes da casa… como aquilo é pouco natural! Parece que em Viena há uma seita na qual os membros constroem cabanas nos bosques e tomam banho pelados nos rios…

– Ora, Kitty! Por favor… – repreendeu a Srta. Elisabeth, enrubescida.

A Srta. Katharina gargalhou. Ela usava uma pele branca com a gola voltada para cima e um chapéu de abas largas preso na cabeça com um cachecol de lã. As bochechas estavam um pouco vermelhas pelo frio e os olhos brilhavam. Estava mais bonita do que nunca.

– Vamos dar mais uma voltinha pelo parque – sugeriu ela. – Adoro aquelas árvores enormes cheias de neve. Elas ficam parecendo criaturas de outro mundo, como gigantes e elfos da floresta.

Marie pôde perceber que a Srta. Elisabeth revirou os olhos, mas não objetou. Provavelmente por saber que não teria a menor chance, pois Paul também achou que Marie merecia se divertir um pouco. E Alfons Bräuer não ousaria contradizer a vontade de sua amada Katharina.

– Veja só, Marie. Não é fabuloso poder deslizar assim no trenó? Ah, meu Deus, o sol está se pondo. Vamos entrar diretamente naquelas nuvens rosadas!

De fato, o sol baixando no céu coloria com tons de vermelho as nuvens cinzentas no horizonte, que se tornavam translúcidas, dando para entrever em alguns pontos a bola de fogo que se punha atrás delas. Então, as nuvens repentinamente se apartaram e o sol emanou seus raios avermelhados sobre o parque.

– Ah, que bonito – sussurrou a Srta. Katharina.

Elisabeth se virou para ver tal espetáculo e até ela ficou impressionada. Paul parou o cavalo e por um momento o grupo ficou em silêncio. Todos admiraram o resplandecente céu de inverno e o cintilar avermelhado da neve que transformavam o parque por completo.

– Fechamos com chave de ouro – disse a Srta. Katharina. – Nunca tinha visto um pôr do sol tão bonito. Ah, querido Sr. Bräuer, estou tão grata pelo senhor ter nos convencido a fazer este passeio.

– E eu? – perguntou Paul, rindo. – A ideia foi minha, não foi?

– Vocês dois têm minha gratidão.

O grupo fez uma curva para dirigir-se à mansão e Robert parou o trenó bem rente à entrada, de maneira que as moças pudessem desembarcar diretamente sobre os degraus que levavam ao átrio. Só agora a Srta. Katharina percebera que Marie chorava.

– O que houve? Você está doente? Alguém a magoou? Diga, Marie...

– É que... nem eu mesma sei – balbuciou Marie, as lágrimas escorrendo sem cessar por seu rosto.

Paul a tomou pelo braço quando ela desceu do trenó. Seus olhos cinza a fitaram com preocupação e compaixão.

– Foi culpa minha? – murmurou ele. – Eu não quis debochar de você, juro que não. Eu só queria compartilhar nossa alegria.

– Não, não – disse ela, assustada. – Não tem nada a ver com o senhor. São... acho que são só meus nervos.

– Seus nervos? – intrometeu-se a Srta. Elisabeth, sarcástica. – Eu nem sabia que ajudantes de cozinha tinham nervos.

Marie cobriu seus ombros com o xale e fez uma breve reverência aos patrões antes de desaparecer pela entrada da cozinha.

Ela torceu para que ninguém a tivesse visto.

18

— Boa noite, Robert.

– Boa noite, senhor diretor. Que o senhor tenha uma festa abençoada.

– Calma, Robert. As festividades ainda não começaram. Mas, mesmo assim, obrigado.

Robert acenou com a cabeça, um pouco constrangido. Ele esperou até que o diretor se acomodasse no banco do carro e fechou a porta da limusine com toda a gentileza. Então deu a volta no veículo e sentou-se ao volante. Melzer olhou para o relógio da fábrica cujo mostrador gigante sobre a entrada do edifício da administração podia ser visto de longe. O expediente acabaria em cinco minutos, uma hora antes do que o habitual por ser véspera de Natal. Em breve, a ampla vereda que dava acesso aos portões da fábrica ficaria cheia de funcionários querendo chegar em casa o mais rápido possível.

– Vamos embora. O que estamos esperando?

– Perfeitamente, senhor diretor.

O porteiro prontamente abriu os portões. Melzer abaixou o vidro da janela para desejar boas festas ao homem. Ele tirou o chapéu e exclamou algo de volta que Melzer – mesmo não entendendo por causa do motor do carro – supôs ser bem-intencionado. Do lado de fora, diante dos portões, havia uma aglomeração de mulheres e crianças esperando, e todos abriram caminho respeitosamente para o carro passar. Melzer sabia que as mulheres tinham vindo para impedir que seus maridos levassem o bônus de Natal recém-recebido para o bar.

O diretor reclinou-se no encosto macio e sentiu certo mal-estar. Normalmente ele fazia aquele caminho a pé, percorrendo os vinte minutos em passos firmes e respirando fundo. Em outras circunstâncias ele teria aproveitado o ótimo clima de inverno para fazer um passeio mais longo pelo parque que tanto estimava, mas infelizmente não havia tempo. Os dois ouviram o sinal da fábrica tocar. Em casa, Alicia já estaria olhando impacientemente para o relógio.

Ele era um tanto avesso àquelas festividades suntuosas, talvez por causa de sua infância. Naquela época, os feriados eram comemorados de maneira modesta por sua família, pois o dinheiro era pouco e os filhos numerosos. Certamente essa não fora a experiência de Alicia. Na fazenda na Pomerânia, as pessoas sabiam festejar, mantinham vivas as velhas tradições natalinas e gostavam de beber muito e se empanturrar. Era costume convidar muita gente e fazer alegres cortejos pelos bosques e campos. Mesmo quando contas não pagas se amontoavam na mesa do pai dela.

Melzer se obrigou a direcionar seus pensamentos para outra coisa, pois não queria se aborrecer com Alicia de novo. Afinal, ela não tinha culpa por sua família ser perdulária. Por cima do ombro de Robert, ele viu as ruas iluminadas e ficou satisfeito com os novos postes de iluminação que, após muita cobrança, os administradores da cidade finalmente se dispuseram a instalar. Já escurecia e se podia ver de maneira indistinta as luzes da cidade ao longe. Era possível reconhecer algumas silhuetas: a cúpula arredondada da torre ao lado da prefeitura, os contornos da basílica de Santo Ulrico e Santa Afra... todo o resto dava apenas para tentar adivinhar. Do outro lado, brilhavam as luzes dos galpões da fábrica. Também nas outras empresas o expediente logo terminaria. No dia seguinte seria Natal e as máquinas já desaceleravam.

A mansão estava esplendorosamente iluminada. Não só a iluminação elétrica externa à esquerda e à direita do portal de entrada estava acesa, como também havia tochas fincadas na neve. No dia seguinte, o jardineiro terminaria de colocar as tochas ao longo de todo o caminho da entrada e no portão antes da chegada dos convidados. Tudo seguia as instruções de Alicia, e Melzer não fizera qualquer objeção. Tudo o que sua mulher organizava tinha estilo e impressionava os convidados, e ele já ouvira muitos elogios a respeito. De certo modo, Melzer era grato por isso, pois seu talento naqueles assuntos era questionável. Alicia era uma companheira prestativa e fiel, a mulher em quem ele podia confiar sempre.

Se ela apenas fosse um pouco mais rígida com os filhos... Em sua opinião, Kitty gozava de muita liberdade. Mas pior ainda acontecia com Paul. Aquele ali podia dar-se ao luxo de cometer quantos erros quisesse, pois a mãe sempre acobertava seu filhinho. Melzer deu um suspiro profundo. Sua irritação com Alicia começava a voltar.

– Por favor, senhor.

Robert parara rente aos degraus e abriu a porta do carro. Melzer desceu e acenou novamente para o funcionário com simpatia. Aquele era um rapaz esperto. Não era apenas um chofer, também entendia algo de automóveis, fazendo vez ou outra alguns reparos. Ele também era estimado por todos na casa. Alicia chegara até a mencionar que era importante mantê-lo com a família, porque em alguns anos Robert poderia muito bem assumir a posição da Srta. Schmalzler. Ela dizia que o rapaz tinha tino para ser um bom mordomo. Ou um *butler*, como se dizia em inglês. Em todo caso, um mordomo era melhor que uma governanta, pois dava mais status à casa.

O senhor já era esperado no átrio. Ele entregou o chapéu e as luvas a Auguste, permitiu que Else o ajudasse com o sobretudo e se deteve por um momento para admirar a enorme árvore de Natal. As velas estavam acesas e as luzes haviam sido apagadas para potencializar seu efeito e, de fato, aquela visão tinha um quê ritualístico e misterioso. Ainda mais pelo delicado brilho dourado que a luz bruxuleante das velas refletida nas bolas de Natal conferia ao pinheiro.

– Não está maravilhoso, Johann?

Alicia viera até ele, radiante de felicidade, e Melzer não teve coragem de dizer que aquela peça natalina era um pouco opulenta demais para seu gosto. Ele apenas fez que sim com a cabeça e observou que tudo estava mais uma vez perfeito, como em todos os anos. Ofereceu o braço à esposa e os dois caminharam lado a lado pelo átrio em direção à árvore, que cintilava em vermelho e dourado e em torno da qual os funcionários se encontravam reunidos como de costume.

Todos o cumprimentaram. Robert, Gustav e seu avô assentiram, as mulheres fizeram uma discreta reverência, exceto pela Srta. Schmalzler, que, por considerar-se muito acima de tais costumes antiquados, acompanhou o gesto dos homens. A moça bem ao fundo, parcialmente escondida pela corpulenta Sra. Brunnenmayer, devia ser Marie. O Sr. Melzer a encontrara algumas vezes no corredor, quando ela estava a caminho do quarto de Kitty. A garota se transformara em uma moça bonita, perdendo aquele aspecto de ratinho faminto. E era parecidíssima com a mãe, o que, por um momento, lhe pareceu um pouco fúnebre. Ele tratou de afastar aquela sensação desagradável, procurou esboçar um sorriso jovial e começou seu tradicional discurso natalino.

– Meus queridos companheiros de casa, ou deveria eu dizer "boas-almas da casa"? O que seria de nós, família Melzer, sem o incessante trabalho e os cuidados de vocês? Já teríamos todos morrido de fome e frio há muito tempo...

Todos riram como que por obrigação. Satisfeito, ele se esforçou para continuar introduzindo mais piadas em seu discurso e, assim sendo, chamou a Srta. Schmalzler de "distinta guardiã dos tesouros domésticos", intitulou o velho jardineiro como "senhor das cem mil árvores" e a Sra. Brunnenmayer recebeu a alcunha de "mestra dos prazeres gastronômicos". O discurso terminou com um agradecimento a todos os funcionários e os votos de que o bom relacionamento perdurasse nos anos seguintes. Em seguida, Alicia se dirigiu à mesa sobre a qual se encontrava uma infinidade de presentes envoltos em papel colorido. Seguindo o antigo costume, primeiro se convocava o empregado com posição mais baixa na hierarquia, que, naquele caso, era Marie. Como se via, a moça ganhara algumas curvas, assumindo formas femininas e, dada a ocasião festiva, estava sem o lenço, então era possível ver que tinha fartos cabelos escuros. Uma beleza única em seu vestido xadrez de algodão. E havia sua maneira de andar. Não como uma ajudante de cozinha, retraindo os ombros e olhando para baixo quando era o centro das atenções, mas com uma postura ereta, sorrindo como uma princesa quando recebeu seu presente das mãos de Alicia. O Sr. Melzer teve novamente aquela sensação desagradável, que rapidamente se transformou em raiva. Durante a cerimônia, ele se deu conta de que aquela pessoinha gozava de inúmeros privilégios em sua casa e isso só estragaria a moça. De fato, ela já se mostrava bastante prepotente, como se não fosse a ajudante de cozinha, mas no mínimo a governanta. Aquilo tudo não teria bom resultado se ele não interviesse a tempo.

Eleonore Schmalzler expressou – como em todos os anos – seus agradecimentos a todos os funcionários, elogiou os patrões por sua complacência e bondade e enfatizou como todos tinham muito orgulho de ser parte dos criados da Vila dos Tecidos. Melzer pensou nos planos da esposa e, por um momento, sentiu pena da governanta. Ela tinha apego ao seu trabalho e sempre o executara com diligência; ter que deixar seu cargo seria um golpe duro. Mas, se ele bem conhecia Alicia, ela já teria providenciado um lugar para a Srta. Schmalzler passar sua velhice.

Por fim, os empregados saíram em marcha rumo às áreas de serviço e deu-se prosseguimento ao próximo item da programação. No andar de cima, um bufê frio aguardava a família na sala de jantar, o que já era tradição na casa para que os funcionários pudessem assistir à missa de Natal na catedral. A família faria uma pequena celebração e então iria reunida à missa noturna, e o senhor diretor em pessoa dirigiria o automóvel.

– Você viu como os olhos dela brilhavam de felicidade?

Alicia, que subia as escadas na frente do marido, virou a cabeça, sorrindo. Ela havia se arrumado com máximo capricho, feito cachos nos cabelos e retocado as mechas grisalhas. Apesar de seus 50 anos, sua esposa conservava algo de menina, o que ele geralmente achava enternecedor e muito atraente, mas incômodo por vezes.

– Pois é... acho que você a tem tratado de maneira muito generosa, querida.

Certo mau humor envolveu suas palavras. Melzer não era exatamente afeito a presentes, pois a vida nunca lhe dera nada de graça. Nem na infância e tampouco depois. Tudo o que desejara, ele mesmo conquistara com trabalho árduo.

– Natal é só uma vez por ano, Johann!

– Certo. E muitas vezes são as pequenas coisas que trazem grande alegria.

Alicia claramente percebera a insinuação do marido, mas preferiu não responder. Ele se sentiu aliviado. Nada de brigas na noite de Natal. Ele precisaria se comportar melhor. No fundo, seu mau humor se devia ao fato de que as máquinas da fábrica ficariam um dia inteiro paradas. Ele tinha pedidos urgentes de tecidos estampados que precisavam ser entregues no início do ano.

A sala de jantar também estava decorada com motivos natalinos. A mesa posta de forma solene; o bufê apresentava em fileiras inúmeras travessas cheias de iguarias frias. Ao ver a *terrine* de carne e o frango desfiado, seu humor melhorou, pois ele não comia nada desde a manhã. Elisabeth, que estava esperando os pais, o abraçou e lhe desejou feliz Natal.

– Antigamente tínhamos que recitar versos – zombou ela. – E cantar músicas natalinas. Ó Deus. Que bom que esses tempos passaram!

Foi a primeira vez que Melzer riu de verdade naquela noite. As tentativas de cantar juntos sempre haviam fracassado devido à sua própria falta de talento e também à de Elisabeth. Alicia sempre ignorava com descontração inabalável as notas desafinadas, mas Kitty, que assim como a mãe tinha talento para música, logo começava a reclamar que seus tímpanos iriam estourar.

– Onde é que estão os outros? Paul? Kitty?

– Estão no quarto de Kitty embrulhando os presentes – relatou Elisabeth.

– Já deviam ter terminado há muito tempo – grunhiu o pai.

Foi seu único comentário, mas prometeu a si mesmo falar com Alicia no dia seguinte sobre a importância de os filhos se habituarem à pontualidade. Além do mais, ele contara com a presença deles no átrio para a celebração com os funcionários, pois, afinal de contas, os três também eram parte da casa.

– Vou falar com eles.

Elisabeth saiu apressada enquanto Alicia acendia as velas sobre a mesa posta. Seu sorriso parecia um pouco preocupado, pois ela certamente percebera a tensão do marido. Ele, por sua vez, sentiu a consciência pesada. De maneira alguma queria arruinar a noite da esposa, pois sabia bem como ela preparava as festas de Natal com alegria quase infantil.

– Está tudo lindo, Alicia. E a *terrine* está cheirando até aqui.

Um sorriso alegre o recompensou. Alicia encomendara a iguaria especialmente para ele, pois sabia que aquele era seu prato favorito.

– Você pode acender os dois candelabros do bufê? Eu acho mais bonito comer à luz de velas.

– Claro, querida.

Por que ele mandara instalar luz elétrica em todos os cômodos se ela achava mais bonito sentar-se à luz de velas? Mas Melzer engoliu seu crescente mau humor. Inclusive porque naquele momento apareceram Kitty e Paul, acompanhados por Elisabeth.

– Feliz Natal, papai! Que lindo, mamãe! E o cheiro... de folhas de pinheiro e frango desfiado. A combinação natalina perfeita!

Suas filhas eram, de fato, muito diferentes. Elisabeth, mais tranquila, corpulenta, com os traços esculpidos à semelhança da avó paterna. Uma moça que à primeira vista não parecia atraente. Mas junto com a aparência, ela herdara da mãe de seu pai a capacidade de se impor. Já Kitty, que puxara à família materna dos Von Maydorn, era o contrário: um pequeno furacão encantador, linda, sedutora, mas ao mesmo tempo sensível e com tendência a mudanças bruscas de humor.

– Temos uma surpresa para vocês no salão vermelho, papai.

O pequeno furacão o abraçou, o beijou e pressionou seu rosto contra os cachos perfumados do pai, enquanto lhe dizia que há semanas ela aguardava ansiosa por aquela noite. Paul limitou-se a desejar feliz Natal aos dois. Ele se absteve de abraçar o pai, que certamente teria recusado seu gesto, descrevendo-o como "pura falsidade". Desde aquele incidente na fábrica semanas atrás, o relacionamento entre pai e filho estava estremecido.

– Vamos ver primeiro o que a Sra. Brunnenmayer preparou. Johann, me passe seu prato.

Ele deixou que Alicia o servisse, pois sabia que aquilo a fazia feliz. Os outros encheram sozinhos seus pratos e se sentaram em seus lugares. Decerto ele considerava aquela maneira de fazer as refeições mais agradável do que os banquetes formais nos quais era obrigatório conversar com a pessoa sentada ao lado e esperar o criado servir os pratos.

– Está tudo uma delícia mais uma vez, mamãe. A salada de frango, uma poesia! Mas o rosbife eu não posso comer. Está quase cru!

– Ele está ótimo, Kitty – afirmou Paul. – Do jeito que tem que ser. Aliás, sabia que os tártaros transportavam carne crua embaixo da sela dos cavalos para deixá-la mais macia?

– Obrigada. Agora mesmo é que não vou comer.

– Por falar em sela, Paul... – disse Melzer entre uma garfada e outra da *terrine*. – Ouvi dizer que você a vendeu para Alfons Bräuer.

Paul se sentiu estúpido, pois ele mesmo dera a deixa ao pai. Sim, ele contou que quis fazer um agrado ao bondoso Alfons, que muitas vezes já lhe havia perguntado se a sela não estaria à venda. E, em todo caso, ele tinha outra sela, aquela do avô que a mãe lhe trouxera da Pomerânia.

Melzer intuiu que algo ali cheirava mal, sobretudo porque Alicia também encarou o filho com ar inquisidor, mas por fim decidiu não continuar com os questionamentos. Sempre que Alicia ignorava um determinado assunto, era sinal de que Paul iria tentar resolver sozinho suas burradas. O que poderia ser bom, mas também ruim. A única coisa que ele esperava era que Paul não tivesse puxado à família da mãe e contraído dívidas de jogo.

Kitty aproveitou o momento para tecer muitos elogios ao jovem Bräuer. Ela dizia que ele era uma pessoa muito amorosa e de bom coração, que as conversas que tiveram foram divertidíssimas e que havia sido ele quem tivera a ideia do passeio de trenó.

– É um rapaz e tanto – confirmou Melzer.

O jovem Bräuer se tornara indispensável no banco privado da família. Apesar de sua pouca idade, já era bastante esperto e experiente, fruto de tudo o que aprendera com o pai.

– Ora, vejam só! Então você gosta dele? Por acaso ele pediu sua mão?

Alicia lhe havia relatado sobre três propostas de casamento recusadas por Kitty. Melzer acharia uma pena se o jovem Bräuer fosse uma delas.

– Ah, não, papai. E não acho que eu aceitaria. Ele é como um irmão para mim. Como Paul, porém mais meigo e confiável.

– Ah, muito obrigado, irmãzinha! Então eu não sou confiável?

Ela deu de ombros e esboçou um bico. Ó céus. A menina era, de fato, uma tentação. Pobre Alfons Bräuer.

– Você nunca está por aqui. Vive enfiado em Munique…

Naquele momento, Melzer teria perguntado ao filho sobre o progresso de seus estudos. O que seria uma pergunta traiçoeira, pois ele já havia se informado a respeito. Mas naquela noite de Natal ele optou por deixar a conversa para outro momento.

– Você pode colocar um pouco mais da *terrine* para mim, querida? – Foi o que ele preferiu dizer à esposa.

– Claro, amor.

Então ele se concentrou em seu prato, deixando a conversa para a mulher e os filhos. O jantar prosseguiu alegremente, com vários brindes ora à mamãe, ora a ele e, finalmente, ao Natal. Em seguida, Kitty e Paul os levaram até o salão vermelho.

– Fechem os olhos. Sem ver! Só quando eu falar!

Dava para ouvir o ruído de palitos de fósforos sendo riscados e Kitty e Elisabeth cochichando ansiosas.

– Agora!

Eles haviam montado secretamente uma pequena árvore de Natal, que reluzia luminosa. Sobre a mesa e espalhados sobre o piso havia também vários presentes.

– Ah, que lindo o que vocês fizeram! Está vendo, Johann? Antigamente éramos nós que fazíamos surpresa para as crianças. Agora é o contrário.

– Pois é, querida. Tem razão.

Ele pigarreou, pois a alegria alheia o comovia. Sim, no fundo eles poderiam se orgulhar de sua prole, ainda que as "surpresas" nem sempre acontecessem da maneira que um pai desejaria. E aquela mania de árvores decoradas! Quando ele era criança, aquilo não existia. No máximo guirlandas verdes na porta de casa e, talvez, uns ramos de pinheiro na sala.

– Para você, papai!

Elisabeth lhe comprara um estojo para os óculos, todo em couro e com detalhes em ouro. Um presente prático e inteligente. Ele sentiu a felicidade da filha por seu presente ter agradado e acariciou seu braço meio sem jeito. Elisabeth precisava mesmo que a animassem depois daquela história com o tal tenente que não dera em nada. Ela estava apaixonada pelo rapaz, até ele pudera perceber isso.

A troca de presentes prosseguiu. Para Alicia, ele comprara uma gargantilha de ouro branco incrustada com água-marinha e brilhantes e, para cada filha, uma pulseira de ouro e rubi. Paul recebeu um suporte para caneta-tinteiro, um modelo americano que ele adquirira de um parceiro na empresa. Alicia também realizara compras generosas e mandara fazer para o marido um conjunto de prendedor de gravata combinando com duas abotoaduras. Rodeado por uma espécie de guirlanda dourada, lia-se o monograma "JM" gravado em pedraria azul.

– Vocês gostaram de nossas obras de arte? – perguntou Kitty, curiosa.

Paul com certeza devia estar muito mal de dinheiro. Ele havia redigido poemas – bastante razoáveis, inclusive – e os escreveu com caligrafia cuidadosa na parte de baixo dos desenhos da irmã. Melzer teve que se conter para não fazer um comentário irônico. Bem, pelo menos seu filho demonstrara criatividade. Já os desenhos de Kitty ele não pôde avaliar, pois mal conseguia desenhar uma linha reta.

– Tudo muito bonito, minha filha – elogiou ele. – Principalmente esse do nosso parque. Vou pendurar em nosso escritório.

Para sua surpresa, o semblante de Kitty ficou sério por um momento e logo a menina riu com ar zombeteiro. Que tremenda atriz ela era!

– Esse desenho não é meu, papai. Mas Paul gostou tanto dele que resolvemos pegar.

– Não é seu? – interrompeu Alicia. – Então quem foi que fez? Foi Paul?

Kitty deu mais uma risada alegre. Não, quando se tratava de desenhos, o talento de Paul era inexistente.

– É da Marie.

Melzer pensou ter escutado mal.

– Marie? Que Marie?

– Marie, a que sempre posa para mim. Ela é um talento e tanto, papai. Nós deveríamos ajudá-la a seguir carreira artística. Ela é...

– Você está falando da Marie que trabalha na cozinha?

Seu tom foi colérico. Sua voz incisiva acabou com a atmosfera descontraída em um só golpe. Kitty ficou muda. Seus grandes olhos azuis o encararam com ar de reprovação.

Entretanto, a fúria que lhe subia à cabeça já não podia ser contida. Uma artista. Um talento e tanto. Então parecia que naquele aspecto a pequena também puxara à mãe. E ainda por cima ele deveria apoiar a moça.

– Eu não estou gostando dessa relação estranha entre você e Marie, Kitty.

Ela tentou objetar, mas o pai de pronto a calou fazendo um gesto com a mão.

– De agora em diante acabaram essas sessões. Uma ajudante de cozinha não tem nada o que fazer em seu quarto. E se eu descobrir que minhas ordens estão sendo desacatadas, a moça será dispensada imediatamente.

O rompante de Melzer deu lugar ao silêncio. Os olhos azuis de Kitty se contraíram formando duas fendas estreitas. Paul mordeu os lábios. Elisabeth sorriu.

– Agora temos que nos trocar para ir à igreja – disse Alicia após uma eternidade. – Apaguem bem as velas, crianças.

19

Marie havia ido com os outros funcionários à missa de Natal na noite do dia 24. Pela primeira vez em sua vida, ela não tremia de frio ajoelhada no banco da igreja, pois seu presente havia sido um sobretudo de inverno e um par de botas de pele. Ambos eram, sem dúvida, roupas usadas da Srta. Katharina. Assim que Marie chegou ao pátio iluminado vestindo as novas peças, ela ouviu a voz ultrajada de Jordan.

– Vejam só. Mandaram fazer o sobretudo para a senhorita não tem nem dois anos. Lã da melhor qualidade, com forro de pele. E as botas estão quase novas. Presentes dignos de uma rainha para uma mera ajudante de cozinha.

– Ninguém perguntou sua opinião, Jordan – contestou a Srta. Schmalzler, que caminhava ao lado de Marie. – Hoje celebramos o nascimento de nosso Senhor Jesus Cristo, que sempre pregou a tolerância e o amor ao próximo.

– Só estou dizendo isso para que a menina dê valor aos presentes.

– Ela não precisa de sua ajuda para isso!

De fato, Marie estava orgulhosa e grata por seus presentes. Que luxo possuir um sobretudo daquele, que, além de quente, parecia ter sido feito sob medida para ela. E as lindas botas, que calçavam perfeitamente. Era assim que se sentiam as damas abastadas no inverno. Só era pena que ela não tivesse um chapéu que combinasse e precisasse se contentar com seu cachecol de lã sobre a cabeça.

Quando os empregados retornaram à mansão, os patrões estavam embarcando no automóvel. Eles pareciam ter pressa, pois limitaram-se a acenar rapidamente. Apenas Paul lhe sorriu e fez menção de curvar-se ligeiramente. Marie sentiu as fortes batidas de seu coração. Era uma sensação dolorosa, mas doce, o que a assustou, pois ela acreditava já ser capaz de controlar seus nervos. *Ele está querendo debochar de mim*, disse a si mesma, e de repente desejou ter ganhado sapatos grossos de couro e um sobretudo cinza de lã, como seria mais adequado para uma ajudante de cozinha.

Os dias de festa foram repletos de trabalho. Era preciso não só servir, mas também acomodar os hóspedes, deixando os quartos prontos levando em conta as preferências de cada um dos familiares. A senhora organizara com precisão um cronograma para os convidados no qual constavam os horários de passeios, conversas, visitas à fábrica e às missas de fim de ano na igreja e, obviamente, as refeições. Ninguém na mansão era afeito àquelas visitas, contudo a senhora se mantinha firme em seus hábitos. No primeiro dia de festa chegavam os parentes de seu marido, e no segundo dia, os Von Maydorns. Como os aristocratas faziam a viagem mais longa, eles costumavam ficar uns dias a mais, regalia que não era concedida aos Melzers. Alicia fazia de tudo para que as duas famílias não se cruzassem, pois havia anos já fora constatado que não se suportavam.

– Não é a primeira vez que recebemos hóspedes na mansão. – Else suspirou. – Mas essa gente acha que pode fuxicar a casa inteira. Ontem eu encontrei uma irmã do senhor no quarto de passar roupa.

– Isso não foi nada. – Auguste se sobressaltou. – E aquele gordo de orelhas caídas que veio atrás de mim até o terceiro andar? Ele queria saber onde era meu quarto!

– E aí? – perguntou Robert, sarcástico. – Você mostrou?

– E se tivesse mostrado? – Ela bufou em resposta.

– Aí isso é assunto seu – revidou ele, dando de ombros.

Todas as noites, Marie ia se arrastando para a cama, morta de cansaço. Mas custava a pegar no sono. Algo a revirava por dentro, não lhe deixava em paz e trazia à tona todo tipo de imagens. Coisas havia tempo esquecidas ressurgiam vívidas em sua memória como se fossem recentes. O rosto de uma jovem, emoldurado por cabelos escuros. Seu sorriso era tão cheio de ternura que o coração de Marie se contraía e ela encharcava o travesseiro com lágrimas. Um berço com grades brancas. Seria no orfanato? Ela se via criança de novo, sacudindo e chutando as grades. E então um cavalete, e uma mulher diante dele pintando uma tela. Seria Kitty? Apesar de parecida com a senhorita, não era ela. A imagem, apesar de cinzenta como uma sombra, parecia real. Ela ria, falava, ora mirava a tela, ora a mirava. E então a mulher ia ficando transparente até desaparecer. Às vezes ela via também o busto de uma jovem esculpido em pedra e deslizava seus dedos pelo rosto liso, sentia a testa, o nariz, a boca… Suas mãos eram muito pequenas, mãos de criança.

Isso tem que acabar, pensava ela, desesperada sempre que acordava de manhã cansada depois da noite maldormida. *Tenho que descobrir o que é isso, ou vou acabar ficando doente.*

Seria mesmo verdade que sua mãe vivera naquele cômodo tão desprovido de estrutura? Uma artista que não tinha mais encomendas. Que vivia sozinha com a filha. Que se endividara até perder tudo o que tinha. E que contraíra dívidas justo com o Sr. Melzer.

Marie desejava intensamente que aquela mulher não fosse sua mãe. Mas por que aquele busto em pedra lhe parecia tão familiar? E por que a velha senhora lhe dissera que ela era igualzinha à mãe?

Se fosse mesmo, Marie ia querer saber mais a respeito. Por mais que tomar ciência daquilo fosse doer e arruinar todas as fantasias que construíra e às quais já se apegara. O acaso lhe havia revelado uma parte ínfima da história verdadeira e agora lhe cabia descobrir o resto.

Mas como? A quem ela poderia perguntar? A velha Sra. Deubel estava proibida de revelar mais informações, apesar de certamente saber muita coisa. E se ela tentasse com os vizinhos? Era só não ser flagrada pela taberneira. Quem mais poderia ajudar? Seria aconselhável perguntar ao Sr. Melzer se ele ainda tinha a lembrança de uma pintora chamada Louise Hofgartner e do apartamento que ele mandara esvaziar havia alguns anos? Mas ele certamente não gastaria seu tempo respondendo às perguntas curiosas da ajudante de cozinha. A Srta. Pappert! Era possível que ela soubesse de algo. Mas era questionável se ela responderia. A mulher tinha horror de Marie e a recíproca era mais que verdadeira.

A fonte mais promissora era, de todo modo, a velha Sra. Deubel. Seria preciso então arriscar subir ao seu apartamento sem ser notada para fazer mais perguntas. Nos dias entre Natal e Ano-novo, Marie tinha direito a uma tarde livre – e era para aquilo que ela usaria. E caso a velha não quisesse falar, Marie tinha cinco marcos que recebera de bônus natalino além dos presentes e que poderiam fazer a Sra. Deubel abrir a boca.

Após o segundo dia festivo, a comemoração de São Estêvão, a neve começou a derreter. Poças sujas cobertas com uma fina camada de gelo nas primeiras horas da manhã surgiram nas trilhas. A neve se desfazia e o branco imaculado se transformava em marrom ou amarelo encardido. No parque da vila já se podiam avistar em vários pontos o verde do gramado. Aqui e acolá, a neve parcialmente derretida pela luz do sol despencava das árvores em pequenas avalanches, aliviando o peso dos galhos, que então voltavam a se erguer com força.

Marie colocou o velho xale sobre os ombros – ir vestida com o belo sobretudo à cidade baixa só despertaria suspeitas. Além disso, o frio começava a dar trégua, água já pingava das árvores e calhas e o sol de inverno refletia nas poças.

– Está indo visitar o namorado? – zombou Auguste. – Mande meus cumprimentos.

Há alguns dias Auguste voltara a sentir-se bem, os enjoos cessaram e os desmaios repentinos deixaram de atormentá-la. Ela só ganhara um pouco de peso, mas, de maneira geral, tinha o aspecto rosado e radiante.

– A senhorita desistiu de você ou o quê? – prosseguiu Auguste. – Desde a noite de Natal, ela não chamou você uma única vez.

– A senhorita está doente.

Auguste riu como se soubesse de algo importante. Mas, pelo menos, deixou Marie em paz e voltou para a cozinha.

Por mais que Marie tentasse desviar das poças na rua, a água penetrou em seus sapatos velhos antes de ela cruzar o Portão de Jakob. Ela não se incomodou tanto, pois seus pensamentos estavam em outro lugar. Por que aquela taberneira tinha tanto medo do Sr. Melzer? Alguém estava escondendo algo, algum segredo que ninguém, principalmente ela, Marie Hofgartner, poderia saber.

As vielas estavam estranhamente tranquilas, como se os moradores estivessem descansando após os exaustivos dias de festa. Apenas algumas crianças saltavam por entre as poças d'água e jogavam pedrinhas nos buracos inundados da rua, comemorando alegres quando o líquido marrom respingava para fora. Um bêbado dormia na porta de uma casa com as costas apoiadas no batente frio de pedra. Um cachorro desgrenhado ao lado dele rosnou quando Marie passou. A moça se deteve perto da taberna para sondar as imediações e não viu ninguém na viela. As janelas do estabelecimento infelizmente eram muito pequenas para que ela pudesse distinguir algo. Marie torceu para que alguns clientes estivessem no bar, pois assim a taberneira teria o que fazer e dificilmente a surpreenderia na escada.

Ela tratou de se esconder o máximo que pôde, encostando-se nas entradas das casas, mas não pôde contar com cobertura no último trecho. Por fim, ela alcançou a entrada da taberna. Atrás da porta – se ela ainda lembrava bem – havia um corredor estreito; uma escada ao fundo e a porta do salão à esquerda. Com aquele tempo, a taberneira certamente ligara a estufa do salão e fechara todas as portas para manter o calor. Marie tinha, portanto, boas chances de subir a escada sem ser vista.

A sorte estava ao seu lado. Apesar do terrível rangido dos degraus, ela chegou ao quarto da velha sem ser notada.

– Entre, Marie – disse a mulher de dentro do cômodo.

A Sra. Deubel devia tê-la visto na rua, do andar de cima. E Marie achava que havia sido tão esperta! Ela empurrou a porta, assustou-se com o ranger das dobradiças e a fechou rapidamente. Lá estava sentada a velha, com as mesmas roupas de antes e o mesmo lenço de lã amarrado em volta da cabeça.

– Boa tarde, Sra. Deubel. Estou... estou vindo porque...

– Porque ficou curiosa, não é? – interrompeu a velha senhora. – A desgraça te acompanha, menina. Mas o pecado sempre atrai a desgraça. E eu não quero mais ter pecados na minha alma. Eles pesam muito no julgamento do Senhor. Podem custar minha salvação...

Impaciente, Marie alternava seu peso entre um pé e outro. Se a velha continuasse com a conversa fiada, a filha iria acabar chegando e tudo teria sido em vão. Ela então decidiu interrompê-la com uma pergunta.

– Por favor, Sra. Deubel. Conte mais sobre minha mãe. Foi ela quem fez esse busto? E os trabalhos em madeira também? E por que ela tinha dívidas justo com o diretor Melzer?

A velha senhora a encarou com olhos atentos e brilhantes.

– Com o diretor Melzer?

– Sim, o diretor Melzer – repetiu Marie.

Não era possível que ela fosse negar agora e dizer mentiras por puro medo da filha.

– Foi ele quem levou os móveis de minha mãe – prosseguiu Marie com insistência.

– Como você sabe disso? – cochichou a velha mulher.

– Sabendo.

A Sra. Deubel movia a mandíbula como se estivesse mastigando. Com sua mão deformada, a anciã afastou da testa o lenço que usava na cabeça, revelando seus finos cabelos grisalhos.

– Mas isso foi mais para o final. Antes disso ela tinha uma boa vida. Ficava andando para lá e para cá com a bebê rosada no colo. A casa dela era toda bonita... os móveis, os tapetes, os quadros na parede e todas aquelas coisas que ela usava para trabalhar. Blocos de madeira, de mármore. Ela ficava pintando, talhando, martelando o dia todo... E a bebê dormindo...

– E por que ela ficou endividada depois?

Um sorriso estranho surgiu no rosto da velha senhora.

Ela lhe contou que as dívidas foram feitas no início, o que era fato comum entre os artistas. E que quando ela não tinha mais nada, pegava emprestado onde quer que lhe dessem algo. Até que o Sr. Melzer assumiu todas as dívidas e veio cobrar o dinheiro de uma vez.

– Ela não deveria ter sido tão desajuizada. Tão orgulhosa, tão teimosa. Se não por ela, pelo menos por você. Mas então aconteceu o inevitável. Foi uma briga horrível quando ele veio buscar o dinheiro. Ela o colocou para fora, jogou uma panela nele. E depois ele mandou os homens. Botaram tudo que ela tinha na carroça e foram embora. Só deixaram um colchão e o cobertor no qual ela enrolava você.

Suas palavras não tinham tom de pesar, pois, em sua concepção, Louise Hofgartner era a única culpada por seu triste fim. Marie precisou morder o lábio para não dizer nada inapropriado, mas por dentro se revoltava. Teria sido a morte de sua mãe em decorrência da pobreza na qual ela tinha sido obrigada a viver? Com frio e fome por causa do Sr. Melzer, que lhe tomara tudo?

– Do que ela morreu? Ainda era jovem...

– Sim, coitada. Foi tuberculose. Ela ficou com febre, depois começou a cuspir sangue. Foi bem repentino. E talvez tenha sido melhor assim... Para ela não sofrer.

A velha senhora respirava com dificuldade, como se aquela lembrança a afetasse de alguma maneira. Ela se recostou na poltrona, cravando os dedos nos braços desgastados do móvel.

– Ela nos pediu que chamássemos o padre quando seu fim estava chegando. E foi o que fizemos, afinal nós somos cristãos. Ela confessou seus pecados e morreu com Cristo, Nosso Senhor.

Marie sentiu um calafrio. Sim, ela já sabia que a vida poderia ser cruel. A vida que lhe tomara Dodo e também sua mãe. A morte não se importava se suas vítimas eram jovens ou velhas, se eram amadas ou odiadas, ou se deixariam uma criança sem mãe...

– E então o monsenhor Leutwien levou você para o orfanato...

Naquele momento, Marie apurou os ouvidos. Tal nome lhe era familiar. Era o padre que às vezes ia ao orfanato rezar com elas. Na Quaresma, antes da Páscoa, e também antes do Natal.

– O reverendo Leutwien conhecia minha mãe? Mas por que ele nunca...

De repente ela sentiu um golpe vindo de trás – alguém abrira bruscamente a porta do cômodo, batendo em suas costas.

– Bem que eu suspeitei! – bradou a taberneira. – Franz me contou, mas eu não quis acreditar. Saia daqui, sua bastarda! Sua filha da mãe!

Ela avançou em direção a Marie para agarrá-la pelos cabelos, mas a jovem se agachou rapidamente e empurrou um banco em direção à agressora. A taberneira tropeçou por cima do obstáculo, bateu violentamente seu joelho e se pôs a xingar.

– Eu vou acabar com você, seu demônio! Vou chamar a polícia, vou denunciá-la aos tribunais. Sua prostituta! Trambiqueira!

Marie correu escada abaixo, aproveitando que a corpulenta taberneira não conseguia se levantar. Descendo os degraus, ela ouviu os gritos da taberneira com a velha, que, por sua vez, revidava suas ofensas em altos brados.

A fuga de Marie terminou no pequeno corredor antes da porta da rua. Ali Franz a esperava, o homem que estava entregando barris de bebida em um carrinho.

– Saia da frente, deixe-me sair! – ordenou ela, ofegante.

Os traços do homem eram rústicos, o nariz em forma de batata e os lábios finos e azulados. Sem esboçar qualquer reação, ele agarrou vigorosamente o braço de Marie. A moça gritou de dor ao ser arrastada pelos últimos degraus e arremessada de costas contra a porta do edifício.

– Então temos uma espiã por aqui...

Ele a segurava por uma mão, estendendo a outra para bater no rosto de Marie. No último segundo, ela sentiu a maçaneta atrás de si e conseguiu movê-la. A porta se abriu e, apesar de o soco não a ter atingido, Marie caiu de costas na rua. Aturdida, ela tentou ficar de pé, mas o homem foi mais rápido e se curvou para agarrar seus cabelos.

– Ei! – gritou uma voz masculina. – Solte-a agora!

E então teve início uma sucessão de acontecimentos que Marie só viria a entender mais tarde. Primeiro ela gritou de dor, pois Franz não soltava seus cabelos de maneira alguma e continuava tentando levantá-la do chão com violência. Em seguida, era seu agressor quem gritava de dor e ira, pois alguém agarrara seu pescoço por trás, estrangulando-o com o braço. O golpe foi tão forte que Franz logo ficou sem ar.

– Este é o famoso mata-leão, meu amigo. É melhor ficar quietinho, do contrário vai ficar ruim para você.

Marie apalpou seus longos cabelos. Seu couro cabeludo ardia, mas de pronto ela entendeu que deveria se levantar e correr o mais rápido possível. Já de pé, a moça pegou do chão o xale coberto de sujeira e, então, tomou um susto.

– Marie! Pelo amor de Deus, Marie!

– Senhor...

Céus, por que o destino tinha que ser tão cruel a ponto de enviar justo Paul em seu resgate? Decerto ele não a reconhecera, mas teria ajudado qualquer mulher que flagrasse em tal situação: sendo jogada na rua por um brutamontes e prestes a ser esmurrada.

– Você está maluco, Franz? – gritou da porta a taberneira. – Pare! Pare com isso agora! Esse é o filho do Sr. Melzer, seu imbecil!

– Eu paro – grunhiu Franz – assim que ele me soltar.

Paul abaixou o braço, liberando a vítima, que entrou na taberna tossindo e dizendo impropérios ininteligíveis.

– O que você está fazendo aqui neste bairro, Marie? – perguntou ele, horrorizado. – Você estava na taberna?

Com esforço, ela tentava se recompor. O que ela deveria dizer? De nenhum jeito podia contar a verdade. Mas de onde ela tiraria tão rapidamente uma mentira inofensiva?

– Eu... eu estava... procurando uma amiga. Ela morou comigo no orfanato. O nome dela é Dodo.

A pobre Dodo que perdoasse sua mentira. Talvez ela a estivesse observando e ajudando no céu.

– Aqui? – perguntou ele, descrente.

– Sim. Ela trabalha em um restaurante por aqui. Foi o que ela me disse...

Ele balançou a cabeça, deixando clara sua incompreensão. Em seguida, pôs o braço sobre seus ombros e perguntou preocupado se ela estava ferida.

– Não sou nenhuma bonequinha de porcelana, senhor. Só perdi o lenço que eu estava usando na cabeça.

– Vamos – falou ele, decidido. – Vou acompanhá-la até o Portão de Jakob. De lá você pode voltar à mansão em segurança.

– Não precisa, senhor. E se nos virem juntos?

– Você está preocupada com sua reputação? – perguntou ele, contrariado. – Então teria sido melhor você nem ter vindo passear por essas vielas escuras da cidade baixa...

Ela o acompanhou calada. Paul, por sua vez, caminhava de maneira prudente, oferecendo a mão sempre que passavam por um dos buracos da rua e dando a preferência quando entravam em alguma rua demasiadamente estreita. Naquele momento, Marie finalmente começou a sentir suas costas e seus ombros doerem. Tais contusões a fariam se lembrar daquele pequeno passeio por muitos dias mais. Mas o pior de tudo era saber que ela caíra no conceito de Paul. O que ele pensaria dela? Com certeza a mentira sobre visitar uma amiga não o convencera e ele estava seguro de que ela teria um namorado naquela taberna horrorosa. Afinal, aonde mais uma ajudante de cozinha iria em sua tarde livre?

Ao longo do caminho, todos os passantes os olhavam com curiosidade. O cavalheiro bem-vestido e a menina com o imundo xale molhado formavam um casal mais que improvável. Ela havia feito um coque e ocultado os cabelos sob o xale, mas o vento forte teimava em exibir suas madeixas, que bailavam descompromissadas sobre seu rosto. O céu já estava escuro quando os dois chegaram ao Portão de Jakob e, apesar de as luzes das ruas ainda não estarem acesas, era possível ver de longe a iluminação das fábricas. Ele se deteve sob a sombra do portão e ela fez o mesmo.

– Acho que agora posso deixar você seguir sozinha – murmurou ele. – Mas posso pedir uma coisa?

Nunca antes ela o havia sentido tão perto. Ele estava tão próximo que Marie acreditou ser capaz de sentir o calor e o cheiro da pele dele, do cabelo... Aquela sensação a fazia estremecer em uma nostalgia indefinida.

– O que quiser, senhor.

Ela ergueu os olhos na direção dele e, sob a expressão carregada de Paul, suspeitou que ele poderia ter interpretado sua resposta maliciosamente. Sua preocupação foi em vão.

– Prometa que você nunca mais fará essa maluquice – disse ele, pousando a mão ternamente sobre seu ombro. – Graças a Deus cheguei a tempo de protegê-la.

– Desculpe, senhor – sussurrou ela. – Estou imensamente grata pela sua ajuda.

– Não foi nada, Marie. E eu faria muito mais por você. Qualquer coisa que me for possível.

Por um momento, ela teve a sensação de que ele se aproximava cada vez mais. Marie correspondia ao seu movimento, encantada pela proximidade do rapaz. Seus olhos cinza pareciam possuí-la, como se quisessem abraçá-la e consumi-la.

– Marie – sussurrou ele. – Por favor, vá embora. Vá, antes que seja tarde demais.

Ela estremeceu, profundamente assustada consigo mesma. Com um gesto apressado, ajeitou o xale molhado sobre os ombros e desceu a rua sem olhar para trás.

20

Alicia percebeu o olhar inquisidor e apreensivo do chofer enquanto ele mantinha a porta do carro aberta para ela e se sentiu incomodada. Era fato que os funcionários participavam da vida familiar da casa, afinal, era isso que todos eram na Vila dos Tecidos: uma grande família. Contudo, ela teria preferido ocultar do criado aquele assunto tão constrangedor.

– Vamos para a mansão, Robert – disse ela com simpatia, porém distante.

– Perfeitamente, senhora.

Ela percebeu o ar pensativo, quase confuso, do rapaz. Robert fechou a porta, contornou o carro e se sentou ao volante. Bem rente aos dois, o bonde elétrico passou chiando ruidosamente. Por um momento, Alicia viu o cobrador em pé com seu uniforme azul e distinguiu dois ou três passageiros. Ela não gostava daqueles veículos barulhentos que rangiam sobre trilhos e relembrou com nostalgia dos velhos bondes tracionados por cavalos.

– Perdão, senhora… Eu não queria importunar, mas…

Robert se virou para ela. Era só o que faltava!

– O que houve, Robert? Estou com frio e gostaria que partíssemos logo.

Ele engoliu em seco, Alicia pôde perceber nitidamente o movimento de seu pomo de adão.

– Eu pensei que o Dr. Schleicher viria conosco. É uma emergência, não?

– O Dr. Schleicher não pode sair de seu consultório agora, mas ele nos fará uma visita nos próximos dias.

A expressão de Robert era de profunda decepção e, se a percepção de Alicia não a enganava, o rapaz tinha inclusive acentuadas olheiras. Aquilo a incomodava, pois fora ela quem dera grandes esperanças ao criado. Mas infelizmente o rapaz parecia não ser capaz de controlar seus sentimentos. Faltava-lhe autodisciplina. Uma característica que Schmalzler possuía de sobra.

Felizmente ele se satisfez com a explicação e deu partida no carro. O trânsito no centro de Augsburgo sempre fora intenso, mas agora se viam cada vez mais automóveis entre os veículos a cavalo e as velhas charretes haviam virado raridade.

No fundo, Alicia estava tão decepcionada quanto Robert, pois ela esperava muito mais daquela visita ao Dr. Schleicher. Contudo, ele só fizera algumas perguntas de maneira fria e técnica, sem abordar objetivamente suas preocupações.

– E isso já faz quanto tempo?

– Já faz três... não, quatro dias. Eu não sei mais o que fazer, doutor. Ela não se abre para mim. E também não tem comido.

– E isso tudo por causa da tal proibição?

– Não consigo imaginar outro motivo.

Ela tinha esperança de que ele cancelasse imediatamente todas as consultas e a acompanhasse até a mansão. Não era caso de vida ou morte? Sua filha tinha tendências melancólicas e, pelo visto, também autodestrutivas, pois parecia decidida a morrer de fome.

– Não me parece necessário, Sra. Melzer. A indicação nesses casos é paciência. Mantenha-me atualizado e pode contar comigo para qualquer emergência.

Ela queria ter lhe dito naquele momento que o assunto já se tratava de uma emergência, entretanto, o sorriso ligeiramente irônico no rosto do médico a desencorajou. Era, de fato, possível que ela estivesse levando tudo a sério demais, e a última coisa que queria era fazer um papel ridículo no consultório.

– Muito obrigada pela ajuda, doutor.

Ele se inclinou e fez menção de beijar-lhe galantemente a mão enquanto seus olhos intensamente azuis a examinavam de cima a baixo. No geral, ela sempre gostara daquele gesto que lhe denotava certo desejo subliminar, porém decoroso. Uma homenagem gentil a sua feminilidade. Mas naquele momento, contudo, o olhar insistente do médico lhe pareceu protocolar e forçado.

No átrio da mansão, ela foi recebida por Auguste, a quem entregou seu sobretudo, o chapéu e os sapatos de inverno.

– Meu filho já chegou?

Auguste tinha o aspecto radiante. Nos últimos tempos, a moça andava estranhamente feliz e cheia de vida. Se, de fato, houvesse algo entre ela e Robert que pudesse culminar em um casamento, Alicia estaria totalmente de acordo. Aquilo tiraria as minhocas da cabeça de Robert e fortaleceria seus vínculos com a mansão.

– O Sr. Paul está lá em cima no quarto.

– Peça-lhe para ir ao salão vermelho. E dê essas luvas a Marie, infelizmente elas ficaram com uma mancha de óleo.

– Certo, senhora.

Faltava cerca de uma hora para o almoço e não estava claro se Johann apareceria para comer. Havia problemas na fábrica, duas máquinas entraram em pane e precisavam de reparos. Ao que tudo indicava, ela comeria apenas com Paul e Elisabeth.

Alicia passou pela árvore de Natal em direção à escada. No caminho, tocou a ponta de um dos galhos do pinheiro e percebeu que suas folhas começavam a cair. Era melhor não voltar a acender as velas na noite de ano-novo. A árvore já cumprira seu papel e nos primeiros dias de janeiro seria desmontada e levada até o pátio dos fundos para ser transformada em lenha.

A mesa da sala de jantar ainda não estava posta. Provavelmente Robert ainda estava ocupado com o automóvel. Ela fechou a porta novamente e subiu a escada, rumo aos aposentos da família.

– Katharina?

Ela não tinha muita esperança, mas mesmo assim bateu à porta do quarto da filha. Como esperado, não se ouviu qualquer resposta. Katharina se trancara em seu quarto na manhã do dia 25, e nem pedidos e tampouco ameaças puderam convencê-la a abrir a porta. Johann primeiramente dera de ombros, mas logo se encheu de fúria, chegando a cogitar chamar um chaveiro para abrir a porta.

– Não fique nervoso, papai – dissera Elisabeth. – Quanto menos palco nós lhe dermos, mais cedo ela vai acabar com esse teatro.

A observação da filha tranquilizou Johann, que não deu mais atenção ao assunto.

Os pais são todos iguais, pensou Alicia. *Primeiro ladram para assustar e depois deixam toda a responsabilidade nas mãos da mãe.* Assim também fora seu pai e da mesma maneira agia Johann. E se a menina atentasse contra a própria vida?

– Katharina! Dê ao menos um sinal de vida. Estou muito preocupada com você.

Nada. Era desesperador. A menina puxara a teimosia de qual lado da família?

Paul aguardava sentado em uma poltrona no salão vermelho com seu jornal no colo. A pequena árvore de Natal ainda estava sobre a mesinha, com alguns presentes logo abaixo; os outros, Else já havia recolhido. Quando Alicia entrou, Paul jogou a gazeta no chão e foi em sua direção.

– Bom dia, mamãe. Como você está pálida! Sua visita ao Dr. Schleicher teve resultado?

– Infelizmente, não.

Paul passara a noite na cidade para comemorar o aniversário de um de seus amigos e Alicia notou o semblante maldormido. Era certo que aqueles jovens haviam celebrado com tudo a que tinham direito.

Ele esperou a mãe se sentar no sofá e então voltou a se acomodar na poltrona, mas sem apoiar as costas. O rapaz estava sentado na ponta do assento com o corpo inclinado para a frente, como se estivesse preparado para sair correndo.

– Não me leve a mal, mamãe, mas o doutor tem razão. Você sabe que eu amo minha irmãzinha mais que tudo, mas ela é uma cabeça-dura de marca maior.

– A menina está mal, Paul. Ela já tem os nervos fracos e tendência a estados melancólicos. Acho que a proibição de seu pai a afetou profundamente. Você não lembra como ela andava alegre e estável quando Marie podia subir ao seu quarto?

Paul não podia confirmar empiricamente a observação da mãe, pois estava em Munique. Mas se a mãe dizia, então devia ser verdade.

– Papai deve ter seus motivos para ter proibido aquilo – disse ele cautelosamente, pois o rapaz sabia que a mãe não admitia críticas ao marido. – Mas ele podia ter agido com mais consideração. Você tem razão, mamãe. Katharina é muito sensível.

– É mais do que isso, Paul – insistiu Alicia. – Estou preocupadíssima.

Ele olhou para a porta e franziu a testa.

– Desculpe pelo que vou dizer, mas acho que deveríamos fazer o que papai sugeriu.

Alicia deu um suspiro profundo. Era chegada a hora de tomar uma decisão. Desde aquela manhã Katharina não produzira um ruído sequer. Seria inclusive possível que a menina estivesse desmaiada. Ou algo pior.

– Um estranho vindo aqui arrombar a porta… – disse Alicia, angustiada. – Não gosto dessa ideia. Sabe-se lá em que estado a encontraremos. Não, melhor chamar Gustav ou Robert.

– Não acho uma boa ideia pedir a Robert, mamãe. Talvez seja melhor eu mesmo arregaçar as mangas.

– Você?

Paul sorriu para a mãe com ar jovial.

– Ou você está pensando que eu não sei usar um pé de cabra?

A palavra "pé de cabra" fez Alicia estremecer. Eles teriam que se comportar como invasores dentro da própria casa. Que vergonha!

– Não, Paul. Você não vai fazer isso. Melhor chamar Marie.

Naquele momento, foi Paul quem se abalou. Descrente, o rapaz perguntou à mãe como Marie poderia ser útil.

– Vou pedir que ela vá até a porta e fale com Kitty. Ela vai responder, tenho certeza. Isso se ainda estiver em condições…

Alicia contraiu os lábios e, apesar de todos os esforços para manter a compostura, as lágrimas desceram por seu rosto. Ela as enxugou rapidamente com a mão.

– Eu entendo sua preocupação, mamãe – disse Paul, aflito. – Mas sou totalmente contra você envolver Marie nesta história.

Alicia sacara um lencinho da manga para enxugar o rosto. Então se deteve e olhou para o filho, intrigada.

– Não entendo você, Paul. Essa menina é a razão de todos os nossos problemas. Por que eu deveria ter consideração por ela?

Paul fez um gesto atrapalhado com os braços, batendo por acidente na pequena árvore de Natal. Uma bola colorida de vidro caiu e rolou sobre o tapete vermelho.

– Não é culpa de Marie que Kitty tenha cismado em transformá-la em modelo. Marie faz apenas o que lhe ordenam. E é exatamente por isso que seria irresponsável colocar a moça entre a cruz e a espada agora.

– Como assim entre a cruz e a espada? – perguntou Alicia, cuja paciência já começava a se esgotar.

– Você não se lembra da ameaça do papai? Ele disse que demitiria Marie imediatamente caso a visse com Kitty novamente.

Aquela conversa com Paul estava sendo totalmente diferente do que ela imaginara. Até então, o filho sempre fora seu fiel escudeiro, dando-lhe razão e encorajando-a com seu jeito inocente de ver as coisas. Naquele momento, contudo, ela o estranhou. Por que ele se importava tanto com a ajudante de cozinha?

– Certo, Paul – disse ela, forçando um sorriso descompromissado. – Vou considerar sua objeção.

– Obrigado, mamãe.

Ele pulou da poltrona e caminhou agitado de um lado para outro do cômodo. Por duas vezes, chegou a parar e a se virar para a mãe, como se quisesse dizer algo, sem, no entanto, fazê-lo. Por fim, ele se dirigiu à porta e pôs a mão na maçaneta.

– Vou tentar falar de novo com Kitty. Deseje-me sorte, mamãe.

– Claro...

Ela permaneceu sentada e imóvel enquanto o filho subia as escadas para o segundo andar. Mas que confusão! Ela desejou que ele não fizesse nada insensato, como arrombar a porta e acabar se machucando...

– Senhora?

Eleonore Schmalzler havia entrado em silêncio no salão, como lhe era típico. Aquela mulher parecia ter um sexto sentido para saber quando era solicitada, pois Alicia estava prestes a chamá-la.

– Que bom que você está aí, Srta. Schmalzler. Eu queria que chamasse Marie.

– Perfeitamente. Mas a senhora me permite fazer um comentário?

– Um comentário? De que tipo?

Sua reação soou um tanto ríspida, e Alicia lamentou por sua falta de autocontrole. A governanta, por sua vez, demonstrou uma serenidade consideravelmente maior e sorriu.

– Talvez seja apenas uma ideia, senhora. Uma sugestão. Sabe, eu andei pensando muito sobre como podemos ajudar a senhorita sem contrariar a proibição do senhor diretor Melzer. E então, em uma noite dessas, me ocorreu algo incomum.

Alicia deu um longo suspiro e apurou o ouvido, verificando se havia alguma movimentação no corredor. Batidas de martelo ou da madeira da porta sendo lacerada pelo pé de cabra, talvez. Mas não, tudo seguia em silêncio.

– Estou escutando, Srta. Schmalzler. Mas seja breve.

21

— Ela já deve ter até cortado os pulsos. Isso acontece com gente que tem nervos fracos.

O comentário insensível de Auguste foi bastante mal recebido pelos outros. Else, que estava sentada ao seu lado à mesa da cozinha, deu-lhe uma cotovelada, enquanto a cozinheira vociferava que Auguste era uma desalmada. Já Robert, que se encontrava igualmente prostrado no banco da cozinha diante de seu café com leite, limitou-se a dirigir a Auguste um olhar desalentado.

– Não estava falando sério – apaziguou Auguste. – Não se pode mais fazer brincadeiras aqui?

– Isso foi uma brincadeira de péssimo gosto, Auguste! – disse Else.

A cozinheira voltou a se ocupar de suas panelas. Em meia hora, o almoço deveria estar pronto. Medalhões de porco com ameixas assadas, purê de batatas e salada de repolho. Na sequência, creme de baunilha com calda aerada de café. Contavam com cinco pessoas à mesa, mas possivelmente apenas três comeriam.

– A senhorita não está doente, Robert. – Jordan tomou a palavra. – Não precisa se preocupar.

Jordan sempre tivera uma queda por Robert. Auguste censurou seu comentário com um olhar de reprovação e se inclinou para pegar um pão de mel. Segundo a tradição da casa, os empregados podiam comer os pães e biscoitos que sobravam do Natal. Else olhou curiosa para a camareira.

– Não está doente? Mas a senhora disse a todos que a Srta. Katharina não está bem.

Jordan ergueu as sobrancelhas, o que conferiu ao seu rosto uma expressão de soberba. Era claro que ela tinha informações privilegiadas, pois, sendo a camareira, tinha contato muito próximo com os patrões.

– De qualquer forma, não é normal que ela esteja há dias sem comer nem uma migalha – completou a cozinheira. – Tudo que me pediram para preparar para a coitada da menina voltou para a cozinha intacto.

– Se ela não está doente, então por que não está comendo? – perguntou Robert a Jordan.

– A culpa é toda de Marie – afirmou Jordan, dando de ombros.

Suas palavras tampouco foram bem recepcionadas. Marie estava do lado de fora recolhendo lenha para o forno e não podia se defender. Contudo, naquele meio-tempo, ela já fizera amigos leais entre os funcionários.

– Deixe Marie fora disso – repreendeu a cozinheira. – Ela não tem culpa de nada!

A mulher levantou a panela com os suculentos medalhões e despejou a carne e o molho na travessa de porcelana que estava ao lado da xícara de café de Jordan.

– Ei, tome cuidado! Está respingando no meu vestido!

– Chegue para lá! Tem gente trabalhando aqui.

– Mas o que está acontecendo com a senhorita? – insistiu Robert. – E o que Marie tem a ver com isso?

– Você por acaso já pôs a mesa lá em cima na sala de jantar? – interrompeu Auguste antes que Jordan pudesse responder.

– Já, claro – retrucou Robert.

– Então vá se aprontar para servir a comida, o almoço já está pronto.

– Deixe que do meu serviço cuido eu! – revidou ele, furioso. – E pare de me dar ordens, sua intrometida insuportável!

Todos se calaram diante da reação, pois nunca haviam ouvido o normalmente comedido Robert falar tão alto. Justo naquele instante, chegou Marie carregando uma grande cesta de lenha. Ela colocou a carga no chão e, ao perceber que algo não estava normal, se deteve esperando junto à porta. Auguste estava pálida como uma vela, mas seus olhos brilhavam de maneira ameaçadora.

– Cuidado com o que diz, Robert Scherer. Muito cuidado para não se arrepender depois.

Robert a encarava como se quisesse partir para cima dela. E então, de supetão, o rapaz saltou de sua cadeira e correu para a escada de serviço, onde quase se chocou com a Srta. Schmalzler, que vinha chegando à cozinha.

– Robert! Você está atrasado! Os patrões já estão esperando lá em cima na sala de jantar.

– Desculpe. Vou agora mesmo!

Ela se afastou para abrir caminho para o criado, enquanto seu olhar examinava toda a cozinha. Maria Jordan terminava seu café e pegou com extrema lentidão um pão de mel do prato. Em seguida, levantou-se e foi à lavanderia cuidar da mancha de óleo no sapato da senhora.

– É preciso desmontar a árvore de Natal do salão vermelho e levá-la ao pátio – avisou a governanta.

Auguste e Else afirmaram que no dia anterior já queriam perguntar por quanto tempo mais o pinheirinho ficaria exposto, pois as folhas não paravam de cair no tapete. As criadas deixaram a cozinha na hora e, então, o olhar da governanta dirigiu-se a Marie. Ela levara a cesta com lenha até o fogão e já começava a empilhá-la em seu respectivo nicho.

– Quando terminar, Marie, lave as mãos e suba até meu escritório.

– Sim, Srta. Schmalzler.

A governanta assentiu, satisfeita, e comentou com a Sra. Brunnenmayer que o cheiro dos medalhões estava delicioso. E então saiu.

Calada, Marie prosseguiu empilhando a lenha enquanto a cozinheira levava os pratos e travessas até o elevador monta-pratos. Ela puxou a corda para sinalizar a Robert que ele podia puxar as iguarias para o andar superior. Marie escutou o suave deslizar e os estalos do elevador sem interromper seu trabalho.

– Tomara que não sobre para você, menina. – A cozinheira suspirou. – O que se há de fazer se a senhorita ficou obcecada por você? Essa Jordan... ela sabe mais do que parece. E ela nunca gostou de você, ela tem ciúmes... por causa disso.

Marie mal a escutava. Apesar de ter dormido pouco nas noites anteriores, ela não sentia cansaço, mas uma sensação estranha de estar flutuando. Ainda não se decidira a dar o último passo, o passo decisivo que devia dar se não quisesse se perder de si mesma. Ela estava apaixonada. Da maneira mais infeliz que uma moça poderia se apaixonar. Uma ajudante de cozinha encantada pelo filho do Sr. Melzer – aquilo só poderia resultar em desgraça. Não para o rapaz, mas para a ajudante de cozinha, obviamente.

Para completar, havia ainda a trágica história de sua mãe, na qual o Sr. Melzer tinha sua parcela de culpa. Seguramente ele tinha razão em cobrar o dinheiro, isso ninguém poderia negar. Mas fora uma crueldade a maneira como ele lhe arrancara tudo, inclusive os itens mais essenciais para a existência. Fora um pecado, a velha Sra. Deubel lhe confirmara. Não, o melhor a fazer era sair daquele lugar. Talvez o fato de a Srta. Schmalzler querer conversar com ela fosse um sinal do destino.

Marie lavou as mãos como havia sido instruída a fazer e tirou o avental sujo. Ao aproximar-se da porta do escritório, ela se perguntou se lhe permitiriam ficar com o sobretudo e as belas botas caso pedisse demissão. Os vestidos e os aventais teriam que ser devolvidos, mas o sobretudo e as botas eram, para todos os efeitos, presentes de Natal.

A Srta. Schmalzler estava sentada à escrivaninha, rodeada por todo tipo de papel. Quando Marie entrou, ela levantou o olhar e colocou a pena no frasco de nanquim.

– Marie... Finalmente! Entre e feche a porta. Sente-se e escute com atenção, pois o que eu vou lhe contar seguramente vai surpreendê-la.

Apesar do pedido, Marie permaneceu de pé. Era melhor ter coragem e falar logo, pois se deixasse para depois seria mais difícil.

– Também tenho algo a dizer, Srta. Schmalzler. E não é minha intenção...

A governanta fez um gesto impaciente. O assunto era mais urgente do que escutar uma possível queixa de Marie.

– Tudo vai se ajeitar, Marie. Mas agora, escute.

– Não, eu gostaria...

– Silêncio! A Sra. Melzer está considerando atribuir-lhe outra posição. Uma posição muito melhor, Marie. Tenho que admitir que nunca na minha vida eu ouvi falar de uma sorte tão inusitada.

Marie estava convencida a recusar tal posição extraordinária sem pensar duas vezes. Ela queria ir embora e nunca mais pensar em revirar a história trágica de sua mãe. E, sobretudo, queria aquietar os anseios de seu coração.

– Resumindo: a Sra. Melzer está lhe oferecendo a posição de camareira. Como sabemos, você não está familiarizada com as atribuições do cargo, mas já provou que aprende rápido e não creio que terei muita dificuldade em ensinar-lhe o que precisa para sua nova posição.

Aquilo sim era incomum. Marie considerava possível alcançar, no máximo, o cargo de criada – mas camareira? Era uma tentação e tanto. Afinal, a situação com Paul nem era tão grave, pois em breve o rapaz voltaria a Munique para continuar os estudos e ela o veria apenas nas férias. Mas logo Marie colocou os pés de novo no chão: por que estavam lhe oferecendo aquela posição? Por que justo para ela?

Explicar tal fato não foi exatamente tarefa fácil para a Srta. Schmalzler, mas ela por fim chegou ao ponto mais importante.

– Você ficaria a cargo sobretudo da Srta. Katharina. Tenho que admitir que você estaria fazendo um grande favor à senhora. Principalmente agora que a senhorita se trancou no quarto e não deixa ninguém entrar.

Marie, para falar a verdade, não queria se aprofundar naquela conversa, mas não conteve a curiosidade.

– Por que ela está fazendo isso?

A governanta respirou fundo e fitou Marie demoradamente.

– Se eu lhe disser, Marie, espero poder contar com seu sigilo. Estamos entendidas?

A moça assentiu e concluiu que, no final das contas, Jordan não estava de todo errada: Marie tinha algo a ver com aquela situação.

– Na noite de Natal, o Sr. Melzer proibiu suas visitas ao quarto da senhorita. Ele alegou que uma ajudante de cozinha não tem nada o que fazer no quarto de sua filha.

– Eu… eu entendo – murmurou Marie, esforçando-se ao máximo para não rir.

Por pirraça devido à proibição do pai, a senhorita se trancara no quarto e, então, a Sra. Melzer encontrara um subterfúgio bastante esperto. Uma ajudante de cozinha não tinha nada o que fazer no quarto da senhorita, já uma camareira, sim.

Ela hesitou. Apesar da vontade de dar o passo decisivo que vinha planejando, faltou-lhe naquele momento a determinação necessária. Poderia mesmo abandonar a senhorita? Justo no momento em que ela lutava por sua amizade com tanta insistência e até colocando sua integridade física em risco? Era um gesto corajoso e até mesmo heroico. Marie decidiu apoiar a senhorita em sua luta, até porque ela sempre poderia pedir demissão. Depois, talvez na primavera ou no verão. Afinal de contas, quem em sã consciência vai embora da casa dos patrões justo em janeiro, quando o frio penetra fundo nos ossos?

Poucos minutos se passaram e ela já estava no segundo andar, a postos diante da porta da senhorita. Ao seu lado se encontrava a Sra. Melzer, pálida de preocupação com a filha. Paul, por sua vez, fora procurar o jardineiro para trazer o pé de cabra.

– Não quero de modo algum que meu filho arrombe esta porta. Fale com ela, eu lhe peço. A você ela responderá com educação.

Marie estava comovida, nunca antes vira a Sra. Melzer em tamanho desespero. Ela acenou com a cabeça e se posicionou rente à porta branca do quarto.

– Srta. Katharina? Sou eu, Marie. A partir de agora serei sua camareira.

Ouviram-se passos apressados e um banco ou cadeira tombar. E então a chave deu uma volta. Pela fresta da porta, Marie viu a senhorita de camisola branca e com os cabelos em cachos desgrenhados cobrindo-lhe os ombros.

– Marie! Minha querida Marie! Entre, tenho tanta coisa para contar! Camareira? Que ideia maravilhosa! Que ótimo! Venha, venha. Não fique aí parada. Mamãe querida, você pode pedir para trazerem algo de verdade para eu comer? Há dias venho me alimentando só com os biscoitos de Natal.

A senhorita estava um tanto frenética, mas os quatro dias à base de pães de mel pouco mudaram sua aparência. Ela falava mais que o normal, abraçou a mãe e puxou Marie para dentro do quarto, onde se pôs a tagarelar todo tipo de desatinos para a nova camareira.

– Você é a única pessoa com quem eu posso falar sobre ele. Ele é como um príncipe distante, desses que só aparecem em sonho e que sorriem para você e depois desaparecem na névoa. Ah, Marie, se você soubesse como estou sofrendo e como, estranhamente, estou tão feliz…

22

— Adele é uma deusa, meus amigos. Aquela voz... aquele corpo... A mãe natureza foi muito generosa com ela!

Paul riu com a empolgação do amigo. Todos no camarote estavam de pé para aplaudir os cantores no palco, que faziam as últimas reverências ao público. Era o final de *Die Fledermaus*, de Johann Strauss, uma opereta que celebrava as maravilhas do champanhe. Ou seja, não podia haver melhor pedida para a noite de ano-novo.

– Afastem-se, tenho que tomar impulso. Vamos lá!

Julius Kammer, estudante de medicina, pretendia lançar um buquê ao palco para sua amada Adele, mas lhe faltou força e as flores caíram sobre as cabeças dos músicos da orquestra. Altas gargalhadas foram ouvidas, partindo tanto da orquestra quanto dos camarotes. Apenas Julius apresentava um ar desconcertado, pois a intenção era que as rosas lhe abrissem as portas do coração e do camarim da bela cantora.

– É isso que acontece quando se é sovina demais para solicitar os serviços de um mensageiro.

– Veja só, o rapaz bonitinho da tuba está olhando para você todo interessado! Ele está até pendurando uma das suas rosas no instrumento!

Julius não se incomodou com a brincadeira e forçou alguma descontração em reação à maledicência dos amigos. A encantadora Adele já estava coberta com tantas flores que ele não teria tido qualquer chance de ser notado.

– Só mais meia hora para o ano-novo! Vamos descer? – perguntou Alfons Bräuer. – A primeira rodada de espumante é por minha conta.

– Vocês escutaram isso? A generosidade bateu à sua porta ou o quê?

Paul se divertia com as chacotas que volta e meia fazia sobre seu fiel amigo. Não que isso lhe desse algum orgulho, pois era fácil escarnecer Alfons enquanto ele estivesse apaixonado por sua irmã caçula. Até mesmo o considerável valor da sela ele já havia lhe pagado sem hesitar.

No andar de baixo, a cortina do palco já se fechara e os bastidores eram removidos a toque de caixa para montar as mesas com bebidas alcoólicas e canapés. A orquestra – ao contrário dos cantores – ainda permaneceria no teatro, pois tocariam mais tarde um pot-pourri com diversas operetas, encerrando o evento com ritmos dançantes. O Gögginger Kurtheater era famoso por suas festas e apresentações suntuosas. Sobretudo a burguesia e os jovens se entusiasmavam com a moderna construção de ferro fundido que outrora abrigara um espaço multifuncional de entretenimento e que atualmente servia como casa de espetáculos e teatro. Já os moradores mais estabelecidos de Augsburgo, dentre os quais figuravam o Sr. e a Sra. Melzer, consideravam pouco elegante aquele salão com imensos janelões coloridos. Certa vez, a mãe de Paul descrevera o lugar como um circo. Já o público... melhor nem mencionar.

Paul e seus amigos já estavam prestes a descer ao anfiteatro quando o funcionário do estabelecimento abriu a porta do camarote.

– Podemos entrar? – perguntou Klaus Von Hagemann com sarcasmo. – Decidimos invadir o terreno de vocês. Mas podem ficar tranquilos, amigos. Trouxemos espumante!

Ele estava acompanhado por um amigo de Berlim, o tenente Ernst von Klippstein, um rapaz elegante, de olhos azuis e bigode. Um autêntico prussiano. Eles contavam ainda com a companhia de duas mulheres loiras e bastante atraentes, uma com um vestido furta-cor em tons de verde e a segunda, apresentada por Klaus Hagemann como "a corista", usava azul-celeste.

Um garçom passou com uma bandeja, servindo bebidas. Também em outros camarotes os convidados já tomavam espumante, muitos deles velhos conhecidos que os cumprimentaram com um brinde a distância. Só o público do andar inferior precisava esperar pelo álcool até que os cenários fossem retirados do palco.

– Um brinde a tudo que amamos!

– Um brinde a essas artistas maravilhosas! Principalmente às presentes!

– Ao kaiser e à nossa pátria alemã!

Aquilo só podia ter saído mesmo da boca do tenente Von Klippstein. Um prussiano! Daquele tipo que mal podia esperar para se lançar em uma guerra em nome do kaiser e da pátria-mãe. Não importava contra quem – o mais importante era lutar e receber distinções por isso.

Paul percebeu que a corista não tirava os olhos dele. O rapaz terminou a bebida e perguntou à moça qual parte ela havia cantado. Ah, só no coral mesmo. Ela participara daquela cena do príncipe Orlofsky, bem no cantinho do palco, pouco antes de Adele cantar a ária. Paul havia reparado nela? O rapaz mal conseguiu se lembrar, mas sua interlocutora logo o interrompeu e prosseguiu contando sobre o diretor, os muitos ensaios, sobre as solistas malvadas e as colegas que cantavam no coro da ópera havia trinta anos e estavam prestes a se aposentar. Foi um alívio quando Julius se intrometeu e o livrou da corista tagarela.

– Em dez minutos – disse Von Klippstein, olhando para o relógio de bolso. – Que horas são no de vocês?

– O meu está no conserto – murmurou Paul.

Von Klippstein riu e observou que não era nenhuma tragédia estar sem relógio na noite de ano-novo. Quando fosse meia-noite, qualquer um em Augsburgo saberia.

– Será um ano grandioso – prosseguiu ele, com olhos brilhantes. – Um ano de glórias para nossa pátria-mãe. E também para mim e minha família. Vou me casar em maio.

– Meus parabéns!

Mas que rapaz determinado. Era pouco mais velho que Paul, mas já ambicionava uma carreira militar e escolhera sua prometida tendo em vista planos futuros. Adele Deulitz, filha de um magnata industrial em Berlim. Paul comentou já ter escutado aquele sobrenome em alguma conversa sobre fábricas de máquinas. Von Klippstein estava de visita em Augsburgo e tinha laços familiares com os Von Hagemanns.

– Você não vai acreditar – disse o tenente a Paul, se aproximando, pois o barulho do salão se intensificara.

No andar inferior, as pessoas já corriam em direção ao palco, onde as bebidas e os petiscos finalmente estavam sendo servidos.

– Você não vai acreditar – repetiu Klippstein. – Mas estou me casando por amor.

– Ah! Sério? Então meus parabéns de verdade!

Vejam só. De um momento para o outro, Paul percebeu que o rapaz não era tão sisudo e nem tão friamente prussiano. Ele se apaixonara e seus olhos emanavam felicidade. O jovem tenente estava a ponto de transformar a mulher de seus sonhos em sua esposa. Invejável.

– Ei, Paul. Está quase na hora. Vamos abrir uma janela para vermos os fogos! – interrompeu Julius aos berros.

Ele sacudiu a esquadria dos janelões de vidro, mas logo percebeu que não dava para abrir, o que irritou bastante não só Julius, mas também Alfons. Paul constatou que ambos estavam mais do que alegres devido às taças de vinho que tomaram nos intervalos do espetáculo. Que seu amigo Julius era chegado ao álcool, Paul já sabia. Mas o fato de Alfons – em geral tão comedido – ter se entregue à bebedeira só poderia se dever à decepção. Ele tinha esperança de que Kitty acompanhasse o irmão na festa, mas ela preferira, junto com seus pais e Elisabeth, aceitar o convite para a celebração do prefeito, na qual, com toda a certeza, estaria belamente entediada naquele momento.

Um funcionário do teatro irrompeu no camarote e pediu que os cavalheiros não danificassem as janelas. E completou dizendo que as portas de vidro do térreo seriam abertas em breve, caso os senhores quisessem admirar os fogos. Mas no andar de cima, infelizmente...

Ninguém mais o escutou, pois a orquestra começou a tocar uma fanfarra. Um senhor de fraque, que Paul nunca vira, ergueu os braços de forma solene e o salão se calou.

– Dez... nove... oito... sete...

Todos contaram juntos, taças de espumante foram enchidas às pressas, e Paul percebeu que a corista vinha se aconchegando a seu lado.

– ... quatro... três... dois... Feliz 1914!

Ao escutar "1914", todo o salão gritou empolgado e a fanfarra da orquestra foi abafada pela balbúrdia geral.

– Um brinde ao novo ano! Com tudo de bom e grandioso!

A corista abraçou e beijou as bochechas de Paul sem pudor algum, e o rapaz retribuiu o gesto por obrigação. Em seguida, ela se jogou nos braços dos outros amigos, rindo sem parar. Paul correu em direção ao guarda-volumes para retirar o sobretudo, o chapéu e as luvas, e então foi para o térreo – de fato, as portas estavam abertas e parte do público já estava do lado de fora, contemplando os fogos. Também em frente ao teatro eram lançados foguetes ao céu de inverno, que subiam assoviando e explodiam formando estrelas amarelas ou vermelhas. Por alguns segundos, elas ficavam imóveis, como flores mágicas sobre o fundo negro e logo se dissipavam.

– Não é incrível? – indagou Von Hagemann, que havia seguido o amigo Paul. – Dá para ver o contorno das casas com tanta precisão quando essas coisas acendem no céu. E essas luzes lá em cima parecem árvores de Natal gigantes. Caramba! Acho que esse ano vai ser mesmo grandioso.

Um rojão explodiu perto deles; pessoas gritaram assustadas e, em seguida, riram.

– Sua irmã já falou de mim alguma vez? – perguntou o tenente a Paul, mudando de assunto.

– Qual irmã?

– A mais nova. Katharina.

Apesar do grosso sobretudo, Paul estava morto de frio, e ficar parado não ajudava muito. E, de novo, o assunto era Kitty. Ele não tinha a menor ideia do que ela achava de Klaus von Hagemann e tampouco queria saber.

– Não lembro... Ela tem pintado bastante ultimamente. Poderia até dizer que está obcecada.

E não era mentira. Kitty não largava sua nova camareira e as duas ficavam desenhando sem parar. Marie virara camareira. Quem diria?

– Ela claramente desenvolveu uma séria aversão a mim – prosseguiu o tenente. – Fiquei muito surpreso, porque até há pouco tempo ela me tratava de outro jeito. Acha que há algum motivo para essa mudança repentina de atitude?

Paul deu de ombros. Pelo que parecia, sua irmãzinha mais uma vez estava fazendo os outros sofrerem. Pobre rapaz, ele parecia bastante angustiado.

– Será que ela está apaixonada?

Paul não conteve o riso. Ainda naquela manhã, Kitty estava debochando dos seus pares no baile, referindo-se a eles como "pinguins bigodudos". Mas logo ele percebeu que o tenente não considerara sua risada apropriada e prosseguiu:

– Sim, claro. Cada semana por alguém diferente. Esta semana, segundo eu entendi, foi a vez de um tal de Rafael. Semana passada foi um Michelangelo...

Von Hagemann acompanhava com atenção o voo de um foguete, observando-o explodir e se abrir como uma aranha no céu. Em seguida, ele chutou um pedrisco à sua frente, lançando-o dentro de um canteiro e, finalmente, se dirigiu para o interior do teatro sem se despedir. Já era possível ouvir as primeiras notas de uma opereta – a orquestra começara a tocar o pot-pourri anunciado que, entretanto, mal se conseguia ouvir devido à algazarra e ao tilintar das taças. Quando ele se virou, um jovem casal estava na entrada do salão aos beijos, alheio ao que acontecia ao redor.

– Ah, aí está você, Paul. Suba com a gente até o camarote.

Julius cambaleava ligeiramente, o que não significava nada; ele era capaz de consumir generosas quantidades de álcool sem embriagar-se de verdade.

– Chamamos duas senhoritas do balé. Você vai ficar de queixo caído! – comentou, deslumbrado. – Além disso, a corista loira já perguntou por você duas vezes.

– Eu tenho um compromisso – mentiu Paul. – Talvez eu passe lá mais tarde.

– Ora veja – comentou Julius com uma pontinha de inveja. – Então divirta-se!

– Você também, amigo.

Paul se sentiu liberto enquanto caminhava ao ar livre em direção à estação de táxi. Ele hesitou por um momento e decidiu tomar uma carruagem. Disse o destino ao cocheiro e subiu no veículo. Na verdade, a mansão não ficava longe e era possível ir a pé. A passos rápidos, a jornada duraria cerca de meia hora. Ele conhecia bem os arredores entre Augsburgo e Göggingen. Quando era adolescente, Paul frequentava a região com seus colegas – tomavam banho nos riachos ou pescavam no verão e patinavam no inverno. Todos aqueles prazeres na verdade eram proibidos, mas qual menino obedecia às regras naquela época?

Nem cinco minutos haviam se passado a bordo da carruagem quando ele percebeu que sua escolha fora infeliz. O veículo era uma velharia que andava pelas ruas aos trancos e barrancos, com o estofado desgastado e um odor de mofo insuportável. Paul abriu uma janela e respirou fundo o ar frio da noite, que cheirava a pólvora. Ao longo de todo o caminho foguetes riscavam o céu e exibiam suas cores deslumbrantes, reivindicando para si o céu escuro da noite de ano-novo.

Quanto mais a trôpega carruagem avançava, pior se tornava o humor de Paul. Em alguns dias, ele teria que retornar ao seu pequeno quarto em Munique e dar continuidade aos estudos. Não tinha a menor vontade de voltar para aquilo. Por sorte, conseguiu dar um jeito de corrigir a burrice de deixar o relógio na casa de penhores. O rapaz sentiu vergonha pela própria ingenuidade e se lembrou de quando o pai o chamou de imbecil. Ele ficara furioso por ter sido repreendido daquela maneira, sobretudo porque os funcionários estavam presentes e, segundo sua percepção, logo começaram a fazer cara de deboche. O sentimento de indignação daquele dia voltou.

Paul se ajeitou no assento desconfortável da carruagem e abriu um pouco mais a janela.

É óbvio que o pai tinha razão. Os cálculos estavam errados e ignoravam vários fatores importantes. Na bronca, o pai não deixara de expressar sua decepção e aquilo foi o que mais machucou Paul. Como ele acreditou ser capaz de resolver aquela tarefa em cinco minutos? Ele se sobre-estimara além do aceitável e, por isso, tinha que aguentar as consequências. Foi duro. Desnecessariamente duro.

Sem êxito, ele tentou evitar os pensamentos negativos. Lidar com o pai não era fácil, ele sabia disso desde que nascera. Mas, apesar de tudo, ele o amava. Naqueles dias especialmente problemáticos na fábrica, o pai só chegava tarde na mansão, e Paul sofria terrivelmente por não poder estar ao seu lado. Duas máquinas estavam em pane, uma terceira funcionava com defeito e o conserto não estava dando resultado. Já os prazos, por sua vez, iam ficando cada vez mais apertados. As entregas estavam atrasadas e os clientes, perdendo a paciência. Tudo aquilo ele ficara sabendo não pelo pai (que mal abria a boca quando chegava em casa para comer, apressado), mas pelo supervisor Huntzinger, quando o encontrara no portão da fábrica e lhe perguntara a respeito.

– Antigamente essas coisas não aconteciam – vociferava o homem. – Naqueles tempos, o Sr. Burkard fazia a revisão das máquinas e quando uma dava defeito, ele consertava rapidinho.

– O Sr. Burkard?

– Isso. Foi ele quem montou quase todas as máquinas aqui. Ele era gente boa, entendia muito de mecânica. Trabalhava com máquinas de costura e bicicletas também.

Paul teve que forçar a memória para se lembrar de onde conhecia aquele nome. E então lhe ocorreu que o supervisor se referia a Jakob Burkard, o antigo sócio do pai, falecido havia muitos anos e mais ou menos da mesma idade do bom e fiel Huntzinger, que já não era nenhum garoto.

Ao avistar a mansão no final da alameda, Paul se sentiu estranhamente aliviado e ansioso por chegar. As luzes de fora estavam acesas, assim como as de várias janelas do térreo, onde ficavam as áreas de serviço. Já o primeiro andar estava totalmente escuro e, no segundo, havia apenas uma solitária luz acesa – devia ser o quarto de Kitty. Seu pulso acelerou e ele quase sentiu vontade de assoviar uma canção.

A carruagem parou em frente aos degraus do pórtico. Paul saltou rapidamente do veículo e até deu uma generosa gorjeta ao cocheiro. Assim, o velho poderia ter alguma alegria e ainda fazer um agrado ao seu pangaré. Qualquer um notava que os dois não continuariam muito tempo em serviço: a idade já pesava para o cocheiro e o cavalo, que certamente já haviam vivido tempos melhores.

Com o chapéu e as luvas na mão, Paul subiu os degraus e, em vez de tocar a campainha, pegou a chave e abriu a porta. Por que não tentar? Ele não queria nada de mais. Apenas alguma proximidade, uma conversa agradável, observar seus olhos e sentir o imenso abismo entre os dois. Ele queria se esquecer de tudo por um momento... O átrio estava na penumbra e parcamente iluminado apenas por um candeeiro a óleo, pendurado perto da escada que servia para os funcionários encontrarem o interruptor das lâmpadas elétricas. Ninguém pareceu perceber sua chegada. Os empregados deveriam estar na cozinha comemorando o ano-novo. Ou, lhe ocorreu repentinamente, era possível que alguns deles tivessem saído para comemorar com amigos ou em família. Mas quem exatamente? E eles já não deveriam estar de volta? Paul se lembrou do bar horrível na cidade baixa e de Marie sendo arrastada pelo chão pelo brutamontes. Ela não seria capaz de voltar àquele lugar, seria? Não, ela lhe prometera que não. Mas quem disse que cumpriria sua promessa?

– Nunca! Pode chorar e espernear. Nunca na minha vida vou fazer isso!

Aquelas frases coléricas vindo da cozinha alcançaram o ouvido de Paul quando ele mal havia posto os pés na escada. Pela voz, parecia ser Robert. Paul se deteve por um momento, mas não achou certo espreitar as conversas dos empregados e decidiu subir. O tapete amortecia o barulho de seus passos.

– Então prefere parar na cadeia, é? Ou no olho da rua? Porque ninguém mais vai te contratar com isso nos seus registros...

Era Auguste. Ele se surpreendeu com quão ameaçadora ela podia soar, pois só conhecia o sorriso inocente e submisso da moça.

– Pode parar com isso. Ninguém pode provar nada. Você menos ainda.

Naquele momento, Paul ficou parado, aguçando os ouvidos. Alguma história podre parecia ter acontecido. E justo com Robert, a pessoa de quem ele menos esperaria algo de errado.

– Eu posso jurar no tribunal – insistiu Auguste, baixando a voz. – Você escondeu a carta da senhorita e levou outra aos correios. Aquela, que estava no bolso do seu casaco.

– Não seja ridícula, Auguste. Por que eu faria isso? O que me importam as cartas da senhorita?

Paul escutou a risada breve e entrecortada de Auguste. Parecia que a moça estava tossindo.

– Por quê? Mas isso é óbvio! Porque você não queria que ela escrevesse uma carta de amor ao tenente Von Hagemann. Você está cego pelo ciúme, e trocou a carta dela por outra que você mesmo escreveu. Talvez tenha até imitado a letra da senhorita e falsificado a assinatura dela. Sabia que vão colocar você no xadrez se isso vier à tona?

– Isso é a mais pura mentira! Você é quem está cega de ciúme e está inventando essa farsa. Quem vai acreditar nessa maluquice? Ninguém! E tudo isso vai se voltar contra você, Auguste.

– Se você se casar comigo, Robert, eu posso esquecer essa história – implorou Auguste, alterando o tom de voz. – Eu só estou fazendo isso porque estou vendo você se perder em um amor infeliz. Você acha mesmo que...

– Psss! – sussurrou ele. – Silêncio. Alguém chegou.

– Como assim alguém chegou? Está tudo escuro.

Paul sentiu um mal-estar quando viu Robert aparecer no átrio, vindo da cozinha. Era ridículo ter que se esconder do próprio criado, mas a situação seria extremamente embaraçosa caso Robert percebesse que ele estivera escutando a conversa. Paul se agachou lentamente, permanecendo camuflado na sombra do corrimão até Robert deixar o recinto.

Depois, sem muita pressa, subiu a escada enquanto pensava sobre o que havia escutado. Paul não conseguia tirar nenhuma conclusão, mas ao que parecia, o pobre Klaus von Hagemann recebera uma correspondência falsificada. Caso o assunto surgisse, ele iria perguntar a Kitty sobre a tal carta, mas – se ele bem conhecia a irmã – com certeza ela não escrevera carta de amor alguma ao tenente. Na verdade, aquela história toda não tinha a menor importância, a única parte grave era que Robert cometera uma fraude. Eles se iludiram sobre o rapaz e seria necessário falar com sua mãe a respeito. Mas mais tarde, pois naquele momento ele tinha outros planos.

Paul foi até o salão vermelho, ligou as luzes e tocou a campainha elétrica para chamar o serviço. Robert não demorou nem um minuto para subir as escadas.

– Senhor... não o ouvimos chegar. Feliz ano-novo!

O criado estava nitidamente nervoso, e Paul fingiu bom humor para acalmá-lo.

– Igualmente, Robert. Que todos os nossos sonhos e desejos se realizem este ano.

Sorrindo, Robert esboçou uma reverência e ficou calado. Estaria o criado tentando adivinhar se o jovem patrão escutara alguma conversa inadequada para os seus ouvidos?

– E os outros? Ainda estão na rua ou já estão dormindo?

– As senhoritas e os pais de vocês ainda estão fora. Mas não acredito que vão tardar muito a chegar.

– Também acho que não – opinou Paul em um tom alegre. – Você pode trazer espumante e umas taças para darmos um último brinde ao novo ano?

– Com certeza, senhor.

Enquanto esperava por Robert no salão vermelho, Paul teve a sensação de que o tempo se estirava ao infinito. O criado trouxe duas garrafas de espumante em um balde de prata com pedras de gelo picado por ele mesmo.

– Pode colocar ali, eu mesmo me sirvo. Obrigado.

Ele esperou Robert sair do salão para abrir uma das garrafas e, em seguida, encheu duas taças. O espumante ainda estava quente e fez demasiada espuma, e Paul teve que ficar completando as taças. Impaciente, o rapaz correu até a janela – aquilo ali era um automóvel vindo no sentido da mansão? Não, felizmente ele se enganara. Com as duas taças na mão, ele cruzou o corredor e, sem derramar uma gota sequer, subiu apressado a escada que levava ao segundo andar. Paul então colocou as bebidas sobre um aparador.

Seu pulso estava acelerado e não era por conta da corrida até o andar superior. Ele bateu à porta.

Nada. A ideia de que Kitty talvez se esquecera de apagar a luz antes de sair o assombrou. Ele voltou a bater, porém um pouco mais forte. E de novo, nada. Determinado, Paul abriu a porta.

Lá estava ela! Em pé com o bloco de desenho diante do cavalete sobre o qual pousava um livro aberto. Veja só, ela estava copiando uma fotografia do famoso *David*, de Michelangelo.

– Senhor… Perdão, eu… eu estava tão distraída…

Aqueles fascinantes olhos escuros o miravam tão aterrorizados como uma corça encurralada.

– Não se assuste, Marie. Sou eu que tenho que me desculpar. Eu que estou invadindo o espaço alheio.

Marie com certeza o escutara, mas havia suposto que ele iria embora caso ela não respondesse. Ele deu alguns passos quarto adentro para ver seu desenho, mas ela o escondeu enrubescida às costas e fechou o livro com um movimento rápido. Tudo porque ela estava desenhando um jovem nu? Paul achou a timidez graciosa. Sim, de fato, a moça havia dito a verdade naquele dia na cidade baixa.

– Uma artista não pode esconder suas obras. A arte é para todos. Até mesmo para mim.

– Eu não sou artista, senhor. Eu só desenho porque a senhorita me pede. Ela me dá aulas e eu faço as tarefas.

Ali estava uma faceta desconhecida de sua irmã. Kitty, a rigorosa professora de desenho. Kitty, de fato, era uma caixinha de surpresas.

– Mas não fiquemos aqui parados – sugeriu ele, descontraído. – Por que não brindamos ao ano-novo?

Como em um passe de mágica, ele apareceu com as duas taças cheias e entregou uma a Marie. Ela recusou.

– Agradecida, senhor. Mas, por favor… eu prefiro não beber.

Ela está fazendo cerimônia, pensou Paul. Mas esperemos. Meu Deus, como ela está bonita com suas roupas novas. Será que está usando cinta por baixo? Aposto que sim.

– Você não vai poder me negar um golinho pelo ano-novo. Vamos, seja uma boa menina e pegue esta taça. Isso, assim…

Ela segurou a fina haste de maneira graciosa, como se a taça tivesse sido criada para ressaltar a beleza de seu braço e de sua pequena mão. Naquele momento, ela sorriu, e o olhar penetrante de seus olhos escuros o deixaram mudo por um momento. Marie – o nome reverberava em sua cabeça. Marie, Marie…

– Então brindemos ao senhor – disse ela com firmeza. – E a sua família. Que este seja um ano de paz e felicidade para todos vocês.

– E a você também, Marie. À convivência feliz de todos nós nesta casa.

As taças produziram um delicado som agudo ao se encontrarem. Paul, então, se divertiu ao descobrir que Marie nunca tomara espumante. Após um gole insignificante, a moça franziu o nariz e se deu por satisfeita.

– Conte-me mais sobre suas aulas – pediu ele. – Eu gostaria de ver o que você já andou pintando.

– Será um prazer, senhor. Mas não agora. Quando a senhorita voltar, vamos poder conversar mais à vontade.

– Ela não deve demorar. Vamos esperá-la aqui e podemos conversar enquanto isso.

– Não vai ser possível, senhor.

Apressando-se, ele sorveu o espumante, esvaziando a taça. Então impediu a passagem de Marie, que estava decidida a escapulir para o corredor. Ela se deteve perto de Paul, sem saber o que fazer. Provavelmente esperando que ele lhe cedesse passagem. Mas não foi o que aconteceu. O rapaz era persistente, o sangue lhe subia às têmporas. Há dias e noites ele só pensava nela. Marie, Marie, Marie...

O rapaz a envolveu nos braços e a sentiu estremecer. A vontade de beijá-la o tomava por completo. A maciez da pele, os lábios luminosamente vermelhos, como se...

– Não! – disse ela em um tom que inviabilizava qualquer contestação. – Não quero que o senhor faça isso.

Marie estava petrificada nos braços de Paul, dura e fria como o mármore que acabara de retratar em seu desenho. Ele a soltou e se afastou, assustado com o olhar colérico da moça.

– Eu não quero, pois sei que isso não vai dar em nada que preste. Boa noite, senhor.

Sem pensar mais, Paul abriu caminho e Marie saiu do quarto. Por alguns instantes, ele permaneceu imóvel na entrada do cômodo e escutou a jovem fechando a porta da escada de serviço. Então Paul se virou e ficou observando o corredor escuro e vazio.

Marie lhe dera um fora com todas as letras.

então, se divertiu ao descobrir que Marie nunca tomara champanhe. Após um gole insignificante, a moça franziu o nariz e se deu por satisfeita.

– Conte-me mais sobre seus amos – pediu ele. – Eu gostaria de ver o que você já andou reparando.

– Será um prazer, senhor. Mas não agora. Quando a senhorita voltar, vamos poder conversar mais à vontade.

– Ela não deve demorar. Vamos esperá-la aqui e podemos conversar enquanto isso.

– Não vai ser possível, senhor.

Apressando-se, ele serviu o espumante, estalando a taça. Então impediu a passagem de Marie, que estava decidida a escapulir para o corredor. Ela se deteve perto de Paul, sem saber o que fazer. Provavelmente esperando que ele lhe cedesse passagem. Mas não foi o que aconteceu. O rapaz era [illegible]

[illegible]

– Não! – disse ela em um tom que inviabilizava qualquer contestação – [illegible]

[illegible]

– Eu não quero, pois sei que isso não vai dar em nada que preste. Boa noite, senhor.

Sem pensar mais, Paul abriu caminho e Marie saiu do quarto. Por alguns instantes, ele permaneceu imóvel na entrada do cômodo e escutou a jovem fechando a porta da escada de serviço. Então Paul se virou e ficou observando o corredor escuro e vazio.

Marie lhe deu um fora com todas as letras.

Parte III

Inverno de 1914

23

— Não acho que seja uma boa ideia, Kitty.

Alicia pigarreou várias vezes para aliviar a irritação na garganta e tomou um gole de café quente. Desde aquela manhã sua voz estava rouca e, além disso, a cabeça e a garganta doíam. Apesar do grosso casaco de pele, a mulher praticamente congelara dois dias atrás na varanda. Mas ela teria preferido virar um bloco de gelo do que abandonar seu posto e perder o final do discurso de ano-novo que Johann dera aos funcionários. Robert e Gustav distribuíam aguardente acompanhada de pães e chocolate quente. Ah, foi mesmo fascinante a maneira como toda aquela gente aplaudia o diretor e desejava vida longa ao casal Melzer enquanto brindavam, todos juntos, ao ano vindouro. Os funcionários eram, de fato, de uma lealdade sem igual. Com algumas pequenas exceções, obviamente. Mas isso havia em qualquer lugar.

– Como não, mamãe? – perguntou Kitty com a insistência que lhe era característica. – Só precisamos que Robert nos leve e podemos pegar um táxi na volta.

É claro que ela só falara sobre aquela ideia em voz alta depois que o pai já havia terminado o café da manhã e saído da sala. Johann teria proibido tal programação sem pestanejar, com um sonoro "não e acabou".

– Você quer ir com Marie ao museu? – intrometeu-se Elisabeth.

– Na exposição de arte da igreja de Santa Catarina. Qual o problema? Marie é uma pintora talentosa e a estou ensinando. Queria que ela aprendesse sobre os diversos estilos de pintura.

– Nossa ajudante de cozinha agora precisa estudar pintura – debochou Elisabeth, às gargalhadas. – Às vezes eu me pergunto o que se passa na sua cabeça, Kitty. Será que não estão faltando uns parafusinhos aí?

Kitty partiu para o contra-ataque, dizendo que Marie não era ajudante de cozinha, e sim sua camareira. Além disso, era Elisabeth quem vivia para cima e para baixo com suas amigas, pedindo que a levassem ora à casa de Dorothea, ora à de Serafina e que, portanto, não tinha o menor direito de...

– Podemos conversar sobre isso com mais calma, por favor? – intercedeu Alicia. – Até porque minha voz não está das melhores.

Imediatamente as duas filhas mostraram preocupação pela saúde da mãe. Elisabeth sugeriu água quente com limão e Kitty lembrou do lenço morno na garganta e do chá de sálvia dos tempos do jardim de infância.

– Robert! Onde é que esse rapaz se meteu?

– Está tudo bem, Lisa – apaziguou Alicia. – Daqui a pouco eu vou me deitar e tomar um chá de sabugueiro.

Robert abriu a porta sem produzir o menor ruído. Em uma bandeja, ele trazia um bule de chá e um pequeno frasco de creme.

– Diga à cozinheira para esquentar uma limonada com mel – ordenou-lhe Elisabeth.

– Com prazer, senhorita. Só não estou seguro se ainda temos limões. Não achei nenhum para o chá.

Então o criado fez o malabarismo que Kitty sempre acompanhava com empolgação. Com uma mão, retirou o bule vazio do *réchaud* enquanto, com a outra, segurava a bandeja com o bule cheio. Em seguida, ele colocou o bule vazio ao lado do cheio, equilibrando os pesos e, então, pegou da bandeja o bule cheio, posicionando-o sobre o *réchaud*. Qualquer pessoa – assim pensava Kitty – teria derrubado a bandeja. Para Robert, contudo, aquilo parecia brincadeira de criança e, provavelmente, ele conseguiria fazer o movimento até de olhos fechados.

– Ah, sim, Robert – disse Kitty. – Você acha possível nos levar à cidade hoje? Estou perguntando porque sei que ontem à noite nevou de novo.

Elisabeth lançou um olhar escandalizado para a mãe, mas Alicia deixou Kitty prosseguir. O importante era não brigar na frente dos funcionários.

– Com toda a certeza, senhorita – respondeu Robert de imediato, fazendo o bule de chá vazio se mover um pouco na bandeja. – Gustav e eu retiramos a neve hoje bem cedo. E o caminho para os veículos já deve ter sido aberto na cidade. Aonde a senhorita gostaria de ir?

– Obrigada, Robert – interrompeu Alicia. – Mais tarde nós lhe diremos.

– Perfeitamente, senhora.

Ele disfarçou a decepção com uma expressão solícita e assumiu ainda a tarefa de providenciar chá de sabugueiro antes de sair da sala de jantar, levando os talheres usados pelo Sr. Melzer.

– Veja só como tudo vai casar direitinho, mãe! – exclamou Kitty, contente. – Robert pode nos levar à igreja de Santa Catarina e, na volta, ele passa na loja de artigos das colônias para comprar limão. Todo mundo vai sair ganhando. E, aliás, você tem razão, Lisa. Suco de limão é a melhor coisa contra o resfriado.

Elisabeth revirou os olhos em direção aos ornamentos em estuque do teto e Alicia suspirou, resignada. Não, naquela manhã ela estava se sentindo muito fraca para contrariar Kitty energicamente. E a lembrança da última briga, com a jovem trancada dentro do quarto, ainda estava muito viva em sua memória.

– Mas pelo amor de Deus. O mínimo que eu peço é que você trate Marie como uma funcionária caso vocês encontrem algum conhecido. E não estou dizendo isso à toa, Kitty. Todos nós achamos sua relação com Marie um pouco... liberal demais.

Kitty estava felicíssima e preferiu não entrar em conflitos desnecessários. Era óbvio que ela não trataria Marie como uma boa amiga. Pelo menos não em público. Marie tampouco estaria de acordo, pois ela sabia muito bem seu lugar. E, sim, depois de sua pequena vitória ela se dispôs a comer, para a alegria da mãe, que vivia com medo que a filha morresse de fome.

Elisabeth serviu-se de chá e olhou com inveja para a irmã, que devorava um pãozinho com manteiga e presunto. Como era possível aquela menina não engordar um grama sequer enquanto comia tudo a sua volta? Já Elisabeth precisava só olhar para um pedaço de pão para a cintura aumentar alguns centímetros.

– Vou me retirar – avisou Alicia, pigarreando novamente. – Alguém vai querer o jornal? Não? Então vou levá-lo lá para cima.

Enquanto Alicia se dirigia ao seu quarto para tomar o chá quente de sabugueiro contra seu princípio de resfriado, Kitty correu em direção à janela para averiguar se a alameda coberta de neve permitiria a passagem do automóvel. De fato, a via já estava limpa até o portão do jardim e, naquele exato momento, Gustav desobstruía a pista que atravessava o parque. Ele movia a pá com movimentos harmônicos e vigorosos e não dava sinal de cansaço. Que rapaz musculoso! Katharina podia ver o vapor de sua respiração. Atrás da moça, Robert retirava a mesa do café da manhã com tamanha destreza que raramente se escutava o tilintar das louças.

– Eu queria ir com Marie à igreja de Santa Catarina às onze horas.

– Então temos que sair às dez e meia, senhorita.

Ela cruzou o corredor com ligeireza, correu escada acima e percebeu o coração batendo mais acelerado que o normal. Claro, ela havia subido muito rápido. E talvez tivesse bebido chá demais. Teria sido melhor tomar café, pois o chá a deixava inquieta. Céus, como ela estava agitada.

Surpresa, ela escutou vozes saindo de seu quarto. Era Marie. E então a Srta. Schmalzler. O que ela estava fazendo ali? E, para completar, ouviu Jordan gritando. Inacreditável! Quando Katharina entrou, não viu ninguém. As três deviam estar no quarto de vestir. Ela olhou para o relógio de pêndulo sobre a cômoda e viu que ainda faltavam duas horas para as dez e meia. Kitty considerou por uns instantes colocar fim na discussão que se passava no cômodo ao lado, mas concluiu ser mais interessante escutar um pouco mais.

– O guarda-roupa da Srta. Katharina é meu território – bradava Jordan. – É assim desde que cheguei aqui.

– São ordens superiores e você vai ter que obedecer, Jordan – disse Schmalzler serena, porém assertiva. – A partir de hoje você vai cuidar da senhora e da Srta. Elisabeth. Marie ficará responsável pela Srta. Katharina.

– Ela vai destruir tudo! – descontrolou-se Jordan. – Ela não tem ideia de como cuidar de um vestido de seda. Um vestido de baile. Um conjunto para usar à tarde. Sem falar na roupa de baixo. Ela por acaso sabe passar?

– Já lhe disse várias vezes que eu mesma vou ensinar tudo a Marie – respondeu a governanta, com a impaciência já transparecendo na voz. – Não precisa se preocupar.

Kitty se sentou em uma das poltronas azul-claras. A conversa estava de fato muito elucidativa. Ela não gostava nada de Jordan, aquela mulher era falsa e fofoqueira.

– Você sabe que não sou a única que acha isso – disse Jordan, revoltada. – Todos os funcionários receberam essa promoção como um tapa na cara. A pessoa se dedica por anos a esta casa, batalha, aprende tudo direitinho e, aí sim, conquista um cargo mais alto. Mas essa Marie… essa aí nasceu com o traseiro virado para a lua. Conseguiu subir em poucas semanas. Mas não vou falar mais nada. Não sou invejosa. Eu não. Não preciso disso.

– E não precisa mesmo, Srta. Jordan. Você teria agora a bondade de nos deixar a sós fazendo nosso trabalho?

– Pois bem, vou embora. Mas vou lhe dizer uma coisa, Srta. Schmalzler. Eu não vou ser a palhaça que virá acudir caso a nova camareira não dê conta do serviço. Ela sabe costurar? Não vou ajudá-la em nada!

– Eu sei costurar muito bem, Srta. Jordan.

Era a voz de Marie. Ah, Deus, a quantidade de maldades que a coitada tinha que ouvir... Kitty ficou furiosa. Se a mãe não fosse tão apegada a Jordan, ela mesma colocaria aquela brigona no olho da rua imediatamente. Pelo menos ela tomou um susto bem dado quando saiu do quarto de vestir e se deparou com a senhorita diante dela.

– Às... às suas ordens... senhorita – gaguejou Jordan, vermelha de vergonha. – Eu só queria ver se estava tudo em ordem com os seus trajes e dar umas dicas úteis a Marie.

– Sim, claro – respondeu Kitty com frieza. – Eu ouvi tudo muito claramente. Espero que de agora em diante você trate Marie com mais educação, Srta. Jordan.

– Certamente, senhorita – murmurou ela. – Desculpe-me se às vezes eu perco a cabeça.

Kitty acenou majestosamente. O papel da princesa autoritária não lhe caiu mal, e ela acenou em direção à porta.

– A propósito, eu não preciso mais de você. Mas acho que mamãe sim. Ela foi se deitar porque está começando a se resfriar.

– Certo... peço perdão...

Ela parecia aliviada ao se retirar daquele lugar que servira de palco para seu papelão. Já a governanta contornou a situação constrangedora com bastante compostura, desculpou-se pelo incômodo e chegou a colocar panos quentes na explosão de Jordan.

– Não leve o mau humor dela a sério. Não é fácil para Jordan ter que abrir mão de parte do trabalho. Mas ela com certeza vai se adaptar.

– É o que espero!

Kitty esperou que a Srta. Schmalzler saísse para cobrir Marie com seus planos para o futuro. A partir daquele dia, as duas iriam visitar todos os museus da cidade de Augsburgo, bem como a prefeitura e algumas das igrejas maiores. A intenção era fornecer uma robusta formação em história da arte, o que, do seu ponto de vista, era importante quando se tinha tanto talento. Marie deveria levar bloco e lápis para copiar alguns desenhos. Como Kitty testemunhara na época da escola de artes, ela aprenderia muito com isso. Por um momento ela se viu tentada a oferecer à amiga um de seus conjuntos de tweed, mas desistiu. Desde que fora promovida, Marie usava a roupa padrão de camareira: saia de corte reto até o chão e blusa preta adornada por, no máximo, uma joia discreta – que ela, aliás, ainda não possuía. Marie vinha usando o cabelo preso em um coque, o que a deixava mais madura e também adorável. Não, justo naquele dia Marie não podia estar mais bonita do que já era e, menos ainda, parecer-se com uma jovem dama. Kitty tinha seus motivos, que, aliás, não estavam relacionados com as recomendações da mãe.

– Às dez e meia saímos – anunciou ela, olhando para o relógio. A seu ver, o ponteiro dos minutos se movia devagar demais. – Mas antes eu vou tomar um banho de banheira e fazer uma trança. O óleo de rosas, Marie. E o sabão que está no armário. Aquele com o desenho de rosa.

Marie retirou-se obedientemente para deixar tudo preparado. Meu Deus, por que o tempo não passava logo? A voz rouca de sua mãe se fazia ouvir no corredor e, ao que parecia, ela também pretendia usar a banheira. Kitty suspirou, infelizmente ela teria que ceder.

Os minutos transcorriam com uma lentidão excruciante. Ela começou a desenhar, mas não podia se concentrar. Kitty desceu até o salão vermelho, ligou o gramofone para escutar a ária de *Turandot* e percebeu que Enrico Caruso era muito superestimado. Sua voz rouca era um horror, mas talvez fosse por causa do gramofone ou de sua própria impaciência. Ela subiu, instruiu Marie a trazer esse ou aquele conjunto do quarto de vestir, examinou suas botinas e não conseguia se decidir. O amarelo-escuro com detalhes em veludo? Será que não era muito chamativo? Talvez a saia bege com blusa e o casaco longo azul-escuro? Não, ela ficaria parecendo uma funcionária de escritório. Melhor o vermelho-escuro, aquele sim era o que melhor a vestia. E na cabeça um pequeno chapéu com um diminuto véu em tule e o cabelo não totalmente preso, mas com alguns cachos soltos.

Ao chegar no átrio, ela precisou esperar por Robert enquanto a cozinheira lhe entregava uma lista de compras de última hora. Era preciso passar também na farmácia para comprar aspirina para a senhora.

– Mil perdões, senhorita – disse ele, ofegante, quando finalmente apareceu. – Mas não se preocupe, chegaremos a tempo.

– Meu Deus – intercedeu Marie. – Foram só uns minutinhos. Afinal não tem ninguém nos esperando, né?

– Só a sagrada arte nos espera – contestou Kitty, orgulhosa por ter pensado naquela tirada.

Robert fez o que pôde. O rapaz dirigiu a toda a velocidade pela alameda até o portão do parque, fez a curva cuidadosamente para pegar a avenida e, então, se viu obrigado a reduzir a velocidade. A neve começava a derreter e o asfalto estava repleto de poças de óleo. Já nos trechos à sombra, a neve se transformara em gelo, o que representava um grande perigo de derrapagem.

– Fique tranquila, senhorita. Quando chegarmos à cidade a situação vai melhorar. Segure-se firme para não se machucar.

Várias carroças cruzaram o caminho deles e os cocheiros xingavam toda vez que o automóvel passava rente aos cavalos.

– Se você machucar meus bichos, vou quebrar esse seu caixote fedido de ferro todinho!

O coração de Kitty estava disparado. Ela pegou a mão de Marie, feliz por ela estar tão despreocupada.

Após passarem pelo Portão de Jakob, a viagem ficou mais tranquila, pois a neve já fora dissipada pelos inúmeros veículos. Robert subiu a Jakobstraße até o Perlachberg, onde os três se viram repentinamente imprensados em um caos de automóveis, carroças, pedestres e charretes. Nem o bonde conseguia avançar, e o condutor pouco ajudava, tocando a sineta enquanto dizia impropérios.

– O que está acontecendo? Meu Deus! O que todo mundo está fazendo aqui?

– Deve ter acontecido algum acidente, senhorita. Vou perguntar.

– Espere! Não vá embora! – gritou Kitty quando Robert abriu a porta e desceu do veículo.

– Ele já vai voltar, Srta. Katharina – disse Marie, sorrindo. – Olhe só! Ele está falando com o motorista daquele automóvel.

Kitty estava decidida a seguir a pé caso necessário, mas Robert voltou e avisou que em frente à prefeitura uma carroça carregada com barris de cerveja havia virado. Os barris saíram rolando em todas as direções, danificando dois automóveis. Havia também alguns pedestres feridos.

– E o que faremos agora? – indagou Kitty, amedrontada. – Vamos ter que voltar?

Robert ajeitou a boina e sorriu, decidido. Ele pediu que as senhoritas se segurassem firme, pois ele iria fazer um caminho alternativo. O carro virou à esquerda, passou entre um táxi e um bonde e entrou em uma viela estreita. Avançou aos solavancos por vários becos e chegou – sabe-se lá como – à Maximilianstraße. Haviam conseguido desviar da praça da prefeitura. Vários táxis e automóveis os seguiram, os motoristas acenavam uns para os outros e buzinavam com prudência. Robert estava radiante, orgulhoso de sua empreitada.

– Nada mau – elogiou Kitty. – Olhe só, Marie. Daqui já dá para ver a torre de Perlach e a prefeitura. Você não acha lindas essas cúpulas em forma de cebola? Dizem que esse prédio é imponente, mas para mim ele é meio quadradão e insosso. Estilo clássico, dá para perceber por aqueles triângulos estreitos em cima das janelas. Tudo reto, simétrico, as duas alas saindo do centro. Sem graça demais. Mas tem seu refinamento...

Kitty estava tão acelerada que não conseguia parar de falar. Não importava o que, apenas palavras e frases a esmo. Arranhando com as unhas o estofado do encosto do banco do carona, de repente ela percebeu a quantidade de bobagens que estava dizendo e riu de si mesma.

– Veja, Marie. Agora estamos na cidade alta. Acho que você não costuma andar muito por aqui, não é?

– Nunca tive muita coisa para fazer por aqui, senhorita.

Ela não deu tempo para Marie formular uma resposta mais detalhada e continuou falando. A camareira conhecia a fonte de Augusto? Não? Augusto fora um imperador romano, era importante lembrar disso. E lá longe dava para ver a delgada torre de Santo Ulrico. E já reparara que a Maximilianstraße era estranhamente larga e imponente? Era tudo simbólico: a igreja e a burguesia foram os poderes que fizeram a cidade crescer. Bom, pelo menos – e começou a gargalhar – foi o que tinham lhe ensinado na escola.

O carro continuava avançando; dava para ver meninos removendo a neve das calçadas e mulheres com compras desviando das poças com cuidado. Atrás deles se aproximava o bonde, que, pelo jeito, conseguira escapar da confusão no entorno da prefeitura.

– Estamos quase chegando, Marie. Ali na frente, onde está a fonte de Mercúrio, vamos pegar a esquerda na Hallstraße. Você sabe quem é Mercúrio? Não, não foi imperador de Roma. Mercúrio era muito mais, ele era um deus. O deus dos comerciantes e dos ladrões. E também o mensageiro, com asas nas sandálias. Mercúrio, escute bem esse nome, Marie. Até porque ele era um deus jovem e belíssimo, com olhos pretos como piche e cabelos ondulados. E quando ele se apaixonava, faíscas douradas saltavam de suas pupilas.

Mais uma vez ela desatou a rir. Meu Deus, quanta maluquice Kitty estava falando! O que Robert pensaria dela? Mas o que lhe importava Robert? Ele era apenas um funcionário. E Marie, sua doce Marie, ela sim estava entendendo tudo, com certeza.

A igreja de Santa Catarina, que abrigava a exposição de arte, parecia modesta em comparação com o palácio Schaezler, suntuosamente branco. Ao desembarcar do carro, Kitty contou que os Schaezlers eram uma família muito esnobe e que evitavam contato com os emergentes do setor industrial. Observou também que o interior do palácio estava decorado como um castelo de conto de fadas, bem no estilo barroco, com muito ouro e espelhos de cristal para dar a ilusão de aumentar o salão.

Ela instruiu Robert a seguir viagem para providenciar as compras da casa. Não, ele não precisava buscá-las. Elas tomariam um táxi. Katharina pagou as entradas ao senhor de bigode que estava encarregado do caixa. Ambas mantiveram os sobretudos ao entrar, pois o aquecimento das salas estava desligado para preservar as pinturas.

– Está vendo, Marie? Aqueles ali são alguns dos quadros mais impressionantes da basílica. Foram as freiras que mandaram pintar. Hans Holbein pintou dois deles. Quais freiras? Então... antigamente esta igreja era parte de um convento, acho que das irmãs dominicanas. As orações que elas faziam salvavam da desgraça até o maior dos pecadores, aí elas ficaram ricas e mandaram fazer todas essas peças sacras. Como você pode ver, antigamente a arte estava sempre relacionada à igreja ou ao dinheiro. E isso é detestável, Marie. A arte precisa ser livre como um passarinho colorido...

Um funcionário vestido de azul-escuro lhes fez sinal para não falar tão alto, e ela emudeceu, assustada.

– Acho que você deveria escolher um dos quadros do altar – cochichou Katharina. – Considere que foram pintados no século XVI e por isso são tão antiquados. Mas são obras de grandes pintores. Repare só na expressão dos corpos, nos gestos. Melhor você começar por aqui.

Ela não tinha ideia de que horas eram, apenas estava certa de que já passava muito das onze. Marie pareceu surpresa por receber uma tarefa logo na primeira sala; ela com certeza teria preferido olhar a exposição inteira antes. Mas aquilo poderia ficar para depois, os quadros não fugiriam dela. Não os quadros.

– Vou deixá-la sozinha, minha querida. Para você poder pintar em paz. Tome seu tempo. O que você tem que fazer antes de tudo é apenas observar bem os detalhes.

Ela se viu tentada a tirar o pesado sobretudo e deixá-lo com Marie. Afinal de contas, por que ela escolhera com tanto esmero sua roupa? Mas fazia muito frio e ela já tiritava apesar do agasalho. Como uma visitante interessada, ela percorreu devagar o grande salão que ainda emanava uma aura eclesiástica original. Os pilares góticos terminavam em arcos pontudos que se entrecruzavam na abóbada da construção. Ela acenou ao guarda com simpatia e adentrou a segunda sala, que – exceto por duas senhoras mais velhas – estava totalmente vazia. Ela sentiu o coração contrair-se e teve vontade de sair correndo para ver se havia alguém nas salas laterais. Mas se conteve. Quem era ela, afinal? Uma menininha boba perseguindo um balão dourado? Não, não. Ela não precisava apressar-se. Talvez tivesse sido bom se atrasarem. Assim o rapaz não pensaria que ela estava apaixonada ou, pior, enfeitiçada por ele como todas as outras. Ah não, ela era Katharina Melzer, que desde o primeiro baile quatro semanas atrás ficara conhecida como "a princesinha encantadora". E se Kitty lhe concedera a graça de um encontro, era ela quem estava fazendo um favor que ele, aliás, não merecia.

Na sala lateral à direita, estava sentada apenas uma dessas funcionárias de roupa azul-escura, tricotando uma meia lilás. Que absurdo – tantas obras-primas memoráveis e aquela pessoa apática empoleirada em um banquinho, absorta em agulhas de tricô. Kitty escapuliu de volta à segunda sala e virou à direita. Se ele não estivesse ali também, então ele não devia ter vindo ou já tinha ido embora. Por que ela estava sentindo tamanha decepção? Na verdade, aquilo não deveria importar tanto. Azar o seu, monsieur Duchamps. Que pena pelo tempo perdido...

Mas ele estava lá. Em pé, com as costas voltadas para ela, admirando a pintura de um grande mestre da Suábia. O rapaz não se virou quando ela chegou na sala e só se moveu quando Katharina se deteve.

– Você está um pouco atrasada, não? – disse ele, sorrindo. – Já temia que você tivesse mudado de ideia.

Seu sorriso a envolveu como uma onda de calor. Céus, parecia que seus olhos refletiam discretos tons de dourado. Como um homem podia ser tão maravilhoso e interessante?

– Nós ficamos presas – disse ela, tratando de se recompor.

Ele aceitou a explicação sem maiores perguntas.

– Então fico ainda mais feliz por você, apesar de tudo, ter conseguido chegar.

Ao se aproximar do rapaz, seus joelhos tremeram. Ele a recebeu galantemente com um beijo na mão e ela sentiu como se uma chama quente lhe queimasse a pele. Será que os lábios dele tocaram a mão ou era apenas impressão sua?

– Bem, eu já tinha coisas para fazer na cidade – mentiu ela, rindo. – E sempre vale a pena dar uma olhada nesta exposição.

– Tem razão, mademoiselle Cathérine...

Seu nome soava lindo saindo daquela boca. Ele tinha apenas um discreto sotaque francês, no mais, seu alemão era impecável. Impressionante para o filho de um fabricante de seda de Lyon. Mas a mãe dele era alemã e o homem já vinha se encarregando havia alguns anos das sedes locais de algumas empresas lionesas em Augsburgo. Os dois haviam se conhecido no primeiro baile de Kitty e, desde então, volta e meia se encontravam ao acaso. A última vez havia sido no ano-novo, na recepção mais que entediante do prefeito.

Ele olhou para a entrada da sala, onde um dos guardas acabara de aparecer e se retirar.

– Eu sei que sou ousado, mademoiselle – murmurou ele. – Mas não posso deixar passar essa oportunidade para confessar o quanto você me impressionou. Venho pensando em você dia e noite, mademoiselle. Eu tenho a sua imagem viva no meu coração, falo com ela, escuto a sua voz na minha imaginação. Às vezes sinto que posso até mesmo sentir o calor de sua mão.

Ela sorveu aquelas palavras como se fossem puro deleite. Aquilo era tudo pelo que Kitty esperara nos últimos dias. Os reflexos dourados de seus olhos, a voz doce e grave. Meu Deus, *sim*. Era preciso admitir que o que ele falava não era nada particularmente poético. Muitos outros já haviam dito coisas semelhantes. Mas na boca dele, tudo ficava mais fascinante.

– Por favor, não ria de mim, Cathérine. Estou abrindo meu coração porque creio que você também sente algo. Com certeza sente, do contrário não estaria aqui diante de mim...

Seu olhar de triunfo a aborreceu um pouco em um primeiro momento. E ao mesmo tempo lhe agradou. Ele não era como aqueles moleques que a rodeavam nos eventos noturnos; Duchamps era um homem e sabia o que queria.

– Admito que eu estava curiosa – disse ela um pouco coquete. – Pode ser que tenhamos muitas coisas em comum. Sobretudo o amor pela arte.

Duas senhoras mais velhas adentraram o recinto, passaram lentamente por eles e pararam para comentar as obras. Demorou uma eternidade para as duas desaparecerem, e até que isso acontecesse, os dois apaixonados ficaram parados frente a frente, ambos em silêncio e imersos um no olhar do outro.

– O amor – disse ele, baixinho. – O amor à vida, à beleza, à arte. Tem tanta coisa que eu gostaria de lhe contar, mademoiselle. Hoje o mundo amanheceu diferente para mim, como se eu tivesse acabado de nascer... Não ria, por favor...

Contudo, ela não conseguiu evitar um risinho – mais por nervoso que por escárnio. Aquilo tirou Duchamps do sério.

– Está rindo de mim? Você me acha assim tão ridículo?

Repentinamente, ele se aproximou muito dela. Kitty sentia sua respiração, o cheiro do sobretudo, a pressão do braço. A boca de Duchamps buscava seus lábios, mas algo impensável aconteceu.

– Desculpe – sussurrou ele no ouvido de Kitty. – Não era minha intenção. Não agora, não tão rápido...

O brilho dourado de seus olhos a penetrou como uma flecha, e o coração dela bateu acelerado. O que tinha sido aquilo? Que maluquice ele estava dizendo?

– Não quero que pense que sou um sedutor inconstante, mademoiselle. Foi a paixão que me dominou. *Mon Dieu*, estou apaixonado. Há anos que isso não acontece, eu juro. *Coup de foudre*, amor à primeira vista. Fui atingido e não tem mais solução. Você perdoa meu atrevimento? Foi estúpido e desastroso da minha parte.

– Perdão – interrompeu ela. – Foi tudo tão rápido. Você... você poderia fazer de novo?

A sala começou a girar quando ele realizou seu desejo. As antigas pinturas passaram diante dos olhos de Kitty em uma sucessão de imagens. Um verdadeiro caleidoscópio de formas e cores, santos e penitentes, paisagens, animais, muros. Mas o que especialmente a entorpecia era aquele desconhecido aroma masculino que exalava da pele e dos cabelos dele e a envolvia por completo.

24

— Eu escolheria este tecido, senhorita.

Marie apontou muito decidida para um dos três rolos de tecido sobre a mesa do quarto de costura. Era um caro cetim de seda de cor azul-clara. As outras opções eram o cetim rosa fosco e um verde-claro.

– Por que justamente esse? – admirou-se Elisabeth.

– Porque o azul combina com sua pele e, principalmente, com seus olhos. Está vendo?

Marie ergueu os rolos, estirou habilidosamente alguns metros e colocou o tecido sobre o ombro de Elisabeth, que estava sentada diante do espelho.

– O lado fosco para fora, só nos acabamentos e no decote podemos brincar com o lado brilhoso. O corte é bastante reto, as mangas estreitas. Vamos precisar também de chiffon no mesmo tom. Babados, só na barra da saia, mas podemos deixá-los um pouco maiores na parte de trás. No decote talvez uma flor; eu mesma posso costurá-la.

Elisabeth via seu reflexo no espelho e teve que concordar com a nova camareira. Com muita destreza, ela drapeava o tecido em volta dos ombros, deixando o decote com uma abertura generosa e unindo o cetim na parte da cintura. Tinha talento, a pequena Marie. Era só dar-lhe algumas revistas de moda e ela já vinha com ideias, todas chiques, estilosas e – o mais importante – com bom caimento em silhuetas mais rechonchudas.

– Você pode completar colocando algum colar. Pérolas talvez, ou uma correntinha fina de ouro com pedras azuis.

Ela poderia usar o colar com o pingente de água-marinha que o pai lhe dera de Natal três anos atrás. Isso, ela gostava dele.

– O cabelo eu prenderia para trás, mas deixaria mechas soltas. Ou uma trança, mas não presa na cabeça. Podemos deixar alguns cachinhos caindo na testa. Se a senhorita quiser, posso costurar um enfeite para os cabelos. Um laço, com algumas contas e plumas.

Marie sabia fazer aqueles adornos com maestria, pois trabalhara um ano para uma costureira produzindo apenas flores. Fazia dias que as duas máquinas de costura não tinham sossego, já que era preciso terminar ainda os vestidos de baile de Kitty e da mãe. Além disso, haviam chamado a Sra. Zimmermann, uma costureira que entendia do serviço e era de confiança. Mas as ideias de Marie, seu gosto e a segurança com que lidava com os tecidos eram imbatíveis. No começo, Elisabeth tinha pouco apreço por ela, considerava-a muito pedante para uma ajudante de cozinha. E, para completar, havia a relação com Kitty – um escândalo! Mas agora sua opinião mudara. Aquela moça era uma joia e por muito pouco seu talento não tinha sido desperdiçado na cozinha.

– Pois é assim que faremos, Marie. Desenhe os moldes para a Sra. Zimmermann cortar.

– Com prazer, senhorita. Quer que eu desenhe também algumas flores e enfeites para o cabelo? Para a senhorita ver o que tenho em mente.

– Boa ideia, Marie.

Elisabeth acenou complacente para a camareira e esperou pacientemente enquanto Marie a resgatava do mar de tecidos que a cobria. A jovem desenhava bem. Kitty podia fazer quantos cursos quisesse; nunca chegaria perto do talento dela. Seus traços tinham algo a mais. Elisabeth não sabia dizer o que era exatamente aquele "algo", mas ele existia e seduzia o espectador. Impressionante para uma menina que, como a mãe um dia lhe revelara, fora criada em um orfanato.

Ela se levantou, lançou mais um olhar ao espelho que, como sempre, lhe mostrava uma imagem pálida e com uma leve papada. Só o cabelo estava bom naquele dia, graças a Jordan que havia semanas vinha dando o melhor de si em uma inútil e desesperada tentativa de concorrer com a nova camareira.

Elisabeth saiu do quarto de costura para escrever ainda antes do almoço uma mensagem para uma amiga adoentada. Serafina era sua colega do colégio interno, mas ela queria mesmo era saber de seu pai, o coronel Von Sontheim, um superior do tenente. Von Hagemann havia regressado ao seu regimento e Elisabeth estava preocupada que o tenente não pudesse tirar folga para ir ao baile na casa dos Melzers.

– Perdão, senhorita.

– O que foi, Robert?

Ele lançou um olhar apressado para a porta do quarto de costura, de onde ainda vinha o barulho e o ranger agitado da máquina.

– Não aqui no corredor, senhorita. É sobre um assunto... confidencial.

– Eu tenho pouco tempo...

– Diz respeito àquela carta, senhorita. A carta para o tenente Von Hagemann...

Assustada, ela o encarou, mas conseguiu tranquilizar-se ao ver que seu semblante não era de pânico. Ainda assim, era algo inquietante.

– Vamos entrar aqui.

Ela deu uma última olhada ao redor para verificar se o corredor estava vazio e, então, abriu apressada a porta do quarto para que os dois entrassem. Era inadequado que Robert estivesse em seus aposentos, mas a necessidade não seguia regras de decoro.

– O que está havendo?

– Auguste me viu trocando as cartas.

Péssima notícia. Mas, pelo menos, até então a moça mantivera sigilo. Por que então Robert só a informara disso agora?

– Ela não sabe o que estava escrito na carta que trocamos, senhorita. Mas suspeita de mim. E é possível que ela insinue isso de alguma forma para sua irmã ou sua mãe.

– Por que ela faria isso? Eu pensei que você e Auguste tivessem planos de casamento.

Não, não era bem assim. Auguste estava tentando forçá-lo ao matrimônio, mas ele não admitia chantagens.

Elisabeth então entendeu.

– Ela está ameaçando contar tudo se você não for esperá-la no altar? É isso?

– É exatamente isso, senhorita – confirmou Robert. – Mas não se preocupe. Mesmo se ela vier a falar alguma besteira, ninguém vai acreditar nela.

Elisabeth calou-se, pois tinha outra opinião. Pensativa, ela deu voltas pelo quarto, ajeitou um vaso, passou a mão nas cortinas finamente decoradas. Era preciso calar aquela chantagista naquele dia mesmo.

– Obrigada, Robert. Pode se retirar. Vou cuidar de tudo daqui para a frente.

Ele fez uma reverência, mas não se convenceu a deixar o quarto, pois algo ainda estava preso em sua garganta.

– Entenda, senhorita. Eu tenho muito orgulho de trabalhar aqui. A senhora sempre foi generosa comigo e acredito que ela tenha muita consideração por mim. Seria horrível se aquele favor que eu lhe fiz...

– Está bem, Robert. Ninguém ficará sabendo.

O criado pretendia continuar falando, mas o tom impaciente da senhorita o fez emudecer. Teria sido inteligente recorrer a ela naquele momento? Cinco minutos atrás ele ainda acreditava que essa seria a única maneira de escapar minimamente ileso daquela cilada. Mas depois da conversa, ele já não tinha tanta certeza.

Robert abriu uma fresta da porta e parou, imóvel.

Maria Jordan cruzava o corredor com uma pilha de roupas passadas e, do lado oposto, vinha a costureira, movida por alguma necessidade fisiológica rumo ao banheiro dos empregados. Robert esperou paciente até que as duas mulheres sumissem e se dirigiu então à escada de serviço.

Elisabeth mal lhe dera atenção pois estava ocupada com outras coisas. Ela tirou da primeira gaveta uma caixa revestida em couro verde e a colocou sobre a penteadeira, diante do espelho triplo. Na tampa da caixa, ornamentos dourados faziam contraste com o tom esverdeado: flores, galhos retorcidos, pequenos pássaros e borboletas. Anos atrás ela havia implorado à mãe que lhe desse a tal caixa de joias, e era nela que ela guardava suas peças preferidas.

Anéis, broches, vários colares de pedras, dois deles tão longos que era possível dar-lhes três, quatro voltas ao redor do pescoço. Ela sentiu orgulho por poder apresentar aquele tesouro ao seu futuro esposo. Elisabeth poderia até não ser a mais bonita; ela não era uma daquelas garotas magrinhas que a todos conquistavam com suas tolas piscadelas. Mas, para seu marido, ela seria uma mulher ativa e fiel. Sem contar que ela era tudo, menos pobre. Klaus Von Hagemann não teria motivos para reclamar.

Lá estava também sua água-marinha azul-clara. O pingente tinha formato de uma flor com três pétalas, com o centro adornado por um diamante, enquanto a água-marinha que cravejava as pétalas era emoldurada por brilhantes. Ela costumava usá-lo pendurado em um longo colar de ouro, enrolado várias vezes em seu pescoço. Elisabeth segurou a joia diante do busto por um instante e se inclinou na direção do espelho. Será que o tenente iria gostar dela no vestido de baile azul? Com certeza. Mas não tinha qualquer chance contra Kitty. A irmã recebera um vestido de baile de cetim branco com uma delicada cauda de chiffon pêssego, enfeitada por rosas, que a deixava linda como uma fada da terra encantada. Kitty não precisava de joias, a pele de seu fino pescoço, seus pequenos seios – tudo era perfeito. Uma joia cara só quebraria seu inebriante fascínio jovial.

Elisabeth deu um suspiro e voltou a sentar-se. Ela sentiu o peso do pingente de água-marinha na mão e tocou a campainha.

Jordan entrou apressada, com toda a solicitude e diligência.

– Peça a Auguste para me trazer um chá.

Extrema decepção se estampou nas feições pálidas de Jordan. A situação não estava fácil para ela, pois nos últimos tempos apenas a Sra. Melzer a solicitava. E, ainda assim, volta e meia ela mandava chamar Marie.

– Eu mesma posso trazer o chá, senhorita.

– Eu quero que seja Auguste!

Jordan tomou aquilo como mais uma humilhação e retirou-se com ar de sofrimento. Elisabeth ficou furiosa; quase que aquela impertinente arruinava seus planos.

Foi necessário esperar por Auguste. Provavelmente os preparativos do almoço já estavam em curso na cozinha. E como uma nova ajudante ainda não havia sido contratada, às vezes Else e Auguste precisavam colaborar.

– O chá, senhorita.

Finalmente! Elisabeth observou a habilidade de Auguste equilibrando o bule e a xícara sobre a bandeja com uma mão, enquanto abria a porta com a outra. A barriga por baixo da saia já apresentava algum volume, mas o avental escondia a maior parte. De quantos meses ela já deveria estar? Será que o bebê nasceria na primavera?

– Pode colocá-lo sobre a mesa. Não, não precisa servir, deixe o chá descansar um pouco.

– Perfeitamente, senhorita.

Ela acenou com a cabeça e deu um sorriso ingênuo. Aquela chantagistazinha era um lobo em pele de cordeiro. Refinada, mas, ao mesmo tempo, imbecil. Impossível convencer um homem a se casar daquela maneira. O truque era fazê-lo achar que era por vontade própria.

– Volte aqui, quero falar com você!

Auguste já estava prestes a cruzar a porta, talvez por já intuir algo, pois parecia estar com uma pressa fora do comum. E agora lá estava ela, parada e de ombros curvados diante da senhorita, que permanecia sentada na banqueta diante da penteadeira. Elisabeth voltara a agarrar o cordão, segurando-o por seu pingente de água-marinha, enquanto a corrente pendia sobre seu colo.

– Você gosta desta joia, Auguste?

A pergunta deixou a moça sem reação. Ela fitou o brilho do diamante, as pedras azul-claras, e engoliu em seco. Confusa, ela fez que sim com a cabeça.

– Ele é lindíssimo, senhorita.

– Também acho – respondeu Elisabeth, erguendo um pouco mais o colar. – É minha peça preferida, um presente do meu pai.

Auguste não sabia o que responder, então continuou sorrindo enquanto esperava ansiosa a permissão para se retirar.

– Por isso foi um choque quando percebi que este belo colar havia sumido alguns dias atrás. Por sorte, ele reapareceu hoje.

Auguste a mirava fixamente, e em seus olhos arregalados se notava que aquelas palavras a aturdiam. Ela fisgara a isca e Elisabeth então puxou a linha.

– Ele foi encontrado embaixo do seu colchão, Auguste. O que você tem a dizer?

Auguste abriu a boca, balbuciou coisas ininteligíveis, exaltou-se, prometeu e jurou pela Virgem Maria, por todos os santos e praguejou que amaldiçoado fosse quem pudesse ter feito uma coisa daquelas. Ela não tinha culpa de nada e decerto alguém havia levantado suspeitas sobre ela por pura maldade.

– Eu também fiquei muito surpresa, minha cara – disse Elisabeth. – Mas eu tenho uma testemunha que encontrou a joia junto comigo.

– Uma... testemunha?

– Robert.

Naquele instante, a mulher empalidecera de tal maneira que Elisabeth teve medo que ela fosse desmaiar de novo, como ocorrera da outra vez.

– Sente-se naquela cadeira – ordenou ela. – E vamos conversar com calma sobre esse horrível incidente.

– Robert... – murmurou Auguste. – Robert disse que achou essa joia embaixo do meu colchão?

– Nós a encontramos juntos – mentiu Elisabeth descaradamente. – Eu havia decidido inspecionar o quarto dos empregados. Não foi uma decisão fácil, mas devido à gravidade de minha perda...

– Robert...

A moça não conteve as lágrimas. Ela parecia bastante mexida pelo fato de seu amado estar envolvido naquilo. Entretanto... para sua acusação, Elisabeth não podia contar com outra testemunha que não fosse Robert. Ela logo o colocaria a par de tudo para que ele não desse com a língua nos dentes.

– Pare com o choro, Auguste. A situação é difícil, bastante difícil. Se prestarmos queixa formalmente, você será presa.

– Eu não... roubei... nada. – Auguste soluçava. – Eu juro por todos os...

– Está bem – interrompeu Elisabeth. – Escute-me bem. Considerando sua situação e o fato de que até hoje nunca houve nada que desabonasse sua conduta aqui, estou disposta a ser misericordiosa. Contanto que você se prove uma pessoa leal a mim.

Inicialmente Auguste não entendeu. Mas a próxima frase deixou clara a intenção de Elisabeth.

– Com leal eu quero dizer que você não pode fazer acusações falsas contra outros funcionários. Principalmente contra Robert.

Foi delicioso observar a expressão de Auguste. A ficha caíra imediatamente e, no final das contas, ela não era tão burra quanto parecia.

– Até porque vocês querem se casar – adicionou Elisabeth com perfídia. – É importante que a criança tenha um pai.

O queixo de Auguste caiu. Por um momento, Elisabeth temeu que ela desmaiasse. Mas não foi o que aconteceu. A moça se recompôs e se levantou.

– Entendi, senhorita – murmurou ela.

– Ótimo – respondeu Elisabeth amigavelmente enquanto deslizava o pingente de volta para a caixa de joias. – Então estamos combinadas?

Auguste concordou.

– Pode me servir o chá antes de descer.

25

O clima era de êxtase! A confusão de vozes, a melodia tranquila dos instrumentos, o cheiro de perfume e cera de cabelo, toda aquela expectativa vibrante e arrebatadora. Kitty estava parada na entrada do salão de dança contemplando a profusão de vestidos de baile coloridos, de decotes rosados ou brancos como cisnes e de tranças e cachos feitos com capricho. As moças mais jovens usavam vestidos azul-claros e pareciam flores delicadas. Já os cavalheiros trajavam um preto impecável e quase todos estavam de fraque.

– Ainda há tempo para conceder-me uma só dança, senhorita? Uma só e minha felicidade será completa.

Era Alfons Bräuer, o robusto, bonachão e sempre dócil Alfons. Que pessoa mais entediante. Mas Kitty estava de ótimo humor naquele dia e, portanto, sacou um cartão de baile de sua pequena bolsa de alça – uma peça pela qual tinha muito carinho e que Marie desenhara e costurara – e pôs-se a examinar o cronograma enquanto franzia a testa.

– A quadrilha no final da noite ainda está disponível.

Dois cavalheiros abriram caminho entre os demais convidados e apresentaram suas referências a Kitty, tentando com isso afastar Alfons Bräuer. Mas ele não arredou o pé da soleira da porta, como se estivesse preso por estacas. O rapaz estava decidido a não sair dali enquanto não garantisse sua dança com Katharina.

– Então lhe peço que anote o meu nome – disse ele, apalpando o bolso de seu casaco para achar seu cartão e uma caneta. – Mas devo advertir-lhe que não sou um dançarino muito talentoso. Principalmente a quadrilha, que demanda muita precisão, me deixa um pouco confuso.

Kitty riu. Era sempre estranha a maneira como ele se desculpava por algo. Outros cavalheiros costumavam enaltecer suas habilidades de dança, enchiam a boca para falar sobre como andavam bem a cavalo ou apreciavam literatura, alguns chegavam até a afirmar entender de arte. Alfons Bräuer, entretanto, sempre procurava se diminuir.

– Não tem o menor problema – disse ela, entusiasmada. – É só inventarmos nós mesmos os passos que todos vão acompanhar.

– Você é muito gentil, cara Srta. Katharina.

Ele a chamara de "Srta. Katharina", o que denotava bastante confiança. Do outro lado do salão, Alicia apareceu por um momento entre os convidados. Ela sorriu para Bräuer, incentivando-o, o que deixou Kitty irritada. Lá estava novamente a mãe, maquinando planos de casamento. Seu pai é que tinha razão, ela deveria deixar aquilo nas mãos do destino.

Naquele momento, a voz de seu irmão ressoou. Paul tomava para si a função de cerimonialista do baile dos Melzers. Todos se dirigiram ao salão de dança para não perder o breve discurso de boas-vindas. As conversas e risadas cessaram e também os músicos pararam de afinar seus instrumentos. Kitty foi para o corredor, pois já sabia o que Paul iria dizer. Por volta das dez horas haveria uma pausa para os dançarinos terem a oportunidade de tomarem algo e recarregarem as energias no bufê. Para as damas que não participariam das danças – ou seja, as velhas ou feias demais –, a biblioteca havia sido preparada com várias cadeiras dispostas em círculos. Já os rapazes avessos ao baile se reuniriam no cômodo dos cavalheiros, onde era permitido fumar. Uma verdadeira reunião de homens barbudos ou afetados por gota.

Kitty ajeitou a cauda de seu vestido, com as delicadas flores e babados rosados que haviam sido finalizados por Marie na noite anterior. O vestido era uma obra de arte; ela chegara a convencer Marie a prová-lo só por diversão, pois ambas tinham as mesmas medidas. Marie também parecia um botão de rosa com ele. Que pena ela não poder dançar naquele baile. Por outro lado, era melhor assim – e se *ele* caísse nas graças de Marie? Ela considerava sua querida amiga merecedora de toda a sorte e felicidade do mundo, mas não daquele homem.

Era óbvio que ele chegaria atrasado. Gérard Duchamps sempre ficava pouco tempo nos bailes e nunca chegava pontualmente. Mas ele viria, ela tinha certeza. Até lá, Kitty teria que se contentar com aqueles "projetos de homem", todos tão chatos e cansativos. Ela segurou a risada. Paul, que viera de Munique só para participar do baile, inventara o termo durante uma conversa no café da manhã e os dois se divertiram muito com isso.

Um dos garçons contratados lhe ofereceu *petits-fours* em uma bandeja de prata e ela aceitou uma das pequeninas iguarias. A Sra. Brunnenmayer, como em todos os anos, fez questão de preparar ela mesma todos os pratos para o baile. Esses docinhos em especial consistiam de uma delicada massa de biscoito, creme de manteiga, frutas cristalizadas e calda de chocolate. E eram servidos em forminhas de papel para que os comensais não sujassem suas luvas brancas.

– Comendo de novo, irmãzinha?

Kitty mastigava com prazer e fez que sim para a irmã. Ela poupou o comentário de que não precisava passar dias à base de chá sem açúcar como Elisabeth fizera. Mas, pelo menos, o resultado saltava à vista.

– Você está muito bonita esta noite – disse Kitty. – Esse vestido azul-claro ficou incrível. Marie não é mesmo um achado?

– Ela é talentosa, sem dúvida.

Vários cavalheiros se aproximavam de Kitty por distintos lados e lhe faziam uma série de elogios pouco criativos. Não, infelizmente seu cartão de baile já estava completo. Entretanto, talvez existisse a possibilidade de conversar um pouco durante os intervalos, sem compromisso, claro, seria um prazer. Elisabeth também cumprimentou alguns convidados, sempre olhando para a escada. Em breve, seus pais fariam a abertura do baile, mas quem Elisabeth estava esperando ainda não aparecera. E não se sabia ao certo se viria. Apesar da certeza de não ser responsável pelos caprichos do tenente Von Hagemann, Kitty sentiu a consciência pesar um pouco. Por desejo expresso de sua mãe, ela escrevera algumas linhas contando que se sentia lisonjeada pelo seu pedido de casamento, mas que ela ainda não estava pronta para um compromisso. Ele era um jovem simpático, animado e intenso, além de falar bem e ter bom humor. Mas em comparação a Duchamps, o tenente Von Hagemann saía em clara desvantagem.

– Com certeza ele deve estar em serviço e só chegará lá para as nove – observou ela quando o corredor voltou a esvaziar.

A jovem quis confortar a irmã, mas Elisabeth não estava disposta a ser consolada justo por Kitty.

– De quem você está falando? – retrucou ela de imediato. – De monsieur Duchamps que não deve ser, ou acha que ele virá de Lyon só para vê-la?

– De Lyon?

Elisabeth ficou radiante de alegria. Era estupendo ser a primeira a dar a

Kitty aquela má notícia. Na verdade, ela achava que a mãe ou os funcionários já lhe houvessem informado.

– Isso. Ele partiu ontem. Você não sabia?

Kitty sentiu um buraco se abrir diante de seus pés e uma nuvem cinzenta tentando envolvê-la. Mas não quis se deixar abater.

– Não, não sabia – disse ela com a maior indiferença possível. – Eu também não estou esperando por ele, Lisa.

– Claro que não! – debochou a irmã.

Kitty alegrou-se com a música que começava e a chamada para a primeira dança. Claro que era uma valsa. A mãe amava aquele estilo e dançava de maneira muito suave, que nada tinha a ver com o jeito dos vienenses. Tanto porque ela tinha aquela deficiência no pé quanto por causa do pai, que era um dos piores dançarinos da face da terra.

– Senhorita? Pensei que a tivesse perdido.

Seu par para a primeira valsa surgiu se acotovelando entre os convidados. Hermann Kochendorf, herdeiro de uma próspera empresa do setor de varejo e já uma autoridade na prefeitura. Um solteirão meio perdido, porém muito cobiçado e que já passara dos 40 anos havia muito tempo.

– Ah, eu não me perco tão fácil, Sr. Kochendorf. Afinal de contas, eu moro aqui na mansão.

Ele ofereceu o braço e a conduziu ao salão de dança, onde seus pais apresentavam sua valsa de abertura. A área reservada aos bailes ocupava a sala de jantar e o salão vermelho. As portas articuladas que separavam os dois cômodos haviam sido removidas. Toda a mobília e os tapetes haviam sido igualmente retirados pelos funcionários, que deixaram apenas algumas poucas cadeiras para os espectadores. Kitty avistou a avó de Alfons Bräuer em um vestido lavanda com um profundo decote – de fato, naquela idade era melhor evitar tais modelagens. A imagem era uma abundância de rugas e flacidez que nem o colar de brilhantes podia amenizar. A senhora havia tomado assento em uma banqueta acolchoada e, entusiasmada, mirava com um *lorgnon* todos os presentes. Do mesmo modo, outras damas de meia-idade e já mais idosas haviam sacado os óculos de seus finos estojos para examinar a indumentária festiva das moças. Kitty conhecia a maioria delas pelos eventos beneficentes de sua mãe. Mais tarde, ela teria que cumprimentar cada um daqueles urubus fofoqueiros, que já iam esticando os pescoços para admirar a "encantadora princesa do baile".

Pouco a pouco outros casais atreveram-se a ocupar a pista de dança e Kitty sentiu o alívio de seu pai. Ele odiava ficar saltitando para lá e para cá na frente de todos aqueles olhos e, para completar, se sentia especialmente desajeitado naquele dia, pois pisara duas vezes na cauda do vestido da esposa. Ah, ele andava preocupado. Paul contara que na fábrica as máquinas continuavam dando defeito e a produção estava atrasada. Talvez fosse por tudo aquilo que o pai estivera tão ausente nas últimas semanas. Ele nem sequer se enfureceu quando soube que Marie seria a nova camareira. Apenas balançou a cabeça e não deu maior importância ao fato.

– Estamos preparados, senhorita?

– É agora ou nunca, Sr. Kochendorf!

Kitty deslizou com seu par por entre os outros casais, o corpo se movendo sem qualquer esforço ao ritmo da valsa. A música estava em seu sangue, o som de um violino a fazia estremecer por dentro e ela ainda tocava piano, apesar de não tão perfeitamente como desejaria. Em sua concepção, a música sempre era mais forte e bonita do que aquilo que ela conseguia reproduzir no instrumento.

– É um prazer imenso dançar com a senhorita – disse Kochendorf no intervalo dos músicos. – Gostaria de um refresco? Talvez sorvete? Ou fatias de laranja cristalizada? Uma tacinha de espumante?

– Obrigada, mas nada de álcool, por favor. Ali do outro lado temos refrescos.

Robert já levava a bandeja ao outro lado do salão, e o solícito Kochendorf teve que se espremer entre os dançarinos e espectadores para garantir o refresco de sua donzela. Kitty sentiu uma alegria quando se viu livre do homem. Kochendorf não era jovem, tampouco atraente, e seu rosto magérrimo junto com os olhos fundos e as desgrenhadas costeletas ruivas justificavam o apelido de "caveirinha", que ganhara entre os amigos de Paul. Elisabeth chegara um dia a dizer que odiaria cruzar com ele em um cemitério à noite. Contudo, ele era um homem de rara inteligência, além de um bem-sucedido comerciante, que, além de tudo e para a grande surpresa de Kitty, entendia muito de arte.

– E então, princesinha? Chacoalhando muito o esqueleto?

Ela se virou e respondeu ao irmão com uma careta.

– Muitíssimo. Pelo menos até agora. Qual dama você escolheu para dançar a valsa?

– Nenhuma – disse ele, sorrindo. – Estou encarregado da organização, essa é a minha tarefa.

– Mas isso não o impede de dançar – insistiu ela. – Você ainda não reparou em todos os olhares tímidos das moças para sua bem-apessoada figura? Não seja tão cruel com elas, irmãozinho.

O rapaz, de fato, chamava bastante atenção. Seus cabelos loiros estavam perfeitamente penteados para a festa, o smoking preto lhe caía como uma luva e o sorriso atrevido deixava o jovem Melzer ainda mais encantador.

– Ontem eu convenci Marie a colocar meu vestido – disse Kitty. – E imagine só, parecia que a roupa havia sido feita sob medida, de tão bem que vestiu. Ela ficou parecendo uma...

– Aí vem seu entregador de refrescos, irmãzinha – interrompeu ele, apressado. – Divirta-se com a próxima valsa.

Kitty sorria por obrigação. A dança, o embalo ao sabor da música, os movimentos de dois corpos em sintonia – aquilo poderia ser o paraíso na terra. Mas apenas se a pessoa estivesse nos braços do homem certo, único, a quem ninguém poderia se comparar.

– Posso pedir a honra da próxima valsa, senhorita?

– Claro.

Nos braços de Hermann Kochendorf, o paraíso não poderia estar mais longe. O homem cheirava a naftalina e à mesma cera de cabelo que vários cavalheiros estavam usando no salão. Ela o acompanhou nas voltas e rodopios enquanto procurava observar o rosto dos outros dançarinos. Como de costume, muitos cavalheiros tinham os olhos fixos nela e sorriam ou acenavam, com a clara expressão de quem lamentava muito por não ser seu par naquela valsa. Havia também os olhares admirados ou venenosos por parte das dançarinas. No contorno da pista de dança brilhavam os óculos e *lorgnons* das mães, avós e tias atenciosas. Vez ou outra, mesmo com música, ela conseguia captar alguma observação.

– Gente, parece uma princesa!

– Mas como é magra!

– Fascinante. Encantadora mesmo. E tão boazinha.

– Aquela ali não tem como ser saudável.

– Cintura de boneca.

– Como ela vai parir desse jeito?

Kitty deveria achar graça daquilo, mas na verdade ficava triste. Por que aquelas senhoras eram tão malvadas? Nos eventos beneficentes de sua mãe, elas ficavam todas boazinhas trocando sorrisos no salão vermelho enquanto comiam e bebiam às custas da casa e tricotavam aqueles gorros ridículos para as crianças na África. E por que Paul estava dançando com aquela pata-choca vestida de verde-limão? A tal filha daquele conselheiro do governo, além de feia, era cafona e ficava jogando a cabeça para trás e rindo como uma bobalhona. Já Elisabeth ia de braços dados com Alfons Bräuer, que tinha lá seus problemas para dançar polca. Era cômico e ao mesmo tempo trágico ver os dois se esforçando para conseguir dar os passos com um mínimo de harmonia.

– Foi um prazer imenso, senhorita. Estou desolado por ter que cedê-la ao seu próximo par.

Por que o tempo não passava? Se pelo menos já fosse a hora do intervalo. Se ele fosse vir, chegaria justo na pausa dos músicos. Não, ele viria com certeza. Afinal, quando se despediu, ele não havia dito que ainda tinha muita coisa para falar? Então como poderia sumir e ir para Lyon sem mais nem menos?

Ela passava de uma dança à outra como se estivesse sonhando, seguindo a música e se adequando aos movimentos de seus pares. Ela respondia aos comentários sem pensar muito e sorria sem saber por quê. Ele iria chegar. Com certeza iria. E se ele não viesse, ela morreria.

– Honrados convidados, vamos dar um pouco de descanso aos nossos músicos e fazer uma pausa. O bufê está na sala em frente e, além de vinho e ponche de laranja, temos também a boa cerveja de Augsburgo...

Finalmente. Ela conseguiu se livrar de seu par, um jovem advogado de sobrenome Grünling, sorriu, e precipitou-se escada acima em direção a um dos banheiros antes que fossem ocupados pelos convidados. Ali tudo já estava preparado para que as damas pudessem fazer sua toalete: pentes, escovas, laços de cabelo, assim como pó e acessórios de maquiagem. Mas o mais importante era a pequena janela pela qual se podia ver, caso ficasse nas pontas dos pés, o portão por onde entravam os carros.

Kitty se esticara o máximo possível. Um automóvel se aproximava da mansão, uma limusine com faróis altos. Seu coração disparou. Só poderia ser um convidado atrasado, ninguém estaria deixando o baile àquela hora.

Atrás dela entraram três moças, amigas de Elisabeth, que ela teve que cumprimentar e ouvir seus comentários. Mas que baile maravilhoso! E essas músicas? E os vestidos? Será que Paul estava apaixonado? Ele parecia tão ausente...

Kitty se divertiu com aquela hipótese. Logo em seguida adentraram o banheiro duas senhoras mais velhas e as conversas tomaram outro rumo. Antigamente é que se dançava a polca bem. Naquela época é que sabiam dançar a *française* com elegância. Mas hoje em dia tudo que era dança virava mais cedo ou mais tarde uma valsa. A propósito, não haviam tocado a valsa *Grubenlicht* sequer uma vez, já a *Rosen aus dem Süden* elas já escutaram duas vezes e a Valsa Espanhola, pelo menos quatro.

Quando saísse do carro, ele teria que primeiramente deixar o sobretudo e o chapéu no átrio, depois subir a escada e cumprimentar sua mãe. Em seguida, atravessaria os cômodos, conversaria com conhecidos, beijaria a mão das moças e senhoras e iria procurá-la. Ela daria tempo ao tempo. Pois, claro, ele podia muito bem ficar um tempinho correndo atrás dela. Afinal de contas, ela o estava esperando até agora. Kitty iniciou uma conversa com uma das amigas de Elisabeth, acompanhou-a até o quarto da irmã e ficou escutando brevemente as fofocas e maledicências. O banheiro estava lotado e havia se formado uma fila no quarto que ficava ao lado.

Não seria a hora de acabar com a tortura? Ele merecia esperar até o final da pausa, mas aquilo não era conveniente, pois ela teria que dançar de novo e não encontraria oportunidade para conversar com ele. Seria mais inteligente descer as escadas como quem não quer nada e fingir surpresa quando o rapaz a abordasse.

O senhor por aqui? Eu havia escutado que o senhor estava na França.

E estava mesmo, senhorita. Mas eu voltei, porque não podia perder este baile...

Ele diria aquilo? Possivelmente não. O mais provável era vir com algum assunto de negócios, algum contrato, uma feira ou algo do tipo. Gérard Duchamps não era um bajulador interesseiro como os outros. Ele não precisava daquilo.

Kitty desceu as escadas lentamente até o primeiro andar, acenou simpática para as damas que encontrou pelo caminho e torceu para não se deparar com a mãe. Do contrário, ela teria que cumprimentar mais um sem-número de convidados importantes. Mas Alicia não estava nem na escada, nem no corredor – e tampouco Duchamps. Kitty permaneceu nos primeiros degraus da escada para ter uma visão geral da multidão. O salão de dança havia se esvaziado e os convidados estavam se dirigindo ao bufê, indo à biblioteca ou se encontrando na sala de fumantes. Alguns mais corajosos haviam descido até o átrio para retirar seus chapéus e sobretudos e ir para o pátio iluminado. Fazia frio, a grama do parque parecia salpicada de açúcar e os pedriscos dos caminhos refletiam o brilho da iluminação externa.

Pode ser que ele esteja na sala de fumantes ou na biblioteca, ponderou Kitty. No bufê, de jeito algum. Mais cedo ou mais tarde ele apareceria de novo no corredor, era só esperar um pouco. Se ao menos pudessem deixá-la em paz por um segundo, sem ser incomodada por aqueles cavalheiros inconvenientes...

– Boa noite!

Ela fez um gesto surpreso, pois diante de si estava o tenente Von Hagemann. Sua voz soava estranha, parecia rouco.

– Sr. Von Hagemann. Que bom que o senhor aceitou nosso convite.

O que ele tinha? Ele a encarava de maneira tão seca, como se tivesse levado a mal o fora que ela lhe dera. Meu Deus, ele não era o único que ela dispensara.

– Eu hesitei muito, senhorita – disse ele com tom neutro. – Mas por fim decidi que sua carta merecia uma resposta.

– Minha carta? Ah, sim...

Ela tentava olhar para o corredor por cima de seu ombro. Como era desagradável ter que falar com aquela pessoa justo naquele momento. Ele não poderia se ocupar com Elisabeth?

– Sua carta, senhorita, me provou o quanto eu estava enganado a seu respeito. A senhorita é tão linda quanto fria, Katharina. Mais fria que gelo e sem coração. Faço votos de que um dia sinta na própria pele como é ser rechaçado de maneira tão vil.

Ela ficou tão horrorizada que se calou. Klaus von Hagemann tampouco parecia esperar uma resposta e limitou-se a fazer uma breve e irônica reverência, deixando Kitty para trás. O que era aquilo? Fria e sem coração? Rechaçado de maneira vil? Justo ela, que se esforçara tanto para escrever da maneira mais amável possível...

Katharina sentiu a tristeza tentando se apoderar dela de novo. Por que ele a insultara? Ela não fizera nada de mais. E se Duchamps já havia chegado, por que ele não aparecia?

Ah, não... Agora ela entendera. Quem chegara de automóvel era Von Hagemann. Fora o tenente, e não Gérard Duchamps quem se atrasara para o baile. Ele não viria. Ele estava em Lyon.

Elisabeth passou apressada ao seu lado, chamando um nome. Kitty continuava atônita e respondeu a saudação de algum cavalheiro, sem saber exatamente o que estava dizendo. Não importava, os assuntos eram sempre iguais...

No corredor, sua irmã recepcionava o tenente. Kitty viu o semblante radiante de Elisabeth sorrindo e esforçando-se para trocar algumas palavras com ele. A expressão de Von Hagemann permanecia séria e rígida, como se ele houvesse engolido sua baioneta. E então ele fez uma reverência e o sorriso de Elisabeth se desfez. O rapaz não pretendia ficar.

– Nunca vou perdoá-la, sua bruxa maldita! – sibilou Elisabeth ao subir as escadas.

Kitty mal a escutou. Estava tomada pela terrível constatação de que o homem por quem mais ansiava não apareceria. A noite pela qual tanto esperara começava a se transformar em uma tortura e nada mais lhe daria prazer, nem mesmo a música. Já os outros convidados trocavam olhares enamorados, faziam piadas – para ela, contudo, o mundo virara algo vazio e sem graça. Mas por amor à sua mãe, ela tentaria manter a compostura.

– Senhorita – disse Alfons Bräuer, que surgira ao seu lado repentinamente. – É melhor comer algo. Venha comigo, por favor.

Que rapaz esquisito. Ele pensava que palidez indicava falta de comida. Mas tanto fazia. Apática, ela agarrou seu braço e se deixou guiar até o bufê. Ah, por que a noite não acabava logo? Marie, onde estava sua querida Marie? Tudo o que Kitty mais queria era abraçá-la forte e debulhar-se em lágrimas.

Marie era a única pessoa no mundo inteiro que poderia consolá-la.

26

— Paul? Você já está de pé?

Alguém batia à porta do quarto com hesitação. Ele abriu os olhos e percebeu que a dor de cabeça não era um sonho ruim, e sim a realidade.

– Ainda não, mamãe. Mas pode entrar.

Ela abriu a porta com cuidado e, com seus passos arrastados, aproximou-se da janela para puxar as pesadas cortinas de veludo. Paul sentiu uma pontada dolorosa na cabeça quando os raios do sol de inverno entraram. Ah, se ele não tivesse tentado afogar seu mau humor em taças e mais taças de vinho tinto...

– Dor de cabeça?

Como ela sabia? Sua mãe sempre conseguia identificar à primeira vista qual sofrimento o afligia.

– Pior. Estou com dez *selfactor* martelando aqui no cérebro. Todas ao mesmo tempo.

As *selfactor* eram as máquinas de fiar da fábrica que faziam um barulho insuportável. Alicia foi até a cama sorrindo e colocou a pequena mão fria sobre a testa do filho.

– Sim, dá para ver. Coitado... vou lhe trazer uns sais.

– Não, imagine! – recusou ele. – Já estou levantando. Logo me sentirei melhor.

Na verdade, ele não estava tão certo daquilo. Mas o incomodava a ideia de ser paparicado como um garotinho do alto dos seus 26 anos.

– Como você quiser – respondeu ela com ternura. – O café da manhã hoje será nos quartos, os funcionários estão ocupados arrumando lá embaixo.

Ele passou a mão pelo cabelo bagunçado e afastou o cobertor para colocar as pernas na beirada da cama. Paul sentia o corpo pesar como chumbo.

Ainda na noite anterior ele tinha a certeza de haver desenvolvido grande tolerância ao álcool devido às noitadas no clube estudantil. Mas a cerveja de Munique e o vinho tinto francês eram duas coisas completamente diferentes.

– Seu pai está esperando você por volta das onze no escritório lá na fábrica.

Ele demorou alguns segundos para entender aquela frase. Seria aquilo possível? Teria seu pai mudado de ideia e decidido aceitar sua sugestão? Paul seria consultado a respeito dos problemas na fábrica. Era isso mesmo?

– Ele disse qual é o assunto?

Alicia deu de ombros, mas seu rosto deu sinais de preocupação. Não, aquilo não seria uma conversa conciliadora. Paul sentiu a raiva subindo à garganta e, de quebra, trazendo o estômago junto. Inferno, aquele não era um bom dia para estar frente a frente com o pai. Provavelmente ele levaria um sermão sobre seu descompromisso com a faculdade. E justo no escritório da fábrica, onde as duas secretárias curiosas ficariam espreitando com o ouvido rente à porta.

– Pode se vestir com calma, e não deixe de comer bem no café da manhã – aconselhou Alicia. – Vou avisar a Else para subir com algo substancioso.

– Obrigado, mãe.

Ele vestiu o roupão de seda, cambaleou até o banheiro, lavou-se de qualquer jeito e examinou a imagem pálida no espelho. Impressionante, as mães sempre pensavam que todos os problemas poderiam ser resolvidos com uma bela refeição. O estômago dele revirava só de pensar em um pão com manteiga. Ele vasculhou as gavetas da cômoda procurando uma camisa e roupas de baixo limpas, sacou um dos ternos do armário e percebeu que não era tarefa simples vestir as meias com o estômago embrulhado. Que horas deveriam ser? Ele procurou pelo relógio de bolso em uma das roupas jogadas pelo quarto e o encontrou no colete cinza de seda. Ao abrir a tampa do mostrador viu que já passava das nove. Não haveria muito tempo para se recuperar antes de ter que encarar o pai. Pelo menos ele conseguira recuperar o relógio e não haveria acusações a respeito. Paul terminou de se arrumar, pregou as abotoaduras e colocou uma gravata-borboleta. A intenção era parecer-se com um jovem cavalheiro, não com um burocrata, refestelado na poltrona com os cotovelos sobre a escrivaninha.

Else bateu à porta trazendo uma bandeja carregada. Café, pães frescos, presunto, ovos mexidos, mel, vários tipos de geleias, manteiga… A Sra.

Brunnenmayer provavelmente devia achar que ele estava prestes a morrer de fome.

– Obrigado, Else. Pode colocar em cima da mesa.

Ele sentiu arrepios só de pensar em comer, mas então encontrou uma bolsinha com sais para dor de cabeça ao lado de um copo d'água. Talvez fosse, de fato, aconselhável seguir a recomendação da mãe. Com esforço, ele conseguiu engolir um pedaço de pão seco – era importante comer algo antes de tomar aquilo – e com um gole d'água fez o pozinho branco descer.

Sua disposição melhorou de imediato, o que com certeza não seria graças aos sais, que não tinham um efeito tão rápido. Mas talvez fosse a água fresca e límpida. Uma breve olhada pela janela revelou que, apesar do sol claro de inverno, deveria fazer bastante frio, pois a grama e as árvores do parque estavam cobertas de branco.

Neve e sol a pino – a combinação perfeita para uma bela enxaqueca. *A desgraça sempre vem a cavalo*, pensou ele, deprimido. Seu pai certamente estaria muito bem, gozando de plena saúde. Como era de costume quando ele estava dando as ordens em sua querida fábrica.

Ele sentiu a cabeça chacoalhar ao descer cada degrau da escada. O primeiro andar estava dominado por um terrível caos, com móveis sendo arrastados, cortinas penduradas e um vaivém de tapetes. Robert estava empenhado em reinstalar as portas entre a sala de jantar e o salão vermelho, mas a madeira ficava sempre emperrando e ele empurrava com as costas. Else e Auguste levavam uma cesta com pratos e copos usados até o elevador monta-pratos, Jordan corria para lá e para cá com um pano pendurado no braço. A Srta. Schmalzler foi a única que o cumprimentou com simpatia e lhe desejou um dia agradável.

– Obrigado, Srta. Schmalzler. Bom dia para você também.

Que diabos ele estava falando? Aquele dia seria tudo, menos bom para os funcionários. Eles trabalhariam desde a manhã até altas horas da noite para dar um jeito nas salas. Aos ouvidos da governanta, sua saudação deve ter soado como um verdadeiro escárnio. Mas, pelo menos, a ausência de Marie era um alívio, pois na situação na qual ele se encontrava era melhor não ser visto por ela.

No entanto, o destino quis outra coisa. Ao descer, ele se deparou com a moça no átrio, levando nas mãos um envelope que acabara de receber do carteiro.

– Vou pegar seu sobretudo, senhor.

Marie estava acordadíssima. Era possível que estivesse percebendo o quanto ele estava mal? Claro que sim. Ele notou um discreto sorriso irônico em sua boca, que, a propósito, era linda. Mesmo agora, tomado pela pressa, Paul sentiu vontade de tocar seus lábios. Bem delicadamente, ela não precisaria nem sentir. Seria como um sopro quente e doce.

– Espere, senhor. Aqui... o cachecol de lã. E o chapéu. O frio lá fora está um horror. E as luvas. O senhor não prefere colocar os sapatos com forro?

– Você parece minha mãe cuidando de mim! – debochou ele.

Marie enrubesceu e acrescentou que era sua tarefa zelar pelo bem-estar dos patrões. E então fez uma breve reverência e se foi veloz como uma corça, levando sua carta.

Internamente, Paul praguejava contra o vinho tinto que tomara para afogar suas mágoas enquanto ajeitava o chapéu sobre a cabeça. De fato, o frio lanhava suas partes descobertas e uma névoa branca se formava diante de sua boca e nariz.

– Senhor! – Ele escutou a voz sobressaltada de Robert. – Chego em cinco minutos com o carro. Tenha a bondade de esperar no átrio.

A preocupação de sua mãe devia ter contaminado Robert. Ele se irritou.

– Está tudo certo, Robert. Não preciso de carro, vou a pé.

Apenas alguns passos e ele logo sentiu o bem que lhe fazia aquele passeio na manhã gélida. Paul aspirou o ar fresco de inverno e expeliu o hálito de vinho tinto na forma de vapor. Os pedriscos congelados chiavam sob seus pés e alguns pardais brigavam por comida em uma casinha de madeira que Kitty mandara pendurar. Na rua que levava à fábrica do pai, um automóvel que derrapava levemente no chão escorregadio de paralelepípedos cruzou seu caminho. Paul sorria, satisfeito por haver recusado a cortesia bem-intencionada de sua mãe. Então ele tomou impulso e deslizou contente sobre uma parte coberta de gelo da calçada. Tais "pistas de patinação" o divertiam desde os tempos da escola, quando resvalava sobre elas com seus colegas. Que ótimo! Os sais funcionaram e ele já se sentia muito melhor.

– Bom dia, Sr. Melzer.

– Bom dia, Sr. Gruber. Está frio, não?

O porteiro sorriu e opinou que não era para tanto. Só quando ficasse abaixo de 20 graus ele precisaria tomar uns golinhos para se manter aquecido por dentro.

Paul assentiu, e cruzou o pátio da fábrica em direção ao edifício da administração. E vejam só – bem entre as duas carroças que estavam sendo descarregadas ele avistou um dos automóveis da família. Como se via, seu pai afinal não viera a pé, como de costume.

Ao entrar no escuro edifício, seu humor vibrante ficou abalado. Ele conhecia aqueles longos corredores e os pequenos escritórios onde listas eram escritas e fitas repletas de números saíam das máquinas de calcular. Em uma daquelas salas no segundo andar foi onde ele perdera sua batalha de Waterloo. Um pequeno erro de raciocínio e tudo fora por água abaixo. Se o orçamento segundo seus cálculos tivesse sido aprovado, a fábrica teria perdido dinheiro.

– Bom dia, senhoritas!

– Bom dia, Sr. Melzer. Seu pai já está esperando.

A Srta. Hoffmann piscava como se um cisco tivesse entrado em seu olho e a Srta. Lüders batia irritada na máquina de escrever preta. Um indício de que o clima no escritório do diretor não estava dos melhores.

Henriette Hoffmann correu em passos curtos até a porta do todo-poderoso chefe e bateu de leve à porta. Meu Deus, ela usava saia com o tornozelo à mostra e botinas marrons com salto quadrado. Já a cinta sob a blusa estava tão apertada que dava a impressão de que seu busto era feito de ferro.

– Seu filho chegou, senhor diretor.

– Mande-o entrar!

Aquilo não era de forma alguma um convite amistoso, mas sim um comando irritado. Naquele momento, Paul teve certeza de que sua conversa com o pai não seria agradável.

– Vão querer café, senhor? – perguntou a Srta. Hoffmann com voz dócil.

– Não.

A secretária levou o sobretudo de Paul e fechou a porta com muito cuidado, como se o prédio fosse desabar com o mínimo rangido da maçaneta.

– Sente-se!

Johann Melzer apontou para uma das pequenas poltronas de couro destinadas aos visitantes. Ele permaneceu sentado à sua mesa lotada de coisas, assinou apressado um documento qualquer, fechou a pasta e retirou os óculos.

– Onze e meia! – constatou ele.

Não precisava nem sacar o relógio de bolso, pois havia um de parede pendurado acima da porta de entrada.

– Eu vim a pé.

A caminhada parecia ter impressionado o pai, pois Paul não ouviu o comentário de que deveria ter saído mais cedo. O pai foi direto ao ponto.

– Escolhi o escritório para termos esta conversa porque queria falar com você de pai para filho.

Arrá! Então era isso. Ele estava evitando a possibilidade de a mãe se intrometer na conversa – como várias vezes ela fizera.

– Sou todo ouvidos – respondeu Paul com ligeira ironia. – É a respeito da faculdade?

– Você é quem está dizendo.

Johann Melzer manteve o suspense. Dobrou a armação metálica dos óculos, colocando-os no estojo de metal revestido em couro. Fechou a tampa e deixou a nobre peça ao lado da travessa na qual guardava o suporte da caneta-tinteiro e o abridor de cartas. O frasco de tinta, a travessa e o suporte do papel mata-borrão eram feitos de uma pedra semipreciosa de cor verde-escura, presente da esposa.

– Vou ser bem franco, Paul. Perguntei aos seus professores sobre você.

Ele já esperava que fosse isso, mas de qualquer maneira se sentiu grato por o pai não querer brincar de gato e rato.

– Você deve imaginar o tipo de respostas que recebi – prosseguiu Johann Melzer.

Paul se mantinha calado.

– Não foram do seu agrado, não é? – indagou Paul com um sorriso amarelo.

O pai nunca fora afeito a piadas e naquele dia menos ainda. Suas feições se enrijeceram, mas, para alívio de Paul, ele não gritou, ao contrário do que ocorrera na última vez. Motivos não faltavam. Por seis meses ele pagara alojamento e comida para o filho, sem contar as taxas da universidade, da fraternidade, as roupas necessárias, florete, livros, entre outros itens. Tudo isso para de repente descobrir que havia vários meses o filho mal aparecia nas aulas. E os resultados das provas eram sofríveis.

– Isso é tudo que você tem a me dizer?

Paul retomou a postura séria. Ele já devia ter falado havia tempos com o pai, mas sempre adiara. Como ele fora estúpido. E naquele momento que a água já lhe batia no pescoço, estava na pior posição possível.

– Não, pai.

Ele pigarreou. Do lado de fora o apito da fábrica soava. Era meio-dia e parte do pessoal sairia para o intervalo. Os outros teriam que desfrutar o almoço mais tarde, pois as máquinas não podiam parar.

– É o seguinte – disse ele quando os malditos apitos finalmente se calaram. – A faculdade de Direito simplesmente não é para mim. É dificílimo fazer todas aquelas leis entrarem na minha cabeça. Você sabe que não sou chegado aos livros, pai.

– Ah! – exclamou o pai com ironia mordaz.

Ele voltou a se recostar na poltrona e encarou Paul, franzindo os olhos. Sua expressão era de desdém, desgosto e fúria.

Paul teve vontade de levantar da poltrona, tinha a sensação de poder falar mais livremente em pé. Ou talvez fosse o desejo de escapar daquele olhar paterno que o dilacerava.

– Eu preferiria estudar eletrotécnica. Me interesso muito por máquinas, novas invenções, pelas possibilidades que a eletricidade nos abrirá no futuro. Tenho certeza de que em breve já não existirão máquinas a vapor e a tração por turbina hidráulica não será mais necessária.

– É mesmo? – interveio o pai. – Não compartilho nem um pouco das suas visões eufóricas. Eletrotécnica! Sério que acha que ainda posso confiar em você e arcar com outra faculdade?

Suas palavras foram destrutivas. Mas Paul não desistiu.

– Eu até já assisti a algumas aulas nessa área, pai. É totalmente diferente dos textos frios do Direito. É a tecnologia do futuro! Não podemos ficar atrás dessas inovações de jeito ne…

Johann Melzer estava novamente sentado na poltrona mantendo as costas eretas.

– Escute bem, Paul – disse ele, interrompendo o discurso entusiasmado do filho. – Não estou com tempo nem vontade de ficar discutindo com você. De hoje em diante você vai satisfazer seu interesse por tecnologia aqui na fábrica. Quero que aprenda tudo direitinho, a tecelagem, a fiação, a estamparia… Você vai ter que dominar cada uma das etapas do serviço: vai aprender a operar as máquinas, fazer a manutenção e, caso necessário, alguns reparos simples também.

– Não tenho nada contra, pai. Um estágio na fábrica é exatamente o que eu desejo.

– Eu não pensei exatamente em estágio, mas sim em uma formação completa. Não irá bancar o patrãozinho, começará como aprendiz, respondendo ao supervisor. Das oito da manhã até as seis da noite, seis dias por semana.

Paul protestou. O que o pai tinha em mente não era uma formação completa. Aquilo se tratava muito mais de humilhar o filho e arrancar à força os "delírios" da origem nobre de sua mãe, colocando-o no mesmo lugar onde o pai começara muitos anos atrás: bem lá embaixo.

– Como posso aprender algo sobre máquinas se ficarei dez horas por dia dando nós nas linhas arrebentadas dos carretéis?

– Você vai aprender o que é trabalho. Trabalho duro, Paul. Quem quer comandar uma fábrica precisa saber como se sente um subalterno.

Johann Melzer pegou o estojo dos óculos e o abriu, sinalizando, com o gesto, que não tinha intenção de dar prosseguimento à conversa.

– Considere minha proposta, pois não haverá outra. Se preferir ter a vida perdulária dos seus tios aristocratas, sugiro que você converse com sua mãe. Mas se um dia quiser ser meu sucessor, vai ter que me provar que suas intenções são sérias.

– Elas são sérias, pai! – exclamou Paul, desesperado. – Mas sua proposta não tem como...

Alguém bateu à porta repetidas vezes, com força.

– Senhor diretor! Senhor diretor!

Era a Srta. Hoffmann, que parecia completamente histérica.

– O que houve? – resmungou Johann Melzer. – Eu não disse que não queria ser incomodado?

– Aconteceu um acidente no setor de fiação, senhor diretor.

A voz era do supervisor Huntzinger e fez Johann Melzer saltar da cadeira.

– Um acidente? Alguém está ferido?

Huntzinger se deu o direito de passar na frente da Srta. Hoffmann e entrar no escritório do chefe – um claro indício de que a situação era séria. Seu rosto marcado pela idade não mostrava nenhuma emoção, o bigode grisalho tinha pelos apontando em todas as direções. Apesar do nervosismo, ele encontrou tempo para tirar o chapéu.

– Uma moça ficou presa no carro da *selfactor*, senhor diretor.

Johann Melzer empalideceu e Paul ficou igualmente em choque. Aquelas máquinas de fiar, conhecidas como *selfactor*, eram verdadeiros monstros gigantescos com cerca de 35 metros de comprimento. Elas tinham um braço que se movia alguns metros para trançar as 54 linhas e transformá-

-las em fio. O carro levava entre seis e oito minutos no deslocamento e, então, tocava o batente de ferro e retornava à máquina em cerca de três segundos em meio a estalos e zunidos. Em seguida, os fios finalizados eram enrolados nos carretéis e o próximo ciclo de trançado podia começar. A moça devia ter sido levada no momento desse retorno, ficando presa entre o carro e a máquina.

– Ela... ela foi esmagada?

Huntzinger estava diante do diretor com a cabeça baixa. Apesar de não ter qualquer responsabilidade por aquele acidente, sua expressão era de cão sem dono.

– Nós tentamos parar o carro – relatou ele. – Mas a moça já estava presa. Aí eu cortei as correias de tração.

– Então a máquina está parada agora?

Ciente de sua culpa, Huntzinger assentiu. Ele sabia muito bem que as entregas da fábrica estavam atrasadas. Com o ocorrido, mais uma máquina estava fora de serviço.

Paul saltou da poltrona e correu até as secretárias.

– Chamem um médico.

– Imediatamente, Sr. Paul. É para eu chamar um médico, senhor diretor? – gaguejou ela, confusa.

– Chame o Dr. Greiner – ordenou Paul. – Depressa! O que a senhora está esperando?

A secretária olhou impotente para o todo-poderoso senhor diretor, que acabara de sair do escritório.

– Faça logo o que meu filho está dizendo – bradou Johann Melzer.

– Claro... imediatamente...

Paul e o pai pegaram os sobretudos e correram atrás de Huntzinger até o setor de fiação. A primeira coisa que Paul percebeu ao adentrar os corredores da fábrica foi o barulho infernal, pois as máquinas não envolvidas no acidente continuavam trabalhando. E então constatou que a fábrica estava na penumbra. Provavelmente por corte de gastos, desligaram a iluminação elétrica tentando se aproveitar da luz natural do inverno. Contudo, os raios diagonais do sol mal iluminavam as instalações, por mais que as claraboias do telhado em forma de dente de serra estivessem voltadas para o norte.

– Onde foi?

– Ali do outro lado, senhor diretor.

– Diga aos funcionários que parem de bisbilhotar e continuem trabalhando.

– Perfeitamente, senhor diretor.

Apesar do próprio nervosismo, Paul notou como o pai estava pálido. Será que ele estava preocupado com a máquina parada ou com a moça ferida? Provavelmente ambos.

Dois funcionários – o fiandeiro e o primeiro atador – estavam parados com expressão de impotência diante da máquina imóvel, cujo carro ainda estava metade para fora. Ao se posicionarem entre o carro e a máquina, os dois viram a acidentada no chão. Uma poça de sangue de cor intensa se formara ao redor dela. O corpo estava retorcido de maneira estranha e uma funcionária estava agachada, tentando estancar o sangramento com um lenço.

– Minha Nossa Senhora! – Johann Melzer deixou escapar ao ver o sangue.

Ele ficou paralisado e teve que se apoiar na máquina com a respiração ofegante. Paul, por sua vez, correu até a moça, agachou-se e sentiu o pulso. Estava fraco, quase não se notava. Da profunda ferida em seu antebraço escorria o sangue vivo que havia muito tempo já encharcara o lenço de sua prestativa colega.

– Me dê o lenço da sua cabeça. Rápido. Vamos fazer um torniquete ou ela vai sangrar até a morte.

A jovem funcionária limpou as mãos na saia e soltou o lenço com hesitação.

– Não se preocupe, vamos lhe dar outro. Segure firme o braço. Assim está bom. Preciso de um pedacinho de madeira ou algo parecido...

Ele vasculhou os bolsos do casaco e encontrou um lápis, que prontamente inseriu na bandagem e a enrolou com mais força.

– Ela só quis entrar ali para dar um nó num fio – gaguejava a jovem colega. – Aí ela se enganchou em alguma coisa e não conseguiu mais sair. A máquina a esmagou. Esmagou os braços e os ombros dela. Eu ouvi o grito. Mesmo neste barulhão todo eu consegui escutar o grito. E a cara dela, daquilo eu vou lembrar até o fim dos meus dias. Os olhos saltando, a boca toda aberta... Virgem Maria, tende piedade e rogai por nós pecadores na hora de nossa morte.

– Quantos anos ela tem?

Com cuidado, Paul afastou o lenço que cobria o rosto da desfalecida. A fúria lhe subiu à cabeça. Era uma menina, uma criança, com no máximo

11 ou 12 anos. Como os pais mandavam a pequena à fábrica e não à escola? E por que a fábrica de seu pai admitia crianças? Mas, para manter as aparências, havia as instituições de caridade, jardins de infância, moradia, piscina, biblioteca...

– Onde está o médico? – Ele ouviu o pai gritar. – Huntzinger, vá até a portaria e chame um médico!

– Agora mesmo, senhor diretor.

– Não! – berrou Paul.

Huntzinger se deteve, confuso.

– Ajude-me aqui – disse ele à jovem funcionária. – Segure o braço. Ela estava de sobretudo? Vá buscá-lo.

Com grande esforço, ele conseguiu levantar a menina da poça de sangue, satisfeito por ter prática com socorro de feridos, adquirida nas sessões de esgrima no clube estudantil. Alguns colegas desmaiavam só de ver uma gota de sangue. Mas ele não era desse tipo.

Seu terno possivelmente não teria mais salvação, mas quem se importava? Paul cruzou a fábrica com a desfalecida nos braços, acompanhado por olhares perplexos e curiosos. Chegando ao lado de fora, encontrou a jovem funcionária correndo em sua direção. Ela parecia ser a única ali que mantivera a calma.

– Aqui está o sobretudo dela, Sr. Melzer.

– Jogue-o sobre ela. Assim está bem. Venha comigo, vou levá-la ao hospital.

– É para eu ir junto? – perguntou ela, amedrontada. – Não dá. Como vou cumprir minha meta do dia?

– Daremos um jeito.

Demorou um pouco para encontrar a chave do carro, pois Johann Melzer estava tão aturdido que não conseguia lembrar onde a havia colocado.

– O que você quer fazer, Paul? Levá-la ao hospital?

– Isso.

O pai acenou com a cabeça repetidas vezes, e Paul pôde ver suas mãos tremendo. Como ele parecia impotente em face daquela desgraça. Era como se os papéis tivessem se invertido. Naquele momento, era Paul quem dizia o que devia ser feito e o pai seguia suas instruções.

A jovem funcionária e a acidentada foram acomodadas no banco traseiro do carro. Naquele meio-tempo, também aparecera a mãe da criança, que trabalhava no setor de fiação. A esquálida mulher, de queixo pontudo e rosto abatido, se lamentava incansavelmente com os braços voltados para o céu.

– Como ela pôde ser tão teimosa? Eu avisei, mas ela não quis escutar. Eu juro, senhor diretor. Eu avisei. Essa desgraça é culpa dela.

– Volte ao trabalho! – ordenou Johann Melzer à mulher.

Ele então bateu na janela da limusine, onde o filho já estava sentado ao volante. Paul precisou fazer força para abrir o vidro, que emperrara devido ao frio. O que o pai queria? O tempo urgia.

– Obrigado, Paul.

Envoltas na fumacinha de vapor formada pela respiração do pai, aquelas palavras chegaram aos ouvidos Paul em volume baixo, mas suficiente para serem entendidas. E o encheram de orgulho.

– Ela vai resistir, pai. Aviso assim que tiver novidades.

Ele dirigiu lentamente em direção ao portão. Pelo retrovisor, viu o pai de sobretudo e sem chapéu parado no pátio, assistindo ao carro se afastar.

27

Marie examinou as duas faces da carta. Não havia informação sobre o remetente, mas ela sabia quem escrevera as palavras *Srta. Katharina Melzer* no envelope com a mão trêmula. Não era a primeira correspondência daquele tipo e, assim como todas as outras, ela não chegava pelos correios. Era levada à mansão por um mensageiro instruído a não confiá-la a ninguém mais além da camareira Marie. Não raras vezes, Marie também entregava um papel rosa-claro perfumado. Mas naquele dia ele voltaria de mãos vazias.

Enquanto subia a escada para o segundo andar, Marie sentiu um incômodo. Mas o que ela poderia fazer? Contar à senhora sobre aquela troca secreta de correspondência? Aquilo seria trair a confiança de Katharina. Não, ela não teria coragem de fazer aquilo. Menos ainda após ter visto a coitadinha chorando de desilusão praticamente a madrugada inteira. E, afinal de contas, uma carta era só um pedaço de papel. Nada mais. Não era um beijo e tampouco um abraço. Ou seja, nada de que a senhorita pudesse se arrepender depois.

Ela bateu à porta do quarto. Como ninguém respondeu, girou a maçaneta e espiou pela fresta. A bandeja com o desjejum continuava em cima da mesa e o café que ela servira à senhorita já esfriara. Em silêncio, Marie entrou no quarto caminhando na ponta dos pés. Arrá! Ela voltara à cama e adormecera. Indecisa, Marie observou a dorminhoca e não conteve o sorriso. A senhorita estava aconchegada como um gato, envolvendo o travesseiro com os braços. Seu rosto desaparecera sob os cabelos soltos.

– Marie? – sussurrou Katharina. – Marie, é você?

Seu sono era extremamente leve; havia noites, principalmente nas de lua cheia, nas quais ela nem sequer dormia. Pelo menos era o que afirmava. A moça se espreguiçou, bocejou e, em seguida, afastou os cabelos do rosto.

– Sim, sou eu. Correspondência para a senhorita.

De supetão, Katharina levantou-se da cama jogando o cobertor para o lado.

– Correspondência? Que correspondência? O mensageiro chegou?

Marie lhe deu a carta como resposta e Katharina prontamente a arrancou de suas mãos. Após examiná-la, um sorriso estampou o rosto pálido.

– Eu sabia – murmurou ela. – Ah, Marie... ele não se esqueceu de mim.

– E como poderia, Srta. Katharina? Vou deixá-la lendo em paz e providenciar café fresquinho.

– Não, não! – exclamou Katharina, sobressaltada, rasgando o envelope. – Fique aqui, Marie. Você tem que compartilhar essa felicidade comigo, é importante para mim.

Marie se sentou obedientemente no sofá e esperou. Primeiro Katharina ficou concentrada na leitura, deixando escapar vez ou outra um suspiro profundo ou uma risadinha de alegria. Também era possível ouvi-la cochichando frases como "Ah, meu querido" ou "Ah, pare de me torturar" ou "Gente, mas que atrevido".

Enquanto isso, Marie estava absorta nos próprios pensamentos, lembrando-se de como Paul parecia encabulado pouco tempo antes quando ela lhe entregara o sobretudo, o cachecol e as luvas. O rosto empalidecido e tresnoitado. Não era de admirar, Robert contara na cozinha que o rapaz esticara a noite depois do baile com dois amigos no salão dos cavalheiros, tomando vinho tinto. De manhã, Robert levara os dois jovens para casa e observara que as estantes de madeira talhada estavam repletas de garrafas vazias. Marie achava que alguém com tão pouco juízo para beber não merecia empatia alguma, mas, apesar disso, ela sentiu pena. O Sr. Melzer o havia intimado a ir à fábrica e todos naquela casa, sobretudo os funcionários, sabiam que pai e filho estavam brigados. Pobre Paul, que lástima ela não poder ajudá-lo...

– Ah, Marie! – vibrava a Srta. Katharina. – Estou tão feliz. Quer saber o que ele escreveu? As confissões que ele fez? Espere, deixe que eu leio. Não leve a mal, mas não posso dar a carta nas suas mãos. É que tem uns trechos que são tão... tão íntimos que não posso mostrar nem para você.

Na verdade, Marie estava pouco interessada naquela verborragia. Ela já conhecia várias cartas daquele francês que se articulava impressionantemente bem em alemão. Katharina lhe explicara que a mãe de Gérard Duchamps era alemã e ele desde criança falava as duas línguas.

– Ele me chama de sua "adorada amiga", Marie. E o sonho dele é que nós dois... não, isso é muita maluquice... ele quer me mostrar os jardins de Claude Monet. Passear comigo pelos jardins floridos e ver os nenúfares flutuando nos laguinhos resplandecentes.

Monet era um pintor francês, isso Marie já havia aprendido. Sempre algum pintor era mencionado naquelas cartas. O Sr. Duchamps sabia muito bem como atiçar Katharina. E com "trechos íntimos" ela queria dizer o quê? Marie escutou com paciência, daquela vez a senhorita estava tão eufórica que não conseguia parar. E de imaginar que havia pouco ela estava pálida e carente abraçada aos travesseiros... Mas agora, após a carta, Katharina estava com um olhar radiante e bochechas coradas, sentada de pernas cruzadas sobre as almofadas.

Aquilo não era normal, pensou Marie, preocupada. Como podia uma simples carta, por mais floreada que fosse, causar tal mudança de humor? O rapaz tinha mesmo poder sobre a jovem!

– Não é lindo? – comentava a senhorita, pressionando a folha de papel contra o peito. – Só as palavras dele já me deixam transbordando de felicidade. Se eu o tivesse visto diante de mim ontem... Marie, acho que eu teria desmaiado de êxtase.

Ainda naquela amanhã ela afirmara estar à beira da morte com a ausência de monsieur Duchamps no baile. Marie tivera que ficar junto dela, consolando-a, por quase uma hora.

– Acho que não, Srta. Katharina – respondeu Marie gentilmente. – Acho que a senhorita o teria recebido com toda a compostura e um sorriso no rosto.

Katharina a fitou admirada por considerar aquela hipótese bastante engraçada.

– Ah, Marie! – disse ela, sorrindo. – Você acredita mesmo que eu poderia ser forte assim?

– Mas claro – opinou Marie. – A senhorita é muito mais forte do que pensa. E isso é bom. Assim ele vai respeitá-la.

Katharina fez um gesto de desdém com a mão. Por que Marie sempre tinha que vir com aquela conversa enfadonha? Cuidado, respeito, não se entregar por completo, manter a cabeça erguida. Que coisa mais desapaixonada e tediosa!

– O amor é fogo, Marie. É como as chamas que ardem até o teto e engolem tudo à sua volta. E ardemos junto. Mas, assim como a fênix, nos erguemos das cinzas rumo à união sagrada com a pessoa amada.

Marie achou suas divagações mais que assustadoras, mas a senhorita estava imersa nas próprias ideias, afirmando que aquela era a única maneira pela qual era possível vivenciar o amor com toda a sua força e intensidade. E todo o resto era ilusão.

– Traga-me papel e uma caneta. E café fresco, por favor. Ah, sim... prepare também um pãozinho com geleia de morango. E aí você está dispensada por ora, minha querida Marie. Ó céus... já é quase meio-dia. Dormi quase o dia inteiro!

No andar de baixo, Auguste e Else tomavam uma xícara de café com leite na cozinha para descansar por meia hora após todo o desgaste da arrumação pós-baile. A cozinheira estava ocupada com o almoço dos patrões, feito magicamente com os restos do bufê da noite anterior.

– A senhorita quer café? Agora? Pois faça você mesma, Marie. Estou ocupada.

– Tudo bem.

– Que martírio! Tudo eu tenho que fazer sozinha!

A cozinheira ainda não superara o fato de que haviam lhe tirado Marie. Se ao menos os patrões tivessem contratado uma nova ajudante de cozinha... Mas até o momento nada!

– A Sra. Brunnenmayer é trabalhadeira, dá conta do serviço sozinha. É isso que eles devem pensar.

Ela se calou quando entrou a Srta. Schmalzler, que não tolerava tais observações. Mas a governanta limitou-se a perguntar por Robert.

– Ele está lá embaixo na adega fazendo o inventário.

– Desça e peça a ele que venha aqui. A senhora pediu que ele a leve até a fábrica.

– À fábrica?

O espanto na cozinha foi geral. O que a senhora queria na fábrica? Quando teria sido a última vez que fora lá? Fazia no mínimo um ano, na ocasião do trigésimo aniversário da empresa. E, mesmo assim, bem rápido e só para o momento da cerimônia, uma vez que ela não suportava o barulho e o cheiro do óleo das máquinas.

A Srta. Schmalzler nada disse a respeito, só reforçou que ela tinha pressa. Auguste deveria ir até o átrio, pois a senhora já estava lá esperando por seu sobretudo e o chapéu. A governanta então desapareceu, deixando todos os funcionários estupefatos para trás.

– Será que aconteceu algo? – cochichou Marie.

– Talvez o senhor diretor tenha caído duro – supôs Auguste. – Acontece quando a pessoa trabalha demais. E ele já é meio velho, ano passado foi a festa de 60 anos dele.

– Cale a boca! – A cozinheira bufou.

– Eu só estava dizendo…

Auguste se levantou com dificuldade para correr até o átrio, quando Maria Jordan chegou à cozinha avisando que a senhora já embarcara no carro.

– O quê? Sem chapéu e sobretudo?

– O que você acha? – indagou Jordan, revoltada. – Claro que eu lhe trouxe o agasalho de pele e o chapéu. Afinal de contas, essa é minha tarefa como camareira.

Auguste deu de ombros. Desde que Marie fora promovida a camareira, Jordan vivia com o medo constante de ser dispensada e gabava-se sempre que possível de sua experiência e da confiança que a senhora lhe tinha.

– Alguém aqui sabe por acaso o que aconteceu? – perguntou ela.

– Deve ter morrido alguém – sugeriu Auguste, ansiosa pelo impacto que suas palavras causariam.

– É bem possível!

– Eu sabia! Jesus amado! Espero que não tenha sido o senhor.

A expressão de Jordan era sombria e misteriosa. Ela disse então que haviam telefonado da fábrica procurando a senhora.

– Eu nunca a vi tão alterada. Ela ficou branca como papel, apertando a mão contra o peito.

– Meu Pai eterno – murmurou Else.

– Vamos, desembuche, Maria! – bradou a cozinheira. – Pare de enrolação! Quem foi que ligou?

– Então… foi o senhor.

Alívio geral. Aquilo significava que o diretor Melzer estava vivo. Apenas Auguste parecia decepcionada.

– Certo, e então? Qual era a razão do alvoroço?

Jordan levantou-se para encher uma xícara de café, demorando todo o tempo do mundo e desfrutando a tensão silenciosa que reinava na cozinha.

– O senhor avisou que ele e o filho não viriam para o almoço – disse ela, tomando um gole da bebida quente.

Os funcionários se entreolharam. Estaria Jordan de zombaria com eles? Por que a senhora se sobressaltara tanto com aquela notícia que já era tão corriqueira? Maria Jordan percebeu que não deveria seguir testando os limites da paciência de seus colegas.

– Eles não poderão vir porque aconteceu um acidente horrível na fábrica. Paul está no hospital...

Marie sentiu repentinamente o chão desaparecer sob seus pés. Paul se acidentara. Paul, com quem ainda há pouco cruzara e que parecia tão atraente e jovial, apesar de seu constrangimento...

– O patrãozinho? Será que ele morreu? – perguntou Auguste, inabalável.

– Ninguém sabe – replicou Jordan, sorumbática. – Mas se o levaram ao hospital, então ainda há esperança.

– Com certeza. Senão teriam ido com ele direto ao necrotério...

– Alguém sabe como aconteceu?

– Foi horrível. Parece que uma máquina o esmagou.

– Minha Nossa Senhora!

– Provavelmente ele quebrou todos os ossos...

– E fraturou o crânio também.

– Eu não previ que aconteceria uma desgraça? Nenhum de vocês quis acreditar em mim. Agora é fato!

A cabeça de Marie dava voltas. Ela olhava de um lado para outro, acompanhando a conversa, mas sem saber quem dizia o quê. Algo dentro dela negava-se a crer no pior, mas, ao mesmo tempo, imagens terríveis vinham à mente. Paul esvaindo-se em sangue, pendurado em uma máquina ruidosa e fumacenta. Tentando desesperadamente livrar-se e fazendo resistência ao duro metal que se aproximava de seu corpo centímetro a centímetro, inclemente. Nenhum ser humano seria capaz de impedir o avanço daquele monstro de ferro apenas com a força de seus músculos. Por que ninguém o ajudou? Onde estavam os operários? Ah, e por que ele fora tão imprudente?

Àquela altura, Auguste e Maria Jordan já se superavam com os cenários mais sinistros possíveis. Else contribuiu com a história de um tio que se acidentara fatalmente em uma siderúrgica e a Sra. Brunnenmayer lembrou que o pior de tudo era que pai e filho estavam brigados. Marie não suportou continuar na cozinha. Ela subiu apressada a escada de serviço até o segundo andar e apenas ao chegar à porta do quarto da senhorita se lembrou de que esquecera o café na cozinha.

Por que estou tão transtornada?, pensou ela. *Talvez não tenha sido nada de grave. Um arranhão, um braço quebrado. A vida dele não corre perigo...*

Naquele momento ela percebeu que precisava recompor-se e voltar à cozinha para colocar o bule de café sobre a pequena bandeja de prata para então subir com tudo, como lhe cabia fazer. E nem uma palavra sobre aquilo para a senhorita. Pelo menos não até que se soubesse exatamente o que acontecera.

Contudo, apenas uns passos e ela logo sentiu o desespero a dominando de novo. Por que fora tão inflexível na noite de ano-novo? Se justo o que ela queria era estar próxima dele, falar com ele, sentir seus olhos fitando-a com ternura... Ou quem sabe até mesmo deitar em seus braços. Ah, ela tinha medo de perder-se, de fazer uma besteira que só teria consequências negativas para ambos. Mas depois do ocorrido, talvez ele nunca viesse a saber que ela o...

– Kitty! Elisabeth? Onde estão vocês?

Ela precisou escorar as costas na parede. Seu coração batia como tambores rufando. Céus, era a voz dele!

– Estão todos loucos nesta casa? – ralhou Paul meio preocupado, meio risonho. – Kitty?

Ele subira as escadas apressado e aparecera no corredor como uma assombração. Marie fechou os olhos.

– Marie? Você está bem? Marie!

Apesar de incapaz de conter as batidas aceleradas de seu coração, ela tratou de se recompor. Ele estava são e salvo. Tudo não passara de um engano.

– Sr. Paul... – murmurou ela.

A expressão de alívio nas palavras de Marie fez com que ele se aproximasse, sorrindo.

– Você estava preocupada comigo, Marie? É por isso que está tão pálida?

– Nós... nós estávamos todos muito aflitos.

– Você também?

Já não sorria mais. Bem sério, ele estava parado diante dela, fitando seus olhos com ar de súplica e cheio de esperança. Marie estava muito desnorteada para conseguir se conter. E então as palavras escaparam sem que ela se desse conta:

– Estavam dizendo que o senhor ficou preso em uma máquina e estava no hospital. Talvez até morto – balbuciou ela. – Fiquei com tanto medo. Medo de nunca mais vê-lo outra vez…

Ele se manteve calado, fitando-a, e sequer ousou mover a mão, por medo de arruinar aquele momento tão feliz. Havia mil coisas que ele queria esclarecer, mas naquele instante elas não lhe pareciam importantes. A única coisa que importava era a doce expressão de susto no rosto de Marie, o tremor de seus membros, as lágrimas que brilhavam em seus olhos. Tudo aquilo era por ele, tudo aquilo lhe dizia mais do que Marie seria capaz de exprimir com palavras.

– Não precisa temer, Marie – sussurrou ele por fim. – De agora em diante, vamos nos ver todos os dias, pois não voltarei a Munique.

A notícia pareceu deixá-la mais assustada que contente. Mas era compreensível. Como ela poderia ter ideia de que os sentimentos de Paul eram sinceros? E eram tão sinceros que nem ele mesmo entendia bem.

– Escute, Marie – continuou Paul, sentindo de imediato o quanto era difícil expressar de maneira crível tudo o que ele sentia. – Tenho que esclarecer algumas coisas. Não há dúvidas de que tudo vai parecer um pouco estranho, mas eu lhe asseguro que…

Naquele instante uma porta foi aberta e Kitty apareceu com seu branco e reluzente penhoar de seda.

– Paul! – exclamou ela com alegria. – Você dormiu bem? Ah, que maravilhoso o baile ontem, não? E quem era aquela moça lânguida de vestido verde com quem você dançou polca ontem? Meu Deus, como ela era feia! Era rica, pelo menos?

Kitty riu, abraçou o irmão e o obrigou a dançar alguns passos de polca pelo corredor, afirmando, por fim, que ele dançava como um urso de pelúcia cansado.

– O almoço já vai ser servido, Paul querido. Temos que trocar de roupa rápido, senão mamãe vai se aborrecer. Você vem, Marie?

A camareira observou os dois irmãos saltitando pelo corredor e flagrou o olhar impotente de Paul. Uma sensação estranha de delírio se apossou dela, um misto de alegria, pesar e esperança.

– Sim, claro – disse ela em voz baixa.

Pouco depois ela se recompôs.

– O vestido verde pastel de manga larga, Srta. Katharina? Ou o marrom-escuro com a gola marinheiro branca?

Kitty estava ao lado de seu cavalete com a cabeça ligeiramente inclinada, o que ela geralmente fazia quando refletia sobre algo.

– A gola marinheiro fica para outra oportunidade – opinou. – Iria acabar manchando de sopa.

– Então o verde...

– Marie?

Ela já abrira a porta do guarda-roupa e olhou Katharina por cima do ombro.

– Sim, Srta. Katharina.

– Paul está flertando com você? Diga-me a verdade.

Marie entendeu o quanto o encontro dos dois no corredor fora próximo e íntimo. Obviamente Katharina tirara as próprias conclusões a respeito.

– Seu irmão é muito simpático comigo.

Kitty deu uma risada vibrante. Simpático não era a expressão correta. Paul era encantador, sabia conversar maravilhosamente bem, era um rapaz jovial e descontraído. Leal como poucos. O melhor irmão em todo o mundo.

– Tome cuidado com ele, Marie – disse ela com seriedade repentina. – Há alguns anos ele seduziu uma de nossas criadas.

28

Elisabeth não podia entender como era possível que adultos se comportassem de maneira tão ridícula. Principalmente sua mãe, que sempre exigia das filhas que contivessem os nervos e mantivessem a compostura. Na concepção de Elisabeth, a mãe agira de maneira completamente irracional. E para completar, ainda queria colocar a culpa no marido.

– Você me matou de susto, Johann! Eu senti meu coração parar quando você disse que Paul estava no hospital.

O pai ajeitava nervoso os pratos e talheres diante de si, por mais que a mesa do almoço estivesse perfeitamente posta.

– Sinto muitíssimo, Alicia – disse ele, angustiado. – Eu estava nervoso e devo ter me expressado mal.

– "Expressado mal" foi pouco, Johann! Você foi mais do que insensível, quase caí morta. Eu ainda tremo só de pensar...

Elisabeth não aguentava mais. Ela sabia que não era prudente interferir na briga dos pais, mas o semblante de remorso do pai lhe dava pena.

– Você poderia ter perguntado melhor o que houve, mamãe.

– Infelizmente não foi possível. Seu pai colocou o fone no gancho antes de eu poder dizer uma só palavra.

– Então você podia ter ligado de volta.

Como esperado, a mãe reagiu furiosa. Por acaso a filha pensava que ela não sabia mexer no telefone? Ela retornara várias vezes a ligação à fábrica, mas não havia ninguém para atender.

– Não dá para entender – opinou o pai, balançando a cabeça.

– Eu também não entendo, Johann. Duas secretárias e ninguém foi capaz de...

Ela se interrompeu, pois Paul e Kitty entraram na sala de jantar naquele instante. Paul parecia radiante e de ótimo humor ao desdobrar seu guardanapo, sentado à mesa. Kitty primeiramente abraçou a mãe e, como de costume, devaneou sobre toda sorte de bobagens. Elisabeth suspirou discretamente. Ela era tão insuportavelmente emotiva, sua irmãzinha, impossível de aguentar.

– Coitada da mamãe! Meu Deus, que sofrimento. Não, papai, foi realmente imperdoável. Como você pôde deixar mamãe tão nervosa? Às vezes você é tão... tão... rude. Tão insensível. Você não faz ideia de como pode machucar os corações mais sensíveis. Ah, mamãe... aceite minha empatia. Foi por isso que você não me contou nada? Só fui saber dessa história horrorosa agora há pouco por Paul.

Para a máxima surpresa de Elisabeth, sua mãe começou a defender o marido. De uma hora para outra, Alicia começou a explicar que ela reagira de maneira muito precipitada e irracional, seguindo apenas seu coração e deixando a razão de lado. Enquanto falava, ela sorria para Johann e dirigia por vezes o olhar a Paul, que lhe garantiu sorrindo que ela finalmente poderia ficar tranquila, pois seu filho estava são e salvo almoçando e, aliás, com bastante fome.

– A propósito, estou bastante surpreso por nenhum de vocês ter perguntado pela moça ferida. A coitada tem 13 anos e ficará marcada por esse acidente para o resto da vida.

Mais uma vez, para a surpresa de Elisabeth, o pai assentiu com a cabeça diante da observação do filho. Ele também achava que a moça merecia a mais absoluta empatia de todos ali.

– Ela só tem 13 anos? – indagou Kitty, horrorizada.

Desconcertada, ela retirou o guardanapo de tecido de cima do prato de sopa, pois Robert já fazia menção de servir-lhe o caldo de carne com ovos *royale*.

– Exato, coitada da moça... – comentou Alicia. – Como é possível que gente tão jovem esteja trabalhando em nossa fábrica, Johann? Ela não deveria estar na escola?

O patriarca se defendeu. Certamente os jovens precisavam ir à escola até os 14 anos. Entretanto, era comum empregar meninas com 13 anos no serviço doméstico, então por que não na fábrica? Os pequenos tinham olhos afiados e dedos ágeis e, ainda por cima, aprendiam rápido e sentiam orgulho por ganharem seu próprio dinheiro.

– Isso é o que você pensa, papai – rebateu Kitty. – Eu sei por Marie como é horrível trabalhar dez horas por dia em uma máquina. A pessoa emburrece, os sentidos adormecem.

– Marie lhe contou isso? – perguntou Paul. – Meu Deus!

Sua exclamação estava carregada de uma compaixão que não era de seu feitio. Elisabeth cogitou se Kitty não havia contaminado Paul com sua predileção por Marie.

– Bem... pelo visto até que não foi tão ruim para ela – ponderou Elisabeth. – Marie aprendeu a lidar com a máquina de costura e desenvolveu tino para cores e tecidos. Na verdade, ela deveria ser muito grata, isso sim.

– Como você pode dizer uma coisa dessas, Lisa? – questionou Kitty, sobressaltada. – Você realmente é um poço de insensibilidade!

– Katharina!

Era a voz da mãe, que procurava cortar pela raiz a iminente briga entre as irmãs. Um breve silêncio reinou na sala de jantar. Paul colocara a mão sobre o braço de Kitty – um gesto que significava: compartilho de sua opinião, mas é inútil indignar-se. O pai estava com seus pensamentos de volta à fábrica, a mãe esperava Robert terminar de servir o prato principal para prosseguir com o sermão. Havia coisas que não deviam ser tratadas diante dos funcionários.

– Não vou tolerar brigas à mesa. E menos ainda por causa de uma funcionária.

– Você me permite lembrá-la de que foi você quem quis manter Marie na casa de qualquer jeito, inclusive a promovendo a camareira?

Seu pai não pôde conter tal comentário, que a mãe teve que engolir sem retrucar. Elisabeth olhou ansiosa para a irmã, mas ela também se calou. E então o pai retomou a palavra.

– Gostaria de aproveitar a oportunidade para fazer um aviso à família. E ele diz respeito a você, Paul.

Ele afastou o prato e ajeitou o corpo na cadeira de modo a parecer maior. Paul pousou os talheres e, tomado por expectativa, fitou o pai.

– Hoje eu tive que repreendê-lo duramente, Paul. Não vamos debater agora os motivos, mas você sabe muito bem que razões para a minha insatisfação não faltavam.

Paul abaixou o olhar. Kitty quis dizer algo em sua defesa, mas o pai não lhe deu tempo.

– E então você me surpreendeu. Mais do que isso, você me impressionou – prosseguiu Johann Melzer. – Você me mostrou ser capaz de agir com coragem e determinação. Não tenho problemas em confessar que fiquei impotente diante daquela situação e que, sem sua intervenção, a moça possivelmente estaria morta agora.

Todos ficaram paralisados. Eram raras as vezes em que Johann Melzer falava de maneira tão oficial com a família e nunca antes ele expusera tão abertamente suas fraquezas. Alicia permanecia sentada à mesa boquiaberta, como se não conseguisse entender o que acabara de escutar. Ele prosseguiu:

– Estou orgulhoso de você, meu filho – disse Johann Melzer. – E estou falando com toda a sinceridade.

Elisabeth teve a sensação de estar assistindo a uma peça de teatro. Era mesmo seu pai? Ele, que sempre estivera insatisfeito com Paul, que sempre pegava em seu pé? E naquele momento estava levantando sua taça e brindando a Paul, que, igualmente, pegou seu vinho e brindou ao pai.

– Você está me deixando envergonhado, pai. Eu só fiz o que precisava ser feito.

– E é exatamente isso que eu espero de meu filho!

Sua mãe voltava lentamente a si e, ainda incrédula, olhou de um lado para outro. Então pousou os dedos sobre a mão do marido e perguntou com voz baixa, quase amedrontada:

– Então quer dizer que as diferenças entre vocês…

– São coisas do passado, Alicia! – respondeu Johann. – Paul fará um estágio na fábrica, aprenderá sobre todos os departamentos e etapas de produção, estará presente em todas as negociações e terá, assim, uma visão geral do meu trabalho.

Espero que tudo dê certo, pensou Elisabeth. Kitty, a criança inocente, celebrou euforicamente, afirmando que o pai devia ter tomado aquela decisão há muito tempo. A mãe, por sua vez, precisou sacar da manga um lenço para enxugar as lágrimas de alegria.

– Ah, Johann – balbuciou. – Você não podia ter me dado alegria maior. Como sofri com essa briga de vocês…

Aquele dia estava sendo, de fato, bastante incomum. Até mesmo Elisabeth foi contagiada pela comoção geral e teve que conter as lágrimas. Quando Robert entrou para retirar os pratos e servir a sobremesa, ele encontrou a família em tal estado de emoção que, por precaução, deteve-se junto à porta.

– É como se você tivesse feito meu filho nascer mais duas vezes hoje, Johann – ponderou Alicia. – A primeira quando descobri que ele não estava morto e, agora, depois que você fez as pazes com ele.

– Mamãe – sussurrou Elisabeth, já constrangida por todo aquele dramalhão. – Robert quer servir a sobremesa.

Alicia acenou para que o funcionário não se acanhasse e fizesse seu serviço e, então, recostou-se na cadeira. Eram raras as vezes que ela fazia aquilo, pois fora educada a sentar-se ereta e jamais deixar as costas tocarem o encosto do assento. Mas a ocasião era especial, era um daqueles dias que raramente se vivia. Um dia de susto que se transformara em um dia de felicidade. Pensativa, ela contemplou Robert enquanto o rapaz, com a habilidade de sempre, recolhia a louça suja e servia a sobremesa – peras ao conhaque com creme – de maneira ágil e precisa.

– Eu também gostaria de informar-lhes sobre uma decisão minha – disse Alicia após Robert deixar o recinto. – É sobre Auguste.

– Auguste? O que tem ela? – perguntou Johann, curioso.

Ele equilibrava a colher com os dedos, o que sempre fazia quando uma guloseima era de seu agrado. Kitty ergueu o olhar para o teto da sala e sua mãe sorriu com delicadeza. Paul escondeu o rosto risonho atrás da taça de vinho. Elisabeth era a única que parecia esforçar-se muito para manter-se séria. Era óbvio que o pai não percebera que Auguste estava grávida. A favor dele, era preciso reconhecer que Johann jamais se interessara pelas funcionárias da casa.

– A pobre Auguste está esperando um bebê. E de Robert, que se recusa a casar-se com ela – resumiu Alicia.

Era de costume demitir as criadas que se encontrassem em tal situação. Ninguém poderia acusá-los de nada. Entretanto, após consultar a Srta. Schmalzler, ela teve que reconsiderar. Principalmente por Auguste ter assegurado que sua família não a aceitaria de volta de maneira alguma. Até porque sua mãe estava em seu segundo casamento e já tinha muitas bocas para alimentar.

– É uma grande pena Robert portar-se dessa maneira tão indigna, pois ambos, tanto Auguste quanto ele, são funcionários leais e de confiança e que eu gostaria de manter conosco. Se Robert e Auguste se casassem, poderiam morar em alguma casinha no parque e continuar trabalhando para nós.

Confuso, Johann quis saber por que Robert não queria casar-se.

– Ninguém entende, papai – disse Elisabeth. – Mas ele não quer perder a liberdade.

Sua mãe lhe dirigiu um olhar de advertência e ela se calou, contrariada. O que a mãe estava pensando? Que ela revelaria ao pai por quem o pobre Robert era perdidamente apaixonado? Ela preferiria cortar sua língua fora.

– Talvez o bebê não seja dele – sugeriu Johann. – Quem vai saber sobre a conduta moral dessa... Auguste? E se ela tiver outros amantes por aí?

Alicia franziu a testa; a pergunta de seu esposo lhe pareceu demasiadamente despudorada. Inclusive porque as duas filhas estavam sentadas à mesa.

– A Srta. Schmalzler me garantiu que Auguste e Robert... tiveram um relacionamento – explicou ela em meio-tom, inclinando-se em direção ao marido. – Parece que durou algumas semanas e todos os funcionários sabiam. Portanto é praticamente certo que Robert seja o pai.

– Bem, se é assim...

Johann cessou com as perguntas e ensimesmou-se com sua sobremesa. Em tudo que dizia respeito à administração da casa e aos funcionários, Alicia tinha sempre a última palavra.

– Meus queridos – disse Alicia, dirigindo o olhar a Paul, que comia sua segunda porção de sobremesa, rejeitada, com grande pesar, por Elisabeth. – Nosso Senhor Jesus Cristo me concedeu hoje muitas graças, pelas quais sou imensamente agradecida. Assim sendo, eu também quero tratar com bondade e misericórdia as pessoas de minha confiança.

Essa não, pensou Elisabeth, espantada. Ela estava certa de que Auguste seria demitida.

– Informarei a Auguste que ela poderá ficar. Vamos encontrar uma solução para a criança. Quem sabe Robert não muda de ideia quando ela nascer?

Com um sorriso, Alicia virou-se para o marido, que apenas deu de ombros e fez que sim com cabeça.

– Você acha inteligente abrir esse precedente? – objetou Elisabeth. – É bem possível que a partir de agora outros funcionários passem a contar com a sua generosidade.

– Quem faria isso? – Kitty riu. – Talvez Jordan? Ou a Srta. Schmalzler? Ah, óbvio que você está pensando na Sra. Brunnenmayer, não é mesmo, irmãzinha? Mas não acredito que ela vá aparecer aqui embarrigada com um filho bastardo...

– Katharina! Que maneira de se expressar é essa? – censurou a mãe.

– A Sra. Brunnenmayer pode ser que não – disse Elisabeth, irritada. – Mas e Marie? Até nossos hóspedes já ficaram de olho nela. Tanto os mais velhos quanto os mais jovens. Algo assim poderia acontecer facilmente.

Kitty quis retrucar, mas Paul tomou a palavra.

– Meça suas palavras, Lisa – advertiu ele de maneira estranhamente ríspida. – Marie é bem inteligente para se meter em algo assim.

– Você está coberto de razão, Paul – opinou Kitty, fitando o irmão. – Marie tem suas próprias concepções sobre o amor. Melhor dizendo: ela pouco se importa. E, considerando sua posição, essa deve ser a melhor coisa que ela faz.

– Também não creio que Marie cometeria um erro dessa natureza – comentou a mãe. – Vou pedir à Srta. Schmalzler que informe Auguste sobre minha decisão. Ah, acho que vou gostar de voltar a ouvir risadas de criança nesta casa.

Elisabeth revirou os olhos. Certamente fora da mãe que Kitty herdara os sentimentalismos.

29

— Hanna Weber? Um momento, por favor.

A freira de corneta branca na cabeça examinou de cima a baixo a lista, contando com a ajuda do dedo indicador. Ela então empurrou seus óculos em direção à ponta do nariz e fitou os dois cavalheiros. Não havia dúvida de que eram bons católicos.

– Eu dei entrada com ela aqui ontem – explicou Paul. – A menina sofreu um acidente, ficou presa em uma máquina.

– Anteontem a irmã Benedicta estava na recepção. Essa Hanna Weber é por acaso protestante?

Paul dirigiu um olhar inquisitivo ao pai, que, por sua vez, deu de ombros. Havia centenas de funcionários em sua fábrica, como ele seria capaz de saber de cor a religião de todos?

– E se ela for?

– Nesse caso, a paciente estaria na ala oeste do hospital, onde alojamos os protestantes.

– Ah, meu Deus!

A irmã lançou um sorriso discreto ao bem-ajambrado senhor de sobrancelhas fartas e prosseguiu, sinalizando que não havia mais nada que ela pudesse fazer.

– Vamos perguntar lá, pai.

Com passos apressados, eles atravessaram a recepção do edifício principal do hospital e encontraram outra recepcionista, igualmente alocada em uma saleta com janelas de vidro. Em vez da corneta de abas largas com ares medievais, a mulher usava uma simples touca branca que lembrava um gorro de dormir e ficava preso à cabeça por um laço amarrado no queixo. O capelo característico das diaconisas.

– Hanna Weber? Sim, claro. A menina da fábrica. Um momento, por favor…

Mais uma vez tiveram que esperar, mais uma vez o dedo da recepcionista deslizou verticalmente por uma lista de nomes. Se Hanna Weber não estivesse ali, só havia uma explicação: a menina estava morta. Paul sentiu a tensão do pai e também seu alívio quando a diaconisa levantou o olhar e anunciou:

– Quarto 17. Mas só dez minutos. Os senhores podem pegar o elevador. Segundo andar, à direita, bem ao lado da capela.

Eles dividiram a cabine com duas mulheres, aparentemente mãe e filha, e um senhor de mais idade que resmungava sozinho, carrancudo. A filha trajava um vestido mais solto, como os que estavam na moda, e atraiu o olhar curioso de Paul por não estar usando corpete por baixo. Em todo caso, não havia nada para prender com a cinta, pois a moça era reta.

– Quarto 17. É por ali, pai.

Johann Melzer sacou um lenço e enxugou a testa. O cheiro de antisséptico, formol e outros líquidos pestilentos o deixou enjoado. Para piorar, tinha ainda a lembrança da visita realizada a uma paciente meses atrás que o comovera imensamente e pesara em sua consciência. Com consequências nefastas.

Havia dez leitos no quarto 17, e a pequena Hanna jazia junto à parede entre duas senhoras mais velhas. No lado da janela, um pouco mais claro e agradável, uma mulher corpulenta de penhoar rosa estava sentada conversando com um homem esguio e de aspecto mais idoso, talvez seu marido.

Com simpatia, Paul acenou com a cabeça para os presentes e foi até a cama da menina. Ela estava fraca e fitou admirada os dois estranhos com seus grandes olhos castanho-claros. Seus braços estavam engessados, o busto envolto por bandagens brancas e uma atadura havia sido posta em volta da cabeça.

– Você se lembra de mim, Hanna? – inquiriu Paul. – Sou Paul Melzer. Eu a trouxe ao hospital anteontem. Mas acho que você estava em sono profundo, não?

Será que ela estava entendendo o que ele dizia? A menina o encarou brevemente, franzindo os olhos, e então moveu os lábios. Sua voz estava tão baixa que era necessário curvar-se em sua direção para entender as palavras. Inclusive porque a mulher rechonchuda vestida de rosa não se calava um segundo.

– Eu... não... sei...

Contente, Paul lhe sorriu. Ela conseguia falar, graças a Deus. Ele se perguntou se a moça entendia o que havia acontecido com ela, mas preferiu não tentar descobrir naquele momento.

– Você está com alguma dor?

Ela quis balançar a cabeça, mas desistiu porque a atadura a impedia.

– Eu... estou... bem... – sussurrou ela.

– Você vai ficar melhor – disse Paul. – Estamos cuidando de você, Hanna. Em breve você se recuperará. E passará a ir à escola também.

Ela demorou um pouco para entender o que o cavalheiro queria dizer com aquilo. E então um sorriso se esboçou em seu rosto.

– Os meninos... vão à escola. Erna e eu... vamos com a mamãe... na... fábrica.

Paul entendeu. Ele já escutara que, em famílias com muitos filhos, as meninas eram mandadas à fábrica muito jovens para que pelo menos os rapazes pudessem estudar.

– Agora descanse, e logo, logo você ficará bem.

– Sim... – disse ela, obediente.

E então a menina fechou os olhos; a breve conversa parecia tê-la cansado imensamente. Paul se endireitou e olhou com ar interrogativo para o pai, que naquele momento enxugava novamente o suor em sua testa.

– Vamos embora – disse Johann Melzer. – Melhor não a incomodar mais, ela ainda está muito fraca.

No corredor, cruzaram com um dos médicos e Johann Melzer aproveitou para ficar a par do estado da acidentada. Ele quis saber se ela sobreviveria. Se voltaria a usar os braços. Se havia lesões internas. A todas as perguntas, o jovem médico respondeu que era necessário esperar. A paciente era jovem e tinha toda a vida pela frente.

– Que não lhe falte nada – disse Johann Melzer com voz rouca. – Arcarei com todas as despesas.

O médico sorriu e completou dizendo que eles fariam pela paciente tudo que fosse possível, o senhor diretor sabia muito bem. Não havia dúvidas de que eles conseguiriam salvar uma protegida sua mais uma vez. Ele inclinou a cabeça ligeiramente, desejou bom-dia e partiu.

– Mais uma vez? – repetiu Paul, admirado. – O que ele quis dizer com isso, pai?

Johann Melzer hesitou em sua resposta. A insinuação do médico não lhe agradou, mas aquilo só acontecera uma vez e ele não queria mentir para o filho. Mais cedo ou mais tarde as pessoas ficariam sabendo.

– Seis meses atrás Marie foi atendida aqui. Uma hemorragia. Inclusive, ela foi acomodada no mesmo quarto da pequena Hanna.

A surpresa de Paul foi tão grande que ele permaneceu imóvel diante da porta aberta do elevador.

– Marie? Você quer dizer a nossa Marie, a camareira?

– Quem mais seria?

Foi a vez de Johann Melzer se surpreender, pois ele não esperava tal preocupação da parte do filho.

– Uma hemorragia? Foi um princípio de tuberculose?

Ele tranquilizou o filho e o conduziu gentilmente para dentro do elevador. Não, por sorte não se constatou nenhum acometimento nos pulmões. Tratava-se de estafa física, a menina era muito esmirrada e, segundo lhe contara o médico, não estava preparada para as duras condições de trabalho na fábrica. Ela trabalhara por seis meses como costureira na fábrica Steyermann e estava indo bem. Mas então decidira deixar o emprego, caindo doente pouco tempo depois.

– E onde ela morou enquanto estava doente? Não me diga que na cidade baixa.

Johann Melzer esperava poder se safar com uma explicação sucinta, mas Paul estava praticamente sabatinando-o. Por que diabos ele estava tão interessado no passado de Marie? Certamente a moça era muito atraente. Parecia-se bastante com a mãe. A ideia de que Paul pudesse se apaixonar por Marie o deixou inquieto.

– Na cidade baixa? Não, imagine só... Ela esteve do orfanato das Sete Mártires. Foi lá que ela cresceu.

O elevador deteve-se com um solavanco. Através da janela de vidro se viam vários visitantes esperando para subir. Contente por escapar do interrogatório, Johann Melzer empurrou a porta. Paul, entretanto, não estava disposto a encerrar o assunto.

– E por que o médico se referiu a Marie como "sua protegida"?

Aquela era a pergunta que ele mais temia. Cabia encontrar uma resposta satisfatória sem revelar a constrangedora verdade.

– Eu quis cuidar um pouco dela pois conheci seu pai. Ele era um bom funcionário.

Os homens encontraram duas conhecidas na recepção. Eram senhoras engajadas nas atividades do clube beneficente de Alicia e que, por puro amor ao próximo, visitavam os pacientes sem família na ala católica do hospital para levar palavras de conforto, biscoitos e uma Bíblia. Eles trocaram cumprimentos, as damas revelaram estar muito bem informadas sobre o acidente e externaram seu pesar. Ao sair do hospital, Johann Melzer encheu os pulmões com uma bela lufada de ar fresco matinal e transformou-se imediatamente no rígido senhor diretor.

– Vamos rápido! – disse ele ao acenar para Robert, que o esperava no carro. – Às dez tem o advogado. Às onze os franceses.

– Ah, o pessoal de Lyon obcecado por seda?

– Pode sair daí um bom negócio – resmungou Melzer. – Isso se não acontecer a guerra.

Paul riu. Havia algum tempo o pai vinha falando constantemente da tal guerra. Que besteira. Talvez lá nos Bálcãs, onde os povos brigavam o tempo inteiro. Já o kaiser alemão era, afinal de contas, neto da rainha Vitória da Inglaterra e bem relacionado com o czar russo. Os franceses, por sua vez, já haviam recebido o que mereciam entre 1870 e 1871.

– Encontro você depois, pai! – exclamou ele, animado, enquanto Johann Melzer embarcava no carro. – Tenho que ir à luvaria. Mamãe me pediu umas luvas de pelica para usar hoje à noite na ópera.

– Ah, céus – grunhiu o pai, contrariado. – Então veja se não vai se atrasar. Gostaria que você estivesse presente na conversa com o advogado.

– Estarei com certeza!

Eles se encontravam no bairro de Jakobervorstadt; saindo dali, o centro da cidade ficava relativamente perto e Paul decidiu ir a pé. Colocou o chapéu na cabeça e apressou-se para deixar a região do hospital rumo às ruas e vielas comerciais do centro. Todos em Augsburgo sentiam muito orgulho do amplo edifício de tijolinhos que abrigava o hospital, um imponente prédio de vários andares com janelas arqueadas, projetado pelo arquiteto Georg Gollwitzer na metade do século XIX. Mas quem é que gostava de estar em um hospital?

Enquanto subia a rua para logo entrar na Barfüßerstraße, Paul voltou a lembrar-se do que o pai revelara sobre Marie. Uma hemorragia. Meu Deus! Ele não era médico, mas sabia que tais incidentes podiam resultar em morte. Mas ela felizmente sobrevivera. Que força aquela frágil criatura tinha para conseguir dar conta dos afazeres de ajudante de cozinha enquanto se recuperava de sua doença! Ele não tinha muita clareza sobre as atribuições de uma ajudante de cozinha, mas sabia que era preciso buscar lenha e acender todos os aquecedores de manhã. Elas estavam lá embaixo na hierarquia dos funcionários da casa e precisavam fazer o trabalho que os outros consideravam muito cansativo ou desagradável.

Por que ninguém se dispusera a poupá-la? O pai não sabia que ela recentemente se recuperara de uma doença grave? Bem… talvez o tivessem feito. Ele estava em Munique na época e mal sabia o que acontecia na mansão. Que bom que ela fora promovida a camareira e encontrara em Kitty alguém para interceder por ela.

Paul precisou reduzir a velocidade dos passos, pois começou a suar devido à caminhada apressada. Estranhamente, fazia pouco frio para um dia de janeiro, o céu estava encoberto e a torre Perlach, que geralmente se destacava entre os telhados da cidade, estava envolta de neblina. Do outro lado da rua ele pôde reconhecer a pequena loja de Ernstine Sauerbier, com suas duas vitrines altas emolduradas por colunas cenográficas verde-claras que terminavam em delicadas flores entrelaçadas. Por algum motivo, a mãe só comprava suas luvas ali. Provavelmente era devido ao fato de que a dona do negócio também restaurava peças danificadas.

Ele se deteve diante das vitrines, examinando as mercadorias expostas. Para mãos delicadas, luvas femininas de malha e com rendas; luvas que cobriam o braço até o cotovelo, muito finas e transparentes. Havia ainda aquelas que deixavam os dedos livres e outras de pelica branca que se esticavam sobre os dedos como uma segunda pele. Paul sabia que um par daquelas peças custava mais do que uma operária ganhava em um ano inteiro. Ele pensou nas mãos de Marie, tão diminutas e bem formadas, que jamais haviam vestido luvas tão caras. A moça não tinha pais e crescera em um orfanato, seu destino nunca lhe sorrira e, mesmo assim, ela era corajosa e serena. Não era cem vezes mais digna de admiração do que as jovenzinhas da chamada "alta sociedade", que não tinham mais nada na cabeça além de belos vestidos, passeios e bordados, ultrapassando todos os limites da futilidade?

– Sr. Melzer? Que prazer encontrá-lo aqui. Está interessado em luvas femininas?

O discreto sotaque francês lhe revelou quem era seu interlocutor antes mesmo que ele se virasse. Monsieur Gérard Duchamps estava de volta a Augsburgo, onde a empresa do pai abrira uma filial.

– Monsieur Duchamps, meus cumprimentos – respondeu ele sem empolgação genuína. – Não sou nenhum entusiasta de acessórios femininos. Só vim porque minha mãe me pediu para comprar algo.

– Então estamos em situação parecida – disse Duchamps, sorrindo. – Estou aqui comprando um presente para a senhora minha mãe e minhas irmãs. Na França, a pelica alemã está ficando muito popular. Por outro lado, os comerciantes de Augsburgo estão cada vez mais interessados na seda de Lyon. Espero sinceramente que em breve possamos fazer negócios proveitosos.

Óbvio que sim – os comerciantes franceses. Ele já devia ter imaginado. Enfim... se eles conseguiam fornecer bons produtos a preços convidativos, então qual o problema? Haviam começado a produzir tecidos de seda com estampa que foram muito bem recebidos pelos clientes. A seda que vinha de fora podia até ser mais barata que a da França, mas o transporte encarecia o material de maneira inviável.

– Por que não? Acho que todos sairiam ganhando, não é?

Duchamps assentiu enquanto admirava as luvas de renda com ar disperso. Paul percebeu mais uma vez que não simpatizava com aquele francês. Como era possível que todas as mulheres se jogassem aos seus pés? Ele por acaso era bonito? De maneira alguma. Gérard Duchamps tinha média estatura, seus movimentos eram tranquilos, quase sinuosos, entretanto Paul tinha certeza de que ele não era atleta. Seu nariz era fino, mas para o gosto de Paul, afilado demais; os olhos eram bem pretos, e os lábios, descaradamente sensuais. Talvez fosse isso o que fascinava tanto as moças. Ou talvez a maneira articulada e incomum com a qual se expressava sobre qualquer tema. E nesse aspecto – Paul tinha que admitir – ele não deslizava. Tudo o que dizia tinha pé e cabeça.

– Foi um prazer – disse Paul educadamente, apesar de sentir o contrário. – Nos vemos por aí...

Ele pôs a mão no chapéu para se despedir e concluir sua missão, mas Duchamps não estava disposto a deixá-lo ir.

– *Pardon*, queria lhe perguntar algo.

Paul se deteve e sorriu. O que estava acontecendo? Por que o francês estava com a expressão tão séria, como se aquilo fosse questão de vida ou morte?

– É uma pergunta muito pessoal – disse Duchamps. – E quero fazê-la ao senhor, pois confio que sua resposta será sincera.

Ele sabia ser convincente, o tal de Gérard Duchamps. Paul imediatamente sentiu simpatia e vontade de justificar a confiança nele depositada.

– Se estiver dentro do meu alcance, será um prazer.

Um grupo de moças se formava diante da vitrine da luvaria e Duchamps, que atraiu olhares de desejo de todas, entrou com Paul em uma viela lateral.

– Minha pergunta diz respeito a sua irmã.

– Qual delas?

– A Srta. Katharina.

Não me diga – qualquer outra resposta teria surpreendido Paul muitíssimo. Ao que parecia, sua sina era mesmo prestar eternamente esclarecimentos sobre sua encantadora irmãzinha.

– Prefiro não comentar nada, monsieur Duchamps – defendeu-se ele. – O senhor pode procurar minha irmã com sua pergunta ou, melhor ainda, meus pais.

– Sua irmã e eu já estamos de acordo há muito tempo, monsieur Paul.

Paul o encarou, descrente. Seria mesmo possível aquele casanova francês ter conquistado o coração de Kitty? Ou aquilo não passava de fanfarronice?

– Minha pergunta é a seguinte: sua família estaria disposta a aceitar um genro francês? Entenda-me, eu amo sua irmã e meus sentimentos são sinceros. Quero me casar com ela.

Paul precisou respirar fundo. Duchamps queria se casar com Kitty. E se o que ele disse era verdade, então já se declarara. E ela certamente lhe dissera que haveria um impeditivo.

– O senhor quer saber minha opinião? – perguntou ele para ganhar tempo.

Duchamps acenou com a cabeça e seu olhar penetrante causou incômodo em Paul. O moço estava apaixonado, quem poderia julgá-lo? Ele se casaria com Kitty e a levaria a Lyon. A mansão sem Kitty... Seu quarto vazio. Nada de conversas alegres de noite, nada de risadas vibrantes ou ideias desatinadas. E também os vários segredinhos que eles sempre compartilhavam entre si, tudo aquilo iria acabar. Maldição, ele não queria deixar sua irmã ir.

– Se falou com minha irmã, ela deve ter lhe contado que minha mãe até hoje sofre pela morte prematura de seu irmão mais velho. Ele morreu na guerra Franco-Prussiana quando ela ainda era criança.

Duchamps estava ciente. Uma perda irreparável, certamente. Contudo, houvera vítimas de ambos os lados, e o jovem não morrera atingido por uma bala francesa, mas de maneira banal em decorrência de um ferimento ordinário que evoluíra para sepse.

– O senhor está coberto de razão, eu também vejo assim. Infelizmente, minha mãe é bastante intransigente nesse assunto. Portanto, se quer pedir a mão de minha irmã, é melhor estar preparado para uma resposta negativa.

Suas palavras eram verdadeiras e ninguém poderia acusá-lo do contrário. Paul inclusive ocultara, por gentileza, que a mãe nutria um ódio extremo pela França – o inimigo histórico – e por todos os franceses. Ela chegara até mesmo a praguejar contra o champanhe que era bebido com gosto na mansão e já quisera substituí-lo por espumante da Crimeia. A bebida, além de causar dor de cabeça, era uma garapa tão absurdamente doce que foi necessário voltar ao champanhe, para a infelicidade de Alicia.

– Se quer mesmo se casar com Kitty, vai ser preciso persistir muito – acrescentou ele, comovido pela expressão desalentada de Duchamps.

O homem agradeceu, dizendo que já esperava aquilo.

– Peço, por favor, que esqueça nossa conversa, monsieur Paul.

Ele fez menção de levantar o chapéu e sorriu para Paul antes de dar meia-volta e partir.

Mas a intenção dele não era comprar luvas? Talvez fosse só uma desculpa. Paul sentiu um ligeiro pesar, sobretudo por causa de Kitty. Mas, por outro lado, sua irmã merecia um marido melhor que aquele mulherengo francês.

30

O frio que emanava do chão de pedra e subia pelos bancos da igreja entranhou-se pelas pernas de Marie. Apesar do grosso sobretudo e das botas com forro de pele, ela estava paralisada pelo frio, ansiosa para que a missa terminasse logo. Ao mesmo tempo, ela se sentiu envergonhada por seus pensamentos profanos quando observou as três senhoras no banco da frente. Pareciam mais vulneráveis ao frio que ela, e, apesar disso, acompanhavam a missa com grande devoção. As mulheres se ajoelhavam sempre que era requisitado, entoavam os cânticos em voz alta, por vezes esganiçada, e falavam as orações em latim com perfeição.

A missa matinal na igreja de São Maximiliano começara às seis horas. As ruas ainda estavam escuras e o alvorecer era iluminado apenas pelos postes a gás e pela luz elétrica de algumas lojas. Marie caminhara por cerca de meia hora para chegar pontualmente à missa e pretendia não ser vista quando retornasse à mansão. Ela não contara a ninguém sobre sua inusitada ida à igreja, já antecipando as insinuações que o passeio matutino da camareira poderia gerar. Certamente suporiam algum pecado grave que ela queria confessar e que lhe atormentava a consciência. Ou, quem sabe, um encontro com um amante? Auguste, por exemplo, podia ser bem criativa quando se tratava de espalhar boatos.

A fumaça do incensório tomava a nave caiada da igreja e já se apossava dos bancos do fundo. Incomodada com o cheiro desagradável da mirra, Marie tentou segurar a respiração enquanto observava os fiéis ajoelhando-se e a sagrada comunhão que se realizava. Três coroinhas com semblantes cansados prestavam auxílio, e um deles tocou a sineta do altar. Em meio a todo o ritual, Marie conseguiu ver através da fumaça o monsenhor Leutwien levando à boca a hóstia e bebendo do cálice dourado decorado com detalhes gravados. Por algum motivo, ela se sentiu enjoada. Talvez fosse por causa da fumaça ou por não ter comido nada. Ou então seu mal-estar se devia ao fato de que aquele homem dera a extrema-unção a sua mãe alguns anos atrás.

Ela se recompôs, alegre por escutar a bênção final e a melodia do órgão, que sinalizavam o término da missa. O monsenhor e os coroinhas se dirigiam à sacristia e os devotos – em sua maioria mulheres de idade avançada – se levantaram, aprumaram seus sobretudos e xales e recolocaram seus adornos de cabeça. O vento gélido que soprava do lado de fora varria os flocos de neve pelo chão: o caminho de volta definitivamente não seria prazeroso.

Marie esperou os bancos se esvaziarem. Ela caminhou até o altar, fez depressa o sinal da cruz diante da Virgem Maria e dobrou à esquerda, por onde o pároco e os coroinhas haviam desaparecido pouco antes. Na nave restou apenas a sacristã – uma mulher corpulenta e de respiração pesada –, que percorreu os bancos e recolheu os livros de cânticos esquecidos para colocá-los na caixa de madeira destinada a tal fim.

Por sorte, Marie conseguiu alcançar o monsenhor Leutwien que já estava prestes a deixar a igreja pela saída da sacristia. Ele se virou ao escutar o chamado vacilante de Marie e a fitou franzindo a testa. Foi difícil reconhecer quem lhe dirigia a palavra, pois ele apagara a lâmpada do ambiente e a sacristã acabara de soprar as velas do altar. Ele conseguiu, contudo, distinguir que aquela jovem tão bem-vestida nunca estivera presente na missa matinal.

– Como posso ajudar?

– Eu... eu queria pedir uma missa para uma falecida.

Ele acreditara inicialmente que ela o procurara para se confessar. Não era raro que moças viessem de outros bairros para se confessarem ali, pois não confiavam no padre da própria paróquia. Em todo caso, a missa de fiéis defuntos tampouco era algo incomum.

– A missa seria para quem?

– Para minha mãe. Ela se chama Louise Hofgartner e faleceu na cidade baixa há cerca de dezesseis anos.

Será que ele se lembraria? Ansiosa, Marie observava o padre enquanto ele dava alguns passos em direção à sacristia para acender um candeeiro sobre a mesa.

– Você por acaso é Marie Hofgartner?

– Sou eu, padre.

Ele fez um sinal para que ela se aproximasse, retirou os óculos e a examinou de cima a baixo com olhos espantados.

– Você está tão alinhada, Marie. Quase não a reconheci.

– O senhor se lembra de mim?

– Claro. Eu a vi várias vezes no orfanato. Você agora está trabalhando na Vila dos Tecidos, não é? Se não me engano, como ajudante de cozinha.

– Como camareira.

Ele a fitou intrigado, recolocou os óculos e pareceu duvidar da veracidade dessas palavras. Nenhuma funcionária conseguia ascender em tão pouco tempo de ajudante de cozinha a camareira.

– Como camareira. Veja você, que rapidez. Antes do Natal você ainda era ajudante de cozinha...

Marie não estava disposta a discutir tal assunto com ele. Mas, de qualquer forma, o padre parecia estranhamente bem informado sobre seu paradeiro. Por qual motivo?

– Não sei quanto custa para rezar a missa – disse ela com prudência. – Consegui juntar vinte marcos. É o suficiente?

O padre acenou com a cabeça e perguntou para quando seria o réquiem. Ela gostaria de alguma leitura em particular? Não? Então a data seria no próximo domingo após a missa solene se ela estivesse de acordo.

Marie consentiu e começou a contar as notas e moedas sobre a mesa. Que curioso ver aquele padre, que ainda há pouco luzia tão solene em sua casula com brocados dourados, conferindo as moedas com um aspecto tão ordinário e vulgar. Ela tomou coragem.

– O senhor conheceu minha mãe, não foi?

Ele ergueu o olhar do caderno de notas e voltou a retirar os óculos. Seus olhos pareciam maiores e mais penetrantes.

– Sim, eu a conheci.

– Como ela era? Fisicamente...

A pergunta lhe pareceu inocente e, ao mesmo tempo, comovente. Com certeza havia fotos e desenhos feitos pela própria falecida. Mas aparentemente tudo se perdera.

– Ela parecia com você, o cabelo era escuro como o seu e os olhos de um castanho intenso. Creio que ela era um pouco mais alta. Era artista, pintava e esculpia. Não sei se você sabe o que é isso...

Marie acenou. Era óbvio que ela sabia o que significava "esculpir".

– Como aquele busto inacabado de uma menina, por exemplo – disse ela, enigmática. – Apenas o rosto estava finalizado, mas não o cabelo e os ombros...

Calado, o padre olhava fixamente para o nada. Estaria refletindo? Tentando lembrar-se da tal escultura? Com certeza ele a vira naquela época. Ou talvez não tivesse reparado bem em cada pequeno detalhe do quartinho?

– Como você sabe disso? – indagou ele, finalmente.

O homem mantinha os olhos escondidos pelas lentes grossas de seus óculos, de maneira que não era possível distinguir se ele estava furioso ou simplesmente surpreso. Marie sentiu seu coração sobressaltado.

– Eu vi o quarto no qual minha mãe morreu. É na cidade baixa.

Ela esperou o padre tomar a palavra, mas ele se manteve calado.

– Sei também que ela se endividou e o Sr. Melzer mandou recolher todos os móveis do quarto dela.

– Você sabe disso? Quem lhe contou?

– A velha Sra. Deubel. Ela disse também que minha mãe foi a culpada pela própria desgraça, pois perdeu o controle das dívidas.

Finalmente Marie pôde perceber algum movimento na figura do pároco. Ele respirou fundo e balançou a cabeça.

– Não, Marie, isso não é verdade. Sua mãe era uma pessoa especial e não devemos julgá-la segundo os valores de uma taberneira. Dinheiro não significava muita coisa para ela.

Marie sorriu aliviada. Foi bom escutar o monsenhor Leutwien defendendo sua mãe. A mãe não se importava com dinheiro, aquilo agradou Marie.

– O busto de mármore e os trabalhos em madeira foram feitos pela minha mãe, não foram? Estou me referindo às coisas que ainda estão no quarto.

Após refletir brevemente, ele assentiu. O que lhe vinha à memória era sobretudo o busto de mármore, pois ela trabalhara nele até seus últimos dias.

– Provavelmente ela pegou dinheiro emprestado dos Deubels também e lhes deu essas obras como retribuição.

Fazia sentido. Que pena que a velha Sra. Deubel dificilmente abriria mão de suas peças.

– Gostaria muito de ter algo que foi de minha mãe. Algo que as mãos dela tenham tocado e que me conecte a ela – disse Marie, entristecida. – Mas não há nada.

A jovem esperou um momento e se perguntou se o padre acrescentaria algo. Mas não foi o caso. Será que ele queria encerrar a conversa? Por não haver mais nada a dizer ou por não querer dizer mais nada? Ele teria medo do diretor Melzer? Impossível, afinal, era um padre, um homem da igreja. Quem poderia prejudicá-lo?

De fato, ele fechou seu caderno de notas e levantou-se. E então dirigiu-se em silêncio até um armário escuro de carvalho e pegou seu sobretudo e o chapéu que cheiravam fortemente a naftalina.

– Quantos anos você tem, Marie? – perguntou, vestindo o sobretudo.

– Dezoito. Quase 19 anos.

Ele colocou o chapéu e pegou um farto molho de chaves que estava pendurado na parede.

– Venha comigo à reitoria. Quero lhe contar e mostrar o que sei de sua mãe.

Atônita, ela obedeceu, subiu os degraus gastos de pedra que levavam à saída e sob o forte vento e a neve esperou pacientemente o pároco fechar a porta por fora. Os dois andaram na mais completa escuridão sobre a neve que acabara de cair e se compactava sob seus passos. A reitoria ficava em frente à igreja e eles foram recebidos por um cheiro intenso, semelhante ao de lenha recém-queimada, que saía do corredor. A governanta do monsenhor estava preparando o café da manhã.

– Entre, por favor.

Ele abriu a porta e foi na frente para acender a lâmpada. Que inusitado! Havia luz elétrica naquela construção em ruínas. Distinguiam-se também estantes como as da biblioteca da mansão, não tão vistosas com seus entalhes, mas, pelo menos, repletas de livros. Havia ainda uma mesa de madeira avermelhada coberta de papéis e calhamaços. Também no chão havia mais sabedoria empilhada; era preciso andar com cuidado para não pisar em nenhum montinho de papel. Sobre o aparador da lareira se viam uma cruz de madeira e uma pequena estátua de Nossa Senhora: uma mulher bela e jovem com um bebê nos braços.

– Sente-se aí, Marie.

Ele retirou a pasta abarrotada de pergaminhos de cima da cadeira para que ela pudesse sentar e livrou-se do chapéu e do sobretudo molhados pela neve. Levou então as duas peças com cuidado para o corredor, possivelmente por medo de os respingos danificarem os montes de papéis. Então voltou trazendo uma pá com brasas, com as quais iniciou o fogo na lareira.

– A fatalidade de sua mãe me tocou profundamente – disse ele, olhando para trás. – Ela era uma pessoa correta, corajosa, mas também teimosa. Quando eu a vi pela primeira vez, você ainda não tinha nascido. Fui eu que casei seus pais.

Um sobressalto a tomou. Então seus pais foram casados. Da maneira como ela imaginara. Aquilo significava que a malvada Srta. Pappert mentira todo aquele tempo. Ela não era bastarda. E seu pai tampouco um desconhecido.

– O senhor... o senhor conheceu meu pai?

– Claro...

O monsenhor Leutwien escalou as várias pilhas de papel e inclinou-se para pegar da estante um grande livro de encadernação escura. Como ele conseguira achar o que queria na primeira tentativa foi um enigma para Marie, pois a estante estava tomada por uma comprida fileira de livros que pareciam todos iguais. Ele afastou alguns papéis para poder abrir o livro sobre a mesa e virou algumas páginas com o dedo.

– Venha aqui e veja, Marie. Tudo está registrado no livro da igreja.

Com profundo respeito, ela se aproximou para decifrar com algum esforço as linhas escritas à mão.

Hoje, 24 de janeiro de 1895, às dez horas da manhã, compareceram à igreja o mecânico e inventor Jakob Burkard e a pintora Louise Hofgartner para receber o sacramento do matrimônio. Foram testemunhas a taberneira Alwine Deubel e o industrial Johann Melzer.

Ela leu duas vezes movendo os lábios, sem produzir qualquer som; demorou para compreender o significado do trecho. Seus pais se casaram naquela igreja e o Sr. Melzer fora testemunha.

– Mas... se os dois eram casados, por que não tenho o sobrenome Burkard de meu pai?

O padre suspirou e virou uma página. Movendo o dedo sobre as colunas densamente escritas, acabou por se deter no pequeno registro.

Hoje, 29 de janeiro de 1895, foi sepultado o mecânico e inventor Jakob Burkard. Ele tinha apenas 38 anos... Que Deus tenha misericórdia de sua pobre alma.

Seu pai morrera poucos dias após o casamento. Deus, que horror!

– Eu celebrei o matrimônio por misericórdia – disse o padre. – Mas era contra a lei, pois seus pais não eram casados no civil. Sua mãe sempre se opôs ao casamento burguês; era convicção dela e eu aceitei, sem, contudo, estar de acordo. Mas quando o fim de seu pai estava próximo, ela cedeu e concordou em se casar pelo menos na igreja. Diante de Deus eles foram um casal, eu insisto nisso. E as leis de Deus estão acima das leis dos homens.

Suas palavras tinham profunda convicção, e ele acrescentou ainda que o pai dela fora um excelente mecânico em seus tempos áureos. Marie tinha razões para orgulhar-se, até porque Johann Melzer devia muito a ele.

– Então meu pai trabalhou para o Sr. Melzer?

O pároco ficou furioso com razão. Haviam intencionalmente ocultado da menina de quem ela era filha. Mandaram-na ao orfanato, mentiram sobre seus pais e, por fim – vejam só que generosidade – a empregaram como ajudante de cozinha em sua casa.

– Seu pai, Marie, montou e aperfeiçoou continuamente todas as máquinas da fábrica. Sem Jakob Burkard não existiria a fábrica de tecidos dos Melzers.

Aquilo precisava ser dito. Mesmo que o diretor Melzer cortasse as generosas doações à paróquia de São Maximiliano, mesmo que recorresse à sua influência para forçar a aposentadoria prematura do padre Leutwien. Não importava. A expressão desconcertada de Marie, assumindo contornos de felicidade e honradez, já fazia qualquer revés valer a pena.

– É... é verdade isso? – balbuciou ela. – Meu pai era um grande mecânico... todas as máquinas... Meu Deus!

Até então ela não sabia exatamente o que um mecânico fazia. Mas naquele momento ela entendera. Era a pessoa que inventava e montava aquelas complexas máquinas. E que também as consertava quando paravam de funcionar.

Um chacoalhar de objetos interrompeu seus pensamentos. O monsenhor Leutwien afastara a cadeira para retirar da escrivaninha uma das gavetas, tão bagunçada como tudo naquele escritório. Papéis, medalhinhas de todo tipo, caixinhas de papelão e latinhas amontoavam-se de maneira caótica. Ele vasculhou os itens, resmungou qualquer coisa, abriu uma ou outra caixa e encontrou finalmente a que buscava. Uma caixinha de papelão quadrada, revestida com um desbotado papel com estampa de rosas e que cabia na palma da mão. Estava atada com um laço rosa-claro que ele impacientemente desamarrou.

– Sua mãe me deu isso antes de morrer. Na verdade, ela queria que você só o recebesse quando fosse maior de idade. Mas acho que Louise Hofgartner estaria de acordo se eu lhe entregasse agora.

A caixa continha uma camada de algodão branco. Sobre ela, um fino cordão de prata com um pingente delicadamente trabalhado em forma de chave.

As mãos de Marie tremeram quando ela tomou para si o objeto. Sua mãe havia tocado aquela caixinha, ela colocara o algodão dentro e acomodara a joia sobre ele. Certamente ela já usara aquele cordão que, a partir de então, seria o único legado que deixaria para a filha, entregue à própria sorte sem pai nem mãe. Havia sido inteligente de sua parte confiar aquela joia ao padre, com quem estaria em segurança. Caso o cordão tivesse caído nas garras da Sra. Deubel ou, pior ainda, da Srta. Pappert, Marie nunca teria chegado a vê-lo.

– Não é uma joia de valor, Marie – opinou o padre, sorrindo. – É mais uma recordação. Mas você deve guardá-la com todo o respeito.

– Vou fazer isso, padre. Estou profundamente agradecida ao senhor.

Com todo o cuidado, ela voltou a fechar a caixa, amarrou o laço e a guardou no bolso do sobretudo. Quando estava prestes a se ajoelhar para beijar a mão do pároco, ele recusou o gesto. O monsenhor Leutwien era apenas um homem, ela deveria agradecer a Deus e confiar que Ele a ajudaria.

No sombrio corredor da reitoria, ela se deparou com a governanta, uma mulher esquálida com nariz pontudo e pequenos olhos de passarinho. Ela levava em uma bandeja o café da manhã para o padre: café, geleia, um pedaço ínfimo de manteiga e um pão seco do dia anterior.

– Vai querer tomar café aqui também? – perguntou ela, agressiva.

– Muito obrigada. Infelizmente tenho que ir.

– Então vá com Deus!

O vento cedera um pouco, mas a neve estava mais forte, e mal se podia distinguir entre a rua e a calçada. Que horas deviam ser? A escuridão dera lugar a um pálido tom acinzentado, mas ainda não estava claro o bastante para enxergar os mostradores do relógio da torre. Provavelmente já eram sete horas – seria necessária muita sorte para não ser flagrada quando retornasse à mansão.

Ela mal sentia frio, pois andava como em um sonho pela alvorada, sem nem sequer perceber os inúmeros trabalhadores que lotavam as ruas para se dirigirem às fábricas já iluminadas. Sua mão direita agarrava firmemente a caixinha em seu bolso, o legado de sua mãe, a prova cabal de que ela não sonhara aquilo tudo. Infinitas perguntas tomavam sua cabeça. O Sr. Melzer conhecera seus pais; Jakob Burkard fora um homem de extrema importância para a fábrica. Mas por que ele mandara recolher praticamente todos os pertences de sua mãe? Ah, e seu pai fora também um mecânico renomado. Que orgulho! O Sr. Melzer era grato ao seu pai. Mas por que ninguém nunca lhe dissera quem ele fora? Como entender tudo aquilo?

Ao chegar na entrada do parque da mansão, Marie voltou à realidade. Ela se deteve e analisou o terreno. No andar de baixo, a cozinha e as áreas de serviço estavam iluminadas, assim como o segundo andar, o que significava que o Sr. Melzer, seu filho e a senhora já estavam de pé. Às sete e meia eles se reuniriam na sala de jantar para o café da manhã. A Srta. Elisabeth e a Srta. Katharina normalmente tomavam seu dejejum um pouco mais tarde; nenhuma delas era afeita a acordar cedo, menos ainda nas manhãs escuras de fevereiro. Naquela hora, Robert deveria estar colocando a mesa enquanto os demais funcionários tomavam apressados o café na cozinha. Obviamente todos já tinham notado sua falta.

Só havia uma possibilidade de explicar sua ausência de maneira crível: ela deveria inventar que a Srta. Katharina a chamara durante a madrugada e que ela ficara em seu quarto até de manhã cedo. Já acontecera várias vezes, pois, apesar da frequente insônia, Katharina se recusava a tomar as pílulas que o médico receitara. Marie então pensou no que poderia contar à senhorita quando aparecesse em seus aposentos de sobretudo e botas de inverno. Ela diria que fora à primeira missa na igreja de São Maximiliano para pedir uma missa para sua falecida mãe. Era uma ótima ideia. E o melhor de tudo é que não estaria mentindo.

Ela usou as árvores ao longo do caminho como cobertura para chegar desapercebida à porta da lavanderia. A neve era uma vantagem, pois assim as pegadas seriam rapidamente cobertas. Ela colocou o plano em ação. Com a lavanderia escura e vazia, Marie foi tateando até a porta e cruzou depressa o átrio, iluminado apenas por um candeeiro a óleo. A partir dali ela poderia alcançar a escada de serviço passando pelas despensas. O único problema era deparar-se com Robert enquanto ele servia o café da manhã. Por sorte, conseguiu chegar ao segundo andar sem ser vista e tirou cuidadosamente o sobretudo e as botas para seguir até o quarto da Srta. Katharina. Se ela por acaso encontrasse com a senhora ou o diretor Melzer no corredor, eles pensariam que as roupas que ela levava nas mãos eram da senhorita. Já o fato de estar andando pela casa sem calçados seria mais difícil de explicar.

– Senhorita? Sou eu, Marie.

A jovem parecia estar dormindo pesado, pois não houve resposta.

– Srta. Katharina?

Do outro lado do corredor, ouviu-se uma porta ranger e alguém saiu do banheiro. Sobressaltada, Marie abriu a porta do quarto de Katharina e desapareceu.

Como de costume, o abajur estava aceso, porém com um pano de seda sobre a cúpula. Apesar de ter medo do escuro, Katharina não conseguia dormir com luz forte, de maneira que aquela era a solução ideal.

Marie observou o abajur e então dirigiu o olhar para a cama. Estava desarrumada como sempre. E vazia.

Será que Katharina já estava no banheiro? Será que ela excepcionalmente acordara cedo? Enquanto procurava com os olhos o penhoar da senhorita, Marie encontrou uma folha de papel sobre o travesseiro. Um papel timbrado que Katharina sacara apressada da pasta e preenchera com algumas poucas linhas.

Minha doce Marie,

Eu queria tanto poder levá-la conosco, mas Gérard acredita que você poderia nos atrapalhar. Queira me perdoar, minha querida, minha única confidente. Assim que encontrarmos um domicílio eu lhe escreverei para que você possa vir também.

Só o amor conta, todo o resto é ilusão.
Sua amiga Katharina

31

— Eu não entendo.

A folha na mão de Alicia tremia intensamente. Só poderia ser uma brincadeira de mau gosto. Kitty sempre inventava coisas totalmente descabidas; ela era mesmo uma menina incomum...

– Eu temo que ela tenha saído da mansão muito cedo pela manhã, senhora. Talvez ainda na madrugada. Ela levou roupa de baixo, sapatos e os vestidos. E também os lápis de carvão e um bloco de desenho. Talvez tenha mais coisa faltando.

O rosto da esposa do bem-sucedido industrial estava paralisado. Ela parecia assustadoramente velha naquele momento.

– Deve ter se escondido em algum lugar para depois rir de nossa reação – murmurou ela, parecendo não acreditar nas próprias palavras.

Marie se sentia péssima. Tudo era culpa dela; a camareira devia ter previsto a fuga. Se ela tivesse usado a cabeça... Mas estava ocupada demais com suas próprias questões. Toda a dor e todo o desespero que tomariam a casa a partir daquele momento eram responsabilidade de Marie.

– Senhora, talvez seja possível descobrir na estação de trem para onde eles foram.

– Na estação? Você acha que eles... E quem é esse Gérard? Não me diga que...

– Trata-se de monsieur Gérard Duchamps, de Lyon – explicou Marie.

No mesmo instante, a porta da sala de jantar se abriu e o Sr. Melzer entrou.

– Não quero que esse nome seja mencionado de novo na minha casa – resmungou ele mal-humorado. – Pelo menos não antes do dejejum.

Sem dizer uma palavra, a esposa lhe entregou o papel escrito a mão.

– Eu temo sinceramente que nossa Kitty tenha feito uma grande besteira.

Ele leu a carta, baixou-a, fitou a esposa confuso e voltou a ler. E então lançou um olhar a Marie.

– Ela está destinada a você, não? – perguntou ele.

– Sim, Sr. Melzer.

– "Minha querida, minha única confidente" – citou ele com discreto escárnio. – Então pode abrir a boca. O que significa isso?

O tom fora tão duro que a intimidou. Era assim que ele abordava as pessoas na fábrica. A fábrica que só existia graças ao seu pai. Mas aquele definitivamente não era o momento para discutir tal assunto.

– Não sei. Eu não tinha ideia que ela pretendia fazer isso.

– Não minta para nós! – berrou ele, colérico. – Pois aqui está escrito "minha única confidente". Se você é a confidente de minha filha, então ela deve ter lhe contado para onde ela fugiu com esse maldito francês.

Marie não lhe deu o prazer de vê-la chorar de medo. Várias vezes em sua vida já haviam gritado com ela, e a jovem aprendera a ser forte. Só lhe constrangeu o fato de que os gritos podiam ser ouvidos no corredor.

– Infelizmente não, Sr. Melzer. Mas talvez seja possível descobrir em uma das cartas...

Ele e a esposa se entreolharam, e então o Sr. Melzer encarou Marie como se quisesse devorá-la. Sua aparência era medonha: o rosto vermelho, os olhos arregalados sob as fartas sobrancelhas pretas, os lábios azulados.

– Cartas? Que cartas?

Marie teve que confessar, ainda que aquilo lhe partisse o coração. Além do mais, cedo ou tarde as cartas seriam encontradas, pois a senhorita com certeza não levara toda a correspondência.

– A senhorita e o Sr. Duchamps se correspondiam. Não pelos correios, mas por mensageiro.

Marie já contava que o senhor gritaria de novo ou até lhe batesse. Mas, para seu assombro, ele se conteve.

– Uma troca de cartas às escondidas entre nossa filha e esse... esse francês cabotino! Que ainda ontem nos fez aquela oferta acintosamente superfaturada. Excelente. Como você não sabia disso, Alicia?

– Eu? – defendeu-se a esposa. – Você acabou de ouvir que eles se correspondiam secretamente através de um mensageiro.

Sua fúria era grande demais. Ele andou nervoso de um lado para outro, sacou o relógio, voltou a colocá-lo no colete e então se deteve.

– Robert! Toque a campainha, Alicia!

A porta se abriu e, em vez do criado, surgiu Paul, ainda de robe, porém disposto e cheio de energia. Ao ver Marie, ele esboçou um sorriso e logo percebeu a gravidade da situação.

– O que está acontecendo?

Como resposta, o pai lhe entregou o papel já bastante amassado. Paul olhou para Marie preocupado e leu por alto as linhas.

– Deus do céu – murmurou ele.

– Vai me dizer agora que você também não fazia ideia desse... desse caso? – esbravejou Johann Melzer.

Paul não teve chance de responder, pois no mesmo instante apareceu Robert, atendendo ao chamado da campainha. Seu rosto empalideceu como o de um defunto, por obviamente já saber o que sucedera.

– Você levou minha filha Katharina hoje de manhã até a estação? Com bolsas e bagagens?

Marie sentiu profunda compaixão pelo criado, que com certeza também estava pessoalmente afetado pelo ocorrido. Ele contou que sim, havia conduzido a Srta. Katharina pouco depois da meia-noite até a estação. Ele pensara que os pais estavam cientes da viagem e que a senhorita se encontraria com umas amigas para passarem uns dias de descanso em Bad Tölz.

– À meia-noite! E você acreditou nisso? – vociferou Johann Melzer, irado. – Sem conferir antes conosco? Está querendo me fazer de imbecil, Robert?

– Eu acreditei, senhor – garantiu Robert, desesperado. – Só comecei a achar estranho quando chegamos na estação. Ela não quis de maneira alguma que eu a acompanhasse até a plataforma. Chamou um maleiro, se despediu e desapareceu na penumbra. Ah, eu devia tê-la seguido. Tê-la trazido de volta. Mas não tive coragem, admito. Fiquei com medo de estar equivocado e acabar fazendo um papel ridículo. Eu queria...

– Cale-se! – interrompeu Johann Melzer. – Você terá que arcar com as consequências de sua omissão. E você também, Marie, ainda hoje eu quero que você...

– Calma, pai – intercedeu Paul. – Vamos tentar agir de maneira prudente e não tomar decisões precipitadas. Quanto menos pessoas souberem dessa história infeliz, melhor.

– Paul tem razão – disse Alicia, que já recobrara a compostura. – Se a cidade inteira ficar sabendo disso, será o fim para a reputação de Kitty.

Johann Melzer bufou. O que Alicia estava pensando? Que ainda era possível evitar um escândalo?

– Posso ir à estação agora e tentar descobrir aonde ela foi – sugeriu Paul. – E vou pedir à polícia ferroviária que detenham o casal caso ainda estejam em território alemão.

– À polícia? – indagou Alicia, indignada. – De jeito nenhum, Paul. Você quer que sua irmã seja conduzida à mansão algemada como uma criminosa?

– Por mim, podem trazê-la em uma camisa de força – esbravejou Johann Melzer, checando o relógio. – Eu só não quero que ela suma com esse francês. Vou à fábrica agora mesmo pedir uma ligação para Lyon. Vou infernizar a vida do velho Duchamps.

Ele parecia aliviado por poder escapar e ir à fábrica, onde já o aguardavam havia muito tempo. Paul tomou o café apressado, deu uma mordida no pão e desceu para o átrio, onde Else já estava a postos com o chapéu e o sobretudo.

– Robert, quero que você mantenha essa situação em sigilo absoluto – ordenou Alicia. – Marie, você vai me mostrar essas cartas no quarto da minha filha.

– Sim, senhora.

Ao passarem pela porta, encontraram Elisabeth descendo para o café da manhã, com a consciência pesada por ter acordado tarde.

– Aconteceu alguma coisa? Papai estava falando tão alto que dava para ouvir até do terceiro andar...

– Sua irmã fugiu com monsieur Duchamps!

Elisabeth teve que se sentar para assimilar o susto. Marie já estava no corredor quando escutou as palavras coléricas vindo da sala de jantar.

– Essa desmiolada definitivamente quer acabar com a minha reputação!

Marie subiu as escadas correndo e reduziu a velocidade ao escutar a respiração ofegante de Alicia, que tentava acompanhá-la. Como se sabia, a senhora tinha a articulação do tornozelo rígida.

– Ande logo! Não precisa esperar por mim! – incitava Alicia.

Marie acelerou o passo, abriu a porta do quarto e afastou as cortinas. A difusa luz matinal não chegou a iluminar o quarto completamente e foi preciso acender a luz elétrica.

– Onde? Na escrivaninha?

– Sim, senhora. Na pasta onde ela guarda as cartas. Não nessa verde. Mais atrás, acho que tem uma marrom...

Por um momento, Marie desejou que Kitty tivesse levado as cartas ou pelo menos dado um fim a elas, mas a mão ávida de Alicia encontrou a pasta logo na primeira tentativa. Abarrotada de cartas.

– Que absurdo! – Alicia arfou. – Isso já devia vir acontecendo há meses. E você não me disse nada a respeito!

– Foram só algumas semanas.

Marie recebeu um olhar aniquilador e abaixou a cabeça. Como ela pudera acreditar na inocência de meia dúzia de palavras escritas em um pedaço de papel? Kitty e o francês seguramente já se correspondiam havia meses e tramavam planos de fuga. Por que ela nunca tentara bisbilhotar o que havia dentro da tal pasta? Oportunidades não lhe faltaram...

– Ela de fato fez as malas... o casaco de pele não está aqui. Levou também as botinas bege, o conjunto cinza de lã... Céus, ela esqueceu as camisolas...

Alicia revolvia o guarda-roupa, escancarava as gavetas e arremessava as roupas, deixando cair no chão por acidente um pequeno frasco de vidro que estava sobre a cômoda. Era um perfume francês que dera à filha de presente de aniversário.

– Junte os cacos e pode jogar no lixo. E nem uma palavra para os outros funcionários, entendido?

Maria assentiu, resignada. Onde a senhora achava que estava? Ali na mansão as paredes tinham ouvidos.

– E o que é isso? Essas são as roupas, que... sim, claro... O sobretudo e os sapatos que você ganhou de Natal. O que significa isso aqui, Marie?

Desgraça pouca é bobagem, pensou Marie. Com a confusão, ela esquecera suas coisas no quarto da senhorita.

– Eu... eu estava na missa, senhora. E como cheguei atrasada, subi de sobretudo e botas ao quarto da senhorita para acordá-la.

Obviamente Alicia não acreditou em uma só palavra. Ali estava a prova do complô de sua filha com a camareira. Marie já estava pronta e disposta a acompanhá-la na fuga, mas então Kitty mudara de ideia. Era isso o que constava na carta.

– Não, não foi nada disso! Eu juro para a senhora que eu não sabia do plano dela de fugir!

– Cale-se! E o que é isso no bolso do sobretudo?

Marie se assustou. Era a caixinha com o cordão de sua mãe.

– Isso é meu.

Alicia abriu a pequena caixa, removeu o algodão e examinou o colar com o pingente. Não, aquela peça humilde com certeza não era de sua filha. Ela fechou a tampa e arremessou o objeto de volta para Marie.

– Suas mentiras não vão ajudá-la em nada – disse ela com profundo desdém. – Aconteça o que acontecer com a coitada da minha filha, será culpa sua. E isso eu nunca esquecerei, Marie!

Por maior que fosse o remorso que ela sentia, aquilo não era justo. Como poderia ser culpada por tudo? Por um momento, ela cogitou recorrer ao monsenhor Leutwien para testemunhar em seu favor e corroborar que ela estivera na primeira missa. Mas logo se livrou daquele pensamento. E se quisessem tirar dela o colar de sua mãe? Ela sabia que só poderia recebê-lo em dois anos, quando fizesse 21 anos.

– Suma da minha vista. E ai de você se eu souber que nossa conversa andou circulando por aí!

Marie fez sua reverência protocolar, recolheu o sobretudo e os sapatos e retirou-se. Por pouco não bateu com a porta na cara de Auguste, que diligentemente mantinha o ouvido colado à fechadura. Obviamente a camareira tinha a desculpa na ponta da língua: ela vinha trazendo a roupa de cama lavada da senhorita e estava prestes a bater à porta.

Marie subiu a estreita escada de serviço e chegou ao terceiro andar para levar o sobretudo e as botas ao seu quarto. Exausta, ela se sentou sobre a cama desarrumada e afundou a cabeça nas mãos. Pensamentos ocupavam sua cabeça como uma revoada de pássaros selvagens. Pobre Kitty, certamente ela não seria feliz com um homem que lhe convencera a fazer tamanho disparate! Se ao menos pudesse tê-la ajudado! Mas pelo visto ela não conseguia nem sequer ajudar a si mesma. Marie seria demitida, não restavam dúvidas. Sem aviso prévio ou referências. Em pleno inverno, teria que deixar a mansão, sem perspectiva de um novo emprego e sem dinheiro, pois gastara todas as economias para encomendar a missa. Mas talvez fosse melhor assim, pois daquela maneira sua mãe poderia rogar pela filha no céu. Ela nunca mais voltaria a ver Paul. Não voltaria a receber seus olhares de desejo, a ter sonhos pouco comportados à noite ou a sentir o coração batendo forte quando o encontrava no corredor. Ela estaria livre. Livre daquele estúpido amor infeliz que não lhe traria nada além de dor.

Marie agarrou a caixinha e com os delicados dedos retirou o colar e o pingente de dentro. Era melhor levar as peças no pescoço antes que ocorresse a alguém a ideia de lhe tomar a joia. Sob o vestido ninguém a perceberia. Ela fechou a caixa, colocou-a sobre a cômoda branca e abriu a gaveta para tirar um pano. O mesmo com o qual cinco meses atrás fizera sua trouxa e carregara todos os seus poucos pertences. Ele lhe seria útil mais uma vez.

Não vou ficar esperando me jogarem na rua aos pontapés, pensou ela. *Ah, não, não interessa o que aconteceu. Tenho o direito de fazer minhas perguntas. E é o que farei antes de ir! Eles terão que explicar por que ninguém diz uma palavra sobre Jakob Burkard. Meu pai! O homem sem o qual a fábrica dos Melzers não existiria!*

Decidida, ela pegou sua roupa de baixo, as meias e os vestidos passados da cômoda. E também o pente, duas faixas de cabelo, a escova de dentes e um par de sapatos. Amarrou tudo com o pano, já sabendo que mais tarde, ao deixar a mansão, teria que desatar o nó e mostrar o que colocara em seu fardo. Mas ainda não era o momento.

Seu estômago roncava e ela resolveu descer à cozinha para fazer pelo menos uma refeição quente antes de ir. Lamentou deixar a Sra. Brunnenmayer. O jardineiro Bliefert e seu neto também eram pessoas por quem tinha apreço. Else era uma falsa de quem certamente não sentiria saudades; e menos ainda da fofoqueira Auguste. Da Srta. Schmalzler, quem sabe, um pouco. A mulher sempre procurara ser justa e no início chegou a defender Marie. Ao se lembrar de que igualmente nunca mais ouviria os roncos de Jordan, concluiu que aquilo não seria nenhuma grande perda.

Lentamente, Marie desceu a escada, atenta aos ruídos ao redor, ao badalar do relógio no cômodo dos cavalheiros, aos estalidos das chamas dos aquecedores, às vozes distantes, ao ranger do chão de tacos quando alguém andava. Que estranho. Ela sentiu um forte aperto do peito. Aquela casa se tornara importante para ela, era como se cada cômodo, cada móvel, cada objeto lhe pertencesse. E ela já conhecia muito bem todas as pessoas que ali viviam.

Talvez Paul tenha conseguido detê-los na estação, pensou ela com desânimo. *Talvez ele a traga de volta e tudo não terá passado de um erro estúpido.* Mas Marie sabia muito bem que essa esperança não se concretizaria.

A cozinha, no andar de baixo, cheirava a café e pão fresco. Sobre o forno uma peça de carne bovina cozinhava em caldo de legumes para ser servida no jantar. Como de costume, haveria convidados.

Auguste estava sentada à mesa com o rosto vermelho e debulhada em lágrimas. Else estava agachada ao seu lado tentando consolá-la.

– Não vai acontecer nada, Guste. Ele não é estúpido. Só foi dar uma volta para espairecer e logo voltará.

– Eles... eles vão... demiti-lo! – Auguste soluçava. – Veja só o que essa... essa bruxa fez!

– Não fale assim dos patrões – interrompeu a Sra. Brunnenmayer. – Não vou admitir isso. A coitada da senhorita já é infeliz o bastante.

Auguste engoliu o choro e soltou uma gargalhada que mais pareceu um soluço.

– A senhorita? Ela está muito bem. Perdidamente apaixonada nos braços de um francês. Vocês viram que ela não levou uma camisola sequer? Bem... ela não vai precisar mesmo...

– Não seja maledicente! – repreendeu a cozinheira, cortando o repolho para a salada.

Sem falar com ninguém, Marie se aproximou do forno para se servir do bule azul-claro. Com a xícara na mão, ela se sentou à mesa e avidamente pegou um pão.

– O que aconteceu com Robert? – perguntou ela, confusa.

Auguste lhe dirigiu um olhar venenoso e Else sorveu um generoso gole de seu café. Ambas se abstiveram de responder. Else estava entre a cruz e a espada, pois, pelo visto, Marie perderia sua posição privilegiada na mansão. Ou seja, era melhor arrebanhar-se para o outro lado, junto a Auguste e Jordan, que sempre foram inimigas de Marie.

– Ele fugiu – respondeu a Sra. Brunnenmayer, que nunca tomava partido entre os funcionários. – O senhor ficou furioso porque Robert deveria levá-lo à fábrica. Mas como ele sumiu, o senhor teve que ir dirigindo.

Maria calou-se, compadecida. Provavelmente Auguste tinha motivos concretos para preocupar-se com Robert. Ele ficara desesperado ao perceber que inconscientemente ajudara a senhorita em sua fuga. Marie conseguia imaginar muito bem como Katharina o convencera. O pobre rapaz era tão apaixonado pela senhorita que fazia tudo o que ela pedia sem refletir. Não tinha sido correto da parte de Kitty. Na verdade, nesse aspecto, ela era tão egoísta quanto a irmã Elisabeth. Nenhuma das duas pensava se estava prejudicando alguém quando agia.

– As coisas dele ainda estão lá em cima no quarto – disse Else, procurando consolar Auguste. – Ele não vai demorar a voltar.

– E se ele se matar? – sugeriu Auguste, voltando às lágrimas.

Os outros empregados também tiveram que enxugar os olhos, mais provavelmente por causa da cebola que a Sra. Brunnenmayer picava. Maria Jordan então irrompeu na cozinha, ansiosa por contar as últimas novidades.

– Me dê rápido um café, Else. Meu Deus, a senhora está acabada. Se ela não tivesse a mim, eu juro a vocês, já teria se jogado no rio Wertach. "Jordan, minha querida", disse ela. "Jordan, minha querida. Sou tão grata por você estar ao meu lado e não me trair como certas pessoas..."

Ao concluir, lançou a Marie um olhar de desprezo e vitória. Sua rival estava destruída, no chão, ninguém mais confiaria nela.

– Ela queria ir a Lyon a todo custo tirar satisfação com o pai do tal francês. Mas eu e a Srta. Elisabeth conseguimos convencê-la do contrário. "Senhora", eu lhe disse. "Querida senhora, isso é assunto para homens, não para uma mulher tão frágil. E quem lhe garante que o velho Duchamps esteja ciente das artimanhas de seu filhinho? É bem possível que ele fique tão surpreso com a situação quanto nós."

– Que romântico isso tudo. – Else suspirou. – Dois jovens apaixonados viajando pela Europa, visitando Barcelona, Veneza, Londres, Edimburgo... Sempre fugindo dos pais que não aceitam seu amor e querem separá-los.

– Você tem lido muitos folhetins, não é? – censurou Auguste.

– Romântico? Pois para mim isso foi uma falta de respeito – sentenciou Jordan, levantando seu queixo pontudo.

– O romance vai acabar assim que os dois ficarem sem dinheiro – acrescentou a cozinheira em tom seco.

Marie precisou admitir que ela tinha razão. Else tentou apaziguar, sugerindo que o rapaz poderia trabalhar e ganhar o próprio dinheiro. Se amasse a senhorita de verdade, ele o faria. Como reação, ela ouviu a sarcástica gargalhada de Jordan, que afirmou ser mais provável o francês em algum momento ficar enfadado e largar a senhorita por aí.

– É assim que eles são, esses franceses – insistiu ela, mastigando um pão com manteiga. – Todo mundo sabe que não se pode confiar nessa gente. Mais cedo ou mais tarde, a senhorita voltará com o coração despedaçado, mas aí será tarde demais. Nenhum de seus muitos pretendentes vai querê-la depois que sua reputação estiver arruinada. Inclusive, não duvido que ela volte grávida...

– Srta. Jordan!

Jordan engasgou quando a governanta entrou na cozinha. Eleonore Schmalzler se aproximou da mesa, ignorando a xícara de café que Else lhe ofereceu apressada.

– Conforme vejo, a tagarelice já está a todo vapor – disse ela com desdém. – Especialmente de você, Jordan, eu esperava muito mais discrição. O cargo de camareira implica uma grande intimidade com os patrões. Tomamos conhecimento de detalhes muito privados que devemos guardar com todo o sigilo. Espero que não se esqueça disso.

O rosto e o pescoço pálidos de Maria Jordan enrubesceram. Era bom lembrar que a Srta. Schmalzler tinha relações melhores com a senhora, uma vez que ambas se conheciam havia décadas.

– Sim, claro, Srta. Schmalzler. Com todo o sigilo. Mas tem coisas que…

– Robert já voltou?

A resposta foi negativa. Ela comentou que o jardineiro Bliefert estivera com Gustav no parque, onde um teixo caíra pelo peso da neve. Era preciso serrar a árvore e armazenar a lenha.

– Então vou aproveitar para informar aos presentes algumas coisas que a senhora e eu combinamos. Primeiro: a viagem da senhorita e tudo que tem a ver com ela não poderá sair desta casa. Segundo: hoje à noite o casal Bräuer, o Sr. Schleicher e a esposa e também o casal Manzinger com as duas filhas estão confirmados para o jantar. Tudo deverá ser preparado com a perfeição de sempre. E nem uma palavra sobre o ocorrido de ontem à noite. A Srta. Katharina estará ausente por motivo de forte enxaqueca. Espero que vocês tenham isso em consideração.

Todos assentiram, e inclusive Marie, que já estava decidida a deixar a mansão, concordou em participar daquela encenação.

– O que faremos se Robert não voltar a tempo? – perguntou ela.

– Já providenciei um ajudante – respondeu a Srta. Schmalzler. – Suba agora para arrumar o guarda-roupa da Srta. Katharina, Marie. Por volta das cinco, a Srta. Elisabeth a estará esperando para vestir-se.

A expressão de Jordan foi de desgosto. Ela esperava que Srta. Elisabeth também só quisesse ser atendida por ela. Mas era óbvio que a jovem dama dava mais valor àquilo que definia como "chique e moderno" do que à lealdade e confiança de seus serviçais. Lamentável.

Marie se viu diante de um dilema. Por um lado, seu orgulho demandava que ela deixasse a mansão imediatamente. Mas antes, queria ter uma conversa séria com o Sr. Melzer. Por outro lado, ela não gostaria de abandonar os patrões justamente naquele momento tão difícil. E o fato de que justo a Srta. Elisabeth contava com ela era prova de que nem todos a culpavam pela fuga de Katharina.

Pensativa, Marie subiu as escadas até o segundo andar para ocupar-se do guarda-roupa de Katharina. Ela já estava com a mão sobre a maçaneta quando ouviu uma voz bem conhecida chamando seu nome. Então se deteve assustada.

– Marie! Espere! Marie!

Paul vinha apressado pelo corredor com o sobretudo aberto e o chapéu ainda na mão.

– Marie – repetiu ele, parado diante dela. – Fico contente por vê-la aqui. Eu temia que você fosse deixar a casa.

Ela se calou, pois o temor de Paul não era de todo fantasioso.

– Você não fará isso, não é?

– O que me impediria, senhor?

Ele bufou, irritado, pedindo-lhe que parasse de chamá-lo de "senhor". E logo se conteve, passou a mão pelos cabelos rebeldes e explicou que os acontecimentos o haviam afetado muito.

– Conseguiu resolver algo na estação?

– Mais ou menos – respondeu ele, insatisfeito. – Pelo menos descobri que os dois foram para Paris. Como não estavam mais em território alemão, não era possível impedir sua viagem. E para conseguir deter dois passageiros alemães em uma estação na França, seria necessário preencher uma porção de formulários.

– E agora? O que o senhor vai fazer?

Ele deu um suspiro profundo e baixou o olhar para o chapéu molhado em sua mão. Ele não tinha uma resposta; os desdobramentos daquela situação teriam que ser discutidos em família.

– É difícil encontrar alguém em Paris?

Ele sorriu ao perceber que sua pergunta era séria.

– É como achar uma agulha no palheiro. Decerto eles vão se hospedar em algum hotelzinho. Mas quem garante que informarão seus nomes verdadeiros?

– Não é possível contratar alguém para encontrá-los? – sugeriu ela. – De preferência um francês que conheça a região. Obviamente seria preciso pagar.

– Você quer dizer um detetive?

Para espanto de Paul, ela nunca ouvira aquela palavra. Marie, apesar de inocente, era bastante esperta. A ideia não era nada má, mas sua mãe se oporia ao saber que justo um francês estaria no encalço de sua filha.

– Queria poder fazer algo para trazê-la de volta – disse Marie com tristeza. – O que aconteceu é em grande parte culpa minha. Eu devia ter previsto…

– De maneira alguma – disse ele, assustado. – Ninguém tem culpa, apenas a própria Kitty. Mas de todo modo ela não é mais criança e não poderíamos prendê-la aqui. E, por favor, se está procurando culpados, está falando com um agora. Eu e minha burrice tivemos nossa contribuição nessa história toda.

– O senhor?

Ele contou sobre a conversa com Duchamps. O rapaz não era má pessoa e sem dúvida suas intenções eram sinceras.

– Fui um imbecil e praticamente o convenci a não conversar com meus pais. Isso deve ter sido o impulso que faltava para esse rapto desatinado. Meu Deus… aqueles dois são duas crianças malcriadas e teimosas. Se dependesse de mim, eles levariam umas boas palmadas!

No primeiro momento, Paul ficou confuso com a risada de Marie, mas logo a leveza o contagiou e ele também riu de sua fúria justificada.

– Ah! – Ele suspirou. – Incrível como você me acalma e até me faz rir, Marie. Sabe que não pode ir embora de maneira alguma, não sabe?

Ela deveria ter se calado e ignorado a deixa do rapaz. Mas era impossível manter-se indiferente ao olhar suplicante de Paul.

– E por que eu não posso ir?

Naquele momento, Marie sentiu que ele tentava devorá-la com os olhos e começou a tremer. Um movimento, por mais ínfimo que fosse, um pequeno passo, e ela se atiraria ao abismo. Ao doce abismo de seu abraço.

– É sério que você não sabe, Marie?

– Como eu saberia?

E então aconteceu. Mais rápido do que considerava possível, ela se viu recostada em seu peito, sentindo um turbilhão em seu coração, que fazia com que tudo ao seu redor dançasse. Era aquilo que ela tanto temia até então? O abraço carinhoso e vigoroso, a boca dele buscando a dela, a língua quente que deslizava como uma pluma sobre seus lábios, sua respiração, seu desejo violento. Tudo era horrível e também maravilhoso. Foi como se ela estivesse voando com ele em direção ao sol ardente da manhã.

– Você tem que ficar – sussurrou ele em seu ouvido. – Porque eu te amo e não suportaria se você fosse embora.

Ela se entregou ao êxtase de suas palavras, ao abraço e escutou as batidas aceleradas de seu coração.

– Além disso – acrescentou ele –, Kitty não disse que ia lhe enviar seu endereço? Você é nossa única esperança, Marie.

Parte IV

Primavera de 1914

32

— Senhor diretor?

A secretária abriu apenas uma fresta da porta e ele logo reconheceu o nariz pontudo e os lábios finos quando levantou o olhar, sentado à sua mesa.

– O que houve?

A Srta. Hoffmann falou baixo, revelando com o tom de voz que ela não tinha nada a ver com tal impertinência. Mas infelizmente era sua incumbência informar-lhe.

– Seu filho mandou perguntar se o senhor vai almoçar na mansão.

O Sr. Melzer bufou contrariado e olhou ressentido para a porta entreaberta. Desde que Paul começara na fábrica, sempre lhe faziam essa pergunta ao meio-dia. O filho tinha um apetite saudável e nunca sofria de lombeira após uma refeição generosa. Que feliz a juventude! Ele, por outro lado, mal conseguia engolir algo, pois seus pensamentos giravam sempre em torno da fábrica. Mas tudo bem, ele não podia reclamar de Paul. Muito pelo contrário. O filho era diligente e aprendia rápido, interessava-se por tudo, tirava dúvidas, fazia sugestões, se envolvia. A única coisa que lhe faltava era seriedade. Ele brincava com as secretárias, fazia piadas na contabilidade e sempre trazia conhaque ou licor de genciana da Baviera para descontrair o ambiente nas negociações com os sócios. Mas salvo esses pequenos deslizes, típicos da juventude, Paul era um funcionário competente e leal, que em breve se tornaria seu braço direito.

– Diga a ele que vou sim. E peça-lhe para já trazer o carro.

A Srta. Hoffmann assentiu entusiasmada e saiu apressada. Era óbvio que Paul conquistara o coração das duas secretárias. Elas provavelmente andariam sobre brasas por ele sem hesitar.

Suspirando, Melzer afastou os cálculos que tinha diante de si. As contas já estavam irreversivelmente defasadas, pois uma das duas máquinas paradas resistia a qualquer tentativa de conserto. Antes de descer para encontrar-se com Paul, ele olhou pela janela – chovia novamente. A neve derretera e o clima de véspera de primavera transformara ruas e parques em verdadeiros charcos. Um desastre para charretes e automóveis; o transporte mais seguro das mercadorias seria por trem. Era início de março e o tempo se mostrava sempre capaz de surpreender.

Lentamente Paul aproximou o carro da entrada do edifício da administração para não respingar água no sobretudo e nas calças do pai.

– Que bom que você veio, pai! – exclamou Paul pela janela do automóvel. – Hoje tem truta com amêndoas e compota de pera de sobremesa.

Melzer acomodou-se no banco do carona e deixou que Paul o conduzisse pelo curto trecho entre a fábrica e a mansão. O rapaz gostava de dirigir e isso era oportuno, pois Humbert, o sucessor de Robert, sabia servir, mas era uma negação no volante. Que pena o que acontecera com Robert. Desesperado por ter inocentemente ajudado Kitty, o criado fugira e nunca mais fora visto.

O ocorrido já fazia cerca de quatro semanas. E nenhuma notícia de sua filha chegara, nenhuma carta, nenhum telegrama. Nada. Melzer tivera uma longa e exaltada conversa por telefone com o velho Duchamps que lhe custara os olhos da cara, pois ele pouco sabia francês e o alemão de Duchamps era medíocre. Isso mesmo que aquele burro chucro fosse casado com uma alemã... Apesar de tudo, ficou esclarecido que Duchamps não tinha ideia das tramoias de seu filho e que igualmente as reprovava. Ele lhe garantira que iria procurar os dois e que botaria algum juízo na cabeça dos jovens. Caso o pior acontecesse, seu filho obviamente se comportaria como um homem honrado e se casaria com a menina. Era só o que faltava – Alicia jamais aceitaria um genro francês. E ele igualmente estava convencidíssmo desde janeiro que aqueles magnatas da indústria de Lyon não passavam de abutres golpistas.

– Não faça essa cara de enterro, pai. Já estão ficando até com medo!

Paul sorriu e contornou habilidosamente o canteiro em frente à entrada da mansão. Humbert os recepcionou com o guarda-chuva aberto; Auguste lhes fez uma reverência junto à porta e logo recebeu os sobretudos, chapéus e luvas dos patrões. Àquela altura, até Melzer já percebera que a criada estava mais rechonchuda e lenta. Quando teria o bebê mesmo? Ele esquecera novamente, sua memória era péssima para essas coisas. Mas não devia faltar muito. E então, conforme determinara Alicia, o pirralho seria criado ali na mansão. Enfim... a fama de sua família já estava arruinada e um bastardo a mais ou a menos não faria diferença.

Uma amargura se apossou dele, acabando com o pouco do apetite que lhe restava. Elisabeth, que aguardava entediada na sala de jantar, ficou visivelmente feliz ao ver que o pai aparecera na mansão para comer. Pelo menos naquela filha ele podia confiar; ela era muito inteligente para cometer uma asneira como a de Kitty. Melzer lhe dirigiu um sorriso e comentou que ela estava especialmente bonita em seu vestido verde.

– Obrigada, papai. É uma roupa velhíssima. Marie deu um jeito nela.

Marie. Uma em cada duas palavras naquela casa era "Marie". No começo, Melzer tivera certeza absoluta de que Alicia a demitiria. Resultou que ele não podia estar mais errado e logo a moça fora perdoada. Marie era indispensável, desenhava vestidos, costurava, remendava e sempre tinha uma ideia melhor...

– Onde está mamãe? – perguntou Paul.

– Ela já deve estar vindo – respondeu Elisabeth. – Está tendo uma daquelas longas conversas com Marie. Sobre Kitty, claro. Parece até que estão falando de uma santa!

Melzer puxou sua cadeira, contrariado, e se sentou, o que na realidade era uma falta de cortesia, pois ele deveria ter esperado a esposa. Mas ele opinava que o mínimo que podiam fazer naquela casa era se adaptarem aos seus horários quando ele chegasse para comer.

– Desculpem se os deixei esperando.

O rosto de Alicia ainda estava avermelhado, as pálpebras levemente inchadas. Como se via, ela andara chorando novamente pela filha perdida. As conversas com Marie não lhe faziam bem algum, muito pelo contrário, Alicia ia se afundando cada vez mais na tristeza.

Ele permaneceu calado enquanto Humbert servia a sopa. Aquele rapaz era impressionante. Loiro, magérrimo e alto, as roupas lhe vestiam tão perfeitamente que pareciam recém-passadas. E seus movimentos tinham elegância e leveza. Mas não adiantava – ele preferia Robert.

– O caldo de carne está excelente – elogiou Alicia. – Você gostou, Johann?

– Sim, não está ruim.

Ele tomou algumas colheradas, serviu-se de pão e olhou pela janela, mastigando. Continuava chovendo, as gotas desenhavam uma intrincada matriz no vidro e deslizavam aleatoriamente até alcançar o peitoril da janela.

– Kitty não gostava de caldo de carne – disse Alicia, pensativa. – Nunca entendi o motivo até que Marie me abriu os olhos. Kitty sempre observava os rebanhos de vacas em nossos passeios. Ela amava animais e só de pensar que uma vaca tivesse que morrer para virar uma sopa…

– Isso não faz o menor sentido – opinou Elisabeth. – Minha irmãzinha quer que morramos de fome só porque ela tem pena de uma vaca?

Alicia levantou a cabeça, irritada.

– Ninguém está exigindo isso de você, Lisa. Apesar de que não lhe faria mal ir um pouco mais devagar com a comida. Nossa Kitty é uma menina extremamente doce e sensível. É bom lembrar-se disso quando ela estiver novamente conosco.

Elisabeth ficou vermelha como um tomate e parecia estar prestes a cair no choro. Melzer percebeu que Alicia atingira o ponto mais fraco da filha. Elisabeth era gorducha e a moda da época não a favorecia. Ele, por sua vez, achava a silhueta dela bastante formosa.

– Nós não soubemos lidar com ela, Johann – prosseguiu Alicia. – Kitty precisava da nossa compreensão e tudo o que fizemos foi rodeá-la de proibições.

Ele engoliu uma resposta enquanto Humbert retirava a sopa para trazer o prato principal. Com gestos elegantes e precisos, ele manejava as vasilhas e travessas. Era possível até mesmo crer que ele treinara desde criança como posicionar uma molheira sobre a mesa. Além disso, ele apresentava as iguarias ao servir.

– Truta com amêndoas. Molho de manteiga, rodelas de limão…

– Obrigado, Humbert.

Melzer destrinchou o peixe em seu prato. Ele odiava peixe: era preciso fazer tanto malabarismo até finalmente poder comê-lo e, mesmo assim, havia sempre uma espinha traiçoeira à espreita. Para piorar, ele não tinha apetite algum. Mal-humorado, escutou Paul tentando explicar à mãe que Kitty não era mais criança e não carecia de qualquer tratamento especial.

– Ela é a única responsável pelos seus atos, mamãe!

– Com certeza! – intrometeu-se Elisabeth.

– Não vejo dessa maneira, Paul – rebateu Alicia, teimosa. – Kitty é uma artista, isso eu só fui entender através de Marie. Kitty precisava de mais liberdade, nós devíamos ter estimulado seu talento levando-a a Paris, como ela sempre pediu…

Johann Melzer não pôde mais seguir calado.

– A Paris? E aonde mais? A Roma e Veneza? Será que minha filhinha mimada não gostaria de estudar arte em Nova York também? Alicia, minha querida, eu não poderia discordar mais de sua opinião. Kitty não precisava de mais liberdade, nós é que tínhamos que ter sido mais severos com ela. É disso que eu mais me arrependo. Nós falhamos em criar nossa filha segundo os mandamentos do Senhor. "Quem se nega a castigar seu filho não o ama; quem o ama não hesita em discipliná-lo." Assim falou Jesus, filho de Sirac, e isso tem validade até hoje.

– Mas pai! – exclamou Paul, enquanto Alicia, consternada, permanecia em silêncio. – Jesus, filho de Sirac, meu Deus! Isso já está totalmente fora de moda.

Sua reação mais descontraída não encontrou eco entre os presentes. Melzer, por sua vez, ressentia-se por haver arruinado novamente o almoço, mas certas coisas simplesmente precisavam ser ditas.

– Essa conversa de compreensão e liberdade! – resmungou ele. – Não é assim que se criam filhas obedientes, Alicia. E vou lhe dizer mais uma coisa: se Katharina ousar aparecer novamente na minha casa, vai ficar sabendo que não a considero mais minha filha.

– Você não está falando sério, Johann! – indignou-se Alicia.

– Estou falando seríssimo, Alicia. Não vou dançar conforme a música que minha filha toca. Ela decidiu deixar esta casa, abrir mão da proteção de seus pais, de sua família. Fez tudo às escondias, pelas nossas costas e, ainda por cima, com um abutre francês. Kitty para mim é assunto encerrado!

Ele se sentiu aliviado ao descarregar toda a sua ira, mas, ao mesmo tempo, sentiu certo remorso. Claro que ele se disporia a conversar se necessário, não era um monstro. Mas não iria admiti-lo tão cedo, sob pena de perder sua autoridade.

– Posso entender papai perfeitamente! – exclamou Elisabeth e, com um gesto ágil, tirou a espinha de sua truta.

– Você está esquecendo algo importante, Johann – disse Alicia, tentando aparentar tranquilidade. – Esta casa também é minha. E eu lhe digo sem rodeios: se minha filha Katharina quiser voltar para o seio da família, eu a receberei de braços abertos. Eu sou e sempre serei a mãe dela e nunca abandonarei um filho meu enquanto eu viver. E já que você quer usar a Bíblia como argumento, lhe recomendo a parábola do filho pródigo!

Obviamente o Sr. Melzer conhecia tal história, mas não lhe convinha no momento.

– Você acha mesmo que está fazendo bem à sua filha mimando-a e perdoando-a? – ralhou ele.

– Não vou permitir que minha filha seja jogada na rua como uma indigente!

– E eu disse que vou deixá-la morrer de fome?

Melzer tossiu ao engasgar-se com uma pequena espinha, virou um copo d'água e, exausto, voltou a reclinar-se na cadeira.

– Sabe, pai… – observou Paul, que se levantara apressado para bater em suas costas. – Kitty cometeu uma verdadeira burrice e confesso que estou furioso com ela. Mas, mesmo assim, continua sendo minha irmãzinha, e quando ela voltar, vou dar-lhe primeiro uma bronca bem dada, mas depois vou acolhê-la.

– Você pode fazer o que quiser, Paul – respondeu ele entredentes. – No que me diz respeito, já tomei minha decisão. Espero que ela seja respeitada.

Alicia calou-se diante do comentário, limitando-se a erguer o queixo em sinal de franca resistência. A guerra parecia estar declarada entre eles – ah, como ela odiava aquilo. Por que ele tinha que agir sempre de maneira tão ríspida? De fato, o marido não era nem nunca fora um diplomata. E provavelmente jamais seria.

– Tenho serviço na fábrica – anunciou ele, jogando o guardanapo sobre a mesa. – Pode terminar de comer tranquilo, Paul. Estarei na fiação se você quiser falar comigo.

Ao cruzar a porta, ele quase atropelou o novo criado que vinha trazendo duas travessas cheias. Humbert conseguiu desviar-se habilidosamente do patrão sem pôr em risco as iguarias.

– Queira me desculpar, senhor…

– Não tenho que lhe desculpar de nada.

Enquanto atravessava o corredor, ele tentava apagar de sua cabeça a desagradável cena em família, ocupando os pensamentos com os negócios. Havia chegado uma proposta da Inglaterra para o novo tecido de algodão estampado. A encomenda aumentaria o prestígio da fábrica. Por outro lado, ele tinha a tola sensação de que a paz não perduraria muito. O kaiser alemão ordenara a construção de navios de guerra e parecia disposto a dar um basta na supremacia da Marinha inglesa. Mais cedo ou mais tarde, os britânicos não deixariam aquilo barato. Mas mesmo assim…

Ele se deteve ao escutar uma jovem funcionária da casa chegando do segundo andar. A moça também parou no corredor, provavelmente pela culpa por não estar usando a escada de serviço. Ele forçou a vista na penumbra causada pelo tempo cinzento. Uma camareira. A mulher vinha trazendo roupas nos braços, possivelmente seguiria até a lavanderia. Jordan? Não, era Marie.

Ao se cruzarem, a jovem fez uma reverência e ele, por algum motivo, interpretou seu gesto como debochado.

– Marie?

Ela já havia se distanciado um pouco, mas teve que interromper o passo para virar e responder.

– Sim, senhor.

Ela não deveria ter dito "sim, Sr. Melzer"? Apesar da intenção de repreendê-la, algo em sua expressão o impediu. Ela tinha belos olhos escuros e seu olhar era qualquer coisa, menos distraído. Era atento, alerta. Aquele olhar lhe era familiar. Meu Deus, como o tempo passava rápido!

– Há algo que quero conversar com você. Vamos à biblioteca? Lá ninguém nos incomodará.

– Perfeitamente, senhor.

33

Marie tomou a frente e ele a seguiu, incapaz de tirar os olhos dela. Que segurança e leveza a moça aparentava ao andar. Caminhava ereta, mas flexível, e a saia balançava discretamente com seus passos. Mas não de maneira a despertar pensamentos cabulosos. Ao chegar à biblioteca, ela parou, dirigiu-lhe o olhar e fez menção de abrir a porta, mas Melzer foi mais rápido. Por que ele fizera aquilo, não podia responder, mas baixou a maçaneta e abriu-lhe a porta como se ela fosse uma dama. E correspondendo à atitude confiante e altaneira de uma jovem dama, ela aceitou a cortesia e entrou.

Impressionante, pensou ele. *Essa altivez que ela herdou da mãe. Nem mesmo a infância no orfanato conseguiu extinguir.*

Ele foi até a lareira, que naquele dia estava apagada, e acendeu uma lâmpada. Bastava daquela iluminação de castelo; ele queria poder enxergar bem a pessoa com quem falava. Marie ficou parada no centro do cômodo e, em seguida, colocou sobre a poltrona as roupas que carregava nos braços. Então esperou que o patrão lhe dirigisse a palavra. Seu olhar era tranquilo e inexplicavelmente decidido.

– Gostaria de lhe falar duas coisas. Dizem respeito à minha filha Katharina.

De nenhuma maneira ela aparentou surpresa, talvez já imaginasse algo do tipo. Por um momento ele a encarou, atraído pelo contraste entre o vestido escuro de camareira e a juventude resplandecente. Essa tal Marie era pouco mais velha que Kitty e, pelo menos de longe, se assemelhava muitíssimo à sua filha. Ao mesmo tempo, havia um verdadeiro abismo entre as duas. Será que ele gostaria de ter uma filha como Marie? Ele afastou tais devaneios.

– Primeiramente: não é de meu agrado que você fique falando de Katharina o tempo inteiro com a senhora. Essas conversas perturbam minha esposa e agravam sua dor.

As sobrancelhas escuras da moça baixaram, aparentemente aquela ordem a desagradava. Mas ele não esperava outra reação.

– Sr. Melzer, nunca sou eu quem começa essas conversas. Quando a senhora me pergunta coisas, eu tenho que responder.

Ela tinha objeções. Ele podia esperar.

– Então você responderá da maneira mais sucinta possível. Está entendido?

– Eu entendo perfeitamente, Sr. Melzer – retrucou ela, inclinando levemente a cabeça. – No entanto, não acho que a senhora sofra com essas conversas. Pelo contrário, tenho certeza de que lhe faz bem poder falar sobre a Srta. Katharina.

– Sobre isso não cabe a você opinar – prosseguiu ele. – Siga minha ordem, do contrário serei obrigado a tomar providências.

Ela ficou calada sabe-se lá por qual motivo. Johann Melzer estava aborrecido, convencido de que não fora inteligente ameaçá-la. Marie estava sob a proteção de Alicia e sabia muito bem que jamais seria demitida sem mais nem menos.

– O segundo assunto tem a ver com aquela carta nefasta que minha filha lhe escreveu.

Ele foi tomado por uma ansiedade repentina e começou a andar de um lado para outro em frente à lareira. Seu estômago queimava – teria sido melhor não comer aquele peixe. O caldo de carne talvez não lhe tivesse caído bem. Pena das vacas... Só Kitty mesmo para pensar tamanho disparate.

– Minha filha voltou a contatá-la de alguma maneira? Ela prometeu informar o endereço para que você pudesse ir atrás dela. Não foi isso?

Ele se deteve para observar o rosto de Marie enquanto ela respondia. Sua experiência interrogando pessoas era vasta o suficiente para perceber quando mentiam.

– Sim, foi o que ela escreveu. Mas até agora não recebi nenhuma notícia. Espero que isso seja um bom sinal.

Ela estava dizendo a verdade. Não era o tipo de gente que inventava mentiras. No máximo ela poderia esquivar-se de perguntas mais incisivas para omitir um fato aqui ou acolá.

– Que seja... – resmungou ele com antipatia. – Caso minha filha venha a entrar em contato por mensageiro ou algo do tipo, espero ser o primeiro a tomar conhecimento.

– Mas... mas a senhora vai...

Era o cúmulo. Como aquela menina se atrevia a contradizê-lo? Quem ela pensava que era? Uma camareira que ainda há pouco era uma reles ajudante de cozinha!

– Você ouviu o que eu disse? – interrompeu ele.

– Sim, senhor.

– Então espero que você aja de acordo.

Novamente silêncio. Ela achava mesmo que poderia fazer aquele joguinho pérfido com ele? Sem contar que a jovem ainda não prometera mostrar a tal carta assim que chegasse.

– Não vai me responder?

Ela tinha os lábios cerrados e o olhar voltado ao chão. Em seguida, ela o encarou. Seus olhos tinham um brilho que ele não sabia interpretar. Provavelmente estava furiosa.

– Se para o senhor é tão importante, vou fazer isso.

Ela cumpriria sua palavra? Só lhe restava acreditar. Alicia seria capaz de embarcar no primeiro trem para ir atrás da filha no endereço informado. Aquela ideia o inquietava, ele temia que a esposa pudesse cair em apuros fazendo uma viagem tão precipitada.

– Excelente – disse ele, ciente de que nada naquela conversa fora excelente. – Está dispensada.

Ele esticou a mão para apagar a lâmpada, mas se deteve ao ver que Marie não se movera um centímetro sequer.

– Também tenho dois assuntos que gostaria de tratar com o senhor.

Melzer pensou não ter escutado bem. A moça estaria mesmo exigindo falar sobre duas questões com ele? Não podia ser, provavelmente sua cabeça estava transtornada.

– O que disse?

Marie continuava no mesmo lugar, as mãos cruzadas sobre a barriga. Seu rosto estava tranquilo, seus olhos serenos.

– Não tenho mais medo do senhor porque pouco me importa se serei demitida ou não. Mas gostaria de saber por que nunca me disse que sou filha de Jakob Burkard.

Então era isso. Quem poderia ter lhe contado? Aquela bruxa velha da cidade baixa? Alguém da fábrica? Não teria sido a Srta. Pappert…

– Eu sei do que estou falando, pois o monsenhor Leutwien me mostrou os registros da igreja. O senhor foi testemunha de casamento dos meus pais.

O padre abrira a boca. Ele estava errado sobre o pároco, discrição não era seu forte. Melzer sentiu o pulso acelerar e suor escorrer. O que ela sabia? O que ignorava?

– Se você viu esses registros, deve saber que os dois foram casados apenas na igreja, não no civil. Em princípio, o casamento não é válido.

– Válido ou não, meu pai era Jakob Burkard. Por que sempre me ocultaram sua identidade?

Como ela era teimosa e petulante, cheia de perguntas e tentando colocar seu patrão contra a parede!

– Escute com atenção, Marie. Não tenho tempo para conversar sobre isso agora. Esclareceremos tudo quando você for maior de idade.

Ele apagou a lâmpada e se dirigiu à porta com passos acelerados. Porém Marie tomou a frente, colocou-se diante da maçaneta e o fitou tão obstinada que ele recuou.

– Quero saber agora, senhor. Sob o risco de ser demitida. Mas não vou arredar daqui até receber uma resposta.

Ele poderia ter chamado Auguste ou Else. Até mesmo Jordan. Não seria difícil tirar aquela fedelha descarada da frente da porta. Mas nesse caso ela provavelmente contaria à sua mulher toda sorte de intrigas, o que ele preferia evitar. Alicia sabia apenas uma parte da verdade.

– Se acha que precisa me coagir, muito bem. Vou lhe dar uma resposta. Mas você não vai gostar, Marie Hofgartner. Inclusive é esse o motivo pelo qual eu só queria lhe contar quando fosse maior de idade.

Ela ficou pálida, mas a persistência a manteve de pé. Quanta coragem, ou melhor, quanta obstinação era necessária para fazer alguém se portar daquele jeito? Como ela se parecia com a mãe. Ele foi capaz de vê-la diante de si – Louise Hofgartner, orgulhosa e insolente em sua ira e inacessível a qualquer proposta bem-intencionada.

– Mas por quê? – insistiu ela. – Por que o senhor me privou de saber que meu pai montou todas as suas máquinas? E que sem ele a fábrica dos Melzers não existiria!

O que mais aquele padre lhe contara? Melzer lutava contra a queimação em seu estômago, mas sua cabeça operava com a rapidez e clareza de sempre. Era preciso explicar a situação do princípio, só assim ele se veria livre dela.

– Jakob Burkard era de fato um homem talentoso – disse ele, devagar. – Mas ele não era seu pai.

Aquilo foi perverso, e ele sentiu a culpa por tal pecado pesando em sua consciência. Melzer sabia que um pecado sempre trazia outro ainda mais grave. Mas já era tarde demais e ele não sairia ileso.

– Jakob Burkard aceitou casar-se com sua mãe grávida. Ele amava Louise Hofgartner e queria adotar a criança que ela carregava no ventre. Ela nunca revelou quem era o pai do bebê. Talvez nem ela soubesse, era artista e levava uma vida de liberdades…

Ele viu a dor nos olhos da menina, viu os lábios se contraindo e admirou-se com sua capacidade de manter a compostura. Uma jovem impressionante. Que lástima ela não ter nascido sob outra estrela.

– Isso é verdade? – perguntou ela. – Ou o senhor acabou de inventar essa história?

Ela percebera algo. A menina era esperta. Mas ele também sabia esquivar-se de certas perguntas.

– E digo mais. Jakob Burkard morreu poucos dias depois do casamento na igreja. Por causa da bebida, à qual estava entregue já fazia anos. De certa maneira, pode ficar grata por não ser sua filha. Esses vícios passam entre gerações.

Ela mordeu os lábios, fitando-o furiosa. Fora um erro receber aquela criatura em sua casa, ele deveria ter escutado sua consciência. Sua mão protetora quisera cuidar da moça, garantir que ela aprendesse um ofício, talvez inclusive se casasse. Mas por onde passara, Marie sempre se portara com insubordinação e petulância, tendo sido dispensada várias vezes.

– Sinto muito por ter que dizer isso tudo, Marie – afirmou com hipocrisia. – Mas você me obrigou. Está satisfeita agora?

– Não!

Ele realmente tivera a esperança de ter salvado sua cabeça com aquela explicação. Mas a moça era filha de Louise e não desistiria tão rápido.

– O que mais você quer agora? Meu tempo é limitado. Acha que não tenho nada para fazer além de responder a suas perguntas?

– Por que o senhor tomou tudo que minha mãe possuía? Eu sei que ela tinha dívidas… mas precisava ter sido tão cruel?

Aquilo com certeza era obra da velha maldita. Ela devia ter perdido o juízo. Ou se convertido com o passar dos anos e começado a temer a danação eterna. Motivos para tal aquela bruxa tinha de sobra.

– Não sei do que você está falando.

– O senhor mandou levarem todos os seus móveis, até mesmo os cobertores e as roupas. É disso que estou falando. No final, ela só tinha a cama na qual morreu.

A imagem da falecida lhe voltou à cabeça, e ele se sentiu enjoado. No dia em que a notícia lhe chegara pelo monsenhor Leutwien, ele fora imediatamente à cidade baixa. O rosto rígido e opaco de Louise,, a vasta cabeleira, o bebê sentado ao seu lado na cama, sem querer largar a mãe. Foi preciso segurar a pequena com força para conseguir remover o cadáver.

– Deve ter sido um mal-entendido – resmungou ele. – Eu a ajudei a vender alguns móveis porque ela precisava do dinheiro. Os vizinhos devem ter interpretado errado.

Os olhos escuros dela o penetravam, possivelmente ainda duvidava de tudo. Ele iria ter uma conversa séria com a velha Deubel; era inadmissível que ela andasse por aí falando tais coisas. Anos atrás ele comprara sua casa e os prédios vizinhos, de modo que lhe convinha agir com mais cautela.

– E agora basta! – sentenciou ele.

Decidido, Melzer agarrou a maçaneta e Marie se afastou. Ele abriu a porta bruscamente e saiu apressado como um fugitivo.

34

Elisabeth deu um suspiro impaciente e voltou a tentar.

– Mas mamãe! Esses dias de primavera estão lindos e você não sai desse quarto.

– O que você quer, Lisa? – retrucou Alicia, revirando a caixinha de bordado atrás da cor certa. – Ontem mesmo eu fiquei no parque mais tempo. Hoje eu gostaria de terminar esse trabalho.

– Uma horinha só, mãe! – suplicou Elisabeth. – Eu preciso de luvas de malha, meu último par rasgou. E ligas. Podemos olhar os fios de bordar também.

– Vá com Marie, Gustav não teria problemas em levá-las à cidade. Eu dou o dinheiro.

Elisabeth bufou sonoramente. Por que a mãe se afastara de tudo e se escondia dia após dia na mansão? Por acaso a falação diminuiria com aquilo? Certamente não. A notícia de que a encantadora Katharina Melzer, a doce princesa do baile, fugira com o francês Gérard Duchamps já se espalhara por Augsburgo e adjacências. Fofocava-se com gosto sobre o escândalo em todas as rodas e reuniões de senhoras e, com toda a certeza, não havia apenas vozes empáticas, mas também toda sorte de maledicências. Seu pai tinha razão – eles sempre mimaram Kitty demais. E isso ela, Elisabeth – que sempre tivera que ceder –, sabia muito bem. A quantidade de caprichos que permitiam à sua irmã... aulas de desenho, visitas a exposições, aulas com um escultor. Um sem-número de livros sobre arte foi adquirido e o pai nem perguntava o preço. Mas quando ela, Elisabeth, pedia um livro de sonatas para piano, lhe diziam que partituras eram caras e ela devia procurá-las na livraria de segunda mão.

– Qual foi a última vez que você foi à cidade, mamãe? Já faz semanas – comentou ela, insatisfeita.

Alicia esfregou os olhos e prosseguiu com a busca. Sobre o sofá do salão vermelho estavam enfileiradas várias meadas de fio de bordar, ordenadas conforme a saturação da cor. Mas mesmo assim lhe custava encontrar o tom certo para as pétalas exteriores da delicada rosa de acordo com o sugerido pelo modelo.

– Por que eu deveria ficar indo à cidade várias vezes na semana?

– E por que quase não convidamos mais ninguém para vir aqui em casa? Por que não vamos mais a lugar algum? Nenhum evento à noite, nada de bailes, nem sequer um concerto.

– Nós vamos todo domingo à missa, Lisa. E a temporada já terminou tem muito tempo.

Alicia estava perdendo a paciência. O que Elisabeth pretendia com aquelas acusações? Ela já tinha trabalho suficiente para conter seus nervos e não transparecer sua terrível preocupação pela pobre filha caçula. Em cada um dos eventos, que outrora lhe davam tanto prazer, ela se sentia como se estivesse caminhando sobre gelo fino. Por trás de cada frase parecia espreitar algum comentário irônico, em cada sorriso, algo de malícia ou, no mínimo, compaixão pelos pais submetidos a tão dura provação.

– Você sabe muito bem o motivo de estarmos convidando apenas nossos poucos amigos mais íntimos, Elisabeth. Por que deveríamos permitir a desconhecidos o prazer de bisbilhotar nossa desgraça?

– E acha que ajuda alguma coisa ficarmos escondidos do mundo inteiro?

– Pelo menos nos próximos meses será melhor manter um perfil discreto. Depois, quando a poeira baixar, tudo voltará a ser como antes.

Ela olhou para Elisabeth com um sorriso discreto, como se com isso pedisse sua compreensão. A filha, por sua vez, não teve coragem para continuar dando corda à indignação. De que valeria isso? Sua mãe já sofria bastante com o maldito egoísmo de Kitty e era Lisa quem menos merecia ser alvo do aborrecimento da mãe.

– Então só nos resta esperar que nossa querida Kitty recobre o juízo em um futuro próximo – resmungou a filha, pegando de má vontade uma peça de crochê que começara semanas atrás.

– Eu rezo por isso todos os dias, Lisa!

Secretamente, Elisabeth desejava que Kitty continuasse longe. Se ela resolvesse se casar com aquele francês e morar em Lyon, pelo menos a mansão estaria livre da presença desagradável da irmã. Entretanto, ela sabia que com um golpe do azar a princesinha voltaria em algum momento e o pai, por mais furioso que estivesse, seria o último a fechar as portas da casa. Ela seria alimentada e paparicada, as visitas regulares ao Dr. Schleicher voltariam a acontecer – sim, ela teria muitíssima coisa para contar – e a mãe anteciparia todos os desejos de sua pobre Kitty. Seu pai daria uns gritos, mas não tardaria em perdoá-la; Paul também iria dizer algumas verdades, mas logo os dois estariam reconciliados. E assim tudo voltaria a ser como antes. Mas com a diferença de que Kitty não seria mais a queridinha dos rapazes solteiros. Seria o fim; ela se comprometera com um francês e ninguém mais desejaria tê-la como esposa.

Bem feito, pensou Elisabeth, amargurada. Aquele monstrinho egoísta acabara com suas esperanças de uma vez por todas. Poucos dias antes do escândalo, Elisabeth encontrara por acaso o tenente Von Hagemann na casa de uma amiga em Augsburgo; ele tomara alguns dias de folga devido ao falecimento de uma tia. Eles conversaram, se reaproximaram e o homem chegara a perguntar se poderia cumprimentá-los na mansão um dia desses. E certamente não era por Kitty, pois ele a citara com certa frieza. Era por causa dela.

Contudo, após ter se espalhado a notícia de que a filha do magnata da indústria Johann Melzer fugira com um francês, alguns conhecidos curiosos tentaram visitá-los na mansão, mas nenhum deles era o tenente Von Hagemann. Não era de seu feitio respeitoso. Ela, por sua vez, torcia para esbarrar com ele em algum dos bailes que estavam por vir, mas sua mãe preferiu não comparecer a tais eventos. De maneira que Elisabeth teve que ficar em casa.

Ela fazia crochê com tanta fúria que todos os trabalhos ficavam arruinados. Já era final de março, Kitty estava desaparecida havia dois meses e ninguém tinha ideia de onde e com quem ela estava morando.

Que injustiça, pensou Elisabeth. *Não lhe fizemos nada de mau ou indecente e, mesmo assim, estamos sofrendo com a fuga dela. E eu sou a que mais sofre, pois estou sendo afastada da minha única felicidade. O tenente com certeza vai se cansar de nossa família de uma vez por todas e procurar uma noiva em outra freguesia.*

Elisabeth puxou alguns fios de seu crochê, olhou-o contra a luz e tentou afrouxar com a agulha os pontos exageradamente apertados. Foi então tomada de assalto pela perspectiva de que se tornaria uma solteirona cuja única ocupação diária era bordar e costurar com fins beneficentes.

Ó céus, em alguns anos ela estaria sentada ali com Kitty, tricotando gorros coloridos para criancinhas pobres, enquanto Paul chegaria com sua prole saltitando ao seu redor. Paul era homem e, além disso, sucessor do pai na fábrica, então com certeza encontraria uma esposa adequada. Tia Lisa e tia Kitty – ambas sem marido – obviamente poderiam continuar morando na mansão; elas ocupariam um quartinho cada uma e levariam uma vida modesta e agradecida até se tornarem velhas e sem viço. E não apitariam em nada, pois a casa estaria sob o comando da futura esposa de Paul.

Argh, que visão macabra! Mas seu ânimo se elevou quando Auguste entrou para anunciar um visitante. Meu Deus, a jovem estava inchada como um pão fofo, os botões de sua blusa quase saltando para fora e a saia igualmente esticada na altura da barriga. Que interessante, pelo jeito a gravidez também aumentava os seios... Mas, pelo andar da carruagem, ela jamais vivenciaria essa experiência. Adeus, marido; adeus, gravidez.

– Quem é, Auguste?

A criada lhe ofereceu a bandeja redonda de prata sobre a qual repousava um cartão de visita.

– Alfons Bräuer!

Alicia olhou insegura para Elisabeth. Desde o "incidente", nunca mais se soubera do rapaz, que com tanta frequência aparecia na mansão. Tal como outros conhecidos, ele estranhamente desaparecera.

– Que estranho – opinou Alicia. – O que será que ele quer?

Elisabeth deu de ombros. O que seria? Possivelmente esclarecer que de modo algum seu pedido de casamento era sério. E dizer que, embora ele pudesse ter dado a impressão de estar interessado em Katharina Melzer, ele nunca pedira de fato sua mão. Não era o primeiro a julgar necessário desvincular-se da moça, pois Kitty já recebera diversas propostas, mas nunca havia aceitado nenhuma.

– Na verdade, não estou me sentindo muito bem – prosseguiu Alicia, hesitante.

E então a matriarca balançou a cabeça e largou seu bordado sobre o sofá.

– Não, deixa. Isso seria covardia. Diga ao Sr. Bräuer que entre.

Auguste fez uma reverência bastante peculiar devido à circunferência de sua barriga e saiu arrastando os pés.

– Você não prefere subir, Lisa?

– Não, mamãe. Vou ficar aqui. Sempre acho interessantes as desculpas que os cavalheiros inventam. Estou ansiosa para ouvir o que nosso querido Alfons vai nos trazer de bom.

O jovem Alfons trajava um terno cinza-claro de estilo bastante primaveril. Além disso, parecia ter emagrecido. O terno lhe vestia perfeitamente, ao contrário de antes, quando parecia que as costuras do paletó estourariam caso ele respirasse muito fundo.

– Senhora, senhorita... Queiram perdoar-me por esta invasão.

– Imagine, Sr. Bräuer! Por favor... – disse Alicia com um sorriso forçado enquanto o rapaz lhe beijava a mão.

– Antes disso deveríamos perdoar é seu sumiço – comentou Elisabeth com malícia. – Estávamos com saudade, Sr. Bräuer.

As duas prepararam os ouvidos para escutar a desculpa esfarrapada que sem dúvida seria mentira do início ao fim.

– Lamento muitíssimo não ter mandado notícias, senhora – disse Alfons Bräuer. – Eu temia ser impertinente e preferi me abster.

Sua testa suava de nervoso e ele sacou um lenço branco do paletó para enxugar o suor. O gesto convidativo de Alicia para sentar-se na poltrona vermelha foi ignorado pelo rapaz.

– Estou vindo diretamente da estação, minha mala ainda está no carro. Meu primeiro compromisso em Augsburgo não poderia deixar de ser aqui na mansão, pois tenho uma pergunta que vem me atormentando...

A expressão desconcertada das anfitriãs foi um balde de água fria na esperança que luzia em seus olhos.

– Ela... a Srta. Katharina não voltou?

Alicia hesitou em dar uma resposta, pois o comportamento do jovem cavalheiro era mais que inusitado. A cidade inteira sabia que Katharina Melzer não estava em Augsburgo. Por que ele perguntava, então? Por fim, quando o silêncio começou a ser constrangedor, Elisabeth resolveu salvar a situação.

– Infelizmente não, Sr. Bräuer. Continuamos sem notícias de minha irmã.

– Era o que eu temia. – O rapaz suspirou ao se sentar. – Meu Deus, não tenho palavras...

Ele apoiou por um momento os cotovelos sobre os joelhos e afundou o rosto nas mãos. Em seguida, levantou o olhar e riu de nervosismo.

– Procuramos os dois sem descanso. Em cada hotel, cada albergue, fomos a todos os bistrôs, recorremos à polícia, colocamos um agente local em seu encalço. Nada. Há dois meses não dormimos direito... Percorremos ruas, vielas, perguntamos por ela em cada loja com nosso francês medíocre. Sem resultado. Até que tivemos que desistir. Meu pai começou a ficar impaciente, pois precisa de mim no banco.

Alicia demorou um pouco para entender o detalhado relato, já Elisabeth foi mais rápida em captar a informação.

– O senhor esteve em Paris procurando Kitty?

– Exato, senhorita.

Finalmente Alicia entendeu. Meu Deus, se aquilo fosse verdade, seu juízo sobre o rapaz estava equivocadíssimo. Ela então reparou como ele estava pálido e como parecia maldormido. A magreza era justificada.

– Meu querido amigo – disse ela, comovida. – Não consigo nem lhe dizer o quanto estou surpresa e impressionada. Também cogitei procurar minha infeliz filha em Paris, mas minha família me dissuadiu.

– Com razão, senhora. Aquela cidade é imensa, é como procurar uma agulha em um palheiro. Seria preciso muita sorte para encontrá-la. Sorte essa que não tivemos.

– Você não foi sozinho a Paris? Quem o acompanhou? – interrompeu Elisabeth.

– Não mencionei? Sinto muito, estou deveras nervoso, senhorita. Viajei junto com seu criado, Robert.

– Ora, vejam só! – irrompeu Elisabeth. – Estávamos todos preocupadíssimos porque ele desapareceu.

Robert surgira por volta da hora do almoço do fatídico dia no banco Bräuer & Sohn e pedira para conversar em particular com o jovem Sr. Bräuer. A resposta inicialmente havia sido negativa, mas ao afirmar que se tratava da Srta. Katharina Melzer e era questão de vida ou morte, Alfons Bräuer o recebeu em seu escritório. O encontro durou poucos minutos, em seguida Bräuer tomara as medidas necessárias e duas horas depois ambos já estavam no trem da tarde para Munique. E de lá tomaram o trem noturno para Paris.

Que empreitada mais descabida, pensou Elisabeth. *Dois rapazes, ambos apaixonados pela mesma moça, viajando na mesma cabine no meio da noite.* O que eles teriam conversado? Que confissões teriam feito? O que teriam calado? Certamente os dois compartilhavam o mesmo ódio por aquele jovem francês por quem Kitty se apaixonara a ponto de fugir. Mas odiar Kitty certamente estava fora de questão. A princesinha era pura e inocente, ninguém seria capaz de responsabilizá-la por seus atos.

– Estou extremamente comovida, querido amigo – repetiu Alicia pela enésima vez, com os olhos marejados. – Por tudo que você fez para descobrir o paradeiro de minha filha! Como eu desejaria que seu esforço tivesse sido recompensado! Mas... o que aconteceu com Robert? Onde ele está?

– Robert? Ah, ele...

Os pensamentos de Alfons Bräuer divagavam já havia algum tempo e ele precisou esforçar-se para dar uma resposta à Sra. Melzer.

– Meu fiel companheiro Robert Scherer... não tenho palavras suficientes para elogiá-lo, senhora. Ele fez o possível e o impossível para encontrar sua filha, chegou a colocar a própria vida em risco, foi esfaqueado procurando-a de madrugada em um bairro escuro. Eu lhe dei algum dinheiro, pois ele está sem emprego no momento. Robert mencionou que pretende deixar a Alemanha para tentar a sorte no além-mar.

– Senhor! – exclamou Alicia. – Vamos reembolsar o valor, Sr. Bräuer. Afinal de contas, Robert ainda tinha salário por receber.

Elisabeth pensou em Auguste, que jamais voltaria a ver o pai de seu filho. Por outro lado, achou bastante conveniente o fato de que Robert não voltaria. Assim ele não poderia mais contar nada sobre as cartas trocadas. E Auguste acabaria calando a boca; afinal de contas, já tivera a sorte incrível de não ser mandada embora por conta da gravidez.

O rosto de Alfons Bräuer estava vermelho. Ele enxugou o suor da testa e do rosto e tentou em vão afrouxar o colarinho da camisa. Em seguida levantou-se da poltrona e, com a respiração arfante, ficou de pé diante das duas.

– Eu gostaria que a senhora me entendesse bem – disse ele cerimoniosamente, olhando primeiro para Alicia e, em seguida, para Elisabeth, que estava ligeiramente atônita. – Eu amo sua filha e esse acontecimento horrível não mudou em nada minha afeição por ela.

Alfons se deteve por um momento. Elisabeth esperava ofegante. Como era possível? Tal coisa só existia em contos de fadas.

– E, assim sendo, estou pedindo à senhora a mão de sua filha Katharina.

Suas palavras foram claras e solenes, e ele voltou a passar o lenço na testa. Alicia estava paralisada; Elisabeth sentiu uma súbita e cruel vontade de rir. Mas quando o rapaz prosseguiu com a voz baixa, ela achou a situação mais trágica que cômica.

– Volte ela quando voltar, aconteça o que acontecer, eu mantenho a minha palavra. Quero amar e honrar Katharina como minha esposa, quero protegê-la e guardá-la de todo o mal. Por toda a minha vida.

Ele ofegou brevemente após todo o esforço para pronunciar aquelas frases. Era bem provável que tivesse ensaiado no trem, pois não gaguejou uma única vez.

– Eu lhe agradeço. – Alicia suspirou para se recuperar da surpresa. – Eu lhe agradeço do fundo do coração, meu querido amigo. Você é um homem corajoso e honesto.

Naquele momento, foi Alicia quem precisou de um lenço. Elisabeth teve que se conter novamente, pois a raiva lhe subia à cabeça. Ou seria inveja?

Que absurdo! Aquela mulher podia arruinar sua reputação, podia fugir e dividir a cama com um francês – e mesmo assim ainda havia pretendentes dispostos a aceitá-la. Alfons Bräuer era herdeiro de um banco particular, por quem todas as damas da sociedade dariam a vida.

– Se me permite, senhora, podemos conversar amanhã. O importante é não perder a esperança – acrescentou ele.

Queria que Kitty morresse, pensou Elisabeth, e se assustou com seu próprio pensamento tão abominável.

35

V*ai ser coisa de quinze minutos, meia hora*, pensou Marie e apertou o passo. Ninguém notaria nada. No outro lado do terreno da mansão, escutava-se um barulho de serrote – Gustav estava na escada apoiada no tronco de um cedro definhante, cortando os galhos mortos. Ele acenou, alegre, e ela retribuiu o gesto. Sob o cedro, o velho Bliefert reunia os galhos serrados dentro de um carrinho de mão.

Ela repassou mentalmente a lista de compras. Um par de luvas de malha femininas, tamanho sete, de cor clara e com estampa elegante. Fio de seda para bordado, verde-limão e rosa-bebê, conforme o desenho que a Sra. Melzer lhe entregara. Vários carretéis de linha de costura verde-escuro, azul pastel e branco-marfim, um pacotinho de agulhas, três metros de renda para uma camisola. E o que mais? Havia outra coisa. Ah, sim: um rolo de cinta elástica.

O plano original era que a Srta. Elisabeth a acompanhasse às compras, mas ela estava com uma forte enxaqueca desde o almoço e ficou de cama. Ainda que Marie não chegasse a exatamente gostar de Elisabeth, àquela altura a garota lhe dava pena por ter que sofrer com as consequências da fuga impensada da irmã. A mais atingida era a senhora, que se preocupava imensamente com a filha; Paul também estava aflito, porém se esforçava para não transparecer. Era óbvio que o Sr. Melzer também sofria com a situação, mas, por ele, Katharina não receberia nenhuma compaixão.

Marie não havia pregado o olho durante a noite, revirando-se na cama e tentando lembrar de cada frase que o monsenhor Leutwien lhe dissera. Ela tinha certeza de que ele havia se referido a Jakob Burkard como seu pai. Nada fora mencionado a respeito de uma adoção ou sobre sua mãe estar grávida de outro homem quando se casou. Mas talvez ela tivesse omitido a gravidez para o padre. Se fosse verdade o que lhe contaram no orfanato, Marie nascera no dia 8 de junho de 1895. Portanto, sua mãe estava no quarto ou quinto mês de gestação quando se casou... Mas quem era o pai?

Ah, e que tom de desprezo o de Johann Melzer ao referir-se à sua mãe! "Uma artista que levava uma vida de liberdades." Como se considerasse Louise Hofgartner uma pessoa leviana que se deitava ora com um, ora com outro. Mas ela não se casara com um homem no leito de morte? E tal casamento na igreja não era o indício de um grande amor? Ela tinha certeza que sim. Mas não chegava a ser prova de que o bebê que Louise Hofgartner carregava no ventre era filha do homem com quem selara matrimônio perante Deus.

Mas mesmo assim... nos registros da igreja deveria constar também seu batismo. E certamente o nome do pai. Ela teria que procurar o monsenhor Leutwien novamente e pedir para folhear os registros. Decerto ele deixaria.

Ela não dispunha de mais folgas naquele mês, mas como a mandaram sozinha às compras, estava dada a oportunidade. O monsenhor Leutwien tinha aquele imenso livro sempre à mão no escritório, apenas alguns segundos para abri-lo e pronto, o assunto estaria encerrado. Só era preciso calcular o tempo para chegar à igreja de São Maximiliano – que ficava perto e Marie caminhava rápido.

Entretanto, tudo naquele dia parecia estar conspirando contra ela. Na luvaria de Ernstine Sauerbier foi necessário esperar uma eternidade a Sra. Wohlgemut e a filha se decidirem por uma das luvas de seda branca. Dado o zelo na escolha, deveria haver algum casamento à vista. Na loja de departamentos encontrou a cinta elástica e a linha de coser, mas não a de bordar na cor certa. Assim, ela teve que buscar em mais duas lojas a renda e o fio de bordado. Quando finalmente terminou a lista, uma hora já havia se passado.

Qual o problema?, pensou ela. *Quinze minutos a mais ou a menos não vão fazer diferença.* Ela se pôs então a caminho da igreja de São Maximiliano. A reitoria à luz do dia exibia um aspecto ligeiramente degradado, o que talvez se devesse aos arbustos ainda sem folhas do início da primavera, que deixavam entrever a pintura já desgastada da construção. Ela subiu os três degraus de arenito que conduziam à entrada e tocou a sineta. Do interior da casa surgiu o ruído de passos arrastados e uma fresta da porta de carvalho se abriu, revelando o rosto de passarinho da governanta.

– Bom dia – disse Marie com a maior educação possível. – Gostaria de falar com o monsenhor.

– É para se confessar?

A pergunta estarreceu Marie. De que importava à governanta o assunto que ela tinha a tratar com o padre?

– Sou Marie Hofgartner e gostaria de falar com o reverendo.

A velha ficara aborrecida com aquilo? Ela puxou o ar sonoramente pelo nariz e fitou Marie, irritada.

– O monsenhor Leutwien não está.

Que azar! Ela já pressentia que aquele não era seu dia de sorte.

– Quando ele volta?

– Talvez em uma ou duas horas. Depois ele tem encontro da crisma e, então, a missa do final da tarde.

Em outras palavras, era melhor ir embora. O monsenhor naquele dia não teria tempo para ela.

– Mas e se eu quiser só me confessar? – tentou Marie.

– Se é para se confessar, o capelão está na igreja. Pode ir lá.

Ela recuou a cara de passarinho para dentro da casa e fechou a fresta da porta. Que megera insuportável! Decepcionada, Marie cruzou o cemitério da igreja olhando para o céu ensolarado de abril. O melhor era então ir à primeira missa da manhã, lá ela encontraria o padre de qualquer maneira. Desistir estava fora de questão, ela já sabia demais. Ou, conforme o ponto de vista, de menos.

Duas vielas transversais depois, lhe ocorreu procurar a velha Sra. Deubel. Era arriscado, mas pelo menos a taberneira já percebera que ela estava sob a proteção do jovem Sr. Melzer e certamente não se atreveria a mandar o capanga atrás dela de novo. Mas era óbvio! Por que ela não tivera essa ideia antes? A velha Sra. Deubel sabia muitíssimo sobre sua mãe e certamente ainda não havia lhe contado nem a metade.

O problema é que Marie chegaria atrasada à mansão e teria que inventar uma desculpa. Mas não importava. Passando por diversas vielas estreitas, ela conseguiu encurtar o caminho. Que bom que ela já trabalhara na cidade baixa e conhecia bem a região.

O sol de abril era inclemente e iluminava aquele bar decadente com um brilho intenso, deixando à mostra a degradação do velho edifício. Aparentemente ninguém cuidava daquela construção; a estrutura de madeira começava a ceder e estava podre em alguns pontos. Os pardais se aproveitavam e faziam ninho nos buracos, mas, no fim das contas, eram inquilinos de natureza alegre e se limitavam a voar para lá e para cá, recolhendo material para seus ninhos e disputando cada pequeno galho.

Marie tinha em mente simplesmente subir a escada sem fazer perguntas ou permitir que a detivessem. Mas a porta que mal se sustentava nas dobradiças se abriu antes que ela a tocasse. Assustada, Marie recuou diante da horrorosa taberneira.

– Veio espionar de novo, Marie Hofgartner? – perguntou ela com sarcasmo, abrindo um largo sorriso.

Marie notou que lhe faltava um dente incisivo.

– O que lhe importa? Vim visitar sua mãe, então me deixe passar.

O sorriso se transformou em uma gargalhada que assustou Marie. Era uma risada maligna, tomada por ódio e que escondia a amargura de uma pessoa que só conhecera o lado sombrio da vida.

– Chegou muito tarde. Pode subir lá e procurar. Posso garantir que não vai achar minha mãe. O enterro foi há duas semanas.

A mulher estava morta. Céus, por que ela não pensara antes em fazer algumas perguntas à velha? Agora era tarde. Irremediavelmente tarde.

– Eu... eu sinto muito – murmurou ela. – Meus pêsames.

– Que nada – disse a taberneira entredentes e afastou uma mecha grisalha do rosto. – A velha viveu até demais. Há anos não saía mais do quarto, eu tinha que levar tudo lá para cima. No final já estava senil. Foi bom ela ter partido dessa para a melhor.

Não havia mais o que dizer; Marie fez uma reverência como despedida, deu meia-volta e partiu. Definitivamente aquele não era o seu dia, tudo estava dando errado. Ela desperdiçara seu tempo em vão, seria repreendida na casa e teria que inventar todo tipo de desculpas pelo seu atraso. Pelo menos ela conseguira tudo o que constava na lista. As luvas, o fio de bordar, as rendas, a cinta, a linha de costura... Ah, Deus, ela esquecera as agulhas!

Marie já estava na entrada do jardim, prestes a tomar o acesso à mansão, quando se lembrou. Ela se deteve, perturbada – era só o que faltava. Não daria mais tempo de voltar à cidade e...

– Cuidado! Meu Deus do céu! Marie!

Junto com o grito de alerta, ela ouviu um estalo e o ruído de algo despencando. Algo grande e escuro caiu sobre ela e atingiu seu ombro. Marie gritou de dor.

– Seu paspalho! Veja só o que você fez!

– Eu pensei que ele aguentaria, vovô. Como eu ia saber que ele estava podre e despencaria na hora?

Marie deixara cair a cesta com as compras e estava inclinada para a frente com a mão sobre o ombro dolorido. Um galho grande do carvalho tombara sobre ela e por poucos centímetros não lhe atingira a cabeça.

– Tomara que não tenha quebrado nada – resmungou o velho Bliefert. – Você consegue mexer o braço, Marie? Ah, meu Deus... deixe eu tirar esse maldito galho daqui.

– Está tudo bem – sussurrou ela.

Marie se desviou, pois o velho levantara o galho com tanta imprudência que por um fio não arranhou seu rosto.

– Espere, vovô! Já estou indo.

Gustav desceu a escada apressado e ergueu a arma do crime como se ela não pesasse mais que uma pluma. Com um movimento furioso, ele lançou a peça podre sobre a grama, abaixou os braços e fitou Marie tão arrependido quanto um aluno travesso.

– Sou mesmo um cabeça de vento, Srta. Marie. Está... está doendo muito? Meu avô pode fazer uma compressa com o bálsamo milagroso dele. Vai ajudar bastante.

Com cuidado, Marie moveu o ombro, que estava dormente de um jeito esquisito, mas conseguiu levantar o braço. A moça tivera sorte no azar.

– Não foi nada de mais – disse ela com um sorriso fraco. – E é melhor você guardar o "senhorita" para as outras. Sou Marie, não "senhorita".

Gustav fez uma careta e sorriu com certo desacordo.

– Para mim, é senhorita sim. Isso está no sangue da pessoa. Tem gente que é filha da nobreza, mas, no fundo, é uma caipira e nunca será uma senhorita. E tem gente que chega como ajudante de cozinha, mas na verdade é uma donzela.

– Vai ficar aí parado? – interrompeu o avô. – Ande logo e avise na mansão que Marie está aqui. Ela sofreu um acidente e vou tratá-la com meu bálsamo.

Aquela ordem não agradou em nada Gustav. E também Marie, que recolhia as compras do chão, tinha suas objeções.

– Muito amável de sua parte, Sr. Bliefert, mas já estou atrasada. Melhor voltar depois, o ombro praticamente não está doendo.

– Se eu não aplicar agora mesmo, o ombro vai ficar roxo e inchado. Você não vai conseguir mexer o braço por dias.

Parecia perigoso de fato. Marie tinha experiência com contusões e hematomas, por causa das frequentes agressões no orfanato. Ela sabia que uma pancada em um ponto sensível podia ser grave.

– Se o senhor está dizendo... – opinou ela, vacilante. – Mas só se for rápido.

Gustav deu um sonoro suspiro por saber que na mansão lhe perguntariam sobre o acidente e ele não poderia mentir. Ele desejou que a senhora não tomasse conhecimento da situação, pois havia anos ele ansiava por ser promovido de ajudante de jardinagem a jardineiro. Cabisbaixo, ele se afastou enquanto o velho Bliefert conduzia o carrinho de mão, sinalizando para que Marie o acompanhasse.

O casebre do jardineiro remontava ao tempo em que o terreno era propriedade do tal comerciante abastado que criara aquele pequeno paraíso afastado da cidade. Tratava-se de uma construção de pedra, de apenas um andar, que fora planejada para ser usada como almoxarifado e alojamento da criadagem. Anos depois, o novo proprietário Johann Melzer reformara o telhado e pagara ao funcionário Bliefert – que então se mudara para a casa com mulher e filhos – o valor do material da reforma.

– Antigamente havia muita vida nesta casa – disse o velho jardineiro ao entrar com Marie na cozinha. – Os meninos vinham correndo quando eu chegava e minha Erna tinha sempre comida pronta na panela. Eram dez, vinte pessoas comendo à mesa, porque os meninos sempre traziam os amigos. A criançada pobre da região vinha aqui e se empanturrava. Depois vieram as noras e os netos. Era uma gritaria, uma brigalhada, mas Erna sempre acolheu todo mundo. Mas depois a casa foi ficando cada vez mais quieta e só sobramos eu e Gustav para ela cuidar. Acho que sentia saudade do barulho e dos gritos das crianças... ela morreu e nos deixou aqui, dois homens.

Nitidamente faltava uma mão jeitosa naquela casa. Marie não pôde evitar balançar a cabeça diante da bagunça na cozinha, da louça suja e das paredes encardidas. O chão aparentemente não era varrido desde a morte da esposa do jardineiro. Com certeza, ninguém limpara as janelas. Era impossível ver um palmo por trás dos vidros.

– Sente-se aí no banco, Marie – disse o velho, que certamente percebera o olhar de espanto da menina. – E não se incomode com a Minka, ela está dormindo e sempre ignora as visitas.

Ele deu um sorriso tímido, como se quisesse se desculpar pela falta de ordem, e entrou no cômodo ao lado, provavelmente seu quarto, para buscar o bálsamo. Marie examinou com respeito a adormecida Minka, uma gata cinza tigrada, encolhida sobre uma almofada. Quando ela se aproximou, o animal ergueu as orelhas, entreabriu os olhos, deu uma bufada e se espreguiçou. Em seguida Marie constatou que Minka tinha garras consideráveis, as orelhas mutiladas e... na verdade era um gato. Quando Marie tomou confiança para acariciar seu pelo, o bichano ergueu o dorso e começou a ronronar.

– Ela gostou de você – disse o velho Bliefert. – Pode se sentar, ela adora quando fazem carinho.

Era verdade mesmo que ele não sabia que Minka era um gato? Que estranho. De qualquer maneira, Minka era bastante afeito a carícias, ele grunhia, ronronava, pressionava sua cabeçorra contra a mão de Marie e parecia sempre querer mais. Mas quando o jardineiro sacudiu o frasco que trazia do quarto e sacou a rolha, Minka se fez menos receptivo, ergueu a cauda e o nariz e pôs a pata sobre a mesa.

– Ela adora meu bálsamo – disse o jardineiro, sorrindo. – Mas não pode lamber, senão passa mal.

Marie não tinha dúvidas, a mistura tinha um cheiro tão forte que ela precisou prender a respiração.

– Isso... isso é feito de quê?

Bliefert aproximou o nariz do frasco e acenou satisfeito com a cabeça. Em seguida, abriu uma gaveta da mesa para pegar um pano.

– Aqui dentro tem de tudo para combater torções e contusões. Óleo de linhaça, cera de abelha, arnica e camomila, artemísia e língua-de-ovelha. E outras coisas mais que é melhor não falar.

Ele colocou o pano sobre a boca aberta da garrafa e a virou. O cheiro intenso do líquido amarronzado se intensificou e Minka produziu um ronronar de satisfação. Provavelmente o jardineiro adicionara também valeriana. E mais algo presente na urina de cavalo. Eca!

– Vamos, mostre-me seu belo ombro, menina. Melhor terminar isso antes que Gustav apareça, ele logo arregalaria os olhos...

Marie abriu o sobretudo e a blusa, baixou um pouco a camisa e constatou que seu ombro de fato estava inchado.

– Ai!

– Tenho que esfregar bem, senão não adianta. Você é uma moça forte, aguente um pouco para poder dormir tranquila. Amanhã você não vai sentir mais nada.

Naquele momento, ela não sentia nada além da dor infernal. Por várias vezes sua vontade foi dar um salto e sair dali correndo, mas ela quis evitar o ridículo e se manteve quieta.

– Pronto – disse ele, satisfeito, soltando Marie para levantar o gato de cima da mesa. – Agora vista-se depressa para manter o calor. Você vai ver... esse bálsamo é poderoso. Vai ficar novinha em folha.

Minka espirrou e observou contrariado o velho tampando com a rolha o maravilhoso conteúdo da garrafa. Marie se vestiu e sentiu uma queimação no ombro. Que coisa pestilenta! Como ela explicaria na mansão o odor desagradável que exalava?

– Isso tem cheiro de estábulo – opinou ela. – Como pode?

Ele sorriu e golpeou uma última vez a rolha. Sim, o jardineiro admitiu que no líquido havia algo de cavalo que ele mesmo trazia de um velho conhecido que tinha um haras. O Sr. Melzer também tinha quatro belos equinos: uma égua alazã e três castrados de cor castanha.

– Antes de comprar o automóvel, ele sempre usava uma das charretes. Naquela época, era muito mais rápido ir a cavalo e eles não davam tanto problema como os carros. Eu mesmo conduzi o Sr. Melzer várias vezes.

Vejam só, ele já fora cocheiro antes. Marie tentou erguer cuidadosamente seu ombro que ardia e teve que admitir que já não sentia dor. Bliefert tomara o gato ronronante no colo para acariciar suas orelhas.

– O Sr. Melzer andava muito por aí, até de noite ele ia às vezes na cidade. Já tive que esperar por ele um tempão até voltar.

Os pensamentos de Marie provavelmente apareceram escritos em sua testa, pois Bliefert prontamente acrescentou que aquilo havia sido há muito tempo, antes de ele se casar. A partir daí, Bliefert passou a conduzir sobretudo a jovem esposa para ir às compras ou visitar amigas.

– Como as damas ricas fazem, não é? – opinou ele. – Minha Erna não podia se dar a esse luxo. Estava sempre em casa com as crianças, cuidava do jardim, da casa, sempre tinha serviço.

Marie acenou educadamente e estava a ponto de despedir-se, agradecida, mas Bliefert prosseguiu com o relato.

– Os Melzers frequentemente recebiam convites para sair à noite, eu os levava até aquelas casas chiques e ficava esperando em um bar até a hora de buscá-los. O Grüner Baum, ainda lembro bem. Era muito aconchegante lá, a cerveja não era ruim... Só a taberneira que era carne de pescoço.

O que ele dissera? Grüner Baum? Mas ele devia estar se confundindo, pois naquela região havia de tudo, menos casas chiques.

– O senhor frequentava o Grüner Baum? Da Sra. Deubel?

– Isso, era o nome dela – confirmou ele. – E era o diabo em pessoa, tanto a mãe quanto a filha, na verdade.

– O senhor chegou a levar o Sr. Melzer à cidade baixa? No edifício do bar Grüner Baum?

Ele assentiu, afastou contrariado o gorro da testa e voltou a puxá-lo para a frente. Isso de se perder na conversa devia ser coisa da idade, talvez ele já estivesse ficando senil.

– O Sr. Melzer ia visitar uma mulher chamada Louise Hofgartner, não é? – inquiriu Marie, incisiva.

Ele a fitou com seus olhos turvos e fez que sim com a cabeça. Exato, a moça era pintora ou algo assim. Uma mulher de instinto selvagem, por São Francisco! Colocava para correr até o próprio belzebu.

– Como assim? – indagou Marie, confusa.

– Então… – disse Bliefert, coçando sem pressa a nuca. – Eles brigaram, o Sr. Melzer e a pintora. Foi tanto grito que deu para ouvir até do bar. Fiquei morto de vergonha, porque o senhor diretor berrou tanto que todo mundo riu. E quando desceu e me chamou… eu nunca o tinha visto tão furioso. Estava com a cara vermelha, parecia até que ia ter um ataque.

A história era mesmo espantosa. Sua mãe não pudera pagar as dívidas – tudo bem, aquilo podia ser inconveniente para o Sr. Melzer. Mas, por outro lado, ele não devia contar com o calote? Por que ele se enfurecera tanto?

– Ele também saiu perdendo, pois precisava daqueles papéis de qualquer maneira – prosseguiu Bliefert.

Do que ele estava falando? Aquilo era novidade.

– Que papéis?

O homem deu de ombros e suspirou sonoramente, insatisfeito. O gato Minka parou de ronronar, levantou-se e voltou para sua almofada.

– Papéis, ora. Desenhos. Era coisa importante para o Sr. Melzer. Acho que se tratava de máquinas da fábrica.

– Desenhos de máquinas? Era isso que ele estava pedindo a Louise Hofgartner?

– Sim, desenhos técnicos especificando direitinho os componentes de cada máquina. Ele ofereceu muito dinheiro. Mas ela não entregou, aquela doida.

– Por que não?

– Por maldade mesmo, foi o que o Sr. Melzer disse.

Marie calou-se. Será que a história do velho procedia? Se sua mãe possuía de fato tais desenhos, só poderiam ser de Jakob Burkard. Afinal, o padre não lhe dissera que ele projetara e montara todas as máquinas que se encontravam na fábrica? Mas por que ela não vendera os desenhos a Melzer? Ela não precisava do dinheiro?

Uma coisa era certa: se o velho jardineiro estivesse dizendo a verdade, então o Sr. Melzer mentira. Ele não vendera os móveis de sua mãe para ajudá-la com o dinheiro. Ele mandara recolher os pertences para pressioná-la. Mas por que ela não queria entregar os tais papéis?

– E agora chega de conversa – disse o velho jardineiro e se levantou repentinamente. – Tenho que serrar a madeira podre e empilhá-la para o inverno. Onde Gustav se meteu?

Era mais que óbvia sua intenção de esquivar-se daquela conversa delicada. Ele se inclinou em direção a Marie e, confidente, comentou que seu neto devia estar gamado naquela criada. Adele, era esse o nome dela. Ou Anna-Maria.

– Ah, o senhor está falando de Auguste? Mas ela está grávida.

O velho riu. Era exatamente aquilo que devia atrair Gustav. Ele já flagrara os jovens duas vezes na porta de trás, mas nunca imaginara que seu neto tão ingênuo tivesse tais preferências...

Marie também se levantou, satisfeita por voltar ao ar livre, já que o fedor do bálsamo empesteava a pequena cozinha cada vez mais. As coisas da vida eram mesmo peculiares. Ela tivera azar duas vezes e ainda não descobrira o que tanto precisava saber. Por outro lado, um novo enigma era apresentado.

– Diga-me uma coisa. Seu sobrenome não é Hofgartner também? Ou estou enganado?

– Exato. Sou Marie Hofgartner.

Ele acenou com a cabeça, satisfeito ao constatar que sua memória não lhe falhara, e deixou escapar:

– Mas que coincidência tremenda!

36

– Maldito seja! E quero falar com o senhor diretor Melzer! Agora!

Os gritos e exigências exaltados que saíam da antessala e se ouviam até o corredor não eram nada estranhos a Paul. Que pessoa impertinente essa Grete Weber. Infelizmente era preciso tratá-la a pão de ló, pois o acidente de sua filha deveria ser mantido no máximo sigilo possível. Até porque a menina tinha apenas 13 anos.

– O Sr. Melzer está em reunião e não tem tempo para a senhora.

Era a Srta. Lüders, procurando sem êxito ser fria e objetiva.

– Deixe-me contar uma coisa, distintas donzelas…

O tom da tecelã estava duas vezes mais alto e três vezes mais agressivo.

– Não me interessa que vocês estejam todas emperiquitadas, todas espartilhadas. Não me importa que vocês não sujem as mãos trabalhando… Se eu quero falar com o senhor diretor, vocês têm que me anunciar. Porque minha filha sofreu um acidente na fiação. Com 13 anos! Era para ela estar na escola. E também porque vocês não querem que eu abra a boca. Estamos entendidas?

Paul concluiu que as secretárias precisavam de apoio masculino e abriu a porta com um gesto decidido. Os três pares de olhos se dirigiram a ele. A Srta. Lüders o fitou aliviada e a expressão de Henriette Hoffmann se iluminou como se ele fosse o próprio São Miguel, matador de dragões. Apenas a tecelã o encarou com antipatia, pois sua aparição a fizera perder o fio da meada.

– Pois não, senhoras? – disse ele, sorrindo. – Já acabou o intervalo do almoço? Não, não é possível. Insisto que vocês almocem, como é o correto.

Os rostos das secretárias enrubesceram. A Srta. Lüders ajeitou os óculos e Henriette colocou seu sanduíche de queijo já mordido na mesa, comentando que estava sempre à disposição de seu chefe, inclusive no intervalo do almoço.

Grete estava a ponto de abrir a boca para fazer-se notar, mas Paul tomou a frente.

– Sra. Weber! Que coincidência, eu estava indo à fiação ver a senhora. Como está Hanna? Está se recuperando bem?

Sua abordagem foi tão amável que desconcertou a tecelã. Sim, o jovem Sr. Melzer era muito diferente do pai. Embora, claro, não tivesse qualquer poder de decisão. Ainda não.

– Se recuperando? Quisera Deus! Ela parece estar piorando, Sr. Melzer. Mesmo os médicos dizendo que ela está melhor... Quem é mãe conhece a própria filha, não conhece?

Paul confirmou e acrescentou que intuição de mãe não falhava nunca. Disso todos sabiam.

– O que há de errado com ela? A fratura não está cicatrizando?

– Nem um pouco! – exclamou a tecelã e fez um gesto de desdém. – Não vejo melhora alguma. Ela está toda rígida. E tão magra. O dinheiro também acabou, não posso nem comprar mais sucos e guloseimas para ela. A menina está pele e osso, coitada...

Paul acenou com a cabeça enquanto a mulher falava e afirmou que lamentava escutar aquilo. Ainda naquele dia ele visitaria Hanna no hospital e informaria o pai a respeito.

A tecelã arregalou os olhos. Não era daquela maneira que ela imaginara o desfecho para suas queixas. Vinte marcos em espécie na mão, ou no mínimo dez. O que ela faria com o montante era assunto seu. Mas o jovem Sr. Melzer estava disposto a ir até o hospital. E falar com os médicos.

– Sabe... – prosseguiu ela com prudência. – Os médicos já estão querendo dar alta a Hanna. Querem que ela vá para casa. Mas como vou cuidar dela? Tenho que trabalhar, os meninos vão à escola e de tarde vão brincar com os colegas. E a avó está demente, fica amarrada na cama para não sair porta afora e perder o caminho de volta.

– E o marido da senhora?

Ela franziu o rosto e bufou. Aquele ali não servia para nada. E quase nunca estava em casa. Melhor assim.

– Não se preocupe, Sra. Weber. Fui eu quem levou Hanna ao hospital e eu mesmo me encarregarei de que ela se recupere totalmente.

Ele tomou a mão da mulher e a apertou ao se despedir. A tecelã estava tão surpresa que se deixou mover como uma boneca articulada. Decerto era bastante incomum que um cavalheiro de tão alta estirpe segurasse sua mão. Ela nem sequer as lavara antes de subir e se limitara a apenas limpar o óleo de máquina no avental.

– Bem... eu... eu lhe agradeço muito... – gaguejou ela. – Por cuidar assim de Hanna. Mas tem aquele assunto dos vinte marcos que...

– Vou falar com meu pai, querida Sra. Weber. E agora vamos trabalhar, o intervalo de almoço acabou. Srta. Hoffmann, ditado. Por favor pegue o bloco grosso, tenho muita coisa em mente.

Henriette Hoffmann pegou solicitamente o bloco e o lápis enquanto a Srta. Lüders introduzia na máquina de datilografar duas folhas de papel separadas por uma de carbono, a fim de escrever uma carta de negócios. Ela se entendia bem com a colega, embora se irritasse porque o jovem Sr. Melzer sempre recorria a Henriette quando precisava ditar algo. Por acaso ela taquigrafava mais rápido? Impossível. Ou será que ele gostava mais do nariz da colega?

A porta se fechou. Graças a Deus aquela impertinente Grete Weber foi embora.

– Que atrevimento – observou Henriette, colocando-se a postos para taquigrafar na sala ao lado. – O senhor diretor é muito bondoso. Qualquer outro já a teria demitido há muito tempo.

Paul não reagiu ao comentário. Em vez disso, começou a ditar uma infinidade de coisas: esboçou uma proposta, redigiu uma resposta a uma reclamação, fez sugestões de publicidade, propôs parcerias comerciais com Viena, São Petersburgo e a América do Sul. Tudo obviamente seria submetido à apreciação do exigente senhor diretor. Seu pai teria a prova do quanto ele aprendera sobre a fábrica e como desenvolvia ideias próprias. Precisavam pensar em nível internacional, era assim que se faziam grandes negócios. Tudo bem que a Inglaterra era interessante, mas era importante fincar o pé na Rússia, Itália, França... E também do outro lado do lago havia mercado. Mas o pai só falava da tal guerra que poderia se iniciar. O czar russo aumentara o contingente de seu exército – e daí? A Alemanha expandira sua frota e os ingleses já estavam construindo aviões que permitiam espionar o inimigo de cima. Os governantes falavam grosso, queriam se impor, mas ninguém ousaria atacar de fato. E, além do mais, todas as casas reais estavam ligadas por laços de sangue ou matrimônio.

Cerca de uma hora depois, a Srta. Hoffmann queixou-se de que sua mão estava prestes a cair e perguntou se o jovem senhor não queria fazer uma pausa para o café.

– Já acabamos, Srta. Hoffmann. Com a senhorita sempre termino rápido. Vou precisar dos documentos datilografados amanhã à tarde.

– Obrigada, Sr. Melzer. É sempre um prazer trabalhar com o senhor.

Ele aproveitou para passar no escritório do pai, que lia um documento com expressão séria. Johann Melzer lhe entregou o papel e sugeriu que era hora de mostrar se sua faculdade servira de algo. Era a carta de um advogado, um concorrente acusava Melzer de ter se apropriado ilicitamente, ou seja, roubado amostras de tecido.

– Ele não vai conseguir nada com isso, pai.

– Mas não deixa de ser um aborrecimento. Vai dar despesa e trabalho. Como se não tivéssemos outras preocupações...

O pai lhe pareceu nervoso e confuso, e aquilo quase lhe causou preocupação. O homem já passara dos 60 anos e aparentava ter envelhecido visivelmente nos últimos meses. A barba se tornara grisalha e a pele apresentava discretas bolsas embaixo dos olhos.

– Vou ao hospital ver Hanna Weber. A mãe acabou de sair daqui.

O pai acenou com a cabeça e pareceu satisfeito por Paul estar se encarregando do assunto. Sim, de seu escritório ele escutara a tecelã. Que mulher descarada! Se não fosse por aquele terrível acidente, ela já estaria no olho da rua há tempos. E ele ainda cometera o erro de dar-lhe dinheiro algumas vezes.

Paul sorriu e guardou para si o comentário de que o pai enfiara os pés pelas mãos naquela situação. Mas ele parecia estar irritado por outro motivo.

– Essas mulheres – rosnou Melzer. – Você leu o jornal hoje de manhã? Sufragistas! São a própria ira em forma de mulher. Gentalha indecente. Quebraram os vidros das janelas do Ministério do Interior da Inglaterra. Se jogam na frente das charretes, ateiam fogo em casas, nadam no rio como vieram ao mundo...

– Nossa! – exclamou Paul, risonho. – Por que tanta irritação, pai? As moças só querem lutar pelo direito de voto e eu, sinceramente, não consigo entender por que não...

O diretor Melzer encarou o filho como se o estivesse vendo pela primeira vez e o questionou com agressividade. Ele tinha ideia de que a Europa iria afundar se permitissem que as mulheres fossem às urnas?

– Há muitas mulheres inteligentes e sensatas. Por exemplo, a mamãe...

O filho o colocara em um beco sem saída. Não, ele não poderia dizer nada em desabono à esposa, opinou o pai. Entretanto, mulheres como Alicia deveriam exercer suas qualidades preferencialmente na esfera doméstica, pelo bem de seus maridos e famílias. Coisa que Alicia, sem dúvida, fazia. Já as complexas relações no Reichstag, ela não conseguiria compreender. Para tanto, sinto muito, seu intelecto era insuficiente. O destino do império deveria ser definido pelos homens. Sempre fora assim. E assim continuaria sendo.

Paul não o contradisse, por mais que discordasse em muitos aspectos da opinião do pai. Kitty, sempre disposta a provocar todos ao redor com ideias incomuns, já declarara seu total apoio às sufragistas. Fazia dias que o pai não dizia uma palavra a respeito de Kitty, mas aquele acesso desmedido de raiva era prova de que, por dentro, ele se preocupava bastante com a filha desaparecida.

– Volto em uma ou duas horas, pai.

– Não vá se perder por aí!

Ele dirigiu até a mansão, estacionou o carro em frente à entrada e subiu a escada correndo, para o espanto de Else, que lhe cruzara o caminho. No corredor do primeiro andar, encontrou a governanta ereta e ajeitada como sempre. Ela lhe lançou um sorriso cansado.

– Minha mãe está no salão vermelho, Srta. Schmalzler?

– Sua mãe foi se deitar. Está com uma forte enxaqueca.

– Ah, meu Deus! – exclamou ele, e se deteve. – Pode dar-lhe um recado quando ela melhorar?

– Claro...

Os dois trocaram um discreto sorriso de cumplicidade. A Srta. Schmalzler estava naquela casa desde que ele se entendia por gente. Ela sempre soubera mais que seus pais, desde suas "saidinhas" às escondidas, suas tentativas de fumar charuto, até sua primeira paixão. Na maioria das vezes, sua boca fora um túmulo, ainda que em certas ocasiões caísse em apuros por isso. Ela tinha um coração de ouro.

– Vou ao hospital visitar a menina acidentada – explicou. – E levarei Marie junto.

– Marie? Mas... o que Marie vai fazer lá?

Obviamente ela já sabia de suas intenções. Era possível esconder coisas dos pais e até mesmo de Lisa. Mas não dos funcionários. E menos ainda da Srta. Schmalzler.

– Quero que ela fale com a menina – disse ele. – Tem algo estranho nessa história. A mim ela não vai contar nada, mas talvez se abra com Marie.

– É bem possível – opinou a governanta, séria. – Vou mandar Marie descer ao átrio.

Ele lhe dedicou um olhar radiante e quase sentiu vontade de abraçá-la.

– Obrigado, Srta. Schmalzler. Estarei esperando no carro.

Desde aquele beijo maravilhoso e inesperadamente irracional, ele não falara com Marie. Ela se esquivava de Paul, usando, sempre que possível, a escada de serviço ou permanecendo em espaços a ele inacessíveis. No início ele ficara decepcionadíssimo, quase colérico. Que diabos fizera para Marie passar a se esconder daquele jeito? Fora só um beijo e nada mais. E ele tinha certeza de que não a obrigara a nada. A puritana Marie fora receptiva, o envolvera com seus braços, sinalizando sua doce entrega, e retribuíra o beijo. Outro homem teria se aproveitado da situação e tentado arrastá-la ao seu quarto. Talvez ele devesse ter feito aquilo.

Não, pensou envergonhado. Isso teria sido o fim. Primeiramente ela não teria ido, em segundo lugar ela o teria visto como um canalha. Era preciso paciência, dar tempo ao tempo e esperar a oportunidade de declarar suas verdadeiras intenções. Não queria apenas um caso, ele queria... outra coisa. Ainda que nem soubesse ao certo o quê.

Vez ou outra eles chegaram a se cruzar no átrio. Paul sorrira e dera bom-dia. Ao que Marie respondera com tom sério, porém não antipático, antes de seguir seu caminho. Com mais frequência ele a encontrara no salão vermelho com Lisa e a mãe, a camareira sentada em um banco, fazendo crochê, enquanto contava histórias que as duas mulheres escutavam às gargalhadas. Se ele se juntasse a elas, sua mãe mandaria Marie sair. Após algumas semanas, ele percebeu que daquela maneira não faria progressos. Paciência era útil, mas quanto mais ele adiasse sua declaração, mais se cristalizaria o mal-entendido entre os dois. O que não era de se admirar, pois como ela poderia saber que suas intenções eram outras? Ele mesmo se surpreendera com os próprios sentimentos. Era preciso falar com ela, sozinho, sem testemunhas ou ouvidos curiosos por perto. Um automóvel seria a solução ideal para essa intenção.

Foi necessário esperá-la. Impaciente, ele a aguardou no carro tamborilando os dedos sobre volante. Não fora Humbert quem havia comentado que Marie estivera na casa do jardineiro à tarde? Ela se ferira no parque e o jardineiro se encarregara dela. Infelizmente, Humbert não dissera de qual dos dois jardineiros se tratava. O velho ou o novo. Gustav Bliefert podia não ser nenhum adônis e também tinha a cabeça oca, mas sua posição era mais próxima à de Marie. Ainda que houvesse certa diferença entre uma camareira e um jardineiro, o abismo era infinitamente menor que entre a camareira e o filho dos patrões.

– Sinto muito fazê-lo esperar, senhor.

Ele voltou à realidade e fitou o semblante sério e levemente inquieto da moça. Lá estava ela, finalmente. Marie explicou com pesar – sincero ou fingido? – que tivera de terminar o penteado de sua irmã, que visitaria uma amiga.

– Sente-se aqui do lado.

Marie já estava com a mão na maçaneta da porta traseira, mas obedeceu e se acomodou no banco da frente. Ela trajava um vestido escuro e um casaco acinturado longo que haviam lhe dado, ambos do mesmo tecido. Se não estivesse enganado, eram peças do guarda-roupa de Kitty. Os cabelos estavam, como de costume, presos em um coque e escondidos por um pequeno e encantador chapéu que ele nunca vira nem nela nem em Kitty.

– Como você está bonita, Marie.

Ela o fitou de soslaio e seu olhar longo e reprovador o desestabilizou. *Melhor não cometer nenhuma estupidez agora*, pensou ele, dando partida no motor, mas uma falha na ignição o fez repetir o processo.

– Não é simples dirigir um automóvel – opinou ela. – Tem mulheres que conseguem também?

– Claro. Não é nada difícil, só fiz uma besteira.

Ele riu constrangido e manobrou o carro ao redor do canteiro no qual começavam a brotar narcisos amarelos e tulipas vermelhas. O gramado do parque estava coberto de flores de crócus, que em alguns pontos se amontoavam formando densas almofadas.

Curiosa, Marie tentava acompanhar todos os seus movimentos, observava o velocímetro e tentava decifrar o que ele fazia com os pés. Ela perguntou onde era o freio. O que significava embreagem. Como o carro se movia. Aquilo não era mesmo perigoso? Não poderia explodir?

– Se eu sair agora, abrir o tanque de gasolina e jogar um fósforo aceso dentro, sim, tudo iria pelos ares.

E quis saber também se ele já sofrera um acidente.

– Por sorte, não – respondeu Paul. – Mas, pelo que fiquei sabendo, foi você quem sofreu um ontem, e o jardineiro teve que cuidar de você.

Ela o olhou com surpresa e respondeu bem-humorada.

– Meu Deus, a falação caminha a passos largos na mansão. Quem lhe contou?

– Não tenho ideia. Fiquei sabendo por aí. Espero que não tenha sido nada sério.

– Não muito – opinou ela, sorrindo. – Um galho podre caiu no meu ombro.

– Um galho? Nossa!

– E o velho Bliefert me tratou com seu bálsamo milagroso.

Ah, havia sido o velho. Ele aplicara o produto no ombro dela, e não devia ter sido por cima da roupa. Paul sentiu raiva, mas logo percebeu que seu ciúme era mais do que ridículo. Bliefert deveria estar beirando os 70 anos.

Ele conduziu o carro através do Portão de Jakob e virou à esquerda para entrar no bairro de Jakobervorstadt. Casebres humildes alternavam a vista com robustas construções de propriedade do Estado, entre elas depósitos e cocheiras. Ali também os arbustos já mostravam brotos, o mato crescia em grossos montes nos descuidados jardins das casas e demais terrenos e margaridas silvestres e dentes-de-leão surgiam aqui e acolá.

– Acho que esse bálsamo é coisa do diabo – prosseguiu ela, divertida.

Ele escutou com atenção Marie contar sobre a cozinha caótica e a gata Minka, que na verdade era macho. E ouviu-a também citar os ingredientes bizarros do tal maravilhoso medicamento. A jovem sabia ser engraçada quando fazia seus relatos, e ele precisou se concentrar enquanto dirigia. Sobretudo as charretes pareciam querer empurrar na sarjeta os automóveis que lhes cruzavam o caminho, pois os cocheiros odiavam a moderna concorrência que lenta mas implacavelmente lhes tirava o ganha-pão.

Paul parou o carro em frente ao amplo edifício de tijolinhos do hospital principal e desligou o motor.

– Espere um pouco – pediu ele ao vê-la tateando a maçaneta para descer. – Preciso lhe dizer algo, Marie.

Ela interrompeu seu movimento e permaneceu ereta, sentada ao seu lado.

– Não se dê o trabalho – disse ela. – Eu já sei o que o senhor quer me dizer.

– Ah, é?

Ela franziu os olhos e respondeu com antipatia.

– O senhor quer me dizer que gostou de ter me beijado. E que acredita que eu também tenha gostado.

– E gostou?

Ela virou-lhe o rosto que parecia em chamas.

– Sim.

Aquilo era uma confissão surpreendentemente sincera. Ele não ousou dar qualquer resposta e esperou, segurando a respiração.

– Estou falando porque é a verdade – prosseguiu ela. – E porque não quero mentira entre nós. Eu tenho muita consideração pelo senhor. E por isso lhe peço que nunca mais faça isso.

Que mulher! De onde vinha tanta atitude, tanta coragem, tanta sinceridade? E tanta confiança. Ele teria sido capaz de tomá-la em seus braços naquele mesmo instante e declarar seu amor, dizer que a queria ao seu lado. Por toda a vida. Até a eternidade.

E o que ele fez? Discorreu sobre toda sorte de baboseiras em vez de confessar a sinceridade de seu amor. Disse que também lhe tinha muita consideração. Que se sentira atraído desde a primeira vez que a vira, naquele outono quando ela chegara com sua trouxa na mansão. Marie ainda se lembrava? Ele estava no automóvel que passara por ela. E que lhe desejava tudo de melhor, que queria vê-la contente. Se a jovem pudesse ao menos ficar por perto...

Ela escutou com atenção, franzindo a testa, e pareceu não compreender exatamente toda aquela verborragia. Por fim, ela observou que já estavam em frente ao hospital e poderiam descer. Ou a tal visita era apensas um pretexto?

– De forma alguma!

Ele abriu a porta do motorista, desembarcou contrariado e deu a volta no automóvel para ajudá-la a sair. Mas Marie já estava parada na rua, e ele logo entendeu que seria inadequado oferecer a mão a uma funcionária naquele contexto. E Paul por acaso se importava? Na verdade, não. Mas Marie certamente iria se sentir incomodada.

– Vamos...

Seu olhar era fúnebre; ele estava furioso consigo mesmo. Como era possível comportar-se de maneira tão idiota? Por que não foi capaz de falar abertamente com Marie sobre seus desejos e planos em vez de gaguejar como um tolo? Normalmente Paul tinha talento com as palavras, lidava bem com pessoas de difícil trato, sabia ser conciliador em situações de conflito e vender sua opinião de maneira adequada. Mas com Marie, pelo jeito, ele se comportava como se mal soubesse falar. O que ela estava pensando dele?

Que eu sou um completo imbecil, pensou, desesperado. *Se ela algum dia já me respeitou como homem e como pessoa, hoje o respeito foi por água abaixo, pois não tive a coragem de tomar uma decisão e me ater a ela.*

– O horário de visitas já vai acabar – informou a freira junto à porta da ala dos protestantes.

– Obrigado, irmã. Seremos breves.

Ele seguiu pela escada por não querer ficar sozinho no elevador com Marie. A sua declaração fora tão ridícula que naquele momento preferiu não se sujeitar ao olhar de desprezo da jovem. Enquanto os dois atravessavam o longo e sombrio corredor, ele lhe disse resumidamente o que a mãe de Hanna contara.

– Se a menina está mesmo tão fraca, então é melhor ficar um pouco mais no hospital – opinou Marie.

– Vamos ver primeiro. Talvez você possa trocar umas palavrinhas com ela, Marie.

A porta do quarto 17 se abriu de repente e três garotos se precipitaram, tagarelando em direção ao elevador.

– Olhe só – cochichou Paul. – Serão os irmãos dela?

O quarto estava abafado. Mais uma paciente fora acomodada ali, totalizando onze camas no pequeno espaço, uma delas ocultada por um biombo branco. A mulher falante, cujo leito se encontrava junto à janela, já não estava lá. Em seu lugar, uma idosa esquálida de camisola rosa-clara olhava a vista com ar ausente.

– Estou em um enterro – disse ela com tom de censura. – Tenham respeito, senhores.

– Perdão. – Paul reagiu sem ser escutado.

A cama da pequena Hanna estava bastante desarrumada e havia uma mancha grande sobre o tecido. O que teriam aprontado seus irmãos? Hanna não usava mais a atadura na cabeça, de maneira que a parte onde o cabelo havia sido raspado ficara visível. O braço esquerdo continuava engessado, mas, salvo isso, ela não parecia precisar das bandagens.

– Olá, Hanna – cumprimentou Paul. – Está me reconhecendo?

– Sr. Paul Melzer...

– Exato – confirmou ele, sorrindo. – E essa é Marie, uma amiga.

A menina parecia tímida e, apesar do generoso repouso e da boa alimentação, não dava sinal de ter engordado um mísero grama. Ele escutou atento Marie conversando de maneira natural com a pequena. Seu tom era tranquilo, acolhedor e, de alguma maneira, maternal. Era como se aquilo agradasse a paciente, o que não o surpreendia. A pobrezinha certamente experimentara pouco afeto materno em sua vida.

Ele encontrou uma enfermeira no corredor e lhe perguntou sobre Hanna. A menina era uma criatura amável, sempre obediente e que nunca gritava ou desacatava. Mas seus irmãos, aqueles sim eram uma gente estranha, não se podia descuidar com eles por perto.

– Como assim?

A religiosa lhe explicou que eles vinham sempre ao hospital, inclusive fora dos horários de visita. Entravam escondidos no quarto de Hanna e acabavam com toda a comida. Inúmeras vezes ela os expulsara de lá, mas eles sempre voltavam. Até mesmo as coisas que o Sr. Melzer mandava entregar, como os sucos, maçãs e biscoitos, acabavam nas barrigas famintas dos três pestinhas.

– Que absurdo! – resmungou Paul, aborrecido.

Ele finalmente entendeu por que a menina continuava tão magra. E por que Grete Weber não queria que sua filha recebesse alta. Enquanto ela estivesse ali, toda a prole teria alimentação garantida.

– E o braço quebrado? As contusões? A ferida na cabeça?

– Pergunte ao médico, ele poderá informar melhor.

– E pela sua experiência, o que a senhora diria?

A mulher sorriu, satisfeita por ver que suas habilidades eram reconhecidas. E, de fato, uma boa enfermeira frequentemente sabia mais dos pacientes que o médico.

– Ela ainda precisa se recuperar do braço quebrado, mas, no mais, está indo bem. Eu diria até que ela está tendo bastante sorte, Sr. Melzer.

– Muito obrigado, irmã.

– Infelizmente os senhores precisam ir, o horário de visita já acabou.

No quarto, ele encontrou Marie ainda na cama de Hanna. Ao entrar, ambas o olharam como se sua presença fosse incômoda. Sobre o que as duas teriam conversado? Os olhos de Hanna brilhavam e ela até parecia contente.

– Estou em um enterro – voltou a dizer a velha senhora. – Tenham respeito, senhores.

Ele se dirigiu a Hanna para se despedir e lhe garantiu que tudo ficaria bem. Em breve ela sairia do hospital e, depois que tirasse o gesso, poderia voltar a usar o braço.

– É uma menina impressionante – comentou Marie enquanto atravessavam o corredor na direção do elevador. – Aquela senhora está totalmente perturbada, parece que às vezes até levanta da cama e quer fugir. Hanna já conseguiu impedir que ela caísse duas vezes.

– Ela lhe contou também que seus irmãos acabam com toda a comida?

Ele abriu a porta do elevador para Marie entrar. Um casal idoso, também visitante, os seguiu. Uma mulher gorda com um largo chapéu de veludo e um estudante magérrimo forçaram entrada na cabine em seguida.

– A capacidade máxima é de quatro pessoas! – indignou-se o idoso.

– Ora, um a mais ou um a menos não faz diferença – revidou a mulher de chapéu.

– No seu caso faz. A senhora vale por três.

– Que petulância!

– O prazer é meu.

Foi um alívio quando o elevador chegou ao térreo e Paul abriu a porta. O casal, o estudante e a corpulenta mulher se acotovelaram para sair e Marie acabou sendo a última. Eles se entreolharam com um sorriso que prontamente se transformou em uma sonora risada.

A enfermeira protestante os olhou atônita quando os dois passaram pela cabine da recepção às gargalhadas. Afinal de contas, aquele não era ambiente para risos. Mas ao cruzarem a saída do edifício os dois recobraram a compostura e Marie comentou que após tal indiscrição o melhor era nunca mais pôr os pés no hospital.

– Ah, bobagem – opinou Paul, alegre.

O rapaz insistiu em abrir a porta do carro para ela, e Marie sentou-se desenvolta no banco do carona como se tivesse nascido para aquilo.

– Descobri muitas coisas sobre Hanna – contou ela quando ambos estavam sentados. – A vida da mãe não é fácil, ela leva a casa sozinha. Colocou os rapazes na escola e faz das tripas coração para alimentá-los e comprar roupas decentes. Hanna parece ficar sobrando nessa história toda. Começou a lavar roupa para fora com 10 anos. E com 12, a mãe a levou para a fábrica, mas disse na época que a menina tinha 13.

Ele estava impressionado. A menina lhe confidenciaria aquilo tudo em tão pouco tempo?

– E tem mais. O dinheiro que Grete Weber recebeu para cuidar da filha nunca chegou a Hanna. O marido gastou a maior parte em bebida. Foi tanta bebedeira que eles tiveram que sair da vila operária. Parece que o diretor Melzer não tolera que seus funcionários comprometam o salário todo em álcool.

– Meu Deus! Por que ela nunca falou nada?

Marie o fitou com ar de compaixão, e ele entendeu que certas coisas passavam alheias ao conhecimento do abastado filho do patrão.

– Porque ela tinha medo. Você nunca ouviu falar de pais bêbados que batem na mulher e nas filhas?

Marie parecia muito séria, com o olhar disperso e o lábio inferior saliente em expressão de tristeza. Ele a olhou fascinado – ainda há pouco ela estivera às gargalhadas e, repentinamente, foi como se uma nuvem escura se apossasse dela.

– Se Hanna tiver que voltar àquela casa, seu futuro já era – concluiu ela.

Ele suspirou. Com certeza Marie tinha razão. Por outro lado, aquilo não era a realidade de tanta gente? Afinal de contas, que futuro uma filha de operária poderia esperar? Pelo menos estava quase totalmente recuperada e o acidente, graças a Deus, não teria maiores consequências.

– Ainda estão precisando de uma ajudante de cozinha na mansão – disse Marie, observando-o de soslaio.

Ora, veja só – ela já fizera planos e tudo o mais. Paul sorriu. Não era má ideia, o problema era apenas a pouca idade da menina.

– Ela poderia ir de manhã à escola e cuidar do serviço de tarde.

Nunca antes ele ouvira falar de tal sistema. Animado, Paul deu partida no motor e prometeu passar a sugestão à sua mãe. Ela que era a responsável pela casa e os funcionários; ele e o pai não tinham nenhum poder de decisão.

– Ah, é? Eu achava que seu pai tinha sempre a última palavra em tudo.

Apesar de não se sentir exatamente à vontade com essa observação, Paul riu. O que ela queria sugerir? Que ele também estava sempre sujeito à vontade do pai em todos os assuntos? Inclusive no amor? E na escolha de sua... sua esposa?

Ele a olhou rapidamente e pensou ter flagrado em sua expressão uma profunda tristeza. E foi nesse momento que Paul soube o que queria.

37

O coração de Maria Jordan quase parou ao reconhecer aquela familiar silhueta na escada de serviço. Nossa Senhora – ela realmente tinha esperanças de haver se livrado daquela pessoa para sempre. Pelo menos, além dos dois, não havia mais ninguém à vista. Sorte no azar.

– O que você quer? – disse ela entredentes. – Você não perdeu nada aqui. Já lhe paguei.

Ele se virou e Jordan se assustou ao ver seu rosto empapuçado de alcoólatra. O nariz do homem estava inchado e coberto por uma teia de veias finas e grossas, os lábios estavam azulados e as bochechas flácidas se ocultavam por trás da barba rala. Houve uma época em que sua aparência fora imponente, mas o tempo tinha sido implacável.

– Por que tanto escândalo, Mariella? – berrou ele. – Antigamente você mal podia esperar eu chegar. Ficava me aguardando sentada na cama toda fogosa, só de camisola, e nos divertíamos muito...

Suas palavras se converteram em uma espécie de cantarolar estranho com a intenção de lembrá-la dos tempos de outrora. Jordan, entretanto, não sentiu nada além de repulsa ao ser recebida por aquele odor pestilento de suor, imundice e conhaque.

– Cale a boca! – censurou ela. – Acabou de uma vez por todas, entendeu? E agora vá! Suma daqui! E não deixe ninguém ver você!

Um sorriso bizarro e ameaçador se esboçou no rosto embriagado. Maria Jordan percebeu que não seria tão fácil se livrar dele.

– Já estou indo, Mariella – sussurrou ele. – Mas só quando receber o que é meu de direito.

– Você não tem direito a nada, chantagista maldito. Tem direito ao inferno, só isso.

Ele riu brevemente e foi logo tomado por um ataque de tosse. Jordan tremeu de medo. A qualquer momento poderia aparecer um dos funcionários na escada. Humbert ou Else. Talvez Auguste, embora ela preferisse ficar lá embaixo na cozinha. Marie por sorte estava fora, era tudo o que lhe teria faltado.

– Suba aqui. Ande logo. Levante o pé, seu velho bêbado!

– Ai, ai, ai... você não falava comigo assim antes.

Ela o arrastou escada acima até o terceiro andar, onde se deteve para averiguar se o caminho estava livre. Em seguida ela o empurrou para o corredor. Era improvável alguém surgir nos aposentos dos criados no meio da tarde. Mas nunca se podia saber...

– Venha aqui dentro!

Totalmente trôpego ele entrou no quarto e, enquanto ela fechava a porta com cuidado, o homem se jogou atrevidamente sobre uma das camas. Furiosa, Jordan ordenou que ele se levantasse dos lençóis limpos e lhe perguntou se percebera o quanto estava imundo, como se estivesse recém-saído da vala.

O bêbado se levantou, sorriu debochadamente e perguntou se aquela era a caminha dela. Não? Quem dormia ali, então? Uma moça bonita? Jovenzinha com quadris delicados e seios redondos. Onde ela estava?

– Feche essa boca podre, sua praga! Ou vou mandar a polícia atrás de você.

A ameaça o deixou pensativo por um momento e ela percebeu que motivos não lhe faltavam para temer a polícia. Mas ele era muito astuto para cair em seu blefe.

– Se você o fizer, Mariella, seus patrões vão ficar sabendo um monte de coisa feia sobre você. Ainda me lembro bem de você no palco, de saia curta, jogando as pernas para lá e para cá...

Ele a tinha na palma da mão. Mas já havia passado tanto tempo que aquilo nem parecia mais verdade. Ela tinha 17 anos e dançava num teatro de variedades de Berlim, fazia duetos bem-humorados com outro ator e tinha também uma apresentação solo. Foi quando começou o relacionamento dos dois: o elegante Josef Hoferer (Sepp para os amigos), cabo do Exército, e a graciosa dançarina, que na época atendia pelo nome de "Mariella". Ele lhe arruinou a vida. A moça engravidara, precisou largar a dança e, para completar, sofreu um aborto. E então Josef, com toda a sua elegância, a abandonou em sua desgraça, só voltando a aparecer quando Jordan arrumou serviço como camareira de uma atriz. Algumas noites de amor às escondidas se sucederam e ele logo começou a pedir dinheiro. Repetidas vezes. Por anos ele não a deixou em paz. A última vez fora no verão do ano anterior, ali na mansão, quando ela lhe prometeu furiosa que aquela seria a última vez.

– A bebida ainda vai matar você – recriminou ela. – Não posso lhe dar mais nada.

– Pode sim, Mariella. Você é que não quer. Mas acho bom dar, senão vou abrir a boca.

Não posso continuar com esse homem aqui, passou-lhe pela cabeça. Ele mal se aguentava de pé, cambaleava para lá e para cá. Caso ela se demorasse em tirá-lo do quarto, ele acabaria caindo e teria que ficar lá por ainda mais tempo. Era difícil ter que ceder mais uma vez, pois o dinheiro que escondia em um saquinho de pano atrás da gaveta da cômoda era para seu futuro. Para quando ela estivesse velha e não pudesse mais trabalhar.

Enquanto vasculhava na gaveta, o homem a observava atento, mas não foi capaz de reconhecer o montante envolto na bolsa, uma vez que Jordan lhe cobria a visão.

– Cinco marcos? Está zombando de mim?

– Não há mais! Chega!

Ele guardou as moedas e afirmou que, mediante tal quantia, teria que voltar no dia seguinte. Ela o ameaçou com a polícia, mas acrescentou mais cinco marcos e, então, fechou a gaveta e se virou.

– E agora siga seu caminho, Sepp.

– Deseje-me sorte, Mariella.

– Vai precisar mesmo. Agora suma!

Foi um erro simplesmente mandá-lo embora sem antes dar uma olhada no corredor. Mas ela só se deu conta ao ouvir um grito agudo quando ele passou pela porta. Era como o grito de uma moça assustada que flagra algum curioso bisbilhotando sua higiene matinal. Humbert, aquela figura peculiar, estava a caminho de seu quarto e deu de encontro justo com Sepp.

Com o choque inesperado, Sepp perdeu o equilíbrio e se agarrou a Humbert para não cair. O criado começou a grunhir sonoramente, certamente horrorizado com o velho imundo e pestilento. Nesse aspecto Humbert era bastante melindroso; afinal de contas, seu asseio e apresentação eram sempre impecáveis.

Maria Jordan o agarrou pelo pescoço e o afastou para libertar o criado. Os dois estavam ofegantes e se entreolharam estarrecidos.

– O que... o que este sujeito está fazendo aqui? – gaguejou o criado enquanto tentava inutilmente alisar com as mãos seu colete amassado.

– Também não sei! – exclamou Maria Jordan. – Deve ter entrado escondido.

Enquanto o empurrava em direção à escada, Jordan se queixou aos altos brados que nem sequer na mansão eles estavam protegidos contra aquela gentalha criminosa. Humbert, que continuava paralisado, por fim recuou alguns passos, vacilante, e correu para dentro de seu quarto.

– Agora suma daqui de uma vez por todas – ordenou ela a Sepp. – Se ele abrir o bico para os patrões, estou perdida.

Após examinar a escada e constatar que estava vazia, a camareira rogou aos céus para que ele não desse de encontro com mais ninguém. Suas preces foram atendidas e, com lentidão infinita, Sepp desceu as escadas e ela finalmente ouviu a porta se fechando. Ele se fora, graças a Deus. Com sorte, ele se mataria bebendo os dez marcos e ela finalmente se veria livre daquele homem.

Ao voltar ao quarto para rearrumar a cama de Marie, ela refletiu sobre como o destino podia ser cruel com as pessoas. Ele fora um rapaz alto, esbelto, de cabelos loiros e cacheados e um bigode imponente que muitos invejavam. Boas maneiras nunca foram seu ponto forte, o moço vinha de família simples e não era afeito a rodeios; Josef dizia de maneira direta o que queria. E naquela época ele queria Mariella. Suas visitas todas as noites se estendiam até a hora do almoço do dia seguinte, ele comia o que ela lhe preparava, tomava litros de vinho e quando os dois se deitavam, faziam amor três ou quatro vezes seguidas. Era um homem e tanto. E se transformara naquela figura patética.

Ela cogitou tirar do guarda-roupa da senhora o sobretudo de lã vermelho-escuro e o chapéu que lhe casava para escová-los. Dali a dois dias seria domingo de Páscoa e a senhora precisaria das vestimentas para ir à igreja. Então ela se lembrou que Alicia Melzer estava com enxaqueca e não seria apropriado incomodá-la. Melhor cuidar das botinas marrons da senhorita, que a esperavam no átrio após Elisabeth ter voltado de um passeio. Gustav, quem diria, normalmente tão bobo, se revelara um motorista bastante decente. E não parava de paparicar Auguste. Ficava só esperando a moça sair pela porta de trás com o lixo da cozinha para ajudá-la, levando os restos até a composteira, e quando voltava com a lixeira vazia, recebia sua recompensa. E ele ia com tudo, a gravidez não o incomodava em nada. Já Auguste, por sua vez, estava tão enorme que parecia a ponto de explodir. Aliás, havia algo ali que a qualquer momento...

– Maria? A senhorita está chamando. Agora.

Ela acabara de erguer as botinas do chão para examiná-las criticamente em todos os ângulos quando ouviu o chamado de Else. Seu tom era ofegante e determinado – Jordan pressentiu o pior.

– É para ir agora – repetiu Else.

– Já entendi, não sou surda.

Havia alguém na mansão com menos caráter que aquela criada? A solteirona esmorecida se debandava sempre para o lado que lhe fosse mais conveniente. Duas horas atrás ela perguntara com toda a educação se Maria Jordan desejava café e, naquele momento, estava ali, fingindo ser importante e se achando no direito de dar ordens.

A Srta. Elisabeth estava sentada no sofá azul-claro com um livro aberto na mão. Ela ainda trajava a roupa de passeio para a qual Marie desenhara um casaco longo, ligeiramente acinturado. Jordan sentiu uma fúria repentina. Marie... sempre Marie. Ela tinha bom gosto, sabia o que era chique, tinha ideias para casacos e jaquetas, transformava chapéus velhos em criações novas, costurava bolsinhas, florezinhas e demais fru-frus...

– Humbert veio me procurar, Maria – disse a senhorita enquanto colocava um marcador entre as páginas do livro. – Que maluquice foi essa que aconteceu lá em cima nos aposentos dos empregados?

O importante naquele momento era ser astuta para salvar a própria cabeça. Jordan examinou o semblante da senhorita e constatou que seu interesse na história não era dos maiores. Que sorte Alicia Melzer estar com enxaqueca – ela teria tratado daquele incidente com a devida seriedade.

– Ah, acho que alguém se perdeu – disse ela, sorrindo e tentando colocar panos quentes sobre o ocorrido. – A senhorita sabe como Humbert é. Muito sensível e assustado. Faz tempestade em copo d'água.

A Srta. Elisabeth não movia um músculo da face. Jordan sabia que, em outras ocasiões, Elisabeth não continha a risada quando o assunto era Humbert. Ela se lembrou de certa ocasião quando estivera junto com a senhorita no salão vermelho e lhe mandaram buscar a cestinha com os fios de bordado para logo depois a dispensarem. Marie, entretanto, permaneceu com as patroas, contando-lhes todo tipo de baboseiras que produziram sonoras gargalhadas. Incluindo histórias sobre Humbert.

– Então... eu não acho nada normal gente desconhecida perambulando nos aposentos dos criados – observou a senhorita. – Ou você por acaso conhecia aquele homem?

– Nunca o vi em minha vida, senhorita.

Ela seguiu com seu ar sincero apesar do olhar desdenhoso de Elisabeth. Seria necessário muito mais do que aquilo para desestabilizar sua expressão facial.

– Que estranho – opinou a senhorita sem desviar-lhe o olhar. – Pois Humbert me disse que o homem saiu de seu quarto, Maria.

Jordan sentiu um profundo pesar por aquela criatura ridícula ter assumido o cargo de Robert. Que dedo-duro imbecil! Robert teria se portado de maneira mais esperta, sabendo que certas coisas não se denunciavam aos patrões antes de uma conversa com as partes envolvidas.

– Do meu quarto?

Ela deu uma risada estridente e afirmou que já tinha passado da idade de socializar com cavalheiros. Além do mais, o estranho visitante era a imundície em pessoa.

– Foi o que Humbert disse, aliás. Ele contou também que o sujeito fedia a aguardente.

– Reparei nisso também, senhorita. Foi preciso muita insistência para fazê-lo descer e ir embora. Talvez tivesse sido melhor gritar por ajuda, mas preferi evitar chamar a atenção. A senhorita sabe como as pessoas falam...

Apesar de escutá-la com atenção, a senhorita não se deixou enganar por suas palavras. Com a irmã teria sido diferente, a Srta. Katharina era esquecida e gostava de pular de um assunto para outro. A Srta. Elisabeth, por sua vez, puxara mais ao pai.

– Mesmo assim eu gostaria de saber como que aquele homem foi parar no seu quarto, Maria. E o que você estava fazendo lá em cima a essa hora?

Por que ela não perguntava o que Humbert queria lá em cima também? Enfim, de ingênua a senhorita não tinha nada. Ela lhe explicou que subira para ir ao banheiro. Depois ela aproveitara para ir ao quarto pegar um lenço limpo, pois estava resfriada.

– E então você flagrou o estranho no seu quarto?

Jordan assentiu. Exatamente assim tudo se sucedera, ela podia jurar por Nossa Senhora e por todos os santos.

– Obviamente eu fiquei com medo pelas minhas economias, senhorita. Sabe, eu sempre guardo um pouco de dinheiro para ter alguma coisa na velhice.

– E depois? – perguntou a senhorita. – Imagino que você tenha gritado por ajuda.

– Sim, claro. Mas ele não parecia perigoso, senhorita. Era mais do tipo covarde. Saiu correndo de medo com meu grito. E foi quando trombou com Humbert.

A Srta. Elisabeth respirou fundo, seu descontentamento estava estampado no rosto. Ela deveria dar-se por satisfeita com aquela explicação que, na verdade, parecia bastante razoável e verossímil.

– Humbert não me falou nada sobre gritos por ajuda ou algo parecido. Acho que você está me escondendo alguma coisa.

Jordan ficou sem ar. Ela subestimara a menina, aquela ali era mais perigosa que a mãe. Só lhe restava fugir pela dianteira.

– Estou há mais de dez anos nesta casa, senhorita. Não sou digna dessa desconfiança!

Sua revolta não causou nenhum impacto. A senhorita ergueu as sobrancelhas com indignação.

– Eu acho que você conhece esse homem, Maria. Se esse for o caso, será melhor para todo mundo que admita logo.

Impressionante. Aquela garotinha a estava colocando contra a parede. Assumir a verdade? Pelo menos uma parte dela? Mas a verdade era como um cachecol de tricô, só bastava encontrar um fiozinho solto e puxá-lo para desfazer toda a peça.

– Senhorita, eu juro que aquele homem me é completamente desconhecido. Entretanto, eu de fato estava omitindo algo. Sim, por caridade cristã. E também porque não gosto de maldizer os outros criados...

Eram notórias a satisfação e a desconfiança na expressão de Elisabeth. Definitivamente ela não acreditava em qualquer história. Era preciso proceder com cautela, pois aquela era sua última chance de sair ilesa daquele imbróglio.

– Pode falar logo – disse a impaciente senhorita. – Tenho mais o que fazer.

Essa era boa! A senhorita tinha o que fazer! Ler um livro, talvez? Apreciar seu porta-joias? Dar uma volta no parque?

– O tal homem não estava me procurando. Ele desejava falar com Marie, nós dormimos no mesmo quarto.

– Com Marie? – quis confirmar a incrédula senhorita. – O que ele queria falar com ela?

– Ele não disse, senhorita. Também não fiquei perguntando, mandei logo o sujeito embora.

– Pois muito bem – concluiu Elisabeth. – Vou perguntar a Marie quando possível. Até lá, não conte nada a ninguém. Não quero que minha mãe tome conhecimento desse incidente, ela anda mal dos nervos.

– Perfeitamente, senhorita.

Era difícil deduzir se ela finalmente acreditara. Mas de uma coisa Jordan tinha certeza: ela tinha um barril de pólvora nas mãos que explodiria a qualquer momento.

– Pode se retirar, Maria. Ah, outra coisa, dê uma escovada na minha capa azul. E não toque no chapéu, Marie se encarregará dele.

38

A secretária Henriette Hoffmann bateu brevemente à porta do escritório e entrou antes que Paul lhe desse permissão. Por trás das lentes dos óculos, ela lançou um olhar indignado.

– Perdão, Sr. Melzer. Lá fora há um... cavalheiro.

– Um cavalheiro?

Ela mostrou um cartão de visitas com as mãos tremendo, mas os olhos afiados de Paul prontamente decifraram o nome do visitante.

– Meu Deus! – exclamou ele com um salto. – Ele está sozinho ou na companhia de...

– Está sozinho, Sr. Melzer. Posso mandá-lo entrar ou o senhor prefere esperar o diretor voltar de sua ronda?

– É para ele entrar agora! – disse Paul, impaciente.

Gérard Duchamps mudara pouco. Estava como de costume vestido à última moda, com os cabelos pretos encaracolados cuidadosamente cortados e o cavanhaque em torno de sua boca sensual lhe dando um quê do Don Giovanni de Mozart. Apenas os olhos aparentavam estar um pouco apagados, ele parecia não ter dormido muito nos últimos tempos.

– Imagino que não estivesse me esperando, Paul Melzer.

Seu sorriso era uma mistura de ironia, vergonha e pesar. Paul nunca vira alguém sorrir daquela maneira.

– Pode ter certeza que não!

Paul estava ofegante. Aquele homem estava diante dele, aquele sedutor que comprometera a reputação de sua irmã para sempre. Ele sentiu vontade de esmurrar a cara do sujeito, mas aquele sorriso invulgar o impediu.

– Eu maculei a honra de sua irmã – disse Duchamps em voz baixa e tranquila. – Manchei o nome de sua família. Se você quiser, posso conceder-lhe uma satisfação.

Era uma proposta honrada. O tenente Von Hagemann, por exemplo, não hesitaria em aceitá-la. Os irmãos de sua mãe também adorariam a ideia. Mas Paul não era desses.

– Você quer o quê? Duelar comigo? – perguntou com deboche. – Com revólver? Espadas?

– Você é a parte ofendida, pode escolher a arma.

Paul fitou os olhos pretos e brilhantes do francês e teve um acesso de raiva.

– Que palhaçada é essa?

Ele tomou de cima da mesa o peso de papel de mármore e o arremessou no chão. A peça se partiu em três pedaços, produzindo um risco visível no assoalho de madeira.

Duchamps não se moveu um centímetro, embora soubesse que poderia ter sido atingido pelo objeto. Ele observou os pedaços de mármore e levantou o olhar para Paul com certa empatia.

– Há muitas coisas que eu lamento, Sr. Melzer. Mas não me arrependo do que fiz. Estou disposto a me casar com sua irmã, mesmo que meu pai me deserde por isso.

Paul não se impressionou muito. Mas quanta generosidade! O rapaz estava caridosamente disposto a desposar Kitty. Como se a família Melzer estivesse à espera de alguém como ele. Por outro lado, não era possível tomar qualquer decisão sem a jovem.

– Onde está minha irmã? Quero falar com ela.

Seu interlocutor o encarava como se ele tivesse falado grego.

– Não estou entendendo... – murmurou Duchamps.

– Quero saber onde Kitty está. Você veio com ela ou não?

Duchamps empalideceu. Ele abriu a boca, os lábios tremiam.

– Mas... mas eu achava que ela... que ela estivesse aqui – balbuciou ele.

– Aqui?

Que teatro era aquele? Havia meses eles não ouviam falar de Kitty, que dirá vê-la. E aquele sujeito estava sugerindo que ela...

– *Mon Dieu! Je l'ai accompagnée à la gare. Elle est montée dans le train, j'en suis sûre...*

Paul se aproximou do francês com um salto, agarrou-o pela lapela do casaco e sacudiu o homem.

– Fale alemão, homem! Você a acompanhou até a estação? Viu quando ela entrou no trem? Quando? Onde?

Duchamps se desvencilhou com um gesto brusco e se afastou alguns passos aos tropeços. O assombro refletido em seu rosto naquele momento não era fingimento. Paul sentiu um temor horrível apossando-se dele. Kitty. Sua irmãzinha. Sua estúpida irmãzinha...

– Em Paris. Nós brigamos e Kitty quis voltar para sua família. Ela é como uma criança, quando enfia algo na cabeça... Então eu lhe comprei a passagem e a acompanhei à estação. Foi na terça-feira depois da Páscoa.

Datas e números dominaram a cabeça de Paul. O domingo de Páscoa fora dia 12 de abril, então terça-feira foi dia 14. E eles estavam no dia 25. Meu Deus!

– Ela deve ter ficado na casa de amigos – disse Duchamps, vacilante. – De parentes...

Era uma ínfima ponta de esperança. Mas se fosse aquele o caso, ela certamente teria enviado notícias a Marie.

A pancada de uma porta se fez ouvir na antessala.

– O quê? Quem está aí?

Ambos concluíram tratar-se da voz de Johann Melzer. Soava rouca e ameaçadora, como se estivesse anunciando uma tempestade que desaguaria sobre todos, inclusive sobre ele mesmo.

– Queira tranquilizar-se, senhor diretor. Seu filho está com ele.

– Saia da minha frente, Srta. Lüders!

– Não faça nada precipitado, senhor. Eu lhe imploro!

– Ele ousou mesmo vir aqui! Sujar meus domínios com sua presença!

Em um gesto involuntário, Paul colocou-se na frente de Duchamps, que olhava paralisado a chegada da hostil tempestade. A porta foi escancarada e Johann Melzer surgiu na soleira, ainda trajando sobretudo e chapéu, com as duas secretárias amedrontadas atrás dele.

– Onde está ela? Devolva minha filha, seu indecente! Minha menina, minha Kitty...

Nunca antes Paul vira seu pai em tal estado. A mágoa havia muito reprimida, a decepção do amor paterno, o orgulho ferido – tudo aquilo irrompia de uma vez. Paul teve que se atirar em sua direção para impedi-lo de socar Gérard Duchamps.

– Kitty não está aqui, pai. Por favor, acalme-se. Gérard Duchamps também não sabe por onde ela anda.

Johann Melzer gemeu por todo o esforço e tentou novamente livrar-se do abraço violento de seu filho. Por fim, desistiu.

– Não vale a pena – sussurrou ele, sem fôlego. – Não vale a pena sujar minhas mãos com ele.

– Sente-se, pai. Teremos que agir juntos para descobrir o paradeiro de Kitty. Fique calmo. Tome, beba um gole.

A Srta. Hoffmann tivera presença de espírito suficiente para providenciar um copo d'água, e a Srta. Lüders espanava com mãos trêmulas o chapéu do chefe que caíra no chão em meio à confusão.

– O que houve com Kitty? Onde ela está?

Johann Melzer, o temido ditador, jazia ofegante sobre a poltrona de couro, com os olhos vermelhos e os lábios azulados. Paul se incomodou com o olhar preocupado das secretárias e, após agradecer-lhes pela ajuda, pediu que se retirassem. Duchamps, por sua vez, estava paralisado, encostado na parede, e tinha os dentes cravados no lábio inferior. Quando Paul lhe dirigiu o olhar, o francês cobriu o rosto com as mãos. Após tal cena, nem ele conseguiu manter a compostura.

– Eles brigaram, pai. Kitty pegou um trem de volta à Alemanha poucos dias depois da Páscoa. Infelizmente não sabemos onde ela saltou.

O breve resumo de Paul sobre a situação foi assimilado pelo pai com rapidez espantosa. Já visivelmente recuperado, Johann Melzer perguntou sobre o trajeto e as paradas do trem e quis saber se Kitty dispunha de dinheiro suficiente. Com os ânimos já apaziguados, chegou até mesmo a inquirir Duchamps sobre mais detalhes, com o tom de voz mais frio possível.

– Mais ou menos... duas malas e uma bolsa de viagem. Ela deve ter solicitado o serviço de um maleiro.

– Temos que perguntar a todos os amigos e parentes – sugeriu Paul. – Afinal, ela pode ter ido à Pomerânia e estar lá escondida na fazenda do tio...

Johann Melzer levantou-se de seu assento. Irritado, recusava a hipótese de Paul. As inconsequências desse cavalheiro – ele lançou um olhar de desprezo a Duchamps – não poupavam sua mulher e filha de constrangimentos. Perguntar a amigos e parentes... E o que não falariam à boca miúda!

Duchamps igualmente se recompusera. Ele escutava a conversa com atenção, respondendo de forma breve e tranquila. O rapaz então respirou fundo como se fosse expressar uma contundente objeção.

– Meu desespero não é menor que o do senhor. Eu amo Kitty e vim para reconciliar-me com ela. Mas agora que...

– Poupe-nos de sua verborragia!

– Temos que notificar a polícia – prosseguiu Duchamps, ignorando a interrupção de Johann Melzer. – Registrar o desaparecimento. Tanto aqui como na França. Kitty é tão inocente. Eu nunca deveria tê-la deixado sozinha por aí... Mas ela é teimosa e recusou minha companhia.

Paul sabia bem do que Duchamps falava, e uma sensação de impotência se apossou dele. Era preciso considerar a possibilidade de Kitty ter sido vítima de um crime. Uma moça bonita e ingênua, sozinha em um trem. Tagarela como era, a irmã seria capaz de contar a qualquer um de onde vinha e para onde ia e, claro, que estava de coração partido.

– É o que teremos que fazer – disse o pai. – Eu aqui em Augsburgo e você, monsieur, na França. Dê-lhe papel e caneta, Paul. É para ele anotar tudo direitinho. Roupa, joias, mala, outros passageiros... e tudo mais que possa ser importante.

Melzer evitava a todo custo dirigir-se ao francês pelo nome. Sem dedicar maiores confianças a Duchamps, ele saiu do escritório, deu algumas instruções na antessala e retornou.

– Vou à delegacia – avisou ele. – Você assume a fábrica pelo tempo em que eu estiver fora. Quando eu voltar, vá à mansão em missão diplomática. Informe-lhes de tudo da maneira mais gentil possível.

– Certo, pai. Quer que eu o acompanhe à delegacia?

– Não!

Calado e sem dirigir-lhe o olhar, Johann Melzer pegou o pedaço de papel que o francês escreveu. Após passar a vista sobre a folha, ele a dobrou, guardando-a em seguida no bolso do sobretudo. Sem pressa, ele retirou o chapéu do cabideiro, acenou para Paul e se foi.

– Vamos resolver tudo – disse Duchamps, inseguro. – Só lhe peço que me informe em Lyon quando encontrarem Kitty.

– Com certeza. E solicito que faça o mesmo caso ela entre em contato.

– Sem dúvida.

Paul se flagrou prestes a dizer algo tranquilizador ao francês ao se despedir. Não importava o que tivesse feito, ele amava Kitty genuinamente e não era o primeiro que perdia a cabeça por ela. Deus era testemunha. Mas a expressão reservada de Duchamps lhe tirou a coragem e ele se calou.

Johann Melzer esteve fora por no máximo uma hora. De volta à fábrica, ele pediu à Srta. Lüders para avisar ao filho que o carro já estava estacionado no pátio para levá-lo até a mansão. Ele, por sua vez, voltaria de noite caminhando; o ar fresco lhe faria bem.

Paul aceitara a ordem do pai com um misto de sensações. A saúde da mãe estava frágil desde a fuga de Kitty e a coitada afundava em um humor sombrio. Até as enxaquecas, antes muito raras, se converteram em um tormento contínuo. Era, portanto, importante abordar o tema com muita cautela. Enquanto dava partida no automóvel e o conduzia através do portão da fábrica, ele foi arquitetando sua estratégia.

– Boa tarde, Sr. Gruber!

– Boa tarde, Sr. Melzer. Que lindo dia de primavera, não?

Paul olhou para o porteiro com suas bochechas rosadas e acenou amistosamente. De fato, o sol se destacava no azul imaculado do céu e fazia brilharem os vidros das janelas do prédio da administração. Mas nos pátios e ruas do parque industrial, tudo que o sol de abril iluminava eram poças sujas e o cinza do concreto. Mesmo os poucos gramados restantes apresentavam depressões escuras cheias de lama. Só mesmo o dente-de-leão florescia incansável onde lhe aprouvesse, inclusive nas ruas, entre os paralelepípedos.

Kitty se separara de Gérard Duchamps. Nada mal. Sua mãe odiava profundamente aquele francês. Em seguida, a irmãzinha embarcara no trem para voltar para casa. Assim ocorrera, pelo menos foi o que Duchamps lhes contara de modo tão plausível. Mas o problema era: por que ela não voltara a Augsburgo? Por que não voltara arrependida para o seio da família? Paul pisou com força no freio quando dois colegiais atravessaram a rua a toda a velocidade, com as mochilas de couro batendo nas costas.

– Seus pestes! – berrou ele, contrariado por ter se perdido no raciocínio.

Kitty tinha medo de retornar à casa. Afinal, ela sumira contra a vontade dos pais. Era compreensível fazer uma parada na casa de uma amiga. Contudo, ao contrário de Elisabeth, Kitty praticamente não tinha amigas em Augsburgo. Ah, besteira. Ela certamente se escondera na casa de amigos para sondar a situação.

Paul reduziu a velocidade e fez a curva para cruzar o portão da mansão. Seu plano não parecia satisfatório. A mãe talvez lhe desse algum crédito, mas Elisabeth certamente não se contentaria com a explicação, faria inúmeras perguntas e deixaria a matriarca insegura. Ninguém poderia saber que haviam informado a polícia. Aliás, talvez fosse melhor discutir a situação com Marie. Pedir conselhos. Ela era hábil nesses assuntos, talvez tivesse inclusive ideias para solucionar o problema de maneira crível e inofensiva. Foi quando ele sentiu falta de sua voz, de sua maneira tranquila e sensata de levar a vida. De seu sorriso discreto e irônico que em nada combinava com seus olhos distraídos.

Paul parou o veículo diante dos degraus da entrada e jogou as chaves para Humbert, que vinha em sua direção.

– Peça a Gustav para colocar o carro na garagem.

– Perfeitamente, Sr. Melzer.

– Onde está Marie?

– Com a senhora, Sr. Melzer.

Que inconveniência. Paul queria falar sozinho com Marie. Contrariado, ele fechou a porta do carro.

– Minha irmã está em casa?

– Ela saiu com duas amigas. Parece que alguém lhes está ensinando a dirigir.

Inacreditável. Elisabeth vinha levando uma vida muito questionável. E agora queria aprender a conduzir automóveis!

– Quem está ensinando tal coisa para elas? Algum conhecido nosso?

Humbert hesitou na resposta por não estar há tempo suficiente na casa e ainda ter dificuldades para memorizar todos os nomes.

– Um certo tenente Von Hagen. Perdão, não. Von Hagenau. Também não. Von Hagensen...

– Tenente Von Hagemann?

– Esse mesmo! – exclamou Humbert, aliviado. – Já é a segunda vez que a senhorita e as amigas se encontram com esse cavalheiro.

– Obrigado, Humbert. Leve a chave a Gustav.

O humor já macambúzio de Paul piorou ainda mais com a novidade. Von Hagemann não se portara corretamente com Elisabeth. Como assim ela estava se encontrando de novo com ele? A irmã não se dava valor?

Chegando ao átrio ele entregou as luvas, o chapéu e o sobretudo a Else e subiu até o primeiro andar. A porta da sala de jantar estava aberta e ele flagrou Auguste com o ouvido grudado à porta que dava para o salão vermelho, em vez de arrumando a mesa para o almoço. Quando percebeu o olhar de Paul, ela se assustou e correu em direção à mesa para organizar os pratos. Sua barriga estava tão gigantesca que era possível apoiar uma xícara de café sobre ela. Com pires e tudo.

Paul fingiu não perceber sua indiscrição, não era de seu feitio estar sempre repreendendo os funcionários. Naquele dia menos ainda.

Vamos lá, pensou enquanto ajeitava a gravata. *Tudo ocorrerá bem. Marie está aí, ela acalmará mamãe*. Ele respirou fundo uma última vez, bateu suavemente à porta e a abriu.

– Estou incomodando?

– Paul! Como você poderia incomodar? Ah, Paul, que maravilha! Que bênção do Senhor!

Para sua surpresa, Alicia correu em sua direção e o abraçou. Seu rosto estava reluzente de emoção, ela ria e chamou o filho de "meu querido Paul".

Confuso, ele olhou para Marie ao lado do piano com um papel nas mãos. Uma carta? Marie também estava radiante e chegou a acenar para Paul com uma piscadela.

– Vocês não vão me contar o que aconteceu de tão maravilhoso?

– Sente-se, Paul – ordenou Alicia, empurrando-o em direção ao sofá. – Fique em silêncio e escute com atenção o que Marie vai ler. Ah, agora tudo ficará bem. Eu sabia que Marie era uma menina de sorte. Leia, Marie. Comece de novo do princípio.

Paul ficou pouco à vontade, mas decidiu esperar e manter a boca fechada. Como a mãe estava eufórica! Fazia tempo que ele não a via em tal estado de ânimo.

– É uma carta que a senhorita me escreveu de Paris – disse Marie. – Como ela está endereçada a mim, a senhora não quis abrir. Só me pediu que lesse para ela.

– Uma carta de Kitty, Paul! Um sinal de vida! Oh, o quanto nós esperamos por isso! – vibrava sua mãe.

De Paris, pensou Paul, tendo que disfarçar sua decepção. Kitty devia ter enviado a carta antes da Páscoa, pois ela deixara a cidade pouco depois da data. Mas possivelmente sua mensagem conteria indícios de seu atual paradeiro.

Minha querida Marie,

Não se irrite por eu só estar escrevendo agora. Em pensamento você sempre esteve comigo, minha amiga, e nunca deixei de sonhar em trazê-la aqui para que eu pudesse compartilhar com você todas essas experiências novas e incríveis. Não, não estou sendo de todo sincera.

No começo, quando eu estava embriagada de felicidade nos braços de Gérard, eu acreditava que não precisava de ninguém além daquele homem que eu tanto amava. Eu não lhe disse que a única coisa que contava era o amor e todo o resto era ilusão? Pois então, Marie, eu me enganei. O amor é um fogo, mas que só arde por pouco tempo, logo depois vira uma pequena e insistente chama que ainda pode servir para aquecer as mãos. E chega então o momento em que ela se apaga e é preciso varrer as cinzas.

Decidi ficar em Paris, pois esta cidade é repleta de música e poesia. Mas preciso de você, minha doce amiga, para compartilhar isso tudo. Com o tempo percebi que você também pertence a este lugar. Tenho uma surpresa guardada para você, mas só vou revelar quando você estiver aqui comigo.

É simples. Pegue todas as suas economias e compre a passagem. Você tem que ir primeiro a Munique e de lá, você pega o trem D para Paris. Caso o dinheiro não seja suficiente, pode pegar minhas joias da caixa azul e vendê-las. Em Paris, procure a banca de flores bem na entrada principal da estação e pergunte por Sophie. Ela é uma grande amiga minha e lhe dirá como encontrar meu apartamento.

Espero por você impacientemente. A vida é bela, Marie.

Sua amiga Kitty

– Isso é tudo? – perguntou Paul, decepcionado, quando Marie se calou.

O sorriso feliz no rosto de sua mãe se desfez por um momento, mas ela logo balançou a cabeça diante daquela pergunta estúpida. Ele não escutara direito? Kitty aparentemente estava bem, morando em um apartamento em Paris e, assim se esperava, se separara daquele francês.

– É simples encontrá-la, Paul. Só precisamos fazer o que ela escreveu. Marie viajará conosco e irá sozinha à banca de flores para que essa Sophie não suspeite de nada e nos dê o endereço.

– Certo – murmurou ele, insatisfeito. – Parece simples mesmo.

– E por que o senhor está tão desconfiado? – perguntou Marie.

Obviamente ela suspeitou que ele ocultava algo. Seus olhos pretos podiam ler seus pensamentos, ele tinha certeza. Paul forçou um sorriso e com cuidado começou a minar a ilusão de sua mãe.

– Então… – disse ele, alongando as sílabas. – Isso só vai dar certo se Kitty ainda estiver em Paris.

– E onde mais ela estaria? – indagou Alicia, impaciente. – Ela está esperando Marie. E, além do mais, a carta foi enviada no último sábado.

– No… sábado? Você quer dizer no Sábado de Aleluia?

Alicia suspirou aborrecida com a incredulidade do filho. Não, fora no último sábado.

– Por que você não leu a carta desde o começo como eu pedi, Marie?

– Desculpe, senhora. Pensei que a data não fosse tão importante…

Naquele momento, Paul reparou no envelope em cima da mesa e o tomou bruscamente. O carimbo era de Paris. De 18 de abril de 1914.

Quatro dias depois de ela ter embarcado no trem para Munique! Então ela mentira para Duchamps ao dizer que voltaria à Alemanha. Na verdade, devia ter saltado do trem pouco antes de ele partir, permanecendo em Paris. Ah, Kitty! Que irmãzinha dissimulada ele tinha!

Parte V

Abril de 1914

39

A sensação de Marie era a pior possível. Ela se sentia como uma impostora naquele vestido verde pastel da senhorita e com os sapatos de couro verde-escuro. Para completar, a senhora insistira que ela usasse o chapéu com as plumas de faisão que fazia parte do conjunto.

– É a primeira vez? – perguntou Paul, sorrindo ao lhe estender galantemente a mão para facilitar o seu embarque no trem.

Marie precisou recolher a saia, pois os degraus de ferro eram estreitos como os de uma carruagem antiga.

– Nunca viajei de trem antes – admitiu ela.

– E justo a Paris – opinou Alfons Bräuer. – Serão cerca de quinze horas, contando a partir de Munique. Mas é tranquilo. Você só precisa ficar sentada, o trem anda sozinho.

Alfons Bräuer recebera de Alicia a incrível notícia na noite anterior, em uma de suas visitas semanais. A noite inteira fora dedicada à elaboração de um plano. Johann Melzer conseguira finalmente dissuadir sua mulher da viagem e ele, igualmente, não queria de maneira alguma "lançar-se nesta aventura". Além do mais, precisavam dele na fábrica. Já Alfons Bräuer estava decidido a ir até Paris. E Paul, que já ansiava viajar sozinho com Marie, não teve outra opção a não ser aceitar sua companhia.

O horário do encontro foi já na manhã seguinte, na estação de Augsburgo. Marie observou com desconfiança a ruidosa e fumegante locomotiva. Até então, ela só vira de longe aquele veículo que produzia tanto barulho e fumaça. Como era gigantesca aquela montanha de ferro que comportava um verdadeiro inferno ardente. Ela se sentiu mais tranquila quando Paul enlaçou o braço no seu. Entretanto, logo percebeu o absurdo daquela situação enquanto Paul a guiava pela plataforma. Os dois iam de braços dados como um casal de idosos. O que Alfons Bräuer pensaria daquilo?

Eles viajaram na primeira classe, com paredes revestidas de madeira e os assentos estofados em veludo tão confortáveis como sofás. Paul abriu a porta para ela, pediu-lhe que se sentasse à janela e deu uma gorjeta ao maleiro.

– Vamos descer em Munique – disse Alfons Bräuer, sentado à sua frente. – Só teremos dez minutos para pegar o trem D para Paris.

Sob o olhar atento de Paul, Alfons Bräuer fez uma pequena reverência a Marie e balbuciou algo como "Com licença" antes de tomar seu assento. Marie reagiu com um sorriso tímido e acenou com a cabeça.

– Dez minutos? É tempo mais que suficiente!

Como Paul era objetivo! E com que desenvoltura ele perguntara sobre a plataforma, atravessara a nuvem cinzenta de fumaça da locomotiva e encontrara o vagão certo. Nada o intimidava – ele parecia inclusive estar desfrutando daquela viagem. Ela, por sua vez, estava fazendo um grande esforço para disfarçar o nervosismo. Tudo lhe era estranho, desde as roupas que a fizeram usar até a luxuosa cabine na qual mal se mexia por medo de sujar o estofado de veludo. O que mais a incomodava, contudo, era a responsabilidade imensa que carregava sobre os ombros.

– Você vai trazer nossa Kitty de volta, não vai? – perguntara a senhora naquela manhã ao se despedir. – Você tem toda a minha confiança, minha querida Marie. Que Deus a abençoe por isso, menina.

E se Kitty se recusasse? Pela sua carta, era possível perceber que Kitty pretendia ficar bastante tempo em Paris. Ela não gostaria nada de ver Marie surgindo na companhia de Paul e Alfons Bräuer para levá-la de volta para casa.

– E essa cara tão séria? – perguntou Paul, sentado ao seu lado.

Ela forçou um sorriso e afirmou estar um pouco cansada.

– Você está preocupada, não está?

Ela assentiu. Como não podia deixar de ser, Paul acertara na mosca. Ele era um bom observador e quase sempre percebia de forma certeira como ela se sentia.

– Você não está sozinha, Marie – murmurou ele, tocando seu braço. – Nós dois, Alfons e eu, estamos com você. Mesmo minha irmã Kitty sendo uma pessoinha teimosa, vamos conseguir convencê-la.

Ao olhar Paul, ela teve pela primeira vez na vida a impressão de ter alguém ao seu lado. Alguém que não a deixaria só. Um protetor, ainda que aquilo só fosse durar alguns dias até Kitty ser encontrada e levada de volta à mansão. A sensação era a melhor possível.

A conversa foi interrompida com a entrada de outros passageiros na cabine. Após a troca de cortesias, um senhor abriu o jornal e desapareceu em sua leitura. Uma senhora observava Marie atenta e perguntou onde ela comprara o tecido de seu conjunto.

– É seda crua da Índia, senhora.

A mulher usava um chapéu preto de aba larga adornado com rosas artificiais e plumas de garça. Ela se sentou na ponta do banco e permaneceu ereta até Munique de maneira a não amarrotar a elegante peça caso se encostasse nas paredes da cabine.

Chegando a Munique, o caos se instaurou diante dos viajantes. Pessoas se acotovelavam na porta do trem, reclamações e ofensas eram ouvidas aos quatro ventos e as malas pareciam ter a única função de causar tropeções. Bolsas abarrotadas golpeavam os passageiros, e gritos por toda parte clamavam pelos carregadores de bagagem.

Marie seguiu todas as instruções de Paul, que entre os dois homens era o mais desenvolto. Enquanto Alfons ainda estava parado na plataforma molhado de suor e resmungando, Paul já providenciara dois maleiros.

– Por aqui. O trem já está lá, a locomotiva está soltando fumaça!

– Maldito seja! – exclamou Alfons e apertou o passo.

Os dez minutos acabaram parecendo uma eternidade, pois depois que os três se acomodaram na cabine do trem D, os maleiros tiveram todo o tempo do mundo para guardar as bagagens no compartimento superior do vagão.

– A partir de agora podemos aproveitar a viagem relaxados – informou Paul, alegre.

Alfons enxugava o suor com o lenço identificado com as próprias iniciais bordadas.

– Devíamos ter pegado o vagão-leito – opinou ele. – Será um pouco desconfortável ficar sentado até amanhã cedo.

Marie entendeu por fim que passaria a noite com os dois homens na pequena cabine. Que curioso. Mas de qualquer forma era muito melhor que estar no vagão-leito, onde provavelmente os passageiros tiravam a roupa e ficavam só de pijama. Quantas pessoas dormiriam juntas? Haveria separação entre homens e mulheres? Bom, pelo menos na cabine onde estavam não era esse o caso.

Passado algum tempo, Marie estava no vagão-restaurante com Paul e Alfons comendo omelete com champignons e tomando água mineral.

Aquele dia era tão surreal que só poderia ser um sonho. Ela estava mesmo sentada àquela bela mesa, almoçando sobre toalhas brancas enquanto via pela janela bosques e pastos passarem diante de seus olhos? Paul se acomodara diante dela, acompanhando atento seus movimentos e sorrindo satisfeito.

– Está gostando? Como está a omelete? Podíamos pedir uma tábua de queijos de sobremesa. O queijo francês é imbatível.

– Assim como o vinho tinto – observou Alfons, já de excelente humor após a segunda taça de borgonha.

– Muito obrigada – disse Marie. – Vou ficar na água mineral. E em vez de queijo, eu queria um café.

– Garçom! Uma tábua de queijos, dois borgonhas e um café para a senhorita! – ordenou Paul, sem hesitação.

Desde que os três se acomodaram no trem, Alfons observava Marie com grande atenção, e com frequência dirigia o olhar também a Paul. Marie logo concluiu que algo se passava em sua cabeça. O rapaz não podia entender por que seu amigo Paul tratava a camareira da irmã como uma dama. É certo que um cavalheiro bem-educado sabia ser cortês também com os funcionários, mas havia limites. Um patrão não ajudava uma camareira com os degraus do trem e tampouco se sentava à mesma mesa para comer. Talvez Alfons tivesse ainda a intenção de, dada a oportunidade, conversar com Paul a respeito, mas após a bela refeição e o generoso consumo de vinho, ele foi tomado pela urgente necessidade de dormir. De volta à cabine, ele comunicou aos seus companheiros de viagem que estava cansado após a noite maldormida, cruzou os braços sobre a barriga e caiu no sono. Pouco depois, já se fazia ouvir um leve ressonar que se misturava ao chiado e ao matracar do trem.

Tacatacata... chhhh... tacatacata... chhhh... tacatacata...

Marie permaneceu por um tempo calada ao lado de Paul, olhando pela janela, por onde se podiam avistar rochedos azulados e bosques escuros. E então percebeu que Paul a observava pelo canto dos olhos. Ela virou o rosto e o jovem patrão sorriu feliz, apontando para o amigo adormecido.

– Parece um bebê. Queria poder dormir assim tão pesado.

– Então o senhor deveria ter bebido mais o tal vinho francês maravilhoso.

– Melhor não. Ou você gostaria que eu estivesse roncando ao seu lado agora?

– Por que não? – perguntou ela, dando de ombros. – Paris está longe ainda. Acredito que todos nós vamos dormir um pouco para chegarmos amanhã descansados.

– Tem toda a razão.

Eles seguiram um pouco mais em silêncio, olharam pela janela, para Alfons roncando, evitando sempre que possível trocar olhares.

– Com licença, senhor...

Ele reagiu com um grunhido de desaprovação por tamanha formalidade.

– Como você deve me chamar?

– Desculpe. Sr. Melzer...

– Melhor – murmurou ele. – Mas preferiria que você me chamasse só pelo primeiro nome.

Ela se horrorizou. O que ele estava pensando? Como Paul poderia sugerir algo assim?

– Pode ter certeza de que eu não farei isso.

Ela escutou um longo e profundo suspiro; Paul seguramente estava aborrecido. E então um susto: ele pegara sua mão.

– Não se assuste, Marie – sussurrou ele. – Fique tranquila, não vá acordar nosso dorminhoco. Tenho que lhe dizer uma coisa que há tempos tenho guardada. E hoje você vai ouvir, do contrário vou me achar um covarde para o resto da vida.

Os batimentos de Marie se detiveram. Ele queria declarar seu amor, pedir-lhe que se entregasse a ele, pois ela já conquistara seu coração. Seriam essas as palavras ou algo semelhante, talvez um discurso mais bonito ainda, pois o cavalheiro era um orador talentoso. Ah, ela ansiava por palavras desse tipo, mesmo sabendo que não cederia. De forma alguma. Por mais que a recusa lhe despedaçasse o coração.

– Você se considera uma pessoa corajosa, Marie?

A pergunta era totalmente inesperada, não combinava com seu tom suave, ao qual estava acostumada. Ele apertou sua mão com tanta força que chegou a machucar.

– Eu? Bem... não acho que sou muito corajosa, Sr. Melzer.

– Eu também não – admitiu ele. – Mas há momentos da vida nos quais é preciso ter toda a coragem e escutar o coração. Porque só assim se consegue alcançar certos objetivos maiores, não é?

– Acredito que sim...

Que começo inteligente. Objetivos maiores. Começar um relacionamento com uma camareira seria mesmo um objetivo maior? Talvez fosse pela resistência que ela oferecia.

– Olhe para mim – pediu ele.

Ela fez como solicitado e fitou o rosto aflito do homem. Como Paul sofria com aquela paixão. Por acaso ele tinha ideia do que estava causando a ela? Aonde queria chegar com tudo aquilo?

– Um objetivo maior? – indagou ela. – O que significa isso, Sr. Melzer?

A pergunta deve ter soado debochada, pois ele franziu os lábios como se estivesse se sentido atacado ou contrariado.

– Não estou brincando, Marie – disse ele. – Estou lhe perguntando com toda a sinceridade do mundo se você quer ser minha esposa.

Marie sentiu uma ligeira tontura. Os vagões produziam o *tacatacata* persistente, Alfons roncava em intervalos rítmicos, a locomotiva soltava longos e agudos apitos. E em meio a tudo aquilo suas palavras ecoavam. *Se você quer ser minha esposa.* Repetidas vezes. *Se você quer ser minha esposa.* Ela devia estar maluca. Nunca que ele diria tal coisa.

– Foi um pedido sério e verdadeiro, Srta. Hofgartner – surgiu uma voz ao seu lado. – E acho que ele merece uma resposta.

Ela foi tomada por um tremor, sua garganta apertou e lágrimas começaram a se formar em seus olhos. Lentamente, ela se virou em sua direção.

– Fico muito lisonjeada com seu pedido...

Era o que se dizia nesses casos, não? Sua voz estava terrivelmente frágil e distante. A primeira lágrima escorreu em seu rosto.

– Mas eu não posso aceitar.

Ele a encarou com olhos tão transtornados que ela temeu que ele cometesse alguma imprudência. Como sacudi-la pelos ombros ou, inclusive, beijá-la. Mas Paul se manteve tranquilo.

– Por que não, Marie? Você não me ama?

O que ela deveria dizer? Ela o amava mais que tudo no mundo. Mas era melhor guardar aquilo para si mesma.

– Isso só nos traria desgraça, Sr. Melzer. Um cavalheiro nunca poderia casar-se com uma camareira.

– Eu quero saber se você me ama – insistiu ele, tentando abraçá-la. – Se seu amor por mim é tão verdadeiro quanto o meu por você, venceremos qualquer obstáculo.

– Não!

– O que quer dizer com "não"?

– Preciso mesmo explicar? Teríamos tudo e todos contra esse casamento, seus pais, suas irmãs, a família inteira, todos os amigos e conhecidos, a cidade toda...

– É isso que você teme? Eu estou ao seu lado, Marie. Ninguém ousaria ofender minha mulher, nem mesmo minha família. Se estivermos juntos, conseguiremos tudo.

– Não, não conseguiremos!

– Então você não me ama! – disse ele, decepcionado. E então a soltou. – Esqueça o que eu disse, Marie. Sou um idiota e me iludi ao pensar que você sentisse o mesmo que eu.

Foi de cortar o coração vê-lo tão desesperançado ao seu lado, com as mãos sobre os joelhos e os olhos cravados no chão. Como ela gostaria de abraçá-lo e dizer-lhe como o amava. Muito mais do que ele poderia imaginar.

– Talvez... – introduziu ela, prudentemente, mas se deteve.

Não, ela não podia lhe dizer quais pensamentos a afligiam. Nada a respeito da cidade baixa ou sobre o que possivelmente se sucedera no pequeno apartamento sobre o Grüner Baum. Eram nada mais que impressões, seus medos poderiam muito bem ser infundados.

– Talvez? – sussurrou ele. – Talvez o quê?

– Talvez seja minha forma de amar tentar protegê-lo de dar um passo imprudente e precipitado?

– Que ótimo – resmungou ele. – Eu preferiria chamar isso de covardia.

40

Seguir essa rua até ver o Café Léon à esquerda. Entrar. *Entrez dans le café, mademoiselle. Montez l'escalier.* Subir a escada. *Jusqu'au cinquième étage.* Até o quinto andar. *Sous le toit.* No andar do sótão.

– *Bonne chance, mademoiselle.* Boa sorte – disse o dono do local e piscou para Marie em sinal de cumplicidade.

– *Merci beaucoup, monsieur* – respondeu Alfons em seu lugar. – *La facture, s'il vous plaît.*

Paul acenou e permitiu que daquela vez Alfons se encarregasse de pagar a conta das três xícaras gigantes do horrível café e da cesta repleta de croissants crocantes. O rapaz estava bem descansado e impaciente como um potro. Por que os três não poderiam subir juntos ao encontro de Katharina? Melhor ainda seria ele ir sozinho, contudo temia assustá-la.

– Acho mais prudente Marie subir desacompanhada – opinou Paul. – Ela sonda a situação e vai contando a Kitty com cuidado que nós também viemos para levá-la de volta à Alemanha.

Alfons não queria entrar em desacordo com seu futuro cunhado e limitou-se a assentir enquanto se servia do quinto croissant. Com esforço, Marie conseguiu comer só uma metade e Paul, que passara o resto da viagem calado ao seu lado, afirmou estar sem apetite. Ele continuava tratando Marie com bastante cortesia, mas evitava olhá-la diretamente, dirigindo-lhe a palavra apenas quando era estritamente necessário.

– Por enquanto tudo está correndo muito bem – comemorou Alfons. – Foi muito inteligente da parte de Katharina ter dado a essa florista Sophie um papel com seu endereço. *Patron! Encore un café, s'il vous plaît!*

Finalmente Alfons podia mostrar seus talentos ocultos. Os meses que passara em Paris não haviam sido em vão: ele estava familiarizado com o lugar, sabia andar nos trens subterrâneos – ali chamados de *métro* – e já falava francês com fluência. Ainda que vez ou outra soasse um pouco atrapalhado, o rapaz se fazia entender. Paul, por sua vez, estava taciturno e tão sério que Marie sentia pena ao vê-lo.

– Vou indo agora – declarou ela. – Onde nos encontramos depois?

Com olhar de interrogação Alfons fitou Paul, que deu de ombros. Aparentemente o incomodava ser sempre o responsável pela organização daquela empreitada.

– Você pode deixar um aviso ao dono daqui – decidiu Alfons. – Vamos procurar um hotel perto e depois passamos aqui no café.

– Certo.

Ela se levantou e recolheu a mala e a bolsa. Paul a olhou com ar frio e Alfons lhe perguntou empático se a bagagem não estava muito pesada. Ele poderia carregá-la até o Café Léon. Ou melhor: poderia subir as escadas com ela, já que o apartamento ficava no quinto andar.

– Muito obrigada. Posso levar sem problemas.

Decepcionado, ele se deixou cair novamente na cadeira e pegou o último croissant da cesta. Ele teria adorado subir junto para ver sua pequena Kitty. Com certeza ele já passara centenas de vezes com Robert em frente ao tal Café Léon, inclusive por ele ficar bem em frente à estação do metrô. Era até mesmo possível que Kitty os tivesse visto. Mas naquela época ela ainda estava com aquele francês, aquele golpista mentiroso. Ele deveria impedi-la de ir saudar seus conhecidos da Alemanha. Que ótimo ela ter mandado aquele moleque às favas...

Marie seguiu escutando sua voz por mais algum tempo após se despedir. Ela caminhava ereta e seus passos eram decididos. Quem vinha em sua direção a olhava com espanto e se desviava. Também os franceses achavam incomum uma jovem tão bem-vestida carregando bagagens tão grandes e abarrotadas. Na verdade, quase todo o seu conteúdo destinava-se a Kitty – a senhora passara horas na noite anterior fazendo a mala. Também um montante considerável de dinheiro, que Marie carregava em uma bolsinha de couro pendurada no pescoço, deveria ser entregue à filha. Nem o senhor e tampouco Paul tomariam ciência daquilo, assim ela tivera que prometer a Alicia.

Como aquela rua era larga! Qual era o nome mesmo? Boulevard de Clichy. Na verdade não era uma rua, mas um bulevar com árvores no meio, postes de publicidade e pequenas bancas com produtos à venda. Um bonde passou ruidoso. Um cãozinho a cheirou e seguiu seu caminho. As casas em

Paris, por outro lado, não eram muito diferentes das de Augsburgo, a única dissemelhança eram as venezianas abertas para fora, o que não havia nas janelas da Alemanha. E tampouco tamanha quantidade de lixo nas ruas; nesse aspecto os alemães eram bem mais melindrosos.

Sentados em frente ao Café Léon, vários homens com roupas simples tomavam cerveja e fumavam. Hesitante, ela entrou. Junto a uma mesa bem ao lado do balcão, duas jovens, também fumantes, estavam conversando distraídas. Deviam certamente ser trabalhadoras de um ofício bastante antigo, pois outras moças jamais fumariam em público. Onde Kitty fora se meter?

Uma mulher de meia-idade estava atrás do balcão, batendo papo com um jovem. Seus cabelos eram castanho-claros, adornados por uma presilha em forma de meia-lua. E em sua avantajada cintura pendia um avental encardido, que algum dia devia ter sido branco.

– *Eh... mademoiselle? Qu'est-ce qu'il y a?* – indagou ela a Marie.

Não soou nada amistoso, mas sim algo no sentido: "O que você acha que está fazendo aqui com essa mala imensa?"

– Mademoiselle Katharina Melzer.

Foi preciso repetir o nome e um sorriso estampou o rosto da dona do local.

– *Vous êtes Marie?*

– Marie... *oui*... Marie Hofgartner.

Pelo menos uma palavra ela já aprendera. "*Oui*" significava "sim".

– Marie Hofgartner... *Bien! Eh, Marcel!*

A mulher se virou para gritar qualquer coisa em direção à cozinha, um amontoado coeso de sons que para Marie soava como uma corrente de águas velozes. Era completamente impossível diferenciar uma palavra da outra naquele idioma. Então surgiu um rapaz magro e de cabelos escuros que pegou suas malas e se foi. Quando a dona lhe acenou, sinalizando que seguisse o moço, Marie desejou profundamente que aquela gente não estivesse roubando sua bagagem, e sim levando-a ao apartamento de Kitty no quinto andar.

O que acabou se mostrando verdade. O trajeto os levou por uma escada estreita com degraus rangentes até que finalmente alcançaram um corredor escuro e com pé-direito baixo. Marie estava sem fôlego após a subida apressada e o rapaz também ofegou ao deixar a mala diante de uma porta.

– Obrigada – disse Marie. – *Merci.*

Impressionante, ela já aprendera mais uma palavra em francês e a estava usando corretamente. A jovem vasculhou o bolso do casaco onde estavam as moedas francesas que Alfons lhe passara preventivamente. Entretanto, o jovem as recusou, palavreou algo sobre mademoiselle "Cathérine" e desceu com agilidade as escadas.

Ele não quis gorjeta, pensou Marie. *Também deve ter sido enfeitiçado pela mademoiselle Kitty*. Ao aproximar-se da porta, não encontrou o nome da moradora nem uma campainha, então bateu.

– Olá? Srta. Katharina? Sou eu... Marie!

Ela escutou o movimento no lado de dentro. Um objeto rígido caiu no chão e prontamente soaram um breve resmungo e um miado aborrecido.

– Marie! Marie! Estou indo. Saia daqui, Sérafine. Quase piso em você, gata maluca...

A porta travou, Marie escutou Kitty praguejar qualquer coisa e, com um solavanco, a barreira entre as duas desapareceu. Ali estava a senhorita, linda como sempre. Apesar do cabelo um pouco despenteado e das manchas escuras de fuligem na longa camisola branca. Provavelmente ela estivera lutando contra a estufa ao tentar acendê-la; Kitty ainda não aprendera a fazer a lenha pegar fogo.

– Marie! Minha doce amiga. Ah, eu sabia que você viria. Seremos tão felizes! Como você chegou tão cedo? Ah, já sei... esse trem doido viaja noite adentro e chega de manhã cedo em Paris. Acertei?

– Isso mesmo.

– Entre logo. E que mala enorme é essa? E essa bolsa? Você trouxe tudo o que tem? Está certa. Ah, agora tudo ficará bem. Agora que você está comigo. Vou lhe mostrar o bairro de Montmartre. E Montparnasse, onde moram os poetas e os russos. E o Louvre. Você vai ver a *Monalisa*, que tinham roubado, mas agora já está lá de volta.

Marie carregou a mala enquanto Kitty arrastava a bolsa de viagem. Às risadas, ela jogou o pesado objeto sobre a cama e comentou que Marie provavelmente trouxera uma pilha de paralelepípedos de Augsburgo. Ela lhe pediu que não se horrorizasse com a bagunça, pois ainda não tivera tempo de arrumar nada, mas logo correria atrás do prejuízo. Mas primeiro ela queria mostrar seu apartamento.

– Aqui é meu ninho, Marie. Dois quartos, um para mim e outro para você. Tem também a cozinha, é pequena, mas coube uma mesa para nós comermos juntas. Só o fogão é um horror, o fogo sempre apaga por mais que eu queime meus dedos para acendê-lo.

Que desordem! Blusas e toalhas, tubos de tinta, lápis de carvão, xícaras de café, flores murchas, presilhas, uma almofada de plumas rasgada, desenhos inacabados, pão seco e mil coisas mais se amontoavam sobre camas, móveis e pelo chão. Marie sabia que Kitty não era muito afeita à arrumação, mas era difícil aceitar que alguém pudesse suportar tamanho caos. Para completar, o lugar estava imundo: teias de aranha pendiam das paredes e no entorno das estufas, o teto e o papel de parede estavam pretos de fuligem.

– A vista não é maravilhosa, Marie? – perguntou Kitty, entusiasmada, sem se deixar abater por detalhes como a fumaça desagradável da estufa. – Veja! Lá atrás, naquelas cúpulas brancas, aquilo é a Sacré Coeur. O ícone de Montmartre. Eu vou lhe mostrar depois.

De fato, a vista que se tinha das pequenas janelas compensava muito. Por entre os telhados se avistavam ruas e vielas, sobre as calhas dos edifícios se viam pombos cinzentos e pardais agitados, e as pessoas, por sua vez, tinham o aspecto diminuto como se fossem de brinquedo. A Sacré Coeur parecia ser uma igreja, uma construção branca como a neve que se assemelhava àqueles palácios de histórias do Oriente, com suas cúpulas grandes e pequenas.

– O céu parece estar tão perto – sussurrou Marie. – É como se eu pudesse tocá-lo se estendesse a mão. E ao mesmo tempo está infinitamente longe.

Ela escutou a risada vibrante de Kitty atrás de si e se virou. Uma gata gorda e alaranjada havia pulado na cama de Kitty e se acomodado sobre a bolsa de Marie.

– Sérafine, você está impossível! – disse Kitty, sorrindo. – Sabe, Marie, ela faz o que lhe dá na veneta. Mas no frio da noite, quando me sinto sozinha, é maravilhoso sentir o ronronar e o calor de Sérafine ao meu lado.

Marie acariciou a vasta e sedosa pelagem do animal e lembrou-se de pronto de Minka, o gato do jardineiro.

– Posso ir desfazendo sua bolsa, Marie?

– Claro. E a mala também. É tudo coisa sua, Srta. Katharina. Foi sua mãe quem arrumou tudo.

A expressão alegre de Kitty esmoreceu; ela retraiu a mão e repentinamente perdeu o entusiasmo.

– Mamãe? Ela por acaso sabe onde você está?

– Sim, eu contei. Ela... está preocupada com você e deve ter pensado que a senhorita precisaria dessas coisas todas com urgência.

– Ah, meu Deus...

Marie retirou a gata gorda de cima da bolsa e abriu o fecho. Logo em cima estavam seus próprios pertences, mudas de roupa de baixo, uma saia, uma blusa, meias-calças, um segundo par de sapatos, uma camisola. Logo abaixo, Alicia colocara toda sorte de coisas que lhe pareciam imprescindíveis para uma vida ordenada. Uma escova de dentes e uma latinha de pó dental, sais para dor de cabeça, uma escova para roupas, uma caixinha colorida contendo lencinhos, diversos frascos de perfume, sabonetes, duas camisetas de seda, uma blusa de lã de angorá, uma lanterna, pilhas, livros variados...

– Mamãe é uma querida... – Kitty suspirou com um olhar de tristeza. – Ela está bem? Ela... ela não está tão preocupada, certo?

– Ela ficaria muito feliz se a senhorita voltasse para casa.

Estaria ela prestes a chorar? Marie sabia que na verdade Kitty sofria muito por estar separada da família, mas não admitiria. Imediatamente ela desconversou para afastar a dor que começava a sentir.

– Você deveria me chamar de Kitty. Não somos mais senhorita e camareira, somos amigas. Vamos viver e trabalhar juntas e ninguém aqui será melhor que ninguém.

– Vou tentar – respondeu Marie. – Mas é tão estranho que não sei se conseguirei de primeira.

– Então pratiquemos. Como você vai me chamar?

– Kitty...

Ela sorriu satisfeita e deu de presente a Marie três dos pequenos frascos de perfume. E então abriu a mala e constatou que Alicia, além de roupas, enviara também comida à sua filhinha. Presunto defumado, uma lata de biscoitos, bombons, chocolates e marzipã, várias conservas de carne bovina, um pacote de café em grãos...

– Mamãe deve pensar que estou passando fome! – exclamou Kitty. – Este café vale ouro, Marie. Aqui na França o café é intragável.

– Sua mãe está com muitas saudades suas, Kitty. Seu pai também...

– Vou escrever para eles.

Sua resposta curta e objetiva encerrou o assunto. A Srta. Kitty não queria lamentar nada e preferia ocupar o tempo sonhando com seu futuro dourado. Marie hesitou em dar-lhe o dinheiro. Aquilo fora muito imprudente da parte de Alicia Melzer; todos aqueles presentes só reforçariam a determinação desajuizada de Kitty. Viver e trabalhar em Paris! Como ela pretendia fazer isso? Como pagaria pela comida e o aluguel? Vendendo desenhos, talvez?

– Vou me vestir para irmos a Montmartre. Podemos comer alguma coisa no caminho, há uma infinidade de cafés e restaurantes por aqui.

Ela fechou a mala e vasculhou a cômoda, deu três voltas pelo quarto e finalmente encontrou o que procurava. Os conjuntos primorosamente escolhidos e enviados por Alicia permaneceram intocados e, em vez disso, Kitty pôs um vestido solto e bastante amassado preso com um cinto. Um aro de metal estruturava e alargava a peça na altura dos quadris e, então, a modelagem afunilava e ficava tão justa nos tornozelos que era impossível dar passos normais. Para poder andar direito, Kitty fizera dois cortes laterais na roupa.

– Mas… mas dá para ver sua perna até o joelho quando a senhorita anda… digo, quando você anda – gaguejou Marie, horrorizada.

– E daí? Estamos em Montmartre, minha pequena Marie. E não no puritanismo de Augsburgo. Aqui na França estamos usando o estilo tango!

Como se revelou depois, aquele modelito autoral e obscenamente caro era uma criação de Paul Poiret, comprada por Gérard Duchamps no início da viagem. Ele gastara rios de dinheiro com a exigente amada, não só em roupas e sapatos, mas também em estadias de hotel, utensílios para pintura e inúmeras miudezas que Kitty precisava ter de qualquer jeito, como chapéus, frasquinhos, latinhas, xícaras de porcelana, sombrinhas de seda, dentre outros.

– No começo, nós ficávamos cada noite em um hotel diferente – revelou Kitty enquanto as duas desciam a escada. – E sempre com nomes falsos. Era preciso ter cautela, pois o pai de Gérard havia colocado gente em nosso encalço…

Muito por alto, Marie ficou sabendo também que Gérard apresentara Katharina ao pai como sua futura esposa. A partir daí, a situação foi um escândalo, pois Gérard lhe omitira que já estava noivo havia dois anos da filha de um sócio do pai. Béatrice Monnier contava em se tornar a nova madame Duchamps, e a dissolução do noivado poderia trazer sérias consequências financeiras para a empresa da família.

– É uma gente horrível, Marie. Eles nos chamaram de "*les boches*", o que é uma maneira ofensiva de se referir aos alemães.

Marie permanecia calada apesar da imensa pena que sentia por Kitty. Com certeza ela esperara ser recebida por aquela família de braços abertos. Que difícil devia ter sido tal decepção. E que idiotice da parte de Gérard

Duchamps ter ocultado seu noivado. Não era de admirar que o amor entre os dois houvesse amornado... Pois foi isso o que acontecera, não?

– E eu fico tendo esses sonhos idiotas – prosseguiu Kitty. – Não paro de sonhar com Gérard. E olha que eu já o tirei da minha vida. Só não consigo tirá-lo dos meus sonhos. Ele sempre vem me assombrar enquanto durmo... Ridículo isso, não é, Marie?

– É normal – respondeu ela, com pesar. – Os sonhos fazem o que querem conosco.

Quando as duas cruzaram o Café Léon em direção à saída, a atendente as cumprimentou e Kitty respondeu em francês.

– *Une petite promenade, Solange. À bientôt!*

– O que você disse para ela?

Kitty ergueu a cabeça e lhe contou, orgulhosa, que naquele meio-tempo ela aprendera francês muito bem. E à mulher, cujo nome era Solange, ela só dissera que iam dar um breve passeio e logo retornariam.

O sol quente de abril voltou a animar Kitty, que se pôs a falar incessantemente, contando sobre pintores que conhecera, poetas famosos e marchands. Segundo ela, havia na rue Vignon um tal de monsieur Kahnweiler que expunha quadros amalucadíssimos.

– Eles se chamam de cubistas. E transformam tudo em quadrados e cubos, não é impressionante?

Para Marie, aquilo soou ridículo. Kitty havia lhe entrelaçado o braço em um gesto de confiança e falava como uma matraca. E Marie observava as pessoas no bulevar. Não havia mulher alguma vestida segundo o "estilo tango"; tal extravagância da moda provavelmente estava reservada apenas às mais ricas. Todas as francesas que vira pelo caminho só usavam roupas mais discretas, saias longas e escuras, blusas em tons claros, xale sobre os ombros, chapéu simples. Em seguida, quando Kitty a conduziu por uma viela estreita, as duas puderam contemplar com espanto as quitandas que, entre queijos, presuntos e patês, também ofertavam pinturas. Eram quadros pequenos, que estampavam flores, gramados e também pessoas. Grande parte pareceu a Marie demasiadamente simples, como se tivessem sido pintados por uma criança, mas Kitty afirmou que aquilo se tratava do fino da arte.

– É um pecado ver esses quadros entre patês e queijos fedidos. Os pintores são pobres e vendem suas obras por meia dúzia de *sous* para não passarem fome.

Ela já lhe contara aquela história na mansão. Os artistas que viviam na miséria, sem reconhecimento ou dinheiro. Como o pobre Vincent van Gogh, que em vida só vendera um único quadro. Marie não sabia se a situação era digna de risadas ou de preocupação. Desde sempre Kitty enchia a boca para falar da "sagrada pobreza do artista" e admirava a "arte verdadeira, que só podia ser obtida através da mais completa abnegação". Estaria ela planejando seguir tais ideais na companhia de Marie? Não seria nenhuma surpresa...

– Não se assuste com o aperto ou com a sujeira. Estamos na rue Gabrielle, aqui tem locais que é melhor as mulheres passarem longe. Aquela transversal mais adiante é a rue Ravignan, lá tem uma casa na qual os pintores vivem e trabalham como abelhas em uma colmeia. É na parte de trás, no jardim... um ateliê ao lado do outro. Tem uns janelões grandes de vidro para entrar bastante luz. Não é como as janelinhas do meu apartamento. Talvez nos mudemos, Marie. Para um ateliê grande onde nós possamos pintar juntas...

Marie caminhava trôpega atrás de Kitty, incapaz de entender como era possível que a tal grandiosa e maravilhosa liberdade artística florescesse em meio àquelas casas de madeira decadentes e às fachadas de pedra encardidas. Ela reconheceu alguns bares pouco acolhedores e sem graça; provavelmente a área só se tornava mais viva à noite. Já o vinho ali era tão barato que até um pintor pobre poderia permitir-se uma bebedeira. Em uma esquina, três homens vestidos aos farrapos discutiam violentamente; na porta de entrada de uma casa lúgubre, uma senhora estava sentada com o olhar perdido. Aquilo era muito diferente da cidade baixa de Augsburgo? Será que ali durante a noite as mulheres também transitavam por entre as vielas, fumando seus cigarros sob a luz dos postes e oferecendo seus corpos em troca de dinheiro? Como ela se sentia satisfeita por ter deixado aquele lugar. Mas para Kitty tudo aquilo, a pobreza, a sujeira, as prostitutas e os delinquentes, parecia ter um charme especial. Pintores? Grandes artistas? Até onde Marie podia ver, ali só havia beberrões miseráveis, criadas e figuras duvidosas. Salvo um ou outro grupo de turistas, que percorriam aquelas ruas vestidos sem elegância e falando aos altos brados em inglês ou holandês. Eles ocupavam os pequenos bistrôs, pediam berrando com soberba uma *bière* ou *du vin* e agiam como se toda Montmartre lhes pertencesse.

– Só dá para ver poucos pintores agora. Eles estão trabalhando enquanto a luz está boa. Só no final da tarde eles saem de seus ateliês para comer e se divertir.

– Ah, sim... E tem mulheres que pintam também? Digo, além de nós duas.

Kitty afirmou conhecer algumas, mas que eram presunçosas e antipáticas e, além disso, estavam sempre envolvidas com algum artista a quem ficavam vigiando, mortas de ciúme.

– Está na hora de mudarmos essa situação, Marie. Vamos nos virar sem precisar de homem porque temos uma à outra. Venha agora comigo, eu lhe prometi uma surpresa. Você vai ficar boquiaberta, minha pequena Marie. Ah, estou tão ansiosa para ouvir o que você vai falar!

Ela agarrou Marie pela mão e a arrastou. O Boulevard de Clichy estava cheio de pessoas olhando admiradas a marcha de uma tropa de soldados. Ambas tiveram que deter o passo e Kitty explicou que na semana anterior o rei e a rainha da Inglaterra estiveram de visita em Paris. Desde então, ela relatou, tais apresentações militares vinham se repetindo com constância – talvez os bem-apessoados soldados, que mais se assemelhavam a quebra-nozes coloridos, não estivessem conseguindo encontrar o caminho do quartel.

– Quebra-nozes?

– Veja só como eles estão vestidos. Igualzinho ao soldadinho quebra-nozes de madeira que papai me trouxe um Natal desses.

Alguma razão ela tinha, pois o uniforme dos soldados franceses não era o verde-musgo que Marie conhecia das tropas da Baviera. Eles trajavam casacos azuis, mais curtos na frente que na parte de trás, e calças vermelhas vibrantes. Já seus rifles e baionetas em nada se assemelhavam a brinquedos de madeira.

– Tio Rudolf, irmão de mamãe, sempre dizia que os franceses não passavam de soldadinhos de papel. Era só chover que eles saíam correndo para se abrigarem...

Marie se sentiu aliviada por ninguém poder entender a falação nada discreta de Kitty. Por outro lado, era impressionante como ela se deslocava com presteza pela multidão, sorrindo para os homens e acenando para as mulheres com simpatia. Até mesmo os pequenos delinquentes nas ruas lhe abriam caminho; um deles chegou até a se curvar galantemente, como um autêntico cavalheiro.

Em frente ao Café Léon a multidão já havia se dispersado. Um atendente havia colocado várias mesas e cadeiras na calçada, já ocupadas por um grupo de turistas ingleses. A corpulenta Solange servia vinho, água e patês quentes aos clientes. Ao avistar Kitty e Marie, acenou.

– Ela reservou uma mesa para nós, que amável. Sabe, Marie, se eu não tivesse Solange e Léon comigo, acho que teria mesmo voltado a Augsburgo depois do término.

Marie se manteve calada. Atrás do balcão estavam Marcel e, ao seu lado, uma moça de cabelos acobreados lavando os copos de cerveja. O "*patron*", como lhe chamavam, estava na cozinha e raramente mostrava o rosto avermelhado pela abertura do passa-pratos.

– Você vai ficar abismada quando ele sair de dentro desse cubículo – disse Kitty enquanto elas se acomodavam junto a uma mesa no canto. – Ele é um bretão, um homem imenso, loiro como um viking. Queria muito desenhá-lo, mas ele não me permitiu. Ele tem uma vaidade terrível, sabe...

Estava relativamente escuro naquele canto e, de onde estavam sentadas, não dava para ver os transeuntes que passavam pelo bulevar do lado de fora. Por outro lado, Marie descobriu uma infinidade de fotografias emolduradas nas paredes, que parecia expor toda a parentada bretã do taberneiro.

– Vamos querer o menu número um. Você vai gostar. E para acompanhar, que tal um vinho? Não? Acho que você ainda tem que aprender a beber vinho, minha pequena Marie. Todos os franceses bebem vinho, eles o misturam com água. Até as crianças. Então vamos pedir meio litro de rosé e uma garrafa de água... *Marcel, deux fois le numéro un, un demi de rosé et une bouteille d'eau...*

Como ela pretendia pagar por aquele pedido? Kitty tinha dinheiro, por acaso? Ou possuía conta no local? Marie decidiu esperar e só em caso de emergência intervir com o dinheiro enviado pela senhora. De qualquer forma, era moeda alemã que precisaria ser trocada por francos.

Marcel trouxe as bebidas e lhes serviu. Indecisa, Marie contemplou o líquido vermelho-claro em sua taça. Vinho tinto embriagava rápido, disso ela sabia desde os tempos em que trabalhara na cidade baixa. Houve um dia em que ela, por curiosidade, bebera o resto de uma garrafa. O resultado foi uma tonteira imediata e, durante a noite, a sensação de estar à beira da morte. Mas aquilo não era vinho tinto, a cor era um vermelho claro. E ainda se podia misturar com água.

– A nós duas! – exclamou Kitty com alegria, erguendo a taça. – Que possamos viver em harmonia, trabalhar duro e algum dia nos tornar tão famosas que as pessoas vão brigar por nossas pinturas.

– À nossa amizade, Kitty!

Marie não tivera tempo de verter a água em seu vinho. Ela tomou um gole e sentiu o álcool acender uma pequena chama em seu estômago. Aquilo era agradável. Ela voltou a sorver a bebida para se livrar do remorso. "À nossa amizade", foram suas palavras. Sendo que tudo o que ela estava fazendo ali era enganá-la e distraí-la enquanto Paul e Alfons já esperavam impacientes pelo momento de entrar em cena.

– Não é lindo aqui? – disse Kitty, empolgada. – Estamos livres, Marie. Não há regras, nós podemos fazer o que nos vier à cabeça. Podemos ficar sentadas aqui tomando vinho, almoçando, depois ir ao Louvre e passear no Sena. Vamos levar os blocos de desenho e fazer esboços. Ah, estou tão ansiosa para ver o que você desenhará! Seu talento é imenso e você vai me superar bem depressa, tenho certeza!

Marie se entregou à agradável sensação de calor e tomou mais um gole generoso. Ela foi dominada pela inesperada sensação de estar flutuando. Que pena saber que os sonhos de Kitty em breve ruiriam. Na verdade, parecia tão sedutor viver com tanta liberdade. Kitty e Marie no "ninho" com vista para toda a cidade. Ah, ela daria um jeito naquilo, faria alguma arrumação, pintaria as paredes de cor clara e providenciaria alguns vasos de plantas. Era possível transformar aquele apartamento em uma preciosidade. Durante o dia, elas passeariam pela cidade e desenhariam. Pessoas, casas, o Sena, a Torre Eiffel – talvez desconstruídos em retângulos e quadrados coloridos... Ela não pôde conter um sorriso. Não era aquilo que Kitty chamava de arte moderna?

– Preste atenção, agora vem minha surpresa!

O que Kitty estava tramando novamente? Saltando da cadeira, a moça subiu correndo em direção a seu ninho, deixando Marie sozinha à mesa. Por sorte ela não era uma dama, mas apenas uma camareira, pois do contrário seria muito inadequado ficar totalmente desacompanhada em um restaurante. Kitty parecia não se apressar com sua surpresa e Marie foi várias vezes alvo do olhar curioso da atendente. Kitty finalmente retornou com duas largas manchas de grafite no vestido e uma fotografia nas mãos. Ela a limpou com a saia antes de colocá-la sobre a mesa em frente a Marie.

– Nossa, fiquei muito tempo procurando. E ela estava bem diante de meu nariz, na estante da cozinha, entre as xícaras. Veja só, Marie. Não é curioso?

A fotografia devia ser antiquíssima, pois tinha um aspecto bastante desbotado. Entretanto, era possível distinguir um jovem casal posando com certa rigidez ao lado de uma pequena mesa, seguramente decorada só para o retrato. Os dois estavam de pé e se davam as mãos. A mulher trajava um vestido claro com caimento solto na cintura e usava o cabelo preso. Já o homem se apresentava de terno escuro e bigode. Sobre a mesa se via uma paleta de pintura, um copo com pincéis e vários tubos de tinta. Aquela imagem parecia ter sido capturada no ateliê de um fotógrafo.

– Que bonito...

– Veja só a margem inferior – interveio Kitty, impaciente. – Meu Deus, você é cega?

Marie tomou mais um gole e encheu a taça com água. Percebeu então que havia um escrito igualmente desbotado, feito à mão.

"Louise Hofgartner, peintre allemande, et son fiancé, M. Jakob Burkard."

Marie leu aquelas palavras uma segunda vez e as letras começaram a dançar diante dos seus olhos. Ao mesmo tempo, escutou as palavras agitadas de Kitty sem realmente entendê-las.

– Imagine só, Marie. Gérard e eu vimos um desenho em uma lojinha... Onde era mesmo? Acho que na St. Germain ou ali perto. Então, era um desenho em carvão retratando uma jovem, uma tal de Flora, a Deusa da Primavera, creio. E como gostei dele, nós entramos e perguntamos quem o havia desenhado e qual era o preço. E veja que surpresa, foi uma pintora alemã com o mesmo sobrenome que o seu. Já pensou se vocês são parentes? Eu não me surpreenderia, pois você é um talento nato, Marie.

– O que significam essas palavras em francês, Kitty?

A jovem tomou a fotografia nas mãos.

– Isso quer dizer: Louise Hofgartner, pintora alemã, e seu noivo, Sr. Jakob Burkard.

– Seu noivo? Você tem certeza que é isso o que significa?

– Absoluta. Gérard traduziu para mim na época e ele fala francês tão bem quanto alemão. O marchand tinha vários quadros dela; ele disse que a mulher foi uma grande artista e que trabalhava como uma desvairada. Mas então ela se mudou para a Alemanha e ninguém nunca mais ouviu falar dela. Ele ficou tão feliz por termos comprado o desenho que nos deu de presente essa foto. Ah, os dois parecem estar tão felizes, não acha?

Não se podia negar. Do contrário, não estariam de mãos dadas. Ali em Paris. Marie tomou novamente a foto para si e tentou reconhecer qualquer particularidade naquelas formas e linhas desbotadas. Eles estariam sorrindo? Talvez usando alianças? O vestido da mãe parecia moderníssimo, mas será que a ausência do corpete se devia ao fato de ela já estar grávida na época da fotografia?

– Você perguntou quando a foto foi feita?

– Não, nem pensamos nisso – respondeu Kitty. – Ela com certeza já é bem antiga. Mas imagine só, descobrimos mais quadros dela. Três deles estão na galeria de Kahnweiler e eu vi outro em uma lojinha em algum lugar junto ao Sena. Mas Gérard, aquele sovina, não quis me comprar nenhum. Que absurdo, você não acha? E depois vem dizer que me ama…

– O desenho – disse Marie com voz baixa e trêmula. – Você ainda tem o desenho?

Mas ela não recebeu qualquer resposta. Kitty ergueu a cabeça e olhou atônita a porta aberta do outro lado do café. Logo reconheceu Paul e Alfons.

– Você me enganou! – vociferou Kitty. – Sua víbora!

41

Os dois não podiam ter aparecido em um momento mais inoportuno. O que eles estavam pensando? O combinado não havia sido esperar a mensagem de Marie no outro café, junto à estação de metrô?

Ao perceber o olhar de reprovação de Marie, Paul deu de ombros, impotente. Alfons, por sua vez, estava tão extasiado pela presença de Kitty que nem sequer percebeu o desconforto de Marie. Com uma alegria digna da visão do primeiro raio de sol após meses escuros de inverno, o rapaz se precipitou à mesa das duas mulheres.

– Senhorita! Que dia mais feliz! É um prazer imenso vê-la!

Kitty o fitou antipática, com os olhos entreabertos. O olhar que dirigiu ao irmão foi igualmente hostil.

– Mas que belíssima coincidência – disse ela em tom irônico. – A pessoa vai dar um passeio como quem não quer nada pelo Boulevard de Clichy e, repentinamente, encontra a irmã caçula em um café.

– Foi exatamente assim! – exclamou Alfons com inocente entusiasmo. – Espero não estar incomodando as senhoritas.

– Imagine! – revidou Kitty com malícia. – Viemos comer e conversar um pouco. Coisas que mulheres falam entre si. Confidências. Mas podem sentar-se conosco. A confiança já acabou. Não é mesmo, Marie?

– Não sei do que a senhorita está falando – respondeu ela, com pesar.

Dada a situação, Marie considerou melhor tratar Kitty com formalidade.

– Você sabe muito bem, sua tratante!

Tomado pelo peso na consciência, Paul interveio. Queria não ter cedido ao ímpeto de Alfons ao adentrar o café. Ele percebeu que haviam colocado Marie em maus lençóis.

– Você não tem motivo para ofender Marie, Kitty! – disse ele, irritado. – Tente ver a sua situação de fora. Quem passou dias mentindo para nós todos e depois desapareceu na calada da noite?

– Ah, Paul querido! – exclamou Kitty com ar debochado. – Eu já sabia que enviariam sua carroça para abrir caminho para o resto da família. Mas se você está achando que vou voltar com você para Augsburgo, está muito enganado. Prefiro ir para o inferno!

– Mas, mas... – interrompeu Alfons, levantando as mãos de maneira conciliadora. – Não queremos briga, meus queridos amigos. Quem está falando de Augsburgo? Vamos aproveitar que estamos na belíssima Paris. Na cidade das artes e do amor.

Um silêncio se seguiu a suas palavras de entusiasmo. Kitty encarava Alfons franzindo a testa, duvidando se o rapaz queria mesmo dizer aquilo ou se apenas falava por falar, como era de seu feitio. Paul e Marie se entreolharam com espanto.

– *Ce sont des amis?* – perguntou Solange, que acompanhara toda a cena sem entender uma palavra.

– *Mon frère Paul et son ami Alphonse...*

Solange se ofereceu imediatamente para buscar mais duas cadeiras para que os cavalheiros pudessem se acomodar à mesa. Kitty agradeceu, mas recusou.

– Perdi o apetite – explicou ela, se levantando. – Pode comer minha porção, Marie. Você certamente está com fome após a longa viagem. Já eu preciso de um pouco de ar fresco.

– É ridículo fugir, Kitty – disse Paul. – Deixamos tudo para trás por sua causa, só para vir até aqui, porque estávamos preocupados com você.

– Tão desnecessário!

O tom insolente de sua resposta fez Paul perder a cabeça. Desde Augsburgo ele já vinha anunciando sua vontade de dar um belo sermão na irmãzinha. Depois daquela discussão, entretanto, seu desejo foi o de dar umas palmadas bem dadas no traseiro dela com devoção fraternal.

– Escute aqui, senhorita – iniciou ele em tom contido para não atrair mais atenção. – Nossa mãe está doente de tanta preocupação, mas você pouco se importa com isso. E tampouco lhe interessa que nosso pai esteja mal e que Elisabeth esteja sofrendo por causa de seu egoísmo, que fez de nossa família o assunto preferido da cidade. Você só quer mesmo é impor sua teimosia estúpida...

Kitty praticamente passou por cima de Marie para sair do café o mais rápido possível. Ela estava prestes a chorar, mas jamais admitiria.

– Você poderia virar pregador, Paul. Um verdadeiro Abraão de Santa Clara, com nariz adunco e capuz. Ficaria ótimo…

– Srta. Katharina, por favor! – exclamou Marie. – Não se vá. Vamos sentar e conversar de maneira sensata.

Kitty respirou fundo para dar a Marie uma resposta adequada e sem dúvida irada, mas naquele instante Alfons se interpôs em seu caminho. Diante da imensidão do obstáculo, ela se deteve, insegura, e calou-se.

– Querida Srta. Katharina… – disse ele com ar apaziguador. – Que ideia maravilhosa dar uma volta pela cidade. Eu também não estou com fome…

Se ele ainda não tivesse mentido, pensou Marie, agora isso havia mudado.

– Em vez disso, adoraria visitar algumas galerias. Como a senhorita deve saber, sou um colecionador fervoroso de arte moderna.

Kitty ergueu a sobrancelha esquerda. Até aquele momento, ela nunca tomara ciência da paixão colecionista de Alfons Bräuer. O pai dele até possuía várias pinturas expostas na mansão da família, mas não por amor à arte – segundo a mãe de Alfons um dia lhe confidenciara aos risos –, mas como investimento.

– Então… – disse ela, arrastando as vogais. – Os cubistas, como o pessoal chama aqui, estão valendo uma pechincha. Mas em alguns anos se pagará uma fortuna por essas pinturas.

Alfons a observava com alegria. Marie mal podia acreditar como o rapaz, outrora desajeitado e robusto, se convertera em um astuto conquistador graças à paixão.

– Se alguém como a senhorita me acompanhasse às compras, com seus conselhos e todo o seu conhecimento de artes, eu certamente não teria como meter os pés pelas mãos. A senhorita conhece alguma galeria aqui que valha a pena visitar?

– Tem a Kahnweiler, na rue Vignon. Mas é um bom caminho para chegar a pé.

– Tomemos um táxi, Srta. Katharina. Ou o metrô. São só três ou quatro estações, se eu bem me lembro.

Kitty olhou para o rapaz admirada. Ele conhecia Paris, quem diria. Aparentemente aquele moço sem graça escondia mais encantos do que inicialmente se poderia supor.

– O metrô é uma boa ideia! Eu adoro essas estações sob o chão. Algumas delas são verdadeiros palácios subterrâneos…

– Então posso acompanhá-la? – perguntou ele, fazendo uma reverência esperançosa.

– Se você não se incomoda com a companhia de uma pessoa egoísta e ingrata como eu, estou à disposição.

– A senhorita só pode estar brincando...

Ela disfarçou o peso na consciência com uma sonora gargalhada. Tagarelando como de costume, Katharina saiu do café com o rapaz ao lado e, já do lado de fora, deu meia-volta para acenar a Paul com ar de triunfo, tomou o cavalheiro pelo braço e partiu. A saia abaulada na altura dos quadris balançava enquanto ela caminhava e, a cada passo, se viam suas belas panturrilhas.

– Meu Deus – balbuciou Paul, atônito, observando os dois se afastarem.

– Não é bem como parece – disse Marie. – Ela não quer admitir que fez uma besteira sem tamanho e está se comportando como uma criança mimada. No fundo está profundamente infeliz.

Paul bufou e afirmou que tais infantilidades precisariam acabar um dia. Principalmente considerando que outras pessoas estavam se machucando por conta daquilo.

– O senhor tem razão – concordou Marie. – Contudo, eu tenho muita pena dela. Acho que ainda ama esse Gérard.

– E agora mais essa!

Ele suspirou e perguntou se podia se sentar à mesa.

– Seria ótimo – respondeu Marie. – Kitty pediu dois desse menu número um e ainda vinho para acompanhar. Impossível eu terminar isso tudo sozinha.

– Ah, é só por isso? – perguntou ele, emburrado. Então puxou uma cadeira. – Pensei que você fosse gostar de prosear um pouco comigo.

Como ela se manteve em silêncio, ele completou as taças e tomou o vinho após brindar à saúde de Marie. E então se lançou avidamente sobre as entradas.

– Não tenho qualquer objeção a uma conversa com o senhor. O mais importante agora é pensarmos juntos sobre como convencer Kitty a voltar para casa. De fato, ela estava com a ideia fixa de ficar morando e pintando comigo em Montmartre.

Ele mastigou os legumes e a conserva de peixe com molho de alho e arrematou com um gole de vinho.

– Mas... graças à nossa aparição nada diplomática, Kitty deve estar querendo distância desse excelente plano. Sinto muito, Marie. Eu não devia ter dado ouvidos a Alfons.

– Ah, imagine – refutou ela. – Em algum momento eu teria que chamá-la de volta à realidade. O que fizemos agora foi lançá-la nos braços de Alfons, que não cabe em si de tanta felicidade. No final das contas, não foi tão ruim.

Ele deu de ombros, sem parecer muito convencido.

– Ela sabe das intenções de casamento da parte dele?

– Eu não revelei uma só palavra a respeito.

– Mas que dilema – murmurou ele, encarando Marie com ar de preocupação. – O bondoso Alfons bem que mereceria isso e, para Kitty, também seria bom. Mas se você está dizendo que ela ainda ama aquele francês...

– Acho que sim, apesar de ela não ter me dito diretamente.

– E como desgraça pouca é bobagem, parece que ele ainda pensa muito nela. Foi a Augsburgo para se reconciliar com Kitty e pedir sua mão.

Era a primeira vez que ele contava aquilo a alguém. Nem seus pais, nem Marie, nem Alfons... ninguém sabia a respeito. Obviamente esse pedido seria prontamente recusado, isso se viesse a ser repetido.

– Então Gérard vai sentir na pele o que Kitty sentiu – afirmou Marie, e em seguida contou sobre sua noiva Béatrice e o tratamento que fora dispensado a Kitty na casa dos Duchamps.

– Não consigo entender como ele pôde colocá-la nessa situação – resmungou Paul ao perceber mais aquela desonra sobre o nome da família Melzer. – Ele deveria saber que seus pais não aprovariam esse casamento.

Furioso, ele jogou o guardanapo sobre a mesa e virou o resto da taça de vinho. Ao voltar os olhos para Marie, ele notou um sorriso irônico esboçando-se em seu rosto.

– Qual é a graça?

– Fico feliz por ver como o senhor é esperto. É óbvio que não se deve causar tamanha complicação a uma pessoa amada. Se existem tantos obstáculos a um relacionamento, o único resultado possível é dor e vergonha.

Ele arregalou os olhos. Ao entender o que ela quis dizer, ele balançou a cabeça. Não se podia comparar, pois as duas situações eram, em sua visão, totalmente diferentes. Além do mais, ele já havia recebido e aceitado a resposta dela ao seu precipitado pedido de casamento, não sendo mais necessário falar a respeito.

– Acho ótima essa maneira como o senhor vê a situação. Espero que, apesar de tudo, nós possamos continuar amigos. Isso se minha amizade significa qualquer coisa para o senhor...

– É certo que sim – disse ele sem estar de todo convicto. – Eu obviamente também espero que você continue conosco na mansão. Mesmo se... mesmo se eu algum dia vier a me casar e... ter minha própria família. Ficaria feliz se você ajudasse a criar meus filhos no futuro...

A ideia pareceu absurda para Marie. Ah, ele estava se vingando pela recusa. Paul acreditava mesmo que ela serviria à mulher dele e criaria seus filhos? Ah, não, ela preferiria buscar trabalho em outra cidade. Que lástima Kitty estar tão furiosa. Talvez tivesse sido mesmo melhor ficar com ela em Montmartre, tirando o sustento da venda dos quadros... Foi o que sua mãe um dia fizera – pelo menos por parte de sua vida.

– O que é isso?

Ela se sobressaltou ao perceber que se esquecera totalmente da foto. Quando Paul e Alfons chegaram, ela colocara a foto sobre a mesa com o verso voltado para cima e Paul, por curiosidade, a tomara nas mãos. Franzindo a testa, ele observou o casal e lançou um olhar inquiridor a Marie. Ele já estava prestes a largar o pequeno retrato quando se deu conta do escrito na margem inferior.

– Não é nada – disse Marie, apressada, tentando tomar a foto de volta sem sucesso.

– Como nada? Seu sobrenome está aqui. Hofgartner. Uma pintora da Alemanha. E esse homem, esse aqui é o... que curioso...

– Devolva-me isso agora! – exclamou ela revoltada, estendendo a mão sobre a mesa para alcançar a fotografia.

– Calma, calma, Srta. Hofgartner. Como vejo, este homem se chama Jakob Burkard. O nome me é familiar. Mas duvido muito que se trate da mesma pessoa.

– Com razão – interrompeu ela. – E agora eu gostaria de ter minha fotografia de volta. Por favor!

Ele hesitou, talvez por perceber que seu "por favor" soou muito mais imperativo que humilde.

– Esta foto é sua, Marie?

– É de Kitty, ela a achou em uma loja em St. Germain.

– Espere um pouco...

Ó meu Deus, Marie rezou em pensamento. *Permita que o teto caia agora ou nos mande um eclipse solar. Qualquer coisa que o impeça de fazer mais perguntas. Serve também um acidente de trânsito, mas sem vítimas sérias...*

– Esta não seria sua mãe? Louise Hofgartner... ela até se parece com você, acho.

Acertou na mosca. De onde vinha aquela intuição?

– Louise Hofgartner, pintora – balbuciou ele. – Claro, Kitty disse que você tem um grande talento para pintura. No Natal ela até colocou sorrateiramente um de seus desenhos entre os presentes. Então este homem pode ser muito bem Jakob Burkard, um antigo parceiro do meu pai.

– Parceiro? – Marie deixou escapar e logo percebeu que havia se entregado.

– Jakob Burkard foi sócio do meu pai – explicou ele, olhando-a com atenção. – Até onde eu sei, eles fundaram a fábrica juntos. Burkard era um gênio no que se referia à construção de máquinas e meu pai entendia de negócios. Infelizmente Burkard morreu cedo.

Ele se deteve e fitou Marie, pensativo. Havia algo que não estava claro, que o inquietava e lhe causava incerteza.

– Eu não sabia que ele era casado...

– Eles não foram casados de verdade. Só na igreja.

Ele assentiu com a cabeça, completando que o casamento só na igreja não era válido perante a lei. Infelizmente. Mas mesmo assim. Paul ergueu a cabeça e observou Marie como se estivesse possuído por uma ideia incrível.

– Filha legítima ou não, se Jakob Burkard é seu pai, você não é nenhuma pobre coitada. Na verdade, você tem direito à parte dele na fábrica. E assim sendo...

Agitado, ele passou a mão pelos cabelos, já bastante despenteados àquela altura. Seus olhos brilhavam de entusiasmo.

– E se isso tudo for o que parece, Marie, então você tem que ser minha esposa de qualquer maneira. Minha família teria interesse vital nisso. Antes que você escolha outro e percamos ações da fábrica...

Marie estendeu a mão lentamente e tomou a fotografia para si. O que ele acabara de sugerir era tão novo e impensável que ela custou a entender. Mas as últimas palavras lhe pareceram revoltantes.

– Suas preocupações com a fábrica, Sr. Melzer, são totalmente desnecessárias – disse ela com frieza. – Jakob Burkard não era meu pai.

– Tem certeza?

– Absoluta – mentiu ela. – E mesmo se fosse, nunca me ocorreria enriquecer às custas da família Melzer!

Paul abriu os braços, assegurando que não era aquilo o que ele queria dizer. Como bem sabia, Marie não tinha interesse no dinheiro, do contrário já teria aceitado seu pedido de casamento.

– Exatamente – concordou ela, sentindo-se irritada por estarem tocando novamente no assunto. – Se eu um dia me casar, não será por conveniência, mas por amor.

A reação de Paul foi enérgica. O rapaz se levantou e lhe fez uma reverência debochada, com um misto de raiva e mágoa estampando seu rosto.

– Agora eu entendi! – disse ele em tom seco. – Foi só um flerte sem importância, não é? Um olhar de ternura, uma confissão de amor, um beijo... A senhorita estava adorando colocar sua capacidade de sedução à prova. Idiota é quem se deixa levar pelo seu feitiço!

Ah, céus, não era assim que ela via a situação. Mas antes de poder explicar melhor sua infeliz declaração, ele já estava junto à atendente pagando o menu. E então colocou o chapéu na cabeça e partiu sem olhar para trás.

42

O metrô estava cheio. Kitty se segurava em uma das barras de ferro para não cair com os solavancos do vagão. O veículo avançava tão rápido que lhe causava tontura. Os chiados e estalos. E os cheiros. Ela não sabia que pessoas podiam feder tanto quando ficavam amontoadas daquela maneira. Fedor de gordura rançosa, suor, dentes podres e, principalmente, alho.

– Você está bem? – perguntou Alfons, preocupado. – Não seria melhor descer na próxima estação e tomar um táxi?

– Estou bem.

Por nada no mundo ela queria fazer papel de ridícula na frente daquele homem. Mas se estivesse com Gérard... a ele Katharina teria confessado o quanto se sentia horrível. Ela sempre se abrira com ele por completo, revelando os mais íntimos pensamentos e sensações. Esse fora seu erro. Pouco depois ele a acusaria de ser volúvel, de querer ora uma coisa, ora outra. E que nunca se podia saber o que se passava em sua cabecinha.

– Estamos quase chegando, Srta. Katharina.

Ele se aproximou um pouco para protegê-la do olhar lascivo de um rapaz com uniforme de operário. De repente ela percebeu quão provocativas eram suas roupas. Talvez fosse melhor usar um dos vestidos antiquados da mãe. Ali no metrô, o caro modelito de Paul Poiret parecia de fato inadequado.

– Você não percebe o quanto os homens a encaram na rua? – perguntava Gérard com frequência enquanto ela se vestia para passear.

– E que mal há nisso?

Ela sempre caçoava dele, afirmando que seu ciúme era ridículo. Mas depois, nas ocasiões em que saía sozinha, ela logo notou as constantes abordagens na rua. Apesar de não entender tudo o que aqueles homens diziam, ela percebia a situação como desagradável e aterrorizante.

Alfons Bräuer podia até não ser um homem por quem se apaixonaria, mas era bastante agradável estar em sua companhia. Ao saírem do metrô, ele lhe ofereceu o braço e a conduziu pela escada, de maneira que nenhum daqueles proletários impertinentes ousou aproximar-se dela ou abordá-la.

– A senhorita parece tão pensativa. Por que não recuperamos as forças com um lanchinho? A senhorita não almoçou nada.

De fato, a ideia de sentar-se em um belo restaurante com serviço de mesa lhe pareceu bastante atraente. Ela trazia nas costas dias e noites de desgraça. O fogão teimava em não acender e os biscoitos que encontrara em sua mala logo acabaram. Além do mais, era sempre constrangedor pedir refeições a Solange sem poder pagar. No entanto, as tímidas tentativas de vender alguns de seus desenhos a turistas fracassaram solenemente. Ninguém queria comprar sua arte, apenas convidar a "artista" para almoçar. Que embaraçoso!

Alfons escolheu um restaurante no Boulevard des Italiens, relativamente perto da Ópera Garnier, onde os dois puderam desfrutar o ambiente ao estilo Luís XV sentados em cadeiras estofadas em veludo e rodeados por reluzentes espelhos emoldurados por afrescos dourados. Aquele continuava sendo um lugar onde ela se sentia muito mais em casa do que nas vielas pobres de Montmartre ou no metrô. Não, para ser sincera, a vida de artista não estava lhe agradando em nada. Talvez junto de Marie tudo fosse mais encantador. A moça era tão esperta e prudente que ao seu lado ela se sentia segura. Kitty abrira o coração, revelara sua infelicidade no amor e se deixara consolar por ela. Mas infelizmente Marie era uma cobra traiçoeira.

– *S'il vous plaît, madame...*

Um garçom trajando fraque lhe entregou o cardápio e ela se esforçou para entender o texto em francês. Sentado diante dela, Alfons percorreu os diversos menus com velocidade impressionante e lhe indicou alguns pratos que considerava apetitosos.

– O *escalope de veau* é uma delícia. Vem acompanhado de vagem e *pommes de terre*. A senhorita já deve saber que aqui na França eles consideram as batatas um tipo de legume...

Kitty observou suas bochechas rosadas e o brilho ávido em seus olhos enquanto o rapaz discorria sobre as iguarias e de pronto percebeu que ele era um entusiasta da boa mesa. Mas como ele sabia tão bem francês?

– Então vou pedir o escalope como prato principal – disse ela, sorrindo. – E para começar, o peixe, mas uma porção pequena. Sopa, não. E frutas orientais de sobremesa, acho que está bom.

– E vinho branco para acompanhar o peixe?

– *Eau minérale, s'il vous plaît.*

– Como a senhorita desejar. Espero que não se importe se eu me permitir uma tacinha de vinho.

– De modo algum. Isso só vai aumentar sua vontade de comprar mais tarde na galeria, querido Alfons.

Sua felicidade foi visível ao escutá-la dizer "querido Alfons", um gesto de confiança com o qual ele sequer ousara sonhar. Ah, ele era tão fácil de agradar, bastava um sorriso, uma palavra simpática, uma gentileza... ele não precisava de mais nada para ser feliz. Por que todos os homens não eram assim? Por que justo aquele homem que ela tanto amava se revelara uma pessoa tão difícil? Passando horas a fio deitado na cama afundado em seus pensamentos. O que seria deles? Do que eles iriam viver? O afeto dela não lhe era suficiente? Ela não lhe dissera tantas e tantas vezes que tudo ficaria bem, que bastava ter fé e acreditar no amor? Mas ele a chamara de infantil e ingênua e lhe implorara que ligasse para seus pais. Ele estava disposto a viver na Alemanha, se necessário trabalhando com seu pai na fábrica. Mas aquilo ela não aceitaria de maneira alguma. Ela não fugira da mansão para ter que retornar depois com o rabo entre as pernas e pedindo perdão. O que ela queria era ficar em Paris, morando com ele em Montmartre. Mas ele achava essa ideia uma maluquice. Quando é que ela iria acordar para a vida e tomar juízo? E depois ele falara de Béatrice e do pesar que sentia por tê-la magoado tanto. Dos prejuízos que causara aos negócios de seu pai e da família que ele abandonara. Aquilo a deixou furiosa e ela lhe perguntou se por acaso a culpa era sua. Ah, como eles brigaram nos últimos dias! Só quando os dois se abraçavam e seus corpos se uniam, quando se entregavam ao êxtase... naqueles momentos eles se reconciliavam. Ah, aquelas horas tão doces em seus braços, quando não havia nada entre eles, nem mesmo o fino tecido de sua camisola...

– Esta sopa de alho-poró está excelente. É uma pena a senhorita não ter pedido. Quer provar? *Garçon, une deuxième cuillère, s'il vous plaît!*

Para agradá-lo, ela provou a tal da sopa e comentou que o prato estava muito apimentado para seu gosto. Isso deixou Alfons assombrado, pois com certeza não havia uma só pitada de pimenta ali. Entretanto, ele não retrucou.

Ela tomou um gole de água e observou pela parede espelhada um casal francês sentado nos fundos do salão. A julgar pelas roupas, eles certamente não eram pobres, afinal os tecidos eram caros, mas o corte lhe pareceu de um conservadorismo horrível. Não era de admirar, pois os dois certamente já passavam dos 50 anos. A senhora tinha os cabelos tingidos de loiro, mas se podia perceber o grisalho na raiz. O esposo era magro e de baixa estatura, com os ralos cabelos brancos cuidadosamente penteados para cobrir sua cabeça rosada, tentando disfarçar a calvície. Os dois falavam pouco entre si, mas Kitty teve a impressão de que ambos se entendiam perfeitamente. Era só aquilo que restava após longos anos de casamento? O silêncio entre duas pessoas que se conhecem demais e conversam sobre banalidades? Ah, céus, então talvez tivesse sido melhor seu amor ter terminado enquanto ainda estava vivo e ardente.

– Espero que a senhorita não esteja entediada – disse Alfons, afastando o prato de sopa. – Não sou exatamente uma pessoa divertida. Falta-me esse talento, o que eu lamento infinitamente.

Ele parecia realmente infeliz e ela tentou pensar em algum motivo que poderia citar como razão de seu silêncio. Pois, afinal de contas, de maneira alguma poderia revelar por onde andavam seus pensamentos.

– Sabe, Alfons – respondeu ela. – Não consigo esquecer as acusações do meu irmão. Foi tudo tão injusto que tive vontade de chorar. Como ele pôde afirmar que não me importo com o sofrimento da minha mãe? Me importo e muito, mas no momento não há nada que eu possa fazer. Ele quer que eu largue tudo e volte a Augsburgo, só para ser xingada e trancada dentro de casa? Mamãe vai ficar mais feliz com isso?

Ele a olhou pensativo e enquanto ela já se preparava para ouvir algo irrelevante, Alfons lhe deu uma sugestão surpreendente.

– A senhorita pode ligar para sua mãe. Podemos pedir uma chamada nos correios, posso providenciar isso se a senhorita desejar. Sua mãe ficará muito aliviada por ouvir sua voz.

– Não seria... não seria uma má ideia – balbuciou ela.

Ah, céus, aquilo era quase tão ruim quanto subir em um trem e voltar para casa. E além do mais, o que sua mãe diria? E se fosse Elisabeth quem atendesse? Aquela visão a aterrorizou, de maneira que ela se sentiu aliviada quando o peixe foi servido.

– Como você fala francês tão bem? – desconversou ela. – Tenho que admitir que estou muito admirada. Paul até fala francês também, e eu já consigo me fazer entender. Mas você, querido Alfons, poderia facilmente ser confundido com alguém daqui.

– Ah, não exagere tanto, Srta. Katharina!

Ela viu com nitidez o quanto aquele elogio o alegrou. Que figura ímpar! Quando comprava bilhete no metrô ou pedia comida, quando ele a conduzia pela cidade ou pedia informações na rua, parecia extremamente confiante. Mas ao lhe dirigir a palavra, por outro lado, o rapaz ficava mais tímido que um colegial e enrubescia por qualquer motivo. Ela gostava daquilo? Não, na verdade não. Gérard nunca se portara com insegurança diante dela; sempre fora ele mesmo. Ora impetuoso e enérgico, ora carinhoso, conciliador e doce. Ele podia ficar furioso e ofendê-la, mas logo se arrependia e pedia perdão. Ah, como era maravilhosa a reconciliação depois de uma briga inflamada. Tornar-se um só junto a ele, sentir suas mãos em sua pele nua, seu ardor, sua força...

– Eu passei fevereiro e março em Paris – admitiu Alfons.

– Ah, sim? – perguntou ela, distraída. – A negócios?

Ele hesitou, parecendo ponderar se era inteligente dar aquela resposta. Mas logo tomou coragem.

– Não, Srta. Katharina. Estive aqui com Robert para tentar encontrá-la.

– Me encontrar?

– Exatamente. Reviramos a cidade inteira por dois meses, sem sucesso. Acredito que a senhorita estava bem escondida.

Kitty colocou o talher de peixe ao lado do prato e se recostou na cadeira. Ele estava dizendo a verdade? Mas ela não conseguia imaginar por que ele mentiria. Deus, então Gérard e ela tinham mesmo dois espiões atrás deles por meses. Que inteligente da parte de Gérard nunca informar seus nomes verdadeiros nos hotéis.

– Escondida? Bem... na verdade nós nem ficávamos muito em casa. O senhor disse que estava com Robert? Nosso criado, Robert Scherer?

– O antigo criado. Ele fugiu. O coitado se sentiu culpado perante sua família por tê-la levado à estação.

– Meu Deus do céu!

Sua vontade foi se levantar e sair dali. Por que todos sempre tentavam fazer com que ela se sentisse mal? Primeiro sua mãe, que estava sofrendo tanto, agora Robert. Ele havia fugido – por acaso ela deveria arder no inferno por aquilo também? Mais algum tempo e Alfons certamente lhe contaria que não pudera trabalhar por dois meses, causando graves prejuízos ao banco. E aquilo, obviamente, seria culpa dela também.

– Então... a história toda foi uma atitude precipitada – disse Alfons, limpando a boca com o guardanapo de pano. – Isso para não dizer que foi uma idiotice completa. Eu devia ter confiado mais na senhorita.

Veja só, pensou ela. *Esse bajulador*. Mas ele tinha razão, ir atrás dela tinha sido, de fato, uma ideia idiota.

– A senhorita superou todas as dificuldades sem ajuda de terceiros – prosseguiu ele. – Livrou-se daquele conquistador barato e conseguiu até mesmo se virar em uma cidade desconhecida. Tenho que expressar minha admiração: tiro meu chapéu para a senhorita!

Alfons fez um gesto como se estivesse erguendo da cabeça um chapéu imaginário e o balançou no ar. Kitty achou graça. Seu interlocutor na verdade era uma pessoa bastante sensível – o que passava despercebido, pois ele não era do tipo que costumava falar de seus sentimentos. E apesar de a expressão "conquistador barato" a irritar, vendo as coisas a partir da perspectiva atual, Kitty chegou a se sentir lisonjeada. Razão ela tinha. Na verdade, não fora Gérard quem quis deixá-la, e sim o contrário, depois daquela terrível briga que a motivou a voltar à Alemanha. O que ela, de certa maneira, fez. Pelo menos em pensamento, quando entrou naquele trem rumo ao país. O fato de ter descido na primeira oportunidade e retornado a Montmartre não se deveu à sua imensa vontade de rever Gérard. Ela permaneceu em Paris por temer o pai.

– Com o que você trabalha, querido Alfons, quando não está perseguindo filhas desgarradas por aí? Digo... o que faz um proprietário de um banco?

Enquanto comia o prato principal, ele empenhou-se em explicar o que se entendia por sistema bancário. O trabalho era em princípio bastante simples, porém muito importante. Eram os bancos que possibilitavam que industriais e comerciantes realizassem negócios lucrativos. Eles lhes disponibilizavam o dinheiro de maneira a viabilizar seus negócios e, em seguida, o montante concedido era devolvido. Com um pequeno acréscimo, obviamente, o que se conhecia como juros.

– É mais ou menos como vender o próprio dinheiro com lucro! – gracejou ela.

Sua observação o divertiu. Até então, ninguém nunca definira sua atividade de tal maneira, mas ela tinha razão. Ele disponibilizava um valor e depois lhe pagavam um valor maior. Simples assim.

– E como o senhor tem tanto dinheiro?

Defendendo-se, ele lhe explicou que não se tratava de tanto dinheiro como poderia parecer. A maioria do capital estava em circulação, na forma de hipotecas ou ações. Os porões de seu banco não estavam repletos de barris com moedas de ouro nem nada do tipo.

– Não? Ah, que pena!

– Em vez disso, eu decidi investir parte de nosso patrimônio em pinturas. Por um lado, por admiração à arte; por outro, pela perspectiva de valorização bastante superior à do ouro.

O comentário desagradou Kitty. Ele queria comprar quadros para vendê-los depois a um valor superior. Aquilo era uma barbárie. Será que ele venderia seus amigos também?

– Mas, por exemplo, eu jamais venderia um quadro que tivesse valor sentimental para a senhorita. Muito pelo contrário, eu lhe daria de presente!

Às risadas, ela comentou que seria melhor então ele reservar bastante espaço em suas paredes, pois havia inúmeras pinturas pelas quais ela tinha afeição especial. Ele garantiu que estava sendo sincero.

– Eu nem teria onde pendurar tanta coisa. – Ela suspirou. – No momento estou morando em um apartamento bastante apertado. E na mansão as paredes já estão todas decoradas.

– Tenho certeza que surgirá a oportunidade ideal – disse ele. – Mas uma coisa já posso assegurar: pode sempre contar comigo.

Ele esboçou uma reverência ao pronunciar essas palavras, e sobretudo a última frase lhe parecia ter um significado especial, pois a pronunciou lentamente e com destacada entonação. Kitty começou a achar o assunto extenuante e a resposta escapou com certa frieza.

– Ah, muito obrigada!

Educadamente, ela inclinou a cabeça e deu atenção às frutas orientais em seu prato, todas deliciosas. Laranjas doces, abacaxis, romãs de um vermelho-escuro, figos azulados, até mesmo o branco e carnudo interior de um coco. Por vezes ela percebia um olhar penetrante vindo do outro lado da mesa. Havia algo que ela não escutara direito? Se sim, então parecia que ele não queria continuar se expressando com palavras. Talvez fosse melhor assim. Ela não estava com paciência para confissões íntimas de Alfons Bräuer.

A gorjeta que se seguiu foi generosa e espantou Kitty, pois, naquele sentido, tanto seu pai como Gérard eram vergonhosamente sovinas. Em seguida, os dois passearam de braços dados ao longo do bulevar e chegaram à rue Vignon. Para sua satisfação, Alfons se dispôs a parar diante de todas as vitrines para conversar com ela sobre os itens expostos. Tudo parecia lhe interessar, até mesmo os chapéus e bolsas, as luvas femininas e os xales de renda. Ele examinou também livros e antiguidades com grande atenção e fez comentários sobre pequenas pinturas que se encontravam à venda entre vasos e toda sorte de quinquilharias. Para Kitty, tudo o que ele dizia soava inteligente e bem pensado.

– Você com certeza jamais compraria algo só porque é bonito ou por estar fascinado por determinado objeto – zombou ela.

– Para mim, certamente não. Mas se fosse para fazer um agrado a alguém, eu jamais hesitaria...

– Você é uma pessoa boa, Alfons! – disse ela, sorrindo.

Então viu o rosto do rapaz enrubescer.

– Na verdade, não, eu sou banqueiro. Dou algo para receber de volta com lucro. Mas nesse caso que lhe disse não seria dinheiro. Seria... afeto.

Meu Deus! Por mais que suas palavras tivessem sido em tom de brincadeira, aquilo lhe abriu olhos. Dar e receber. Comprar e vender. Lucro e prejuízo. Como era possível ser tão calculista? Viver como em uma partida de xadrez, planejando cada movimento, tentando prever o que o outro sente, saber o que ele fará e agir de acordo... Ah, que horror. Ela preferiria morrer a ser obrigada a viver daquela maneira!

A galeria Kahnweiler já lhe era bastante familiar, inúmeras vezes ela já estivera ali com Gérard. Lá estavam expostas as obras de jovens artistas que ousavam coisas novas. Dava-se destaque a nomes como Picasso, Braque e Modigliani, pois suas pinturas já haviam sido exibidas em exposições. Outros nomes eram totalmente desconhecidos, mas mesmo o trabalho desses artistas nunca deixou de impressionar Kitty. Infelizmente, também ali Gérard se revelara um autêntico cabeça-dura e nunca se dispusera a comprar um quadro sequer. Tudo porque, fosse lá por qual motivo, não suportava o galerista. Com suas olheiras profundas e a boca diminuta, era fato que Kahnweiler não era nenhum exemplo de beleza; Kitty tampouco o considerava exatamente gentil. Mas ele era um fanático que dedicava sua existência aos artistas de Montmartre e, para ela, aquilo compensava qualquer falha.

A galeria era minúscula, e o Sr. Kahnweiler nem tentava expor os quadros de maneira atraente para a clientela. Nas vitrines se viam apenas um cavalete vazio e cacos de um espelho quebrado sobre uma camada de jornal coberta de poeira. O interior da galeria consistia em poucos cômodos com algumas pinturas penduradas na parede e outras sobre o chão com o verso voltado para os visitantes, de maneira que era necessário erguê-las e girá-las para descobrir o que retratavam. Kitty sabia também que havia áreas de depósito, inacessíveis ao público. Apenas mediante a chegada de um cliente especial o proprietário abria sua câmara secreta. Naquele dia, Kahnweiler estava sentado à mesa com alguns amigos, tomando café, comendo biscoito e negociando algo de maneira aplicada. O quê, exatamente, Alfons só conseguiu entender em parte, mas parecia tratar-se dos planos de uma exposição no Grand Palais. Aqueles homens tão maltrapilhos eram mesmo pintores? Eles olharam para Kitty com curiosidade; já o olhar com o qual escrutinaram Alfons foi mais antipático. Estariam eles pensando que se tratava de um especulador? Alguém que compra barato para lucrar na venda? Bem, se assim fosse, acertaram.

Alfons pouco se impressionou com a clara demonstração de rechaço. Com toda a calma, examinou as pinturas, levantou uma ou outra do chão, virou-as para examiná-las em detalhes, recorrendo sempre ao parecer de Kitty. Ele era capaz de distinguir entre um verdadeiro mestre e um impostor, e seus critérios eram bem pensados, porém severos. Não, esta pintura não vale nada, não tem nada de especial, igual a ela já vi dúzias por aí. Já outras obras, que Kitty na verdade achava feias, receberam seus elogios e foram separadas para averiguar o preço depois. E então ele lhe perguntou se ela tinha uma pintura favorita. Alguma pela qual tivesse especial apreço e que não poderia ser deixada naquela galeria de modo algum. Havia mais de uma. Por fim, ele separou quatro peças e afirmou que ela tinha um excelente gosto, pois eram exatamente aqueles quadros os que ele já tinha em mente.

– Talvez este pequeno aqui também!

Kitty tinha em suas mãos um nu feminino, uma das três pinturas de Louise Hofgartner. Uma mulher com uma face rude e semblante desafiador segurando um pano xadrez contra o busto. Sua técnica era moderna, com cores e formas claras, o fundo liso, sem profundidade, apenas uma superfície vermelha na qual sobressaía um triângulo azul-turquesa no lado esquerdo. Um móvel, uma porta ou talvez uma pessoa reduzida às suas formas mais elementares. Kitty ponderou – na verdade, ela estava furiosa com Marie. Por outro lado, gostava daquele quadro. E então seu coração amoleceu; não havia motivo para o desentendimento entre elas durar para sempre.

– *C'est magnifique, n'est-ce pas*? – disse uma voz feminina atrás dela. – *Hélas... vous ne pouvez pas l'acheter.*

Sua expressão deve ter deixado evidente que ela não entendera nada, pois a jovem – muito provavelmente uma conhecida do galerista – tentou novamente em alemão.

– Está vendida. Para um *cadeau de mariage*, um presente de casamento... A senhora não leu o *billet*?

Só então ela percebeu um papelzinho no verso, preso entre a moldura e a tela.

M. G. Duchamps, Lyon.

– *Il va le prendre demain*. Ele vai vir buscá-lo amanhã.

Kitty analisou o papel, mas as letras se recusavam a produzir qualquer sentido. Elas saltavam de lá para cá, umas sobre as outras. Era absurdo, não tinha lógica aquele nome estar escrito no bilhete.

– Um *cadeau de mariage*, a senhora disse? Um presente de casamento?

– *C'est ce qu'il a dit*. Foi o que ele disse, mademoiselle.

Alfons havia se aproximado para examinar escrupulosamente a pequena pintura.

– Já está vendida? – lamentou. – Que pena, é um trabalho lindo. O que a senhorita acha?

Ela não foi capaz de opinar. Estava aérea.

– Srta. Katharina?

– Eu... eu não sei... – balbuciou ela, sem saber o que estava dizendo.

– A senhorita está bem? Seu rosto está pálido. Sente-se, por favor, vou providenciar um copo d'água.

Ela sentiu que de fato suas pernas vacilavam e deixou-se conduzir até uma cadeira. Alfons lhe trouxe água e perguntou três vezes se ela já estava melhor. Apenas após ela esclarecer que se sentia perfeitamente bem, ele prosseguiu com a compra dos quadros.

– *Monsieur Kahnweiler? Je m'intéresse à quelques peintures...*

– *Vous êtes français, monsieur?*

– *Allemand.*

– Então podemos perfeitamente negociar em alemão...

A extenuante barganha que se seguiu em torno do preço de venda pouco ecoou no ouvido de Katharina. Com o olhar disperso, ela permaneceu encolhida em sua cadeira em um canto da galeria. Então ele comprara um presente de casamento. Para sua noiva, certamente. Para Béatrice, que tanto ansiava se casar com ele. Ah, Deus, como ele pudera correr tão rápido para os braços dela? Lá estava ele de volta ao seio familiar. E deliberadamente escolhera como presente de casamento para Béatrice justo a pintura que Kitty tanto desejava ter. Era claro que era por rancor, ela tinha certeza. Pois na verdade ele só amava sua Kitty. Sua fadinha encantada, sua estrela, sua caixinha de bombons...

Ela precisou se conter para não desabar em lágrimas. Estava tudo acabado. Para sempre. Mas ele não perdia por esperar. Ele que levasse sua feiosa Béatrice ao altar e se deitasse com ela na noite de núpcias. *Faça bom proveito, monsieur Duchamps. Tomara que um não enjoe da cara do outro.*

Quando após uma hora a polpuda compra foi selada com um cheque e um aperto de mão, Kitty já havia se recuperado do choque. Ela elogiou Alfons por sua inteligente ideia de mandar embalar os quadros e enviá-los por trem a Augsburgo.

– Vou ajudar a pendurá-los – disse ela. – O mais importante de tudo é a luz. Um quadro mal iluminado perde uma parte importante de sua mensagem.

No final do dia, Kitty abraçou Paul e Marie, informando que desejava pôr um fim naquela horrível e desnecessária briga e que sentia muitíssimo por "tudo". Os quatro passaram algumas boas horas com Solange no Café Léon, tomando vinho enquanto Kitty falava pelos cotovelos. Alfons também estava agitado e mais falante que o habitual, chegando inclusive a contar disparates e rir das próprias piadas. Contudo, nenhum dos dois percebeu quão calados Marie e Paul estavam. Kitty decidira voltar o mais cedo possível a Augsburgo. Apesar de se negar a revelar o motivo de sua repentina mudança, ninguém a pressionou, pois todos estavam suficientemente contentes com sua decisão.

43

Apesar da péssima noite de sono, Alicia acordou no horário de costume e tomou o café da manhã junto com o marido. Johann parecia taciturno e seguia ensimesmado lendo o jornal enquanto comia o pão com manteiga que a esposa servira, sem perceber que ela havia esquecido de passar geleia.

– Está tudo certo na fábrica? – perguntou, apesar de saber que o marido não gostava de falar de negócios com ela.

– Óbvio. Por que a pergunta?

– Você está tão sisudo, Johann. Fico preocupada com você...

A reação foi de desgosto, como se a esposa o estivesse incomodando. Ela por acaso não sabia que Paul estava ausente na fábrica por tempo indeterminado? E quais outras confusões Kitty iria aprontar? Será que ela merecia todo o sacrifício ao qual a família tivera de se submeter por sua causa? Não, não merecia. Seria bem feito que ela passasse frio e fome para aprender a dar valor a tudo que recebera nesses dezoito anos.

Alicia preferiu se calar para não aborrecê-lo ainda mais. Ao despedir-se com o rápido beijo na testa de sempre, Johann se apoiou no ombro dela. A esposa se assustou com a mão fria. Será que ele estava resfriado? Com gripe, talvez?

– Hanna está se saindo bem na cozinha? – perguntou ele já na porta.

Alicia admirou-se com a pergunta, uma vez que o marido raramente mostrava interesse em assuntos que envolvessem os funcionários. Mas, naquele caso específico, ele deveria estar com a consciência pesada, pois, afinal de contas, Hanna Weber sofrera um acidente na fábrica de tecidos – por isso ele recebera de pronto a sugestão de Paul de oferecer um trabalho como ajudante de cozinha.

– Vou precisar me informar, Johann. Você vem para o almoço?

– Hoje não vou conseguir. Até mais tarde, Alicia!

Já eram mais de oito horas. Naquele instante o trem deveria estar chegando em Paris. *Tomara que encontrem Kitty bem e com saúde* – aquilo era o mais importante. Ele desejou que retornassem logo com a filha à mansão para que todos pudessem abraçar e acolher a pobre menina...

Humbert chegou com café fresco e retirou a mesa do senhor diretor. O novo criado era zelosíssimo e tinha vários talentos, mas mesmo assim não era páreo para Robert. Era uma pena a situação do ágil e esperto rapaz que ela tanto ansiava por promover a mordomo. Mas, pelo que parecia, ele já deveria estar rumo ao novo mundo. Que Deus permitisse que ele fosse feliz em sua jornada!

– Você pode chamar a Srta. Schmalzler, Humbert?

– Certamente, senhora.

Eleonore Schmalzler havia contado aos suspiros na noite anterior sobre todo o esforço que teria que fazer para manter a mansão nos conformes. Além de Marie, Auguste também não poderia trabalhar, pois suas pernas estavam inchadas e doíam com qualquer movimento. Sem contar que a mulher não conseguia mais se abaixar.

– Tudo dará certo, querida Eleonore. Quase não estamos recebendo visitas mesmo – disse ela à governanta, na tentativa de tranquilizá-la.

Naquela manhã, a Srta. Schmalzler parecia um pouco desarrumada. Uma mecha havia se soltado do penteado e o rosto não estava pálido como de costume, mas rosado.

– Perdão, senhora. Estou ajudando Else nos quartos.

– Você? Por que não Maria Jordan?

A governanta deu um sorriso discreto. Maria Jordan estava lá embaixo na lavanderia, dando instruções à responsável. Na última vez, a mulher arruinara duas blusas delicadas e um vestido da senhora.

Alicia tinha experiência suficiente para tirar as próprias conclusões a partir do sorriso da governanta. Provavelmente Maria Jordan se recusara a fazer o trabalho de uma mera criada. Ela suspirou, serena. Que falta Marie fazia na mansão. A moça sempre estava de prontidão quando era necessária e, além do mais, era uma pessoa tão alegre...

– E como está a pequena Hanna?

A resposta não foi muito positiva. A menina ia à escola e só ficava algumas poucas horas na mansão na parte da tarde. E a mãe insistia que ela continuasse morando com a família, o que Eleonore Schmalzler não via com bons olhos. E tudo bem que seu braço direito ainda estivesse um pouco rígido, mas faltava à jovem também proatividade e diligência. Na maioria das vezes, ela só ficava sentada sem fazer nada, olhando para a parede da cozinha. Era possível contar nos dedos de uma mão as tarefas que ela era capaz de realizar. E, para completar, a menina vivia com fome e devorava tudo que colocassem à sua frente.

– Bom... ela é só uma criança – opinou Alicia. – É preciso ter paciência.

A Srta. Schmalzler não parecia compartilhar dessa opinião, mas não disse nada. A menina era muito apegada a Marie – talvez ela conseguisse transformar Hanna em uma ajudante de verdade.

A porta se abriu e Elisabeth entrou bem na hora em que Alicia estava prestes a dispensar a Srta. Schmalzler. Diante do bom humor matinal que a filha irradiava, Alicia preferiu não repreendê-la – pelo menos não na frente da governanta.

– Bom dia, mamãe. Srta. Schmalzler, parece tão renovada e disposta hoje. Ah, mas a manhã está realmente linda! Que maravilhoso clima de primavera!

Elisabeth beijou a mãe no rosto, sentou-se, desdobrou o guardanapo de pano e estendeu a mão para pegar o bule de café.

– Acho que por ora é só isso, Srta. Schmalzler – disse Alicia. – E avise a Maria Jordan que ela deve ajudar você nos quartos.

– Perfeitamente, senhora.

A governanta assentiu agradecida antes de fechar a porta sem produzir qualquer ruído e voltar ao serviço.

– Quer uma xícara também, mamãe?

Elisabeth ainda segurava o bule. Porcelana de Meissen com motivos florais e a asa em forma de pescoço de cisne. Presente de casamento de seus pais, que – como muitas outras coisas – precisara ser pago com o dinheiro de Johann.

– Só metade, Lisa. Estou nervosíssima esta manhã. Você já imagina, não?

– Por causa de Kitty? – indagou ela. – Ah, ela voltará com certeza. Papai é quem está certo: já estamos tendo muito trabalho com ela.

Alicia adicionou um pouco de creme e açúcar no café. Para ela, Elisabeth sabia como ser fria – para não dizer sem sentimentos. Mas tudo bem. As duas irmãs sempre foram como água e óleo.

– Mas os filhos desgarrados são assim mesmo – disse ela com um suspiro, como se pedisse compreensão. – Quanto mais preocupação eles dão, mais os amamos. Ser mãe é isso, Lisa. Um dia você vai ter seus filhos e vai me entender.

Elisabeth dava leves batidas em seu ovo e aparentava ignorar as palavras da mãe. De qualquer forma, ela estava bonita naquela manhã. O vestido matinal que usava tinha bom caimento, mas a modelagem não era muito larga, tornando sua silhueta mais delgada. O tecido azul-claro combinava perfeitamente com a cor de seus olhos. Obviamente uma criação de Marie. Mas não era só aquilo. Naquele dia, Elisabeth estava excepcionalmente satisfeita consigo mesma.

– Já são mais de nove horas – observou Alicia, olhando para o relógio. – O que será que eles estão fazendo?

– Você se refere a Paul e companhia? – ironizou Elisabeth, colocando sal em seu ovo. – Provavelmente estão todos mortos de cansaço após a longa viagem e alugaram dois quartos em algum hotel para tirarem um cochilo.

Alicia fitou a filha com olhos arregalados. Ela estava falando sério? A mulher tinha certeza de que Paul iria logo procurar Kitty. Por outro lado, a viagem da noite anterior devia tê-los esgotado.

– Dois quartos?

Elisabeth ergueu as sobrancelhas e deu uma colherada no ovo.

– Claro. Um para Paul e Marie, outro para Alfons Bräuer e Kitty.

– Elisabeth!

– Pois não, mamãe?

Naquele momento, Lisa se assemelhou muito à irmã mais nova. Um duende travesso e risonho, satisfeito com o fato de a mãe ter caído na armadilha. Alicia pigarreou contrariada e tomou um gole de café.

– Que brincadeira mais inadequada!

– Desculpe, mamãe. Mas acho que podemos confiar que Paul trará Kitty de volta com toda a segurança.

– Claro – disse Alicia. – Não há dúvida. Só fico nervosa por estar de mãos atadas. Não posso fazer nada além de esperar, entende?

Elisabeth assentiu, limpou a boca com o guardanapo e sorveu mais um pouco de café. Em sua opinião, a consequência daquela história toda era que Kitty aprendera bastante sobre a vida. Ela provavelmente já sabia distinguir um homem sério e bondoso de um cafajeste e poderia dar-se por satisfeita em ter Alfons Bräuer que, apesar de sua escapadela, ainda desejava ser seu marido.

– Então... – disse Alicia, sorrindo. – Se tudo sair conforme o esperado, é bem possível que tenhamos muito em breve uma festa de noivado nesta casa. Nossa Senhora, imagine o que as pessoas falarão...

Com um movimento decidido, Elisabeth colocou sua xícara de café sobre o pires.

– Já que estamos falando disso, mamãe – começou ela, recostando-se na cadeira. – Preciso lhe contar algo que você certamente vai gostar de ouvir.

Alicia estava a ponto de iniciar a leitura do jornal deixado por Johann sobre a mesa. Ela apurou os ouvidos. Nem sempre o que as filhas lhe contavam era motivo de alegria.

– É mesmo? Estou ouvindo...

Elisabeth brincava com seu pingente azul – um presente de Johann que ela vinha usando com bastante frequência nos últimos tempos. Ela ergueu o olhar e sorriu para a mãe de um jeito um pouco forçado.

– Algumas semanas atrás, quando estava na casa de Dorothea, quis o destino que eu reencontrasse um velho conhecido. Você se lembra do tenente Von Hagemann?

Alicia empalideceu. Obviamente ela se lembrava daquela pessoa, ainda que com certo desgosto. Após tanto tempo cortejando Elisabeth, ele repentinamente quisera se casar com Kitty e depois ficara desaparecido por meses.

– O tenente Von Hagemann não me parece ser uma pessoa com a qual você deveria ter contato próximo, Lisa!

Ela contradisse a mãe com veemência. Von Hagemann era um homem honradíssimo, apesar de algo impulsivo em seus sentimentos. Na verdade, isso era nada mais que um sinal de sua honestidade. Decerto, para Elisabeth, tinha sido um duro golpe saber que ele, de maneira tão surpreendente, pedira a mão de Kitty em casamento. Contudo, ele lhe confessara em meio a longas conversas quão arrependido e envergonhado estava por tudo aquilo. E em sua defesa se poderia dizer ainda que o tenente Von Hagemann não fora o único que a irmã enfeitiçara com seus encantos.

– Longas conversas? – perguntou Alicia, indignada. – Onde e em qual momento isso se deu? Na casa de Dorothea?

– Ai, isso é bem típico de você, mamãe. De tudo que eu contei aqui, a única coisa que chamou sua atenção foi o fato de eu estar conversando com o tenente Von Hagemann. Mas foi isso... nos encontramos na casa de Dorothea. Mas também estivemos bastante tempo juntos passeando em seu carro, pois ele se dispôs a me ensinar a dirigir.

A informação foi recebida por Alicia como uma bofetada. Sua bem-educada filha estivera andando de carro com um homem. Muito provavelmente sozinhos. Deus, certamente os dois foram vistos e reconhecidos.

– Calma, mamãe. O tenente Von Hagemann pediu ontem minha mão em casamento.

Alicia recebeu a notícia sem grande empolgação. Um pedido de casamento. Pelo menos isso. Parecia ser sério. E justo vindo desse tal de Von Hagemann.

– Ele pediu para conversar com vocês a respeito no sábado, às três horas.

– Então você aceitou seu pedido?

– Aceitei, mamãe.

Por um momento, Alicia fechou os olhos. Por que ela pensava ter razões para se preocupar? Era até aceitável que um rapaz tão jovem tomasse um mau caminho se, no final das contas, ele voltasse atrás e andasse nos eixos. E isso era exatamente o que sua filha Kitty faria quando retornasse à mansão. Qual seria, portanto, a razão para duvidar das intenções de Klaus von Hagemann?

– Você o ama, Lisa?

Ela assentiu, sorrindo. Após ele finalmente se declarar e sabendo que ambos compartilhariam suas vidas para sempre, ela podia admitir. Sim, ela o amava. Desde quando o vira pela primeira vez dois anos atrás naquele baile na casa dos Manzingers. Ela nunca conseguira esquecê-lo.

– Ambos tivemos nosso tempo de duras provações, mamãe. E por isso mesmo nossa conexão se tornou tão firme e sincera.

Alicia se dirigiu à filha, abraçou-a e lhe desejou toda a felicidade do mundo. Em seguida, admitiu que o amor era o maior milagre que Deus concedera aos homens e que ela mesma se casara por amor e, desde então, jamais se arrependera de sua decisão.

– Obrigada, mamãe. Sim, estou feliz... Acho que nunca estive tão contente em toda a minha vida!

Enternecida, Alicia abraçou a filha, comovida. Afagou a jovem como um bebê, e se viu prestes a chorar também. Ah, tudo ficaria bem! Nosso Senhor estava provendo... por ela, por sua família e por todo o seu lar.

Um berro veio do térreo. O grito aflito de alguém acometido por terrível dor.

– O que foi isso? – balbuciou Alicia, horrorizada.

Elisabeth se agarrou aos braços da mãe. Parecia que alguém havia se machucado na cozinha. Ela se lembrou do dia em que, na casa da amiga Sophie Jäger, a cozinheira decepara acidentalmente dois dedos enquanto destrinchava uma peça de carne.

– Não diga isso, Lisa. Provavelmente foi algo que caiu no ch...

Novamente o grito aterrorizante. Mas, naquele momento, ele se converteu em um gemido. E ecoou uma vez mais, com maior intensidade, transformando-se em um lamento e, de novo, em um gemido. A porta da sala de jantar se abriu violentamente e Humbert apareceu na soleira. O rapaz estava pálido como um cadáver e tapava a boca com a mão.

– Humbert, pelo amor de Deus! – exclamou Alicia. – O que está acontecendo lá embaixo?

Ele parecia sufocar e murmurou algo ininteligível. Tardou um pouco até o rapaz se fazer entender. Nesse meio-tempo, Else e a Srta. Schmalzler, vindo do andar superior, cruzaram apressadas o corredor e desceram.

– A moça... no chão da cozinha... a saia levantada... está tudo cheio de sangue... não estou me sentindo... não estou me sentindo bem...

– De quem você está falando, Humbert? Aconteceu algo com a Sra. Brunnenmayer? Ou com a pequena Hanna? Fale logo!

Alicia sentiu a mão da filha sobre seu braço.

– Mamãe, eu acho que é Auguste. Ela deve estar dando à luz.

Alicia a olhou contrariada. Como era possível que ela, que trouxera três filhos ao mundo, não pensara naquilo?

– É isso, Humbert?

Ele assentiu, esboçou uma reverência e saiu correndo como desvairado pelo corredor em direção à escada de serviço. Foi possível ouvir da sala de jantar o rapaz passando mal.

– Meu Senhor – disse Alicia com pesar. – Quem vamos mandar para buscar a parteira? Talvez Else... ou Gustav... Ah, se Robert ainda estivesse conosco...

Elisabeth permanecia espantosamente tranquila. Ela preferia evitar comover-se sem necessidade; a Srta. Schmalzler com certeza daria um jeito em tudo. Provavelmente, há muito tempo já encarregara Else de tomar as providências. Alicia, por sua vez, não conseguia manter a calma. Acompanhada da filha resmungona, ela desceu apressada as escadas, onde por um triz não se chocou com Maria Jordan. A camareira levava à cozinha um cesto cheio de toalhas brancas que pegara na lavanderia.

– São só uns trapos velhos, senhora. Iam virar pano de prato mesmo. Mas agora precisamos deles para Auguste. Mas que desgraça! Do nada essa gritaria…

Alicia interrompeu seu palavrório, perguntando se alguém já havia chamado a parteira.

– Gustav já está a caminho, senhora. Gente, mas que susto! A mulher começou a berrar como se a estivessem matando, depois ficou se retorcendo toda… E agora está lá no meio da cozinha. Imagine só, senhora! A cozinheira já estava cuidando dos empanados e a pequena Hanna… não, isso não é coisa que uma criança deva ver!

– Tome logo seu rumo, Maria! – vociferou Elisabeth. – Estão esperando essas toalhas. Vocês têm água quente? E o curativo para o umbigo do neném?

Alicia estava estupefata com os conhecimentos da filha. Pelo visto, naqueles tempos modernos, as meninas aprendiam no internato muitas coisas sobre as quais no seu tempo nem se cogitava falar. Higiene pessoal, puericultura e até mesmo educação física. A julgar pelos avanços, daqui a pouco seus netos estariam aprendendo o que os casais praticavam na noite de núpcias. *Que Deus tenha misericórdia!*

– Não há nada que possamos fazer, Lisa. Vamos subir e esperar. Não quero ficar longe do escritório do seu pai. É possível que Paul telefone a qualquer momento de Paris.

Elisabeth revirou os olhos em direção ao teto do átrio e afirmou que ainda era muito cedo, isso se ele viesse a telefonar. No máximo, ele ligaria na manhã seguinte.

Os gritos cessaram e as duas ficaram aliviadas, apesar de não se poder dizer se aquele silêncio significava algo bom ou ruim.

– Talvez ela tenha desmaiado – cochichou Elisabeth, subindo as escadas. – Ou sangrado até morrer.

– Elisabeth!

A campainha tocou e Else se apressou em abrir a porta. Gustav correu para dentro da casa, acompanhado por uma mulher rechonchuda.

– Está tudo bem, meu rapaz – grunhiu a parteira, aborrecida. – Seu filho não vai sair correndo.

– Não é meu filho!

– Então não sei por que tanto desespero!

Instantes depois, um ruído peculiar se fez ouvir. Um barulho de gargarejo, algo como o coaxar de um sapo. O som se tornou cada vez mais alto e enérgico. O grito furioso de um recém-nascido.

– Meu Deus! – exclamou a parteira. – Veio mais rápido do que um raio!

Alicia e Elisabeth estavam imóveis sobre os degraus da escada, ouvindo aquele ruído pouco familiar.

– Eu esperava algo mais emocionante – comentou Elisabeth com desdém. – Que falta de energia. Nem parece um bebê de verdade...

– É que o neném acabou de nascer – disse Alicia, sorrindo.

Elas abriram caminho para Gustav subir com a jovem mãe. Atrás dele, vinha Else com um bule de água quente e uma pilha de panos de prato. A mulher parecia fora de si, falando sozinha o tempo inteiro.

– Perdão, senhora. Mas não podemos subir pela escada de serviço, ela é muito estreita para Gustav subir com Auguste. Mas que susto! Foi tudo tão rápido. De uma hora para a outra, a cabecinha já estava para fora. Tudo o que a parteira fez foi puxar as perninhas. É uma bebezona! Gordinha e cheia de saúde. É menina, uma menina linda! A parteira já está dando banho agora. Depois vamos colocá-la lá em cima na caminha. Auguste já tinha deixado preparada uma caixa com um edredom velho...

Auguste estava vermelha como uma lagosta, e seus olhos brilhavam. Ela reclinou a cabeça sobre o peito forte de Gustav e parecia ainda não ter entendido tudo o que acontecera.

– Uma menina – disse Alicia, tomada por uma felicidade repentina. – Gordinha e cheia de saúde! Ah, Lisa... que isso seja um bom presságio para nossa família!

44

Paul pensava conhecer a irmã caçula razoavelmente bem, mas não poderia estar mais errado. Para a surpresa de todos, Kitty havia se transformado e já não restavam vestígios da pessoa turrona e voluntariosa que eles encontraram três dias antes em Montmartre. Muito pelo contrário. Sentada ao seu lado na cabine do trem, via-se uma senhorita encantadora e atenciosa, conversando alegremente e nitidamente feliz por voltar para casa. Em nada ela se assemelhava à pretensa pintora que, ainda havia pouco, queria viver na França. Até a moda parisiense parecia coisa do passado: Kitty trajava um vestido bordô que sua mãe colocara na mala de Marie e um encantador chapeuzinho adornado com pequenas flores e um delicado véu rosé.

Paul tinha certeza de que Kitty convenceria a mãe em seu novo papel, já o pai provavelmente não se deixaria impressionar tão facilmente. Elisabeth tampouco – mas isso era de menor importância. Seu pai com certeza tomaria certas medidas que não agradariam Kitty. Por mais que ele a amasse (e talvez justamente por isso), não hesitaria.

Para o retorno foram reservadas duas cabines no vagão-leito, o que significava que ele passaria a noite com Alfons, enquanto Kitty dividiria o compartimento com Marie. Paul quis ser uma mosquinha para espiar as moças, mas era impossível. Sua vontade era saber o que Kitty estaria confessando à amiga íntima. E Marie? Será que ela revelaria à amiga coisas que se recusara a lhe contar? Possível, mas não exatamente provável. Marie não era tagarela como Kitty; em sua vida ela tivera que aprender a manter em sigilo suas preocupações e esperanças.

Alfons tampouco estava falante. Ele comprara uma grande quantidade de pinturas e parecia ter a convicção de haver feito um bom negócio. Paul, por outro lado, não estava tão convencido. Se o conselho de Kitty realmente valesse, precisaria de pelo menos cem anos para que aqueles quadros valorizassem.

– Como foi o dia com Kitty? – perguntou Paul, curioso. Os dois já estavam deitados nas camas estreitas, porém com as luzes ainda acesas.

Alfons baixou o jornal que lia e tirou os óculos. Ele pensou por alguns instantes, buscando as palavras certas.

– Foi ótimo. Sem dúvida. Cheio de estímulos e momentos felizes. Sua irmã é uma borboletinha encantadora. Não quero machucar suas asas tentando capturá-la. Você entende o que quero dizer?

– Acho que sim – disse Paul com um sorriso. – Você continua pensando em se casar com ela?

– Mais do que nunca, Paul. Mas tenho que dar tempo ao tempo. Ela primeiro precisa se reencontrar, superar todo esse susto. E quero, na medida do possível, estar ao seu lado nesse processo. E... claro, espero que ela um dia venha a aceitar minha proposta...

Paul respirou fundo e se calou um instante. Ele pensou no que Marie lhe dissera, que Kitty ainda pensava no tal francês. Será que ela um dia o esqueceria? Talvez. Mas isso significava que ela viria a se interessar justo por Alfons? Paul tinha suas dúvidas.

O homem sorria sem motivo aparente, manuseando o jornal.

– Bem no fundo, ela é uma criancinha assustada – disse ele. – Mas tenta disfarçar com seus muitos personagens. Ora ela se faz de orgulhosa, ora de confiante, às vezes ela é a palhaça, a artista... e sabe-se lá o que mais. Mas só aquele que conseguir enxergar e acolher a garotinha por trás de todas essas máscaras será capaz de entendê-la.

Amém, pensou Paul. Como aquele rapaz era bondoso e amável. *Tomara que ela não o decepcione.*

– Posso fazer uma pergunta íntima? – indagou Alfons.

– Por que não?

– É possível que você esteja sentindo algo pela bela Marie?

Naquele momento foi a vez de Paul refletir sobre suas palavras para não revelar mais que o necessário.

– Estava tão óbvio assim? Mas sim, eu admito.

As feições de Alfons refletiam certo descontentamento. Ele recolocou os óculos e tentou iniciar a leitura dos boletins da bolsa.

– Fico com pena da moça – murmurou ele. – Mas é óbvio que isso não me diz respeito.

– Boa noite.

Paul se aborreceu com o comentário. Ele não estava disposto a tentar convencer Alfons da sinceridade de seus sentimentos por Marie. Em vez disso, apagou a luz de sua cama e se cobriu. A viagem seria longa e o dia seguinte, cansativo.

Parte VI

Maio de 1914

45

O retorno de Kitty à Vila dos Tecidos se assemelhou a uma peça de teatro. Como uma heroína vinda de terras distantes, ela cumprimentou os funcionários que correram para vê-la no átrio. Ah, meu Deus. Todos sabiam que ela fugira com um homem. Era claro que os empregados já tinham suas opiniões a respeito. Mas Kitty não demonstrava qualquer indício de arrependimento ou vergonha. Ela ria, tagarelava com um e outro, foi apresentada ao criado Humbert – sucessor de Robert – e aplaudiu ao ouvir que Auguste dera à luz uma menina dois dias antes.

– Onde? Onde? Quero vê-la!

Auguste veio da cozinha com a recém-nascida. Ela continuava rechonchuda, mas parecia ter se recuperado bem do parto.

– Veja só, Marie! – exclamou Kitty, não se aguentando de tanta alegria. – Não é uma gracinha? Os dedinhos... E a boquinha... As orelhinhas tão pequenininhas. Só de pensar que um dia ela se tornará uma pessoa feita de verdade...

– Parabéns pelo bebê, Auguste! – disse Marie. – Já pensou no nome dela?

Auguste sorriu, bem-humorada e um pouco atrevida.

– Ela se chama Elisabeth.

– Elisabeth? – ecoou Kitty, estarrecida e com certo ciúme. – Que nome lindo. Então acho que minha irmã é a madrinha, não?

– Foi o que ela me prometeu, senhorita.

Alicia assomou no alto da escada, incapaz de seguir esperando no salão. Que reencontro! Paul sentiu imenso alívio por Alfons Bräuer ter se despedido na estação – toda aquela comoção, as lágrimas, as confissões de culpa entre mãe e filha... aquilo devia ser reservado apenas ao círculo familiar mais íntimo.

– Que alegria ter você de novo conosco!

Para a surpresa de todos, Elisabeth se portou de maneira carinhosa, abraçou Kitty, chegando até a admitir a imensa saudade que sentira da irmã e concluiu que era lindo ver a família completa novamente.

– Paul! Onde você se meteu? – gritou Kitty. – Paul querido! Tenho que agradecer a você. A você e a Marie. Aonde ela foi?

Marie já estava se encarregando das bagagens e levando-as ao andar de cima junto com Humbert, para começar a desfazê-las. Ver aquilo causou em Paul um misto de sensações. Não lhe agradou vê-la carregando aquelas malas tão pesadas. Por outro lado, ele sabia que era justamente aquilo que ela queria fazer.

Pouco depois, ele já estava na sala de jantar com Elisabeth e sua mãe para um opulento segundo café da manhã, fazendo adendos aqui e acolá aos relatos floreados de Kitty.

– Paris é um sonho, mamãe! Não podemos deixar de ir juntas um dia. Você também, Lisa. Só o Louvre já vale a viagem. Mas, sobretudo, o clima de estar em uma cidade cosmopolita, as modas, as lojas, as pessoas de todos os lugares do mundo... Claro que lá tem franceses também...

– Ligue para a fábrica depressa, Paul – pediu a mãe. – Avise seu pai que Kitty voltou.

Obediente, ele foi ao escritório do pai, onde ficava o telefone, e fez a chamada.

– Paul? Desde quando está de volta?

A voz do pai parecia nervosa. Será que as máquinas haviam dado pane novamente?

– Há uma meia hora, pai. Kitty está aqui, tomando café com Lisa e mamãe. Você não gostaria de...

– Venha à fábrica assim que puder – interrompeu Johann Melzer. – Preciso de você aqui. E diga a Alicia que não almoçarei em casa.

Paul colocou o fone no gancho. Aquilo era bem do feitio do pai: não dizer uma palavra sobre o retorno de Kitty ao seio da família. Nenhuma saudação, nenhuma declaração positiva, limitando-se a informar de maneira curta e grossa que não viria comer em casa. Pobre Kitty, uma fulminante tempestade paterna vinha se armando sobre ela. Obrigá-la a frequentar um curso de taquigrafia ou enfermagem era a opção mais inofensiva. Outras piores seriam mandá-la para a casa de tia Helene e tio Gabriel ou, até mesmo, para a fazenda de tio Rudolf e tia Elvira na Pomerânia.

Na sala de jantar, as duas irmãs se abraçavam carinhosamente e Paul tomou ciência de que Klaus von Hagemann fizera a Elisabeth o tão sonhado pedido de casamento. Kitty contou estar imensamente feliz e aliviada, pois sua consciência vinha lhe pesando nos últimos tempos. Ela jurou por tudo o que era mais sagrado que nunca nutrira sentimentos por Klaus von Hagemann e Elisabeth afirmou jamais ter pensado tal coisa.

– Foram tantos terríveis mal-entendidos, Lisa!

– Ah, Deus! Sim, você tem razão, Kitty. Mas agora acabou...

– De uma vez por todas! Você já sabe qual vestido vai usar na festa de noivado? O azul? Ou o verde-escuro?

– Não, nada disso. Marie vai desenhar um para mim. E eu já comprei o tecido.

Como a pobre Marie ainda não sabia nada sobre aquela boa notícia, as irmãs correram para o quarto de Elisabeth, onde o tecido e as delicadíssimas lãs ficavam guardados. Após fecharem a porta, Paul e Alicia seguiram em silêncio por um momento.

– Ele virá no domingo – disse Alicia por fim, sorvendo o que lhe restava do café. – Ele quer pedir oficialmente a mão dela em casamento.

As palavras não transpareceram o esperado entusiasmo com a festa de noivado que estava por vir. Paul pressentiu que o pai tampouco ficaria animado. Em primeiro lugar, o sobrenome aristocrático do rapaz o incomodava. Segundo, excetuando a alta patente, Von Hagemann não tinha muito o que contribuir com aquele casamento. E, sobretudo, Johann Melzer nunca perdoou o jovem pela maneira vil como tratara Elisabeth. Após a fuga de Kitty, pouco se viu ou ouviu falar dos Von Hagemanns; eles haviam se afastado dos Melzers como tantos outros pretensos amigos. Paul levantou internamente a suspeita de que as intenções de casamento de Alfons já haviam chegado aos ouvidos dos Hagemanns. O banco dos Bräuers se uniria às indústrias Melzer. Tal notícia podia muito bem ter levado o tenente Von Hagemann a superar eventuais desconfortos passados, voltando a ver Elisabeth como um bom partido. Mas talvez não tivesse sido nada daquilo – não era bom estar sempre pensando o pior das pessoas. Talvez Von Hagemann tivesse de fato reconhecido que Elisabeth era a mulher de sua vida.

A mulher de sua vida...

– Já faz um tempo que quero lhe perguntar algo, mamãe. O que você sabe exatamente sobre Marie?

Ela se espantou com sua curiosidade e fitou o filho, preocupada.

– Por que você quer saber?

Ele lhe contou sobre a fotografia que Kitty encontrara em Paris, onde se via a mãe de Marie ao lado de Jakob Burkard.

– Jakob Burkard? Tem certeza, Paul? Que estranho…

A mãe então contou que Marie era a filha bastarda de um dos funcionários do pai. Sobre a mãe de Marie, tudo o que ela sabia era que a mulher levava uma vida pouco honrada. Diziam que era artista. Ou, pelo menos, era o que ela acreditava ser. Já o pai era um homem trabalhador, por isso Johann sempre tivera certa consideração pela menina. Em setembro do ano anterior ele lhe havia sugerido empregar Marie como ajudante de cozinha, o que ela acatou.

– Ele nunca mencionou o nome do funcionário?

Alicia deu um suspiro. Ela não se lembrava. Seu nome completo era Marie Hofgartner, mas o sobrenome era da mãe.

– Exato – disse Paul. – Ela se chamava Louise Hofgartner. Era pintora. E, diga-me, o que você sabe sobre Jakob Burkard? Ele não era sócio de papai?

– Por que você está querendo desenterrar essa história justo hoje, Paul? – indagou ela com má vontade. – Kitty está de volta e, para completar, temos um bebê encantador na casa. Este dia deve ser de alegria.

– Por favor, mamãe – insistiu ele.

Alicia passou a mão pelas têmporas – o que sinalizava uma enxaqueca eminente – e comentou não entender de onde vinha tanta curiosidade do filho.

– Conte logo, mamãe – disse ele garbosamente, tomando as mãos da mãe. – Ou por acaso existe algo que eu não possa saber?

– Que besteira!

Nos primeiros anos de casada, ela volta e meia via o tal Jakob Burkard. Um homem de estatura média, muito magro e com olhar disperso. Se não lhe falhava a memória, ele vinha do Tirol, era filho de camponeses pobres e uma pessoa tímida que não sabia se comportar em sociedade. Só a maneira de se vestir já fazia com que ele destoasse completamente dos outros convidados. Ela ficara aliviada quando ele parou de aparecer.

– Mas parece que ele era um mecânico excepcional – sugeriu Paul. – Do contrário, papai não teria feito dele seu sócio.

Com certeza, admitiu ela em pensamento. O pai e Jakob Burkard, inclusive, haviam fundado a fábrica juntos: Burkard era responsável pelas máquinas, Melzer pelos negócios.

– Mas com o tempo, Burkard começou a incomodar cada vez mais. O que exatamente acontecia lá entre eles, eu não sei. Mas Johann foi ficando furioso com ele.

E depois de uma briga séria, Burkard foi passar um tempo no exterior.

– Na França, talvez?

Alicia não sabia. Mas quando voltou, ele estava doente.

– Parece que ele sofria de alcoolismo – comentou Alicia com pesar. – O que provavelmente acabou com seu fígado e o matou.

– Ele deixou descendentes?

– Dizem que ele tinha uma filha. Mas é o que corre à boca miúda. Acho que as senhoras do clube beneficente falaram disso uma vez.

– Se ele de fato tiver uma filha, mesmo sendo ilegítima, ela não deixa de ser sua herdeira. Ou não?

Ela arregalou os olhos. Herdeira? O que Jakob Burkard teria para deixar a alguém?

– Bem… a parte dele da fábrica.

Alicia balançou a cabeça, sorrindo. Paul acreditava mesmo que seu pai deixaria tudo que construiu na vida para um alcoólatra? Não, naquela época ele já havia comprado a parte de Burkard fazia muito tempo. Infelizmente, o dinheiro escapou por entre os dedos do pobre coitado. Gastou muito com projetos e invenções inúteis e o resto torrou em aguardente.

– Então… então Burkard não possuía mais nada quando morreu?

– Bom, pelo menos não mais participações na nossa fábrica – respondeu ela. – Satisfeito agora?

Paul assentiu e agradeceu. Então disse que precisava correr para ver o pai, que havia solicitado sua presença na fábrica. Ele não sabia se apareceria para o almoço.

– Paul?

Ele já estava com a mão na maçaneta, mas deu meia-volta, emburrado.

– Sim, mamãe?

– Não vá aborrecer seu pai com essas histórias antigas. Ele não gosta de falar sobre isso. E já tem preocupações suficientes no momento.

– Claro, mamãe. Nos vemos mais tarde, então…

No corredor ele ouviu as vozes eufóricas das duas irmãs que, no quarto de Kitty um andar acima, conversavam empolgadas sobre o vestido de noivado. Escutou também as intervenções tranquilas, porém decididas, de Marie. Paul sentiu uma profunda amargura. Cada vez mais ele percebia que não havia outra em sua vida, que Marie era a mulher que amava e que lhe estava predestinada. Raios, ele pedira sua mão com toda a formalidade devida, mas ela teimava em rejeitá-lo. Será que não percebia o quanto era difícil para ele ignorar todas as convenções e admitir seu amor? Desde a briga em Paris, ela o vinha tratando cordialmente, mas sempre dirigindo-lhe olhares de rejeição e, até mesmo, animosidade. Era doloroso ser menosprezado de tal maneira. E o pior de tudo era a suspeita de que ela pudesse ter estado todo aquele tempo apenas brincando com seus sentimentos. Será que se enganara a seu respeito? Não, não era possível. Seu coração lhe dizia que ela o amava.

Uma densa chuva de maio havia se armado, mas Paul estava decidido a ir caminhando até a fábrica. Brumas esbranquiçadas ocupavam os espaços entre as velhas árvores do parque, as tulipas e os narcisos se curvavam ao sabor da ventania e as pétalas caíam sobre as não-me-esqueças e os amores-perfeitos. A grama emanava um aroma de fertilidade misturado com cheiro de folhas mortas e terra úmida. A natureza ia se renovando com força, o velho devia ceder espaço: inúmeras sementes germinavam, folhas se abriam, botões surgiam e afloravam... Paul sempre fora apaixonado por aquela estação. Ele respirou fundo para sentir o cheiro da vida em criação e notou uma esperança cálida e feliz formar-se dentro dele.

46

— São como ratos – disse a cozinheira com o bule azul esmaltado nas mãos enquanto se servia de café. – Esses jovens insossos foram os primeiros a abandonar o navio quando estava afundando. Mas agora que o susto passou, eles saem de suas tocas…

Marie sabia bem o que a Sra. Brunnenmayer queria dizer, já Hanna olhou amedrontada para os grandes armários da cozinha e perguntou se havia ratos na casa.

– E como! – disse a cozinheira. – Um deles está lá em cima com os patrões no salão vermelho limpando os bigodes. Os outros estão convidados para um banquete na quinta-feira.

No salão vermelho, o tenente Von Hagemann cumpria com sua visita. Humbert havia servido café e biscoitos finos. Ele esperou um pouco no corredor para o caso de os senhores solicitarem algo e, então, se dirigiu apressado à cozinha. O criado sentia um apreço especial pela rabugenta cozinheira, e sempre concordava com suas opiniões. A Sra. Brunnenmayer também gostava daquele jovem ímpar – ela já tinha três filhos barbados e sabia reconhecer um rapaz ajuizado.

– Eu ouvi o tenente dizer: "Magoci profundamente sua filha, mas ela me perdoou".

A imitação de Humbert, com vozes e gestos, foi tão exagerada que todos riram. O tenente, Humbert prosseguiu, ficou falando de maneira pomposa e contou que passou meses e semanas lamentando-se, mas aferrado a uma única esperança.

– Que a senhorita se compadecesse dele? – zombou Auguste.

– Não – disse Humbert, fingindo seriedade. – Sua esperança é que comece uma guerra para ele sacrificar sua jovem vida no front.

– Meu Deus – disse Marie, balançando a cabeça. – Que drama! Ele acha mesmo que o diretor Melzer vai comprar essa história?

– O senhor diretor e o filho não disseram uma palavra – respondeu Humbert com satisfação. – Mas as outras três se debulharam em lágrimas.

Maria Jordan deu um profundo suspiro e contou que na noite anterior consultara as cartas e estava segura de que aquele casamento não seria feliz. Que pena ela tinha da Srta. Elisabeth!

– E por quê? – perguntou Auguste. – É culpa dela mesma. Moveu mundos e fundos para ficar com ele. Um homem daqueles eu não iria querer nem de graça!

Gustav entrou na cozinha com as botas nos pés e as mãos sujas pela terra de maio após ter plantado gerânios. Para o descontentamento da cozinheira, ele lavou as mãos na pia da cozinha, secando-as em um pano de prato branco. Quando ela lhe arrancou o pano das mãos, o rapaz apenas sorriu e sentou-se em um banco ao lado da caixa de madeira acolchoada onde a pequena Elisabeth dormia. Ele observava o bebê com muito carinho, como se fosse sua própria filha.

– Quer um café, Gustav? – perguntou Auguste com um tom de voz excepcionalmente suave.

– Com muito creme a açúcar!

Auguste encheu uma xícara, colocou-a sobre um pires e, por decisão própria, o guarneceu com dois daqueles deliciosos biscoitos feitos pela Sra. Brunnenmayer com glacê, frutas cristalizadas e amêndoas e moldados como *petits-fours* – que, segundo ela, significava "pequenos peidos".

– São uns porcos mesmo, esses franceses. – Gustav sorriu, levando à boca um dos pedacinhos de massa.

– E agora chega – censurou a cozinheira. – Pode ser que os patrões queiram mais.

– É só dizer que os peidinhos acabaram – sugeriu Auguste. Ela se sentou dando de ombros do outro lado da caixa de madeira.

– Quem colocar o dedo gordo nos meus biscoitos vai levar uma surra na mão com a colher de pau! – advertiu a cozinheira.

Humbert deu uma sonora gargalhada e fez um gesto como se estivesse esquivando-se da colher. Desde que chegara, ele não suportava Auguste. Porém, depois que ela passara a frequentar a cozinha, onde dava de mamar ao bebê sem qualquer pudor, o rapaz começou a sentir verdadeiro pânico da mulher. O bebê tampouco lhe despertava simpatia.

Ao lado de Hanna, Marie examinava seu caderno, sublinhando com um lápis as palavras mal escritas para que a menina encontrasse os erros e passasse a página a limpo.

– Você é pior que o professor! Já disse que meu braço dói quando escrevo.

– Engraçado… – opinou Marie, sorrindo. – Quando você faz tarefas de cálculo, seu braço nunca dói.

– Porque cálculo é mais fácil.

Hanna ainda tinha o aspecto de um garoto, com seus cabelos loiro-escuros curtos e encaracolados. Haviam raspado parte da cabeça no hospital para poder tratar melhor a ferida. O resto fora cortado por Marie, que, para consolá-la, disse que as madeixas cresceriam mais fartas e bonitas. Por causa do novo cargo de ajudante de cozinha, a senhora havia lhe dado três vestidos e dois aventais, além de meias, roupa de baixo e sapatos. Os vestidos eram usados, e Marie teve que ajustá-los à silhueta mais delgada da menina de 13 anos. Os sapatos eram grandes demais, fazendo com que ela arrastasse os pés ao caminhar. A cozinheira sempre reclamava aborrecida que Hanna fazia mais barulho que dez trogloditas saltando sobre tamancos.

Uma das campainhas elétricas sobre a porta da cozinha soou. Era para Humbert, que largou apressado a caneca de café e correu para a escada de serviço.

– Devem estar querendo mais uns peidinhos – galhofou Auguste com malícia. – Como se a senhorita já não estivesse rechonchuda o bastante.

– Um dia você ainda vai se enforcar com a própria língua – advertiu Else.

– Ora, ela está mais gorda que uma codorna…

Naquele instante, a Srta. Schmalzler, a governanta, adentrou a cozinha e Auguste cobriu a boca com a mão, assustada.

– Auguste e Else, as capas das almofadas da sala de jantar já estão lavadas. Podem pendurar. Além disso, tem louça suja e o tapete está cheio de migalhas.

As duas correram diante desse sinal de que a pausa chegara ao fim. Maria Jordan também se levantou, afirmando que precisava decorar dois chapéus da senhora enquanto olhava para Marie com ar de triunfo. Isso mesmo, a senhora designara aquela incumbência expressamente a Maria Jordan, e não à camareira Marie.

– Guarde esse caderno, menina. – Marie escutou a cozinheira repreendendo Hanna. – Aqui não é escola, aqui é lugar de trabalho. Vamos, pegue os pés de porco para fazermos a marinada.

Marie subiu as escadas lentamente em direção ao quarto de costura para voltar a trabalhar no vestido de noivado da senhorita. Costurar a deixava feliz, o fino tecido de algodão em tons pastel de verde era muito bonito e não escorregava ou franzia na máquina. Era bom ter algo para fazer, assim ela esquecia as próprias dores. A briga com Paul a magoara imensamente, e a reconciliação parecia impossível. Ela não poderia dizer quanto o amava, sob pena de causar ainda mais mal-entendidos. Sim, era duro quando ele passava por ela mostrando indiferença ou a fitava magoado ou até mesmo furioso. Isso sem contar as observações sarcásticas... Será que ele não sabia que cada uma de suas palavras atingiam o coração dela como uma flecha? Ele gostava tanto assim do papel de amante rejeitado para ficar interpretando-o todos os dias?

Kitty também havia se mostrado frívola e sem coração. Quando, após a animada noite de reconciliação em Montmartre, as duas subiram ao pequeno apartamento da senhorita para descansar, Marie lhe perguntou pelo desenho de sua mãe. Kitty o procurou por toda parte sem êxito. Por fim, ela admitiu constrangida que talvez o tivesse usado acidentalmente para acender a estufa. De noite fazia muito frio e, no escuro da noite, segundo ela, não era possível ver bem o que jogava no fogo... Ah, mas Marie não deveria se preocupar. Ela iria comprar outro trabalho de Louise Hofgartner. E então ela se enfiou embaixo das cobertas e adormeceu. No final das contas, Marie ficou apenas com a foto que guardara na gaveta da cômoda entre os três lenços bordados – presentes de Kitty. Sempre que estava sozinha no quarto, ela pegava a foto para observá-la. Aquela era sua mãe, tão jovem e alegre, mas também tão distante. As sombras e os contornos desbotados sobre o papel pouco revelavam sobre a pessoa que ela um dia fora. A bela pintora, amada por Jakob Burkard. A mulher voluntariosa que se recusava a entregar os desenhos do falecido marido à família Melzer. A mãe amorosa que morrera tão cedo.

Mas e se o diretor Melzer mentira e ela fosse, de fato, filha de Jakob Burkard?

De qualquer maneira, fazia alguma diferença de quem ela era filha? Aquilo não mudaria nada. Seus pais estavam mortos, ela era sozinha no mundo e não podia contar com ninguém. Se fosse esperta, o melhor era não remexer em certas coisas. Se fosse esperta, pediria demissão para escapar de todo o sofrimento e esperanças inúteis. Ser livre, deixar tudo para trás, começar uma vida nova e sem preocupações. Em Munique, talvez. Ou em Rosenheim. Talvez mais longe, no Norte? Por que não Hamburgo, com seu porto repleto de grandes navios que zarpavam para além-mar... Paul não dissera que Robert se mudara para a América? Que coragem. Ela, por outro lado, era covarde e adiava sua decisão dia após dia por ser incapaz de se separar daquelas pessoas e daquela casa. Como se houvesse em algum lugar uma força oculta, um ímã, que a atraísse e a impedisse de se libertar.

– Marie! Minha querida Marie!

Ela mal havia posto os pés no corredor do segundo andar, quando ouviu a voz chorosa de Kitty vindo em sua direção. Céus, parecia caso de coração partido. No dia anterior, ela recebera uma carta de Gérard Duchamps, que, por algumas horas, a deixara flutuando sobre as nuvens enquanto explicava à amiga que tudo se esclarecera e que eles finalmente poderiam viver felizes. Até mesmo seu pai iria entendê-lo. Mas as palavras exatas que estavam na carta, Kitty não revelou.

– Largue essa bobagem de costura – pediu Kitty à beira das lágrimas. – Venha comigo ao meu quarto, você precisa me consolar. Ah, que horror isso tudo, Marie. Se nós apenas tivéssemos ficado em Montmartre... Em nosso ninho de passarinho acima dos telhados. Com Solange e Léon, que sempre foram tão bons comigo...

E então ela começou a soluçar e Marie logo a abraçou. Ela a consolou enquanto lhe acariciava as costas, o cabelo, o rosto choroso. *Calma, tudo ficará bem. Nada é tão ruim quanto parece. Sempre há uma saída.*

– Imagine só... Papai me proibiu de aceitar o pedido de Gérard. Esse monstro! Em vez de ficar feliz por Gérard querer se casar comigo, ele acabou com tudo de novo. E olhe que Gérard até já comprou meu presente de casamento. Ah, foi tudo um terrível mal-entendido. Ele nunca pensou em se casar com Béatrice! O quadro que ele comprou na galeria do Sr. Kahnweiler era para mim...

Marie a fez entrar rapidamente em seu quarto e fechou a porta ao ver Jordan, a fofoqueira, saindo da lavanderia.

– Mas a senhorita acha mesmo que um casamento com Gérard a faria feliz? Indo contra a vontade da sua família... Esse pedido mais parece um ato de desespero.

Mas Kitty não estava nada disposta a ouvir tais opiniões. Não, não, Gérard estava sendo sincero, ele a amava e vice-versa. Ainda que Gérard – naquele ponto Marie tinha razão – estivesse mesmo desesperado em

Montmartre após brigar com a família. Ele se perguntava do que viveriam e por isso estava sempre de mau humor. Pois é, o amor não era nada simples… Talvez ela, de fato, não tivesse sido feita para o casamento.

Contudo, continuou insistindo que o pai era um monstro e que a mãe compartilhava de sua opinião. Não, Alicia nunca dissera tal coisa, Kitty sabia.

– Assim que o tenente se despediu, papai veio me atacar. Sorte minha que Lisa não estava. Ela teria adorado a briga… Mas havia descido com o tenente para acompanhá-lo até a porta. Ah, como invejo Lisa! Como ela está feliz. O noivado será anunciado oficialmente no verão, em uma festa no jardim com todos os amigos e conhecidos. Mas eu… eu não poderei estar presente…

Ela se jogou sobre o sofá azul-claro e desatou a chorar. Na verdade, era ela quem deveria se casar com o tenente Von Hagemann, pois ele pedira sua mão primeiro. Tudo bem que ela se calara, mas o que ela poderia ter dito? Afinal, não sabia o que a mãe e o pai pensavam a respeito… Mas talvez tivesse sido melhor dizer "sim" para se poupar de tanta infelicidade.

Para Marie, era evidente o absurdo das palavras de Kitty. Von Hagemann era a última pessoa que poderia fazer Kitty feliz, e a moça nem sequer o amava. Ela se sentou calada ao lado da soluçante senhorita, ouviu pacientemente suas queixas e tomou conhecimento de que o furioso Johann Melzer não só impedira seu casamento com Gérard Duchamps, como também lhe impusera severas medidas punitivas.

– Ou vou para a fazenda do tio Rudolf na Pomerânia ou faço um curso de enfermeira na Cruz Vermelha… Justo eu, que não posso nem ver sangue, Marie!

Era um castigo duro. Marie temia que Johann Melzer de fato conseguiria impor sua decisão.

– À Pomerânia não vou de jeito nenhum. Nem se me colocarem no trem com as mãos e os pés amarrados! Prefiro pular no rio Lech. Ou pego o revólver da gaveta do papai e disparo uma bala na cabeça.

– Srta. Kitty! Não diga uma coisa dessas. Muito menos na presença de sua mãe.

– Mamãe não está aqui.

Ela lhe contou que na fazenda da Pomerânia os quartos fediam a tapetes antigos e a velharia. Lá não havia nada além de vacas e galinhas, no máximo alguns cavalos e um cão de guarda velho e feroz. E ainda por cima, as pessoas eram desinteressantes e conservadoras. Tio Rudolf, por exemplo, só pensava em comer e em caçar. E tia Elvira falava dia após dia sobre "seus meninos", que de meninos já não tinham nada e que foram espertos o bastante para fugir do marasmo do lugar.

– Isso sem falar nas moscas-varejeiras no verão. Nojento. Bem embaixo da minha janela tem um monte de esterco...

De fato, aquela não era a imagem de uma romântica vida no campo. Mas era óbvio que Kitty estava aferrada ao lado negativo de morar na fazenda, pois, afinal, era uma punição. Rudolf von Maydorn estivera com a esposa Elvira nas festas de fim de ano na Vila dos Tecidos e Marie considerou o velho senhor bastante divertido. Entretanto, ela tivera que recorrer a um tapa na mão quando percebeu que o homem tentava agarrá-la por baixo da saia. Ele acabou deixando-a em paz a partir de então.

– Uma fazenda tão solitária não me parece mesmo o lugar certo para a senhorita – disse ela, balançando a cabeça. – Certamente ninguém lá terá sensibilidade para arte e pintura.

Óbvio que não. As paredes lá eram repletas de chifres e animais empalhados. Sobretudo corujas e aves de rapina, que eram o fraco do tio. Apenas na sala da lareira havia algumas pinturas a óleo do tempo da carochinha e imbatíveis no quesito feiura.

– Mas também não quero viver rodeada por gente doente – lamentou Kitty. – Morro de nojo de gente velha, principalmente se tiverem aquelas doenças abomináveis como sarna ou tremedeira...

– Tremedeira?

– Sabe, quando eles ficam tremendo e balançando a cabeça... Ah, Marie. Não sei o que fazer. Mamãe não pode me ajudar, ninguém pode me ajudar. Estou abandonada por tudo e todos!

Marie se pôs pensativa. Ela seria capaz de remediar aquela situação? Talvez não, isso só geraria mais sofrimento. Mas talvez aquela fosse a chave para um caminho de felicidade duradoura.

– Por que a senhorita não conversa com Alfons Bräuer? – sugeriu ela despretensiosamente. – Tenho a impressão de que ele é um rapaz perspicaz e inteligente. Além disso, gosta muito mesmo da senhorita.

Ela tirou as mãos do rosto imerso em lágrimas e afastou uma mecha de cabelo molhado da testa. E então assoou o nariz vigorosamente no lenço bordado que Marie pegara da gaveta da cômoda.

– Alfons? – perguntou Kitty com a voz rouca pelo choro. – Tem razão. Ele é um rapaz esperto. E em Paris me prometeu que sempre estaria ao meu lado em caso de necessidade.

Então veja só, pensou Marie. Alfons já deixara tudo preparado. Obviamente ele já contava que sua bela Kitty teria sérios problemas quando voltasse à Vila dos Tecidos.

– Você é preciosa, Marie. Uma garota de ouro. Alfons, claro! Ele poderá me aconselhar. Vou ligar para ele.

A ideia de Marie não era exatamente um telefonema, inclusive porque era raro o aparelho ser usado naquela casa, e, geralmente, apenas pelo próprio Johann Melzer. Mas Kitty já havia se levantado sobressaltada e corrido para o corredor, onde se deteve junto à escada. Ela acenou para que Marie viesse ao seu encontro.

– Veja se o caminho está livre – cochichou Kitty. – Se papai não está no escritório... Hoje, domingo, não é dia de ele ir à fábrica.

Ao descer a escada, Marie encontrou Else vindo da sala de jantar com as velhas capas de almofada. A Srta. Elisabeth e a mãe haviam saído para um passeio de automóvel. A senhorita queria a todo custo conduzir Alicia pelo parque para provar que aprendera a dirigir.

– O senhor? Foi com o filho à fábrica. Parece que as máquinas deram problema de novo.

Marie se lembrou que Jakob Burkard construíra aquelas máquinas. Se ele estivesse vivo, era provável que a fábrica dos Melzers se visse melhor das pernas. Pois, como acabou descobrindo, Johann Melzer nem sequer possuía os desenhos técnicos de suas máquinas. Por que será que sua mãe se negara a entregá-los?

– Se você correr na cozinha... – murmurou Else em tom de confidência – ainda consegue pegar um ou dois daqueles tais biscoitos. Antes que Auguste acabe com tudo.

– Obrigada, Else.

Levando sua pilha de capas de almofada, Else seguiu até a escada de serviço e Marie acenou para Kitty, que esperava no andar de cima pelo seu sinal.

– Não tem ninguém aí? Ah, que sorte – disse ela, alegre. – Tomara que Elisabeth não cause nenhum acidente com o automóvel enquanto está com mamãe a bordo. Que imprudência...

Passados poucos instantes, ela já estava sentada com toda a desenvoltura à mesa do senhor seu pai, erguendo o fone do gancho.

– Alô? Alô? Senhorita? É uma ligação para a mansão dos Bräuers. O número? Não sei. Pode procurar para mim, por favor? Como assim a senhorita não tem tempo?

Marie se sentiu incomodada ao abrir a primeira gaveta do largo móvel talhado, pois não gostava de vasculhar os itens pessoais dos patrões. Por sorte, a primeira coisa que encontrou foi a *Lista telefônica oficial dos correios de Munique – divisão de Augsburgo.*

– Aqui, os sobrenomes estão em ordem alfabética. Bader... Bäcker... Bartling...

Kitty arrancou o tomo de suas mãos e deslizou o dedo indicador sobre os nomes listados.

– Aqui! Bräuer... Edgar Bräuer, banqueiro. Esse é o pai dele. Endereço Karlstraße, isso. Oito, oito, sete. Vamos! Ah, Marie, você já pode voltar a costurar o vestido de Elisabeth.

Marie entendeu que Kitty preferia conduzir sua conversa sem testemunhas e se retirou. Ela fechou a porta em silêncio e se deteve por um momento. Não para espreitar a senhorita, mas para recuperar-se da inquietação que sentia por dentro. A voz de Kitty soava vibrante, como se fosse a de uma menina.

– "Horrível" é pouco... O senhor também acha que eu não deveria ir à Pomerânia? De maneira alguma... Exato... Pintar? Nem cogitei, de tão preocupada... Ah, minha irmã vai noivar... Com Klaus von Hagemann, isso... Ela está bem feliz... Eu? Estou morrendo de tristeza... O senhor não pode imaginar o quanto estou infeliz, meu querido amigo... Quinta-feira? Para jantar? Será que o senhor não poderia passar mais cedo? Ah, sim. Me alegraria muito...

Marie atravessou o corredor devagar e subiu a escada de serviço até o segundo andar. Seu coração batia cada vez mais agitado, mas ela estava convencida de que havia feito a coisa certa.

47

Melzer abriu a porta do galpão em um golpe violento e analisou as máquinas. Havia vinte *selfactors* enfileiradas e voltadas para a luz que penetrava pelo lado direito do alto telhado de vidro – todas paradas. Sem a vibração das máquinas, um silêncio lúgubre e ameaçador pairava no ar. Nenhum funcionário havia comparecido para o turno extra.

A porta atrás de Johann rangeu: era seu supervisor Huntzinger.

– Eles organizaram uma greve, senhor diretor.

Melzer respirou fundo. Ele ainda estava sem fôlego após ter atravessado, correndo furioso, o pátio para chegar ao galpão da fiação. Pois bem... Era o que ele temia e se recusava a acreditar.

– Quem? – vociferou. – Quem teve a incrível audácia de criar agitação entre meus funcionários?

Huntzinger recuou um passo e o diretor percebeu que o supervisor, que já trabalhava havia trinta anos na fábrica, sabia mais a respeito do que ele supunha.

– O pessoal da associação de operários, senhor diretor. Vieram dizer aos funcionários que eles não precisam fazer turno extra duas vezes por semana.

– Semana passada cinco máquinas ficaram fora de operação – disse Melzer, tentando conter sua fúria. – O pessoal ficou só zanzando por aí, sem fazer nada.

– É verdade, senhor diretor. Mas os socialistas dizem que não importa. Afinal de contas, eles vieram trabalhar, e se não havia nada para fazer, não é culpa deles.

Não é culpa deles!, pensou Melzer, colérico. *O culpado sou eu, então? Alguém por acaso crê que eu gosto de parar as máquinas só para ver meus empregados encostados?* Mas ele sabia muito bem de quem era a culpa. E o antigo ódio daquela víbora que levara as plantas das máquinas consigo para o túmulo voltou a crescer com força dentro dele.

– Onde é que isso vai parar? O pessoal da tecelagem e da coloração vai querer aderir agora também? Melhor fechar a fábrica logo, não é? Para todo mundo ficar sem trabalho de vez… Acho que vocês vão preferir assim! Ou estou errado?

Huntzinger o tranquilizou. De forma alguma. Apenas os funcionários da fiação se deixaram influenciar pelos colegas da associação. Principalmente os homens. As mulheres e meninas haviam preferido vir.

Melzer se lembrou que o barulho das esposas esperando diante dos portões da fábrica para pegar o dinheiro dos maridos no dia do pagamento não fora como o de costume. Um piquete havia sido instalado para impedir o acesso daqueles dispostos a trabalhar.

– Eles querem mais dinheiro, senhor. É preciso ter um adicional mais substancioso para esses turnos extras. Já estão fazendo isso em outras fábricas, como na Fiação Aumühle.

Desconfiado, Melzer fitou o supervisor, que, constrangido, passava a mão no bigode grisalho.

– O senhor me pediu para sondar o terreno. Sou o mais antigo aqui, não é? Cheguei a conhecer o Burkard e tantos outros que já não estão entre nós…

Por que ele mencionara justo Jakob Burkard? Melzer percebeu a raiva reprimida aferventar novamente dentro de si. Ao mesmo tempo, sentiu uma pontada no peito que, felizmente, logo desapareceu.

– Ah. Então é isso, Huntzinger. Como se eu não tivesse percebido antes… Você é o mensageiro dessa corja. Um homem velho desse jeito deixando-se influenciar por essas ladainhas dos socialistas. Bravo!

Huntzinger se defendeu, explicando que aquilo não era verdade. Ele não tinha qualquer relação com a greve e jamais em sua vida lhe ocorreria negligenciar suas atribuições. Ele sabia bem o quanto era grato ao senhor diretor. E disse ainda que sua casinha, o jardim… tudo o que ele possuía era fruto da fábrica têxtil dos Melzers.

O problema era o filho. Max havia pedido ao pai que falasse com o diretor. E seria melhor ele mesmo do que qualquer outro, pois a intenção era conversar de maneira amistosa, uma mera questão de um pequeno aumento salarial. E talvez da creche também, que já estava pequena e precisando de mais uma professora. Mas isso eles poderiam discutir mais tarde.

Então esses eram seus planos. Colocá-lo ali entre a cruz e a espada, para que o obediente Huntzinger conseguisse dobrá-lo diante do silêncio das máquinas paradas. Mas eles estavam muito enganados, aqueles socialistas covardes. Com o Melzer não seria fácil assim! Afinal, era ele quem decidia quando e por que dar aumento aos empregados. Uma greve! Desde a fundação da fábrica seus trabalhadores nunca haviam cruzado os braços. Era preciso cortar pela raiz aqueles modismos socialistas. Manter-se firme. Quem cedesse agora, perderia a autoridade na própria casa – e até as roupas do corpo!

– Pois escute bem, Huntzinger – disse ele ao supervisor, que esperava uma resposta com a cabeça baixa e olhar inquieto. – Quem não vier trabalhar vai ficar sem salário. Simples assim. E quem se ausentar do trabalho sem um bom motivo será demitido. Tem muita gente que adoraria um emprego na minha empresa.

Huntzinger se calou. Ele já intuía como tal embate terminaria. Conhecia seu patrão havia mais de trinta anos. Mas a esposa e o filho não deixavam o pobre homem em paz. Max Huntzinger, o filho, era auxiliar de máquina na fiação e a mãe trabalhava no setor como primeira atadora. Até onde Melzer sabia, ela era uma funcionária zelosa, mas já estava com a vista cansada, tendo sido realocada para o setor de embalagem, onde o salário era menor. Já Max Huntzinger se distinguia mais pela língua solta e mau comportamento que pelo trabalho bem-acabado. O rapaz já fora advertido várias vezes, tendo sido mantido na empresa por consideração ao pai.

Provavelmente, Max Huntzinger se afiliara de maneira sigilosa à associação de operários. Mesmo que ainda morasse com os pais na vila operária, em casas disponibilizadas pela fábrica. Johann Melzer sempre dizia que bêbados, ladrões e membros de associações esquerdistas deviam passar longe da vila operária. Isso o velho Huntzinger sabia muito bem.

Melzer subiu as escadas até os escritórios do prédio da administração e voltou a sentir aquela dor incômoda no peito. Ele deveria andar mais devagar, jamais saltando os degraus. Já não tinha 20 anos afinal. Ao chegar no andar de cima, percebeu que, naquele meio-tempo, os funcionários já haviam retornado a suas casas – o que não era de se admirar, pois já passava das seis e meia. Onde estava Paul? Já de volta à mansão? Johann Melzer caminhou até a janela e olhou em direção ao portão da fábrica. Ainda estavam ali. Tanto as mulheres querendo chegar ao trabalho, quanto os piquetes que não lhes permitiam o acesso. Melhor chamar a polícia.

Seria um escândalo, sairia no jornal, mas ele salvaria seu turno extra. Pelo menos em parte, pois as máquinas demorariam para serem colocadas de volta em operação. Um palavrão lhe escapou. Era provável que uma ou outra entrasse em pane, justo naquele dia que ele gastara uma fortuna com os consertos. Quarta-feira os tecidos deveriam ser embalados e postos no trem com destino à Inglaterra. A tecelagem operava a todo vapor, mas faltavam fios. Que desespero. Os funcionários, por sua vez, não se envolviam com essas questões. Eles vinham, faziam seu serviço e recebiam seus salários. Nada de noites maldormidas, responsabilidades por centenas de pessoas, decisões sobre ser ou não ser ou o medo de que tudo pudesse ruir. Mas greve, tudo bem se envolver! Ficar encostados e ainda querer mais dinheiro, era isso que eles sabiam fazer.

Ele já estava prestes a se afastar da janela para dar um telefonema quando percebeu uma movimentação no portão da fábrica. Um tumulto se formara, possivelmente com pancadaria também, mas era difícil distinguir a distância. O mais importante era que uma multidão de funcionários dispostos a trabalhar irrompera pelo portão. Teriam finalmente recobrado o juízo? Parecia que os piquetes haviam cedido passagem e apenas pontualmente era possível ouvir alguém xingando com os braços para o ar. Mas não passava disso.

Melzer já não suportava ficar no prédio vazio da administração e voltou a descer as escadas. Ao chegar ao pátio, deteve pelo braço uma mulher apressadíssima.

– O que está havendo? Aonde vocês estão indo?

Ela ainda era bastante jovem, tinha no máximo 18 anos, e o susto por estar frente a frente com o senhor diretor ficou estampado no rosto.

– Estamos voltando ao trabalho, senhor diretor. E muito obrigada. Mas agora tenho que ir, senão chego atrasada demais.

Muito obrigada? Pelo quê? Ele se afastou da entrada para não atrapalhar a passagem e se pôs a analisar o semblante dos funcionários que passavam. Pareciam aliviados, alguns chegavam a rir. Poucos aparentavam medo ou peso na consciência. Que diabos acontecera no portão?

Quando a correria se dissipou, ele se dirigiu à entrada para perguntar sobre o ocorrido ao porteiro. Um grupo de quatro homens vinha em sua direção, sendo um deles o próprio filho, Paul, bastante envolvido em uma agitada conversa. Os outros três eram funcionários da fiação, um deles era Max

Huntzinger. O sobrenome do segundo não lhe vinha à cabeça. Era Brunner, Bäumler ou algo do tipo. Já o terceiro se chamava Joseph Mittermeier e já beirava os 50 anos. Muito provavelmente o incitador da greve. Melzer se dirigiu ao grupo. Ele queria saber o que estava acontecendo.

– Nada de grave, senhor diretor – disse Mittermeier. – Estamos indo trabalhar como de costume. Não houve nada.

– Não houve nada? – esbravejou, furioso. – Haverá consequências, isso eu lhe garanto, Mittermeier!

– Perfeitamente, senhor diretor.

Como de costume, os dois rapazes mais jovens tiraram o chapéu e saudaram o diretor como se o tivessem encontrado por mero acaso no pátio. Sem dizer uma palavra, eles seguiram caminho, desaparecendo no interior de um dos galpões.

– Suba comigo – ordenou Melzer ao filho.

Afinal, não seria adequado interrogá-lo em pleno pátio. Já era bastante ruim Paul estar mais bem informado que ele sobre a situação.

Ambos subiram a escada até o segundo andar em silêncio, e Melzer voltou a sentir a pontada no peito. Sua respiração estava vacilante e ele teve que parar duas vezes enquanto Paul ia na frente sem qualquer esforço.

– Você está bem, pai? Seu rosto está sem cor.

O olhar preocupado de Paul era desagradável. Johann Melzer não estava nem nunca estivera doente. Mesmo quando acometido por uma gripe, ele sempre fora se arrastando até a fábrica para trabalhar. Aquela empresa havia sido erguida e era comandada por ele, não existia tempo para descanso ou doenças.

Paul ajeitou a poltrona para o pai e pegou uma garrafa de conhaque francês no armário.

– O que está havendo? – grunhiu Melzer, aborrecido. – Por que você está me tratando como um velho?

Com todo o seu bom humor, Paul colocou dois copos sobre a mesa e comentou que jamais ofereceria álcool a um velho, mas chá de camomila.

– Abusado!

Melzer se sentou e tomou o conhaque em um gole só. Ele já se sentia melhor.

– Então, o que aconteceu? Você por acaso negociou com aqueles sujeitos? Prometeu alguma coisa?

Não, ele não fizera qualquer promessa. Paul fora apressado ao portão, pois um dos funcionários lhe dissera que uma agitação estava se formando. Ao reconhecer os líderes da greve, ele os cumprimentou de maneira amistosa. Afinal, meses atrás eles haviam trabalhado juntos na mesma máquina no setor de fiação, ainda que não por muito tempo.

– Conversamos um pouco e eu disse a eles que, na minha opinião, não valia a pena tanto esforço por uns míseros centavos. Eles reivindicaram uma série de coisas que aprenderam nas reuniões da associação de operários e os escutei com toda a calma. E então prometi que eu me empenharia em conseguir o adicional de turno extra.

Melzer quis protestar, mas Paul insistiu que não havia feito qualquer concessão, tão somente uma sugestão. Pois, de mais a mais, o diretor não era ele.

– E eles cederam?

– Não imediatamente. E nem todos. Mas as mulheres e alguns dos homens que queriam voltar ao trabalho começaram a forçar o portão, e não foi possível contê-los. Então, de repente...

O que sucedera depois Melzer já sabia. Ele tomou outro copo de conhaque e sentiu uma paz percorrer seu corpo, aquecendo-o. No fundo, ele estava orgulhoso do filho. Paul fora corajoso ao se enfiar naquele vespeiro e, mesmo sem fazer qualquer concessão, negociara com os homens, conseguindo que todos voltassem ao trabalho. E tudo sem violência.

– Os incitadores serão demitidos sumariamente – disse Melzer. – É preciso cortar o mal pela raiz.

Paul franziu a testa, aparentando discordar. Contudo, ele se calou para não comprometer os elogios recém-recebidos. E, além disso, aquela não seria sua palavra final.

– Você se portou de maneira impecável, Paul!

– Obrigado, pai.

Os dois se calaram por um momento, serviram-se de mais conhaque e brindaram, desfrutando a sensação de reconhecimento mútuo. Paul então lhe contou que nos últimos meses havia crescido muito na fábrica e que podia sentir que ali estava seu projeto de vida: continuar e expandir a obra do pai e, talvez um dia, repassá-la ao próprio filho.

Melzer estava impressionado. Era incrível a rapidez com que o estudante outrora descompromissado se transformara em um funcionário sério.

Havia sido um erro mandar o filho estudar Direito em Munique: seu talento não estava na teoria, mas na prática. E ele sabia lidar com pessoas muito melhor do que o pai.

– Claro que eu gostaria de ver meu neto crescer na Vila dos Tecidos – opinou Melzer, girando o copo vazio com a mão. – Escutar os gritos de meus próprios descendentes seria bem mais agradável do que o berreiro do bastardinho da Auguste.

Às risadas, Paul observou que era a vez de Elisabeth dar continuidade ao legado dos Melzers. Se tudo corresse conforme planejado, o casamento se daria no próximo ano e, em mais um ano, já seria possível contar com a primeira criança.

– E você?

– Eu? Acho que precisarei de mais algum tempo…

Melzer não compartilhava daquela opinião. Pois, como se diz, "quem tarde casa, mal casa". O melhor era aproveitar o viço da mocidade para dedicar-se à sua jovem esposa e à tão esperada criança. Ele sabia bem o que falava, pois, naquele quesito, havia deixado a desejar.

– Olhe à sua volta, rapaz. Há pretendentes o suficiente entre as filhas dos magnatas da indústria. Que fim levou Tilly Bräuer, irmã de Alfons Bräuer? Ela ainda é muito jovenzinha, mas tem potencial. Ou será que estou falando besteira? Talvez você já tenha escolhido uma sortuda…

– De maneira alguma, pai. E tampouco penso em escolher nada. Pelo menos não agora.

Melzer encarou bem o filho e constatou que ele se esquivava de seu olhar inquisidor. Paul sempre fora um péssimo mentiroso – então talvez fosse verdade aquilo que Elisabeth certa vez insinuara.

– Está muito ocupado com seu casinho com Marie ou o quê?

Arrá! Melzer acertara na mosca. O filho sobressaltou-se, insistindo que não havia casinho nenhum e que Marie era uma moça ajuizada e ele não admitia que pensassem mal dela.

– Está bem, está bem – disse o pai. – Sim, ela é uma moça ajuizada e nunca pensei o contrário. Mas a menina é bonita e, se você quiser se divertir com ela, não tenho nada contra.

– Vou repetir: não há nenhum casinho. Menos ainda com Marie E eu exijo que você acredite em mim, pai!

Para que tanto nervosismo? O assunto parecia de fato afetá-lo. A situação era absurda, pois enquanto aquela pequena aventura perdurasse, o tolo do seu filho se fecharia a qualquer relacionamento mais promissor. Maldição, a culpa era toda sua. Fora ele que, por pura compaixão, acolhera aquela menina em sua casa e era assim que ela lhe agradecia.

– Você deveria ser mais cauteloso, Paul – disse ele, esforçando-se para manter o tom de pai benevolente. – Essa menina vem de um contexto bastante complicado e não podemos confiar nela. Quando você menos esperar, ela arruma uma barriga sua. Aí não adianta mais reclamar...

A advertência bem-intencionada foi inútil. Paul revidou de maneira gélida, afirmando que ele muito se impressionava com o pouco que o pai sabia sobre Marie. Afinal de contas, ela era filha de Jakob Burkard, um de seus antigos sócios.

O susto o tomou de maneira tão violenta que ele voltou a sentir a terrível dor no peito. Dessa vez, não era uma pontada, mas uma fisgada traiçoeira que persistiu por certo tempo, impedindo-o de dar uma resposta rápida ao filho.

– Que disparate é esse? Burkard morreu há vinte anos por causa da bebida e não deixou filhos.

Será que ele já estaria ciente? Se sim, certamente através de Marie. E tudo por culpa do maldito padre que dera com a língua nos dentes e abrira a caixa de Pandora.

– Ele tinha uma filha bastarda – afirmou Paul com audácia. – Mamãe me contou.

Sua possível resposta ficou entalada na garganta. Certamente o filho já estava reunindo informações. Alicia não seria uma boa fonte para isso, já o padre sim. Talvez até alguns funcionários mais antigos da fábrica. O jardineiro também – claro, ele sabia uma coisa ou outra.

– Pai, não precisamos discutir por causa disso. O pai de Marie está registrado nos livros da igreja e também no cadastro de moradores na cidade.

Sentindo falta de ar, Melzer permaneceu calado. Aquela lembrança comprimia seu peito como um pesado pedregulho que o impedia de respirar. Mas então sua ira explodiu.

– Tudo o que você viu nesses livros é uma grande mentira que a Sra. Hofgartner contou ao padre! – vociferou, furioso. – Marie não é filha de Burkard.

Ele viu o filho contraindo colérico os lábios. Paul era mesmo um cabeça-dura. Os pensamentos davam voltas na mente de Melzer e ele sentia as têmporas palpitarem. O que fazer naquela situação? Como enfrentar a imensa desgraça que se aproximava? Marie! Ela era a chave de tudo. Era preciso pensar em como sumir com aquela moça da mansão. Dar-lhe algum dinheiro e convencê-la a mudar de cidade. Bem longe, fora do alcance de Paul.

Paul se levantou, explicando que precisava voltar para casa, pois naquele fim de tarde eram esperadas visitas. Caso necessário, ele poderia retornar à fábrica mais tarde.

– Vou continuar investigando, queira você ou não. Inclusive por causa de Marie, que tem o direito de saber sobre o pai dela.

Melzer tentou com todas as forças conter a ira que lhe subia à cabeça. Mas foi inútil. Suas palavras precisavam ser ditas ou ele se engasgaria com elas.

– Eu não admito que você meta o bedelho em assuntos que não lhe dizem respeito! Entendeu? Isso eu não vou permitir!

A porta foi fechada com violência e ele escutou a voz alterada de Paul na antessala e, em seguida, a porta da escada bater. Seu digníssimo rebento vinha cantar de galo, para logo depois fugir. Se ele achava que era tão adulto, não deveria se deixar iludir por uma espertalhona como Marie. Provavelmente, ela ainda acabaria engravidando dele, aquela víbora. Mas ele daria um jeito, não seria a primeira vez.

Ele se levantou para observar o pátio. Já estava escuro, mas sob a claridade da luz elétrica ele viu o filho já perto do portão. Melzer sentiu um enjoo repentino e precisou sentar-se rapidamente. Talvez tivesse sido melhor não tomar tanto conhaque, seu estômago não andava bem nos últimos tempos. O que não era de admirar. Primeiro Kitty, que traíra a família ao fugir com um francês. Depois Elisabeth, com os planos de casamento com aquele inconstante fidalgo de meia-tigela. E agora Paul, em quem depositara tantas esperanças. Talvez fosse melhor não ter colocado filhos no mundo, pois eles não traziam nada além de problemas.

Alguém bateu à porta. Era um de seus supervisores, informando que havia problemas na fiação.

– Duas máquinas enguiçaram, senhor diretor. O carro não está se movendo, alguma coisa travou.

– Já vou...

Ele se sentia mais pesado que chumbo e custou a levantar-se da cadeira. Sem contar as tonturas... Descendo as escadas, ele se segurou no corrimão para não cair e, ao chegar ao ar livre, se sentiu melhor. Maldito álcool, ele não podia mais beber tanto como antigamente.

Ao cruzar o pátio, a dor no peito o acometeu com uma força repentina. Ele se contorceu, sentiu a garganta fechar e vomitou. Tudo ficou escuro e ele mergulhou a toda a velocidade em um túnel em direção às profundezas.

– Senhor diretor! – chamou uma voz conhecida. – Pelo amor de Deus. Senhor diretor Melzer. Alguém ajude!

Era a voz de Max Huntzinger.

48

— Você é boa demais – sussurrou Else para Marie enquanto as duas iam ao átrio recolher os chapéus e casacos dos hóspedes. – Isso não é trabalho seu, Marie.

– Mas se ela está dando de mamar ao bebê…

– Ela sempre encontra uma desculpa – sibilou Else, aborrecida. – Ora ela está dando de mamar, ora trocando fralda, ora ninando o bebê, depois é o peito que está doendo…

– Shhh, Else. Os Bräuers e o tenente já estão lá em cima.

As funcionárias fizeram uma reverência e se apressaram em trazer as roupas. Era um fim de tarde quente de maio, as senhoras usavam apenas um casaco espanador leve, pois os carros andavam com a capota aberta. Já os cavalheiros se contentavam com jaqueta e chapéu de palha. Edgar Bräuer e a esposa Gertrude se demoraram um pouco no átrio com Alicia, conversando animados sobre a briga na casa dos Wagners, em Bayreuth, quando Isolde Wagner ameaçara processar o próprio irmão, Siegfried. O homem afirmava que eles eram meios-irmãos e que ela não era filha de Richard Wagner, mas de Hans von Bülow, primeiro marido de sua mãe.

Enquanto Alfons Bräuer, assim como Kitty, se faziam esperar, Elisabeth apareceu com seus futuros sogros. Marie correu para trazer o casaco e o chapéu de Christian von Hagemann, e Else, por sua vez, já tinha em mãos o casaco e a echarpe de seda de Riccarda von Hagemann.

– Marie – disse alguém surgindo das sombras do canto da chapelaria. – O que você está fazendo aqui?

Ela se sobressaltou e precisou conter seus batimentos acelerados.

– Estou fazendo meu serviço, Sr. Melzer…

– Esse não é o seu serviço – disse Paul, aborrecido. – Onde está Auguste? Não quero você carregando as roupas dos nossos convidados!

Ela se absteve de responder e passou por ele com o chapéu e o casaco nas mãos. Não era possível. O que ele estava pensando? Ele não sabia o quanto ouvir aquelas coisas a desestabilizavam? Ela já morria de angústia e desejo toda vez que ele passava perto dela...

– Que pena seu pai não ter tido tempo para se reunir conosco – disse Gertrude Bräuer. – Então quinta-feira que vem lá em casa, Paul. Será ótimo, Tilly vai estar de volta do internato.

Marie ajudou a Sra. Bräuer a vestir o casaco e lhe entregou a longa echarpe de seda com o qual a mulher envolveu a cabeça para se proteger do vento frio da noite.

– Perfeito – disse Paul com um sorriso. – Estou ansioso para rever Tilly, ela deve ter mudado muito.

– E como! Já está uma mocinha...

Enquanto a Sra. Bräuer enchia a boca para falar da filha, Paul encarava Marie. Seu olhar era desafiador. *Você quer mesmo que eu corteje essa desinibida?*, dizia ele sem falar. *Se você continuar assim, é o que terei que fazer.*

Marie olhou para o chão e se retirou. No alto da escada estava Kitty na companhia de Alfons Bräuer. Os dois pareciam inseparáveis naquele dia, a julgar pela persistência em ficarem parados ali em cima. Ambos se entendiam muito bem, nunca antes Marie vira Kitty conversando tão séria e honesta com um homem. Não, da parte de Kitty não havia qualquer paixão, mas sim uma sensação de proteção que ela parecia desfrutar ao lado de Alfons. Isso por acaso não poderia ser chamado também de amor? E essa forma de amor não seria mais nobre e valiosa que o desejo carnal, que a atração traiçoeira, que tanta dor e sofrimento causava? Seria uma gafe completa começar a chorar ali, mas o átrio começou a embaçar diante dos olhos de Marie. Era óbvio que ele se casaria com outra, e sem demora. O que ela estava fazendo ali? Ela não se dava o valor? Por que infligir-se tanta dor?

A sineta na porta de entrada soou e Else se apressou em abri-la.

– Parece que agora poderemos pelo menos cumprimentar seu esposo – disse Riccarda von Hagemann a Alicia.

Ela estava equivocada. Um operário da fábrica surgiu junto à porta, amassando sua boina com as mãos e obviamente assustado pela visão de tantos distintos senhores diante de si.

– O... o senhor... o senhor diretor – gaguejou o homem antes de perder totalmente o fôlego e ficar impossibilitado de prosseguir.

Klaus von Hagemann, que já esperava impaciente junto à porta, estourou.

– Acalme-se, rapaz! Uma palavra de cada vez. Comece de novo.

– Perfeitamente – disse o operário com uma reverência que o fez derrubar a boina.

– O que houve com meu marido? – perguntou Alicia, que, tomada por um mau pressentimento, se aproximara. – Aconteceu algo com ele?

– O senhor diretor Mel… Melzer… está no hos… hospital.

– Meu Deus!

O homem foi puxado para dentro do átrio, rodeado e bombardeado por perguntas vindas de todos os lados. O coitado logo entrou em pânico, sem saber a quem responder primeiro ou qual pergunta lhe havia sido feita. Por fim, conseguiu expressar o pouco que sabia: Max Huntzinger encontrara o senhor diretor Melzer caído no pátio sobre uma poça. Atendendo a seus gritos, vários funcionários da fiação acudiram, entre eles o velho Huntzinger. O senhor diretor fora levado à enfermaria e deitado na maca. Ele estava consciente, mas, devido às dores, Max Huntzinger e o pai o colocaram em um automóvel, e Karl Suttner, o primeiro atador que sabia dirigir, o levara ao hospital.

– Paul – disse Alicia com surpreendente tranquilidade. – Por favor, me leve até seu pai.

– Claro, mamãe. Else! Nossos casacos!

Alicia chamou Marie e pediu-lhe que se vestisse para acompanhá-la. Uma agitação febril havia tomado a todos. Elisabeth iria com Klaus von Hagemann no carro dos pais dele até o hospital, já Kitty insistiu em ser levada por Alfons Bräuer. Edgar Bräuer falava ao telefone com seu mordomo – pedia dois de seus automóveis para levar o resto dos senhores para casa.

– Ele morreu? – Escutou-se a voz de Auguste na entrada da área de serviço.

– Cale a boca – repreendeu a cozinheira.

– Que a Virgem Maria nos proteja – disse a governanta. – Eu lhe rogo que salve o senhor…

Marie não ouviu mais nada. Sem chapéu ou casaco, ela seguiu Alicia, que se sentou no assento de trás do carro, e se acomodou no banco do carona ao lado de Paul. Ele não lhe dirigiu o olhar e se mantinha calado, com o semblante paralisado fitando o feixe de luz produzido pelos faróis. Alicia tampouco disse sequer uma palavra enquanto o carro cruzava ruidoso as ruas da cidade adormecida.

O longo edifício principal do hospital parecia uma fortaleza na escuridão e várias fileiras de janelas estavam iluminadas. Paul parou exatamente em frente da entrada e esperou que a mãe e Marie descessem para ceder espaço ao automóvel de Alfons que vinha logo atrás. O corpo inteiro de Kitty tremia e Marie, que originalmente deveria escoltar Alicia, correu em direção à moça, colocando o braço sobre seus ombros.

– É culpa minha – lamentava Kitty. – Eu fui razão de tanto desgosto que ele caiu doente. Ah, Marie...

– Não, Kitty – disse Marie com convicção. – Ninguém é culpado por essa desgraça. Essas coisas acontecem e só nos resta estar ao lado dele agora.

Kitty acenou com a cabeça e comentou que Alfons lhe dissera mais ou menos a mesma coisa. Então devia ser verdade.

Pouco depois, todos já se encontravam no saguão de entrada e Paul averiguou com a enfermeira de plantão na ala católica onde eles poderiam encontrar o senhor diretor Johann Melzer.

A essa altura, Alfons já estava ao lado de Kitty, que se agarrou a ele. Mas quando Elisabeth, acompanhada pelo tenente Von Hagemann, surgiu no salão, Kitty voltou a perder a serenidade.

– Olhe aí o resultado – sibilou Elisabeth. – Sua maldita egoísta! Você sabe quanto papai sofreu quando você sumiu com seu amante? Ah, se por sua causa o papai vier a...

– Elisabeth! – repreendeu Alicia.

Elisabeth mordeu a língua e se calou indignada enquanto Kitty, aos soluços, procurava abrigo no peito de Alfons Bräuer.

– Por favor, senhores. Estamos em um hospital! – advertiu a enfermeira com seu imenso chapéu branco. – O Sr. Melzer acabou de dar entrada, infelizmente é preciso ter paciência.

Alicia não se deixou intimidar. Ela era a Sra. Melzer e precisava ver seu marido imediatamente. Mesmo que ela não pudesse estar presente durante os exames, ela queria estar pelo menos próxima a ele.

A devota enfermeira se mostrou compreensiva, mas explicou que só poderia abrir tal exceção à esposa. Somente a Sra. Melzer poderia, portanto, esperar no corredor em frente ao setor de entradas até que uma enfermeira ou um médico a acompanhasse. Os demais teriam que esperar ali embaixo e ter paciência.

Havia alguns poucos bancos na recepção, contudo apenas Elisabeth e

Kitty os utilizaram, os cavalheiros ficaram de pé, e Marie também estava muito nervosa para se sentar. Sua compaixão por Johann Melzer era limitada, muito mais pena ela sentia por Alicia Melzer e Kitty, mas, sobretudo, era com Paul que ela se preocupava. Ele não estava parado junto aos outros, que conversavam em voz baixa, mas andando de um lado para o outro como um tigre enjaulado.

O tempo teimava em não passar. Kitty tremia de frio e foi convencida a cobrir os ombros com o casaco de Paul. O tenente tentava negociar com a freira da recepção, recebendo sempre um rotundo "não". Esperar, ter paciência, deixar-se assombrar pelos temores que davam voltas em sua cabeça. Elisabeth estava sozinha em um banco e mantinha a cabeça abaixada. Ela estava chorando? Embora não tivesse certeza, Marie pensou haver visto lágrimas caindo no colo da moça.

O relógio sobre a porta da recepção apontava meia-noite e meia quando uma jovem enfermeira finalmente surgiu e cochichou alguma coisa à irmã que ficava na recepção.

– Queiram me seguir, por favor – disse ela, dirigindo-se aos familiares e amigos. – Administramos um analgésico ao Sr. Melzer e ele está dormindo. Peço que os senhores não falem com ele ou perturbem seu sono em hipótese alguma.

Todos subiram ao segundo andar. Os cavalheiros pela escada, e Kitty, Elisabeth, Marie e a enfermeira pelo elevador. A subida naquela cabine de ferro em plena madrugada tinha algo de surreal. Já o longo corredor do hospital, iluminado apenas para aquele atendimento noturno, era como a lembrança de um pesadelo para Marie. Eles se sentiram aliviados quando a porta da escada se abriu e os três homens apareceram.

– Viemos correndo, mas as senhoras foram mais rápidas – disse Alfons, tentando descontrair o clima.

Kitty esboçou um sorriso e se agarrou a seu braço. O olhar que ele lhe dedicou era tão cheio de ternura que Marie precisou virar-se para o outro lado.

– Esperem aqui.

Obedientes, todos se detiveram em frente a uma das portas enquanto a religiosa entrou na sala. Ouviram a mulher falando em voz baixa com alguém. Seria Alicia Melzer? Em seguida, a porta se abriu, revelando o enfermo.

Johann Melzer estava deitado imóvel de barriga para cima e com os braços estirados, paralelos ao corpo. Um lençol branco o cobria do peito para baixo. Seu rosto estava estranhamente sem cor e com aspecto envelhecido; sem dúvida as dores que sentira lhe deixaram marcas. Seu tórax se erguia e baixava em intervalos regulares, mas seu sono, longe de ser relaxante, parecia provocar pesadelos. Ao lado da cama, Alicia estava sentada em uma cadeira de madeira com uma aparente serenidade.

– Ele está tão estranho – sussurrou Kitty com pesar.

Elisabeth observava o acamado em silêncio e Marie se perguntava por que seu noivo não tentava ao menos consolá-la. Mas Klaus von Hagemann estava apoiado na parede, analisando seu futuro sogro com nítido horror. *Que estranho*, pensou Marie. *Ele parece estar com medo de um doente. E olha que o trabalho dos soldados é justamente matar...*

Ela sentiu alguém tocá-la sutilmente e se encolheu ao notar que a mão de Paul havia acariciado seu ombro. Por um instante, ela teve a sensação de estar próxima a ele, a respiração quente na nuca, a necessidade de ser consolado. Mas ela não ousou se mover e o instante acabou passando.

A enfermeira explicou que os senhores precisavam sair do quarto, pois o paciente precisava de silêncio. Von Hagemann foi o primeiro a atender à solicitação, os outros o seguiram e, por último, Kitty e Elisabeth se retiraram. As irmãs, que pouco antes tinham brigado, abraçavam-se aos soluços enquanto Elisabeth pedia perdão.

Alicia deixou por um momento seu posto ao lado do leito do marido e se dirigiu ao corredor. Tratava-se de um ataque do coração, um tal de infarto, causado quando um coágulo de sangue entupia as coronárias e interrompia a entrada de sangue no coração. Segundo estudos recentes, um infarto daquele tipo demandava repouso absoluto por catorze dias.

– Esta noite eu faço questão de ficar com ele – disse ela. – Amanhã veremos como fica. Se for da vontade de Deus e ele não sofrer outro infarto, talvez possamos levá-lo de volta para casa nos próximos dias.

Ninguém considerou aquilo uma boa ideia, pois, estando em casa, Johann Melzer certamente se recusaria a ficar na cama. Mas todos permaneceram em silêncio, apenas Elisabeth comentou que admirava a bravura da mãe naquele momento. De fato, Alicia permanecia serena e, como um comandante, começou a delegar tarefas.

– Elisabeth, caso eu não volte amanhã, você estará a cargo da casa junto com a Srta. Schmalzler.

– Sim, mamãe.

– Kitty, você recebe as visitas e cancela os eventos dos próximos dias.

– Sim, mamãe.

– Paul, eu lhe peço para estar à frente da fábrica enquanto seu pai estiver doente.

– Claro, mamãe.

Alicia olhou para os presentes e, apesar das circunstâncias tristes, sorriu para animá-los.

– Até amanhã cedo, meus queridos. É bom poder contar com os filhos nos momentos de necessidade. Seu pai ficará orgulhoso de vocês quando melhorar!

Eles se despediram com um abraço e Kitty comentou que, agora que a mãe estava tomando conta do pai, eles poderiam ir dormir tranquilos. Elisabeth não respondeu e Von Hagemann, por sua vez, se dignou a pousar o braço sobre seus ombros enquanto eles atravessavam o corredor para chegar ao elevador.

– Você vai ver que em breve ele estará novamente de pé, Lisa.

– Com certeza.

Os casais se distribuíram entre os automóveis e era natural que Marie acompanhasse Paul em seu carro. Paul ligou o motor e dirigiu em velocidade moderada atrás dos outros.

– Agora eu sou o diretor da fábrica – comentou, contrariado. – Quem diria que eu subiria tão rápido a esse cargo.

– É só por enquanto, Sr. Melzer. Seu pai certamente vai se recuperar.

Ele se calou. Haviam cruzado o Jakobertor e seguiam em linha reta na direção da Vila dos Tecidos. Naquela hora da madrugada, os postes já estavam apagados, mas à direita, os prédios da fábrica que produzia 24 horas por dia seguiam iluminados. Ao passar sobre uma das pequenas pontes, a água do córrego reluziu como vidro quebrado sobre o fundo preto.

Marie observava as luzes traseiras do carro que Alfons conduzia à frente. Nas sombras, era possível distinguir a silhueta de Kitty sentada no banco do carona. Seus gestos vivazes sugeriam que os dois estavam imersos em conversas.

– Sinto muitíssimo por tudo – disse Marie, logo percebendo quão impessoal seu comentário soou.

Um sorriso amargurado se esboçou no rosto dele.

– Obrigado pela empatia – disse Paul com ironia. – É reconfortante saber que os funcionários compartilham de nossas alegrias e tristezas.

Sua resposta a magoou. Com os dois em silêncio, o carro contornou o canteiro em frente à mansão e Paul parou o veículo diante da entrada de serviço.

– Boa noite, Sr. Melzer...

Ela não escutou o que Paul respondeu, pois ele pisou no acelerador e dirigiu às pressas até a garagem.

49

— Feche a porta para mim, Jordan. E pare de fazer barulho com esses cabides.

Tomada pelo ódio, Maria Jordan encarou a enfermeira de avental branco, que uma semana antes se apossara da Vila dos Tecidos. Ela adoraria dizer àquela megera umas boas verdades, mas sabia que era impossível.

– Claro, enfermeira Ottilie – disse com gentileza forçada.

Após três dias de internação, o diretor Melzer havia sido levado de ambulância com todo o cuidado do mundo à Vila dos Tecidos, onde o transportaram de maca até seus aposentos no segundo andar. Segundo recomendação do médico, ele não deveria sair da cama e de preferência se mover pouco por pelo menos duas semanas. Isso significava que seria necessário alimentá-lo, lavá-lo, limpar suas necessidades e dar-lhe de beber por um pequeno tubo. Como nenhuma das funcionárias se considerara apta para prestar tais cuidados tão íntimos e Humbert, por sua vez, admitira envergonhado jamais haver visto um homem nu, Alicia encarregara a enfermeira Ottilie Süßmut do serviço.

A quarentona tinha os cabelos loiros como trigo, presos sob uma touca branca, e usava um avental imaculadamente alvo sobre o vestido azul-claro. Enquanto estivesse trabalhando na casa, ela esperava que não apenas os funcionários, mas também os senhores, seguissem suas instruções. Afinal de contas, a vida do paciente dependia de seus conhecimentos e experiência. Portanto, a mulher andava sempre ereta e de nariz em pé, com os fartos seios sustentados pelo corpete.

Daquela vez, Maria Jordan não era uma voz destoante – algo raro. Todos os empregados concordavam que a enfermeira Ottilie era uma verdadeira praga, mas que deveria ser suportada por certo tempo.

– Que mulher mandona! – reclamava a cozinheira. – Parece até que é a dona da casa. Se não fosse pelo senhor, já teria jogado chá de camomila quente nos pés chatos dela.

Hanna chegara a levar um bofetão de Ottilie por haver deixado cair um pedaço de lenha enquanto acendia a estufa do quarto do doente. E a senhora lhe dava carta branca para tudo! Rangendo os dentes, Hanna terminara o serviço e correra para Marie, a quem confessou que nunca mais voltaria ao quarto do acamado.

Até mesmo Eleonore Schmalzler admitira não ter simpatia pela enfermeira.

– Se pelo menos o doente estivesse melhorando – comentou, preocupada. – Mas ele está cada vez mais apático.

– Não me admira – opinou a cozinheira. – Não há quem se recupere na base de mingau de semolina e chá de camomila dia e noite. Um bom filé de cordeiro com chucrute e salada de batatas colocaria ele de pé em um instante.

– Além do que, deve ser horrível sentir os dedos frios daquela mulher tocando você – interveio Humbert.

A bebê de Auguste começou a chorar, fazendo-o estremecer. Como Auguste estava com Else no lado de fora batendo os tapetes, Marie retirou a pequena do berço de madeira e passeou com ela pela cozinha para acalmá-la.

– Quem é essa chorona? – dizia ela com ternura. – Mamãe já vem...

– Fique quieta, sua esganiçada. Senão a Ottilie mandona vem atrás de você – maldisse Humbert, e começou a imitar a entonação da enfermeira. Ca-lem a bo-ca des-sa cri-an-ça. O do-en-te pre-ci-sa de re-pou-so ab-so-lu-to!

Nem mesmo Eleonore Schmalzler conteve o riso. O rapaz era um talento. Mas logo ela se recompôs e advertiu Humbert para que parasse de se comportar feito um palhaço.

– Diante da desgraça que atingiu esta família, considero tal comportamento mais que inadequado.

– Perdão, Srta. Schmalzler.

Todos voltaram calados ao trabalho. Marie levou a pequena Elisabeth até Auguste no lado de fora. A jovem mãe se sentou com a pequena sobre a grama, lhe deu o peito e observou descontraída Else e Marie batendo os tapetes. Nem cinco minutos depois, uma janela no segundo andar se abriu. A senhora se inclinou para ver o que estava acontecendo no pátio.

– Marie! Else! Levem esse tapete para o outro lado. Vocês estão fazendo muito barulho!

Marie deu um suspiro, abaixou o batedor de tapete e enxugou o suor da testa. Pelo visto, a senhora também estava totalmente sujeita aos mandos e desmandos da enfermeira. Só lhes restava carregar os pesados tapetes até o lado norte e recomeçar o trabalho.

– Daqui a pouco vão nos proibir de comer, dizendo que fazemos muito barulho mastigando – queixou-se Auguste. – Enquanto isso, deixam aquela imbecil encher o bucho na mesa dos patrões. "Prazer, sou Ottilie. Uma flor do campo e com a família eu janto."

– Se ao menos nosso querido Sr. Melzer melhorasse... – Else suspirou. – É tudo tão desalentador, Marie. Mal consigo dormir à noite porque ando tão preocupada...

Em silêncio, Marie começou a enrolar um dos tapetes e Else a ajudou. Juntas, elas levaram a pesada peça que adornava o cômodo dos cavalheiros até o pequeno gramado no lado norte da mansão, e a colocaram sobre um cavalete. Ao voltarem, Auguste continuava sentada na grama ninando o bebê. A pequena estava saciada e dormia satisfeita.

– Vou trocar as fraldas rapidinho – disse ela, correndo com a menina para dentro da mansão.

– É óbvio que ela só vai voltar quando já tivermos levado todos os tapetes lá para trás – resmungou Else. – Como você admite uma coisa dessas, Marie?

Marie afirmou que se divertia carregando e batendo os tapetes, pois, do contrário, passaria o dia inteiro sentada junto à máquina de costura. Ela já estava cheia de dores na coluna, mas a Srta. Elisabeth sempre vinha com novos pedidos.

– Você acha mesmo que esse noivado vai acontecer em junho? – perguntou Else, preocupada.

– E por que não?

Marie pegou o batedor de tapete e desapareceu em uma nuvem de poeira.

No segundo andar, Alicia estava sentada na cama do marido lendo em voz alta o *Allgemeine Zeitung*. O enfermo estava deitado inerte, de barriga para cima e com os olhos fechados. O rosto estava pálido e as bochechas caídas. Àquela altura, as dores já haviam dado trégua, mas a vontade de viver teimava em não voltar. Johann Melzer, que ao longo de trinta anos vivera praticamente apenas para sua fábrica, que trabalhara até dezesseis horas – ou mais – por dia, não demonstrava mais qualquer interesse em fios, tecidos e estampas. As cuidadosas tentativas de Paul em informar sobre o conserto de duas máquinas só fizeram o doente rolar na cama aos suspiros. A enfermeira Ottilie logo interviera, expulsando o rapaz do quarto e tranquilizando seu protegido com uma dose de valeriana com chá de camomila. Até mesmo os artigos de jornal, que Alicia lia em voz baixa, estavam sujeitos à mão de ferro da enfermeira. Bastava um mínimo movimento do senhor – fosse levantando a mão ou piscando, como costumava fazer – para que Ottilie com toda a educação pedisse à senhora para interromper a leitura. Alicia era a única pessoa que a enfermeira tratava com polidez, pois a senhora tinha o poder de demiti-la e substituí-la por outra.

O ladrão que na madrugada entre o dia 21 e 22 de agosto de 1911 roubou a Monalisa *do Louvre foi considerado provido de debilidade mental pela perícia médica mas ainda imputável por suas ações. O promotor público, portanto, prosseguirá com a acusação contra Vicenzo Peruggia...*

Alicia se deteve e observou o semblante imóvel de seu marido. Ele por acaso estava acompanhando a leitura? Por vezes ela temia que Johann morresse a qualquer momento, escorregando do sono para a inconsciência e, sem qualquer despedida, reaparecendo em outro mundo. Sem despedida – aquilo era o mais difícil. Na primavera do ano anterior eles comemoraram as bodas de prata e já viviam juntos havia 26 anos. Ah, foram tempos felizes apesar das longas fases nas quais eles não estiveram exatamente juntos, mas apenas sob o mesmo teto. Tudo o que Alicia desejava era dizer-lhe o quanto ainda o amava e o quanto lamentava por cada briga. Mas ela hesitou em fazer tais confissões, pois ele poderia pensar que ela já contava com sua partida prematura. Além disso, incomodava-a a presença constante e um tanto penosa da enfermeira. Irmã Ottilie havia se levantado para tomar o pulso do doente, de acordo com o relógio de prata que levava pendurado no pescoço. Após concluir a verificação, ela ergueu as sobrancelhas e acenou positivamente para Alicia. Ela podia prosseguir com a leitura mais um pouco.

Rússia convoca três levas de reservistas para seis semanas de exercícios militares no outono. O império austro-húngaro demons-

tra grande preocupação. Tal convocação com fins de treinamento se assemelharia a uma mobilização completa dos exércitos czaristas, que entrementes dobraram os contingentes, totalizando dois milhões de homens…

A porta foi aberta devagar, e o rosto pálido de Kitty surgiu pela fresta.

– Como está tudo? – sussurrou.

– Ele está dormindo, Kitty. Faça silêncio.

Elisabeth apareceu atrás de Kitty, e ambas entraram no quarto na ponta dos pés para não fazer barulho.

– Por que ele só dorme o tempo inteiro? – Kitty suspirou. – Alguns dias atrás ainda era possível conversar com ele, mas agora ele não diz mais uma palavra…

– Ele tomou valeriana para dormir tranquilo e ficar melhor, Kitty.

Kitty franziu a testa e opinou que certamente seria melhor contar algo engraçado para fazê-lo rir. Impossível melhorar estando sempre em silêncio e deitado de barriga para cima enquanto escutava a leitura tediosa de um jornal.

– Papai?

Ela foi até a cama e se curvou sobre o pai. A respiração dele soava difícil, quase agonizante. Cuidadosamente, ela acariciou a testa e viu as pálpebras tremerem.

– Papai, estou decidida a fazer o curso de enfermagem. É óbvio que serei a pior aluna. Tenho certeza que só vou arrumar confusão…

Elisabeth também se aproximara do leito, enciumada e temendo que Kitty a deixasse de lado.

– Você quer que eu toque algo no piano, pai? Talvez Mozart? Ou algum trecho de opereta?

O acamado tossiu e abriu os olhos em seguida. Seu olhar estava muito diferente do de costume. Johann Melzer sempre observara com escrutínio tudo ao seu redor. Mas, naquele instante, as pupilas rodeavam de maneira perdida para lá e para cá, como se uma grande aflição se apossasse dele.

– Papai? – disse Elisabeth, apreensiva. – Papai, estamos aqui. Kitty e Lisa, suas filhas…

Ele moveu os lábios e murmurou alguma coisa que mal pôde se fazer entender.

– As senhoritas precisam sair agora – disse irmã Ottilie. – Ele não pode se sobressaltar de modo algum.

Elisabeth obedeceu, já Kitty se aproximou ainda mais do rosto do pai, tentando entender o que ele balbuciava. Ele parecia dizer Maria... Que estranho vê-lo rogando a Nossa Senhora. Era tão crítica assim a situação? Ou estaria ele se referindo a Marie, sua amiga confidente?

– Srta. Katharina, por favor... Eu não me responsabilizo se minhas instruções não forem seguidas!

Kitty demorou-se, agarrou a mão do pai e a acariciou. Após sussurrar ao ouvido que logo voltaria, ela se ergueu e encarou a enfermeira furiosa.

– Vá para o quinto dos infernos! – disse Kitty com um sorriso encantador.

Ela se retirou do quarto, seguida por Elisabeth, deixando a cargo de Alicia amansar a fera.

– Não estou acostumada a ser tratada desse jeito, Sra. Melzer!

Escutaram no corredor a voz de Ottilie em alto e bom som através da porta do quarto.

– Estamos todos nervosos, irmã. Queira perdoar minha filha...

Kitty e Elisabeth se entreolharam às risadinhas. Fazia bem, com todas aquelas preocupações, remorsos e noites em claro, poder rir de algo. E assim elas o fizeram com gosto, apoiando-se na parede e cobrindo a boca com a mão para não despertarem a fúria de Alicia.

– Mas que bruxa!

– Ela com certeza tem o peito cabeludo.

– E todo dia tira o buço!

Ao ver Auguste subindo pela escada de serviço com uma bandeja nas mãos, as duas se recompuseram. Pobre papai, Auguste vinha trazendo com todo o cuidado sobre a bandeja de prata um bule de chá e um pratinho com torradas doces. O aroma de chá de camomila fresco dominou o corredor e Kitty, que detestava aquele cheiro, se apressou em alcançar a porta de seu quarto.

– Você tem um tempinho? – perguntou Elisabeth.

Aquilo foi incomum, as duas irmãs procuravam se evitar. Elisabeth vinha cuidando da administração da casa para não sobrecarregar a mãe e Kitty havia voltado a pintar.

– Tenho... – respondeu Kitty desconfiada.

Qual seria a acusação que Elisabeth queria lhe fazer? Desde que a irmã passara a conversar diariamente com a governanta, ela vinha controlando com mãos de ferro as áreas de serviço, a adega e também a lavandeira, de onde Kitty levara algumas toalhas para fazer uma colagem.

– Eu... eu tenho umas perguntas.

– Tudo bem – disse Kitty, contrariada. – Mas só uns minutinhos...

Para seu alívio, Elisabeth não parecia interessada nas toalhas desfiadas que Kitty pintara para pendurar em uma tela. Em vez disso, ela se sentou no banco da penteadeira, analisou com rigor a própria imagem no espelho e soltou um cacho de cabelo do penteado.

– Fale logo, irmãzinha – incitou Kitty, vestindo o jaleco totalmente manchado e contemplando seu mais recente trabalho.

Era promissor; o pano vermelho rasgado contrastava bem com o fundo claro.

– Trata-se de...

Elisabeth brincava com um frasquinho de perfume e o recolocou no lugar.

– Sim?

Kitty já estava absorta em seu trabalho e havia praticamente se esquecido da irmã. Elisabeth precisou respirar fundo novamente e, então, tomou a coragem necessária.

– Trata-se do meu noivo.

– O tenente? – perguntou Kitty, distraída.

– Quem mais seria?

Kitty empurrou o cavalete para mais perto da janela e começou a pintar pequenas folhas verdes. Capim dobrado, samambaias frondosas. E se ela desenhasse uns pássaros também?

– O que tem ele?

– Nada – disse Elisabeth. – Nada mesmo. Ele se porta de maneira totalmente correta, simpática, discreta, respeitosa...

Kitty pintava as orelhas pontudas de um gato e analisava sua obra, satisfeita.

– E qual o problema? Você preferiria receber pedidos de casamento apaixonados? Que ele te cobrisse de beijos ardentes? E tentasse invadir seu quarto?

– Claro que não! – exclamou Elisabeth, indignada.

– Não? – perguntou Kitty com um sorriso irônico.

– Pelo menos não me faltando o respeito. Se é que você me entende. Mas ele poderia tentar... estar mais perto de mim. Me refiro a contato físico... O toque... Não apaixonado, mas... pelo menos... com alguma ternura...

Kitty pintou algumas folhinhas na tela, mas seu coração já não estava ali. Pobre Elisabeth, o que ela poderia lhe dizer?

– Sabe, Lisa... Existem homens que precisam se dominar muito para não sucumbirem a uma paixão. Por isso eles aparentam frieza e distância, mas dentro deles há uma chama que arde. Basta um mero toque para, talvez, fazer com que ele esqueça tudo e se atire nos seus braços...

Elisabeth franziu a testa, as palavras da irmã não pareciam muito críveis. Até porque Klaus Hagemann já colocara duas vezes o braço sobre seu ombro sem jamais perder o juízo. E vez ou outra o rapaz reparava em seu decote e não ficava exatamente enlouquecido.

– Ele respeita você, Lisa. Você é a noiva dele, a mulher que ele levará ao altar. Você vai se casar virgem e ter uma noite de núpcias de verdade...

Suas palavras soaram quase pesarosas. Uma noite de núpcias de verdade, algo que ela jamais poderia ter. Não mais. Ela apostara tudo no amor e perdera. Perdera para sempre.

– Sabe, Kitty... – começou Elisabeth, cautelosa. – Tenho medo de estar fazendo tudo errado. Dizem sempre que devemos ser recatadas, submissas, não contrariar o marido, confiar nele e sabe-se lá o que mais. Mas as coisas realmente importantes ninguém ensina.

Kitty colocou o pincel no pote de água e limpou as mãos em uma toalha. Sim, Elisabeth tinha razão, no internato ela jamais aprendera aquelas coisas.

– Então me ajude, Kitty. Eu lhe peço. Não quero arruinar minha noite de núpcias.

Aquela era a Elisabeth sem máscaras. O tempo inteiro ela lhe fizera acusações, a insultara e lamentara pelo tanto que sofrera por culpa da irmã. E, agora, queria se aproveitar de sua experiência. Kitty teve vontade de dizer que procurasse Auguste, mas o semblante desesperado da irmã a comoveu.

– O que você quer saber?

Elisabeth precisou tomar ar novamente para ganhar coragem e fazer a pergunta mais importante de todas.

– O que acontece na noite de núpcias?

Kitty deu de ombros, afirmando não ter como saber a resposta. Ela não se casara. Tivera apenas muitas noites tórridas nas quais ela e seu amado se tornaram um, coração com coração, corpo com corpo... Os olhos de Elisabeth se arregalavam cada vez mais, a mulher parecia entrar em pânico.

– Tem... tem que tirar a roupa?

– O marido se encarrega disso...

– Ele vai tirar minha roupa? – perguntou Elisabeth, intimidada. – Toda?

– Pelo menos a parte de cima e a parte de baixo.

– Da cabeça aos pés?

– Meu Deus – resmungou Kitty, e fez um gesto como se fosse arrancar os cabelos. – Você não é tão burra assim. Ele vai pegar nos seus peitos. E na parte lá de baixo também.

Elisabeth assentiu, resignada. O que ela queria dizer com "parte lá de baixo"?

– Isso aí entre as suas pernas. É isso que ele vai querer.

Não era possível. Havia umas expressões horríveis e obscenas que ela escutara quando criança na cozinha. Mas aquilo era coisa que a criadagem fazia, não gente civilizada. Não pessoas de bem, que gozavam de boa educação...

– Nossa, você tem menos ideia do que eu tinha naquela época. – Kitty suspirou. – Lembra dos cavalos quando estávamos, anos atrás, na Pomerânia na fazenda do tio Rudolf? No pasto, naquele dia que caímos no formigueiro com a cesta de piquenique? Lembra que tinha um garanhão? Então... É algo assim que acontece com os humanos.

A comparação não foi das melhores para apaziguar os temores de Elisabeth. Muito pelo contrário, imagens horríveis se desenharam em sua imaginação. Kitty se sentiu obrigada a fornecer mais detalhes.

– Mas você sabe como é o corpo do homem, não? Digo, por baixo das roupas.

– Não!

Sua irmã mais velha não facilitava. Ela estava se fazendo de palerma de propósito. Antigamente, na infância, as duas não raras vezes tomaram banho junto com Paul na tina.

– Ele tem uma coisinha na frente. Para fazer xixi.

– Ah, aquilo lá – disse Elisabeth. – Sei, sim. Você me deixou horrorizada com a história dos cavalos, Kitty! Pensei que os homens também tinham aquela coisa imens...

– Ela fica dura – interrompeu Kitty sem cerimônia. – E grande e grossa. Não fica grande que nem a do garanhão. Mas também não é pequena.

Elisabeth estava pálida. Ah, sim. E era com aquilo que ele... Impossível funcionar, era muito apertado lá embaixo. E só de imaginar que seu noivo andava com aquela coisa pendurada, como um cavalo... Horrível.

Kitty foi percebendo que havia abordado o tema sob a perspectiva errada. Se continuasse assim, Elisabeth fugiria apavorada na noite de núpcias ou se trancaria no quarto.

– Escute, Lisa – disse ela, puxando uma cadeira para sentar-se ao lado da irmã. – Na primeira vez dói um pouco, mas não é muito. Na segunda vez é maravilhoso. E depois você não quer mais parar. É uma sensação como se estivesse voando. Deitar-se tão próximo a alguém, como se duas criaturas se transformassem em uma. As carícias, a entrega, as risadas juntos, os abraços... É como andar sobre fogo e água.

Elisabeth a fitava, cética. Como era possível que algo tão repulsivo proporcionasse sentimentos tão grandiosos?

– Você verá, Lisa. É o céu! E agora que você sabe o que acontece, a primeira vez será bem fácil.

– Sim... – murmurou Elisabeth. – Claro. E obrigada pela explicação.

Na verdade, teria sido melhor não tomar ciência daquelas coisas todas. Mas era tarde demais.

50

— Estava escuro, mas dava para ver bem – disse Maria Jordan com voz sinistra. – Quando o vulto passou pela lâmpada elétrica do corredor, sumiu. Mas depois, na penumbra do corredor, voltou a se materializar.

– Mas como era esse vulto? – quis saber Auguste. – Parecia ser homem ou mulher?

A cozinheira colocou a panela com sopa de ervilha ruidosamente sobre a mesa, comentando não haver fantasmas na Vila dos Tecidos.

– Foi só um sonho – contradisse Else.

– Sonhos, não mais que sonhos – opinou Humbert.

– Mas os sonhos de Maria Jordan muitas vezes se tornam realidade – afirmou Else.

– Conte logo como era esse vulto – suplicou Hanna.

Ela estava sentada em frente ao caderno, com a tarefa de escrever uma redação sobre o "imperador Guilherme II e sua família", mas a história fantasmagórica de Maria Jordan era incomparavelmente mais interessante.

– Era uma figura escura que não era nem homem, nem mulher. Parecia mais uma criatura de outro mundo, um mensageiro sombrio rondando a mansão até cumprir sua tarefa para poder voltar à sua longínqua morada…

– Era uma mosca varejeira – disse a cozinheira. – Fica zumbindo por aí, bota ovos e desaparece pela janela.

– Psiu! – repreendeu Else, irritada, simulando um movimento com as mãos como se estivesse espantando uma nuvem de insetos. – E qual seria a tarefa que o tal mensageiro sombrio tem que cumprir aqui?

Maria Jordan deu um longo suspiro, colocou a mão sobre a testa e fechou os olhos, obviamente tentando lembrar-se de algo.

– A criatura falava sobre um fardo – murmurou ela. – Um fardo pesado que todos temos que carregar…

– A doença do senhor? – perguntou Humbert, curioso.

– Mas ele logo deve melhorar.

Jordan assentiu. Ela estava pisando em ovos. Por mais que tivesse de fato sonhado com o estranho ser, ela não tinha ideia do seu significado. Tudo o que sabia era que o sonho não fora agradável; talvez fosse melhor não haver tomado a segunda porção de sopa de ervilha antes de dormir. Mas a cozinheira estava decidida a se livrar do estoque de ervilhas secas do ano anterior antes que "dessem bicho".

– Isso significa que uma desgraça se acometerá sobre nós – declarou após uma pausa. – Será um ano difícil para a Vila dos Tecidos e para todos que nela vivem.

Tais premonições sempre eram de algum modo certeiras. E, além do mais, eram avisos que sempre impressionavam. Jordan e seus sonhos vinham gozando de boa fama. Ainda que nada de bom tivesse surgido na vida de Else, o pretendente que previra para Auguste se concretizara. Ela se tornaria esposa de Gustav e viveria com ele e o avô na casinha do jardim. Gustav pretendia também adotar a pequena Elisabeth, que fora batizada no último domingo.

– Um espírito rondando os corredores da mansão! – disse Else com voz abafada. – Agora é que nunca mais vou ao banheiro. Eles também andam pelo terceiro andar, Maria?

– Só no primeiro e segundo andares. E no átrio, mas só de noite.

– Que ótimo – disse Humbert, rindo. – Agora que estamos livres da irmã Ottilie, a terrível, fomos arrumar um fantasma. Não sei o que é pior.

– Eu prefiro o fantasma – disse Hanna, pegando a concha para servir-se de sopa.

– Quer fazer o favor de esperar sua vez, sua esfomeada? – repreendeu-a Auguste, dando-lhe um tabefe nos dedos. – O almoço só começa quando a Srta. Schmalzler estiver à mesa. E Marie também não chegou ainda.

– Onde está Marie, aliás? – perguntou Humbert. – Não é possível que ela fique o dia inteiro sentada à máquina de costura.

Maria Jordan deixou escapar um riso forçado. Explicou que Deus sabia que a camareira Marie não ficava o tempo todo na máquina. Com frequência ela se enfiava no quarto da Srta. Katharina para desenhar. A senhora, igualmente, volta e meia a chamava para jogar conversa fora.

– Ah, Deus... – disse Auguste, revirando os olhos. – Quem vê de longe pensa até que ela é alguma coisa. E olha que poucos meses atrás ela não passava de uma reles ajudante de cozinha que carregava lenha para o fogão.

– Pois é – concordou Else. – Para você ver como as coisas são rápidas...

– Tão rápida quanto a subida é a queda – observou Humbert.

– A queda é mais rápida ainda – comentou Auguste, sorrindo.

Ela acrescentou que o senhor não suportava ver Marie por perto um segundo que fosse. Poucos dias atrás, ao levar chá ao seu escritório, o homem gritara tão alto que se podia escutar na mansão inteira. O senhor diretor deveria ter bons motivos para tal.

– Claro que tem. – Maria Jordan se apressou em intervir. – Sabe-se lá o que terá acontecido entre Marie e o patrãozinho em Paris. Tiveram duas noites lá para se aproximarem. Alguma coisa houve que não agradou nada ao senhor.

Aquela suposição não chegava a ser novidade, pois obviamente todos já haviam notado que Paul havia se encantado por Marie.

– Se for verdade – opinou a cozinheira, contrariada –, fico com muita pena de Marie. Ela é uma moça tão ajuizada e agora vai cair nessa. Isso só pode dar em desgraça.

Else deu de ombros e puxou a cesta de pães para pegar mais uma fatia.

– Se de fato aconteceu algo, já acabou há muito tempo – comentou ela. – Paul a está olhando com tanto ódio que mais parece querer comê-la viva.

– Então o patrãozinho deve ser canibal – debochou Hanna.

– Você vai levar uns cascudos já, já se continuar falando essas besteiras – ameaçou a cozinheira.

Hanna se ajeitou na cadeira e pousou as mãos sobre as pernas, como lhe haviam ensinado a fazer quando a governanta entrasse na cozinha.

– Bom apetite. – Eleonore Schmalzler os cumprimentou com simpatia enquanto todos corriam para seus lugares à mesa.

Gustav também havia aparecido com seu avô e todos esperaram educadamente os jardineiros lavarem as mãos.

– Sopa de ervilha de novo? – queixou-se Gustav. – Ontem mesmo eu pensei que minha barriga fosse me levar embora voando.

– Você tem é sorte por poder comer minha sopa de ervilha – disse a cozinheira de mau humor. – A cozinheira do prefeito me ofereceu vinte marcos pela receita. Mas eu não dou para ning...

Naquele momento, a campainha elétrica soou e Humbert pousou a colher que estava prestes a mergulhar na sopa.

– Sempre na hora da comida – grunhiu. – Parece até que eles lá em cima fazem questão de me matar de fome.

– Vamos guardar um pratinho para você! – exclamou Auguste, debochada, enquanto o rapaz subia apressado a escada de serviço.

Instantes depois, a sopa de ervilha seria ignorada por todos. Humbert irrompeu cozinha adentro, agarrou Gustav pelo braço e balbuciou que ele deveria pegar o carro e ir à Königsplatz imediatamente trazer o Dr. Greiner. A senhora já o havia contatado por telefone, mas o automóvel do médico estava na oficina, então era preciso buscá-lo.

– Senhor do céu, o que houve? – indagou Else, comovida. – Pensei que o senhor estivesse melhor.

Humbert enxugou o suor da testa com um lenço branco enquanto Gustav engolia o resto de sopa de seu prato, arrematando-a com o pão.

– E na volta temos que buscar o padre Leutwien – disse Humbert com pesar.

– O padre? – perguntou o velho jardineiro, colocando a mão junto à orelha. – Se ele chamou o padre, é porque deve ser sério. Deve estar nas últimas.

Aos gritos, Paul avisou à Srta. Lüders que estaria fora o resto do dia e que, em caso de emergência, ela deveria ligar para a mansão. Em seguida, correu para o carro e berrou com o porteiro Gruber por ele ter demorado um pouco em abrir a portão. Assustado, o homem o fitou sem entender nada. O jovem Melzer sempre fora simpático com ele.

Paul dirigia em alta velocidade, beirando os oitenta por hora e levantando uma nuvem de poeira atrás do carro. Para seu consolo, a capota do automóvel estava abaixada, deixando que o vento aliviasse o calor de seu rosto.

– Paul, você precisa vir imediatamente – dissera sua mãe ao telefone.

Ele nunca escutara sua voz tão trêmula, como se fosse desmanchar-se em lágrimas a qualquer instante.

– Pelo amor de Deus. O que aconteceu?

– Seu pai tentou se matar…

No primeiro momento, ele pensou ter escutado mal. Mas a mãe começou a soluçar, balbuciando sobre um revólver na gaveta da escrivaninha.

– Fique calma, mamãe. Já estou indo.

A mansão parecia tranquila sob o sol de meio-dia, as roseiras se destacavam em tons de salmão junto à entrada e os lilases exibiam uma intensa floração branca. Enquanto Paul subia a toda a velocidade os degraus, a porta se abriu e Gustav, seguido por Humbert, o recepcionaram.

– Senhor – disse Humbert, agoniado. – Temos que buscar o médico. E o padre. Seu pai...

– Tragam o carro.

Ele jogou as chaves para Gustav e seguiu em frente. Estavam indo chamar o padre. Ele sentiu um ar gélido subindo pelo corpo e preenchendo seu peito. O padre. A extrema-unção. A morte. Não, ele não podia morrer. Justo quando todos estavam tão esperançosos pela recuperação do doente, que já se sentava na cama e pedia comida de verdade. Ele inclusive chegara a caminhar pelo quarto, já conseguia se vestir e quando a enfermeira Ottilie tentou dar-lhe ordens, ele mandou a mulher às favas.

A governanta veio ao seu encontro e contou com voz sepulcral que a senhora estava no primeiro andar, no escritório do marido. Ele precisava ser forte, o pai estava em um estado lastimável. Se ao menos o médico chegasse logo...

– Onde está Marie?

– Com a senhora no escritório. As senhoritas, até onde eu sei, estão com Maria Jordan no salão vermelho. Sua mãe não permitiu que elas entrassem no escritório.

As últimas palavras chegaram abafadas aos seus ouvidos, pois ele imediatamente subiu as escadas para o primeiro andar. Ao chegar à porta do escritório ele se deteve, tentando recuperar o fôlego, e então bateu.

Uma fresta se abriu e ele viu o rosto pálido de Marie. Seus olhos escuros pareciam maiores e aveludados. Paul se tranquilizou de pronto: Marie estava lá.

– Por favor, não se assuste, nós o colocamos no sofá.

Ela fechou a porta quando Paul entrou e se escorou nela. Ele observou o pai deitado em posição fetal entre as almofadas. Seu rosto estava desfigurado, boca e olhos caídos para a esquerda, a pele sem cor, quase branca. Paul teve que juntar forças para se ajoelhar junto ao sofá e segurar a mão do pai. Seu pulso estava quase imperceptível e muito lento. Estava vivo.

– O que aconteceu?

Ele se virou em direção à mãe, que estava sentada à escrivaninha, com a cabeça recostada para trás e as mãos agarradas aos braços talhados da cadeira.

– Seja lá o que tenha acontecido – disse ela com voz débil. – Eu peço a vocês dois que guardem sigilo sobre esse incidente.

Johann Melzer estivera excepcionalmente animado naquela manhã, havia pedido banho e se vestido, depois tomado o café e, por fim, manifestado a intenção de ir ao escritório examinar alguns papéis. Alicia inicialmente hesitara, com medo de que o marido se exaltasse, mas dissuadi-lo de suas vontades era impossível. Então ela resolveu não o impedir.

– Por volta do meio-dia, eu escutei um objeto tombando no escritório, uma cadeira provavelmente. E então tive uma súbita sensação horrível – disse Alicia, quase apática. – Como se Deus estivesse me enviando um aviso. Eu abri a porta e vi Johann em pé diante da escrivaninha, com o revólver apontado para a têmpora. Deus me ajude, não sei bem o que aconteceu depois. Nos atracamos, ele tentou me empurrar, mas fiquei segurando a mão dele que estava com o revólver e não larguei. Mas então...

Ela gaguejou e só conseguiu pronunciar suas últimas frases de maneira lenta e entrecortada. De repente seu marido estava caído no chão, com o rosto irreconhecível. E então, atemorizada, ela chamara Marie. Ambas arrancaram a arma que ele ainda segurava convulsivamente e, com muito esforço, o colocaram sobre o sofá.

– Ele deve ter tido outro ataque. Com toda aquela luta, o ódio, o susto... Mas o que eu poderia ter feito? Diga-me, Paul, o que eu poderia ter feito? Não podia ter assistido tranquila a ele tirar a própria vida!

– Você agiu da maneira correta, mamãe – disse Paul enfaticamente. – Teria feito o mesmo nessa situação. Qualquer um teria.

Ele foi até a mãe e a abraçou, pedindo-lhe em voz baixa que ela não se culpasse. Havia semanas ela se mantivera fiel ao lado do pai e, inclusive nesses últimos momentos, ela só quis o melhor para ele. Alicia o impedira de cometer um pecado mortal, ele deveria estar grato por isso...

Sobretudo o último argumento a tranquilizou. De fato, ela salvara sua alma de um fardo imenso, pois era pecado tirar com as próprias mãos a vida que nos foi concedida por Deus. Logo depois, alguém bateu à porta, para o susto dos três.

– O médico, senhora. E o padre – avisou Humbert.

– Onde está o revólver? – sussurrou Paul à mãe.

– Marie o colocou de volta na gaveta.

Paul acenou com a cabeça e trocou olhares com Marie, que continuava de prontidão junto à porta. Ela estava lá, agindo com inteligência e serenidade, como sempre fazia. Tudo estava bem.

– Podem entrar, senhores…

O padre Leutwien cedeu passagem ao médico. O Dr. Greiner era um senhor esmirrado, de óculos e cavanhaque grisalho. Ele cumprimentou primeiro os donos da casa, consolando Alicia e apertando a mão de Paul. Marie, que nitidamente era uma funcionária, foi ignorada. Por outro lado, ele acenou para Humbert, que carregava sua maleta preta de couro, e o instruiu a colocar a peça sobre uma poltrona. Zelosamente, o homem destravou os fechos e abriu a maleta, revelando uma miríade de instrumentos metálicos, frascos marrons, caixinhas coloridas, peças vermelhas de borracha, ataduras brancas e toda sorte de coisas, destacando-se entre elas um grande fórceps obstetrício.

Com mão habilidosa, ele ergueu uma pálpebra do doente e então lhe desabotoou a camisa para auscultar seu coração. Enquanto isso, o monsenhor Leutwien seguia junto à porta, de braços cruzados e aparentando extrema comoção pelo estado de Johann Melzer.

– Sem dúvida foi uma apoplexia, senhora – anunciou Greiner, colocando o estetoscópio de volta em um nicho lateral da maleta, onde a ferramenta estava sempre à mão. – Precisamos levá-lo imediatamente ao hospital para que o submetam a uma hemodiluição. Há quanto tempo ele está assim?

Alicia estava prestes a responder, mas naquele momento o doente se moveu. Johann Melzer fez um movimento com o braço como se quisesse enxotar o médico.

– Não… não… hospital não. O padre… Leutwien… o padre precisa vir…

O Dr. Greiner deu um passo para trás, pois o braço de Johann Melzer continuava tentando afastá-lo. Ele observou, contudo, que era bom sinal o doente ainda estar falando, pois a maioria dos casos de apoplexia causava completa afasia.

– Doutor, peço-lhe que guarde suas coisas – disse Leutwien amistosamente. – Agora está na minha vez.

O médico recuou sob protesto. Era inaceitável atrasar a remoção do doente. Nem mesmo por pedido de um padre. Já o desejo de Johann Melzer pouco importava, era preciso – para seu próprio bem – levá-lo ao hospital, nem que fosse por meio da força.

– Em toda a sua vida meu marido sempre teve a vontade respeitada nesta casa, doutor – declarou Alicia, decidida. – E hoje não será diferente.

– Então não há mais nada que eu possa fazer aqui, senhora.

Ele fechou a maleta e fez uma reverência educada diante dela. Paul teve que se contentar com um aceno de cabeça. O padre, por sua vez, já sentado na cadeira ao lado de Johann Melzer, recebeu um olhar tomado por ódio.

A porta mal havia se fechado para o médico sair quando a voz debilitada do doente se fez ser ouvida. Era perceptível o esforço para pronunciar as palavras. Entretanto, a instrução foi clara.

– Saiam... saiam todos. Só o... só o padre fica. Eu... quero... quero... me confessar.

51

— Mamãe! Meu Deus, diga o que aconteceu!

Kitty e Elisabeth correram em direção a Alicia quando ela entrou no salão vermelho com Paul e Marie.

– Ele teve outro ataque?

Elisabeth estava pálida como um cadáver e as lágrimas escorriam por seu rosto. Estavam todos crentes de que o pai melhoraria logo. E então tudo virara de cabeça para baixo de uma maneira horrível. Ah, ela rezara tanto por ele no último domingo.

– Ele está se confessando – disse Alicia abraçando Elisabeth. – Temos que ser fortes, meninas. Está nas mãos de Deus se papai fica conosco ou se vai para o reino dos céus.

Soluçando, Kitty se lançou aos braços de Marie, sem poder acreditar que o pai estava morrendo. Ele sempre fora tão forte, um verdadeiro touro que nunca se cansava de trabalhar, nunca se esgotava. O que elas fariam sem ele?

Paul estava impressionando vendo a ternura com a qual Marie tranquilizava sua irmã, sussurrando palavras de consolo no ouvido, acariciando seu cabelo. De fato, Kitty era digna de inveja, podia estar o dia todo junto a Marie e, inclusive, abraçá-la e beijá-la. Ele, por sua vez, era tratado pela moça sempre com indiferença e frieza.

– O que está acontecendo agora? – queixou-se Kitty. – Por que não podemos vê-lo?

– O monsenhor Leutwien certamente nos chamará quando seu pai quiser nossa presença – disse Alicia, com a serenidade recobrada na presença das filhas. – Até lá, precisamos ter paciência.

Humbert foi chamado ao salão para trazer chá. O criado parecia feliz por ter recebido uma incumbência naquele momento. Ele estava pálido, mas não ousou perguntar pelo estado do doente.

O pequeno relógio de pêndulo sobre a lareira bateu três, em seguida três e meia. Pouco se falava. Kitty recordou que, fazia algum tempo, o pai brincava de esconde-esconde com eles. Quando eram pequenos. Claro que só aos domingos. E Elisabeth voltou aos choros e soluços, dando fim ali mesmo à conversa. Pouco depois das três e meia Humbert apareceu, anunciando que o senhor diretor desejava ver seu filho. E Marie.

– Marie?

A solicitação causou assombro, para não dizer desconforto.

– Eu? – balbuciou ela. – Você entendeu direito, Humbert?

– Foi o que o padre me disse. Perguntei de novo para confirmar e ele repetiu. Paul Melzer e Marie.

Por um momento, Alicia fechou os olhos como se tentasse superar algo difícil, mas que ninguém podia saber. Ela claramente esperara que o marido quisesse vê-la, sua esposa.

– Vá logo, por Deus, Marie. Se tiver sido um equívoco, tudo logo vai se esclarecer.

Ela sorriu para Paul, encorajou-o a ser forte e se serviu de uma xícara de chá. Olhares abismados seguiram Marie quando Paul lhe cedeu passagem ao sair do salão.

Poucos passos levavam ao escritório. Humbert os anunciou e abriu a porta. O monsenhor Leutwien estava sentado à escrivaninha, e Johann Melzer estava reclinado sobre várias almofadas e os fitou como se estivesse diante de um tribunal.

– Sentem-se aí – ordenou.

Apesar de tudo, ele parecia estar em melhores condições que uma hora atrás. Seu rosto havia recobrado as feições anteriores, apenas a pálpebra esquerda pendia ligeiramente e a boca estava caída, o que pouco se notava devido à cerrada barba grisalha.

Em silêncio, eles tomaram assento nas cadeiras designadas e esperaram. Marie tinha as mãos cruzadas sobre as pernas e seu peito se movia em intervalos rápidos. Paul sentiu repentinamente o desejo ardente de tomá-la nos braços para protegê-la. Mas permaneceu ereto e em seu lugar.

– Todo começo é difícil – disse o monsenhor Leutwien na escrivaninha.

Parecia um convite para Johann Melzer se pronunciar, o que foi logo percebido pelo patriarca.

– O que eu tenho a dizer... – iniciou Johann Melzer, limpando o canto esquerdo da boca com um lenço. – O que eu tenho a dizer diz respeito a você, Marie. Marie Hofgartner, a filha de meu antigo sócio Jakob Burkard.

A verdade estava dita. Ele confessara sua mentira. Paul viu o rosto de Marie vermelho como brasa, ela abriu a boca para dizer algo, mas Johann Melzer prosseguiu sem dar-lhe atenção.

– Paul, meu filho, mandei chamá-lo porque quero que você saiba por mim. Não é Marie quem deve lhe contar isso, eu mesmo quero fazê-lo. Depois você decide entre me execrar ou perdoar.

Paul não sabia se devia responder e se calou. O que viria agora? Ele já admitira a mentira. Melzer enxugou novamente a saliva que lhe escorria do canto esquerdo da boca. O homem não parecia esperar qualquer resposta, pois continuou falando.

– Trinta anos atrás, quando visitei Jakob Burkard em sua oficina, onde ele criava mil e uma invenções, eu soube na hora que havia encontrado o homem de que precisava. Ele era uma dessas pessoas sintonizadas no tempo, que idealizam as inovações técnicas que o mundo quer. Tenho que admitir que havia umas coisas descabidas no meio: ele queria produzir, inclusive, um telefone portátil! Mas, no geral, ele desenvolvia máquinas para fiar e tecer e sabia montá-las. Vocês já podem imaginar o resto... Nos tornamos parceiros. Começamos com pouco, pois nenhum dos dois tinha dinheiro. Mas eu sabia fazer negócios e Jakob Burkard construía as máquinas. O banco nos emprestou recursos e, em pouquíssimo tempo, nosso empreendimento cresceu mais do que esperávamos. Eu comprei o terreno do parque, mandei transformar a casa de veraneio na mansão...

– O senhor está fugindo do assunto, Sr. Melzer – interrompeu o padre. – Não se perca, vá direto ao ponto!

Ninguém jamais ousara repreender Johann Melzer de tal maneira. Mas ele não objetou, acenou com a cabeça resignado e dirigiu um olhar cansado ao monsenhor Leutwien.

– A fábrica prosperou sob minha direção, mas meu sócio Burkard logo se tornou um fardo. Os negócios não o interessavam e ele tampouco entendia muito de dinheiro. Era uma pessoa técnica, de corpo e alma, vivia aparafusando as máquinas e queria aperfeiçoá-las, enquanto eu tinha pedidos para entregar. Em resumo: dois anos após meu casamento, por volta de 1890, estávamos irreconciliavelmente brigados e ele desapareceu de Augsburgo da noite para o dia. Primeiro eu tive medo de ele dividir seus conhecimentos com a concorrência, mas não foi o que fez. Ele torrou o dinheiro em um monte de viagens, parece que esteve na Inglaterra, Suécia e, depois, na França. Quando voltou, trouxe uma mulher junto. Louise Hofgartner, uma pintora que ele conhecera em Montmartre. O amor de sua vida. Os dois se mudaram para um apartamento na cidade baixa e pretendiam viver da renda da fábrica. Afinal de contas, metade da empresa era dele e os lucros àquela altura já não eram desprezíveis, o que se deve ao meu tino para os negócios e a meu trabalho incansáv...

– Direto ao ponto, Sr. Melzer! – interrompeu o padre novamente.

Apesar da dificuldade para respirar, Johann Melzer acatou o comando do monsenhor e se obrigou a prosseguir com o relato.

– Logo eu comecei a me arrepender de tê-lo como sócio, pois ele começou a produzir um monte de invenções absurdas, desfalcando o patrimônio da empresa. Eu pensava na fábrica, em evitar que ela sofresse perdas. Era a obra da minha vida, era tudo pelo que eu sempre vivi e batalhei! E, assim, fui comprando suas ações pouco a pouco.

Ele fez uma pausa, voltou a enxugar o canto da boca e pediu um gole d'água. De pronto Paul encheu um copo e lhe entregou. O pai bebia com esforço e a água escorria pelo canto da boca, caindo sobre a camisa aberta. Ao entregar a Paul o copo meio vazio, sua mão tremia como se estivesse levantando um peso imenso.

– Eu negociei a compra de suas ações por poucos marcos – disse ele com dificuldade. – Eu sabia havia muito tempo que ele bebia e me aproveitei de seu ponto fraco. Eu oferecia vinho, depois cerveja... Não precisava de muito para deixá-lo bêbado. E então ele assinava tudo que eu colocava à sua frente. Nem percebia minhas intenções. Mas ela, Louise Hofgartner, já tinha reparado e tentou impedir. Só que Burkard era um homem de boa índole, ele confiava em mim e se negava a acreditar que eu, seu parceiro e amigo, que sempre o chamava para beber, pudesse ser um farsante ardiloso e interesseiro.

Paul teve a sensação de estar diante de um abismo. Seu pai, que ele, apesar de todas as brigas, sempre honrara, fora capaz de abusar de maneira tão covarde da confiança do próprio sócio. Pior ainda: sua atitude arruinara a vida de Jakob Burkard e, por consequência, a da filha e da esposa. Paul não ousou olhar para Marie.

– Continue! – ordenou o padre impiedosamente.

– Ela engravidou e, pelo bem da criança, concordou em se casar, apesar de suas ideias malucas sobre amor livre e outras baboseiras que havia trazido de Montmartre. Na época, eu não sabia como estava a saúde de Burkard, mas ele estava tão debilitado que o casamento no civil já não era possível. O monsenhor Leutwien celebrou o casamento religioso no apartamento deles e Burkard morreu poucos dias depois. Eu fiquei chocado e tomado por remorso, paguei seu enterro e mandei até colocar uma lápide. Cuidei também da pintora, providenciei que meus conhecidos lhe encomendassem trabalhos bem pagos. Quando a criança nasceu, eu dei algumas modestas quantias, pois, depois do parto, ela precisava se recuperar e não podia trabalhar.

Franzindo os olhos, Marie fitava Johann Melzer, tensa.

– Mas depois o senhor tirou tudo que ela tinha – acusou ela com frieza. – Porque o senhor queria uns desenhos que ela se recusava a lhe entregar.

Ele a encarou, parecendo atônito por Marie ter ciência daquilo. Sim, após alguns anos as máquinas de Burkard começaram a dar os primeiros problemas e ele se recordara dos vários projetos de aperfeiçoamento que o sócio tinha em mente.

– Como me arrependi por não ter pensado nisso antes, pois ele com certeza teria me entregado tudo em vida. Mas ela não. Eu me ofereci para lhe arrumar mais trabalho, para pagar o aluguel, mas ela não me deu uma folha sequer. Fiquei furioso, penhorei seus pertences, mandei levarem todos os móveis e objetos do apartamento. Mas ela não se dobrou. Riu na minha cara dizendo que não me daria os desenhos, nem que eu aparecesse lá com o diabo em pessoa.

– Motivo ela tinha – disse Marie, inclemente. – Ela sabia o que o senhor havia feito com meu pai.

Johann Melzer não reagiu à acusação. Ele a aceitou e observou Marie com olhos embaçados.

– Depois cortei a ajuda e comecei a falar mal dela para meus conhecidos, de modo que ela parou de receber trabalhos. Alguma hora, pensei, ela vai voltar se arrastando, nem que fosse pela criança. Mas ela não veio, preferiu passar fome e frio. Dois anos depois, Louise Hofgartner pegou uma pneumonia no inverno. Ela não podia aquecer a casa, pois não tinha dinheiro sequer para a lenha. A doença virou uma tuberculose que acabou matando-a.

Paul sabia o que Marie estava sentindo e olhava pesaroso para o chão. Sua mãe ainda estaria viva se seu pai não lhe tivesse arrancado tudo... Como Marie poderia perdoar sua família por aquilo? Ele e as irmãs naquela época viviam em plena fartura e alegria no luxo da mansão, os Melzers figuravam entre os cidadãos mais honrados e respeitados da cidade de Augsburgo.

Johann Melzer estava exaurido, seu relato se tornava mais lento e ele começou a balbuciar. O homem contou sobre o espanto que sentiu ao ser levado pelo monsenhor Leutwien à cidade baixa; ele afinal nunca imaginara que ela pudesse morrer. Melzer pelo menos se dignou a providenciar que a criança, a pequena Marie, fosse levada a um orfanato e apoiou a instituição com generosas doações por anos para que não faltasse nada à menina...

– Marie – disse ele por fim, fitando-a com olhar suplicante. – Tudo... tudo que eu... disse... é verdade. Eu pequei... um pecado horrível... contra você... e seus pais. Arderei no... purgatório. Você me... perdoa?

O cômodo parecia girar ao redor de Paul. Como ele podia exigir aquilo de Marie? Quão magnânima uma jovem deveria ser para perdoar tamanha dívida?

Ao responder, a voz de Marie soou firme e excepcionalmente fria.

– Que Deus o perdoe, Sr. Melzer. Porque eu jamais o farei!

52

— Marie!

Ela se levantou com um salto e saiu correndo do escritório. Paul quis segui-la, mas o monsenhor Leutwien o impediu.

– Deixe-a ir, Paul. Ela precisa processar isso tudo.

– Mas não posso deixar Marie sozinha agora.

O padre balançou a cabeça energicamente e segurou o braço dele.

– Melhor cuidar de si próprio, Paul – aconselhou Leutwien. – Você também ouviu coisas difíceis de compreender. Castigo e justiça estão nas mãos de Deus. Mas nós, pecadores, precisamos aprender a perdoar.

Paul mal escutava, um sermão naquela hora era a última coisa de que precisava. Com um puxão, ele se desvencilhou da mão do padre e se apressou até o corredor para alcançar Marie. Mas ela já não estava lá. Nervoso, ele subiu a escada de serviço, onde também não havia sinal da moça. Então uma porta foi batida no terceiro andar. Ela fora se esconder no quarto?

– Marie! Vamos conversar. Eu lhe peço, Marie!

Paul não obteve qualquer resposta vinda do terceiro piso, mas notou uma movimentação no corredor atrás de si. Sua mãe e as irmãs haviam saído do salão vermelho, temendo que uma nova desgraça pudesse abater-se sobre elas.

– Paul! O que aconteceu? Diga qualquer coisa, por favor. Estamos morrendo de preocupação.

Ele desistiu do plano de subir ao terceiro andar. Seria de fato inadequado, pois os patrões não tinham nada que bisbilhotar nos dormitórios dos funcionários. Além do que, era completamente descabido ir até o quarto de Marie procurando por ela.

– Não aconteceu nada de mais – mentiu. – Papai está melhor, pode ir falar com ele.

– Mas por que Marie saiu correndo?

Kitty e Elisabeth haviam se aproximado, e Paul improvisou uma resposta. De maneira alguma ele poderia revelar a dura verdade, pois a confissão do pai fora apenas para ele e Marie.

– Papai revelou que Marie é filha de Jakob Burkard, seu antigo sócio.

– Ah, sim – sussurrou Alicia. – Você já supunha isso, Paul. A pobrezinha deve estar transtornada.

– Com certeza – disse Paul, aliviado ao ver a mãe satisfeita com a resposta.

Já Kitty reagiu de outra forma.

– Mas... mas que maravilha, Paul! – exclamou, entusiasmada. – Esse Burkard não era um inventor ou algo do tipo? Meu Deus... Marie tem um pai inventor. E por que só lhe disseram agora?

– E por que fazer tanto segredo por isso? – completou Elisabeth. – Era tão importante assim ao ponto de ele chamá-la nessas condições?

Paul não estava disposto a se enrolar em mais mentiras, então preferiu afirmar que não sabia.

– Acho tudo muito estranho – disse Elisabeth em alto e bom som, fitando o irmão com desconfiança. – Você está omitindo algo, não está?

Querendo evitar uma discussão, ele não se dignou a respondê-la. Nesse meio-tempo, Alicia havia ido ao escritório e era possível escutar a mãe conversando com o monsenhor Leutwien. Kitty a seguiu, aliviada com a notícia de que o pai estava melhor.

– Mas, papai... – reprovou a moça. – Se o médico disse que você precisa ir ao hospital, temos que obedecer. Mamãe tem razão, você tem que ser levado agora. Todos queremos que você fique melhor logo, papaizinho.

– Você está perdendo seu tempo – opinou Elisabeth. – Papai só faz o que quer.

O toque estridente do telefone fez Paul maldizer internamente a fábrica e tudo relacionado a ela. Ele queria ir atrás de Marie, dizer o quanto estava abalado com as revelações do pai. Que ele sentia o mesmo que ela e entendia muito bem sua fúria. Faria o possível e o impossível para reparar aquela dívida...

– Paul? É a Srta. Lüders, da fábrica. Ela quer falar com você de qualquer jeito.

– Já vou...

A secretária estava desesperada. Duas máquinas da tecelagem estavam fora de operação, pois o fio arrebentava o tempo inteiro. Alfons Dinter, do departamento de estampas, advertira que a tinta azul estava quase no fim e, além disso, um cliente importante estava de visita surpresa na fábrica. Um certo Sr. Grundeis, de Bremen, querendo conhecer as novas estampas. Ele estava hospedado no Drei Mohren e procurava uma boa companhia para o fim de tarde.

Paul teve vontade de mandar a Srta. Lüders junto com fio, tinta e o Sr. Grundeis para o diabo que os carregasse, mas percebeu o olhar do pai acompanhando o telefonema do sofá. Ele não estaria fazendo um favor nem a si mesmo, nem a Marie, se jogasse tudo para o alto naquele momento.

– Diga ao Sr. Grundeis que estarei aí em dez minutos. Até lá, sirva-lhe o de sempre.

– Já servi há muito tempo, Sr. Melzer. Está tudo bem? A Srta. Hoffmann e eu estamos preocupadas…

– Não há motivo para preocupação, Srta. Lüders. Já estou chegando.

Custou-lhe encontrar seu tom de voz costumeiro e descontraído, mas ele conseguiu. O que a mãe havia dito ainda agora? Ser forte. Mas ele nunca se sentira tão fraco e impotente.

– Preciso ir, tenho umas coisas para resolver – anunciou, enquanto percebia um sorriso abatido no rosto do pai.

Alicia estava menos satisfeita, ela esperava que Paul convencesse o pai de que era melhor seguir a recomendação médica.

– Cuidem de Marie, por favor – pediu Paul. – Ela está abaladíssima e precisa de apoio.

– Se você faz tanta questão – prometeu Alicia. – Vou mandar Else subir e perguntar se ela precisa de algo.

Sua sugestão não tranquilizou o filho.

– Peça que Else lhe diga que quero falar com ela hoje à noite. É muito importante, mamãe.

A veemência do pedido não surpreendeu apenas Alicia. Elisabeth também franziu a testa e comentou que naquele momento havia coisa mais importante para a família do que conversar com a camareira. Kitty, por sua vez, esboçou um sorriso malicioso, pouco apropriado para a seriedade da situação.

– Diga, Paul querido – interveio ela, alongando as vogais. – Tem algo entre você e Marie que a gente não saiba?

– Depois, Kitty… – disse ele, já com a mão na maçaneta.

Ao atravessar o corredor em direção à escada, ele ouviu o grito perplexo da mãe.

– Ai, meu Deus! Isso não pode ser sério!

– Acho que é, mamãe. Ele está perdidamente apaixonado por ela.

Else voltou para avisar que Marie estava deitada e todos concordaram que, passado tamanho susto, a moça tinha o direito de descansar um pouco. Alicia estava sentada junto ao marido e, como a conversa entre cônjuges é bastante íntima, as filhas perceberam estar sobrando e se retiraram. O padre, igualmente, se despedira, e as irmãs o acompanharam até o átrio. Ambas tentaram arrancar alguma informação do religioso, mas ele era astuto e sabia falar muito revelando pouco. Por fim, Leutwien se blindou com o sigilo do sacramento da confissão.

– O pai de vocês demonstrou muitíssima coragem hoje, senhoritas. Vocês deviam ter orgulho dele. E agora lhes peço que me deixem ir, tenho que celebrar a missa das seis.

Elisabeth comentou que a história ficava cada vez mais enigmática e Kitty concordou.

– Você acha que Paul e Marie já… – perguntou ela, pensativa.

– Shh – censurou Elisabeth. – *Pas devant les domestiques!*

Era Humbert, que se encontrava parado próximo ao elevador monta-pratos para colocar a mesa para o jantar. Kitty achou ridícula a afetação de Elisabeth, mas ficou em silêncio com suas fantasias. Paul e Marie. Seu amado irmão e sua melhor amiga. Que maravilhoso!

– Será que Marie ainda está no quarto?

– Duvido – supôs Elisabeth. – A essa altura ela já deve ter se recuperado do susto.

– Então talvez esteja no quarto de costura.

Mas não estava. Tampouco no quarto de Kitty ou na lavanderia. Lá se encontrava Eleonore Schmalzler, contando as toalhas brancas de algodão e amarrando cada seis com uma fita de seda.

– Que estranho – comentou ela, sorrindo. – Estão faltando três toalhas brancas. A senhorita tem ideia de onde elas foram parar?

Kitty percebeu um breve olhar de soslaio da irmã e ambas afirmaram com ar de inocência que não tinham ideia. Talvez a mãe tivesse levado as toalhas ao hospital em uma das visitas ao pai.

– Você viu Marie, Srta. Schmalzler?

– Ela deve estar em seu quarto, senhorita. Ouvi dizer que não estava bem e foi se deitar.

– Mande-a me procurar – ordenou Kitty. – Antes do jantar, se possível.

– Pode deixar, senhorita. Posso perguntar como seu pai está? Estamos todos muito preocupados.

– Ele está melhor agora. Mamãe está com ele.

– Deus permita que ele melhore logo!

– Obrigada, Srta. Schmalzler. É o que esperamos também.

As irmãs se dirigiram aos seus quartos para, como de costume, se trocarem para o jantar. Kitty colocara o vestido azul-escuro de seda com gola marinheiro e, enquanto tratava de amarrar o cinto de maneira minimamente elegante, Maria Jordan bateu à porta.

– Perdão, senhorita...

– Já estou pronta, Srta. Jordan. Pode ir ver se mamãe quer algo.

Jordan cerrou os lábios. Apesar de sempre se abalar com tais rejeições, ela não aprendia e continuava impertinente.

– Perdão, trata-se de Marie. Parece que ela foi embora da mansão...

Kitty deixou o cinto cair e fitou Jordan, horrorizada. A mulher nitidamente forçava um semblante triste, incapaz de esconder a satisfação pelo desaparecimento da rival.

– F-foi embora? – gaguejou Kitty. – Como assim?

Maria Jordan explicou que, após procurarem Marie em vão, acharam que a moça estaria em seu quarto. Então a Srta. Schmalzler pediu a ela, Maria Jordan, que a buscasse lá em cima. Como as duas dividiam os aposentos, não parecia de bom-tom enviar outra pessoa.

– Quando eu entrei, não percebi nada na hora. O quarto estava arrumado, as camas feitas, o armário fechado. Já estava descendo sem novidades, quando me lembrei de pegar um lenço na cômoda. Foi aí que notei que a gaveta de Marie estava vazia.

Ela levara também alguns de seus vestidos e, igualmente, roupas de baixo, meias e calçados. O que pertencia à casa ela deixara para trás. Três saias escuras, duas blusas, um casaco longo e...

– Ela se foi – interrompeu Kitty, desesperada. – Sem me dizer adeus. Ah, meu Deus, temos que encontrá-la. Aonde ela pode ter ido? Onde ela vai morar? O que você está fazendo aí parada, Srta. Jordan? Avise minha irmã e minha mãe. Peça a Gustav que traga o carro. Temos que ir à fábrica contar a Paul... Como ela me faz uma coisa dessas? Minha Marie! Minha melhor amiga...

Jordan já supunha que a notícia não causaria muita alegria, mas não contava com aquela reação impetuosa. Ela franziu o rosto, fazendo surgir pequenas rugas ao redor da boca, e desceu as escadas para levar a notícia à senhora. E então se veria se era mesmo necessário tanto alvoroço por causa da fuga de uma camareira.

Alicia e Elisabeth já estavam sentadas à mesa. De fato, a senhora permaneceu serena, e a Srta. Elisabeth chegou a comentar que aquela seria a melhor solução para todos. Alicia compartilhava dessa opinião.

– Marie é uma moça esperta, ela entendeu que estava na hora de procurar outro serviço – comentou a senhora. – É uma pena ela fazer isso dessa maneira. Vou sentir sua falta.

– Como camareira ela é insubstituível – concordou Elisabeth. – Eram lindas as roupas que ela desenhava. E os chapéus! Que bom que ela chegou a terminar meu vestido de noiva.

Alicia se virou para Maria Jordan, que junto à porta acompanhava a conversa com grande atenção.

– Não diga nada ao meu marido, Maria. Ele não deve se exaltar de forma alguma. A Srta. Schmalzler vai providenciar que os funcionários mantenham a discrição.

– Perfeitamente, senhora.

Maria Jordan esboçou uma reverência e precipitou-se à cozinha para espalhar mais boatos. Decerto o senhor fora inflexível ao proibir o caso entre o patrãozinho e Marie. Convalescente, ele chamara o filho e sua amada para fazer valer sua autoridade. E, claro, a corda arrebentara do lado de Marie, que teve que se retirar sem dar um pio.

– Será que avisamos Paul, mamãe? – perguntou Elisabeth, desdobrando o guardanapo.

– Ele ficará sabendo a tempo – decidiu Alicia. – Você escutou bem que ele está acompanhando um cliente importante, melhor não incomodá-lo.

– Por onde anda Kitty?

Alicia suspirou. Ela pôs no prato um pouco da língua de boi fria e uma fatia de *leberkäse*. Após todo aquele nervosismo e angústia, a mulher mal tinha apetite e precisou se forçar a comer para se manter de pé. Já Elisabeth não compartilhava de tal problema. Para sua desgraça, estava sempre faminta, principalmente quando se tratava de doces ou comida gordurosa. Desde criança, suas comidas favoritas sempre foram torta de creme, patê e peito de ganso.

– Humbert, peça a Auguste para lembrar minha filha Katharina de que o jantar está servido.

Com um gesto ágil, Humbert aproximou a bandeja de carne de Elisabeth e esperou com paciência a moça se servir.

– Perdão, senhora – disse ele, virando-se para Alicia. – Gustav acabou de levar a Srta. Katharina até a fábrica.

Alicia e Elisabeth se entreolharam, indignadas.

– Obrigada, Humbert. Pode descer, terminamos sozinhas.

Assim que o criado se retirou da sala de jantar, Alicia deu voz à sua revolta. Era impressionante a liberdade que Kitty se permitia. Sem falar com ninguém, passando por cima da mãe, ela sempre fazia o que lhe aprouvesse.

– Já era de se esperar – devolveu Elisabeth. – Kitty é uma teimosa e egoísta, isso já está claro há tempos. Aliás, o que ela ainda está fazendo aqui? Não ia fazer um curso de enfermagem?

Alicia afastou o prato. Seu estômago se revoltava.

– A doença de seu pai impediu medidas concretas a esse respeito. Além disso, Alfons me pediu em confidência que eu e Johann preparássemos o terreno. Ele está pensando em pedir a mão de Kitty.

Elisabeth recobrava as forças com uma generosa porção de *leberkäse*, acompanhado pela fina conserva de pepinos que a Sra. Brunnenmayer preparava com talento ímpar.

– Coitado do rapaz – disse ela, dando de ombros. – Tomara que ele saiba onde está se metendo.

Alicia lhe dirigiu um olhar colérico e Lisa logo percebeu que fora longe demais. Ela não tinha o direito de falar mal da irmã, menos ainda no que dizia respeito ao seu futuro casamento. Alfons Bräuer era mais do que bem-vindo como genro na família.

– Entendo – respondeu Elisabeth, ressentida. – Já meu futuro marido, pelo que parece, não é tão bem-vindo...

Alicia emitiu um longo suspiro. O dia até ali já estava horrível, e o pior de tudo era saber que ainda tinham a noite pela frente.

Meia hora depois, Paul e Kitty chegaram à mansão ofegantes e nitidamente nervosos. Paul fez perguntas à governanta, mandou Kitty ir ao quarto de Marie atrás de eventuais pistas e, em seguida, subiu a toda a velocidade ao primeiro andar para cobrir sua mãe e Elisabeth de acusações. Contudo, ele encontrou apenas a irmã no salão, que lhe explicou que a mãe fora chamada ao quarto para mais uma conversa íntima com o marido.

– Pelo visto, a mim ele não quer ver – comentou, contrariada. – A Kitty, aliás, tampouco. E se você acha que estamos aqui de babá da sua Marie, você se engana, irmãozinho. Ela fugiu, e fez muito bem.

Espumando de raiva, Paul disse sentir vergonha por ter aquela irmã tão fria e desalmada. Como costureira, Marie servia muito bem. Mas como ser humano, ela pouco se importava com a moça. Não era de admirar que o pai não quisesse saber dela...

Foi demais para Elisabeth, que desatou a chorar. Ninguém naquela família a suportava, não havia quem lhe desse importância, mas ela sempre acreditara que pelo menos o pai...

Alicia entrou e fechou a porta apressada.

– O que está havendo aqui? Elisabeth, por favor, controle-se. Paul, papai quer falar com você.

Contudo, Paul não estava disposto a simplesmente acatar as ordens da mãe. O pai queria falar com ele? Pois ele que esperasse. Por que ninguém respeitara a sua vontade? Ele pedira com todas as letras que cuidassem de Marie enquanto ele estivesse na fábrica. Como fora possível ela fugir sem ser notada?

Alicia já esperava semelhantes acusações, mas não naquele tom agressivo. Ela explicou que tudo acontecera de repente e já não havia o que fazer. Mas que tinha certeza que Marie cedo ou tarde apareceria na Vila dos Tecidos. Ela era uma moça inteligente e de boa índole.

Elisabeth olhava a mãe, atônita. Meu Deus, todos sabiam que Paul era o favorito de sua mãe, mas não precisava exagerar de tal maneira.

– Por favor, vá ver seu pai. Ele está esperando.

– Mas serei breve, tenho o que fazer! – disse Paul, amargurado.

– E não lhe diga nada sobre Marie ter ido embora. Eu lhe peço, Paul...

– Está bem...

Johann Melzer encontrava-se na mesma posição de horas atrás, com as costas escoradas por várias almofadas e o corpo coberto por uma manta de lã que Alicia providenciara. Seu estado ainda era péssimo, mas o olhar rijo e ausente desaparecera e Paul chegou a ter a impressão de que o pai se sentia aliviado. Possivelmente por causa da confissão. Mas impusera à família um pesado fardo com isso.

– Não tenho muito tempo, pai. Grundeis veio de Bremen e está esperando por mim no Drei Mohren.

Johann Melzer assentiu com a cabeça, mas apontou para a cadeira ao lado do sofá onde Alicia havia pouco se sentara.

– Contei a sua mãe sobre todo o ocorrido – começou. – Ela assimilou com serenidade e jurou que, apesar de tudo, não deixa de me amar. Eu lhe pedi que contasse às meninas também.

Ele se interrompeu e respirou com dificuldade, como se uma pedra estivesse novamente sobre seu peito. Por muito tempo ele refletira se era necessário pôr as filhas a par. Era muito feio um pai ter que se humilhar assim diante das filhas, mas por fim entendeu que elas acabariam sabendo de qualquer forma.

Paul permaneceu calado, ajeitando-se impacientemente na cadeira. O pai que confessasse tudo se quisesse, mas ele tinha outras preocupações. Era preciso perguntar ao velho jardineiro se ele vira Marie. Gustav, por sua vez, estivera nas estufas atrás da casa pendurando uns tecidos para proteger as plantas do sol quente de junho. O rapaz não vira nada.

– Você está me ouvindo, Paul?

O filho se assustou. Claro que ele estava ouvindo, o pai podia prosseguir.

– Você se lembra de nossa conversa três semanas atrás?

Paul se lembrava muito bem. Ele sentira imenso remorso por haver deixado o pai tão nervoso. Mas, após a revelação, a sensação de culpa foi contida.

– Não foi justo de minha parte, Paul. Eu menti para você por não querer admitir minha culpa. Mas Deus me castigou e que seja feita a Sua vontade.

O pai fez uma tentativa de sentar-se reto e Paul levantou-se rapidamente para ajudá-lo.

– Deixe… – gemeu Melzer. – Quero me sentar sozinho. Preciso conseguir sozinho.

De fato, ele foi capaz de se endireitar e inclinou o corpo para a frente, parecendo satisfeito consigo.

– Talvez em breve eu esteja diante do Juiz eterno – disse ele com a respiração vacilante. – E minha causa está quase perdida. Você quer me ajudar?

– Se estiver a meu alcance…

Johann Melzer acenou a cabeça, satisfeito, e esperou Paul ajeitar uma almofada atrás de suas costas.

– Diga-me como você e Marie estão – demandou o pai. – É uma paixãozinha passageira? Ou é algo mais?

Foi uma pergunta inesperada, e Paul não soube bem como reagir. Três semanas atrás seu pai falara sobre "se divertir" e alertara que Marie poderia "arrumar uma barriga" sua. Mas a doença mudara Johann Melzer.

– É mais – admitiu ele. – Muito mais.

A resposta pareceu agradar ao pai. Ele quis saber desde quando e se já havia, quem sabe, um bebê a caminho. Paul teve que conter sua iminente raiva. Por que tantas perguntas?

– Você pode não acreditar, mas eu nunca toquei Marie. Ela não é do tipo que simplesmente se entrega a um homem, ela é inteligente e orgulhosa demais para isso.

Johann Melzer começou a tossir, tomou mais um gole d'água e engasgou-se, ficando alguns segundos ofegante diante do filho.

– Você nunca a tocou? Como assim? Se eu me lembro bem, você não costumava ser tão contido.

Paul teve que concordar. Mas com Marie era diferente, ele não podia explicar, mas tinha a ver com respeito. E amor.

– E amor? – reiterou Johann Melzer. – E ela? Também está apaixonada? Ou não está interessada?

– Não sei – disse Paul, entristecido. – Por um momento eu achava que ela sentia algo por mim. Mas depois...

– Depois o quê?

Paul hesitou em abrir totalmente o jogo com o pai. E se ele ficasse nervoso e tivesse outro ataque? Por outro lado, sentiu-se impelido a falar sobre seu amor.

– Depois acabou sem nem ter começado. Eu pedi sua mão e ela recusou dizendo que o filho dos patrões jamais poderia se casar com uma camareira.

Um ruído agonizante o interrompeu. Assustado, ele se levantou com um salto, já indo em direção à porta para chamar o médico. E então se deteve, pois o pai lhe estendeu o braço.

– Você... você pediu... a mão dela? – disse ele, a voz entrecortada, voltando a se engasgar. – Que ótimo. E ela... ela... disse não?

Paul percebeu que o pai estava rindo. Rindo do filho por ter sido dispensado pela camareira Marie. Que bom, pelo menos algo para diverti-lo naquele momento…

– Escute, Paul – disse o pai, agarrando-lhe o ombro. – Eu gosto dela, da sua Marie. Se ela ama você ou não, não importa. Eu quero que você se case.

Com isso, Melzer voltou a recostar-se nas almofadas e fechou os olhos, exausto. Paul o observou, perguntando-se se aquilo havia sido o consentimento de seu pai.

– Entenda – murmurou o doente. – É minha única chance de me redimir. Você poderá compensar a injustiça que cometi. Fale com ela, eu lhe peço…

Paul jurou que sim – o que mais ele poderia fazer? Era preciso encontrar Marie, nem que ele revirasse Augsburgo inteira no meio da madrugada. Ele passava mal só em pensar que ela pudesse ter subido em um trem e viajado para longe.

53

O sol da manhã atravessava a folhagem das faias e bordos. Em um ponto e outro, a luminosidade atingia pedras antigas, fazendo os quartzos incrustados brilharem. Pássaros cantavam nas árvores, saltitavam pelos canteiros e pousavam sem pudor sobre o braço esticado de uma estátua de anjo. Àquela hora da manhã, o clima estava agradável e tranquilo no cemitério Hermanfriedhof de Augsburgo. Nenhum suspiro, nenhuma lágrima incomodava o descanso dos mortos. Apenas tentilhões, pardais e chapins cantavam a melodia da vida lá fora.

– Aqui está.

O monsenhor Leutwien apontou para uma pequena lápide na esquina, meio coberta pelos imponentes jazigos dos aristocratas de Augsburgo. Havia um ínfimo pedaço livre de terra entre as tumbas e o caminho, pequeno demais para que se sepultasse ali uma família. Talvez muito estreito até para um caixão só.

Marie se aproximou devagar, observando a borda retangular de mármore, as três marias-sem-vergonha, o arbusto de não-me-esqueças, as heras que emolduravam a lápide de pedra. As letras estavam escurecidas pelo tempo e difíceis de ler.

Aqui jaz
Jakob Burkard
Mecânico e inventor
28/02/1857 – 29/01/1895

Seu pai. Ela, que não pudera conhecê-lo em vida, pelo menos estava ali diante de sua sepultura. Apesar da tristeza indescritível, Marie se sentia liberta. As coisas haviam adquirido sentido. Todas as perguntas, todas as dúvidas estavam respondidas – aquele era seu pai e ali ele encontrara a paz eterna. Ela chorou baixinho e sentiu sua dor dissipando-se pouco a pouco.

O padre Leutwien estava calado ao seu lado e a deixou chorar sem tentar consolá-la. Só quando ela se ajoelhou diante do túmulo para depositar algumas das rosas que trouxera, ele voltou a falar.

– O Sr. Melzer todo ano pagava um valor à administração do cemitério. O túmulo está em bom estado, como você pode ver.

Marie arrumava as rosas diante da lápide e não respondeu. Claro, o Sr. Melzer tampouco economizara com as doações ao orfanato – afinal, condições ele tinha. Mas ele se dignara a levar a filha de Jakob Burkard à sepultura do pai? Muito pelo contrário, ele sempre fizera de tudo para mantê-la longe dali.

– Sei que não conta muito – opinou o padre, entendendo o silêncio de Marie. – Mas isso mostra que, apesar de tudo, a consciência dele pesava. Ele gostava de seu pai. A morte de Jakob o abalou muito na época.

Marie estava longe de demonstrar qualquer compaixão por Johann Melzer. Ele só fizera a confissão por estar à beira da morte, por temer que seus pecados pudessem condená-lo à danação eterna. Provavelmente tinha um dedo do monsenhor Leutwien naquilo também. Ele devia ter deixado claro que, como penitência, a confissão deveria ser feita diante do filho e de Marie. Era difícil decifrar o padre, mas Marie entendeu que ele contava não apenas com a justiça divina, mas também com a dos homens. Por isso ela, em meio ao desespero, recorrera ao padre, que, por sua vez, concedeu abrigo e a alojou em um dos minúsculos quartos do sótão da reitoria, para que Marie pudesse organizar os pensamentos com calma. Ela passou dois dias e duas noites sozinha, e a empregada vez ou outra batia à porta para avisar com rispidez que trazia comida. Que pessoa curiosa ela era, com seu jeito impaciente e distante; sempre tinha a impressão de estar atrapalhando. Mas mesmo assim, a mulher lhe levava três vezes por dia uma bandeja muito bem servida.

– Senhor, conceda ao falecido a paz eterna e considere suas boas ações no dia do Juízo Final, quando os justos ressuscitarão em Cristo. Amém.

Marie se levantara e mantinha as mãos em oração enquanto o padre rezava por seu pai, que ele mesmo enterrara dezenove anos atrás.

– E minha mãe? – perguntou. – Ela está enterrada aqui também?

– Está. Mas em outro lugar.

O monsenhor Leutwien a conduziu de volta, passando pelos suntuosos jazigos de famílias renomadas que se assemelhavam a altares triplos ou à própria Coluna da Vitória de Berlim em miniatura. Eles eram decorados com querubins e ninfas enlutados. Não se dizia que a morte deixava todos iguais? Pelo visto, mesmo depois da morte havia diferenças grotescas entre um abastado representante do governo e um simples sapateiro ou carpinteiro.

Os dois passaram pela igreja de São Miguel no outro lado do terreno. Sob o arco branco da entrada do cemitério havia duas idosas conversando em voz baixa, ambas levando cestas com flores e utensílios de jardinagem. Sobre a borda de pedra do chafariz, os pardais se amontoavam para matar a sede, um esquilo irrompeu no meio do caminho como uma flecha amarronzada e subiu veloz o tronco de uma faia. O padre se deteve em frente a um pequeno gramado rente ao muro do cemitério. Ali não havia tumbas bem cuidadas, bordas de mármore e tampouco flores coloridas. Perto da parede caiada de branco distinguiam-se apenas umas pequenas lápides, algumas bem toscas e identificadas apenas por um nome.

Marie prendeu a respiração. Era ali. Para sua mãe, Johann Melzer não comprara uma sepultura de verdade, para Louise bastava um lugar modesto na grama junto com outros pobres-diabos.

– Ali. A lápide branca, a quinta à esquerda.

A estranha lápide apresentava um relevo talhado. Pouco se enxergava, pois o local estava à sombra do muro e o musgo cobrira a pedra. Marie procurou um galho no chão e começou a raspar o detalhe. Uma mulher surgiu, trajando uma túnica vaporosa que chegava até os joelhos. Assim como os trabalhos em madeira que Marie vira na cidade baixa, aquela figura parecia querer escapar de dentro da pedra, estendendo os braços à liberdade, mas ainda presa.

– O nome está bem embaixo – indicou o padre. – Com o tempo, a pedra afundou na terra.

A inscrição era rústica, como se feita por um leigo com martelo e cinzel. Louise Hofgartner. Nada mais, nenhuma data, nenhuma passagem bíblica.

– Eu às vezes a visitava na cidade baixa – contou Leutwien. – Ela não gostava de padres, mas estava sempre disponível para uma conversa sobre pintura. Duas vezes eu fiz uma encomenda modesta, mas ela se recusou a trabalhar temas bíblicos, então não pude mais ajudá-la. Era uma mulher orgulhosa, uma rebelde. Talvez tenha até gostado dessa sepultura. Na grama, sob uma pedra que ela mesma trabalhou. Louise não era do tipo que se pudesse enclausurar em uma tumba de mármore…

Marie se levantou para pegar um jarro d'água. Com o lenço úmido ela esfregou como pôde a terra e o musgo aderidos ao relevo. A pedra clara se tornara escura sob as ervas daninhas, como se tivesse absorvido a umidade. Mas talvez, após a limpeza, ela se mantivesse seca e recuperasse sua cor original. Ela depositou o resto das flores sobre a pedra e Leutwien orou por sua mãe.

– Se estivesse viva, talvez não fosse gostar disso – opinou ele, sorrindo. – Mas acredito que com o tempo ela ficou mais tranquila e sábia. Ela entenderá que eu disse essas palavras por você também, Marie.

– Eu agradeço, monsenhor.

A jovem lavou o lenço no chafariz. A água reluzia sob o sol da manhã e caía luminosa pelas duas bicas de ferro fundido. Os pardais não demonstraram medo e se aproximaram saltitantes, talvez esperando que ela se sentasse à borda para jogar pedaços de pão. Era possível escutar o chiar de uma locomotiva vindo da estação próxima.

– O que você quer fazer agora, Marie?

O monsenhor Leutwien estava de pé ao seu lado no chafariz e limpava os óculos com um lenço. Ele parecia satisfeito e um pouco sonolento. Na sua idade, a missa da manhã vinha deixando-o cada vez mais cansado, e depois dela ele normalmente se deitava um pouco. Naquele dia, contudo, ele abrira mão de seu cochilo para realizar o desejo de Marie.

– Tenho que dar notícias para ele – disse Marie mais para si mesma que para Leutwien. – Não foi correto fugir sem mais nem menos.

– Notícias? – disse ele, como se não tivesse entendido.

– Sim, notícias. Talvez escrever uma carta.

– Uma carta – murmurou. – Boa ideia. É como se diz: "Mais vale o escrito que o dito." E também: "O que tens preto sobre o branco, para casa levarás tranquilo."

– Poderia telefonar também – reconsiderou ela. – Ir aos correios e ligar para a fábrica.

O monsenhor Leutwien inclinou a cabeça e afirmou que aquela ideia era muito melhor que a primeira. Claro, um telefonema era mais direto, era possível explicar, dirimir mal-entendidos, consolar, fazer promessas e até declarações de amor... O telefone era uma grandiosa invenção dos tempos modernos, em breve seria possível até mesmo se confessar pelo aparelho.

Marie o olhou descrente e constatou que o padre estava de deboche.

– O que o senhor me aconselharia, monsenhor Leutwien?

Ele ergueu as sobrancelhas como se estivesse pensativo. Na realidade, já tinha a resposta na ponta da língua havia muito tempo.

– Você saiu sem se despedir. Não seria mais adequado ir lá pessoalmente para, bem... para se explicar?

Ela assentiu. Obviamente ele tinha razão. Ela estava sendo covarde, querendo se esconder por trás de uma carta ou do telefone. Mas todos deviam estar furiosos com ela. Desde a senhora e a Srta. Elisabeth até Hanna, que certamente estaria morta de saudades. E principalmente Kitty! Ela devia estar transtornada.

E Paul. Ter que confrontá-lo seria o pior. Com frieza, ela se negara a atender ao pedido do pai dele. Dentro de si ardia uma fúria obstinada e, assim ela acreditava, justificada. O homem que enganara seu pai e condenara sua mãe à pobreza e à morte era imperdoável. Ela não se arrependia, mas mesmo assim temia ter decepcionado profundamente Paul. Por que ela não podia ser meiga e dócil como se esperava de uma mulher? Por que não perdoar a culpa de um pecador arrependido? Ah, era o legado de sua mãe se manifestando pela primeira vez. Louise Hofgartner também fora incapaz de perdoar Johann Melzer.

– Os corajosos dominarão o mundo! – disse Leutwien. – E isso vale para as moças também.

Ela deu um suspiro profundo e o seguiu em silêncio através do portão branco do cemitério até chegar à cidade. As ruas àquela altura já estavam vibrantes, o bonde passou por eles, automóveis e veículos de cavalos preenchiam ruidosamente as vias, o carro de leite bastante largo os obrigou a se encostarem na parede de uma casa. Apenas na Franziskanergasse o clima ficou mais tranquilo. As árvores altas margeavam o caminho e a cúpula em forma de cebola da torre da igreja de São Maximiliano espiava vez ou outra, assomando entre os telhados.

– Vou me permitir uma deitadinha de meia hora – disse o padre ao chegarem em frente à reitoria. – Desejo-lhe sorte a partir de agora. Ou melhor: que Deus te acompanhe.

Na verdade, ela tinha a intenção de entrar com ele para postergar um pouco sua decisão, mas logo entendeu que precisava agir. Meia hora a pé se caminhasse devagar. Era o máximo que poderia procrastinar.

– Eu lhe agradeço, padre. Por tudo que o senhor fez por mim. Nunca vou esquecer.

Ele acenou com a cabeça e fechou a porta. Marie andou lentamente pela praça da igreja e foi em direção ao Jakobertor. Atravessou as pontes dos pequenos afluentes do rio Lech que passavam por entre as casas. A cidade baixa, com suas vielas e casinhas, lhe pareceu subitamente familiar e ela se sentiu protegida pela antiga muralha da cidade. Um habitat humilde e marcado pelos séculos, porém seguro. Já do outro lado do Jakobertor, as fábricas dominavam a paisagem, rasgavam os céus com suas chaminés fumegantes, turvavam a água cristalina dos córregos e, em seus pátios, as mercadorias enchiam sem parar os carros para serem transportadas até a estação ferroviária mais próxima, reservada aos trens de carga.

Marie ainda se lembrava muito bem de seu primeiro dia na Vila dos Tecidos. Tudo lhe parecera de outro mundo, o parque amplo, a fachada de tijolinhos. Sobretudo as pessoas que ali encontrara. Os funcionários, que viviam sob uma hierarquia inabalável, e os patrões, a quem respeitava como semideuses.

Ela se deteve diante do portão do parque. As margens do caminho que conduzia à mansão eram adornadas por plátanos com folhagens de um verde intenso. O vermelho da mansão se destacava entre as árvores. No canteiro em frente à entrada floriam cravos e amores-perfeitos, assim como as não-me-esqueças de tom azul-claro. Qualquer um que por ali tivesse alguma vez passado, com certeza sentiria grande nostalgia ao percorrer aquele trajeto verdejante para alcançar o longínquo e belo edifício.

Não se passou nem um ano desde que vi este lugar pela primeira vez, pensou ela. *E talvez esta seja a última que o vejo.*

– Marie! – exclamou alguém próximo dali.

Era o velho jardineiro Bliefert, ocupado com um tronco de plátano vertendo resina. Marie se deteve e o cumprimentou, aliviada por sua simpatia. Pelo menos alguém não estava furioso com ela.

– Que bom que você finalmente voltou, menina – disse ele, revolvendo o pincel no balde metálico para que a resina não enrijecesse.

– Pois é – disse ela, constrangida. – Já não era sem tempo…

Por não saber o que mais poderia dizer, ela seguiu em frente. Um automóvel estacionado diante da mansão deu partida e cruzou o caminho dela matraqueando o motor. Gustav, que ia sentado no banco do motorista com seu chapéu de chofer, lhe acenou. Os bancos de trás estavam vazios – que estranho. Bem em frente ao colorido canteiro de flores ela se deteve para respirar fundo uma vez mais. Tinha sido em outubro do ano anterior que um automóvel passara por ela, e Paul a encarara com grande curiosidade. O primeiro encontro. O começo do amor. E o que viria a partir dali?

Coragem, pensou ela. *Aconteça o que acontecer, não vou me curvar e tampouco mentir. Nem que disso dependa o amor. Isso de maneira alguma, pois agindo assim a desgraça seria certa.*

Ela quis ir pela esquerda, para bater à porta de serviço, mas naquele instante a larga porta se abriu entre as colunas do pórtico. Auguste apareceu na solcira com seu avental branco sobre o vestido escuro e a touca cuidadosamente fixada sobre o cabelo preso. Seu rosto redondo estava rosado pelo nervosismo.

– Veja só quem está aí! Finalmente! Meu Deus, como esperamos por você! Entre logo, estão todos que não se aguentam de felicidade. Ah, tenho que chamá-la de senhorita agora...

Marie não se moveu. A coitada da Auguste estava delirando de febre? O rosto vermelho não negava...

– Marie! – Uma voz veio de dentro do átrio. – Marie, sua abusada, sem-vergonha! Eu queria lhe dar umas boas palmadas e uns puxões no cabelo. Como você pôde fazer isso comigo? Como? Responda! Ah, Marie. Estou tão feliz que você está de volta!

Era Kitty. Marie subiu apressada os degraus a tempo de tomá-la em seus braços. Do contrário, Kitty – agitada como estava – teria rolado escada abaixo.

– Kitty – balbuciou Marie. – Srta. Katharina... Fique calma. Sinto muito, mas eu não pude...

Kitty a abraçou aos soluços, molhando seu casaco com lágrimas mornas. Todos entendiam a situação, ninguém estava furioso com ela.

– Papai nos contou tudo, Marie. Ah, que vergonha, eu não pude acreditar. Que demônio meu pai foi, mas ao mesmo tempo ele é meu pai, que sempre nos amou e brincava com a gente no parque... Ah, Marie. Temos que compensar você por tantas coisas...

Marie não sabia o que responder àquelas palavras tão exaltadas. Johann

Melzer de fato pusera as filhas e a esposa a par de toda a situação. Parecia que o homem levara a sério sua penitência. Mas o perdão de Marie ele podia esquecer.

Naquele meio-tempo, quase todos os funcionários haviam ido ao átrio. Até mesmo as duas lavadeiras, que só iam à mansão uma vez por semana, estavam entre os outros.

– Desejamos-lhe as boas-vindas do fundo do coração, Marie – disse a governanta em tom cerimonioso, estendendo-lhe a mão. – Desde o primeiro momento eu soube que você era especial.

– Srta. Schmalzler... eu queria... – gaguejava Marie, constrangida. Mas logo foi interrompida.

– Ah, finalmente. Estava fugindo de quem, garota? – disse a cozinheira, sorrindo. – Querendo se esconder da felicidade, é? Que besteira!

Humbert não disse nada, mas por alguma razão ostentava um sorriso de orelha a orelha. Já o rosto enrugado de Else estava coberto por lágrimas de felicidade. Até mesmo Maria Jordan estava presente para cumprimentá-la, forçando um sorriso amistoso.

– Ah, eu já sabia – algazarrou Else. – Ela voltou. O padre já tinha dito, e assim se disse, assim se fez.

Marie tinha os ouvidos atentos. Enigma resolvido: Leutwien, aquela velha raposa, era um belo de um fofoqueiro.

– Suba logo, Marie – disse Kitty, impaciente. – Meu Deus, deixem a moça passar. Não estão vendo que ela quer subir? Ela é de vocês agora? O que vocês estão fazendo em volta dela? É Sua Majestade que está vindo visitar o imperador?

Ela disse aquelas palavras rindo e chorando ao mesmo tempo, então tomou Marie pelo braço para subir a escada.

– Mamãe está perplexa porque papai disse que mal pode esperar para que vocês se casem. Paul querido e você, minha amiga Marie. Não posso nem acreditar que você será minha cunhada...

Marie a deixou falar, pois quando Kitty se exaltava daquela maneira, era impossível fazer com que se calasse. As palavras que jorravam de sua boca não podiam ser verdade, pois Johann Melzer proibira expressamente tais planos de casamento. Teria ele mudado de ideia? Não, isso teria sido muito mais que uma penitência. Muito mais provável era Kitty estar acreditando nas próprias fantasias, coisa que ela adorava fazer.

– Elisabeth, aquela boba, saiu de manhã para passar o dia fora com Hagemann e duas amigas. Veja você, ele tem que voltar semana que vem ao quartel e ficará um tempão sem férias. Teremos que adiantar a festa de noivado. Mas mamãe está aqui, ela quer muitíssimo ver você agora mesmo.

Ela estava prestes a abrir a porta do salão vermelho, já com a mão sobre a maçaneta, mas então se deteve e virou.

– Você já está aqui?

Paul estava junto à escada, ainda ofegante após a subida rápida, com o casaco aberto e a gravata solta.

– Nossa – disse Kitty, contrariada. – Não imaginei que Gustav fosse chamar você tão rápido. Não me diga que agora você quer monopolizar Marie.

Ele as olhou desconfiado, tentando sem êxito decifrar a expressão de Marie, mas sem sucesso.

– É isso mesmo que eu quero – disse em voz baixa. – Mas não sei se Marie quer também.

– Mas claro. Do contrário ela não teria vindo, né? – respondeu Kitty e soltou um sonoro suspiro. – Então, vamos lá vocês dois. Podem brigar, se bater, se reconciliar. Eu já lhe contei que Alfons pediu minha mão, Marie? Não sei bem o que fazer, mas estou quase certa de que vou aceitar...

Ela se calou por um momento, parecendo aguardar a opinião de Marie sobre o assunto, e então percebeu que ela nem sequer a havia escutado. Ela estava absorta no olhar de Paul.

– Sim – disse Marie. – Acho que temos que conversar, Paul.

Aparentando estar aliviado, Paul apontou para a porta da biblioteca.

– Então venha... por favor...

Ainda que raras vezes tivesse tido a oportunidade de permanecer ali, Marie sempre amara a biblioteca. As altas estantes talhadas com pequenas colunas torneadas abrigavam inúmeros livros, quase todos encadernados em couro de distintas cores. À esquerda, o espaço se abria em um jardim de inverno onde plantas exóticas prosperavam em vasos e jardineiras, uma floresta tropical, onde se podia sentar-se em poltronas de vime para ler um livro.

Paul estava parado junto à porta e ela sentiu muito suavemente a mão dele tocar seu ombro ao adentrar o cômodo. Marie estremeceu. A atração que ele exercia sobre ela era infinita. Era preciso proteger-se.

– Foram dias difíceis, Marie – explicou ele. – Eu tive medo de perder você.

Como se ele algum dia a tivesse possuído. Ela se virou para Paul e seu coração palpitou quando encontrou seu olhar apaixonado.

– Me perdoe, Paul. Fui covarde e simplesmente fugi. Foi o monsenhor Leutwien quem lhes contou para onde eu fui?

Ele sorriu, revelando uma descontração de seus tempos de garoto. Sim, Leutwien lhes confessara com a máxima discrição que ela estava passando um tempo na reitoria. Mas isso só na noite seguinte, após Paul ter revirado a cidade quase inteira atrás dela e já temer que Marie pudesse ter saído de Augsburgo.

– O que você teria feito?

Ele balançou a cabeça e afirmou que, nesse caso, provavelmente teria se atirado no rio Lech.

– Então que bom que voltei a tempo – disse ela, sorrindo. – Diga-me se é verdade o que Kitty me contou...

Como já conversavam sem maiores cerimônias, Paul se aproximou. Será que ele não sabia o poder que tinha sobre Marie? Mas talvez ele também estivesse submetido àquele feitiço traiçoeiro que teimava em uni-los de qualquer maneira.

– Kitty não consegue segurar a língua – observou ele. – O que ela disse?

Marie teve medo de dizer algo totalmente idiota ou, até mesmo, embaraçoso. Mas era preciso saber a verdade.

– Que seu pai mudou de opinião...

– É verdade, Marie. Ele inclusive insistiu para eu pedir sua mão. Pois ele espera ser perdoado assim.

– Ser perdoado... – murmurou ela, e recuou um passo.

O momento chegara. Ela tinha que ser sincera, com ele e consigo mesma. Dizer a verdade, pois o amor não poderia ser sustentado por mentiras.

– Paul, eu sinto muito. Mas não posso perdoá-lo. Por mais que eu te ame.

Ele já não podia se conter e a tomou pelos ombros, trazendo-a junto ao peito. O que ela estava dizendo? Ele era a última pessoa que exigiria algo assim. Sua raiva era mais que compreensível, ele também ficara furioso e envergonhado ao escutar a confissão do pai.

– Ele roubou o que era seu de direito. Metade da fábrica é do seu pai, ele usou meios escusos para...

– Ah, a fábrica! – exclamou Marie, aborrecida, e se soltou de seus braços. – Essa fábrica idiota e o dinheiro de vocês, nada disso me importa. Mas minha mãe não teria morrido se ele não tivesse tirado tudo o que ela tinha. Isso eu jamais poderei perdoar e vou odiá-lo enquanto eu viver!

Ele abaixou os braços e a olhou com tanta tristeza que ela teve que se conter. Havia necessidade de ser tão inflexível? De fazê-lo sofrer pelas ações do pai?

– Eu não estou lhe pedindo para perdoar meu pai, Marie – sussurrou ele. – Mas temo que as sombras do passado se lancem sobre nosso amor. Isso não podemos permitir.

– O que faremos? – perguntou ela, entristecida. – Tenho que me casar com você porque seu pai assim determinou?

– Não! – exclamou Paul, furioso. – É irrelevante o que meu pai determinou, pois teria me casado inclusive contra a vontade dele. Mas agora nem ouso mais perguntar se você quer ser minha esposa.

– Por que não?

Ele ergueu os braços e baixou-os novamente, desamparado.

– Porque não sei se você ainda me quer.

Ela contemplou seu rosto infeliz e foi tomada por imensa ternura. Repentinamente teve a impressão de estar unida a ele havia muito tempo, desde antes da existência da humanidade, antes do surgimento do universo. E, assim sendo, só existia uma resposta possível, qualquer outra coisa seria mentira.

– Quero sim – disse ela com um sorriso amoroso e um pouco envergonhado. – Quero que você seja meu marido, Paul. Muito. E para sempre.

Parte VII

Junho de 1914

54

Havia chovido na noite anterior e Alicia estava um pouco preocupada que as trilhas do parque estivessem encharcadas ou escorregadias. Mas o velho jardineiro Bliefert a tranquilizou. O sol da manhã já fizera a umidade evaporar havia muito tempo, restando apenas algumas poças diante da mansão que ele já encarregara seu neto de cobrir com areia e pedriscos.

– Então vamos arriscar – disse a senhora.

Johann Melzer se recuperara com rapidez impressionante nos últimos dias. O homem voltara a comer com apetite, lia o jornal e passava as manhãs no escritório. Sem nada dizer, ele aceitou que o revólver desaparecera da gaveta da mesa de nogueira e, até onde Alicia sabia, nem sequer perguntara pela arma. Nos fins de tarde ele se encontrava com Paul no cômodo dos cavalheiros para se atualizar sobre o andamento da fábrica e se permitia uma taça de vinho tinto. A caixa de charutos permanecia fechada. Pelo menos a um dos vícios o médico o convencera a renunciar, sendo que o vinho lhe pareceu mais indispensável que o tabaco.

Alicia acompanhava com zelo a recuperação. Pela primeira vez em 26 anos, Johann estava disponível o dia inteiro para ela e a situação incomum vinha fazendo bem ao casamento. Tiveram oportunidade de resolver pendências entre eles, esclarecer mal-entendidos e mágoas do passado e, sobretudo, puderam descobrir que os laços que os uniam eram mais estreitos do que acreditavam.

– Amor é uma palavra muito séria – dissera Johann. – E é certo que nunca fui um marido amoroso ou apaixonado. Para mim você é como meu braço direito. Não preciso dizer diariamente como é bom tê-la, mas tente só afastar-se de mim.

Naquele dia Alicia decidira fazer um breve passeio pelo parque. Ar fresco e movimento moderado eram benéficos, assim dissera o médico. Dentro de poucas semanas era possível considerar também uma viagem ao litoral para se restabelecer. Ao Báltico, não ao Mar do Norte, demasiadamente agitado. Talvez a Rügen, onde havia melhor estrutura para os banhistas.

– Você não para de se consultar com esse médico – queixou-se Johann Melzer. – Com certeza ele está furioso por eu estar me recuperando sozinho sem ter que ir àquele hospital ridículo dele.

Alicia riu. De fato, ela podia voltar a rir com alegria e descontração como fizera nos tempos de juventude.

– Ah, verdade. Ele ficou bastante admirado mesmo.

Munido de chapéu de sol e da bengala de seu falecido sogro, ele desceu as escadas. Humbert, que vinha a pedido de Alicia ajudar o senhor, foi enxotado por um aborrecido Johann Melzer. Por acaso achavam que ele estava senil a ponto de não poder descer os degraus sozinho?

O sol de junho cintilava nos olmos e se refletia no gramado do parque com um brilho prateado. Os delgados ciprestes se erguiam escuros, alguns deles já curvados pelo vento da primavera que arrancara galhos e quebrara as copas pontudas. Mas eles se mantinham resilientes, e de seus caules surgiam brotos em tons de verde-claro.

Johann aceitou segurar-se no braço de Alicia. Era difícil andar sobre os pedriscos escorregadios, mas como não queria decepcionar a esposa, ele manteve o passo.

– Haverá uma apresentação teatral – contou Alicia. – Já estão montando o palco atrás da casa. Espero que o tempo colabore, não quero nem pensar que pode chover o dia inteiro. Kitty e Marie pintaram uns cenários lindíssimos.

Ela se referia à festa no jardim que aconteceria dentro de dois dias. Mais de cem pessoas foram convidadas, um considerável número de gente para comer e beber, mas como tratava-se de sua discutível sorte de casar três filhos na mesma ocasião, o esforço valeria a pena. Todos os três. Finalmente Kitty encontrara o homem certo que, além do mais, era um partido e tanto. Uma espertalhona, sua Kitty. Conseguiu no final das contas se livrar do curso de enfermagem, pois seu noivo temia seriamente que ela se infectasse no trato com os doentes.

– Está indo bem, não é? – perguntou Alicia, que o segurava com firmeza sempre que Melzer pisava torto ou tropeçava.

– Excelente – respondeu, rabugento. – O velho centenário sendo levado pela filha para respirar ar puro.

Ela sorriu e sugeriu que fossem pelo caminho que levava até o cedro. De lá poderiam ver a casinha para onde Auguste em breve se mudaria com o bebê. Gustav e ela haviam se casado com grande discrição, tendo Else e a cozinheira como testemunhas.

Melzer gracejou, dizendo que por fim entendeu por que no domingo anterior tiveram que comer carne fria. Não era de admirar, com quase todos os funcionários empenhados na preparação do casamento.

– A sensação é de que estou ficando velhíssimo – comentou ele. Então parou para recuperar o fôlego. – Todo mundo noivando, casando, formando família. Estamos rodeados pela juventude casamenteira, só falta agora Humbert e Hanna, a ajudante de cozinha, noivarem.

– Disso eu duvido muito – disse Alicia, rindo. – Mas veja só que linda ficou a casinha com a pintura clara. Estou achando até que colocaram janelas novas. E instalaram venezianas de madeira.

Johann Melzer franziu os olhos para protegê-los do sol e deu mais alguns passos em direção ao velho cedro com galhos compridos. De fato, a casinha, que outrora abrigara ferramentas de jardim e toda sorte de velharias, havia se tornado uma preciosidade.

– Else contou que Auguste comprou móveis novos. Uma caminha para a neném, um sofá, cortinas de veludo e inclusive um fogão novo – disse Alicia. – Devem estar acabando com as economias do avô.

Johann Melzer deu de ombros. Ele duvidava piamente de que o velho fora capaz de economizar muito; devia ter dado quase tudo aos filhos que volta e meia reapareciam com as mãos abanando. Não muito diferente do que ele mesmo fazia pela parentada dos Melzers. Um bando de pedintes que ele sustentava e de quem não conseguia se livrar.

– De todo modo, o velho Bliefert deve estar só felicidade por voltar a ver vida no seu casebre – contou Alicia. – Você está bem, Johann? Melhor voltarmos. Para um primeiro passeio até que já andamos muito.

Ele assentiu, bateu mais uma vez com a bengala no descascado tronco cinzento do cedro e tomou o caminho de volta ao lado de Alicia. Enquanto caminhavam, viram os fundos da mansão com seu terraço conectado ao jardim francês, onde um laguinho com chafarizes se destacava. De frente para a água, fora montado o "palco", que consistia em tábuas pregadas por Humbert e Gustav sobre blocos de troncos. Naquele momento, estavam sendo instaladas cantoneiras de madeira onde mais tarde seria fixado o cenário. As marteladas se faziam ouvir até o parque.

– Vamos ter que colocar o piano para fora. – Alicia suspirou. – As amigas de Elisabeth resolveram apresentar alguns trechos de *Sonho de uma noite de verão* e depois um pot-pourri da opereta *Lisístrata*, de Paul Lincke.

– Lisístrata – murmurou Johann. – Essa não era a líder daquele grupo de mulheres totalmente fora de si?

Alicia esboçou um sorriso. Não, ele devia estar se referindo a Pentesileia, a amazona. Lisístrata fora a responsável por incitar as mulheres a recusar os maridos até que os homens cessassem a guerra.

– Ah, sim, uma megera da paz. Como Bertha von Suttner – ironizou, tentando reconhecer a distância a fumaça das chaminés de sua fábrica.

A princípio, a paz obviamente era algo positivo e só se podia esperar que ela durasse por muito tempo. Mas isso não tinha nenhuma garantia no momento, considerando os discursos histriônicos do imperador.

– Você está coberto de razão, Johann – comentou Alicia, sorrindo. – Mas quem quer saber de guerra? Que pessoa sensata pode acreditar que uma guerra traria algo de bom para a humanidade?

Ele se calou. Era inútil conversar com uma mulher sobre tal assunto, elas não entendiam nada de política e analisavam tudo segundo sua "intuição".

– Olha lá, acho que é Marie ali. E Kitty também. Elas queriam testar os cenários. Veja só, parece até um templo grego.

Marie, pensou ele ao sentir que era tomado por desgosto. *Ótimo, ela era filha de Burkard e merecia ser coproprietária da fábrica. Ela se casaria com Paul e um dia comandaria as funcionárias da fábrica. Mais do que justo. A filha de Burkard recebendo o que ele tomara de seu pai. Assunto encerrado. A justiça seria feita. E assim eles estariam quites: Burkard e ele.*

– Estou muito feliz por ter justo Marie como nora – disse Alicia, pensativa. – Há tempos eu me afeiçoei a ela. Uma menina esperta e especial. E tem postura. Desde sempre ela…

Johann Melzer assentiu. Exatamente, ele já percebera o valor da moça ao vê-la recebendo o presente de Natal. Ele voltou a ficar desgostoso, mas se esforçava em disfarçar. "Esperta e especial" uma ova. Marie herdara a petulância da mãe. Ah, Louise Hofgartner teria feito a festa diante daquela cena no escritório da mansão, assistindo a ele, o diretor Melzer, se humilhando diante da filha dela, enquanto a moça, aquela pessoinha atrevida, tinha a empáfia de dizer que não o perdoaria! Como se estivesse chutando um cachorro que já jazia no chão. Contudo, naquele momento em que se sentia cada vez mais saudável, suas confissões lhe causavam arrependimento. Teria sido mesmo necessário abrir-se de tal maneira perante sua família? Não teria bastado dizer a verdade somente a Marie? Ou talvez admitir só parte dela? Leutwien, aquele padre espertalhão, se aproveitara do medo que ele sentia da morte para trazer à luz certas coisas que Johann teria preferido ocultar para sempre.

Mas era fato consumado. Estava decidido que Marie devia deixar a mansão, pois, na qualidade de noiva, não poderia viver sob o mesmo teto que Paul. As pessoas começariam a falar. Alfons Bräuer intercedera, oferecendo-se para acomodar Marie na casa que seus pais tinham na cidade. Kitty não dera sossego até prover a futura cunhada com roupas, chapéus e toda sorte de coisas, de maneira que a filha bastarda de Louise Hofgartner ocupara sua nova morada como uma autêntica dama. Alfons Bräuer, aquela pessoa extraordinária, apertara a mão de Paul, expressando suas felicitações pela escolha. Não havia esposa melhor para ele em Augsburgo e adjacências.

– O que você acha, Johann? Não seria melhor celebrar os casamentos logo no outono em vez da primavera do ano que vem? Elisabeth é bastante a favor e eu também preferiria resolver isso logo.

– Elisabeth? Aquela ali mal pode esperar para amarrar o tenente com essa história de casamento. Parece até que está com medo que o belo e distintíssimo Klaus fuja dela.

Alicia balançou a cabeça, contrariada. Que coisas horríveis ele estava dizendo! E justo sobre Elisabeth, que padecia por não ter a graça e a leveza de Kitty.

– Mas, por outro lado, ela tem o que você chama de discernimento – opinou Melzer para tranquilizá-la.

– É, isso ela tem – confirmou Alicia, sorrindo. – Sabe, Johann. Estive pensando... O quanto antes eles se casarem, mais cedo teremos netos. Sinto tanta falta de ouvir voz de criança nesta mansão. Elas não são um sinal de que a vida continua?

– São – disse ele, comovido. E apertou o braço da esposa. – Tem razão, Alicia. Melhor eles providenciarem logo esses netos, de preferência meninos. Assim meu legado permanecerá nas mãos da família.

Entretanto, ele estava decidido a recuperar as rédeas da fábrica e só passar o bastão ao filho o mais tarde possível.

– Vamos entrar – sugeriu ele, apontando com a bengala para a entrada principal da casa. – Estou com um pouco de frio e minhas pernas não estão querendo colaborar mais.

Ao chegar no átrio, ele precisou se sentar. Apesar de seus protestos, Alicia chamou Gustav e Humbert para carregá-lo em sua cadeira até o andar superior.

– Para o quarto, não! – resmungou, furioso. – Para a biblioteca. E quero meu jornal. E um bom café! Quem me vier com chá de camomila vai levar a xícara na cara!

Todos os tapetes da biblioteca haviam sido retirados e as plantas do jardim de inverno estavam reunidas em seus vasos no meio do recinto. Else e Hanna limpavam os vidros com água e glicerina para deixá-los brilhando. Com uma lista na mão, Elisabeth calculava quantos convidados caberiam lá dentro em caso de chuva.

– Vai ficar apertadíssimo, mamãe – comentou ela. – Cabem no máximo trinta pessoas sentadas. E o escritório seria muito pequeno para o bufê...

– Não se preocupe, Lisa – tranquilizou-a Alicia. – Não vai chover. Meu pé ruim está me dizendo.

– Tomara que tenha razão. – Elisabeth suspirou. – Você acha mesmo que cinco garçons extras serão suficientes?

– Com certeza, Lisa. E ainda temos Humbert. Além disso, Auguste e Else ficarão no bufê também. Maria Jordan se encarregará dos presentes e depois ajudará com o ponche. Você sabe se a Srta. Schmalzler já falou com Bliefert sobre as flores para decorar as mesas e o átrio?

Naquele instante, Auguste, trazendo uma passadeira recém-espanada e um balde com água, irrompeu na biblioteca.

– Senhorita, um mensageiro trouxe isso.

Ela colocou o tapete e o balde no chão. Então pôs a mão dentro da camisa e sacou uma carta que guardara dentro do corpete.

– É do seu noivo – disse ela com doçura.

Elisabeth arrancou a carta das mãos da serviçal.

– Da próxima vez coloque a correspondência no avental. Ou entregue a Humbert! – sibilou.

– Perdão, senhorita.

Johann Melzer energicamente exigiu ser levado ao quarto. Aquele lugar estava um verdadeiro campo de batalha. Quando as mulheres cismavam em limpar, era melhor manter distância.

– Ah, Johann – disse Alicia com brandura. – Sempre fazemos isso antes de todas as festas. Você que nunca viu, pois vivia na fábrica.

Elisabeth sentia o envelope queimar nas mãos, mas não queria de maneira alguma ler a mensagem do noivo em meio àquela confusão.

– Vou ao meu quarto por um instante, mamãe.

– Claro, querida. Tome seu tempo. Eu cuido das flores. E Marie já chegou também...

Elisabeth fechou a porta de seus aposentos com cuidado e foi até a janela para poder olhar o jardim. Kitty e Marie estavam ocupadíssimas fixando o cenário do palco improvisado. Nesse aspecto, nada teria como dar errado. Ela examinou o envelope que parecia completamente normal: endereço, remetente, selo, nada de extraordinário. Carimbo de Munique, onde o regimento de Klaus estava destacado. Por que ele estava enviando uma carta tão próximo à festa de noivado? Aflita, Elisabeth abriu o envelope com mãos trêmulas. Ela temia o pior.

Minha querida,

É com grande alegria que vejo o dia do nosso matrimônio aproximar-se. Será o início de um período – espero que não muito longo – de teste, no qual vamos nos conhecer e tenho certeza de que o afeto que temos um pelo outro se tornará mais forte e sólido.

Apesar de toda a alegria, um colega de Augsburgo me trouxe uma notícia que me deixou bastante preocupado. É possível que não passe de um rumor, contudo gostaria de dividir minha inquietação com você. Caso seja verdade que seu irmão Paul esteja considerando casar-se com uma camareira, temo pela paz em nossas famílias, algo indispensável em uma união. Meus pais não compreenderiam um casamento tão esdrúxulo, principalmente após sua irmã ter protagonizado um escândalo na sociedade. Espero sinceramente estar enganado e peço-lhe desculpas desde já por esta carta.

Aguardo ansioso nosso noivado.

Envio um abraço apertado e a promessa de ser sempre seu, minha querida.

Klaus von Hagemann

Elisabeth abaixou a carta e tentou acalmar seu coração acelerado. Ela já pressentia aquilo. No final das contas, Klaus tinha razão, havia sido desrespeitoso da parte de Paul insistir em um casamento tão inapropriado e, ainda mais, celebrar o noivado junto com as irmãs. Kitty também teria preferido outra data. Mas assim eram os seus pais: já que os filhos estavam noivos, melhor casar todos ao mesmo tempo, pois reduziriam as despesas e os funcionários não ficariam sobrecarregados.

Ela se sentou no pequeno sofá e passou mais uma vez os olhos pela carta. Aquilo era uma ameaça? Ele estava mesmo convencido de bater em retirada caso Paul de fato desposasse Marie?

... temo pela paz em nossas famílias, algo indispensável em uma união...

Aquilo era uma ameaça de término? Elisabeth sentiu um calafrio. Ela, que lutara tanto por aquele homem, não poderia deixar seu amor perecer por causa de uma história tão estapafúrdia. Menos ainda por uma camareira, ainda que fosse filha do tal mecânico bêbado que construíra as máquinas da fábrica de seu pai. Por acaso era culpa sua o que acontecera no passado? Pelo visto era. Mais uma vez ela teria que sofrer pelos ardis de sua família.

Mas isso Elisabeth não iria permitir. Não quando se tratava de sua felicidade, do amor de sua vida. E havia ainda um detalhe que ela não revelara à família.

55

— E você veio importunar meu trabalho por uma besteira dessas?

Paul a deixara esperando por cerca de dez minutos na antessala, onde ela tomou um café ao som do martelar frenético das secretárias na máquina de escrever. Que dedos aquelas mulheres tinham, as teclas baixavam completamente. Elas operavam aqueles aparatos pretos envoltos em ferro com tanta rapidez que era impossível acompanhar com os olhos. Então aquele era o destino com o qual seu pai volta e meia ameaçava as filhas... Que tédio absurdo viver datilografando cartas para os outros!

– Queria falar com você em particular, o que na mansão é impossível, porque você vive sumindo com sua noiva.

Como já era de esperar, Paul não estava nada grato pela advertência. Por outro lado, não era ruim tomar ciência de certas coisas antes do noivado.

– Se meu amor por Marie incomoda você – disse ele, furioso, jogando o abridor de cartas sobre uma pilha de papel –, então devo lhe dizer que seu noivo tampouco é do meu gosto. Mas nunca chegaria ao ponto de espalhar boatos sobre ele.

Ela se levantou da desconfortável cadeira que Paul lhe oferecera. A semente estava plantada, só era preciso esperar que crescesse. De preferência rápido.

– Paul, meu querido – disse ela ternamente. – Não me incomoda em absoluto que você esteja apaixonado. É uma sensação maravilhosa e tomara que nunca se transforme em algo negativo no seu caso. E é claro que eu aceito Marie como minha futura cunhada. Como sabe, tenho muita consideração por ela.

– Então não sei o que você pretende com essa conversa – interrompeu ele. – Aliás, tenho mais o que fazer e devo pedir-lhe que...

– Claro – disse ela, apressada. – Não quero atrapalhar você. Só achei que era minha obrigação confidenciar esse detalhe para depois não ter que ouvir acusações. Ademais, tenho certeza que tudo se esclarecerá como você deseja.

– Muitíssimo obrigado, irmã. E tenha um bom dia!

Ao sair da sala, seu andar lembrou a maneira desafiadora que Kitty tinha de mexer os quadris. Entretanto, o que em Kitty dava um ar de graça jovial, em Elisabeth mais se assemelhava ao andar pesado de um elefante. Ah, que maldade. Mas ela merecia, aquela linguaruda.

Ele tentou se concentrar na correspondência com a empresa venezuelana, mas de repente lhe voltou à lembrança a cena em frente ao Grüner Baum na cidade baixa, no dia em que salvara Marie daquele ogro. Sabe Deus o que teria acontecido se ele não tivesse aparecido a tempo. Quando lhe perguntara o que estava fazendo ali, Marie dissera algo sobre uma amiga. Apesar de na época ter tido a sensação de não ser a verdade, ele não investigou. Por que não? Ela era uma funcionária, uma ajudante de cozinha – por acaso era de sua conta quem a moça visitava nos dias de folga?

Com o noivado se aproximando, a situação mudara. Um homem estivera procurando por ela, uma pessoa maltrapilha fedendo a álcool e que deixara Humbert horrorizado. E o tal homem chegara a ter a empáfia de entrar em seu quarto. O que poderia muito bem indicar que já sabia circular na mansão.

Aborrecido, ele tentou ignorar as perguntas que o atormentavam. Era justamente aquilo que Elisabeth queria plantar em sua imaginação: ciúme, desconfiança e a discórdia entre ele e Marie. E, lógico, pouco antes da festa de noivado. Não, ele não lhe daria tal prazer.

Com ar decidido, Paul voltou a examinar a carta da empresa alemã de varejo com sede na Venezuela.

"... sobretudo as estampas florais nos encantaram. Esperamos que os senhores possam nos oferecer seu melhor preço no caso de um pedido considerável..."

A lista com os pedidos e os preços orçados se embaralhou diante de seus olhos. Com certeza Marie não tinha culpa de nada. Mas ele precisava se abrir com ela, perguntar e escutar sua resposta. Era por causa do amor que sentiam um pelo outro, e isso Marie entenderia. Naquela noite, logo depois do jantar e antes de Gustav levá-la de volta à casa que os Bräuers tinham na cidade, ele perguntaria. Kitty, que vivia grudada neles, entenderia a necessidade de uma conversa privada entre os dois.

Seus planos o tranquilizaram, e ele pôde voltar a se dedicar ao trabalho. No entanto, por um momento ou outro teve uma sensação desagradável, como a de uma doença iminente ameaçando a felicidade dos próximos dias.

Uma leve chuva caía enquanto ele voltava para casa no final da tarde. Em frente ao imóvel havia vários automóveis estacionados e também duas charretes. O ensaio tomava lugar no átrio repleto de elementos cênicos recém-resgatados da chuva. Um jovem que Paul não conhecia tocava piano e duas amigas de Elisabeth cantavam a plenos pulmões o idílio *Glühwürmchen*, da opereta *Lisístrata*.

– *Glühwürmchen, Glühwürmchen, schimmre...*

A Sra. Brunnenmayer e Maria Jordan estavam junto à porta da cozinha e pareciam conhecer a música de Paul Lincke, pois se moviam embaladas pela melodia. Kitty passou por Paul e cochichou nervosa que aquela chuva ridícula havia atrapalhado seus planos, mas que, caso necessário, poderiam montar o palco ali no átrio mesmo.

– Não estão lindos os cenários que Marie e eu pintamos?

– Estão muito bonitos, maninha. Sabe cadê Marie?

Kitty fez bico e resmungou que o irmão já não lhe dava atenção e tinha olhos e ouvidos só para Marie.

– Ande, diga logo – insistiu ele, impaciente.

– Está bem, está bem. Como é assunto de amor, não vou me chatear. Marie está lá em cima com mamãe, dando os últimos retoques no vestido. Papai já deve estar na sala de jantar nos esperando. O primeiro que chegar lá vai ouvir a bronca do velho. Sabe, Paul querido? Quanto mais ele melhora, mais insuportável fica...

Paul sentiu-se aliviado quando duas das cantoras abordaram Kitty para perguntar sobre a posição do piano, que, assim achavam, não se podia escutar bem. Abrindo caminho entre elementos do cenário e moças nervosas e distribuindo elogios à cantoria, Paul correu para a escada e chegou ao primeiro andar. Humbert o recebeu com as bochechas ligeiramente coradas e cerrando os lábios.

– O senhor está na sala de jantar e já começou a comer – anunciou.

– Tem alguém com ele?

Humbert negou e disse que o senhor estava muito incomodado com os preparativos da festa; a confusão por toda parte o deixava nervoso.

– Ah, francamente... – disse Paul, dando-lhe uma batidinha no ombro. – Depois de amanhã, a essa hora, ele vai estar gostando.

– Certamente, senhor...

Humbert desceu rápido ao átrio para solicitar a presença das senhoritas na sala de jantar e Paul se deu conta de que o pai provavelmente descarregaria sua raiva sobre ele. Entretanto, a sorte lhe sorriu.

– Marie!

Ela vinha descendo a escada e correu diretamente para seus braços. Ele aproveitou a situação para apertá-la contra o peito e lhe dar um beijo apressado na testa e, em seguida, na boca.

– Me solte, Paul. Se alguém nos vir assim...

– Somos noivos e estamos nos conhecendo, querida.

– Só depois de amanhã – defendeu-se ela, mas logo permitiu que Paul continuasse.

Por que não logo agora?, pensou ele. Assim, esclareceria logo aquela história ridícula e nada mais perturbaria sua noite.

– Entre aqui, Marie. Queria dar uma palavrinha com você.

Ela se recusou veementemente a acompanhá-lo ao escritório. Não, ela já o conhecia bem, as tais palavrinhas acabariam terminando em ações que ela não poderia permitir naquele momento. Nem mesmo como noiva e menos ainda antes do noivado.

– Eu juro que não vou tocá-la.

– Só uma palavrinha?

– Na verdade é uma pergunta.

Só então ela percebeu que Paul estava sério. Em silêncio, Marie tomou a frente, se deteve no centro do escritório e o observou fechar a porta. Uma diminuta faísca de inquietação ardia nos olhos escuros da moça.

– E então?

Ele sorriu e sentiu-se um tanto ridículo. Provavelmente ela zombaria dele. Tudo aquilo era fantasia, uma invenção de sua malévola irmã Elisabeth. E no final ele ainda teria que pedir desculpas a Marie. Mas mesmo assim...

– Fiquei sabendo de algo muito esquisito que não queria guardar só para mim...

Marie escutou tudo com serenidade, balançou a cabeça admirada e explicou não ter ideia do que se tratava. Não conhecia o sujeito em questão e se ele, de fato, entrara em seu quarto, ela só podia esperar que o homem não fosse um ladrão. E por acaso já tinham perguntado a Maria Jordan a respeito?

– Claro que sim – respondeu Paul. – Mas, pelo que parece, ela também não o conhece. Mas então me ocorreu que...

Ela o encarou com olhos arregalados. Brilhantes e profundamente pretos. Paul imaginou ver a própria imagem refletida neles.

– Diga – ordenou ela. – Diga logo, Paul. Já imagino o que você esteja pensando.

Ele deu um longo e sonoro suspiro e sorriu, constrangido.

– Me ocorreu que você uma vez me falou de uma amiga na cidade baixa. Lembra? Foi naquele dia que eu vi você no Grüner Baum.

– Como eu poderia esquecer? – retrucou ela. – Você me salvou daquele homem. E depois me acompanhou até o Jakobertor...

– E minha vontade foi tê-la beijado quando nos despedimos, Marie...

Eles se entreolharam por um momento e se recordaram daquele primeiro e tímido encontro apaixonado, que tantos sentimentos despertara em ambos.

– É descabido de minha parte – disse ele, balançando a cabeça. – Mas pensei que aquele homem talvez fosse um conhecido de sua amiga.

– Ah, então era isso! – disse ela, dirigindo-lhe um olhar travesso. – Então você acha que eu recebo visitas de gente da cidade baixa? Do meu amante que fui ver naquele dia? Foi isso que você supôs, não? Que a ajudante de cozinha tinha namoradinhos na cidade baixa?

A contestação dele soou tão fraca e inverossímil que Paul logo desistiu. Sim, foi o que ele pensou na época e aquilo o aborreceu terrivelmente. Pois sempre considerou que Marie merecia coisa melhor que um pobre-diabo de conduta duvidosa.

– Você ficou com ciúme? – ironizou ela.

– Bem... fiquei, admito.

– Que bonitinho, querido!

– Não zombe de mim!

Como previsto, ela riu dele. E então pegou sua mão, colocando-a em seu rosto.

– Agora você tem que escutar minha confissão, querido. Mas não vá se assustar. Sua Marie é uma mentirosa ardilosa e na verdade não tem amiga nenhuma na cidade baixa.

Ele confessou já suspeitar daquilo, pois percebeu naquele dia mesmo que Marie estava mentindo. Era melhor que ela não se revelasse uma trapaceira de talento, pois ela era tudo menos isso.

– E tampouco faço questão de desenvolver essas habilidades – admitiu ela. – E espero o mesmo de você, querido.

Paul garantiu ser um mentiroso dos mais medíocres desde garoto. Mas ainda estava curioso por saber o que ela estava fazendo na cidade baixa naquela ocasião.

– Ah, Paul! – exclamou ela. – Você não sabia? Minha mãe morava em cima do Grüner Baum. Descobri por acaso e quis investigar.

Não, ele não sabia. Mas, claro, fazia sentido. Seu pai mencionara que Burkard e Louise Hofgartner moraram em Augsburgo. Então o apartamento dos dois era sobre o Grüner Baum...

– Talvez essa casa seja até nossa. Há alguns anos meu pai comprou uns imóveis na cidade baixa.

Ela o fitou atônita. Johann Melzer era proprietário daquele edifício. Por quê? Por talvez acreditar que Louise escondera os desenhos em algum buraco na parede ou sob o assoalho?

– Você tem certeza que foi essa a casa que ele comprou, Paul?

Ele franziu a testa, pensativo. Não havia muito tempo, ele lembrou, seu pai estivera falando sobre comprar vários imóveis na cidade baixa para demolir e construir um armazém ou prédio comercial.

– Foi pouco antes de eu fazer a prova para a universidade. Espere, ele guarda os contratos de compra aqui em seu escritório. Lá em cima, naquelas pastas...

Marie olhou a pilha cinzenta de documentos na estante atrás da escrivaninha e afirmou que o tema não era tão importante a ponto de ser necessário revirar os papéis na ausência de Melzer. Eles podiam simplesmente perguntar. Até porque ela poderia assim acessar o legado de sua mãe, os bustos de mármore e os trabalhos em madeira que a velha Sra. Deubel guardava no quarto. Mas Paul já examinava algumas pastas para entender como elas estavam organizadas e comentou que ele, àquela altura, já era sócio e acionista de seu pai em quase todos os assuntos. Já havia gerenciado a fábrica sozinho por semanas, tomado todas as decisões e, portanto, lhe cabia também estar a par do patrimônio da família. Principalmente tratando-se de imóveis que diziam respeito à sua futura esposa.

– Se é assim, então tudo bem...

Ele se pôs na ponta dos pés e retirou uma pilha de pastas da estante, equilibrando-as com uma mão para colocá-las sobre a escrivaninha.

– Afaste a garrafa, por favor, Marie. Vamos ver agora a... a... atchim!

A poeira dos papéis foi a culpada pela catástrofe que se seguiu. Desesperado, Paul tentou balancear o peso da pilha de pastas, mas já era tarde demais. Como uma revoada de corvos, as pastas pretas caíram, algumas abrindo-se em queda livre e revelando seu conteúdo, enquanto outras, presas por uma fita, tombaram como telhas sobre a escrivaninha. Por reflexo, Marie saltou para trás, mas a bela garrafa de cristal cheia d'água foi atingida e se desfez em mil pedaços.

– Raios! – resmungou Paul.

– Era só o que faltava – murmurou Marie.

E justamente naquele momento alguém bateu à porta.

– Paul? Marie? Venham comer, por favor. Papai já está nervoso.

Era Alicia, que, por discrição, preferira não entrar no escritório. Seja lá o que estivesse ocupando os dois naquele momento, ela não queria parecer guardiã dos bons costumes, pois, no final das contas, seu filho já era crescido e devia saber o que estava fazendo.

– Já vamos, mamãe.

Como duas crianças arteiras, eles trocaram olhares. Para guardar todos aqueles papéis em seus devidos lugares, seriam necessários dias. Sem contar que muitos deles estavam molhados e cobertos por cacos de vidro.

– Ah, a escrivaninha tão bonita... – lamentou Marie. – A água está escorrendo por trás e entrando nas gavetas.

Pisando com cuidado por entre aquele caos de documentos, Paul alcançou as gavetas e as abriu um pouquinho para que não molhasse por dentro. E então constatou não haver perigo, pois as gavetas eram bem mais curtas que a profundidade do tampo da mesa.

– Deve ter algum compartimento na parte de trás – matutou Paul, agachando-se para examinar o móvel com mais precisão.

– Cuidado, Paul. Você está pisando nos papéis e amassando tudo.

Mas as pastas e folhas que cobriam o chão e a escrivaninha pouco lhe importavam. A água entrava por uma fresta do tampo da mesa e não saía em parte alguma. Ele puxou as gavetas, colocando-as sobre o sofá. Estavam completamente secas.

– Me dê uns fósforos – pediu a Marie.

E então os dois perceberam que o velho móvel devia ter um fundo falso. Paul iluminou o nicho que abrigava as gavetas – a madeira de trás era de compensado e estava seca.

Ele esticou a mão e a golpeou: batidas ocas.

– Talvez dê para abrir do outro lado – disse Marie, contornando a mesa.

– Cuidado, há cacos por toda parte!

– Aqui, Paul. Dá para puxar o fundo da mesa. Ajude aqui… Ai!

– Não falei? Tome, pegue meu lenço!

A caça ao tesouro os mantinha hipnotizados. Marie envolveu o indicador sangrando com o lenço de Paul e, em seguida, levantou a saia para limpar com a anágua os cacos e o líquido da parte de baixo da escrivaninha.

– Ainda não conhecia esse lado seu, querida. Pode fazer de novo?

– Shh! Espere, vou usar o abridor de cartas. A madeira está travando e agora, com a água, vai inchar. Cuidado. Não tão forte. Ela emperrou aqui…

– Isso vai arrancar meus dedos daqui a pouco – gemeu ele.

– Se seu pai entra aqui agora…

– Fale baixo. Enfie o abridor de cartas aqui. Aguente aí. Agora os dois juntos…

O fundo da mesa se soltou. Eles puderam puxá-lo para cima e retirá-lo. Atrás dele, havia outra folha de madeira, também de compensado e provida de dobradiças no lado esquerdo e um cadeado à esquerda. A água respingava no tapete.

– Ah, que raiva – lamentou Paul. – Sem a chave, não dá para fazer nada. A não ser que arrombemos o cadeado.

– Uma chave… – murmurou Marie.

Eles ouviram a voz alegre de Kitty no corredor e, depois, a de Elisabeth.

– Estamos indo, papai. Sobrou algo ou vamos todos passar fome hoje?

– Onde estão Paul e Marie?

– Ah, onde mais eles estariam, os nossos pombinhos? Deem uma olhada no salão vermelho.

– Lá eles não estão…

Paul cerrou os lábios e deu um longo suspiro de decepção. Teria sido ótimo poder abrir aquele compartimento. Mas a descoberta não deixava de ser algo importante.

– O que você está fazendo?

– Olhe para o outro lado. Um homem não pode ver uma moça tirando a roupa.

Ele não entendia mais nada. Por que sua doce Marie estava desabotoando a blusa? Ela queria ficar nua justo ali, em meio a documentos molhados e cacos de vidro? Onde a qualquer momento um funcionário ou alguém da família pudesse entrar?

– Aqui. Vamos tentar com isso.

Ela tirou uma pequena chave de dentro do espartilho. Uma chavezinha de prata que usava junto ao pescoço, presa por uma corrente. Quantos segredos mais ela guardava?

– Ela entra no buraco, mas não roda. Espere. Está rodando, só estava um pouco enferrujado. Agora!

Uma fraca torrente de água saiu do compartimento quando a porta de madeira foi aberta e rolos de papel caíram no chão. Grossos e finos, alguns envoltos em papel cartão, outros sem proteção, presos apenas por uma fita fina.

– São... são os...

– Os desenhos que seu pai queria ter de qualquer jeito – sussurrou Marie. – Essa mesa deve ter pertencido à minha mãe. Os desenhos estavam todos esses anos diante do nariz do seu pai e ele não fazia ideia.

56

Não foi fácil conseguir silêncio entre os muitos convidados para que o diretor Melzer fizesse seu discurso solene. Contradizendo todos os temores, era um dia ensolarado de verão, o terraço e o parque da propriedade dos Melzers dispunham de conjuntos de cadeiras, vasos floridos, mesas com bebidas e guarda-sóis coloridos por entre os quais os convidados flanavam. As pessoas se encontravam ao acaso, reuniam-se em grupos para trocar gentilezas ou novidades, as donzelas desfilavam o último guarda-roupa de verão, já os homens compareciam com ternos claros e chapéus-panamá. Aqueles que tivessem vontade de jogar críquete – a paixão britânica que vinha ganhando adeptos ali também – poderiam fazê-lo no gramado esquerdo do parque, onde também havia todo tipo de brinquedos para as crianças. Mediante gratificação extra, uma professora da fábrica se encarregara dos pequenos; além disso, alguns convidados haviam trazido babás.

– Queridos convidados…

Naquele meio-tempo, a maioria dos convidados que estavam no jardim se reuniu no terraço. Havia cadeiras para aqueles com idade mais avançada. Os mais jovens, por sua vez, se equilibravam sobre a balaustrada de pedra decorada com vasos floridos para conseguir uma visão melhor. Em cima do palco, a cortina improvisada de veludo se movia; por trás dela, os preparativos transcorriam a todo vapor.

– Queridos convidados – repetiu Johann Melzer, conseguindo finalmente que o nível de ruído reduzisse drasticamente.

Ouviam-se apenas alguns cochichos abafados, o tilintar dos pratos no bufê e um copo que caíra em algum lugar e se quebrara. Um dos garçons contratados apareceu com pá e vassoura para limpar o acidente antes que alguém se machucasse com os estilhaços.

– É uma alegria poder cumprimentar os senhores aqui hoje…

A voz de Melzer, que no começo soara ligeiramente debilitada, assumiu um tom mais festivo. Era praticamente o velho Johann Melzer de sempre, apesar da perceptível magreza; a doença da qual se recuperara recentemente ainda se fazia notar em seu rosto.

– O tempo hoje está ótimo, certamente por estarmos celebrando nossa tradicional festa de verão sob o signo do amor e da futura felicidade conjugal.

Alicia acenou para que Humbert, caso necessário, colocasse uma cadeira ao lado do palestrante, com toda a discrição, claro. Humbert teve a esperteza de amarrar na cadeira um arranjo de flores dado de presente a Kitty como se quisesse exibir a beleza da peça diante dos convidados. Na verdade, havia flores até demais na decoração, a organização pecara por não contar que os convidados também trariam buquês. Algumas ausências, sob o pretexto de preparativos para as férias ou viagem em curso, foram também sentidas. Motivo de saúde e demais compromissos figuravam também entre as desculpas dos conhecidos que costumavam comparecer àquelas festas de verão. Entre eles, infelizmente, o prefeito e vários representantes da câmara municipal. O noivado do jovem Melzer com a ex-camareira, como era de se esperar, não era do gosto de todos e alguns temiam por suas reputações.

– O casamento é uma instituição que por vezes dura até demais...

Foram ouvidas risadas forçadas; os cavalheiros de meia-idade se divertiam, enquanto as senhoras e senhoritas reviravam os olhos. Uma revoada de pombos dançava sob o azul imaculado do céu.

– Portanto: "Antes que cases, olha o que fazes. A paixão é curta, o pesar longo" – citou o palestrante, e então se interrompeu por não lembrar o resto das palavras do poeta Friedrich Schiller.

– Tem razão. – Era a voz da avó de Alfons Bräuer, sentada em uma poltrona de vime bem em frente ao palco. – Minha mãe sempre dizia: "Depois do casamento vem o arrependimento."

– Por favor, vovó – cochichou Alfons, vermelho de vergonha. – Está atrapalhando o discurso.

– Na minha idade eu falo o que quiser – revidou a velha senhora. – Calada eu fico quando estiver embaixo da terra.

Para a ocasião ela escolhera um vestido lilás de musselina e um chapéu adornado com penas de garça.

– O que Schiller quis dizer com seus versos imortais é algo que pode soar estranho, até mesmo descabido, para os mais velhos aqui. No nosso tempo eram os pais que escolhiam o cônjuge dos filhos, analisando com toda razão e sabedoria se a união em questão seria benéfica. Foi o que fizeram meus sogros e ainda me lembro com desgosto os olhares críticos que recebi na minha primeira visita àquela fazenda na Pomerânia…

Novamente gargalhadas soaram na plateia, sobretudo os homens casados sentiram bastante empatia pelo palestrante. Raios, que sensação horrorosa era aquela de ser escrutinado da cabeça aos pés pelos futuros sogros, que inquiriam principalmente sobre o cargo, a origem e o saldo bancário do pretendente. Uma algazarra infantil vinda do campo de críquete podia ser ouvida. Alguns garotos, valendo-se da ausência dos cavalheiros, haviam se armado com tacos e bolas e praticavam o esporte à sua maneira.

– Mas o que realmente conta em um matrimônio é a união e o amor entre duas pessoas juntas até a velhice. Não há dinheiro, posses ou posição social capazes de forçar tal harmonia; ela é um presente dos céus e uma sorte imensa. Por isso estou muito feliz por ver que meus filhos seguiram seus corações.

Mas que hipócrita, pensou Marie, divertindo-se. Poucas semanas atrás ele queria proibir Paul de celebrar aquela "união desgraçada". Mas desde então tanta coisa acontecera que talvez Johann Melzer acreditasse mesmo nas palavras que proclamava. Ele passara uma madrugada inteira atarefado com os desenhos técnicos, analisando cuidadosamente cada um deles e, na manhã seguinte, aparecera alardeando que Burkard era um gênio. As invenções de seu pai, na época desdenhadas por Johann Melzer como idiotices desnecessárias, se revelaram de uma hora para outra a solução de todos os problemas. Finalmente seria possível modernizar a maquinaria e ele anunciara querer, já na manhã seguinte, designar alguns de seus engenheiros para o trabalho. O que ele de fato fez – apesar dos protestos da família. Johann Melzer pediu a Gustav que o levasse à fábrica um dia antes da festa. No final da tarde, o homem retornara à mansão pálido de cansaço, porém feliz e, sentado à mesa, afirmara que enfim as coisas estavam tomando seu rumo, pois Paul desposaria a filha de Burkard. Marie não estava segura do quanto a alegria de seu futuro sogro perduraria, mas ela já se resignara havia tempos com o fato de que o convívio com ele não seria fácil.

– E é por isso que eu tenho a imensa felicidade de apresentar três casais de noivos de uma só vez a todos os ilustres presentes…

Kitty pensou ter flagrado uma ponta de desgosto no semblante de Marie e segurou discretamente a mão da amiga. Que bonita ela estava. Juntas elas haviam desenhado o vestido vermelho escuro de seda indiana, o corte ajustado, que pendia até o chão e acentuava a cintura fina de Marie. Já o delicado peplum de chiffon chegava à altura dos joelhos e balançava ao vento como asas de borboleta. Kitty insistira em usar um vestido com a mesma modelagem, mas em tom rosa-claro. As duas pareciam irmãs, enquanto Elisabeth, com seu vestido azul-celeste de calicô, dava a impressão de ser uma prima distante. Paul havia mostrado a Kitty seu presente de noivado para Marie: uma aliança de ouro com um rubi cravejado. A irmã precisara experimentar a joia, uma vez que usavam o mesmo tamanho de anel. Ah, Alfons com certeza lhe daria um anel de diamantes, ele já comentara algo sobre o tal "símbolo do amor eterno". Contudo, ela não fazia a menor questão de brilhantes que, a seu ver, tinham aspecto frio e transparente e só exibiam seu quente caleidoscópio sob a incidência da luz. Kitty se perguntava se, de fato, queria estar unida em "amor eterno" com Alfons. Na verdade, não. Pelo menos não na medida em que ele parecia querer. Por outro lado, ela não sabia o que teria feito sem ele. Alfons era seu melhor amigo, ele a aconselhava, a consolava, lhe dizia palavras positivas quando estava triste. Ele era sempre leal e, principalmente, tinha um sincero apreço por sua melhor amiga Marie. Seu futuro noivo fora o único que felicitara Paul de maneira sincera por sua escolha. Ah, não, ela precisava de Alfons e pronto. Ele era seu amigo, irmão e pai ao mesmo tempo.

– O número três é repleto de significados. Dizem por aí que todas as coisas boas da vida vêm em três e, assim sendo, vamos fazer três brindes aos jovens noivos. Ao meu filho Paul e Marie Hofgartner. À minha filha Kitty e seu noivo Alfons Bräuer. E por último, mas não menos importante, à minha filha Elisabeth e ao tenente Klaus von Hagemann, que hoje se…

É claro que ele deixou meu nome por último, pensou Elisabeth. *Mas isso eu já esperava. Primeiro vinha o filho. Depois, óbvio, Kitty, e eu no apagar das luzes*. Ela foi capaz de conter sua raiva, pois, apesar de tudo, ainda percebia os olhares invejosos das amigas. Klaus von Hagemann não levara sua ameaça a cabo e chegara pontualmente à celebração. Ele trajava a farda azul de gala, ornada com dragona e faixa, e, apesar de ter prescindido do capacete, sua presença ainda era imponente. Estavam presentes alguns de seus companheiros do quartel, entre eles um certo Ernst von Klippstein, um rapaz prussiano acompanhado da esposa. O casal cumprimentara Elisabeth pelo noivado e convidara ambos para sua fazenda em algum lugar de Brandemburgo. O convite com certeza seria ignorado, primeiro porque Elisabeth não suportava a tal Adele von Klippstein e, segundo, porque Klaus não conseguiria dispensa tão cedo. Von Klippstein falava com grande entusiasmo sobre um esperado conflito que deveria eclodir. O herdeiro da Coroa austro-húngara fora morto a tiros no dia anterior em Sarajevo; havia sido a manchete de todos os jornais. Mais uma vez, culpa dos sérvios, aqueles ali não davam sossego. Seu pai dissera um dia que tudo de ruim vinha do Leste. Mas Von Klippstein explicara que a situação não era assim tão simples. Primeiro ocupariam Paris para aquietar os franceses e de lá marchariam na direção leste para auxiliar os aliados do Império Austro-Húngaro em Sarajevo. E caso os russos quisessem se meter, seriam igualmente aniquilados. O importante era a Inglaterra não intervir. Mas o kaiser tinha quase certeza de que ninguém atacaria o neto da rainha Vitória. Pois, como se dizia, "o sangue é mais grosso que a água".

– Essa história é meio desagradável, querida – sussurrou Klaus von Hagemann ao ouvido dela. – Não vamos deixar que estrague nosso dia.

Ele tentava desviar a atenção para Paul que, naquele momento, se levantara para dizer algumas palavras aos convidados. Um dos funcionários contratados vestindo um belo libré azul com botões dourados abria caminho entre os convidados, oferecendo bebidas aos que ainda estavam sem taça na mão. Ao fundo, junto ao canteiro do jardim francês, um grito de dor se ouviu; aparentemente o vestido de uma moça enganchara em uma roseira. Paul hesitou por um momento, mas ao perceber que o pequeno acidente não passava de um susto, começou o discurso.

– O dia de hoje é, para mim e minha noiva, uma vitória – disse ele, tomando em seguida a mão de Marie. – Reconheço diante de todos aqui presentes que para mim não há noiva mais bela e digna do que você, Marie. Que a amo desde o primeiro dia que a vi e que a amarei enquanto viver. Aceite como símbolo dos meus votos este anel que lhe entrego com toda a alegria e sinceridade.

Aquelas palavras causaram extraordinário impacto entre os presentes. Murmurinhos e lágrimas se misturavam, e igualmente audíveis eram os comentários indignados ou sarcásticos. Os convidados se acotovelavam diante do palco para ver de perto o presente de noivado enquanto alguém dizia em voz alta que o rubi era uma pedra bastante cara, principalmente se fosse para presentear uma camareira.

Foi preciso pedir silêncio ao público para que Alfons Bräuer e o tenente Von Hagemann pudessem dizer algumas palavras e entregar as alianças. Em seguida, um mar de gente se reuniu em torno dos casais para parabenizá-los, transmitir-lhes os cumprimentos de convidados ausentes e, sobretudo, para examinar de perto e estimar o valor dos presentes trocados entre os noivos. Nesse sentido, Kitty acertara na mosca, pois – conforme esperado – Alfons lhe presenteara com um anel de ouro branco cravejado de brilhantes que cintilavam como fogos de artifício sob o sol.

– Com isso, concluímos alegremente as formalidades e que se inicie a diversão – disse Johann Melzer, aliviado.

Ele se sentara após proferir seu discurso e não se levantou nem mesmo quando alguns convidados vieram cumprimentá-lo. Johann pediu uma taça de ponche e incumbiu Alicia de trazer algumas das iguarias do bufê, afinal de contas, ela sabia melhor do que ninguém o que apetecia ao marido. Sentado no terraço, ele acompanhou a peça teatral que se seguiu e comentou com Edgar Bräuer, na poltrona ao lado da sua, que Shakespeare caía como uma luva naquela ocasião. Sem as musiquinhas da opereta, por sua vez, ele podia sobreviver. Até porque o tema era esquisitíssimo.

– Lisístrata? – indagou Riccarda von Hagemann. – Pelo visto, essa peça será uma libertinagem só. Se entendi bem, trata-se de uma greve de amor com alguns obstáculos.

– Algo assim é contra a natureza – afirmou seu marido. – Nós, homens, temos que lutar e pronto. Já as mulheres, que me perdoem as senhoras, foram geradas para o amor.

O comentário causou risadas, sendo que a de Riccarda von Hagemann soou especialmente estridente.

Ao lado de Paul, Marie ia de grupo em grupo. Um sem-fim de rostos e sobrenomes se aglomerou ao seu redor, expressando suas felicitações, gentilezas, perguntas curiosas e, aqui e acolá, também gestos frios de rejeição. Mais tarde, quando Kitty e Alfons se aproximaram, Marie admirou a amiga por sua descontração. Mas Kitty crescera na Vila dos Tecidos como filha da respeitada família do ramo industrial, desprezava títulos e patentes e os olhares afiados das senhoras mais velhas só lhe causavam risadas.

– Por mim, podem falar até cansar – cochichou ao ouvido de Marie. – Elas não têm o que fazer mesmo, coitadas. Venha, vamos recuperar as forças no bufê antes que acabem os rolinhos de salmão e o sorvete de limão.

Marie precisava de todas as suas forças para não deixar transparecer o quanto aqueles olhares depreciativos e comentários de duplo sentido a magoavam. Claro, Paul a protegia o máximo que podia e também Alfons se revelara um amigo muito útil. Onde quer que o jovem banqueiro aparecesse, as pessoas lhe enchiam de elogios e sorrisos e contavam histórias divertidas para passarem uma boa imagem. Marie logo percebeu que toda aquela atenção não era apenas pelo caráter tímido e simpático de Alfons. O banco dos Bräuers era para muitos dos ali presentes uma fonte financeira imprescindível.

– Aquele ali é Hermann Kochendorf – avisou Kitty, comendo o sorvete de limão às colheradas. – Um homem repulsivo, para lá dos quarenta, tem dinheiro que nem mato e um cargo alto da prefeitura. Aquele ao lado dele é o advogado Grünling, feio que nem a fome e se considera um verdadeiro adônis. E o médico Greiner está ali também. Ele queria colocar papai no hospital a todo custo, mas não teve sorte. E veja só o Dr. Schleicher, mamãe sempre me levava nele porque eu não conseguia dormir de noite... Não vai pegar sorvete de limão? Está uma delícia, Marie. Ande logo, antes que sobre apenas o de framboesa.

Marie estava tonta, talvez fosse melhor não ter tomado o ponche, pois não estava acostumada a beber. Que dia! Até então ela só conhecia tais festividades sob a perspectiva dos funcionários, era uma labuta sem fim para deixar os convidados satisfeitos e só se podia dormir tarde da noite morta de cansaço. Ela sempre acreditara que para os patrões, que não tinham que trabalhar, tais ocasiões eram pura diversão. Nada mais longe da verdade, Marie se sentia exaurida.

– Desculpe, Kitty – murmurou ela. – Eu já volto.

Ela foi até o átrio para conferir o penteado em uma das penteadeiras improvisadas, mas todos os postos estavam ocupados e ela não estava disposta a participar das conversas das senhoras. Não era agradável, pois quase sempre quando chegava, a mulher que falava se interrompia e lhe dava um sorriso forçado para, em seguida, mudar de assunto. No fundo, ela não fazia a mínima questão de ajeitar o cabelo ou borrifar-se com um dos perfumes ali dispostos, mas simplesmente ficar alguns minutos em paz. E então lembrou-se de como outrora se sentia bem na cozinha com os outros funcionários. Decerto, havia brigas também, mas o grande fogão com o bule azul-claro de café e seu lugar junto à comprida mesa dos empregados desde o começo lhe pareceram como uma espécie de lar. Decidida, ela abriu a porta que levava à área de serviço e adentrou a cozinha. Ali reinava a usual confusão dos dias de festança. A mesa comprida repleta de travessas e vasilhas com comidas prontas e quase prontas, as panelas fumegantes sobre o fogão e a cozinheira ofegante e mal-humorada atenta a tudo com sua touca cobrindo os cabelos grisalhos.

– O que vocês estão fazendo, seus molengas? – disse ela, sem se virar para Marie. – Bons tempos quando Robert servia esta casa, ele sim colocava vocês para correrem.

Só então ela percebeu que não eram os criados contratados, mas Marie que estava na cozinha. A mulher deixou o colherão de lado e colocou as mãos sobre os avantajados quadris.

– Srta. Marie! – disse ela horrorizada, mas sorridente. – A cozinha é para os funcionários. Não é lugar de patrão!

Humbert desviou-se apressado de Marie para levar ao bufê duas travessas com biscoitos de avelã e amêndoas. Ele também se surpreendeu e, em seguida, veio Hanna com uma bandeja cheia de pratos com restos de comidas e copos vazios.

– Marie! – exclamou, alegre. – Ah, Marie. Estou com tantas saudades!

– Cale-se! – repreendeu a cozinheira. – A partir de agora você tem que chamá-la de "senhorita". Nossa Marie agora é a jovem senhora da Vila dos Tecidos!

Sua última frase saiu carregada com um orgulho infinito. "Nossa Marie", dissera ela. Ah, como era bom sentir aquele afeto sincero depois de todos os olhares maldosos e inquisidores daqueles distintíssimos convidados.

– "Não é lugar de patrão" uma ova – disse Marie, sorrindo. – Apesar de ter virado "a senhorita", continuarei vindo ver vocês na cozinha, até para verificar se está tudo indo bem.

– Mas não venha dar palpite no meu serviço, senhorita – advertiu a Sra. Brunnenmayer.

– Nunca fiz isso.

– Pois então que assim continue!

Marie precisou ceder passagem para Humbert entrar com as bandejas e percebeu que estava no meio do caminho dos funcionários. Else e os dois criados contratados já levavam tochas e lanternas para o parque, onde seriam acendidas durante o lento cair da tarde, conferindo à festa uma aura romântica. Os instrumentistas entraram e Alicia lhes indicou um canto do terraço para que os homens começassem com as músicas dançantes. Marie estava decidida a subir ao quarto de Kitty para descansar um pouco antes de submeter-se àquela nova provação. Juntas, as amigas haviam ensaiado as danças de salão mais importantes, sobretudo a valsa, que Marie logo dominou sem dificuldade, a polca e a *galop*. Não havia motivo para preocupação, Kitty lhe dissera, pois no terraço era impossível dançar em formação, portanto, nada de quadrilha ou qualquer contradança. E, no final das contas, Marie se movia com graça natural e aquilo já bastava.

Para seu alívio, o segundo andar estava mais tranquilo. Apenas nos banheiros algumas moças, todas amigas de Elisabeth, comentavam empolgadas o êxito de sua apresentação. Marie estava prestes a entrar no quarto da amiga quando ouviu uma voz masculina bem conhecida.

– Alguém está sabendo disso?

Era Klaus von Hagemann. Mas o que ele fazia ali na lavanderia?

Apesar de ser bastante inadequado escutar conversas de estranhos por trás da porta, Marie se deteve no corredor. Não era Auguste falando?

– Ninguém sabe além de Gustav. Para ele eu tive que dizer.

– Como assim?

A pergunta de Von Hagemann soou nervosa. Ele falava com voz baixa, porém bastante clara.

– Porque ele é meu marido e não guardo segredos dele. E porque ele ia acabar suspeitando de onde eu tiro o dinheiro…

– Então trate de mantê-lo em silêncio. Não quero escândalos…

– Nós muito menos. O que o senhor pensa? Estaríamos prejudicando a nós mesmos. Esse dinheiro faria falta.

Marie escutou um longo praguejar com alusões aos turcos, ao cominho e aos santos sacramentos.

– Se tivesse sido menino eu teria ficado com ele. Mas uma menina…

– Para mim, menina está ótimo. E Gustav me dará meninos suficientes.

Marie escutara direito? Aquela mulherzinha ardilosa sustentava a filha com o dinheiro do prometido de Elisabeth? Marie se apressou em fechar-se no quarto de Kitty, pois não queria ser vista pelo tenente no corredor.

Se ele está sustentando a criança, algum motivo devia haver, pensou. Pelo visto, Auguste não tinha um relacionamento apenas com Gustav, mas vinha recebendo visitas de Von Hagemann. E por que ela batizara a filha justamente com o nome de "Elisabeth" e chegara, inclusive, a pedir que a irmã de Paul fosse madrinha do bebê? Que plano maligno. Como se ela quisesse vingança por alguma coisa.

Alguém bateu à porta e ela se assustou, temendo tratar-se de Von Hagemann que percebera algo. Mas era Paul.

– Está se escondendo, querida? – disse, aparentando preocupação. – Estão todos perguntando por você.

– Ah, é mesmo?

Ele entrelaçou-a em um abraço e a levou à janela. A noite já vinha caindo e as muitas luzes e tochas conferiam ao parque uma atmosfera de conto de fadas. Árvores antigas lançavam sombras grotescas e pequenas chamas dançavam sobre o gramado. Ali deslizavam seres misteriosos, meninos e meninas grandes brincando de esconde-esconde ou casais apaixonados escapando da vigilância dos pais. Escutava-se o som da pequena orquestra, uma valsa de uma opereta qualquer, e Marie sentiu o braço de Paul envolvendo sua cintura.

– Essa primeira dança é só para nós dois, Marie – cochichou ao ouvido dela. – Para nós dois e mais ninguém, longe dos olhares que nos espreitam lá embaixo.

Ela acompanhou seus movimentos, aproximou o corpo do dele e os dois se tornaram um sob o embalo da música.

– Sei que é difícil para você, meu amor – sussurrou Paul. – Mas eu estou aqui. Para protegê-la e lutar por você. Vamos conseguir juntos, confie em mim.

– Já confio há muito tempo – respondeu ela, antes de fechar os olhos.

Ele se declarara a Marie na frente de todos aqueles convidados esnobes. Ele lhe estava predestinado, era o amor de sua vida. Nem o fogo ou a água, nem montanhas ou tempestades seriam capazes de separá-los. Que importância tinham aqueles ricaços ridículos lá embaixo no jardim?

Os dois dançaram agarrados, entregues à música e respirando a doce proximidade um do outro. Seus movimentos os uniam cada vez mais até que os dois se fundiram em um beijo.

– Vamos – sussurrou Marie, quando ambos se soltaram.

E desceram a escada lado a lado, dando-se as mãos.

LEIA UM TRECHO DO PRÓXIMO LIVRO DA SÉRIE

As filhas da Vila dos Tecidos

I

O crepúsculo caía em tons cinzentos sobre o bairro industrial de Augsburgo. Enquanto luzes brilhavam aqui e ali nas fábricas que ainda produziam apesar da escassez de matéria-prima, a maioria permanecia às escuras. Com o final do turno, um grupo de mulheres e homens de mais idade saía da fábrica de tecidos dos Melzers, alguns deles com as golas voltadas para cima e trajando um gorro ou lenço na cabeça como proteção contra a intensa chuva. A água descia gorgolejante pelas ruas de paralelepípedo, e quem não tinha mais os bons calçados dos tempos de paz acabava usando solas de madeira, que deixavam os pés encharcados.

Na mansão de tijolinhos da família do industrial, Paul se encontrava na janela da sala de jantar contemplando a silhueta soturna da cidade que se fundia cada vez mais com o crepúsculo. Dando um longo suspiro, ele por fim soltou a cortina.

– Venha se sentar, Paul! E veja se toma um gole! – bradou seu pai.

Por causa do bloqueio marítimo dos malditos ingleses, o uísque escocês havia se tornado uma preciosidade. Johann Melzer pegou dois copos da cristaleira e verteu neles o aromático líquido, dourado como o mel.

Paul olhou os copos e a garrafa de relance e balançou a cabeça.

– Depois, pai. Quando tiver motivo para isso. Deus permita que tenhamos.

Ao ouvir o som de passos apressados, Paul correu em direção à porta. Era a camareira Auguste, mais rechonchuda do que nunca, com as bochechas rosadas e a touca desalinhada sobre os cabelos despenteados. Ela trazia nas mãos uma cesta com toalhas brancas usadas.

– Nada ainda?

– Infelizmente não, Sr. Melzer. Vai demorar um pouquinho.

A moça fez uma reverência e correu para a escada de serviço para levar os panos à lavanderia.

– Mas já faz dez horas, Auguste! – exclamou Paul. – Isso é normal? Está tudo bem mesmo com Marie?

Auguste se deteve e lhe assegurou sorrindo que cada parto transcorria à sua própria maneira. Enquanto umas davam à luz em cinco minutos, outras sofriam dias de agonia.

Paul assentiu, aflito. Auguste devia saber o que dizia – a mulher já tivera dois filhos e agradecia sempre à bondade dos patrões por continuar em serviço.

Gritos contidos de dor vinham do andar de cima. Aturdido, Paul deu alguns passos em direção à escada e parou, impotente. Sua mãe fora enérgica ao expulsá-lo do quarto quando a parteira chegou. Marie também havia pedido que ele descesse. O pai continuava adoentado desde o derrame, e seria o dever de Paul cuidar dele. Era uma desculpa, os dois sabiam muito bem, mas ele não queria discutir com a mulher, ainda mais com ela naquele estado, e saiu em silêncio, resignado.

– O que está fazendo aí parado no corredor? – gritou o pai. – Parto é assunto de mulher. Quando a hora chegar elas avisam. Beba logo!

Paul se sentou obediente à mesa e sorveu o conteúdo do copo. O uísque ardeu como fogo em seu estômago e ele lembrou que desde o café da manhã não havia comido nada. Por volta das oito da manhã, Marie sentira uma leve fisgada nas costas, os dois fizeram piada sobre as constantes pontadinhas que a acometiam durante a gravidez, e Paul, aliviado, foi andando à fábrica. Pouco antes do intervalo do almoço a mãe ligara da mansão para avisar que Marie estava sentindo dores e que a parteira fora chamada. Não era preciso se preocupar, Alicia dissera, pois tudo estava transcorrendo normalmente.

– Quando sua mãe estava tendo você, 27 anos atrás – disse Johann Melzer, fitando pensativamente seu copo de uísque –, fiquei no escritório da fábrica fazendo contas. Porque o homem nessas horas precisa se ocupar com algo para não enlouquecer.

Paul fez que sim com a cabeça, mas seguiu atento a todo e qualquer barulho no corredor – aos passos da camareira, que acabara de subir ao segundo andar, às batidas do velho carrilhão, à voz de sua mãe instruindo Else a trazer dois lençóis limpos do roupeiro.

– Você era do tamanho de um leitão – continuou o pai sorrindo enquanto completava o copo do filho. – Alicia passou uma noite de cão. Quase que você mata a sua mãe.

Não eram as palavras mais apropriadas para aplacar a ansiedade de Paul, o pai logo percebeu.

– Pare de se preocupar. As mulheres que consideramos frágeis são muito mais fortes e duronas do que parecem.

E, após tomar um gole generoso:

– E o jantar, quando sai? – perguntou entre dentes, e soou a campainha dos serviçais. – Já passou das seis. Será que o caos se instaurou aqui hoje?

Após insistentes toques, apareceu Hanna, a ajudante de cozinha, uma menina de cabelos escuros, um pouco tímida e que gozava da proteção especial de Marie. Isso porque, no que dependesse de Alicia, ela já teria sido demitida há muito tempo, por não se adequar ao trabalho e quebrar mais louças do que qualquer uma de suas antecessoras.

– O jantar, senhor.

Ela equilibrava duas bandejas com sanduíches: pão escuro, patê de fígado, queijo cremoso com kümmel e a conserva feita por Marie com os pepinos da horta no outono anterior. Carne, embutidos e banha haviam se tornado itens escassos que só se podiam obter com o cartão de racionamento. Quem quisesse se refestelar com certas iguarias, ou até mesmo chocolate, precisava ter os contatos certos e os meios necessários. A casa dos Melzers mantinha-se fiel ao kaiser e decidira cumprir com suas obrigações patrióticas, que, naqueles tempos difíceis, incluíam a privação.

– Por que demorou tanto, Hanna? O que a cozinheira está fazendo lá embaixo?

Hanna dispôs com pressa os pratos sobre a mesa, deixando cair por acidente dois pães com patê e um pepino em conserva na toalha branca. Com os próprios dedos, a menina retornou os itens fugidios às suas travessas. Paul ergueu as sobrancelhas com um suspiro – era inútil chamar-lhe a atenção. Tudo o que era dito entrava por um ouvido da menina e saía pelo outro. Humbert, o criado da mansão que executava seu trabalho à perfeição, fora convocado recentemente à guerra. Pobre rapaz; era certo que ele de pouco valia como soldado.

– É culpa minha – disse Hanna, inocentemente se acusando. – A Sra. Brunnenmayer já estava com as travessas prontas, que eu trouxe com os outros pratos para cima, mas só então percebi que eram para os senhores.

Ficou claro que a cozinheira estava absolutamente ocupada com a alimentação das senhoras no andar de cima. Sobretudo a parteira gozava de um apetite abençoado e já bebia seu terceiro caneco de cerveja. E, para completar, as senhoras Elisabeth von Hagemann e Kitty Bräuer haviam anunciado a intenção de jantar na casa.

Paul esperou até Hanna sair e balançou a cabeça, aborrecido. Kitty e Elisabeth, suas irmãs. Como se não houvesse mulheres o suficiente zanzando pela casa!

– Cozinheira! – gritou alguém do andar superior. – Uma xícara de café! Mas feito com grãos de verdade, não essa coisa que parece ervilha!

Devia ser a parteira. Paul sequer havia visto seu rosto. A julgar pela voz, a mulher parecia ser uma pessoa de fibra e bastante decidida.

– Essa aí sabe se impor – disse o pai em tom depreciativo. – Tal qual aquela enfermeira que Alicia contratou dois anos atrás. Como era o nome dela mesmo? Ottilie. Aquela ali podia comandar até um regimento de cavalaria.

A campainha da porta soou no andar de baixo. Uma, duas vezes. Assim como as batidas da aldrava de ferro fundido, golpeando incessantemente a pequena placa metálica da porta.

– Kitty – arriscou Johann Melzer com um sorriso. – Só pode ser Kitty.

– Já vai, já vai! – exclamou Hanna, cuja voz estridente era capaz de alçar três andares sem esforço algum. – Mas que dia! Virgem Santa Mãe de Deus, que dia!

Paul levantou-se em um impulso para correr em direção ao átrio. Se ainda há pouco a visita de Kitty lhe parecera enfadonha, naquele momento ficou feliz com sua chegada. Nada podia ser mais desesperador do que ter que ficar todo o tempo sentado ali, esperando. A alegria contagiante de Kitty o manteria distraído e afastaria suas preocupações.

Já na escada que levava ao átrio era possível escutar sua voz alterada. Kitty, casada há apenas um ano com o banqueiro Alfons Bräuer, em poucos meses também teria um bebê – o que quase não se notava. A moça permanecia delicada e esguia como sempre. Apenas ao olhar bem foi que Paul distinguiu um discreto abaulamento sob o vestido solto.

– Meu Deus, Hanna! Como você é lerda! Nos deixou esperando nesse sereno lá fora. Esse tempo horroroso está matando a torto e a direito. Ah, pobres dos nossos soldados lutando na França e na Rússia... Devem estar congelando! Tomara que não arranjem um resfriado. Elisabeth, tire esse chapéu, por favor. Você fica horrorosa com isso, sua sogra tem um péssimo gosto. Hanna, me traga umas pantufas, aquelas com detalhe em seda. O bebê já nasceu? Não? Graças a Deus, já temia ter perdido tudo...

As irmãs haviam chegado sem motorista, provavelmente com Elisabeth ao volante, pois Kitty até então não manifestara a intenção de aprender a dirigir. O que tampouco era necessário, uma vez que o banco dos Bräuers dispunha de vários automóveis e um chofer. Kitty já se livrara do sobretudo, do chapéu e das luvas, mas Elisabeth continuava diante do espelho oval, fitando a própria imagem com ar ofendido.

Apesar de toda a sua inocência, Kitty podia ser bastante cruel, pensou Paul. E apressou-se em dizer:

– Pois eu acho que você fica linda com esse chapéu. Ele te deixa...

Ele foi incapaz de prosseguir, pois Kitty o atacara com abraços e beijos nas duas bochechas enquanto dizia "Coitadinho do meu irmãozinho Paul!".

– Sei bem como sofrem os futuros pais – disse ela com um sorriso. – Pois é, eles cumprem com sua obrigação e depois são dispensáveis. O que vem a partir de agora é assunto nosso, não é, Lisa? Pois que diabos um pai vai fazer com um recém-nascido? Dar de mamar? Dar comida? Embalar? Eles não servem para nada agora...

– Calma, calma, irmãzinha! – exclamou Paul sorrindo. – Quem é que vai prover para que mãe e filho tenham comida e um teto sobre as cabeças?

– Está certo – disse ela dando de ombros e soltando o irmão, para calçar as delicadas pantufas que Hanna lhe colocara ante os pés. – Mas isso não é o bastante, querido Paul. Você sabia que na África tem umas tribos que fazem um corte bem fundo na perna dos futuros pais e depois jogam sal em cima? Pois me parece muito razoável que os homens possam sentir também um pouquinho das dores do parto...

– Razoável? Isso para mim é uma barbárie!

– Ah, não seja tão covarde, Paul! – disse ela, bem-humorada. – Mas fique tranquilo, essas tradições ainda não viraram moda por aqui. Onde é que está mamãe? Lá em cima com Marie? Vocês chamaram aquela parteira horrível? A Sra. Koberin? Ela fez o parto da minha amiga Dorothea. E imagine só, Paul. A mulher estava caindo de bêbada quando o bebê saiu. Foi por um triz que ela não deixou a criança cair...

Paul sentiu um calafrio. A única coisa que desejava era que sua mãe tivesse selecionado alguém que entendesse daquele ofício. Enquanto sua cabeça seguia dando voltas sobre o assunto, a espevitada Kitty já se ocupava com outras coisas.

– Você vem ou não, Elisabeth? Meu Deus, com esse chapéu você parece um granadeiro. Furioso e disposto a tudo. Hanna? Onde você se meteu? Tem notícias do Humbert? Ele está bem? Tem escrito com frequência? Não? Ah, que triste. Venha, Elisabeth. Temos que ir rápido ver Marie. O que ela vai pensar se souber que estamos na casa e nem aí para ela...?

– Não sei se Marie vai ter tempo para você agora... – interveio Paul, mas apesar da gravidez Kitty subiu agilmente as escadas.

– Olá, papai! – exclamou ela no corredor, prosseguindo ao andar superior onde se encontravam os aposentos.

Paul não era capaz de adivinhar o que se passava ali, mas supôs que Kitty conseguira abrir caminho até o centro de toda a ação – algo que a ele, na qualidade de futuro pai, havia sido negado.

– Como está o papai? – perguntou Elisabeth, que no fim decidira livrar-se do sobretudo e do chapéu. – Tomara que toda essa confusão não seja demais para ele.

– Não acho que ele esteja se importando muito. Você quer ir lá fortalecer o time das mulheres ou prefere fazer companhia a mim e a ele?

– Vou ficar aqui embaixo. Tem uma coisa que eu quero conversar com ele.

Paul sentiu um alívio ao ver que pelo menos Elisabeth resistiria com eles na sala de jantar, enquanto Kitty já se interpunha no caminho da parteira. *Ah, meu Deus. Quando é que isso tudo vai passar?* Pensar em Marie passando por todo aquele tormento era insuportável. Pois afinal, não era ele o responsável por aquilo? Por também haver gerado aquela criança?

– Por que essa cara de quem comeu e não gostou? – perguntou Elisabeth, sorridente. – Trate de ficar feliz, Paul. Você vai ser pai!

– E você tia, Lisa – rebateu ele sem empolgação.

Na sala de jantar, Johann Melzer tinha aberto diante de si o jornal *Augsburger Neuesten Nachrichten* para atualizar-se sobre o transcorrer da guerra. Caso aqueles relatos entusiasmados fossem verdade, a Rússia estava praticamente derrotada e em breve seria a vez dos franceses. Entretanto, já se contava o terceiro ano de guerra e Melzer, apesar de muito fiel ao kaiser, mantinha-se realista e, portanto, cético. O entusiasmo que tomara a todos no início da guerra já havia desvanecido há algum tempo.

– Papai! Não me diga que está bebendo – repreendeu Elisabeth. – Você sabe muito bem que o Dr. Greiner lhe proibiu o álcool!

– Bobagem! – revidou ele, contrariado.

Já há muito tempo todos os moradores da Vila dos Tecidos haviam aceitado que ele era um paciente voluntarioso, inclusive mamãe já desistira de importuná-lo com regras e advertências. Já Elisabeth não podia evitar repreendê-lo. Pelo menos alguém ali precisava cuidar da saúde do pai.

– O que o senhor tenente está escrevendo sobre a guerra no lado ocidental? – perguntou Melzer para esquivar-se de mais censuras.

Elisabeth estava casada com o major Klaus von Hagemann há um ano. O casamento fora celebrado às pressas poucos dias antes do início da guerra, pois o marido participara da batalha do Marne com seu regimento de cavalaria. No começo de 1915, tanto Marie e Paul quanto Kitty e Alfons Bräuer também contraíram matrimônio.

– Hoje mesmo chegou uma mensagem de Klaus – respondeu Elisabeth enquanto procurava o cartão-postal em sua bolsa. – Ele está com seu regimento na Antuérpia, mas, pelo que parece, em breve eles receberão ordem para rumar ao sul. Para onde, exatamente, é óbvio que ele não pode dizer...

– Para o sul, pois bem... – grunhiu Johann Melzer. – E, no mais, está tudo bem com você?

Elisabeth enrubesceu diante do olhar atento do pai. Seu marido tirara folga em outubro do ano anterior e já cumprira de maneira mais que satisfatória com suas obrigações conjugais. Ah, como ela ansiava por engravidar... Em vão. As fastidiosas regras mensais teimavam em vir, sempre severa e pontualmente, acompanhadas das regulares cólicas e dores de cabeça.

– Estou bem, papai. Obrigada por perguntar...

Paul empurrou seu prato dizendo para ela se servir. Ele, por sua vez, não era capaz de engolir um pedaço que fosse.

Para Elisabeth foi impossível resistir ao patê. Meu Deus, o estado de Paul. Claro, Marie tampouco estava às mil maravilhas, mas pelo menos estava parindo, enquanto Kitty, por sua vez, gestava seu bebê. Só para ela a graça da maternidade seguia sendo negada. Mas já era de se esperar. Kitty era a menina agraciada pelo sol, a criatura com o destino de ouro, a doce elfa. A que recebia de mão beijada tudo o que desejava. Literalmente. Elisabeth precisou de força para não cair em autocomiseração. Mas pelo menos ela estava decidida a, de seu modo, cumprir com suas obrigações para com o kaiser:

– Sabe, papai – começou ela com um sorriso, enquanto Paul se dirigia ao corredor –, acho que nós, considerando nossa posição social e o espaço que temos na mansão, não temos outra opção. Klaus me disse com todas as letras que não entendia as hesitações que você tem, pois, afinal, é nosso dever patriótico…

– Do que está falando? – perguntou Johann Melzer, cético. – Não me venha com ideias malucas de transformar nossa casa em hospital de campanha. Pode tirar o cavalinho da chuva, Elisabeth!

Ela já esperava a reação negativa, mas não se deixou intimidar. Mamãe já estava mais ou menos de acordo com seu plano, pois, afinal de contas, a Sra. Von Sontheim havia cedido sua casa para os mesmos fins e os pais de sua melhor amiga, Dorothea, haviam seguido o exemplo. Claro que era apenas para os oficiais, pois ninguém tinha a intenção de abrigar em suas instalações qualquer proletário ignorante.

– Lá embaixo, no átrio, haveria espaço para pelo menos dez camas e poderíamos transformar a lavanderia em uma sala de operaç…

– Não!

Para ratificar sua resposta, Johann Melzer agarrou a garrafa de uísque e se serviu com uma dose generosa. Em seguida, explicou que no átrio havia corrente de ar, o que certamente não seria saudável para os acamados. Além do mais, a luz era insuficiente e todos que chegassem na casa precisariam se desviar dos leitos, pois, afinal, o local era área de passagem na mansão.

– Você está esquecendo que há uma segunda entrada no jardim pela varanda, papai. E a corrente de ar pode ser resolvida com umas cortinas grossas. Pois eu acho que o átrio é mais do que adequado, tem bastante espaço lá, é ventilado e facilmente acessível pela área de serviço…

Johann Melzer virou a bebida, colocando o copo vazio sobre a mesa com um movimento ligeiro. E arrematou:

– Enquanto eu mandar nesta casa, um disparate desses não vai acontecer. Já temos bocas suficientes para alimentar e preocupações aos montes na fábrica!

Elisabeth já ia abrindo a boca para contestar, mas o pai prosseguiu.

– Não sei como vou pagar meus funcionários e nem mesmo se terei ocupação para eles – disse ele, alterado. – Algodão já não temos desde o começo da guerra, agora a lã está escassa também e minhas máquinas não servem para fiar cânhamo. Pode parar com essas maluquices, senão eu…

Um alvoroço surgiu no corredor. A voz exaltada de Kitty, as portas batendo no piso de cima e Else correndo com o cesto recheado de toalhas. Com horror, Elisabeth fitava os lençóis manchados de sangue fresco.

– É uma menina, maninho! – exclamou Kitty no andar de cima. – Linda e pequenina. Ah, meu Deus, ela é tão pequena, mas já tem bracinhos e mãozinhas, tem até dedinhos e unhas. A parteira a entregou a Auguste para o banho...

Paul subiu as escadas correndo, na esperança de enfim ver Marie, mas no meio do caminho Kitty o tomou com um abraço, chorando de felicidade.

– Deixe-me passar, Kitty...! – exclamou ele impacientemente enquanto tentava desvencilhar-se da irmã.

– Calma, calma... – respondeu a soluçante Kitty, tomando-o pelos braços com força. – Espere um pouco, só o tempo de ela tomar um banho. Aí você vai poder abraçar sua filha, limpa e prontinha. Ah, Paul. Ela é um encanto. E Marie foi tão forte... Duvido que eu tenha essa força, duvido. Augsburgo inteira vai escutar meus gritos se eu tiver que suportar semelhante martírio...

Elisabeth deu um suspiro aborrecido na soleira entre a sala de jantar e o corredor. Marie tinha que parir justo naquela hora! Ela tinha preparado uma infinidade de bons argumentos que certamente encurralariam o pai, mas ele se levantou e se dirigiu apressado ao corredor.

– É uma menina – disse ele, contrariado. – Pois é, mas o importante é que mãe e filha estão saudáveis.

Ele abriu espaço para Auguste passar com o berço de madeira no qual Paul e suas duas irmãs outrora dormiram. A peça pertencia à casa dos Von Maydorn, o ramo pomerano da família, e já devia ter embalado o sono de muitos bebês da aristocracia.

– Marie! – exclamou Paul no corredor do andar superior. – Marie, minha querida. Você está bem? Deixem-me vê-la de uma vez!

– Digam para ele esperar – disse a parteira de maneira imponente.

– Essa mulher é um horror – comentou Kitty indignada. – Quando chegar minha vez, vou querer distância dessa megera. Parece até que é dona da mansão. Veja só, até mamãe teve que obedecê-la...

A contragosto, Elisabeth decidiu deixar a sala de jantar para participar do evento. Até porque tinha imensa curiosidade pela recém-nascida. Uma menina! Marie devia estar adorando. Já papai recebera com decepção a notícia. Ele queria um menino, capaz de assumir a fábrica no futuro...

CONHEÇA OS LIVROS DE ANNE JACOBS

A Vila dos Tecidos
As filhas da Vila dos Tecidos
O legado da Vila dos Tecidos
O regresso à Vila dos Tecidos
Tormenta na Vila dos Tecidos